THOMAS HOOVER

DER MOGUL

Aus dem Amerikanischen übertragen von
Christiane Trabant-Rommel und
Peter Achtmann

BASTEI
LÜBBE

BASTEI-LÜBBE-TASCHENBUCH
Band 10 843

1. Auflage Jan. 1987
2. Auflage Mai 1987

Titel der Originalausgabe: THE MOGHUL
Originalverlag: Doubleday & Company, Inc., New York

Printed in West Germany 1987
Einbandgestaltung: Design Team, München
Satz: ICS Communikations-Service GmbH, Bergisch Gladbach
Herstellung: Ebner Ulm
ISBN 3-404-10 843-4

Der Preis dieses Bandes versteht sich
einschließlich der gesetzlichen Mehrwertsteuer

Vorwort

Diese Geschichte ist dem Andenken von William Hawkins (1575 bis 1613) gewidmet, einem brandygehärteten Seefahrer und Abenteurer, der des Türkischen mächtig war und als erster Engländer den Hof des indischen Großmoguls Dschahangir erreichte. Er überbrachte Geschenke der neuen Ostindischen Kompanie und einen Brief von König James, in dem der englische Monarch die Einrichtung eines direkten Handelsverkehrs zwischen seinem Land und dem Reich der Moguln anregte. Bis dahin war der Indienhandel ein eifersüchtig gehütetes Monopol der Portugiesen.

Hawkins fand an dem Leben in Indien Gefallen. Der Mogul seinerseits erkor ihn zu seinem Favoriten, ehrte ihn mit dem Titel eines *khan* und setzte schließlich alles daran, ihn in Indien zu behalten. Nach mehreren, von den Portugiesen inspirierten Versuchen, ihn zu ermorden, tat Hawkins sich, besorgt um seine Sicherheit, mit einer willensstarken Inderin zusammen; die Geschichte ihrer Liaison wurde in den frühen Jahren der Ostindischen Kompanie zu einer Legende.

So erstaunlich manche Elemente dieses historischen Panoramas heute auch erscheinen mögen: Es handelt sich mehr oder weniger durchweg um romanhafte Neuschöpfungen von Ereignissen, Bräuchen und Personen, die tatsächlich existiert haben, nachgezeichnet aus zeitgenössischen Reisetagebüchern und indischem Quellenmaterial. Von den Namen abgesehen, sind lediglich die Uhren bewußt verstellt worden: Ereignisse, die in historischer Zeitrechnung Jahre dauerten, wurden auf Monate zusammengezogen, was in Monaten geschah, geschieht auf den folgenden Seiten bisweilen innerhalb von Tagen. Einige schwere Auseinandersetzungen zur See zwischen englischen Fregatten und portugiesischen Galeonen sowie verschiedene Gefechte zwischen indischen Heeren zu Lande sind zu jeweils einer einzigen Schlacht verschmolzen worden.

Die wichtigsten Ereignisse in dieser Geschichte aus einer längstvergangenen Zeit haben jedoch alle stattgefunden. Als Shakespeare seine Stücke schrieb und die ersten Auswanderer in den Wildnissen der Neuen Welt ihre Blockhütten errichteten, gab es in Indien ein Reich, das beherrscht war von Gewalt und Intrigen, Drogen und sinnlicher Schönheit – das Reich der Moguln.

Erstes Buch

Land in Sicht

1

Vom Achterdeck aus sah er die Kette durch die weißen Aufsätze der Ankerklüse gleiten, das abgehackte Geklapper klang in der Mittagshitze gedämpft und hohl. Dann spürte er, wie der Anker griff, und fühlte ein Zittern durch den Schiffsrumpf laufen, als sich die Kette in der Strömung strammzog. Die Kanonen waren bereits eingeholt und kühlten ab, aber noch immer zogen hie und da Rauchfäden durch die Luken himmelwärts und formten über zwei Leichen, die, mit Tüchern bedeckt, vor dem Großmast lagen, flüchtige Ringe. Auf dem Hauptdeck schleppten abgezehrte Matrosen mit skorbutfleckiger Haut, die Oberkörper nackt der Sonne ausgesetzt, Verwundete in den Schatten des Vorderdecks.

Ein letzter Schluck Brandy. Er leerte den eisenbeschlagenen Holzkrug, blickte auf und blinzelte in die Mittagssonne. Zwei Matrosen schoben sich langsam an den Rahen entlang, um das Großsegel zusammenzurollen. Er drehte sich um und inspizierte das dreieckige Lateinsegel hinter sich, das von der ersten Salve der Portugiesen zerrissen worden war; die zerfetzten Lappen hingen in den Wanten des Besanmastes.

Plötzlich ertönten von überallher Jubelrufe und verrieten ihm, daß die letzten beiden Fässer mit gepökeltem Schweinefleisch aus dem verräucherten Laderaum aufgetaucht waren, und er ging zur Reling, um zuzuschauen, wie sie zu dem großen Kessel gerollt wurden, in dem bereits Wasser kochte. Als er die Gesichter der Männer sah, die jetzt auf Deck zusammenliefen, fragte er sich, wie viele von ihnen wohl noch in der Lage sein würden, das salzige Fleisch zu kauen, das er so sorgfältig für diesen letzten Tag der Reise aufbewahrt hatte.

Die Männer wichen zurück und öffneten ihm eine Gasse, als er die Kajütstreppe hinunterstieg und das Deck betrat. Er war groß, sein kantiges Gesicht von Erschöpfung gezeichnet, in seinem ungekämmten Haar und dem kurzen schwarzen Bart hingen Rußpartikel. Er trug ein Wams aus grobem Kanvass, und die Kniehosen und Stiefel unterschieden sich kaum von denen eines einfachen Seemanns. Sein einziger Schmuck war ein kleiner Goldring im linken Ohr, und an diesem Tag trug er zudem einen blutbefleckten Verband um den Oberschenkel, wo ihn die Kugel aus einer portugiesischen Muskete gestreift hatte.

Sein Name war Brian Hawksworth. Er war Kapitän der englischen 500-Tonnen-Fregatte *Discovery* und führte das Kommando über die dritte Reise der neu gegründeten Ostindischen Kompanie. Vor über sieben

Monaten hatte er in London den Auftrag erhalten, mit zwei bewaffneten Handelsfregatten das Kap der Guten Hoffnung zu umrunden, von dort aus die Ostküste Afrikas hinaufzusegeln und durch das Arabische Meer zur Nordwestküste Indiens vorzustoßen. Die Kompanie hatte bereits zwei Reisen zu den äquatorialen Inseln im Indischen Ozean unternommen, doch niemals zuvor war ein englisches Schiff bis nach Indien gesegelt.

Ziel dieser ersten englischen Indienfahrt war es, das Handelsmonopol Lissabons zu brechen, und Surat, der Hafen, den sie ansteuerten, sechsunddreißig Meilen landeinwärts am Ufer des Flusses Tapti gelegen, war der größere von nur mehr zwei Häfen auf dem indischen Subkontinent, die noch nicht von den Portugiesen kontrolliert wurden.

Er griff nach dem zweiten Krug Brandy, der ihm gereicht worden war, und blinzelte zur Mündung der Tapti hinüber, wo am Morgen vier portugiesische Galeonen vor Anker gelegen hatten.

Zum Teufel mit der Kompanie! Niemand hatte hier mit feindlichen Kriegsschiffen gerechnet, nicht jetzt, nicht zu dieser Jahreszeit. Haben die Portugiesen auf irgendeine Weise vom Ziel unserer Reise erfahren? Und wenn ja – wissen sie dann etwa auch, was die Kompanie sonst noch plant?

Weil die Tapti böse verschlammt und nur für flache Frachtkähne und Boote befahrbar war, würden er und die Kaufleute in der Pinasse, dem zwanzig Fuß langen Beiboot, das mittschiffs auf dem Hauptdeck der *Discovery* festgezurrt war, nach Surat reisen müssen. Dort sollten die Kaufleute versuchen, zum erstenmal direkte Handelskontakte mit den Indern zu etablieren, während Brian Hawksworth mit einer gesonderten Mission betraut war, von der die Ostindische Kompanie hoffte, sie könne eines Tages dazu beitragen, den gesamten Südostasienhandel in andere Bahnen zu lenken.

Er stieg auf die Back des Vorschiffs und blieb stehen, um die grüne Küstenlinie zu betrachten, die die Bucht begrenzte. Die Konturen der hügeligen Landschaft flimmerten in der Sonnenhitze, und der Duft des Landes hüllte die *Discovery* ein. Indien lockte, und seine verführerische Kraft war bereits jetzt stärker zu spüren als in allen Mythen und Legenden. Er lächelte und trank noch einen Schluck – dieses Mal einen Toast auf sich selbst, den ersten englischen Kapitän, der vor der Küste Indiens die Flagge gehißt hatte. Dann griff er mit müder Hand nach dem

Teleskop, einer neuen, teuren Erfindung aus Holland, und richtete es auf seine zweite Fregatte, die *Resolve*, die etwa einen Musketenschuß entfernt vor Anker lag und leicht nach Lee krängte. Mit Erleichterung stellte er fest, daß die Schiffszimmerer inzwischen das Leck auf der Backbordseite mit einem Flicken aus Kalfaterwerg und Segeltuch geschlossen hatten. Die Männer an den Pumpen konnten sich jetzt endlich von ihrer schweißtreibenden Arbeit erholen.
Schließlich richtete er das Fernrohr auf die Wracks der zwei portugiesischen Galeonen, die in den sandigen Untiefen auf der Steuerbordseite der *Discovery* auf Grund lagen. Noch immer quoll schwarzer Rauch aus den Löchern, die von Explosionen in die Schiffsrümpfe gerissen worden waren. Einen Moment lang zog sich sein Magen zusammen – ganz so wie heute früh, als eine dieser Galeonen tiefe Schatten über die Decks seines eigenen Schiffes gelegt hatte. Als sie so nahe war, daß er den Soldaten in die Augen sehen konnte. Sie hatten mit Enterhaken bereitgestanden, um sich hinunterzuschwingen aufs Deck der *Discovery* . . .
Die Portugiesen werden zurückkehren, sagte er sich, und zwar bald. Mit Brandern.
Er prüfte noch einmal die Flußmündung, die jetzt völlig verlassen schien. Sogar die Fischerboote waren geflohen. Flußaufwärts, soviel war sicher, würde es ganz anders aussehen. Nach dem Verlust der beiden Galeonen hatten die Portugiesen ihre Langboote zu Wasser gelassen, und die Infanteristen waren an Land gegangen, mindestens hundert, wenn nicht sogar zweihundert Musketenschützen.
Sie wollten zur Tapti, überlegte Hawksworth, und sie werden flußaufwärts auf uns warten. Wir müssen die Pinasse zu Wasser lassen, bevor sie eine Blockade errichten können. Noch heute abend, sobald die Flut kommt.
Er drehte sich um und entdeckte Giles Mackintosh, den Steuermann der *Discovery*, der schweigend neben ihm stand und wartete.
»Mackintosh, bereiten Sie die Pinasse vor. Wir gehen bei Sonnenuntergang zu Wasser, vor der letzten Hundewache.«
Der Steuermann zupfte an seinen verfilzten roten Locken und betrachtete stumm die von dichtem Wald gesäumte Flußmündung. Dann wandte er sich abrupt um.
»Mit der Pinasse in den Fluß zu gehen wäre unser aller Todesurteil, Käpt'n, das garantiere ich Euch. Die Portugiesen werden sich zusam-

menrotten und uns dichter auf den Pelz rücken als die Huren dem Galgen bei einer Hinrichtung in Tyburn!« Er machte eine bedeutungsvolle Pause und knotete das Band, das seine Haare von den rauchgeschwärzten Wangen zurückhielt. »Meiner Meinung nach ist es am besten, wenn wir die Flut ausnutzen und direkt mit den Fregatten den Höllenfluß raufschippern. Er ist so breit wie die Themse bei Woolwich. Wir bringen die Kanonen raus und geben diesen pockenzerfressenen Papisten noch 'ne Kostprobe englischer Höflichkeit.«

»Können Sie denn durch die Sandbänke navigieren?«

»Ich hab' von Sandbänken nichts gesehen.«

»Der indische Lotse, den wir gestern an Bord genommen haben, behauptet, daß es flußaufwärts Untiefen gibt.«

»Schon deshalb sollten wir segeln. Ich mein', der Lotse ist ein echter Muslim. Und die sind alle gleich, ob Inder oder Türken.« Mackintosh schneuzte sich die Nase über die Reling hinweg. »Den möcht' ich sehen von ihnen, der kein Lügner ist, kein Dieb, kein verfluchter Sodomit! Kein ehrlicher Christenmensch glaubt den Worten eines Muselmanen.«

»Riskant ist die Sache auf jeden Fall, so oder so.« Hawksworth trank langsam und schien die Argumente des Schotten zu überdenken. »Wir müssen auch an die Fracht denken. Unterm Strich spricht alles für die Pinasse. Und so wie die Türken ist dieser Lotse bestimmt nicht. Wenn einer das beurteilen kann, dann ich.«

»*Aye, aye*, Sir, wie Ihr wünscht. Aber ich werd' auf den Halunken aufpassen, auf jeden Schritt, den er macht.«

Hawksworth drehte sich um und stieg langsam die Achterdeckstufen hinunter. Als er den Durchgang betrat, der zur Kapitänskajüte und zu den Unterkünften der Kaufleute führte, erblickte er im Gegenlicht die Silhouette von George Elkington. Der Chefkaufmann der Reise stand an der Reling der Achtergalerie, im Mund eine lange, qualmende Tonpfeife, und urinierte in die Dünung. Als er Hawksworth entdeckte, wandte er sich schnell um und stapfte mit schweren Schritten den Gang hinunter, wobei er flüchtig an dem einzigen seiner Kniehose verbliebenen Knopf herumfingerte.

Elkingtons einst rosa Wangen waren welk und teigig geworden. Dort, wo noch vor sieben Monaten ein praller Wanst die Weste spannte, schlotterte nun ein mit Fettflecken übersätes Wams. Von den Wangen des Kaufmanns rann der Schweiß in kleinen, öligen Bächen.

»Hawksworth, habe ich recht verstanden, Ihr wollt die Pinasse zu Wasser lassen? Noch bevor wir einen sicheren Ankerplatz für die Fracht haben?«
»Je eher, desto besser. Die Portugiesen wissen, daß wir flußaufwärts fahren müssen. Morgen früh stehen sie Gewehr bei Fuß.«
»Zuerst und vor allem habt Ihr Euch um die Waren zu kümmern, Sir. Jeder Schilling, den die Kompanie gezeichnet hat, befindet sich als Fracht auf diesen beiden verdammten Schiffen, ein wahres Vermögen an besten Stoffen aus Devonshire, an Roheisen, Zinn, Quecksilber. Ich selbst habe gut zehntausend Pfund investiert. Und Ihr wollt all das in dieser verpißten Bucht schaukeln lassen, während die Portugiesen da unten in Goa ein Dutzend Zweidecker bemannen? Binnen vierzehn Tagen sind sie hier, darauf könnt Ihr Gift nehmen!«
Hawksworth betrachtete Elkington voller Abscheu. Was war es, das ihm an diesem Mann am wenigsten gefiel? Das herrische Benehmen oder die kleinen, leblosen Augen? Was Ihr wahrscheinlich *nicht* wißt, dachte er, ist, daß sie das nächste Mal mit gedrillten Kanonieren kommen werden. Nicht wie heute, als die Geschützbedienungen aus dem Hafenpöbel von Lissabon bestanden haben mußten, aus kleinen Händlern, die sich die Fahrt nach Indien durch die Behauptung verdient hatten, Kanoniere zu sein, während in Wirklichkeit die Hälfte von ihnen einen Luntenstock nicht von einem Laternenpfahl unterscheiden konnte.
»Elkington, Ihr erfahrt so viel, wie es Eurer Stellung zukommt.«
Hawksworth schob sich an ihm vorbei und ging auf die Kapitänskajüte zu. »Wir segeln die Pinasse heute abend mit der Flut flußaufwärts, und Ihr werdet dabeisein, zusammen mit diesem Gecken von Schreiber. Kapitän Kerridge von der *Resolve* wird das Kommando über die Fregatten übernehmen. Ich habe bereits Befehle vorbereitet, beide Schiffe an einen neuen Ankerplatz zu verlegen.«
»Ich verlange, auf der Stelle darüber in Kenntnis gesetzt zu werden, was für einen verdammten Narrenplan Ihr ausgebrütet habt!«
»Es besteht keine Veranlassung dazu. Je weniger Männer den Plan kennen, desto besser. Besonders unter denjenigen, die mit uns fahren.«
»Eines weiß ich, Hawksworth. Diese Reise nach Indien ist vielleicht die letzte Chance der Ostindischen Kompanie. Wenn *drei* Reisen nacheinander fehlschlagen, können wir den Laden schließen und Pfeffer und Gewürze direkt bei den verdammten Holländern einkaufen. England hat

keine Waren, mit denen man auf den Gewürzinseln handeln kann. Wie war das denn damals? Lancaster brachte auf den ersten beiden Reisen der Kompanie eine Ladung Wolle zu den Inseln und glaubte, sie gegen Pfeffer eintauschen zu können. Leider mußte er feststellen, was ich schon immer vermutet hatte: Ein Stamm Heiden, der in der Sonne vor sich hin schwitzt, braucht keine wollenen Kniehosen! Das heißt: Entweder handeln wir hier im Norden, wo Wolle gebraucht wird, oder wir sind erledigt.«

»Der Ankerplatz, den ich gefunden habe, müßte der Fracht – und den Männern – Sicherheit bieten, bis wir Surat erreichen. Mit etwas Glück habt Ihr Eure Fracht an Land, bevor die Portugiesen uns entdecken.«

Hawksworth stieß die schwere Eichentür der Kapitänskajüte auf. »Und jetzt wünsche ich Euch einen guten Tag.«

Er schritt geradewegs zu der Öllaterne, die über dem großen Schreibtisch in der Mitte des Raumes schwang, und stellte den Docht höher. Zwar wurde die Kajüte dadurch kaum heller, doch fiel der Schein auf die englische Laute, die in einer Ecke verstaut war. Es war als wolle sie lebendig werden; ihre hölzerne Oberfläche glomm golden wie der volle Mond. Hawksworth starrte sie einen Moment lang wehmütig an, dann schüttelte er den Kopf, setzte sich an den großen Eichenholz-Schreibtisch und fragte sich einmal mehr, warum er dieser Reise jemals zugestimmt hatte.

Um etwas zu beweisen? Wem? Der Kompanie? Sich selbst? Er dachte noch einmal daran, wie alles gekommen war und warum er schließlich das Angebot der Kompanie angenommen hatte.

Es war ein düsterer Morgen Ende Oktober gewesen, jene Art von Tag, an dem ganz London gefangen zu sein scheint in kaltem Trübsinn, der von der Themse heraufkriecht. Sein Logis war wie immer eisig und sein Kopf noch dumpf vom Brandy der vergangenen Nacht. Kaum ein Monat war seit seiner Rückkehr aus Tunis vergangen, und er besaß bereits nichts mehr, was er versetzen konnte. Zwei Jahre zuvor hatte er einen Konvoi von Handelsschiffen durch das Mittelmeer geführt. Schiffe und Fracht waren von türkischen Korsaren aufgebracht worden, von Galeeren, die dem berüchtigten Dai von Tunis gehörten. Es war ihm schließlich gelungen, nach London zurückzukehren, aber jetzt war er ein Kapitän ohne Schiff. Früher hätte das wenig bedeutet und wäre schnell in Ordnung gebracht worden. Früher ja . . . Aber inzwischen hatten sich, wie er feststellen mußte, die Zeiten – und England – geändert. Die Änderungen waren hauptsächlich für Seeleute erkennbar. Das Unterhaus war damit beschäftigt, gegen König James' Vorschlag, Schottland mit England zu vereinen, Sturm zu laufen. Die meisten Engländer glaubten, daß damit einer Nation von aufrechten Steuerzahlern hochmütige Bettler und Raufbolde aufgezwängt werden sollten. In London vertrieben sich die Müßiggänger in den Bärengärten die Zeit, indem sie auf riesige Doggen wetteten, die gegen angekettete Bären antraten; anderswo trieben aufrührerische Pachtbauern die Landbesitzer zur Weißglut, indem sie Einfriedungen niederrissen und ihre Herden in den privaten Jagdgründen des Landadels weiden ließen. Und die neuen Puritaner belästigten mehr und mehr alle Leute, deren Verhalten ihnen mißfiel – angefangen bei Geistlichen, die Meßgewänder trugen, bis hin zu Frauen, die sich schminkten, und Kindern, die am Sonntag Ball spielten.

Überall in London sprach man davon, welcher hübsche junge Höfling wohl der neueste Favorit des effeminierten Königs wäre, während man über die Durchsetzung des jüngst erlassenen strengen Dekrets Seiner Majestät, das die Freibeuterei verbot, kaum ein Wort verlor.

Aber die Freibeuterei war während der letzten drei Jahrzehnte der Herrschaft Elisabeths die Hauptbeschäftigung englischer Seeleute gewesen. Feige hatte König James einen Friedensvertrag mit Spanien unterzeichnet und damit ein halbes Hunderttausend englischer »Seehunde« in den Ruin getrieben. Ehe sie wußten, wie ihnen geschah, mußten sie feststellen, daß ihr historisch gewachsener Lebensunterhalt – die legale Plünderung spanischer und portugiesischer Schiffe unter Berufung auf Kaperbriefe aus der Kriegszeit – zu einem kriminellen Vergehen geworden war.

Für einen Kapitän ohne Schiff war unter diesen Umständen eine neue Kommission durch eine Handelsgesellschaft so gut wie unmöglich, zumal jetzt erfahrene Seeleute ohne Arbeit *en masse* die Straßen von London bevölkerten.

Das Schlimmste für Brian Hawksworth aber war, daß die Frau, zu der er zurückzukehren gehofft hatte, die rothaarige Maggie Tyne vom Londoner Fischmarkt Billingsgate, weder in ihrem alten Quartier noch an anderen Orten, an denen sie sich früher gerne aufgehalten hatte, zu finden war und keine Spur hinterlassen hatte. Das Gerücht ging, sie habe sich verheiratet; einige sagten, mit dem Besitzer eines Kohleschleppers aus Newcastle, andere, mit einem *gentleman*. Für Hawksworth war London ohne sie leer, und er verbrachte die unausgefüllten Tage mit Brandy, mit seiner Laute und mit dem Gedanken, das Seemannsleben aufzugeben, um irgendetwas anderes zu tun – was, wußte er nicht.

Dann erhielt er an jenem Morgen in der kalten, frühen Dämmerung einen Brief, der, sollte es mit seiner Bequemlichkeit vereinbar sein, sein sofortiges Erscheinen im Büro des Direktors der Ostindischen Kompanie erbat. Der Ton des Schreibens kam ihm rätselhaft vor. Wollte ihn irgendein Kaufmann ins Gefängnis werfen lassen, weil er damals die Fracht an die Türken verloren hatte? Aber er war für die Levante-Kompanie gesegelt, nicht für die Ostindische. Den ganzen Morgen überlegte er hin und her, doch dann beschloß er, der Einladung Folge zu leisten und den verdammten Pfeffersäcken gegenüberzutreten.

Obwohl die Kontore der Kompanie neu waren, schien ihnen bereits der Dunst von Lampenöl und Schweiß anzuhaften, und die frisch gestrichenen Holzpaneele waren belegt von stumpfem Ruß. Ein schaler Geruch nach Tinte, Papier und drögem Kommerz bemächtigte sich seiner Sinne, als er angekündigt und wenig später durch eine schwere Eichentür in die Räume des Direktors geführt wurde.

Dort erwartete ihn eine Überraschung. Am Schreibtisch des Direktors stand – Maggie. Er hatte ganz London vergeblich nach ihr abgesucht, und hier war sie nun. Aber er erkannte sie kaum. In den zwei Jahren, in denen sie sich nicht gesehen hatten, hatte sie sich in einer Weise verändert, die alle Vorstellungen überstieg.

Keiner hätte erraten können, was Maggie dereinst gewesen war: ein Hafenmädchen, das sich in den Bärengärten von Southwark oder in einem Gänsedaunenbett am wohlsten fühlte. An jenem Morgen beherrschte sie die Szene wie eine exotische Blume, die inmitten der merkantilen Öde erblüht war. Sie war nach dem allerneusten Stil der höchsten Kreise der Gesellschaft gekleidet und geschminkt. Ihr rotes Haar war zu einem tiefen Gelb gebleicht und dick mit Goldstaub bestreut worden; es verbarg sich größtenteils unter einem Federhut. Das Mieder aus Knittersamt war tief dekolletiert, nach der Mode bis gerade unterhalb der Brustwarzen ausgeschnitten und am Hals mit einer seidenen Spitzenrüsche gebunden; die früher rosigen Brüste waren blaß geschminkt, und blaue Adern waren darauf gezeichnet. Das Gesicht war, sah man vom Rot der Lippen und der Wangen und den aufgeklebten Schönheitsflecken, die Sterne und Halbmonde darstellten, ab, sorgsam bleiweiß gepudert. Aus dem Hafenmädchen war eine echte Lady geworden. Er betrachtete sie ungläubig, als sie – noch etwas ungeschickt – vor ihm knickste.

Dann bemerkte er Sir Randolph Spencer, den Direktor der Kompanie.

»Kapitän Hawksworth? Ihr seid also der Mann, von dem wir so viel gehört haben? Ich habe erfahren, daß Ihr aus Tunis geflohen seid, den verdammten Türken vor der Nase weggesegelt seid.« Er reichte ihm eine manikürte Hand, während er sich mit der anderen auf den silbernen Knauf seines Stocks stützte. Obwohl Spencers gewellte Haare schlohweiß waren, erweckte sein Gesicht den Eindruck, als klammere er sich hartnäckig an die Jugend. Sein Gewand war teuer, geschnitten im neuen, taillenlangen Stil, den Hawksworth bereits an jungen Stutzern in der Stadt beobachtet hatte.

»Es ist mir wirklich eine Freude – nein, es ist mir eine Ehre!« Der Ton Spencers verriet Routine und klang sehr höflich – der leicht durchschaubare Versuch, aufrichtig zu wirken, den Hawksworth' abgerissene Erscheinung noch erschwerte. Dieser hatte Spencer wortlos zugehört und erkannt, daß man den Verlust der Fracht vergessen hatte.

»Es war Margaret, meine Frau, die mich auf Euch gebracht hat. Sie sagt, sie beide waren in jüngeren Jahren flüchtig miteinander bekannt. Schade, daß ich sie damals selbst noch nicht gekannt habe.« Spencer bedeutete ihm, auf einem geschnitzten Holzstuhl vor dem Schreibtisch Platz zu nehmen. »Sie bat mich, mir bei Eurer Begrüßung zur Seite stehen zu dürfen. Eine ungewöhnlich charmante Person, was meint Ihr?«

Hawksworth sah Maggies funkelnde Augen, und sein Herz zog sich zusammen. Es war nur zu deutlich, daß sie die Chance, die sich ihr bot, wahrgenommen hatte. Endlich besaß sie, was sie sich schon immer gewünscht hatte: einen reichen Witwer. Warum aber wollte sie damit nun auch noch angeben?

Er glaubte, es zu wissen: Sie hatte der Versuchung einfach nicht widerstehen können.

»Ich halte mir viel darauf zugute, eine gute Menschenkenntnis zu besitzen, Hawksworth, und ich habe genügend Erkundigungen eingezogen, um zu wissen, daß Ihr Euch wie kaum ein anderer darauf versteht, ein Schiff zu segeln. Deshalb komme ich auch direkt zur Sache. Ich nehme an, man spricht bereits überall darüber, daß die Kompanie im nächsten Frühjahr eine weitere Reise unternehmen wird. Sobald unsere neue Fregatte, die *Discovery*, vom Stapel gelaufen ist. Und dieses Mal wollen wir Indien direkt anlaufen.« Spencer fing Hawksworth' Blick auf, ohne zu erkennen, daß dieser an ihm vorbei, auf Maggie gerichtet war. »*Aye*, ich weiß. Wir wissen es alle. Die verdammten Portugiesen sind schon hundert Jahre dort, dick wie die Fliegen auf einem Pudding. Aber wir haben einfach keine andere Wahl, als zu versuchen, Indien für den englischen Handel zu öffnen.«

Spencer machte eine Pause und betrachtete Hawksworth skeptisch. Offenbar schätzte er ihn ab, überlegte scharf, ob dieser schifflose Kapitän mit den blutunterlaufenen Augen und dem goldenen Ohrring wirklich der richtige Mann war. Dann blickte Spencer hinab und betrachtete eine Weile lang seine manikürten Fingernägel. Schließlich fuhr er fort: »Was ich Euch jetzt erzähle, darf nicht aus diesen vier Wänden hinausgelangen. Aber erst einmal will ich Euch etwas fragen. Ist alles, was ich von Euch gehört habe, wahr? Es wird gesagt, daß der Dai von Tunis Euch festhielt, nachdem er Euer Handelsschiff gekapert hatte. Es hieß, er hoffte, Ihr würdet die verdammten Türken den Gebrauch der englischen Kanonen lehren.«

»Er hat damit begonnen, Segelschiffe zu bauen«, antwortete Hawksworth, »und glaubt, damit die altgedienten Galeeren seiner türkischen Piraten ersetzen zu können. Seine Schiffbauer sind ein paar englische Freibeuter, die nach Tunis übersiedelten, um nicht ins Gefängnis zu wandern. Und er wollte die neuen Schiffe mit neuen Kanonen ausstatten. Er behauptet, die gußeisernen englischen Kolubrinen seien die besten der Welt.«

»Gott verdamme die Berbertürken! Und die Engländer, die ihnen helfen.« Spencer wurde zornig. »Demnächst werden sie noch über Gibraltar hinausfahren und unsere Schiffe direkt auf der Themse plündern! Aber ich höre, Ihr habt seine Pläne durchkreuzt?«

»Die Türken besitzen jetzt nicht mehr Kanonen als vor zwei Jahren. Als ich mich weigerte, ihnen zu helfen, steckten sie mich ins Gefängnis und ließen mich bewachen. Aber eines Abends gelang es mir, zwei Wächter niederzustechen und mich zur Werft zu schleichen. Ich arbeitete bis in die Morgendämmerung und machte die Kanonen unbrauchbar, bevor irgend jemand feststellte, daß ich entkommen war.«

»Man erzählt, daß Ihr dann eine einmastige Schaluppe gestohlen habt und allein die Berberküste entlang bis nach Gibraltar gesegelt seid, wo Ihr schließlich ein englisches Handelsschiff fandet.«

»Es schien mir nach allem, was geschehen war, nicht besonders sinnvoll, mich noch länger in Tunis aufzuhalten.«

»Ihr seid der richtige Mann. Man sagt auch, daß Ihr die Sprache der Türken gelernt habt, während Ihr in Tunis wart. Stimmt das? Könnt Ihr sie sprechen, ja oder nein?«

»Zwei Jahre lang habe ich kaum ein englisches Wort gehört. Aber was hat das mit dem Handel in Indien zu tun? Soweit ich weiß, braucht Ihr ein paar Kaufleute, die Portugiesisch sprechen. Und eine Menge englische ...«

»Hört zu, Sir! Wenn ich lediglich einen Ankerplatz suchen würde, um eine Ladung englischer Waren an Land zu bringen und eine Saison lang Handel zu treiben, dann würde ich keinen Mann wie Euch brauchen. Aber ich will Euch ein wenig über Indien erzählen. Die Herrscher dort werden jetzt Moguln genannt. Früher nannte man sie ›Mongolen‹. Sie waren türkische Afghanen aus Turkestan, bevor sie vor ungefähr hundert Jahren die Herrschaft über Indien übernahmen. Ihr König, derjenige, den sie den Großmogul nennen, spricht immer noch Turki, die Sprache der zentralasiatischen Steppen. Und ich ließ mir sagen, daß dieses Turki der Sprache der verdammten Türken im Mittelmeer sehr ähnlich ist.« Spencer setzte ein verschwörerisches Lächeln auf. »Ich habe einen Plan, aber um ihn in die Tat umzusetzen, brauche ich einen Mann, der die Sprache des Großmoguls spricht.«

Hawksworth erkannte plötzlich, daß Maggie Spencer irgendwie davon überzeugt haben mußte, daß er der einzige Seemann in England war, der türkisch sprach.

»Ich frage Euch, Hawksworth, was ist das Ziel der Ostindischen Kompanie? Nun, wir wollen Wolle gegen Pfeffer und Gewürze tauschen, so einfach ist das. Wir wollen einen Markt finden für englische Waren, hauptsächlich Wolle, und mit billigem Pfeffer nach Hause kommen. Wir können natürlich unten in Java und Sumatra so viel Pfeffer kaufen, wie wir wollen, aber dort nehmen sie keine Wolle an. Wenn wir weiterhin

mit Gold bezahlen, werden wir aus unseren Reisen nach Ostindien nie auch nur einen einzigen Schilling Profit schlagen. Umgekehrt sind wir sicher, daß diese Moguln in Nordindien Wolle akzeptieren werden. Sie kaufen sie bereits bei den verdammten Portugiesen. Aber – sie bauen keinen Pfeffer an.« Spencer beugte sich vor, und sein Blick verdüsterte sich. »Nackte Tatsache ist, daß die Ostindische Kompanie bis jetzt nicht halb so erfolgreich war, wie unsere Anteilszeichner gehofft haben. Inzwischen kam die Idee auf – ich gebe nur ungern zu, daß es George Elkington war, der zuerst daran gedacht hat –, die Idee also, daß wir versuchen sollten, unsere Wolle gegen Baumwollprodukte aus Nordindien einzutauschen. Die Baumwolle soll dann nach Süden verschifft und dort gegen Pfeffer und Gewürze getauscht werden. Indische Händler verkaufen ihren Kattun auf den Gewürzinseln schon seit Jahren. Ihr folgt der Strategie?«
Spencer hatte Hawksworth genau beobachtet und bei der Erwähnung des Namens Elkington ein ärgerliches Aufblitzen in seinem Blick registriert. Er ließ sich jedoch nichts anmerken und fuhr sogleich fort: »Im ganzen keine schlechte Idee, wenn man bedenkt, daß sie von Elkington kommt. Aber was der Mann nicht versteht, ist, daß wir einen richtigen Vertrag brauchen, so wie ihn die Holländer mit ihren Partnern auf einigen Inseln im Süden haben! Sobald man nämlich einen Vertrag hat, kann man eine ständige Handelsstation einrichten, eine Faktorei – und dann das ganze Jahr über Geschäfte machen, das heißt unter anderem kaufen, wenn die Preise am günstigsten sind.«
Hawksworth spürte, daß das Gespräch länger dauern würde, und rückte unbehaglich auf seinem Stuhl hin und her. Maggie stand noch immer aufrecht und formell da und bewahrte eine Würde, die eher eingeübt als natürlich schien. Spencer, der sich für sein Thema mehr und mehr erwärmte, schien ihre Gegenwart zu vergessen.
»Und wenn wir erst einmal eine Faktorei haben, Sir, können wir damit beginnen, ein paar Kanonen zu schicken, ›um unsere Kaufleute zu beschützen‹ wie die Holländer auf den Inseln, und es wird nicht lange dauern, bis die Einheimischen nervös werden. Wenn man die Sache richtig anpackt, werden sie uns ziemlich bald das Handelsmonopol zugestehen.« Spencer lächelte selbstzufrieden: »Beginnt Ihr, meinen Gedankengängen zu folgen?«
»Was Ihr beschrieben habt, entspricht genau der Vereinbarung, die die

Portugiesen zur Zeit in Indien haben.« Hawksworth versuchte, aufmerksam zu erscheinen, aber er konnte seine Augen nicht von Maggie lassen, die hinter Spencer stand und ein triumphierendes Lächeln zur Schau trug. »Und sie haben sehr viele Kanonen und Schiffe, um sicherzustellen, daß *ihr* Handelsmonopol gewahrt bleibt.«
»Wir wissen alles über die portugiesische Kriegsflotte, ihre Werften in Goa und was sonst noch dazugehört. Solche Dinge brauchen Zeit. Indiens Häfen in die Finger zu kriegen hat die Portugiesen Jahre gekostet. Aber ihre Tage sind gezählt, Hawksworth. Das ganze östliche Imperium der Portugiesen ist verrottet. Ich kann es fast riechen. Und wenn wir noch lange zögern, werden die verdammten Holländer zur Stelle sein.« Spencer hatte sich immer mehr in Fahrt geredet, und begann nun, aufgeregt im Zimmer auf und ab zulaufen.
»Wenn Ihr sagt, Ihr wollt einen Vertrag, warum schickt Ihr dann nicht einfach einen Botschafter an den Hof des Großmoguls?«
»Verdammt, Hawksworth, so einfach ist das nicht! Wir können da nicht irgendeinen geckenhaften Landadligen hinschicken, der die Sprache nicht kennt und sich nur durch Hofdolmetscher verständigen kann.« Spencer begann, die Dokumente auf seinem Schreibtisch zu durchwühlen. »Die Dolmetscher sind nämlich die Jesuiten! Verdammte Jesuiten, Papisten direkt aus Lissabon! Wir wissen genau, daß sie für den Hof in Agra sämtliche Übersetzungen erledigen. Wir sind gerade in den Besitz von ein paar Jesuitenbriefen gelangt. Sie kommen aus der Mogulhauptstadt Agra und gehen via Goa nach Lissabon. Aus diesen Briefen geht überdeutlich hervor, was die Kompanie in Indien erwartet.« Seine Suche wurde immer hektischer. »Verflucht, sie waren doch da!« Er richtete sich auf und schlurfte zur Tür. »Entschuldigt mich einen Augenblick.« Hawksworth beobachtete, wie er im Türrahmen verschwand, dann blickte er sich um und sah, daß Maggie lachte. Sie holte ein in Leder gebundenes Päckchen vom Kaminsims und warf es achtlos auf den Schreibtisch. Er merkte, daß er sie voller Bewunderung ansah, und erkannte, daß es Dinge gab, die sich nie änderten.
»Worum zum Teufel geht es hier eigentlich?«
Sie lächelte. Ihre Stimme war dieselbe geblieben. »Das ist doch wohl klar genug.«
»So sehr liegt dir daran, mich aus London fortzuschaffen?«
»Er sorgt für mich. Er liebt mich. Du hast das nie gekonnt.«

»Und was konntest du? Alles, was du wolltest, war doch . . .«
»Ich . . .« – sie schaute weg – »ich weiß, er wird mir geben, was du mir nie geben würdest. Wenigstens fühlt er etwas für mich.« Maggie drehte sich wieder um und bedachte ihn mit einem langen Blick. »Sag, daß du nach Indien fahren wirst . . . Zu wissen, daß du immer noch . . .«
»Verdammt noch mal!« Spencer stürzte zur Tür herein, erspähte das Lederbündel und rief: »Da ist es ja!« Er ergriff es und warf es Hawksworth zu. »Lest das durch, Sir, und Ihr werdet wissen, was auf uns zukommt. Es hat absolut keinen Sinn, jetzt einen echten Botschafter zu schicken.« Er zögerte einen Moment, als sei er sich über die Wortwahl seines nächsten Satzes noch unsicher. »Das Erstaunlichste ist, was sie über den Großmogul selbst sagen, den Mann, den sie Arangbar nennen. Die Jesuiten behaupten, er sei kaum jemals nüchtern. Scheint, daß er von Wein und einer Art Mohnsaft lebt, Opium genannt. Er ist ein Muselman, das ist sicher, aber er säuft wie ein Christ, schluckt vier Liter Wein am Tag. Hält sogar Audienzen mit dem Weinkrug in der Hand. Unser Mann dort muß in der Lage sein, mit dem verdammten Heiden zu trinken und betrunken mit ihm zu parlieren. Ohne Jesuitendolmetscher.« Spencer machte eine Pause. »Und was Euch selbst betrifft, so macht Euch keine Sorgen: Die Kompanie weiß, wie sie Erfolg belohnt.« Hawksworth sah Maggie an. Ihre blauen Augen waren stumm wie Steine.
»Um Euch die Wahrheit zu sagen, Sir, ich weiß noch nicht, ob ich an einer Reise nach Indien interessiert bin. George Elkington könnte Euch den Grund nennen. Habt Ihr mir auch nichts verheimlicht?«
»Zur Hölle mit Elkington! Was hat der damit zu tun?«
Spencer stand vor dem Schreibtisch und sah Hawksworth fest in die Augen. »*Aye*, da ist noch etwas. Es muß aber unter allen Umständen unter uns bleiben. Habe ich Euer Wort?« Hawksworth nickte.
»Sehr gut, Sir. Dann erzähle ich Euch den Rest. Seine Majestät, König James, wird Euch einen persönlichen Brief mitgeben, der diesem Großmogul ausgehändigt werden soll. Und Geschenke, den ganzen üblichen Firlefanz, den diese Potentaten erwarten. Ihr sollt all das überbringen. In dem Brief wird voller und freier Handel zwischen England und Indien angeboten, nicht mehr. Die Portugiesen werden nicht erwähnt. Alles andere kommt später. Zunächst wollen wir lediglich einen Vertrag, der

uns das Recht gibt, *neben* den verdammten Papisten Handel treiben zu dürfen. Dadurch könnten wir ihr Monopol brechen.«

»Aber warum diese Geheimniskrämerei?«

»Das ist doch sonnenklar, Sir! Je weniger Leute wissen, was wir planen, desto geringer ist die Gefahr, daß die Portugiesen davon etwas erfahren. Oder auch die Holländer. Die Papisten und die Butterbüchsen sollen sehen, wie sie zurecht kommen. Hauptsache, wir haben erst einmal den Vertrag. Ihr müßt immer an eins denken: Am Hof des Moguls wimmelt es von Portugiesen, täglich werden ihnen Audienzen eingeräumt. Nicht zu vergessen die Kriegsflotte, mit der sie die gesamte Küste kontrollieren. Sie werden Euch wahrscheinlich nicht gerade mit gebratenem Kapaun und Grog an Land willkommen heißen.«

»Wer weiß sonst noch davon?«

»Keiner. Am allerletzten dieser Windbeutel Elkington, der es innerhalb von vierzehn Tagen zum Gespräch auf allen Märkten machen würde. Er wird an der Reise teilnehmen – was ich bedaure –, aber nur als Chefkaufmann. Zu etwas anderem taugt er ohnehin nicht, obwohl ich wette, daß er selbst anders darüber denkt.«

»Ich brauche ein paar Tage Bedenkzeit«, antwortete Hawksworth. »Auch würde ich gerne einmal die *Discovery* und Eure Navigationskarten für den Indischen Ozean sehen. Ich kenne eine Menge Logbücher über Reisen zum Kap und von dort aus gen Osten, aber kein einziges, das die Route nach Norden beschreibt.«

»Kein Wunder. Wir haben keine Aufzeichnungen. Kein englischer Seemann ist je vom Kap aus nach Norden gesegelt. Ich habe jedoch Nachforschungen angestellt und einen Holländer namens Huygen ausfindig gemacht, der vor langer Zeit einmal dort gefahren ist. Um die Wahrheit zu sagen: Der Mann wurde hier in London geboren und aufgezogen. Er war jedoch Papist, und so ist er, als ihm damals zur Zeit der Armada der Boden unter den Füßen ein bißchen zu heiß wurde, nach Holland gegangen und hat sogar einen holländischen Namen angenommen. Später zog er hinunter nach Portugal, weil er sich für einen Jesuiten hielt, und segelte nach Goa und zu den Inseln. Bald genug hatte er dann aber die Nase voll von der Papisterei und kehrte nach Amsterdam zurück. Ein paar Jahre lang half er holländischen Kaufleuten aus, indem er ihnen genau beschrieb, wie die Portugiesen am Kap und weiter im Osten navigieren. Die Holländer sagen, daß sie ohne die Karten, die er gezeichnet hat, niemals ums Kap herumgekommen wären. Jetzt ist er wieder in London, und wir haben ihn aufgespürt. Er soll inzwischen ein bißchen schwach im Kopf sein, aber es kann trotzdem nicht schaden, wenn Ihr Euch mal mit ihm unterhaltet.«

»Und was ist mit der *Discovery?*«

»Ihr werdet sie sehen, Sir. Sie befindet sich auf unserer Werft unten in Deptford. Wäre vielleicht gut, wenn Ihr Huygen gleich dort trefft. Schaut sie Euch auf jeden Fall an.« Er strahlte. »So was Hübsches werdet ihr wahrscheinlich nicht mehr so schnell zu sehen bekommen . . .« Er dachte nach und drehte sich rasch um. »Sieht man einmal von meiner Margaret hier ab . . .«

Schon am nächsten Tag wurde Hawksworth nach Deptford gebracht. Die Kutsche der Kompanie schob sich mühsam durch den dichten Londoner Verkehr; es schien eine Ewigkeit zu dauern. Das erste, was Hawksworth von der Werft sah, war ein wirres Durcheinander von Planken, Seilen und Arbeitern. Er erkannte jedoch sofort, daß die *Discovery* ein besonderes Schiff zu werden versprach. Der Kiel war schon vor Wochen gelegt worden, und er konnte sehen, daß das Vorderdeck flach und schnittig sein würde. Vom roten Löwen am Vordersteven bis achtern zur Heckreling, wo an den reich verzierten Laufgängen bereits Vergoldungen angebracht wurden, maß sie 130 Fuß. Das Schiff hatte etwa 500 Tonnen Tragfähigkeit, wobei jede Tonne etwa sechshundert Kubikfuß Laderaum beanspruchen konnte, und die Mannschaft würde aus 120 Männern bestehen. Ein ganzes Heer von Zimmerleuten, Malern, Böttchern, Taklern und Tischlern lief geschäftig hin und her, und Kunsthandwerker montierten an Bug und Heck frisch vergoldete Skulpturen.

Hawksworth bemerkte, daß für die Arbeiter überall auf der Werft Bierfässer herumstanden. Sie dienten dazu, die Anziehungskraft der nahe gelegenen Alehäuser abzuschwächen, und er sah, wie der Vormann einen alten, grauhaarigen Gaffer packte und rabiat vom Werftgelände trieb, weil er einen Schluck Bier genascht hatte. Die beiden kamen an ihm vorbei, und er hörte, wie der alte Mann, der ein abgeschabtes Lederwams trug und dessen Gesicht von jahrzehntelangem Salzwind und heftigem Trinken übel gezeichnet war, die Kompanie beschimpfte. »Was weiß diese verfaulte Ostindienkompanie schon von Ostindien?

Mit dieser verpißten Schaluppe werdet Ihr nie das Kap umrunden! Die taugt ja kaum als Fähre auf der Themse!« Der alte Mann leistete dem Vormann, der ihn an der Jacke gepackt hatte, nur wenig Widerstand. »Die Portugiesen, das kann ich Euch sagen, die haben Karacken, die machen das mit Leichtigkeit! Tausendtonner, in deren Orlopdeck dieser Kahn Platz fände und noch Luft lassen würde für hundert Fässer Zwieback. Und ich bin auf ihnen gefahren. Bei allen Heiligen, wo ist der Mann, der Ostindien besser kennt als ich?«

Hawksworth erkannte, daß es sich bei dem Alten um Huygen handeln mußte. Er fing ihn am Rande des Werftgeländes ab und lud ihn in eine Taverne ein, aber der alte, zum Holländer gewordene Engländer lehnte vehement ab.

»Ich hab' nichts zu schaffen mit Euren verrückten Tavernen, Junge, vollgepackt wie sie sind mit pockengesichtigen Landadligen, die an ihren Fleischpasteten herummanschen. Das ist nichts für einen wie mich.« Dann sah er Hawksworth prüfend an und grinste. Sein Mund war eine zahnlose Höhle. »Aber da unten an der Straße ist ein Bierhaus. Dort kann ein Mann mit Salz in den Adern noch immer in Frieden einen heben.«

Sie gingen hin und Hawksworth bestellte die erste Runde. Als die Krüge serviert wurden, begann er die geplante Reise der Kompanie zu beschreiben, und Huygen, der sich zunächst auf den Inhalt seines Kruges konzentriert und dabei ein zynisches Schweigen bewahrt hatte, fragte, was er von der Passage östlich und nördlich des Kaps wisse. Kaum war der Krug geleert, ergriff der alte Mann das Wort: »*Aye*, ich habe die Passage einmal gemacht, zusammen mit Portugiesen. Damals, dreiundachtzig auf dem Weg nach Goa. Und ich war seither noch oft auf den Inseln, mit Holländern, aber nie wieder in dieser stinkigen portugiesischen Kloake.«

»Wie steht es mit der nördlichen Route durch den Indischen Ozean?«

»Ich sag Euch was, junger Mann, das ist was anderes, als nach Java zu schippern. Es ist die rauheste Passage, die Ihr Euch vorstellen könnt. Die Portugiesen schicken Schiffe, die doppelt so groß sind wie die verdammten Fregatten der Kompanie, und trotzdem verlieren sie auf jeder Reise hundert Mann. Wenn der Skorbut sie nicht *alle* frißt. Selbst die Holländer haben höllische Angst davor.«

Huygen kam wieder auf Goa zu sprechen. Seine Erlebnisse dort schienen ihn irgendwie zu verfolgen. Hawksworth fand sein Abschweifen irritierend und wurde ungeduldig.

»Aber wie steht es mit der Passage? Wie steuern sie nördlich vom Kap? Die Kompanie hat keine Karten, sie besitzt keinerlei Aufzeichnungen von Seeleuten, die dort gefahren sind.«

»Wie sollte sie auch?« Huygen warf einen kritischen Blick auf Hawksworth' Geldbörse, die vor ihnen auf dem Tisch lag, und bestellte unauffällig eine weitere Runde. »Die Portugiesen kennen den Trick, junger Mann, aber Ihr werdet keinen dieser Hurenböcke dazu bringen, ihn zu verraten.«

»Gibt es vielleicht einen Passatwind, mit dem man fahren kann? Wie den nach Westen zu den beiden Amerikas?«

»Nichts dergleichen, Junge. Aber es gibt natürlich einen Wind. Nur, daß er von Monat zu Monat umschlägt. Gebt mir die Karte, und ich zeig's Euch.« Huygen streckte die Hand nach dem Pergament aus, das Hawksworth mitgebracht hatte. Es war die neue Weltkarte von John Davis aus dem Jahr 1600. Er breitete sie auf dem Tisch aus, ohne sich um die schmierigen Flecken und das übergeschwappte, eintrocknende Bier zu kümmern und starrte sie einen Moment lang wie benommen an. Dann wandte er sich an Hawksworth. »Wer hat diese Karte gezeichnet?«

»Sie ist von einem englischen Navigator zusammengestellt worden. Nach Aufzeichnungen, die er auf seinen Reisen gemacht hat.«

»Dieser lügende Wechselbalg einer spanischen Hure! Diese Karte von Indien habe *ich* gezeichnet, vor Jahren schon, für die Holländer. Aber was soll's? Er hat's wenigstens richtig abgekupfert.« Huygen spuckte auf den Fußboden und stieß dann mit einem Finger auf die Ostküste Afrikas. »Also, wenn Ihr zu früh im Sommer die Straße von Mosambik verlaßt und in den Indischen Ozean kommt, so werdet Ihr bald feststellen, daß Ihr die einzigen seid, die so dämlich waren, auszulaufen. Der Monsun wird Euch bis auf die Beplankung zerschlagen. Kommt Ihr zu spät – sagen wir mal, erst in der zweiten Septemberhälfte –, dann hat der Wind bereits umgeschlagen, und Ihr kämpft die ganze Strecke über gegen diesen Gegenwind. Seid Ihr aber gegen Ende August nördlich von Sokotra, so gelangt Ihr mit einem beständigen, frischen Wind direkt bis nach Nordindien. Das ist der letzte Zipfel des Monsuns, junger Mann, kurz bevor die Winde wechseln. Zwei Wochen, höchstens drei, das ist alles, was Ihr habt. Macht Ihr's aber richtig, dann werdet Ihr gerade zu

dem Zeitpunkt landen, da Indiens Häfen für die herbstliche Handelssaison geöffnet werden.«
Huygens Stimme verlor sich, als er griesgrämig den Boden seines Bierkrugs inspizierte. Hawksworth winkte nach einer dritten Runde.
Als der alte Mann trank, wich die Härte aus seinem Blick. »*Aye*, Ihr könntet's schaffen. Ihr seht so aus, als könntet Ihr mit einem Schiff umgehen. Aber *warum* wollt Ihr fahren? Ich warne Euch. Das Land wird Euch verschlingen, junger Mann. Ich war ja nur in Goa, unten an der indischen Westküste, aber das genügte schon fast. Nie habe ich einen Menschen aus dem Landesinnern zurückkehren sehen. Irgendwas hält einen da fest. Die Portugiesen sagen, Indien verändert dich. Du bist nicht mehr der, der du mal warst. Alles, was wir hier wissen und kennen, ist dort vollkommen unerheblich.«
Huygens Gedanken drifteten ab, seine Augen waren glasig vom Bier, er vergaß die Realität. Dennoch hörte er nicht auf zu sprechen: »Wißt Ihr was, junger Mann, ich hab' wirklich mal ein paar Engländer nach Indien gehen sehen. Damals, dreiundachtzig, in dem Jahr, als ich in Goa war. Man hat nie wieder was von ihnen gehört.«
Hawksworth starrte den alten Mann einen Moment lang an, und plötzlich wußte er Bescheid: Der Name, das Datum . . . 1583. Huygen mußte der holländische Katholik sein, von dem erzählt wurde, er spräche fließend Englisch und habe sich für die englische Kundschaftergruppe eingesetzt, die in jenem Jahr von den Portugiesen in Goa ins Gefängnis geworfen worden war. Hawksworth versuchte, seinen aufgeregt klopfenden Puls unter Kontrolle zu bekommen.
»Erinnert Ihr Euch an die Namen der Engländer?«
»Glaube, der Anführer hieß Symmes. Aber das ist lange her, mein Junge. In Goa war ganz schön was los damals. Hatte Glück, überhaupt noch wegzukommen. Indien, versteht Ihr. Man ist 'ne Weile da, und irgendwas fängt an, einen zu halten. Selbst in Goa. Nach 'ner Zeit scheint all dies hier . . .« Huygen machte eine liebevolle, alles umfassende Geste. Um sie herum saßen schwitzende Arbeiter und Seeleute, tranken, stritten, fluchten und handelten mit einer Schar müder Prostituierter in schmutzigen, zerlumpten Kleidern. »All dies hier scheint . . .« Wieder geriet er ins Stocken und nahm einen großen Schluck Ale zu sich. Es gelang ihm nicht, seine Gedanken in Worte zu fassen. »Bin noch nie 'n großer Redner gewesen. Wie dem auch sei: Laß

es sein, mein Junge. Wenn Ihr nach Indien geht, richtig ins Landesinnere, dann wette ich, daß man nie wieder von Euch hören wird. Ich hab's schon mal erlebt.«
Huygens Geschichten über Indien, denen Hawksworth nun gebannt zuhörte, waren ein seltsames Gemisch aus Bierseligkeit und Träumerei. Erst viele leere Krüge später trennten sie sich.
Noch am selben Abend beschloß Hawksworth, die Kommission zu übernehmen.

Die *Discovery* schlingerte heftig, und Hawksworth warf einen Blick auf die Taljen, die die beiden bronzenen Heckgeschütze sicherten. Dann erinnerte er sich, warum er das Achterdeck verlassen hatte, schloß die oberste Schublade des Schreibtischs auf und nahm das Logbuch heraus. Es könnte eines Tages das wertvollste Buch in ganz England werden, dachte er. Es wird das erste englische Logbuch sein, das beschreibt, was es mit der Reise nach Indien *wirklich* auf sich hat. Die Kompanie wird eine vollständige Beschreibung des Wetters und der See besitzen. Immer vorausgesetzt, daß wir überhaupt nach England zurückkehren . . .
Der Westwind, den Huygen für Ende August vorausgesagt hatte, trug sie tatsächlich gute hundert Landmeilen pro Tag voran. Sie nutzten die letzten Winde des Monsuns, und diese waren noch immer recht stürmisch. Aber es bestand keine Frage mehr, daß englische Fregatten in der Lage waren, die Passage zu meistern.
Gegen Ende August war jedoch auf ihrem Schwesterschiff, der *Resolve*, der Skorbut zur Epidemie geworden. Die Zähne der Männer lockerten sich, ihr Zahnfleisch blutete, und sie begannen, über Schmerzen und Brennen in den Gliedern zu klagen. Dies war um so tragischer, als inzwischen die Chance bestand, dieser ewigen Geißel der Seefahrer möglicherweise ein für allemal den Garaus zu machen: Lancaster hatte auf der ersten Reise der Ostindischen Kompanie eine epochale Entdekkung gemacht: Zur Probe hatte er Flaschen mit Zitronensaft an Bord seines Flaggschiffs genommen und jedem Seemann befohlen, pro Tag drei Löffel davon einzunehmen. Sein Schiff war das einzige unter dreien gewesen, das dem Skorbut widerstanden hatte.
Hawksworth hatte mit Kapitän Kerridge von der *Resolve* diskutiert und darauf gedrungen, zur Vorbeugung Zitronensaft zu laden. Aber Kerridge hatte schon immer etwas gegen Lancaster gehabt, besonders weil

dieser nach der Rückkehr von einer Reise, die kaum Profit erbracht hatte, zum Ritter geschlagen worden war. Er weigerte sich ganz einfach, an die Wirksamkeit von Lancasters Entdeckung zu glauben.

»Das war reiner Zufall. Ich glaube, Lancaster hat lediglich Glück gehabt. Und jetzt läuft er herum und behauptet, Salzfleisch verursache Skorbut. Verdammte Narretei! Ich sage: Salzfleisch ist gut für die Jungs! Kocht es mit einer Portion Trockenerbsen auf, und ich eß es selber. Die *Resolve* wird bevorratet werden wie immer. Schiffszwieback, eingesalzenes Schweinefleisch, holländischer Käse. Jeder Dummkopf weiß, daß die Männer Skorbut bekommen, wenn sie im Schlaf den Tau und die Feuchtigkeit der Nacht einatmen. Schließt nachts Eure Stückpforten, und Ihr werdet den verdammten Skorbut nicht zu sehen bekommen.«

Hawksworth hatte Kerridge in Verdacht, daß es ihm in Wirklichkeit um die Kosten ging: Zitronensaft wurde importiert und war teuer. Als die Kompanie sein Gesuch um eine Zuteilung abgelehnt hatte, hatte Hawksworth die *Discovery* aus seinem eigenen Vorschuß bevorratet, und Kerridge hatte ihn einen Narren geheißen.

Hawksworth' Befürchtungen erfüllten sich: Die ganze Reise über wurde die Mannschaft der *Resolve* vom Skorbut geplagt, obwohl sie Ende Juni Sansibar angelaufen hatten, um frische Vorräte an Bord zu nehmen. Vor sechs Wochen blieb ihm keine andere Wahl als die Hälfte des noch vorhandenen Zitronensaftvorrats auf das Schwesterschiff verbringen zu lassen. Dies bedeutete, daß er die Ration der *Discovery* auf einen Löffel pro Tag kürzen mußte, und das war nicht genug.

In der ersten Septemberwoche waren sie der indischen Küste so nahe gekommen, daß sie das Land fast riechen konnten, aber er wagte nicht, an Land zu gehen. Noch nicht. Nicht ohne einen indischen Lotsen, der sie an den berüchtigten Sandbänken und Untiefen würde vorbeiführen können, die die Küste wie riesige untergetauchte Klauen säumten. Die Monsunwinde legten sich. Gewiß war auch bald mit indischen Schiffen zu rechnen. Sie drehten bei und warteten. Und während sie warteten, sahen sie, wie die letzten Wasserfäßchen von grünem Schleim erstickt wurden, wie die Wachskerzen in der Hitze dahinschmolzen und wie der restliche Zwieback fast zur Gänze den Rüsselkäfern zum Opfer fiel. Hungrige Seeleute setzten Preise aus auf die Ratten, die die Wanten entlangrannten. Wie lange konnten sie überleben?

Hawksworth erreichte die letzte Eintragung im Logbuch. Gestern. Der Tag, auf den sie gewartet hatten.

»*12. Sept.* Liegen unter Lee. Geschätzte Länge vom Kap 50° 10′ O. Beobachtete Breite 20° 30′. Um sieben Uhr morgens bringen wir ein großes, indisches Schiff dazu, beizudrehen, indem wir ihm vier Schuß vor den Bug setzen. Wir übernehmen von diesem Schiff einen Lotsen und bezahlen mit spanischen Silbermünzen zu acht Reales. Boten zunächst englische Goldsovereigns an, aber diese wurden als unbekannte Währung zurückgewiesen. Kauften sechs Faß Wasser, einige Körbe Zitronen, Melonen, Feigen.«

Die Vorräte hatten – verteilt auf zweihundert hungrige Seeleute – kaum für den Tag gereicht. Aber mit dem Lotsen konnten sie wenigstens Land ansteuern. Und das hatten sie auch getan, um einen furchtbaren Preis. Und selbst dieser Ankerplatz konnte nicht gehalten werden. Er war zu offen, zu leicht zu attackieren. Hawksworth hatte damit gerechnet und recht behalten. Aber er wußte auch, wo sie vielleicht Sicherheit finden würden.

Am Abend zuvor hatte er dem indischen Lotsen befohlen, eine Karte von der Küste zu beiden Seiten der Tapti-Mündung zu zeichnen. Die Gründe dafür hatte er ihm nicht genannt. Auf der Karte entdeckte er fünfzehn Meilen nördlich eine Bucht, die Swalley hieß. Das Wasser dort schien ziemlich seicht zu sein, und umliegende Hügel, die einen Einblick von der offenen See her verhinderten, boten Schutz. Selbst wenn die Portugiesen sie dort entdeckten, würde der Tiefgang ihren Galeonen eine Annäherung verbieten. Sie würden höchstens Entertruppen in Pinassen oder Brandern schicken können. Die Bucht bedeutete einen Zeitgewinn – Zeit, die Vorräte aufzufüllen, vielleicht sogar Zeit, die Männer an Land gehen zu lassen und die Kranken und Verwundeten zu versorgen. Je länger der Ankerplatz geheimgehalten werden konnte, desto größer waren ihre Chancen. Er hatte bereits versiegelte Order vorbereitet, mit denen Kapitän Kerridge angewiesen wurde, die beiden Fregatten nach Einbruch der Dunkelheit, sobald ihre Manöver nicht mehr von Spähern, die sich an der Küste verborgen halten mochten, verfolgt werden konnten, in die Bucht zu steuern.

Hawksworth atmete tief durch und schlug eine leere Seite im Logbuch auf.

Er wußte, daß nun ein Moment gekommen war, den er gefürchtet und

immer wieder hinausgeschoben hatte: die letzte Eintragung der Hinreise.
Vielleicht war es die letzte überhaupt.

2

Der Wert des Lotsen stand nie in Frage. Er war ein versierter Seemann und hatte sie souverän durch die nirgendwo verzeichneten Strömungen und Untiefen der Bucht geführt. Sie hatten einen direkten Kurs Ostnordost abgesteckt und waren unter Bramsegeln mit der Nachtbrise gelaufen, um in der Morgendämmerung an der Mündung der Tapti Anker zu werfen. Während der Nacht war die *Resolve* dichtauf geblieben und hatte nach der Hecklaterne der *Discovery* gesteuert.
Als hart und plötzlich das erste Licht im Osten aufbrach, lag sie vor ihnen – die Küste Indiens, Land, der Anblick, auf den sie sieben lange Monate gewartet hatten. Unter allgemeinem Jubel hatte er die Flagge hissen lassen – das rote Kreuz, weiß gerändert, in einem blauen Feld – die erste englische Flagge, die vor Indiens Küste wehte.
Als aber die Fahne achtern den Flaggstock emporschnellte und die Männer an Deck gerade dabei waren, mit dem traditionellen *hornpipe*-Tanz das denkwürdige Ereignis zu feiern, wurde die festliche Stimmung plötzlich durch einen Schrei vom Großmast unterbrochen.
»Schiffe in Sicht, Richtung Steuerbord!«
In der Stille, die das Schiff mit einem Male umhüllte wie ein Leichentuch und das Stimmengewirr und Fußgetrappel schlagartig zu Eis gefrieren ließ, war Hawksworth die Kajütstreppe zum Achterdeck hinaufgestürzt und hatte ungläubig durch sein Fernrohr die fremden Schiffe betrachtet.
Vier Galeonen ankerten an der Flußmündung – portugiesische Kriegsschiffe, jedes mit Leichtigkeit tausend Tonnen und damit mehr als doppelt so groß wie die *Discovery*.
Hawksworth hatte schnell die Möglichkeiten überdacht, die ihnen jetzt noch blieben. Sollten sie die Segel streichen und beidrehen? Dazu war es zu spät. Sollten sie die portugiesische Flagge hissen und darauf spekulieren, den Gegner mit diesem alten Trick zu überraschen? Die Chance,

daß die andere Seite darauf hereinfiel, war gering. Wenden und auf die offene See flüchten? Nie. Ein englischer Seemann tat so etwas nicht. Die Antwort hieß vielmehr: am Wind bleiben und kämpfen. Hier in der Bucht.

»Mackintosh!« Hawksworth drehte sich um und sah, daß der Steuermann bereits erwartungsvoll auf dem Hauptdeck stand. »Befehlt Malloyre, die Stückpforten zu öffnen. Laßt die Segel naßmachen und vergewissert Euch, daß das Kombüsenfeuer aus ist.«

»*Aye*, Sir. Wird blutig werden.«

»Was zählt ist, wer am meisten blutet! Befehlt jeden diensttauglichen Mann auf seinen Posten!«

Als Hawksworth sich umdrehte, um den Kolderstock zu prüfen, den langen, hölzernen Hebel, der das Ruder des Schiffes betätigte, spürte er in sich einen merkwürdigen Widerstreit unterschiedlicher Gefühle. Von zwei Feindbegegnungen in früheren Jahren her wußte er bereits, wie sein Körper auf unmittelbar bevorstehende Gefahr reagierte: Ähnlich war es gewesen, als er damals auf der Amsterdam-Route vor der Küste Schottlands auf lauernde Freibeuter stieß, und dann wieder auf seiner letzten Fahrt durch das Mittelmeer, als sein Konvoi die Galeeren türkischer Piraten sichtete. Während sein Kopf die Strategie überdachte und eiskalt Detail für Detail durchging, hatte sein Magen die Fassade der Vernunft Lügen gestraft und sich in instinktiver, ursprünglicher Angst verkrampft. Und heute? Wird mein Kopf oder mein Körper die Oberhand gewinnen, fragte er sich. Die Chancen standen schlecht, selbst wenn es ihnen gelang, den Wind für sich zu nutzen. Und wenn die Portugiesen Mannschaften an den Geschützen hatten, die ihr Handwerk verstanden . . .

Hawksworth' Blick fiel auf den indischen Lotsen, der gelassen und mit ausdrucksloser Miene am Ruderhaus lehnte. Er trug einen winzigen Schnurrbart und lange, getrimmte Koteletten. Im Gegensatz zu den englischen Seeleuten, die alle barfuß herumliefen und bis zur Taille nackt waren, war er korrekt gekleidet, noch immer so, wie er an Bord gekommen war. Auf seinem Kopf saß ein frischer Turban aus weißer Baumwolle. Die schmalen Ohren mit den kleinen, juwelenbesetzten Ohrringen blieben frei. Ein fleckenloser, gelber Umhang bedeckte die Taille und den oberen Teil seiner enggeschnittenen blauen Hosen.

Zum Teufel mit ihm! Weiß er etwas? Hat er uns in eine Falle gesteuert?

Der Lotse schien Hawksworth' Gedanken lesen zu können und brach das Schweigen. Sein Turki wies den harten Akzent seiner Heimatprovinz Gudscharat auf.
»Das ist Eure erste Prüfung. Ohne Zweifel beobachten Euch Späher des Moguls von der Küste aus. Was werdet Ihr tun?«
»Nun, was wohl? Wir stellen uns den Halunken entgegen. Ich glaube mit Malloyres Kanonieren können wir . . .«
»Dann erlaubt mir eine Bemerkung. Ein bescheidener Vorschlag, der Euch aber möglicherweise von Nutzen sein kann. Seht Ihr, dort –«, er streckte den Arm aus und zeigte auf die Küste, »direkt bei den Galeonen, dort, wo der Vogelschwarm wie eine dunkle Wolke durch die Luft wirbelt, das ist die Flußmündung. Zu beiden Seiten gibt es zahlreiche Sandbänke, die der Fluß dort abgelagert hat. Jenseits der Sandbänke befinden sich Wasserarme, die Ihr von hier aus nicht sehen könnt. Für die Galeonen sind sie zu flach, aber vielleicht reicht die Wassertiefe für Eure Fregatten. Gelangt Ihr dorthin, so seid Ihr, die Heckgeschütze ausgenommen, außerhalb der Reichweite der portugiesischen Kanonen. Das wird die Feinde zu dem Versuch zwingen, Eure Schiffe von Langbooten aus zu entern, und das ist etwas, was die portugiesische Infanterie schlecht beherrscht und nur mit großem Widerwillen tut.«
»Gibt es Wasserarme auf beiden Seiten der Flußmündung? Sowohl nach Luv wie nach Lee?«
»Aber gewiß doch, mein *feringhi*-Kapitän.« Der Mann bedachte Hawksworth mit einem verwunderten Blick. »Aber nur ein Narr würde sich in Lee halten.«
Hawksworth inspizierte die Küstenlinie mit dem Fernrohr, und langsam nahm ein gewagter Plan in seinem Kopf Gestalt an. Warum sollen wir eigentlich mit *beiden* Fregatten nach Luv halten? Genau das werden die Portugiesen erwarten. Und aus ihrer Position heraus werden sie wahrscheinlich den Windvorteil haben; sie werden uns leewärts zwingen, uns ausmanövrieren. Das bedeutet einen offenen Kampf –, und die *Resolve* kann kaum noch eine gesunde Wache aufbieten! Wie soll sie ihre Geschütze bemannen, wie die Segel? Aber vielleicht braucht sie das gar nicht. Vielleicht gibt es einen anderen Weg.
»Mackintosh!« Der Steuermann stieg die Kajütstreppe zum Achter-

deck hinauf. »Laßt Großsegel und Focksegel einnehmen und die Toppsegel reffen. Wir drehen bei, um die Geschütze auszufahren. Und signalisiert der *Resolve.* Ich arbeite inzwischen Befehle für Kerridge aus.«
Hawksworth prüfte die Morgenbrise und schmeckte ihren Biß. Die Matrosen begannen, die Wanten hochzuklettern, und erwärmten die kühle Morgenluft mit deftigen Flüchen. Die *Discovery* stampfte und schlingerte im Wellenschlag. Hawksworth sah dem Treiben über ihm eine Weile zu, dann wandte er sich ab und ging hinunter in die Kapitänskajüte. Auf dem Hauptdeck war bereits ein halbes Dutzend Männer damit beschäftigt, das Langboot für die Befehlsübermittlung aus seinen Befestigungen zu lösen.
Als er nach einiger Zeit mit der in Öltuch eingewickelten Depesche wieder an Deck kam, war das Boot zu Wasser gelassen und die Ruderer hatten ihre Posten bezogen. Ohne ein Wort zu sagen, übergab er Mackintosh das Päckchen und stieg wieder zum Achterdeck hinauf.
Der indische Lotse lehnte im Schatten des Dreiecksegels an der Reling und betrachtete die Galeonen.
»Drei von ihnen kenne ich. Es sind die *São Sebastião*, die *Bon Jesus* und die *Bon Ventura.* Sie sind erst letztes Jahr nach dem Monsun eingetroffen, um unsere Schiffahrtswege zu patrouillieren und ein Gesetz zu erzwingen, das allen indischen Schiffen gebietet, von den Behörden in Goa eine Handelslizenz zu erwerben.«
»Und was ist mit der vierten Galeone?«
»Es heißt, sie sei erst im Frühjahr in Goa eingetroffen. Ihren Namen kenne ich nicht. Es gibt Gerüchte, daß sie den neuen Vizekönig gebracht hat, noch bevor seine vierjährige Amtszeit begonnen hat. Ich habe sie noch niemals hier im Norden gesehen.«
Mein Gott! War das Schicksal der Kompanie somit besiegelt? Eine Reise, deren Erfolg von strengster Geheimhaltung abhängt, stößt auf eine Flotte, die den neuen Vizekönig von Goa trägt, den mächtigsten Portugiesen in ganz Indien.
»Sie sind unbesiegbar.« Der Lotse fuhr fort, und seine Stimme klang immer noch fast geschäftsmäßig kühl. »Unsere Gewässer gehören diesen Galeonen. Sie verfügen über zwei Geschützdecks. Kein indisches Schiff, nicht einmal die kühnen Korsaren an der Malabarküste im Süden wagen es, sie auf offener See anzugreifen. Schiffseigner, die sich nicht unterwerfen und sich weigern, eine portugiesische Handelslizenz zu

kaufen, müssen Hunderte von Meilen vom Kurs abweichen, um die Patrouillen zu umgehen.«

»Und was erwarten sie von uns? Daß wir beidrehen und die Flagge streichen? Kampflos?« Hawksworth wunderte sich über die gelassene Unbetroffenheit des Lotsen.

»Handelt, wie Ihr wünscht. Während meines kurzen Dienstes an Bord Eures Schiffes habe ich eine Menge Prahlereien über den englischen Mut gehört. Ein indischer Kapitän würde bei einer solchen Gelegenheit allerdings Vorsicht walten lassen. Streicht die Flagge und bietet an, eine Lizenz zu kaufen. Sonst werdet Ihr als Pirat behandelt.«

»Kein Engländer wird jemals einem Portugiesen oder einem Spanier für eine Handelslizenz Geld geben! Genausowenig wie für eine Genehmigung zum Ankern!« Hawksworth wandte sich ab und versuchte, den kalten Schweiß, der sich auf seiner Brust sammelte, zu ignorieren. »Wir haben das niemals getan, und wir werden es niemals tun.«

Der Lotse betrachtete ihn einen Augenblick versonnen und lächelte dann: »Wir kennen die Portugiesen gut, vielleicht besser als Ihr. Schon seit einem Jahrhundert suchen sie unser Land mit ihren grausamen Überfällen heim. Es begann damit, daß der barbarische Kapitän Vasco da Gama die Küste von Malabar an der Südspitze Indiens entdeckte. Er besaß den portugiesischen Riecher für den Reichtum anderer, und als er später mit zwanzig Schiffen wiederkam, erhoben sich unsere Kaufleute gegen ihn. Doch er vernichtete ihre Flotte und nahm Gefangene zu Tausenden. Und diese ließ er nicht einfach hinrichten, nein, nein! Vorher ließ er ihnen erst noch Ohren, Nasen und Hände abschneiden und schickte sie dem örtlichen Radscha mit der Empfehlung zu, ein Currygericht daraus zu machen . . . Dann kam ein portugiesischer Kapitän namens Albuquerque mit noch mehr Kriegsschiffen, um unsere Handelsverbindungen im Roten Meer zu zerstören. Und als die Diener des Islam sich erneut erhoben, um zu verteidigen, was uns gehört, da hat Allah, der Barmherzige, noch einmal entschieden, sein Gesicht von ihnen abzuwenden. Die ungläubigen Portugiesen schickten bald eine Flotte nach der anderen. Sie eroberten in derselben Zeit, die ein Knabe braucht, um mannbar zu werden, unseren Ozean und raubten uns die Herrschaft über unseren Handel.«

Das Gesicht des Lotsen blieb ausdruckslos, als er fortfuhr, doch streckte er jetzt die Hand aus und ergriff Hawksworth' Ärmel. »Dann brauchten sie eine Handelsstation und bestachen Piraten, ihnen beim Sturm auf unsere Küstenfestung Goa zu helfen. Diesen Ort, eine Inselzitadelle mit einem tiefen Hafen, machten sie zum Sammelplatz für all ihr Plündergut, für die Gewürze, Juwelen und Farben, für all das Silber und das Gold, das sie uns gestohlen haben. In Indien selbst einzumarschieren, wie es später die Moguln taten, dazu fehlte ihnen der Mut. Aber sie machten unsere Gewässer zu einem Imperium des Unglaubens. Von der afrikanischen Küste zum Persischen Golf und bis hin zu den Molukken im Süden beherrschen sie die Meere. Und es geht ihnen nicht nur um Eroberungen und Handelsverträge, die sie erzwingen, sondern sie wollen auch, daß wir zu ihrer Religion der Grausamkeit übertreten. Sie überfluteten unsere Häfen mit ganzen Scharen von unwissenden Priestern. Es war für sie ein Kreuzzug gegen den Islam, ein Kreuzzug gegen den einen Wahren Glauben, der vorübergehend erfolgreich war, während barbarische christliche Angriffe auf unser heiliges Mekka stets fehlgeschlagen sind.«

Der Lotse wandte sich nun direkt an Hawksworth, und einen Augenblick lang umspielte ein Lächeln seine Lippen. »Und jetzt seid ihr Engländer gekommen, um die Portugiesen vom Meer aus herauszufordern. Vergebt mir, wenn ich lächle. Selbst wenn Ihr heute vor ihnen besteht – was ich bezweifle, wie ich Euch sagen muß –, und selbst wenn eines Tages Eure Kriegsschiffe folgen und sie gänzlich aus unseren Gewässern vertreiben – selbst wenn all das geschehen sollte, so werdet Ihr dereinst feststellen müssen, daß Euer Sieg ohne Substanz war, hohl wie damals der Erfolg der Portugiesen. Wer immer mit den Waffen in der Hand nach Indien kommt, wird von diesem Land in Besitz genommen und aufgerieben, seit vielen Jahrhunderten schon. Sie kommen und rauben uns unseren Reichtum, wir aber nehmen ihnen dafür ihre Seelen; was schließlich übrigbleibt, sind leere Hülsen. Es wird bei Euch nicht anders sein, englischer Kapitän. Ihr werdet Indien nie besitzen. Es ist Indien, das von *Euch* Besitz ergreifen wird.«

Er blickte auf. Am Horizont blähten sich die Segel der Galeonen. »Ich glaube allerdings, daß heute uns die Portugiesen die Mühe ersparen.«

Hawksworth musterte den Lotsen kritisch und bemühte sich, den Sinn seiner Worte zu entschlüsseln. »Ich will Euch etwas über England erzählen«, antwortete er dann langsam. »Alles, was wir wollen, ist freier Handel für Euch und für uns, und wir haben keine Priester, die wir

schicken könnten. Nur katholische Händler kommen mit Soutanen im Schlepptau. Und wenn Ihr glaubt, wir würden heute nicht bestehen, so wißt Ihr weniger als nichts über die Engländer: Den Kampf zur See beherrschen wir besser als alle anderen. Vor dreißig Jahren zerstörten unsere Seeleute die spanische Armada, die ausgesandt war, England zu erobern. Bis auf den heutigen Tag haben die Spanier und Portugiesen unsere einfache Strategie nicht verstanden. Sie glauben noch immer, ein Kriegsschiff wäre nichts weiter als eine schwimmende Festung. Sie versuchen, mit Infanteristen die feindlichen Schiffe zu entern. Wir Engländer dagegen wissen, daß Seeschlachten durch Kanonen und durch geschickte Schiffsmanöver gewonnen werden, nicht durch Soldaten.«
Hawksworth verwies den Lotsen auf die *Discovery*. Die Fregatte hatte wenig Tiefgang und war äußerst wendig. Die »Kastelle«, ungefüge Aufbauten an Bug und Heck, in denen spanische und portugiesische Kommandeure ihre Infanterie aufzustellen pflegten, fehlten.
»Eure Schiffe sind gewiß kleiner als portugiesische Galeonen, das gebe ich zu«, sagte der Lotse nach einer Pause, »doch sehe ich darin keinen Vorteil.«
»Den werdet Ihr bald genug erkennen. Die *Discovery* segelt höher am Wind und gehorcht dem Ruder schneller als jedes andere Schiff.«
Hawksworth erhob sein Fernrohr und betrachtete die Galeonen aufs neue. Wie er erwartet hatte, kreuzten sie unter vollen Segeln herauf.
Gut. Jetzt konnte drüben die *Resolve* nach seinen Befehlen manövrieren. Das Beiboot kehrte zurück, sein Bug tauchte vornüber in jedes Wellental. Auf der *Resolve* kletterten Matrosen in die Wanten und in die Takelage. Hawksworth beobachtete mit Befriedigung, wie das Großsegel des Schwesterschiffes in den Wind drehte und wie ihr Sprietsegel sich bauschte. Der Befehl lautete, leewärts zu steuern und sich immer außerhalb der Reichweite der feindlichen Geschütze zu halten.
Wie ich die Portugiesen kenne, sagte sich Hawksworth, werden sie vor lauter Ungeduld eine Salve nach der anderen verschwenden. Es erfordert Mut, das Feuer so lange zurückzuhalten, bis man sich selbst direkt vor den Geschützen des Feindes befindet. Aber nur dann ist Treffsicherheit gewährleistet. Für die meisten Portugiesen genügt es schon, wenn es ordentlich kracht und raucht, das verstehen sie unter einer Schlacht. In Wirklichkeit erreichen sie dadurch aber nur, daß sich ihre Kanonen überhitzen und unbrauchbar werden.

Hawksworth machte sich auf den Weg hinunter ins Geschützdeck. Das Geräusch seiner Stiefel auf der Leiter verlor sich im Knarren der hölzernen Lafetten. Die Männer legten sich mit Macht in die Taue und fuhren vorsichtig die Kanonen aus. Die *Discovery* war mit gußeisernen Vierzehnpfündern auf Blockräderlafetten bewaffnet und mit zweiundzwanzig Fässern Schießpulver und fast vierhundert Eisenkugeln munitioniert. Hawksworth hatte darüber hinaus einen Vorrat an Stangenkugeln und Kartätschengeschossen mitgenommen – die letzteren dünne, mit Eisensplittern gefüllte Hülsen, die man gemeinhin aus kurzer Entfernung gegen feindliche Segel und Takelage einsetzte.
Durch die jetzt geöffneten Stückpforten und oberen Luken fiel das Tageslicht wie durch Schächte, hellte die ansonsten nur von flackernden Laternen schwach beleuchtete Düsternis auf und ließ die massiven Balken, die die oberen Decks trugen, erstrahlen. Die Hängematten, in denen die Besatzung die Nacht verbracht hatte, waren beiseite gezurrt worden; dennoch wirkte der Raum luftlos und war schon stickig von der Morgensonne. Der ranzige Geruch von Schweiß, vermischt mit dem vom frischen Salpeter des Schießpulvers, hinterließ einen bittersüßen Geschmack in Hawksworth' Mund.
Aufmerksam ging der Kapitän das Geschützdeck ab. Er kontrollierte die hölzernen Kübel mit gesäuertem Urin und die langen Rohrwischer zwischen den Kanonen, mit denen nach jeder Salve die rauchenden Rohre von glühenden Metallteilchen gereinigt werden mußten. Unterließ man es, so konnte es beim Einbringen der nächsten Pulverladung zu einer Explosion kommen. Hawksworth zählte die Pulversäcke aus Lammfell, die man zum Schutz vor Funkenflug in wassergetränkte Decken gehüllt hatte. Er schaute zu, wie Edward Malloyre, der Mann, den einige Leute für den besten Kanonier von ganz England hielten, das Zündloch jeder Kanone prüfte, um sich zu vergewissern, daß die von ihrer letzten Geschützübung in der Straße von Mosambik zurückgebliebenen Gase keine Korrosionsschäden hervorgerufen hatten.
»Meister Malloyre!«
»*Aye*, Sir, alles in Ordnung. Die spanischen Halunken werden eine satte Portion englischen Eisens zu schmecken kriegen!«
Malloyre, der sich nie die Mühe gemacht hatte, Spanien von Portugal zu unterscheiden, war gebaut wie ein Bär; er hatte kurze Säbelbeine und einen Rumpf wie ein Baumstamm. Er richtete sich auf, wobei sein kahl

werdender Schädel es sorgfältig vermied, mit den kantigen Balken in Berührung zu kommen, und spähte in die Düsternis.

»Ich möchte die Backbordgeschütze vorne mit Stangenkugeln und achtern mit Kartätschen geladen haben«, sagte Hawksworth. »Aber richtet die Kartätschen auf die Decks, nicht auf die Segel.«

Malloyre starrte ihn ungläubig an. Der Befehl bedeutete, daß es eine Schlacht ohne Pardon geben würde. Wenn Kartätschengeschosse gegen Mannschaften eingesetzt wurden, so gab es keine Chancen für einen Waffenstillstand. Aber erst jetzt wurde ihm die eigentliche Bedeutung des Befehls klar und traf ihn wie ein Schlag vor die Brust: »Die Munition ist für kurze Entfernungen. Wenn wir längsseits gehen, werden die Bastarde entern und über uns herfallen wie Köter über eine läufige Hündin.«

»Es ist Befehl, Malloyre. Beeilt Euch. Bereitet zuerst die Steuerbordsalve vor. Und zündet schon die Luntenstöcke an.« Hawksworth drehte sich um, um die Kugeln zu zählen, und nahm nachdenklich einen der Luntenstöcke, die auf dem Boden lagen, in die Hand. Er befühlte die ölgetränkte Zündschnur an der Spitze und spürte ihren dumpfen Geruch, der ihn an jenen Tag vor zwei Jahren im Mittelmeer erinnerte, als vorn und achtern türkische Piratengaleeren lagen, als es kein Pardon gegeben hatte und keine Hoffnung . . .

»Entschuldigt, Sir.« Malloyres Stimme klang dringlich und brachte ihn in die Gegenwart zurück. »Wie lautet der Feuerbefehl?«

»Steuerbordsalve als volle Breitseite auf das untere feindliche Geschützdeck!«

»*Aye, aye,* Sir.« Er machte eine Pause. »Der Herr Jesus möge geben, daß wir lange genug leben, um wenigstens die Rohre zu wischen.«

Malloyres Schlußworte hätten ihn bis aufs Hauptdeck hinauf verfolgt, doch gingen sie unter im dumpfen Dröhnen von Kanonenschüssen, das plötzlich über die Bucht rollte. Die Galeonen waren dabei, sich zu verteilen und die *Resolve* einzukreisen. In rascher Folge spien sie Salve um Salve aus und rings um die Fregatte zischte eine Wasserfontäne nach der anderen auf. Die *Resolve* näherte sich jedoch schnell dem Flachwasser, das ihr Sicherheit bot. Gleich wird sie es geschafft haben, dachte Hawksworth, vorausgesetzt, sie läuft nicht vorher noch auf Grund.

Kurz darauf war es soweit: die *Resolve* drehte bei, die Rahsegel wurden gerefft und festgemacht. Die portugiesischen Kanonen schwiegen.

»Bitte um die Erlaubnis, Segel zu setzen, Sir. Die verdammten Portugiesen werden im Handumdrehen hier sein.« Mackintosh stand auf dem Achterdeck beim Ruderhaus und machte keinen Versuch, seine Besorgnis zu verbergen.
»Gebt den Portugiesen Zeit, Mackintosh, und Ihr werdet sehen, wie sie ihren zweiten fatalen Fehler begehen. Der erste war, die Kanonen auf den oberen Decks voreilig zu überhitzen. Der zweite wird sein, ohne Not die Mannschaften zu verkleinern. Da sie nicht mehr in Schußweite sind, werden sie Langboote zu Wasser lassen und die halbe Wache zum Rudern abkommandieren. Hier, nehmt das Fernrohr. Sagt mir, was Ihr seht.«
Mackintosh tat, wie ihm geheißen, und auf seinem harten Gesicht machte sich langsam ein Lächeln breit. »Das kann doch nicht wahr sein! Portugiesische Musketiere mit den verdammten Silberhelmen der königlichen Wache besteigen die Boote! In all den Jahren hat sich bei denen nichts geändert!«
Hawksworth lächelte. Noch immer glauben die Portugiesen, daß ihre Infanterie zum Rudern zu gut ist, und deshalb lassen sie die Matrosen rudern und auf den Schiffen fehlen ihnen dann die Leute. Eins werden sie jedenfalls in Kürze lernen: So einfach ist es nicht, die *Resolve* von Booten aus zu entern. Nicht, solange englische Musketenschützen im Großmast sitzen. Dadurch müßten wir genau die Zeit gewinnen, die . . .
»Sind die Langboote alle zu Wasser, Mackintosh?«
»*Aye*, Sir.« Der Steuermann versuchte, das Fernrohr gegen das Rollen des Schiffes gerade zu halten. »Und sie gehen auf die *Resolve* los, als liefen sie aus der Hölle fort!«
»Dann setzen wir Segel. Zwei Strich Luv von dem Burschen zur Linken! Volle Segelfläche am Kreuz-, Groß- und Fockmast! Dazu Sprietsegel und Civadiere! Haltet den Wind und gewinnt Raum, bis wir in Schußweite sind!«
Mit einem begeisterten Schrei warf Mackintosh das schweißverschmierte Fernrohr Hawksworth zu und begann, den Matrosen Befehle zuzurufen. Innerhalb von wenigen Augenblicken waren die Segel wieder losgemacht und blähten sich im Wind. Der Bug der *Discovery* griff in die Wellen, und Gischt schäumte über die Schanzkleider. Vom Achterdeck aus beobachtete Hawksworth durch das Fernrohr den Geg-

ner, der ihnen am nächsten lag. Das Achterdeck der Galeone türmte sich wie eine gotische Festung auf, und durch das Glas sah er, daß alle Rahnocken mit Flaggen geschmückt waren. Dann wandte er sich an den indischen Lotsen, dessen Blick ebenfalls fest auf die portugiesischen Segler gerichtet war.

»Wie heißt die Galeone dort links, die große?« Hawksworth zeigte auf das Schiff, das er durch das Fernrohr betrachtet hatte. »Ich kann ihren Namen aus dieser Entfernung nicht lesen.«

»Das ist die *Bon Ventura.* Wir wissen, daß sie schwer bewaffnet ist.«

»Ich würde sagen, sie hat über tausend Tonnen Tragfähigkeit. Doch frage ich mich, wie manövrierfähig sie jetzt noch ist, da ihre besten Leute in den Langbooten sitzen.«

»Sie wird Euch bald genug recht freigebig gegenübertreten. Man sagt, sie hat letztes Jahr eine mit zwanzig Geschützen bestückte holländische Fregatte, die auf den Molukken Handel trieb, aufgebracht und versenkt.«

»Erst muß sie noch in den Wind drehen.« Hawksworth schien den Lotsen nicht mehr zu hören, seine Gedanken konzentrierten sich auf die bevorstehende Schlacht. Wie als Antwort darauf begann die *Bon Ventura,* sich schwerfällig in den Wind zu legen. Doch die *Discovery* hatte inzwischen die vorteilhafte Luvposition schon erreicht, und dem portugiesischen Schiff blieb nun nichts anderes übrig, als mühsam durch den Wind zu wenden. Seine Segel hingen schlapp, die Fahrt war gering. Wir haben jetzt den Windvorteil, frohlockte Hawksworth, und wir werden ihn auch behalten! Dann aber bemerkte er, daß die zweite Galeone in Kiellinie, die *São Sebastião,* begonnen hatte, ihr Heck in einer Halse durch den Wind zu drehen, um die *Discovery* von vorn anzunehmen.

»Sie haben unseren Plan durchschaut!« Hawksworth führte ein leises Selbstgespräch. »Und jetzt müssen wir uns mit zweien von ihnen herumschlagen. Mit ein bißchen Glück gelingt es uns aber vielleicht, die *Bon Ventura* zu binden, bevor sich die *São Sebastião* in Schußweite bringen kann. Außerdem entfernt sich die *Bon Ventura* vom Rest der Flotte. Dies Bravourstückchen wird sie teuer zu stehen kommen.«

Schnell rückte die *Discovery* der *Bon Ventura* näher. Mackintosh selber war jetzt am Ruder und hielt den Kurs, bereit, jederzeit auf die leiseste Drehung des Windes zu reagieren. Unbewußt fletschte er die Zähne, und er hielt die Pinne so fest umklammert, daß seine Fingerknöchel weiß und blutleer waren. Hawksworth erhob abermals das Fernrohr und versuchte, sich seine Aufregung nicht anmerken zu lassen. »Die Portugiesen haben gerade ihren dritten Fehler gemacht, Mackintosh! Sie haben die Stückpforten des unteren Geschützdecks dichtgemacht, damit beim Kreuzen kein Wasser überkommen kann. Wenn sie in Schußposition sind, werden sie die unteren Kanonen also erst noch ausfahren müssen.«

Der von der offenen See her kommende Wind frischte auf und trieb die *Discovery* noch schneller auf ihr Ziel zu. Angespannt behielt Mackintosh die Galeone im Auge. Schließlich konnte er es nicht länger ertragen.

»Wir sind in Reichweite, Sir! Bitte um Erlaubnis, auf direkten Gegenkurs zu gehen.«

»Ruhig Blut! Wir haben Zeit. Der Portugiese ist schwerfällig wie ein Waschzuber!«

Hawksworth prüfte den Kurs der Galeone, schätzte ihre Geschwindigkeit und ihre Manövriermöglichkeiten ab. Sie versuchte ihrerseits, längsseits zu gehen, um die Geschütze an Steuerbord in eine günstige Position zu bringen. Im unteren Geschützdeck schnellten Stückpforten hoch und es schoben sich wie eine Reihe schwarzer Fangzähne die Kanonen heraus. Auf Mackintoshs Stirn perlten Schweißtropfen. Die *Discovery* hielt fast frontal auf die Luvseite des Feindes zu, um ihre Silhouette zu verkleinern. Zwar konnten die Kanonen der *Bon Ventura* noch nicht gerichtet werden, doch quoll plötzlich eine schwarze Rauchwolke aus dem einzelnen Buggeschütz auf Steuerbord.

Die Kugel traf den hinteren Laufgang der *Discovery* und zerschmetterte einen Großteil der kunstvollen Schnitzereien. Schon flackerten drüben erneut Rauch und Flammen auf, und die zweite Kugel durchschlug das Dreiecksegel am Besanmast über Mackintoshs Kopf. Der Steuermann wurde blaß und sah Hawksworth flehend an.

»Ruhig Blut, Mackintosh! Sie haben ihre Geschütze immer noch nicht voll gerichtet.« Hawksworth' Magen brannte wie ein Feuerball. Für einen Brandy hätte er alles gegeben. Wir müssen abwarten, bis sie zweifelsfrei in Reichweite sind, dachte er. Sich jetzt schon längsseits zu legen, hieße die Entfernung zu halten. Und dann käme es zu einer klassischen Seeschlacht über eine weite Entfernung, die wir mit unseren kleineren Kanonen zweifellos verlieren würden.

Er wußte, daß sie ein Risiko eingingen, verdrängte diese Erkenntnis jedoch. Jetzt gab es ohnehin kein Zurück mehr, auch wenn er gewollt hätte. Schließlich konnte er die Spannung nicht länger aushalten.
Gott steh mir bei!
»Jetzt, Mackintosh! Legt hart Ruder!« Der Steuermann warf sein ganzes Gewicht gegen die Pinne und brüllte den beiden bereitstehenden Seeleuten auf dem Deck unter sich zu, die Taljen zu betätigen, die bei schwerer See den Druck auf das Ruder auffangen und das Querschlagen des Schiffes verhindern sollten. Dann drehte er sich um und belferte den Matrosen Befehle zu: »Hand an die Brassen! Bringt die Rahen herum!«
Die Männer, die im Groß- und Fockmast standen, jubelten und begannen, die Taue einzuholen, die die Rahen sicherten, und innerhalb weniger Sekunden flatterten die Segel schlapp im Wind. Die *Discovery* krängte schräg in der anrollenden See, reagierte jedoch bereitwillig auf die Ruderwendung. Hawksworth stand inzwischen schon über der Luke zu den Geschützdecks und schrie Malloyre unten Kommandos zu.
»Wir gehen längsseits . . . Steuerbordgeschütze richten! Klarmachen zum Feuern!«
Die *Discovery* hatte einen scharfen Bogen nach Steuerbord beschrieben; jetzt lag sie der Galeone breitseits gegenüber. Der Abstand betrug kaum noch fünfzig Meter. Die Engländer starrten fasziniert auf das gewaltige Achterkastell des portugiesischen Seglers; die meisten von ihnen hatten noch nie zuvor eine Galeone aus der Nähe gesehen. Die kleineren Kanonen auf dem oberen Geschützdeck des Feindes schwiegen noch, und selbst, wenn sie gesprochen hätten, hätten sie allenfalls die nicht geborgenen Toppsegel der *Discovery* gefährdet. Doch rückten die unteren schweren Bombasten immer schneller in Gefechtsposition; in wenigen Augenblicken würden sie die *Discovery* mit einer vollen Breitseite belegen. Hawksworth beobachtete den Portugiesen genau, und plötzlich löste sich der Klumpen in seinem Magen wie Eis in der Sonne: Die *Discovery* würde ihre Position Sekunden eher als der andere erreichen!
»Feuererlaubnis!«
Malloyres augenblickliche Reaktion durchschnitt die spannungsgeladene Stille: »Feuer!«

Im Moment darauf war es, als ob ein tiefes Brüllen aus allen Wanten, Masten und Planken der Fregatte hervorbräche, und rotgekrönte Flammen züngelten aus den Stückpforten an der Steuerbordseite hervor. Das Schiff krängte tief nach Backbord, und durch die Luken zum Oberdeck quoll, beißend und sengend, schwarzer Rauch, wie herausgetrieben durch den Jubel unter Deck, den traditionellen Salut der Schiffskanoniere. Hawksworth erinnerte sich später nur, bemerkt zu haben, daß die Geschützreihe in vollkommenem Einklang abgefeuert worden war, und daß nicht eine einzige Kanone durch das heftige Krängen des Schiffes beim Rückstoß ihre Ausrichtung verloren hatte.
Schreie gellten durch die rußgeschwärzte Luft. Als der Wind den Rauch vertrieb, enthüllte sich ein furchtbares Leck an der Stelle, wo einmal das untere Geschützdeck der *Bon Ventura* gewesen war. Kreuz und quer lagen die Kanonen, und überall zwischen den zersplitterten Planken waren die verstümmelten Körper portugiesischer Kanoniere zu sehen, denen Arme und Beine zerschmettert oder gar abgetrennt waren. Hawksworth hielt indes nicht ein, um den Schaden zu inspizieren; er schrie Mackintosh bereits den nächsten Befehl zu und hoffte, in dem aufbrandenden Lärm gehört zu werden. Der Überraschungsvorteil würde ja nur von kurzer Dauer sein.
»Ruder leewärts! Bringt sie hart herum!«
Wieder bewegte sich das Ruder in seinem Hebelsystem aus Tauen und Taljen, während die Seeleute an Deck die Brassen herumholten und die Segel bewegten. Die *Discovery* drehte sich leicht und rasch, da sie den Westwind vorteilhaft nutzen konnte. Als er sich nach dem Stand der Ruderpinne umblickte, hörte Hawksworth den schrillen Klang eines Querschlägers, der vom Eisenbeschlag des Ruderhauses abprallte, und spürte eine plötzliche, trockene Taubheit im Oberschenkel. Erst jetzt entdeckte er die Musketenschützen, die auf den verschiedenen Decks der *Bon Ventura* verteilt waren und gezielte Schüsse auf seine Leute abfeuerten.
Verdammt! Der Sonntagsschuß eines Lissaboner Rekruten . . . Er griff in den Eimer, der neben dem Kompaßhaus bereitstand und drückte eine Handvoll grobkörniges Salz gegen die blutende Wunde. Der Schmerz durchzuckte ihn kurz und heftig, dann war er vergessen. Der Bug der *Discovery* war inzwischen durch den Wind, das Schiff auf Gegenkurs, gegangen, und es gab keine Zeit zu verlieren. Schnell humpelte er die

Kajütstreppe hinunter, um dem Geschützmeister Malloyre weitere Befehle zu erteilen.
»Richtet die Geschütze auf Vorderdeck und Takelage! Feuert, sobald das Ziel vor Euch liegt!«
Die *Bon Ventura* rührte sich noch immer nicht, so unerwartet war die Breitseite gekommen. Auf dem Aufbau ihres Vorderdecks standen Infanteristen mit Schwertern und Spießen bereit, um Enterhaken zu werfen und sich an Bord der Fregatte zu schwingen. In hilfloser Verblüffung mußten sie nun zusehen, wie die *Discovery* herumkam und, auf gleichlaufendem Kurs, abermals längsseits ging. Der Hauptmann der Infanterie, der plötzlich erkannte, was sie erwartete, rief seinen Männern noch verzweifelt zu, in Deckung zu gehen, doch sein Befehl verlor sich im Donner der englischen Kanonen.
Dieses Mal stießen die Flammen und der Rauch aus den Geschützen auf Backbord hervor, und es waren messerscharfe Metallsplitter und gewundene Stangenkugeln, die sie ausspien. Wieder vernahm man zunächst nur Schreie. Dann zeigte sich die Wirkung der Breitseite. Der tödliche Regen hatte Musketenschützen und Infanteristen über die Decks gefegt, die Stangenkugeln hatten sich durch das Großsegel gebissen und es in zwei nutzlose Fetzen zerteilt. Die Takelage des Fockmastes war samt Fockrah, Vormarsrah und Vorbramrah niedergerissen worden und hatte die Musketiere mit sich genommen, die darauf postiert gewesen waren. Die Galeone schaukelte hilflos im Wasser, und die wenigen Matrosen, die in den Wanten übriggeblieben waren, stürzten auf die Decks hinunter, um sich irgendwo in Sicherheit zu bringen.
»Wenn Ihr bereit seid, Mackintosh!«
Der Steuermann signalisierte dem Bootsmannsmaat, und die Reihe von Matrosen längs der Schandeckel legte glimmende Pfeile in ihre Musketen und zielte. Flammenstrahlen bissen sich in die zerfetzte Besegelung der *Bon Ventura*, und innerhalb von wenigen Augenblicken loderten die Tücher rot auf. Wieder waren die Portugiesen überrascht worden, denn nur einige wenige Männer standen bei den Wassereimern bereit, um die brennenden Fetzen zu löschen, die aufs Deck fielen.
Sie lagen jetzt fast Bord an Bord, aber es war nicht mehr daran zu denken, daß portugiesische Infanteristen die *Discovery* würden entern können. Die Decks der Galeone boten ein Bild des Grauens – sie schwammen im Blut der Verwundeten und Sterbenden.

»Bei Jesus, welch ein Anblick für englische Augen!« Edward Malloyres geschwärztes Gesicht, streifig durch die Rinnsale, die der Schweiß durch den Ruß zog, tauchte in der Kommandoluke auf. »Seht Euch das an, Käpt'n. Ich wollte nur wissen, ob meine Jungs sich ihren Zwieback verdient haben.« Er strahlte, sein Stolz war unverkennbar.

»Malloyre, wie steht's unter Deck?« rief Hawksworth.

»Steuerbordseite gereinigt und klar zum Feuern, Sir! Was sollen wir laden?« Malloyre stemmte sich aus dem Luk, um einen besseren Blick auf die Galeone zu erhalten, die vor ihm aufragte.

»Kugeln! Und feuert, was die Rohre halten!«

»*Aye*, Sir. Und, bitte schön, nicht mehr auf diese knappe Entfernung, wenn es geht. Ich möchte keinem von diesen Halunken je wieder so nahe kommen!«

Hawksworth winkte ihm zu und sah Malloyres untersetzten Körper in der Geschützluke verschwinden wie ein Kaninchen in seinem Bau.

Auf dem Hauptdeck stand Mackintosh. Auch seine wirre rote Mähne war vom Pulverrauch geschwärzt, und er beobachtete aufmerksam, wie die *Discovery* noch näher auf die in ihrem Windschatten dümpelnde Galeone zulief. Als sie nur mehr ein paar Fuß von ihr entfernt war, gab er dem Maat ein Signal. Ein paar Matrosen zündeten die bereitgehaltenen Lunten, hielten sie an Tontöpfe voller Schießpulver und warfen sie dann hinauf auf das Mitteldeck der *Bon Ventura*. Während die *Discovery* schnell abdrehte, um zu verhindern, daß ihre Segel auch Feuer fingen, explodierten drüben die Schießpulvertöpfe einer nach dem anderen, und brennender Schwefel lief über die Decks.

Sie hätten uns versenkt, dachte Hawksworth. Sie hätten die Mannschaft niedergemetzelt und die Offiziere und Kaufleute nach Goa ins Gefängnis gebracht. Und was dann? Mit den Kanonen alleine hätten wir mehr als eine Woche gebraucht, um sie zu versenken. Es blieb uns nur das Feuer.

In diesem Moment wurde ihm gemeldet, daß die *São Sebastião* auf die *Discovery* zuhielt. Ihre Kanonen waren bereits ausgefahren, und jeden Augenblick war damit zu rechnen, daß sie die für eine Breitseite erforderliche Position erlangte. Hawksworth fühlte ein Pochen in seinem Oberschenkel, und vom Magen herauf breitete sich ein Gefühl der Panik aus. Neben ihm stand der indische Lotse, auch er beobachtete die Galeone.

»Ich habe ein Wunder miterlebt, Kapitän. Allah, der Barmherzige, hat heute seine Hand über Euch gehalten.« Das Gesicht des Lotsen zeigte keinerlei Ermüdung, und seine Kleidung wirkte noch immer makellos, schien unbefleckt von dem öligen Rauch, der Haut und Kleider aller Engländer schwarz gefärbt hatte. »Ich befürchte indes, daß es an ein und demselben Tag nicht zwei Wunder geben wird. Ihr werdet Euer Glück bezahlen müssen. Vielleicht reicht die Zeit noch, die Flagge zu streichen und das Leben Eurer Männer zu retten.«

»Wenn wir uns ergeben, werden wir in einem Gefängnis in Goa verrotten! Oder auf dem Strappado gefoltert und auseinandergerissen werden.« Hawksworth' Augen funkelten den Lotsen erbost an. »Und ich glaube mich zu erinnern, daß der Koran sagt: ›Schwanke nicht, wenn du die Oberhand gewonnen hast‹!«

»Ihr habt aber nicht die Oberhand, mein Kapitän, und der Heilige Koran spricht auch nur von denen, die auf Allah, den Barmherzigen, vertrauen . . .« Der Inder geriet ins Stocken und starrte Hawksworth an. »Es ist ungewöhnlich für einen *feringhi*, den Heiligen Koran zu kennen. Wie kommt es . . .?«

»Ich hab' zwei Jahre in einem türkischen Gefängnis verbracht und kaum etwas anderes zu hören bekommen . . .« Hawksworth drehte sich um und prüfte den Wind. Die *São Sebastião* hatte sie fast schon erreicht.

Drüben auf der *São Sebastião* begann man bereits, die Segel zu reffen, um sich in Ruhe breitseits legen zu können. Hawksworth sah, daß der Wind die brennende *Bon Ventura* genau auf die *São Sebastião* zutrieb, und das gab ihm die Idee zu einem neuen Hasardspiel. Sie haben die Segelfläche verringert – und das bedeutet, daß sie verwundbar sind. Wenn wir sie jetzt noch dazu bringen könnten, ihren Bug in den Wind zu drehen . . . mit gerefften Segeln . . .

»Mackintosh, hart Backbord! Eine Halse! In einem Schlag herum!«

Die *Discovery* legte sich nach Lee, aber schon drehte ihr Heck durch den Wind, und gleich darauf nahm sie unter vollen Segeln Fahrt auf, in Lee der brennenden Galeone.

Das überraschende Manöver hatte die *Bon Ventura* zwischen die *Discovery* und die herankommende *São Sebastião* gebracht. Doch die *Discovery* zog mit raumem Wind davon, und so war die Galeone, sollte ihr Angriff nicht ins Leere laufen, gezwungen, ebenfalls den Kurs zu ändern. Hawksworth hielt den Atem an, als er den Portugiesen die

Segel bemannen und den Bug der *São Sebastião* für eine Halse herumschwingen sah.

Es war ein fataler Fehler. Die Galeone hatte bereits viel zu viel Fahrt verloren, um das Manöver mit genügend Schwung ausführen zu können. Im Gegenteil, der massige Achtersteven weigerte sich sogar, gegen den Wind zu gehen, und das Schiff lief aus dem Ruder. Die in Flammen stehende *Bon Ventura* indessen trieb unausweichlich auf die Galeone zu. Durch das Fernrohr beobachtete Hawksworth, wie der Kapitän den Segler aufgeregt auf den ursprünglichen Kurs zurückbefahl. Doch es war schon zu spät. Auf der *Bon Ventura* illuminierten blendende Explosionen die Stückpforten – die Pulverfässer hatten sich entzündet, zunächst die auf dem oberen, dann die auf dem unteren Geschützdeck. Binnen Sekunden fand das Feuer auch die Pulverkammer achtern vom Orlopdeck, und vor den Augen der gebannt zuschauenden Engländer löste sich die Galeone in einem einzigen gewaltigen Feuerball auf. Wie Kometen zischten brennendes Holz und glühende Eisensplitter über das Wasser. Der Großmast flammte auf wie eine riesige Kerze, brach und senkte sich langsam auf das Vorderdeck, die Aufbauten auf dem Heck fielen in sich zusammen, brachen durch das Hauptdeck und jagten einen Funkenstreifen in die Morgenluft.

Die *São Sebastião* hatte sich inzwischen wieder gedreht, wollte jedoch noch immer keine Fahrt aufnehmen; die Segel hingen nach wie vor schlaff. Warum fährt sie nicht, fragte sich Hawksworth, doch als er durchs Fernrohr sah, wußte er warum. Der Anblick des brennenden Rumpfes der *Bon Ventura*, der langsam gegen den Bug der *São Sebastião* trieb, hatte auf der Galeone eine Panik ausgelöst; die portugiesischen Seeleute sprangen ins Wasser. Eine plötzliche Bö beschleunigte noch die Fahrt des Havaristen. Die Flammen waren zum Inferno geworden, denn sie atzten sich jetzt an Kokosnußöl-Fässern, die unter Deck lagerten, und Hawksworth hob die Hände, um Augen und Gesicht vor der gewaltigen Hitze zu schützen, die jetzt selbst auf der *Discovery* fast unerträglich war.

Plötzlich schlingerte die ruderlos treibende *Bon Ventura* ohne ersichtlichen Grund zur Seite. Man hörte ein grobes, scharrendes Geräusch, und brennendes Holz flog über die Decks der *São Sebastião*. In Minutenschnelle verwandelte sich auch die zweite Galeone in ein Inferno. Die Mannschaft hatte längst ihr Heil im Wasser gesucht; einige Seeleute klammerten sich an treibende Planken, andere schwammen auf die Küste zu.

»Allah war Euch an einem Morgen zweimal gnädig, Kapitän. Bis heute habe ich das wahre Ausmaß seiner Mildtätigkeit nicht erkannt. Ihr seid ein überaus glücklicher Mann.« Die Worte des Lotsen, der leise, wenn auch mit betontem Ernst gesprochen hatte, verloren sich in dem Triumphgeschrei, das über die Decks der *Discovery* scholl.

»Die Schlacht hat gerade erst angefangen. Die *Resolve* wird von Entermannschaften bedroht, und da sind ja auch noch zwei andere Galeonen.« Hawksworth griff wieder nach dem Fernrohr.

»Nein, Kapitän, ich bezweifle stark, daß die Portugiesen Euch heute noch Schwierigkeiten machen werden. Euer Glück war zu außergewöhnlich. Sie werden an einem anderen Tage zurückkehren.«

Hawksworth richtete sein Fernrohr auf die zwei Galeonen, von denen die *Resolve* bislang im Flachwasser festgehalten worden war. Sie trafen Anstalten, unter vollen Segeln südwärts zu laufen. Hawksworth erkannte, daß sie die Langboote mit den Infanteristen im Stich gelassen hatten; einige versuchten vergeblich, den abziehenden Großseglern zu folgen, während es andere vorzogen, auf die Flußmündung zuzuhalten. Niemand kümmerte sich mehr um die *Discovery*. An den Rahnocken der Galeonen wehten keine Kriegsflaggen mehr, nur das große, für Kapitän Hawksworth noch immer namenlose Schiff hatte am Flaggstock überm Heck eine riesige, leuchtend rote Flagge gehißt. Hawksworth gab das Glas dem Lotsen: »Seht Euch das an und sagt mir, was das für Farben sind. Ich habe sie niemals zuvor gesehen.«

Der Lotse wies das Fernrohr lächelnd zurück: »Um Euch das zu sagen, brauche ich keine Christenerfindung. Wir alle kennen diese Flagge. Nur Euch ist bei all Eurem Glück nicht gelungen, das wichtigste Geschehnis dieses Tages zu begreifen.«

»Und das wäre?«

»Was dort weht, ist die Flagge des Vizekönigs von Goa, welche nur gehißt wird, wenn er an Bord seines Flaggschiffes ist. Ihr habt ihn heute gedemütigt. Und diese Fahne signalisiert seinen Widerstand – er bietet Euch die Stirn und gibt Euch sein Wort darauf.«

Mackintosh stürzte die Treppe zum Achterdeck herauf, sein rußbedecktes Gesicht strahlte vor Freude.

»Wie viele Tote und Verwundete, Mackintosh?« fragte Hawksworth.

»Zwei Männer, die im Großmast waren, sind durch Musketenfeuer getötet worden. Der Maat hat einen Splitter in die Seite bekommen; es sieht übel aus. Und dann haben wir noch ein paar Jungs mit Schußverletzungen, aber der Wundarzt wird sie wieder zusammenflicken konnen.«

»Öffnet das letzte Fäßchen Brandy, Mackintosh! Und seht zu, daß Malloyres Leute das erste Schlückchen bekommen . . .«

Mackintosh grinste verständnisvoll und trollte sich. Die Sonne brannte jetzt heiß auf die Decks herab, und wie aus dem Nichts war ein Schwarm Heuschrecken aufgetaucht und umschwirrte den Großmast. In der Hitze flaute der Wind ab, und langsam legte sich Stille über die *Discovery*. Hawksworth richtete sein Fernrohr ein letztes Mal auf die große Galeone. Noch immer konnte er über den Wellenkämmen die Flagge des Vizekönigs erkennen; sie glänzte in der Sonne, blutrot.

3

Die Schiffsglocke schlug achtmal an. Die Nachmittagswache war vorüber, die erste Hundewache begann. Es war erst vier Stunden nach Mittag, doch das morgendliche Gemetzel war schon entrückt wie eine weit zurückliegende Erinnerung. Über der *Discovery* lastete schwül und stickig die Tropenluft. Der Wind war eingeschlafen, kein Hauch rührte sich. Matrosen mit ausgezehrten Gesichtern richteten den Mast der Pinasse auf. Mackintosh hatte befohlen, ihr Segel an Deck auszubreiten, und schimpfte, während er die Nähte auf Fäulnis untersuchte, abwechselnd auf die Männer, die Hitze und die Ostindische Kompanie.

Hawksworth hatte seine Logbucheintragungen über den Tagesverlauf abgeschlossen und stand im Gang vor der Kapitänskajüte, um das Auftakeln der Pinasse zu beobachten. Auch wollte er ein wenig Luft schöpfen und sein verletztes Bein bewegen. Er hatte die ganze Nacht über auf dem Achterdeck gestanden, selber das Ruder geführt und für die Wachgänger übersetzt, was der indische Lotse sagte. Und heute stand wieder eine schlaflose Nacht bevor. Jetzt hast du Zeit, dich ein wenig auszuruhen, drängte ihn sein müder Geist, wenigstens bis zum ersten Glasen der neuen Wache – diese eine halbe Stunde nur . . .

Dann verfluchte er sich ob seiner Schwäche und seiner Bereitschaft, ihr nachzugeben, und schloß die Tür zur Kapitänskajüte auf.
Die Öllampe schwang im Einklang mit den Bewegungen des Schiffes hin und her, akzentuierte das rhythmische Knarren der Holzvertäfelung und ließ die sengende Hitze noch drückender erscheinen. Hawksworth verschloß die Tür und ging quer durch den Raum, um die beiden Heckfenster weit zu öffnen. Doch die dumpfe, reglose Luft lag träge über dem Wasser und wollte sich um keinen Deut heben. Ich werde meine Kiste in erstickender Trübsal vorbereiten müssen, dachte er. Sei's drum.
Er strich sich die Haare, die über die Augen gefallen waren zurück, schloß eine bronzebeschlagene Seetruhe auf und begann, Stück für Stück die Gegenstände herauszunehmen, die König James der Kompanie anvertraut hatte. Zunächst war da der Brief – auf Englisch mit einer beglaubigten Kopie im offiziellen Diplomatenspanisch. Brief und Kopie waren auf Pergament geschrieben und befanden sich in einem verschlossenen Lederbehälter, der das rote Wachssiegel Seiner Majestät trug. Es war weich geworden in der Hitze und gab unter Hawksworth' Berührung nach. Er schaute sich suchend um und entdeckte schließlich ein Paar protokollgerechte oberschenkellange Strümpfe; die Kompanie hatte darauf bestanden, daß er sie mitnahm. Prächtig! Er wickelte die Strümpfe um die königliche Depesche und achtete darauf, daß ein Knoten das Siegel schützte. Schließlich warf er das Bündel in die Seekiste, die er mit an Land nehmen wollte.
Als nächstes packte er die königlichen Geschenke um: ein Paar mit Blattgold ausgelegte Pistolen, ein halbes Dutzend Schwerter mit Silbergriff, einen kleinen, ebenfalls silbergeschmückten Sattel, einen Satz edlen Norwich-Kristalls, edelsteinbesetzte Ringe, einen ledergerahmten Spiegel, eine mit Smaragden geschmückte Silberpfeife, einen großen, seideverbrämten Dreispitz, eine Miniatur von König James und schließlich ein Dutzend Flaschen feinen englischen Südweins. Er prüfte jeden einzelnen Gegenstand auf eventuelle Beschädigungen und packte die Geschenke dann sorgfältig in die kleinere Seekiste. Zum Schluß versah er die Truhe mit einem genau passenden falschen Boden, über den er eine grobe Wolldecke breitete.
Damit war das Packen jedoch noch nicht beendet. Es folgten die Geschenke, die für Hafenbeamte bestimmt waren; in der Hauptsache

silberbeschlagene Messer und Ringe, mit kleinen, billigen Perlen. Auch fügte er einige Kästen englischer Goldsovereigns hinzu; die Kompanie wollte sie möglichst weit verteilt wissen und verband damit die Hoffnung, sie könnten über kurz oder lang als Zahlungsmittel akzeptiert werden.
Zu guter Letzt kümmerte er sich um sein persönliches Gepäck. Er faltete ein neues Lederwams zusammen und packte ein Paar gleichfalls neue Lederstiefel dazu, die er jedoch wenig später wieder herausnahm, um zwei sorgfältig eingewickelte, geladene Pistolen in ihnen zu verbergen. Es folgte eine Kiste spanischen Brandys, und schließlich die schimmernde englische Laute, die er aus ihrer Wandhalterung löste und einen Augenblick lang in den Händen wog. Er stimmte eine Saite, hüllte das Instrument in ein Seidentuch und legte es liebevoll neben den Brandy.
Als er das Schloß der Kiste absperrte und den großen Messingschlüssel einsteckte, stellte er sich die Frage, wie er sie überhaupt undurchsucht an Land bringen sollte. Ich bin kein echter Botschafter, dachte er. Ich bin der Kapitän eines bewaffneten Handelsseglers ohne diplomatischen Status. An diese kleine Tücke hat die Kompanie bei all ihrer merkantilen Schläue nicht gedacht.
Hawksworth richtete sich auf und entriegelte die Tür der Kapitänskajüte.
»Mackintosh!« Der Steuermann, der eben die Ruderpinne der Pinasse befestigte, sah irritiert auf.
»Schickt bitte den Lotsen zu mir in die Kajüte.«
Hawksworth hatte kaum hinter dem mächtigen Eichentisch Platz genommen, als der große Mann mit der kastanienbraunen Haut auch schon in der Türöffnung stand.
»Kann ich Euch zu Diensten sein?«
»Wiederholt mir Euren Namen.« Hawksworth sprach jetzt Türkisch. »Und sagt mir noch einmal, welchen Auftrag Euer Schiff hatte!«
»Mein Name ist Karim Hassan Ali.« Der Lotse sprach so schnell, daß Hawksworth kaum folgen konnte. »Mein Schiff war die *Rahimi*, ein Pilgerschiff. Wir befanden uns auf der Rückreise von Dschidda nach Diu. Im Frühjahr verlassen wir mit den Mekkapilgern Indien, und nach dem Monsun kehren wir dahin zurück.«
»Heute abend fahren wir den Fluß hinauf nach Surat. Ihr seid, wenn

Ihr wollt, noch immer in meinen Diensten, und Ihr werdet unser Lotse sein.«

»Das hatte ich erwartet. Ich kenne den Fluß gut.«

»Werden portugiesische Kaufleute unterwegs sein?« Hawksworth versuchte, aus den Blicken seines Gegenüber auf die Aufrichtigkeit des Lotsen schließen zu können.

»Ich rechne eigentlich nicht damit. Zwar haben sich die Winde des Monsun gelegt und der Fluß verläuft wieder in seinem alten Bett, doch gibt es neue Sandbänke. Sie ändern sich von Saison zu Saison und werden jedesmal tückischer. Nur diejenigen von uns, die den Fluß gut kennen, verstehen ihre Launen. So früh in der Saison habe ich noch nie *topiwallahs* in Surat gesehen.« Karim machte eine Pause, bemerkte Hawksworth' fragende Miene und fuhr dann mit einer Spur Herablassung in der Stimme fort: »*Topiwallah* heißt in unserer Sprache ›Männer, die Hüte tragen‹. Wir nennen christliche Händler *topiwallahs.*« Er sah Hawksworth direkt ins Gesicht. »Und für ihre Priester haben wir noch andere Bezeichnungen.«

»Nennt die Christen, wie Ihr wollt, aber merkt Euch eins: England ist nicht Portugal.« Hawksworth' Ton wurde strenger. »Von der Papisterei, die zusammen mit ihren furchtbaren Jesuiten und ihrer verdammten Inquisition Spanien und Portugal bis heute beherrscht, hat sich England befreit. Das Praktizieren katholischer Riten gilt bei uns als Verrat.«

»Ich habe bereits von Euren europäischen Händeln gehört. Ist es Eure Absicht, sie jetzt auch nach Indien zu tragen?«

»Alles, was England wünscht, ist Handel. Nichts sonst.« Hawksworth bewegte sein Bein und beugte sich vor, um den Verband fester zu binden. »Ich komme als Botschafter, um die Freundschaft meines Königs zu überbringen und freien und offenen Handel anzubieten.«

»Und wenn Euch das gelungen ist, was dann? Werdet ihr versuchen, die Portugiesen aus unseren Häfen zu vertreiben? Auf daß dann *Ihr* unseren Handelsschiffen das Geschäft verderben könnt, so wie sie es bisher getan haben? Auf das *Ihr* von uns verlangen könnt, für die Schiffahrt auf unseren eigenen Meeren eine Lizenzgebühr zu bezahlen?«

Hawksworth überhörte die Fragen. »Wie lange wird unsere Pinasse brauchen, um Surat zu erreichen? Wir legen bei Sonnenuntergang ab.«

»Die Abendflut wird Euren Ruderern helfen.« Karim wurde unvermittelt geschäftsmäßig. »Auch wird von See her eine Nachtbrise wehen. Im übrigen haben die Portugiesen keine Macht auf dem Fluß. Und seid Ihr erst einmal im Landesinnern, so steht Ihr unter der Herrschaft des Gouverneurs von Surat . . . und natürlich Prinz Dschadars, den der Mogul dazu bestellt hat, diese Provinz zu verwalten.«

Hawksworth hörte das Glasen, mit dem die Schiffsglocke anzeigte, daß die erste halbe Stunde der Wache vorüber war. Er ging zu den Heckfenstern, um den Sonnenstand zu prüfen und atmete tief die frische Abendluft ein. Dann wandte er sich rasch um und sah Karim scharf an; das Gesicht des Lotsen lag im Halbschatten.

»Dieser Gouverneur und der Prinz . . . Was sind das für Männer?«

Karim lächelte und nestelte an den Falten seines Turbans herum. »Der Gouverneur kontrolliert den Hafen von Surat. Er treibt für den Hof des Moguls Handelssteuern ein. Prinz Dschadar ist der Sohn des Moguls und militärischer Herrscher über die Provinz Gudscharat.«

»Und mit wem werde ich es in Surat direkt zu tun bekommen?« Hawksworth bemühte sich, die Hierarchie zu verstehen. »Dem Gouverneur oder dem Prinzen?«

Karim schwieg einen Augenblick lang, bevor er mit gleichmäßiger Stimme fortfuhr. »Um die beiden braucht Ihr Euch im Moment noch gar nicht zu kümmern. Der erste Beamte, den Ihr zufriedenstellen müßt, wird der *schahbandar* sein. Der *schahbandar* herrscht über das Zollhaus, der Eingangspforte für alle, die das Reich des Moguls betreten wollen. Seine Macht über den Hafen ist absolut.«

Hawksworth sah den Lotsen ungläubig an. Also auch in Indien! Guter Gott, müssen denn in jedem Moslemhafen auf der Welt die gleichen kleinen Federfuchser sitzen. Ich weiß, daß *schahbandar* persisch ist und ›Herr des Hafens‹ bedeutet, und diese Bezeichnung trifft auch völlig zu. Jeder einzelne von diesen Brüdern, den ich bisher kennengelernt habe, besitzt das Recht, einem ganz nach Lust und Laune die Einreise zu verwehren. . . . Es sei denn, das Schmiergeld ist hoch genug, oder ein Beamter mit noch höheren Befugnissen greift ein.

»Wem untersteht der *schahbandar?* Dem Gouverneur? Dem Prinzen? Oder jemand anderem, von dem Ihr mir noch nichts gesagt habt?«

»Kapitän, Ihr habt auf Eure arglose *feringhi*-Art eine Frage aufgeworfen, bei der es weiser ist, sie nicht weiter zu verfolgen.«

In diesem Moment erklangen zwei Glasenschläge der Schiffsglocke, und gleichzeitig fiel ein Strahl der untergehenden Sonne durch das Heckfen-

ster und spielte auf den Eichenpaneelen des Tisches. Mit dem Zwielicht schien sich ein beklemmendes Schweigen über die *Discovery* zu legen, das das Ächzen und Knarren der Planken noch vertiefte.
Karim fuhr fort: »Kapitän, ich habe Euch bereits mehr gesagt, als die meisten Fremden wissen. Ihr wäret weise, Euch jetzt auf Eure Begegnung mit dem *schahbandar* vorzubereiten.« Unvermittelt erhob sich der Lotse und verbeugte sich, die Handflächen gegeneinander gelegt, die Hände vor der Stirn. »Vergebt mir. Wir Moslems beten bei Sonnenuntergang.«
Hawksworth atmete tief durch. Als er hinaufging auf die Heckgalerie, mußte er gegen den Schmerz in seinem Bein ankämpfen. Aus dem Wasser brach ein einsamer fliegender Fisch, den es aus der offenen See in die stille Bucht verschlagen hatte. Das orangefarbene Licht der Sonne schimmerte auf seinem Körper, bis er mit einem Platschen ins Wasser zurücktauchte und die Möwen aufschreckte, die sich um den Kombüsenabfall der *Discovery* stritten.
Hawksworth betrachtete die langsam in der Dämmerung versinkende Küste, die wie von einem leichten Nebel verschleiert war. Hinter dem Schleier brütete das Land – oder lockte es?
Es ist meine Phantasie, sagte er sich. Dort drüben ist Indien, fester Boden, kaum einen Kanonenschuß entfernt, seit Jahrhunderten für uns Engländer ein sagenumwobenes, geheimnisvolles Land – und das Land, in dem vor vielen Jahre eine Gruppe englischer Reisender verschwand. Es hätte mir eine Warnung sein sollen, dachte er. Es ist fast komisch, daß ich der nächste Mann sein soll, der versucht, ins Innere dieses Landes vorzudringen. Ich, ausgerechnet ich, wo es doch in England in der Tat genug andere gibt . . .

Er kannte die alte Geschichte inzwischen nur allzugut. Der Mann, der jene Engländer vor beinahe drei Jahrzehnten finanziert hatte, war kein anderer gewesen als Peter Elkington, der Vater George Elkingtons, des Chefkaufmanns der Reise. Peter Elkington glich seinem Sohn in vielem: Er war ein Kaufmann, der soff und fluchte und hurte, ein großbäuchiger Riese, von dem viele Leute behaupteten, er werde, je älter und dicker er wurde, Heinrich VIII. immer ähnlicher. Engländer nach Indien zu schicken war Peter Elkingtons ureigene Idee gewesen.
Es war die Zeit, bevor England Spaniens Armada vernichtete, und lange

bevor es hoffen konnte, in das Netz der Handelsverbindungen, das die katholischen Länder über die Meere gesponnen hatten, einzubrechen. Spanien herrschte in der Neuen Welt, Portugal im Osten. Der einzige Weg nach Indien, der in jenen Jahren Engländern und anderen Europäern offenstand, war der jahrhundertealte Karawanenpfad über Land.
Die Idee einer englischen Überlandmission nach Indien entstand aus Überlegungen in Peter Elkingtons Levante-Kompanie. Die Gesellschaft war von Königin Elisabeth autorisiert worden, aus dem neuen Vertrag mit den osmanischen Türken, welche den Karawanenhandel zwischen Indien und dem Mittelmeer kontrollierten, Nutzen zu schlagen. Durch die Levante-Kompanie war es englischen Händlern möglich, direkt in Tripolis von den Karawanen, die über den Persischen Golf und durch Arabien reisten, Gewürze zu kaufen und somit die habgierigen venezianischen Zwischenhändler zu umgehen, die jahrhundertelang den Gewürzhandel nach Europa kontrolliert hatten.
Aber Peter Elkington wollte mehr. Warum sollten sie die Gewürze für teures Geld an den Gestaden des Mittelmeers kaufen? War es nicht besser, die eigenen Handelsverbindungen nach Indien auszuweiten und direkt zu kaufen?
Um nähere Informationen zu bekommen, entschloß Elkington sich, eine geheime Expedition zu finanzieren. Eine Gruppe englischer Händler sollte durch das Mittelmeer nach Tripolis segeln, von dort aus in Verkleidung Arabien durchqueren und über den Persischen Golf hinweg von einem einheimischen Handelsschiff zur Westküste Indiens transportiert werden. Ihr Endziel sollte der Hof des Großmoguls sein, und in ihren Taschen versteckt sollten sie einen Brief von Königin Elisabeth mit sich führen, der ein Abkommen über den direkten Handel zwischen beiden Ländern vorschlug.
Man konnte schließlich drei abenteuerlustige Händler für die Reise gewinnen. Roger Symmes von der Levante-Kompanie führte sie an. Peter Elkington wünschte indes aus Sicherheitsgründen einen vierten Mann. Es gelang ihm, einen jungen, angesehenen Armee-Offizier zu überreden, sich der Gruppe anzuschließen. Der Hauptmann – ursprünglich ein Maler, der sich erst nach dem Tod seiner Frau der Armee angeschlossen hatte – war vital und energisch und ein Schütze par excellence. Peter Elkington versprach ihm das Vermögen eines Edelmannes, falls die Mission Erfolg hätte. Und er versprach, im Falle

eines Fehlschlags die Verantwortung für Hauptmann Hawksworth' achtjährigen Sohn Brian zu übernehmen.
An jenem kalten, grauen Februarmorgen, an dem sie Segel setzten, kam Peter Elkington persönlich zur Themse hinunter, und mit ihm kam sein eigener Sohn George, ein dicklicher, verhätschelter Jüngling in einem Seidenwams. Der junge George Elkington ignorierte Brian Hawksworth mit königlicher Anmaßung – eine Beleidigung, an die sich inzwischen nur einer von beiden noch erinnerte. Als die Segel langsam in dem eisigen Nebel verschwanden, kletterte Brian auf die Schultern seines Onkels, um einen langen, letzten Blick zu erhaschen. Niemand dachte im Traum daran, daß auch nur einer der vier Männer London jemals wiedersehen würde.
Verschlüsselte Briefe, die nach England geschmuggelt wurden, hielten die Levante-Kompanie über den Fortgang der Reise auf dem laufenden. Die Männer erreichten ohne Zwischenfall Tripolis, durchquerten dann erfolgreich Arabien, und bestiegen an der Küste des Persischen Golfs schließlich ein arabisches Handelsschiff. Der Plan schien perfekt zu gelingen.
Der letzte Brief kam aus der portugiesischen Festung Hormuz, einer salzüberkrusteten Insel, auf der vor allem Händler lebten. Von hier aus überblickte man die gleichnamige Meeresenge zwischen dem Persischen Golf und dem Golf von Oman. Hormuz war das Tor zum Arabischen Meer und zu den Häfen Indiens. Während sie dort auf eine Passage warteten, wurden die Engländer von einem mißtrauischen Venezianer verraten und der Spionage beschuldigt. Der portugiesische Gouverneur wurde nervös, ließ sie verhaften, ordnete an, sie nach Goa zu verschiffen und dort vor Gericht zu stellen.
Nachdem er einige Monate vergeblich auf neue Nachricht gewartet hatte, ließ Peter Elkington schließlich Brian Hawksworth in die Büros der Levante-Kompanie kommen, las ihm jenen letzten Brief vor und begann, den Vertrag mit Hauptmann Hawksworth zu verfluchen, der die Levante-Kompanie für die Erziehung des jungen Brian verantwortlich machte, sollte der Expedition ein Unglück widerfahren. Peter Elkington gab zu, daß sein Plan fehlgeschlagen war, und die Levante-Kompanie gab mit diesem Eingeständnis in aller Stille ihre Vision vom direkten Handel mit Indien auf.
Brian Hawksworth allerdings hatte jetzt einen privaten, von der Kompa-

nie bestellten Tutor. Es war ein junger Apostat mit wirren Haaren, der kurz zuvor seiner antireligiösen Ansichten wegen von seinem Posten in Eton entlassen worden war.
Der neue Tutor lehnte voller Verachtung die anerkannten Fächer Latein, Rhetorik und Hebräisch ab, die nach seiner Überzeugung allein dazu bestimmt waren, elisabethanischen Gelehrten zu abstrusen theologischen Disputationen zu verhelfen, und bestand statt dessen auf Mathematik und dem neuen Fach Naturwissenschaften. Seine antiklerikale Einstellung führte ferner dazu, daß er weder Deutsch unterrichten wollte, wie es bei den Puritanern Mode war, noch Französisch oder Spanisch, was die Katholiken bevorzugten. Für ihn zählte nur das klassische Griechisch, die Sprache der Logik, der reinen Philosophie, der Mathematik und der Wissenschaft. Das Ende vom Lied war, daß der einfache Bürgersohn Brian Hawksworth eine Ausbildung erhielt, die sich von der der meisten Adligen gewaltig unterschied und vielleicht sogar wesentlich besser war. Auf jeden Fall übertraf sie die Büffelei von Zahlen und Buchstaben aus Pennälerfibeln, also das, was man in den Kreisen, aus denen er kam, für Bildung hielt, bei weitem.
Daß Brian Hawksworth sich darüber hinaus dem Fechten und der Schießkunst zuwandte, überraschte niemanden, war und blieb er doch der Sohn seines Vaters. Da überraschte schon eher seine erste Liebe: Es war ein Musikinstrument, seine englische Laute, die ihm gelegentlich die Flucht aus der harten Welt der Zahlen und Theoreme seines Tutors ermöglichte.
All dies dauerte bis zu dem Tag, an dem Brian Hawksworth vierzehn Jahre alt wurde und die Verantwortung der Levante-Kompanie für ihn endete. Schon am nächsten Morgen war Brian Lehrling bei einem Themseschiffer und tat Dienst auf einer schlammverkrusteten Fähre. Nach drei elenden Monaten bei erbärmlicher Bezahlung lief er fort und heuerte auf einem Nordseehandelsschiff an. Schon sehr bald spürte er, daß die See seine Berufung war, und schnell bekam er mit, daß ihm seine Mathematikkenntnisse ein Verständnis für die Navigation vermittelten, wie es nur wenige Seeleute besaßen. An seinen Vater und die glücklose Expedition nach Indien erinnerte er sich inzwischen kaum mehr.
Bis eines Tages Roger Symmes wieder in London auftauchte, allein und fast zehn Jahre nach jenem eisigen Morgen, an dem die Expedition den Hafen verlassen hatte.

Hawksworth traf ihn im Haus der Levante-Kompanie. Symmes saß direkt neben dem großen Kamin, in dem das Feuer prasselte, und widmete seine Aufmerksamkeit einem großen Krug Ale. Er hatte nur noch wenig Ähnlichkeit mit dem unbeschwerten Abenteurer, den Hawksworth von jenem längst vergangenen Morgen am Themseufer in Erinnerung hatte. Seine Figur wirkte unproportioniert und war mit einem enggeschnittenen, neuen Seidenwams kostümiert. An den Fingern trug er mehrere große Goldringe, doch war sein Gesicht hager und ausgezehrt – nie zuvor hatte Hawksworth etwas Derartiges gesehen. Die leeren Augen schienen nirgends Halt zu finden; er sah nur kurz auf, als Hawksworth eintrat, und dann fiel sein Blick wieder auf die krachenden Holzscheite im Kamin. Er brauchte indessen keine besondere Aufforderung, um mit seiner Geschichte zu beginnen.

»*Aye*, was ich zu berichten habe, läßt einem das Blut gefrieren.« Symmes öffnete einen Knopf seines reich verzierten Wamses und lockerte zitternd den neuen Rüschenkragen. »Erst läßt uns dieser venezianische Schurke mit einer verdammten Lüge verhaften. Dann stopfen uns die verfluchten Portugiesen zusammen mit hundert arabischen Pferden in den Laderaum eines Schiffes nach Goa. Als wir schließlich einlaufen, zerrt man uns aus dem einen stinkenden Loch heraus, nur um uns sofort in ein anderes zu werfen, dieses Mal in den Kerker des Vizekönigs . . .«

»Was aber geschah mit meinem Vater?« Hawksworth blinzelte, weil ihm der Schweiß in die Augen lief; er wollte wissen, wie es weiterging, aber fast noch größer war der Wunsch, aus dem überhitzten, holzgetäfelten Büro zu fliehen, dessen Fremdheit ihn befangen machte.

»Es war furchtbar. Dieser arme, unglückliche Kerl! Es geschah am nächsten Morgen. Sie führten uns alle in einen großen Raum mit Steinfußboden. Dort hatten sie den Strappado . . .«

»Was ist das?«

»Eine nette kleine portugiesische Erfindung, mein Junge. Erst binden sie dir die Hände hinter dem Rücken zusammen und führen das Seil durch einen Flaschenzug nach oben. Dann hieven sie dich in die Luft und fangen an, ein wenig zu ziehen, lassen dich hopsen, als tanzest du die französische Volta. Wenn das Spiel sie ermüdet oder wenn es Zeit für sie wird, ihren Rosenkranz zu beten, dann ziehen sie dir mit einem kräftigen Ruck die Arme aus den Schultergelenken. Die Jesuiten behaupten, der Strappado bringt jeden Muselmanen dazu, zum Papst zu beten.«

Hawksworth sah Symmes' wild flackernde Augen und wünschte sich, daß sich sein Gegenüber an jedes Detail der Ereignisse erinnern könnte.

»Dann kommt dieser junge Hauptmann rein, ein Prahlhans sondergleichen, hat kaum zwanzig Jahre auf dem Buckel. Später habe ich seinen Namen erfahren: Vaijantes, Miguel Vaijantes, hieß der Schuft.«

»Was tat er?«

»Man muß ihn wirklich gesehen haben, Junge. Augen so schwarz und so hart wie Onyx. Stolziert mit einem Schwert einher, in dessen Griff Rubine eingelegt sind . . .«

»Aber was *tat* er?«

»Nun, er läßt den armen Hawksworth von den Wachen in den Strappado hängen. Weil er sieht, daß er der Stärkste von uns ist. Denkt wohl, daß Hawksworth länger durchhalten wird als die anderen Gefangenen und somit für das meiste Vergnügen sorgt.«

»Vaijantes ließ meinen Vater foltern?«

»*Aye.* Glaubt, er kann ein Geständnis erzwingen und den Helden markieren. Aber der gute Hawksworth sagt kein einziges Wort, den ganzen Tag über nicht. Als der Abend kam, hat Vaijantes ihm die Arme ganz herausgerissen. Sie trugen ihn als toten Mann aus dem Raum.«

Hawksworth erinnerte sich noch heute, wie in diesem Augenblick sein Magen revoltierte. Jetzt stand fest, daß sein Vater nicht nur fort war oder vermißt, wie er, Brian, es sich selbst und anderen stets eingeredet hatte, sondern daß er kaltblütig ermordet worden war. Er hielt die Tränen zurück, weil er in Gegenwart von Symmes nicht weinen wollte, und drängte weiter.

»Was passierte Euch und den anderen? Wurdet Ihr auch gefoltert?«

»Wir fragten uns alle, wer der nächste sein würde. Dann tun sie in der Nacht einen Jesuiten zu uns in die Zelle, einen übergelaufenen Holländer namens Huygen, der perfekt Englisch spricht, und glauben, er wird uns zu einem Geständnis bewegen. Aber der haßt die Portugiesen noch mehr als wir. Und er sagt, wir kämen wahrscheinlich frei, wenn wir vorgäben, katholisch werden zu wollen. Also platzen wir am nächsten Tag damit heraus, daß wir in Wirklichkeit eine Bande verkleideter Abenteurer sind, reiche Burschen, die die Welt kennenlernen wollen. Und daß wir jetzt unser Handeln als Verirrung erkannt hätten und

entschlossen seien, dem Fleische abzuschwören und selber Jesuiten zu werden. Alles, was wir besäßen, gedächten wir ihrem heiligen Orden zu übergeben.« Symmes machte eine Pause und trank nervös einen kleinen Schluck aus seinem Krug. »Verdammte Papistenschweine!«
»Haben sie Euch wirklich geglaubt?«
»Schätze, der Holländer muß sie irgendwie überzeugt haben. Jedenfalls kamen wir gegen Kaution frei. Für eine Verurteilung wegen Spionage hatten sie ja sowieso keine Beweise. Kaum haben wir jedoch einen Zug frischer Luft geatmet, da kommt unser alter Freund, der Holländer, angerannt und sagt uns, der Rat des Vizekönigs habe soeben dafür gestimmt, uns nach Lissabon zu verschiffen, um uns *dort* vor Gericht stellen zu lassen. Das war so viel wie ein Todesurteil.«
Die Konzentration schien Symmes schwerer und schwerer zu fallen. Er zog eine langstielige Pfeife hervor und begann, mit zitternder Hand schwarze Fasern hineinzustopfen. Es gelang ihm, sich zu beruhigen, und schließlich fuhr er fort: »Wir mußten Goa noch in derselben Nacht verlassen. Es war unsere einzige Chance. Also tauschten wir das wenige, was wir hatten, gegen Diamanten, nähten sie in unsere Kleider ein und wateten durch den Fluß über die Grenze. In der Morgendämmerung waren wir außerhalb der Reichweite der Portugiesen. In Indien.«
»Was geschah dann?«
»Würde ein Jahr dauern, alles zu erzählen.«
Symmes verfiel in einen gut einstudierten Monolog über den Reichtum, den er gesehen hatte, schwadronierte über einen möglichen Handelsverkehr, sponn Geschichten, die ihm schon an so manch einem englischen Kaufmannstisch einen Ehrenplatz verschafft hatten. Die Erzählung wurde immer weitschweifiger, immer phantastischer, und letztlich war es unmöglich, zu bestimmen, wo die Realität endete, wo Wunschdenken und Erfindungen begannen.
Obwohl Symmes niemals indische Beamte von Einfluß getroffen hatte und obwohl der Brief von Königin Elisabeth unterwegs verlorengegangen war, nährte die erstaunliche Geschichte von Indiens Reichtümern die Gier aller englischen Kaufleute. Die Erregung auf Londons Märkten wuchs, und Händler verlangten lautstark, England solle Portugals Monopol über die Seepassage ums Kap brechen. Symmes hatte durch seine aufgeblähten, halb erfundenen Erzählungen unwissentlich einen Beitrag zur Gründung der Ostindischen Kompanie geliefert.

Allein der junge Brian Hawksworth, der keinen merkantilen Phantasien nachhing, schien erkannt zu haben, daß Roger Symmes als Wahnsinniger aus Indien zurückgekehrt war.

Die *Discovery* ächzte. Hawksworth spürte, wie der Wind auffrischte und durch die Heckgalerie peitschte, und er bemerkte den immer stärkeren Zug der Flut. Es war an der Zeit, abzulegen.

4

»Die Pinasse ist flottgemacht, Käpt'n. Ich denk', wir sollten laden und ablegen.«

Im Türrahmen der Kapitänskoje zeichnete sich Mackintoshs Silhouette ab; seine Augen wirkten im Dämmerlicht der Laternen eingefallen. Urplötzlich hatte sich die Nacht über die *Discovery* gesenkt und hatte nach dem Inferno des vergangenen Tages Ruhe und Abkühlung gebracht.

»Wir brechen auf, bevor die Wache zu Ende ist. Beginnt mit dem Laden!« Hawksworth drehte sich um und zeigte auf seine eigene verschlossene Seekiste. »Und schickt nach dem Proviantmeister.«

Mackintosh trat zurück und drehte sich um. Dann, schon im Weggehen, hielt er inne, zögerte noch einen Augenblick lang und wandte sich schließlich wieder Hawksworth zu.

»Muß Euch sagen, ich hab' das Gefühl, daß wir dieses stinkende Loch nicht lebendig verlassen werden.« Er blinzelte durch das Halbdunkel der Kajüte. »Das sagt mir meine Nase, Sir, und sie hat immer recht.«

»Die Kompanie ist schon zweimal nach Ostindien gesegelt und wieder zurückgekehrt, Mackintosh.«

»*Aye*, aber nicht nach Indien. Die verdammte Kompanie ist noch nie in diesem Portugiesennest vor Anker gegangen. Sie war unten in Java, das stimmt. Aber da mußte sie sich lediglich mit ein paar Holländern herumärgern. Indien – das ist etwas anderes, Käpt'n. Da unten bei den Gewürzinseln ist die See offen, die Häfen von Indien jedoch befinden sich so sicher in der Hand der Portugiesen, wie die Straße von Dover den Engländern gehört. Entschuldigt, Käpt'n, aber hier sind wir nicht in Ostindien, eher schon mitten im Hafen von Lissabon.«

»Wir werden einen sicheren Ankerplatz haben. Und wenn wir erst einmal im Landesinneren sind, können uns die Portugiesen nichts mehr anhaben.« Hawksworth versuchte, seiner Stimme einen zuversichtlichen Klang zu verleihen. »Der Lotse sagt, er kann uns heute abend flußaufwärts führen. Im Schutz der Dunkelheit.«
»Kein Christ kann einem verdammten Muslim trauen, Käpt'n. Und dieser hier hat einen merkwürdigen Blick. Man weiß nie, ob er einen anguckt oder nicht. Und er sieht immer wieder zur Küste hinüber. Als ob er auf irgend etwas wartet. Der Bastard sagt uns nicht, was er weiß. Ich kann's riechen. Meine Nase, Käpt'n . . .«
»Wir werden Musketen bei uns haben, Mackintosh. Ladet jetzt die Pinasse und laßt es uns hinter uns bringen!«
Mackintosh starrte auf die Planken, trat von einem Bein auf das andere und schnallte seinen Gürtel enger. Bevor er weitere Einwendungen machen konnte, setzte Hawksworth hinzu: »Und, Mackintosh . . . Laßt die Musketen mit Pistolenkugeln laden. Wenn uns jemand überraschen will, bereiten wir ihm unsererseits eine Überraschung. Eine einzelne Musketenkugel ist in der Dunkelheit nutzlos. Ein Schock Pistolenkugeln auf kurze Entfernung ist da schon ganz etwas anderes.«
Die Aussicht auf einen Kampf schien Mackintosh zu verwandeln. Der alte Haudegen riß sich zusammen, grinste, machte auf dem Fuße kehrt und stakste die Treppe zum Hauptdeck hinunter.
Hawksworth sah ihm nach. Er prüfte die Schärfe seines Schwerts, schob den Gürtel über die Schulter und schloß die große Messingschnalle. Schließlich verriegelte er die Heckfenster und ließ seinen Blick ein letztes Mal durch die verdunkelte Kajüte schweifen.
Die *Discovery*. Gott möge sie beschützen und uns alle sicher nach Hause bringen. Jeden einzelnen Mann.
Ohne sich umzusehen zog er dann die schwere Eichentür hinter sich zu, verschloß sie sorgfältig und ging zum Hauptdeck hinunter.
Ballen feinen Wollstoffs lagen gestapelt längs der Kuhl, und daneben lagerten Musketen und ein Fäßchen Schießpulver. George Elkington hakte ab, welche Stoffe in die Pinasse geladen wurden und notierte seine Wahl in einem Kontobuch. Neben ihm stand untätig Humphrey Spencer, der jüngste Sohn Sir Randolph Spencers, und sah ihm zu. Er hatte die Reise als Elkingtons Assistent mitgemacht, doch war sein eigentliches Motiv nicht der Handel. Er wollte etwas erleben, abenteuerliche

Geschichten, die er dann später – nach seiner Rückkehr – in den Tavernen würde weiterspinnen können. Er war zwanzig Jahre alt, und sein junges Gesicht hatte unter der Reise kaum gelitten; ein steter Strom von Schmiergeldern hatte dafür gesorgt, daß der durchtriebene Proviantmeister ihm die besten Vorräte zuschanzte, darunter buchstäblich sämtlichen Honig und alle Rosinen.

Humphrey Spencer trug einen großkrempigen Hut, aus dessen Biberband eine Feder aufragte. Das frische Wams aus grünem Taft schimmerte im Laternenschein. Seine neuen, oberschenkellangen Strümpfe waren von makellosem Bronzebraun und sein Rüschenkragen aus reiner Seide. Ein Bouquet von Parfüm umschwebte ihn wie eine unsichtbare Wolke.

Als Spencer Hawksworth entdeckte, leuchteten seine Augen auf. »Kapitän, endlich seid Ihr da! Euer Bootsmann ist ein abgefeimter Schurke, mein Wort darauf! Er läßt diese Gauner meine Truhe nicht laden.«

»In der Pinasse ist kein Platz für Eure Truhe, Spencer.«

»Wie aber soll ich ohne die Ausstattung eines *gentleman* meine Geschäfte unter den Heiden tätigen?«

Bevor Hawksworth antworten konnte, richtete sich Elkington auf und zuckte dabei, da seine Gicht ihn schmerzte, zusammen. »Spencer, Ihr habt genug damit zu tun, Euch um die Geschäftsbücher zu kümmern, wofür Ihr bis dato wenig Talent gezeigt habt.« Er drehte sich um und spuckte ins Speigatt. »Euer Vater will, daß ich einen Kaufmann aus Euch mache, aber mich dünkt, ich könnte eher einem Affen das Singen beibringen. Wir sind hier, um Geschäfte zu machen, und nicht, um uns aufzuputzen wie verdammte Stutzer, verstanden?«

»Ihr werdet uns begleiten, Spencer, wie es Euch befohlen ist.« Hawksworth ging an dem jungen Schreiber vorbei auf das Vorderdeck zu. »Die einzige Ausstattung, die Ihr braucht, sind ein Schwert und eine Muskete, und ich hoffe inständig, daß Ihr sie auch zu gebrauchen wißt.«

Er drehte sich um und stieg zum Achterdeck hinauf. Als er von dort das darunterliegende Deck überblickte, bemerkte er, wie ein merkwürdiges, gleißendes Licht das Schiff erhellte. Dann erkannte er den Grund.

Der Mond!

Ich habe den Mond vergessen! Oder war ich ganz einfach zu müde, um daran zu denken? Aber jetzt . . . es ist fast so hell wie am Tag! Gott steh uns bei . . .

»Fertig zum Ablegen.« Mackintosh kam die Treppen hinauf; sein Gesicht war schwer gezeichnet von der Erschöpfung. »Soll ich die Männer an Bord gehen lassen?«
Hawksworth nickte und folgte ihm auf das Hauptdeck.
Inzwischen kletterten die Ruderer die Bordwand herunter, ein bunter Haufen in schießpulverbeschmierten Kniehosen und ohne Schuhe. Ihnen folgte George Elkington; fluchend kletterte er die schwingende Strickleiter hinunter.
Hawksworth verweilte an der Reling, spähte hinüber auf den mondbeschienenen Horizont und die dunkle Küste, hielt mit geschärften Sinnen Ausschau nach verdächtigen Regungen jedwelcher Art. Aber der Saum des Wassers lag verlassen im Mondlicht, und der Strand war leer bis auf ein paar vereinzelte Fischerboote, deren Sisalnetze an Pfählen zum Trocknen aufgehängt waren. Warum diese Leere? Tagsüber waren dort Menschen gewesen.
Plötzlich spürte er, daß Karim neben ihm stand und seinen Blick ebenfalls auf die menschenleere Küste gerichtet hatte. Der Rücken des Lotsen war der Laterne zugekehrt, die am Großmast schwang, und sein Gesicht war in Schatten gehüllt. Unvermittelt sprach er Hawksworth auf Turki an.
»Das Gesicht Indiens glänzt im Mondenschein. Stimmt Ihr mir zu? Es ist schön, und es liegt in Frieden.«
»Ihr habt recht, es ist schön. Es könnte fast die Küste von Wales sein.« Hawksworth glaubte, eine merkwürdige Kraft zu fühlen, die Karim umgab. Es war etwas, wofür er keine Erklärung hatte, spürbar nur durch seine überreizte Intuition. Wieder ergriff der Lotse das Wort.
»Habt Ihr Euch darauf eingestellt, den *schahbandar* zu treffen?«
»Wir sind bereit. Wir führen Proben englischer Waren mit uns, und ich bin ein Botschafter des Königs. Es gibt keinen Grund, uns die Einreise zu verweigern . . .«
»Ich sagte Euch, er ist ein wichtiger Mann. Und er weiß bereits von Eurem außergewöhnlichen Glück. Bald werden alle, auf die es ankommt, davon wissen. Glaubt Ihr wirklich, daß die heutige Schlacht in Indien unbemerkt bleiben wird?«
»Die Portugiesen werden sie schon bemerkt haben. Und ich weiß, daß sie zurückkommen werden. Aber mit ein wenig Glück werden wir es überstehen.« Hawksworth fühlte, wie sich die Muskeln in seinem Hals

unwillkürlich zusammenzogen, als er daran dachte, daß vermutlich innerhalb von vierzehn Tagen eine portugiesische Kriegsflotte gen Norden segeln würde.

»Nein, Kapitän, ich spreche von Indien. Nicht von den Portugiesen. Gewiß, sie bringen Unruhe in unsere Meere, aber sie herrschen nicht über Indien, versteht Ihr?«

Hawksworth gab sich einen Ruck; er war unsicher, und wußte nicht, was er antworten sollte.

»Ich weiß, daß der Mogul Indien regiert. Er wird sich fragen müssen, ob die verdammten Portugiesen wirklich noch immer Herren über seine Meere sind.«

»Sicherlich ist Euch bekannt, Kapitän, daß die Profite der Portugiesen gewaltig sind. Seid Ihr Euch aber ebenfalls darüber im klaren, daß diese Profite mit gewissen einflußreichen Personen in Indien geteilt werden?«

»Ihr meint, die Portugiesen haben Beamte bestochen?« Das ist nichts Neues, dachte Hawksworth. »Wen? Den *schahbandar?«*

»Laßt es mich so ausdrücken: Sie erteilen des öfteren Vollmachten.« Karim winkte mit der Hand, als vergäbe er eine Zuteilung. »Und dann gibt es andere, denen sie erlauben, sich an ihrem Handel direkt zu beteiligen. Die Profite geben diesen Personen eine Macht, die sie oft nicht weise genug anwenden.«

»Wollt Ihr damit sagen, daß der Mogul selbst Geschäfte mit den verdammten Portugiesen macht?« Hawksworth' Hoffnungen schwanden.

»Im Gegenteil. Seine Majestät ist ein ehrenwerter, einfacher Mann, der nur wenig davon weiß, was andere in seinem Namen tun. Und bedenkt, er ist sterblich. Er herrscht wie ein Gott, aber er ist sterblich, und es muß in seinem Reich jemanden geben, der eines Tages seinen Platz einnehmen wird.«

»Was hat das alles mit dem *schahbandar* zu tun? Es wird doch gewiß nicht *er* sein, der den Mogul herausfordert? Und ich weiß, daß der Mogul Söhne hat . . .

»Natürlich ist es nicht er.« Karim lächelte sanft. »Aber vergeßt nicht, daß der *schahbandar* mächtig ist, mächtiger, als die meisten Leute glauben. Er weiß alles, was in Indien geschieht, denn seine vielen Freunde bezahlen die Schulden, die sie bei ihm haben, mit Informationen. Und was nun Euch selbst angeht: Wenn der *schahbandar* meint,

Eure Weisheit sei Eurem heutigen Glück ebenbürtig, so mag er beschließen, Euch zu helfen. Eure Reise nach Agra wird nicht ungefährlich sein. Es gibt in Indien bereits jetzt Menschen, die Euch dort nicht haben wollen. Vielleicht kann der *schahbandar* Euch Geleitschutz geben. Es wird an ihm sein, das zu entscheiden.«

Hawksworth betrachtete Karim ungläubig. Woher wußte er von seinen Plänen? »Was immer ich für notwendig erachten werde: Einen Hafenbeamten wie den *schahbandar* wird es nichts angehen. Eine Reise nach Agra ist doch bestimmt nicht von *seiner* Zustimmung abhängig!«

»Mein Freund, Euer heutiger Sieg über die Portugiesen kann Nachwirkungen zeitigen, von denen Ihr keine Ahnung habt. Manchmal redet Ihr wie ein Narr, schlimmer noch als die Portugiesen. Ihr werdet einen Führer auf Eurer Reise brauchen, glaubt mir.«

Karim hielt inne, als wolle er die Wahl seiner nächsten Worte genau abwägen. »Vielleicht solltet Ihr Euch von den Sternen leiten lassen. Im Heiligen Koran hat der Prophet über Allah gesagt: Und er hat die Sterne für dich gesetzt . . .«

». . . damit Sie dich deinen Weg finden lassen.« Hawksworth nahm den Vers auf. »Inmitten der Dunkelheit von Land und See . . . Ich habe diesen Vers in Tunis gelernt. Daß ein Seemann nach den Sternen steuert, wußte ich schon vorher . . .«

»Gerade wenn ich meine, daß Ihr Einsicht zeigt, hört Ihr schon wieder auf, zuzuhören. Ich glaube, Ihr werdet Euch noch an das erinnern, was ich Euch gesagt habe . . .«

»Hawksworth!« Dröhnend tönte Elkingtons Stimme von unten aus der Pinasse. »Sind wir volle sieben Monate unterwegs in diese heidnische Wildnis gewesen, nur um herumzustehen und zu palavern?«

Hawksworth drehte sich um und sah, wie Humphrey Spencer über die Leiter in die Pinasse hinunterkletterte. Die Feder in seinem Hutband wippte. Die Ruderer waren längst auf ihren Posten.

»Nur noch eines, Kapitän.« Karim hielt Hawksworth am Arm zurück. »Nur noch eines will ich Euch sagen. Viele *feringhis* – Fremde, die nach Indien kommen – sind nicht weise. Nur weil unsere Frauen den Schleier tragen und im Hause bleiben, nehmen die Fremden an, sie hätten keine Macht und keinen Einfluß. Handelt nicht wie diese unwissenden *feringhis*. Begeht nicht denselben Fehler. In Surat . . .«

»Welche Frauen meint Ihr? Die Frauen der Beamten?«

»Bitte, hört zu! Wenn Ihr Surat erreicht, erinnert Euch an eine letzte Mahnung des Koran. Dort steht geschrieben: ›Diejenigen Frauen aber, deren Widerspenstigkeit ihr fürchtet – warnet sie und verbannet sie in die Schlafgemächer!‹ Eine Frau kann manchmal einen starken Willen haben. Sie kann diejenige sein, die ihren Mann verbannt und ihm seine Rechte verweigert. Wenn es sich um eine bedeutende Frau handelt, dann kann er nichts dagegen tun. Denkt daran . . .«

»Verdammte Hölle!« Elkington brüllte jetzt. »Ich schätze diese Mondscheinabenteuer nicht! Es ist schon riskant genug, wenn man *sehen* kann, wer einem das Messer an den Hals hält! Wenn wir aber unbedingt fahren wollen, dann los jetzt. Laßt es uns hinter uns bringen, je eher desto besser!«

Hawksworth wandte sich noch einmal Karim zu, aber der war bereits fort, schwang sich behende über die Bordwand der *Discovery* und kletterte in die Pinasse.

Jenseits mondlichtgetränkter Wellen lag ruhig die *Resolve*, ihre Hecklaterne war entzündet. Das Schiff war bereit, für die Fahrt in die schützende Bucht die Segel zu hissen. Auch auf der *Discovery* standen die Matrosen auf ihren Posten, um der *Resolve* zu folgen. Hawksworth blickte ein weiteres Mal besorgt auf die verlassene Küste, dann ließ auch er sich schnell über die Bordwand hinweg in die Pinasse gleiten.

Er befahl Mackintosh, mit der Flut zu rudern, und dann, falls die Brise anhielt, die Riemen einzuziehen und das Segel zu hissen. Er hatte die fähigsten Männer zum Rudern ausgewählt, und neben jedem lag ein schweres Entermesser.

»Um Erlaubnis, Segel zu setzen!« Mackintosh steuerte die Pinasse in die Flußmündung hinein und hielt sich in der Mitte der Fahrrinne. Hawksworth, der in einen traumartigen Zustand versunken war, wurde von der Stimme aufgeschreckt, zwang sich zu sofortiger Wachsamkeit und spähte auf die dunklen Ufer des Flusses. Noch immer nichts. Er nickte Mackintosh zu und beobachtete, wie das Segel leise den Mast hinaufglitt. Bald trugen der Wind und die Flut sie schnell und geräuschlos voran. Als er den Strom der Flut gegen den Schiffsrumpf betrachtete, bemerkte er plötzlich mehrere runde, tiefrote Gegenstände, die vorbeischaukelten.

»Karim«, Hawksworth zog sein Schwert und zeigte auf eine der Kugeln, »was ist das?«
»Eine Frucht unseres Landes, Kapitän. Die *topiwallahs* nennen sie Kokosnuß.« Karims Stimme war kaum mehr als ein Flüstern, und sein Blick verließ das Ufer nur für einen Moment. »Es sind die letzten Überreste der Festtage im August.«
»Was sind das für Festtage?«
»Die Hindu-Händler feiern sie. Sie bezeichnen das Ende des Monsuns und die Öffnung der Tapti für den Handel. Die Hindus in Surat beschmieren Kokosnüsse mit Zinnober und werfen sie in den Fluß, weil sie glauben, es besänftige die erboste Lebenskraft der See. Wärt Ihr dabei, so hörtet Ihr auch ihre Musik und ihre Gesänge, mit denen sie ihre heidnischen Götter preisen.«
Hawksworth betrachtete die auf dem Wasser schaukelnden Bälle. Auch die Kokosnuß war eine indische Legende. Man behauptete, daß ein Mann tagelang von der Flüssigkeit leben konnte, die in der wie mit Stroh überzogenen Schale eingeschlossen war.
Der Mond jagte jetzt ziellose Wolken, aber das Flußufer war noch immer taghell beleuchtet. Die feuchte Luft war still und verstärkte die Musik der Nacht – das Summen der Mücken, die Rufe der Nachtvögel und sogar das gelegentliche Trompeten eines fernen Elefanten. Der Wald säumte die Ufer. Verdammter Mond!
»Mackintosh!« Hawksworth' Stimme durchschnitt die Stille. »Verteilt die Musketen.« Sein Blick schweifte am Ufer entlang und richtete sich dann auf die enge Biegung des Flusses, der sie schnell näher kamen.
»*Aye, aye*, Käpt'n.« Mackintosh war sofort hellwach. »Was seht Ihr?«
Die plötzlichen Rufe schreckten den schlafenden Elkington auf, und sein Kopf, der auf die Brust gesunken war, fuhr ruckartig hoch. »Die verdammten Heiden haben sich schlafen gelegt! Wenn Ihr Frieden hieltet, könnte ich das auch tun! Ich brauche meinen ganzen Scharfsinn, um morgen früh mit dieser verschlagenen Diebesbande zu feilschen. Da sind keine Portugiesen . . .«
»Ich wäre Euch sehr dankbar«, erwiderte Hawksworth brüsk, »wenn Ihr jetzt eine Muskete zur Hand nehmen und überprüfen würdet, ob das Flintenschloß voll gespannt und ob die Pfanne trocken ist.« Dann wandte er sich wieder an Mackintosh: »Streicht das Segel! Und, Karim, übernehmt das Ruder!«

Auf der Pinasse wurde es plötzlich lebendig. Matrosen holten schnell das Segel ein und begannen, die Zündvorrichtungen ihrer Luntenschlösser zu überprüfen. Als das Segel festgezurrt war, hatten sie nach allen Seiten freien Ausblick. Die Flut, die sich in den Stromschnellen vor der herannahenden Biegung noch beschleunigte, trug die Pinasse immer schneller voran.
Eine Wolke trieb vor den Mond, und einen Augenblick lang war der Fluß schwarz. Hawksworth spähte in die Dunkelheit, still, abwartend. Dann sah er sie.
»Achtung! Werft Euch auf die Planken!«
Ein flammender Lichtbogen von Musketenfeuer überspannte das Wasser, und sein Schein illuminierte eine Reihe von Langbooten, die vor ihnen auf dem Fluß eine Blockade bildeten. Kugeln sirrten neben der Pinasse ins Wasser oder sausten am Mast vorbei. Dann reflektierte der Schein des hinter der Wolke hervorkommenden Mondes auf den Silberhelmen der portugiesischen Infanterie.
Während Karim die Pinasse auf das Ufer zusteuerte, kamen die portugiesischen Langboote schnell näher, und Musketen spuckten sporadisch Flammen. Die englischen Ruderer wollten das Feuer erwidern, aber Hawksworth gebot ihnen Einhalt.
Noch nicht, sagte er sich, wir werden keine Gelegenheit haben, nachzuladen. Die erste Salve zählt . . . In diesem Moment war das erste Langboot herangekommen, Enterhaken flogen, und Sekunden später sprang der erste portugiesische Soldat an Bord und krümmte sich in einem Funkenregen, als Mackintosh ihm eine Muskete in den Bauch stieß und abdrückte. Als nun auch die anderen englischen Musketen Schwärme von Pistolenkugeln ausspien, fielen mehrere Portugiesen getroffen vornüber.
Mackintoshs Befehle zum Nachladen ertönten, aber die Zeit war zu kurz. Zwei weitere Langboote umklammerten den Bug der Pinasse von beiden Seiten. Und nun stürmten die Portugiesen in Scharen an Bord.
»Weg mit den Musketen!« schrie Hawksworth. »Nehmt die Schwerter!«
Die Nacht wurde lebendig, Stahl klang gegen Stahl, obszöne Schmähungen, für den jeweiligen Gegner jedoch unverständlich, flogen hin und her. Die Engländer waren den Portugiesen an Zahl weit unterlegen und wurden langsam ins Heck zurückgedrängt.

Hawksworth, an der Spitze seiner Männer, hielt sich souverän gegen die schlecht ausgebildeten portugiesischen Infanteristen. Gott sei Dank gibt es nicht mehr Bodenraum, dachte er, so können wir ihnen beinahe Mann für Mann gegenübertreten.
Da jedoch fegten zwei Portugiesen Hawksworth' Schwert gegen den Mast und erlaubten einem dritten, Fuß zu fassen und auszuholen. Als Hawksworth zur Seite schnellte, um dem Stoß zu entgehen, brach sein Fuß durch die dünne Beplankung, die den Kiel bedeckte, und er stürzte zu Boden. Mackintosh schrie eine Warnung, sprang vor, stieß dem ersten Soldaten das Schwert in den Leib und ließ ihn stöhnend auf den Boden der Pinasse fallen. Dann ergriff der Steuermann den anderen Mann beim Hals, schlug ihn gegen den Mast und brach ihm das Genick. Hawksworth tastete blind nach seinem Schwert und sah, wie der dritte Soldat zum tödlichen Schlag ausholte. Wo ist bloß das Schwert? Guter Gott, er wird mich in zwei Teile zerschneiden.
Plötzlich fühlte er, wie ihm ein kalter Metallgegenstand in die Hand gedrückt wurde, und über den Lärm hinweg vernahm er Humphrey Spencers exaltierte, drängende Stimme. Es war eine kleine Taschenpistole.
Hat er sie geladen? Weiß er, wie man das macht? Hawksworth hob die Pistole und drückte ab. Dem dumpfen Knall folgte ein Feuerstoß, der das Gesicht des Soldaten blutrot zerschmelzen ließ.
Hawksworth schleuderte die Pistole beiseite und griff nach dem Schwert des sterbenden Portugiesen. Zwar hatte er nun wieder eine Waffe, aber die Lage hatte sich trotzdem verschlechtert. Die Engländer wurden hinter dem Mast in die Enge getrieben, und es fehlte ihnen der Platz zum Parieren. Mit Entsetzen sah der Kapitän, wie sich ein stämmiger Portugiese gegen den Mast stemmte und mit dem Schwert ausholte, um mitten in den dicht gedrängten Haufen der Verteidiger hineinzuhauen. Hawksworth versuchte, zu einer Parade anzusetzen, aber seine Arme waren noch nicht frei.
Er wird die Hälfte unserer Männer töten. Der Schuft wird . . .
In diesem Augenblick hellte sich das Gesicht des Soldaten plötzlich auf. Seine Miene wirkte verwirrt, zeigte ein Lächeln ohne Freude. Im Verlauf der nächsten Sekunde verwandelte sich der Ausdruck in Unglauben, und das erhobene Schwert fiel klirrend zu Boden. Vor Hawksworth' Augen begannen die Hände des Portugiesen wie mecha-

nisch an seiner Brust zu rupfen und zu reißen, dann fiel ihm der Helm vom Kopf, er sackte nach vorn, bewegungslos, aber noch immer aufrecht, blieb stehen, schlaff, den Kopf zur Seite geneigt, als sei er während eines Gebets abgelenkt worden.

Jetzt erst sah Hawksworth die Pfeile – eine gerade, präzise Reihe dünner Bambuspfeile, die den Soldaten an den Mast geheftet hatte.

Und nun geschah es. Ein tiefes Summen ertönte, und aus dem Dunkel des Ufers schwirrte ein Hagel von Bambuspfeilen durch die Luft, ein jeder Schuß von tödlicher Genauigkeit. Hawksworth sah voller Unglauben, wie die portugiesischen Soldaten einer nach dem anderen zusammenbrachen. Einige feuerten noch wild in die Nacht. Dann war alles vorüber, und die Luft erfüllte sich mit einer schrecklichen Kakophonie aus Schreien und Stöhnen.

Hawksworth sah Karim an und bemerkte zum allerersten Male offene Furcht in den Augen des Lotsen. »Die Pfeile . . .« Endlich fand er seine Stimme wieder. »Woher kommen sie?«

»Ich kann es Euch wahrscheinlich sagen.« Der Lotse trat vor und brach geschickt das mit Federn besetzte Ende eines der Pfeile ab, die den Portugiesen an den Mast genagelt hatten. Nun brachen auch die anderen Pfeile; die Leiche fiel gegen den Dollbord und glitt von dort aus ins dunkle Wasser. Karim sah ihr nach und hob den Pfeil gegen das Mondlicht. Bevor er sprechen konnte, schossen Flammen über die Wasseroberfläche. Feuerpfeile schlugen in die Langboote, die mit der Strömung fortgetrieben wurden, und verwandelten sie innerhalb von Sekunden in schwimmende Fackeln.

»Karim, ich fragte, wessen Pfeile . . .?«

Der Lotse war verschwunden. Geblieben waren nur englische Seeleute; sie waren wie betäubt und verstanden überhaupt nichts mehr.

Plötzlich war die Nacht wieder ganz still. Man hörte nur, wie die Flut gegen den Schiffsrumpf schlug.

Zweites Buch

Surat – Die Schwelle

5 Der Raum war dumpf und modrig, als wäre die Regenzeit noch nicht vorbei, und der Fußboden bestand aus hartem Lehm. Durch die groben, hölzernen Fensterläden konnten sie die Morgensonne sehen. Sie heizte sich auf für das Inferno des Tages und überzog die erdbraunen Wände des Raumes mit Streifen goldenen Lichts. Hawksworth stand am Fenster und betrachtete den grasüberwachsenen Platz, der bis zum Flußufer reichte. Die Träger, in deren Hütte sie eingeschlossen waren, liefen hin und her, sangen und schwitzten und waren damit beschäftigt, große Baumwollballen von zweirädrigen Ochsenkarren abzuladen, die, einer nach dem anderen, auf den Platz gerollt kamen. Er schwankte, hielt sich am Fensterrahmen fest und fragte sich, ob sich seine Beine bis zum Abend wieder an festen Boden unter den Füßen gewöhnt haben würden.

»Gott verfluche die Heiden!« Mackintosh beugte sich über ein Tablett, das auf dem fettverschmierten Teppich in der Mitte des Raumes stand, und hob den Deckel einer irdenen Schale. Fragend starrte er auf die dicke, milchige Flüssigkeit, die sich darin befand, steckte dann mutig einen Finger hinein und führte ihn an die Lippen. Es war ein scharfer Quark, der schwach nach Gewürzen duftete.

Mackintoshs Gesicht verzerrte sich. »Das ist verdorbene Milch, verdammt noch mal!« schrie er und spuckte aus.

»Was werden sie mit den Warenproben machen?« Elkington lag in einer Ecke, alle viere von sich gestreckt, die Augen blutunterlaufen nach der durchwachten Nacht auf dem Fluß. »Ohne Bewachung werden die Heiden alles stehlen.« Er blinzelte zum Fenster, machte aber keinen Versuch, sich zu erheben. Seine Erschöpfung und Verzweiflung waren vollkommen.

»Die Güter sind noch immer da, wo sie ausgeladen wurden.« Hawksworth drehte sich um. »Sie sagen, daß nichts unternommen wird, bevor der *schahbandar* eintrifft.«

»Und wann wird das sein?« Elkington rappelte sich langsam auf.

»Sie haben gesagt, daß er im Laufe des Vormittags kommt, das Siegel auf dem Zollhaus überprüft und es dann öffnen läßt. Alle Händler müssen sich von seinen Offizieren durchsuchen lassen. Er erhebt auf alles Zoll, sogar auf die Schillinge in Eurer Tasche.«

»Ich bin doch nicht verrückt! Ich werde keinen Zoll bezahlen! Nicht für Warenproben!«

»Sie haben es jedenfalls gesagt und alle meine Einwände ignoriert. Es scheint hier Gesetz zu sein.« Hawksworth bemerkte, wie der goldene Himmel der Morgendämmerung einem strahlenden Azurblau wich. Er wandte sich ab, häufte eine Portion Quark auf ein Stück geröstetes Brot und dachte an die vergangene Nacht.

Wer hat uns gerettet? Und warum? Haßt irgend jemand in Indien die Portugiesen so sehr, daß er die Engländer verteidigt, bevor er noch weiß, wer sie überhaupt sind? Kein Mensch in Indien kann etwas ahnen von König James' Brief oder von den Plänen der Ostindischen Kompanie. Nicht einmal George Elkington weiß alles. Und doch hat irgend jemand gewollt, daß wir überleben.

Ohne den Lotsen hatten sie sich langsam flußaufwärts tasten und mit einem Ruder nach Sandbänken suchen müssen. Als sie schließlich der Erschöpfung nahe waren, erblickten sie nach einer Biegung im ersten schwachen Morgenlicht die unverkennbaren Konturen eines Hafens. Es mußte Surat sein. Der Fluß verlief jetzt in Nord-Süd-Richtung, und auf seinem Ostufer lag der wichtigste Teil der Stadt. Die Flut begann zurückzufallen und Hawksworth stellte fest, daß sie den Tidenhub genau eingeschätzt hatten.

Als das erste Licht im Osten aufbrach, nahmen die Konturen langsam Formen an. Aus der Tapti stiegen breite Steinstufen empor und weiteten sich zu einem großen, freien Platz, der an drei Seiten von massiven Gebäuden aus Stein umgeben war. Unten am Fluß befand sich ganz offensichtlich eine Festung, mit quadratischem Grundriß und einem großen Turm an jeder Ecke. An der Oberkante der Mauern entdeckte Hawksworth die Mündungen von Kanonen, die direkt auf den Fluß gerichtet waren. In der schwindenden Dunkelheit leuchteten auf den Festungsmauern in regelmäßigen Abständen kleine Lichtpunkte auf.

»Mackintosh, zieht die Ruder ein und werft Anker! Wir können nicht vor Tagesanbruch anlegen.«

»*Aye*, Käpt'n, aber warum das? Wir sehen genug, um an Land gehen zu können.«

»Und sie können uns gut genug sehen, um ihre Kanonen zu richten. Seht, sie haben bereits Luntenstöcke angezündet.«

»Heilige Mutter Gottes! Glauben sie etwa, daß wir mit einer Pinasse ihren verfluchten Hafen stürmen wollen?«

»Vermutlich nur eine normale Vorsichtsmaßnahme. Wenn wir hier abwarten, sind wir knapp außerhalb ihrer Reichweite. Auch sollten wir alle Waffen verbergen. Ich möchte, daß sie bei Sonnenaufgang eine Pinasse mit friedlichen Händlern sehen.«

Die Dämmerung kam schnell heran, und vor ihren Augen erwachte das Leben auf dem Platz. Große, zweirädrige Karren erschienen, die von muskulösen, schwarzen Ochsen gezogen wurden. An den Hornspitzen trugen einige der Tiere Silberschmuck. Angetrieben von den Rufen und Schlägen ihrer Treiber, die mit Turbanen und weißen, gefalteten Röcken bekleidet waren, schleppten sich die Ochsen einer nach dem anderen auf den Platz. Die Männer entfachten kleine Feuer, und der unverkennbare Geruch von glühendem getrocknetem Dung würzte die dunklen Rauchwolken, die auf den Fluß hinaustrieben.

Als der Himmel in ein gedämpftes Rot getaucht war, beschloß Hawksworth zu handeln.

»Mackintosh, lichtet den Anker. Wir werden jetzt langsam zu den Stufen vorrudern.«

Die Männer, denen allesamt die Müdigkeit tief in den Knochen steckte, erwachten und hievten die Kette in den Bug der Pinasse. Geräuschvoll wurden die Ruder in die Dollen eingelegt; dann gab Mackintosh den Befehl zu fahren.

Als sie sich den Treppenstufen näherten, erhob sich aufgeregtes Geschrei. Es kam von den Wächtern, die auf den steinernen Plattformen zu beiden Seiten der Stufen stationiert waren. In Augenblicksschnelle versammelte sich eine Menschenmenge. Turbantragende Männer riefen ihnen in einer unbekannten Sprache etwas zu und bedeuteten der Pinasse durch Gesten, nicht anzulegen. Was meinen sie? fragte sich Hawksworth. Wer sind sie? Sie sind nicht bewaffnet und wirken ganz und gar nicht feindselig, nur aufgeregt.

»Um Erlaubnis, an Land zu gehen . . .« Hawksworth rief auf Türkisch, seine Stimme übertönte den Lärm und brachte die Menge unmittelbar zum Schweigen.

»Das Zollhaus öffnet erst zwei Stunden vor Mittag.« Ein großer, bärtiger Mann hatte verstanden und geantwortet. »Wer seid Ihr? Portugiesen?«

»Nein, wir sind Engländer.«

»Nur portugiesische *topiwallahs* dürfen hier Handel treiben.« Der Mann musterte die Pinasse in offener Ratlosigkeit.

»Wir haben keine Handelswaren, nur Proben.« Hawksworth versuchte, den Beamtensinn des Mannes zu verwirren. »Wir wollen nur Speise und Trank.«

»Ihr könnt zu dieser Stunde nicht anlegen.«

»Im Namen Allahs, des Barmherzigen.« Hawksworth griff zu einer letzten List und beschwor die Gastfreundschaft, ein Hauptmerkmal des islamischen Lebens. Forderungen konnten ignoriert werden, die Bedürfnisse eines Reisenden niemals. »Speise und Trank für meine Männer!«

Der Appell schien seine Wirkung nicht zu verfehlen. Der bärtige Mann hielt inne, drehte sich um und sprach mit einer Gruppe wartender Träger, die sich wenige Augenblicke später in das morgenkühle Wasser warfen und nach der Halteleine der Pinasse riefen. Sie zogen das Boot vor die Stufen. Kurz darauf umschwärmten andere Träger das Boot und bedeuteten den Engländern durch Gesten, über das Dollbord zu steigen und sich an Land tragen zu lassen.

Als ersten bekamen sie George Elkington zu fassen. Trotz seiner Flüche wurde er aus der schaukelnden Pinasse gezerrt und auf die Rücken von zwei kleinen Indern gehievt. Er schlug mit den Armen um sich, um ihrem Griff zu entkommen, fiel dabei rücklings in die schlammige Tapti, wurde ohne Umschweife wieder aus dem Wasser gezerrt und die Stufen hinaufgeschleppt. Dann kamen die anderen an die Reihe. Nur Mackintosh versuchte noch zu protestieren.

Erst als die Träger sie auf den Steinstufen abgesetzt hatten, wurde Hawksworth klar, daß Indiens bester Hafen keinen Kai besaß, daß Menschen und Waren auf Trägerrücken gelandet wurden. Der große, bärtige Mann kam auf ihn zu, zeigte ein konventionelles Lächeln und verbeugte sich in der Art Karims, die Hände vor der Stirn zusammengelegt. »Seid willkommen im Namen des *schahbandar* – nur als Gäste, nicht als Händler.«

Ohne weitere Formalitäten führte er sie über den offenen Platz zu einem kleinen Steingebäude. »Ihr werdet im Haus der Träger warten, bis das Zollhaus öffnet.« Und als er die schwere Holztür öffnen ließ, fügte er kurz hinzu: »Der *schahbandar* wird beschließen, ob Eure Anwesenheit hier erlaubt ist.«

Hawksworth sah sich noch einmal in dem Raum um; die stickige Luft war von der Kühle des Morgens feucht. Die Wände waren rechtwinklig, die Decke war hoch und gewölbt. In einer Nische stand eine kleine, runde Steinsäule, vermutlich ein Gegenstand religiöser Verehrung. Wie kann man nur eine Steinsäule verehren, grübelte er, noch dazu eine, die beinahe wie das Geschlecht eines Mannes aussieht. Sie beten ihre Männlichkeit an wie keine andere Rasse, aber gemeinhin halten sie sich auch an das Gesetz, das ihnen Abbilder verbietet. Also stammt es von den Heiden, den Hindus. Und das bedeutet, daß die Träger Hindus sind und ihre Aufseher Mohammedaner, die die Privilegien der Eroberer genießen, genau wie in jedem anderen Land, das die Muselmanen mit dem Schwert genommen haben.

George Elkington hatte sich in eine Ecke des Teppichs gerollt und schlief unruhig. Humphrey Spencer kämpfte gegen den Schlaf an, indem er vergeblich versuchte, die Schießpulverflecken von seinem Wams zu bürsten. Mackintosh hatte sein Seemannsmesser geschliffen und war nun intensiv damit beschäftigt, sein Haar nach Läusen abzusuchen. Bootsmannsmaat John Garway lümmelte an einer Seitenwand, kratzte träge seinen Hosenbeutel und träumte von Frauen, die er nun bald haben würde, in schläfriger Vorfreude war seine Miene zu einem zahnlosen Lächeln erstarrt. Hawksworth streckte sein verwundetes Bein aus, lehnte sich steif gegen die Wand und zwang seinen Kopf zu bitter benötigter Ruhe.

Die Sonne hatte die Morgenmitte erreicht und überflutete den Lehmboden mit leuchtend gelbem Licht. Hawksworth war plötzlich hellwach und auf der Hut. Er wußte, daß ein schwerer Schatten durch das Sonnenlicht gegangen war, hatte ihn zwar nicht gesehen, aber intuitiv gespürt. Ohne ein Wort zu sagen, stellte er sich neben die schwere Holztür, die Hand fest über dem Schwert geschlossen. Mit Ausnahme Mackintoshs waren alle anderen inzwischen eingeschlafen. Der Steuermann hatte indes den Schatten auch bemerkt und ging nun schnell auf die andere Seite der Tür. Wie beiläufig zog er das schwere Messer mit dem Knochengriff.

Ohne Vorwarnung schwang die Tür auf.

Vor ihnen stand derselbe bärtige Mann, der sie an Land gelassen hatte. Der Platz hinter ihm lag jetzt hell in der Vormittagsglut, und im Licht erkannte Hawksworth, daß er einen fleckenlosen, weißen Turban trug, einen langen, blauen Rock über engsitzenden, weißen Hosen und geschmückte Lederschuhe, die vorne spitz zuliefen und in einem aufwärts geschwungenen Schnabel endeten.

»Wo ankern Eure Schiffe?« Sein Turki hatte einen starken Akzent. So schnell also verbreiteten sich die Neuigkeiten, dachte Hawksworth und versuchte, den Nebel aus seinem Kopf zu vertreiben. »Wo ist der *schahbandar?*«

»Eure Schiffe waren heute morgen nicht mehr in der Bucht. Wo sind sie jetzt?« Der Mann hatte Hawksworth' Frage übergangen.

»Ich verlange, den *schahbandar* zu sehen. Vorher beantworte ich keine Fragen. Wo ist er?«

»Er ist da.«

»Wo?«

Der Inder drehte sich um und wies über den Platz auf ein großes, fensterloses Gebäude, das gegenüber der Festung am Ufer stand. Hawksworth sah bewaffnete Wächter und erkannte, daß es die Münzstätte sein mußte. Es war das Gebäude – Karim hatte ihm davon erzählt –, wo fremdes Geld »gewechselt« wurde. Alle ausländischen Münzen, selbst spanische Reales, mußten eingeschmolzen und in Rupien umgemünzt werden, bevor man etwas damit kaufen konnte. Vermutlich handelte es sich um eine Vorsichtsmaßnahme gegen Falschgeld oder minderwertige Münzen, führte dieses Verfahren doch zu monatelangen Verzögerungen. Der *schahbandar* gewährte eiligen Händlern nur eine Alternative: Sie durften, zu enormen Zinsen, fertige Rupien leihen.

»Nachdem der *schahbandar* den Beginn der heutigen Arbeit in der Münzstätte erlaubt hat, wird er das Siegel an der Tür des Zollhauses überprüfen . . .« Der Mann wies auf das flache Gebäude, das sich an das Trägerhäuschen anschloß. ». . . und wird es für heute öffnen. Alle Waren müssen besteuert werden und den *chapp* oder das Siegel des *schahbandar* erhalten, bevor sie in Indien eingeführt oder aus Indien herausgebracht werden können.«

Hinter Hawksworth wurde es langsam lebendig, und er drehte sich um, um seinen Männern die Worte des Inders zu übersetzen. Die Engländer versammelten sich mißtrauisch, und als Hawksworth sie auf den belebten Platz hinausführte, war der Argwohn, der in der Luft lag, fast greifbar.

»Wir müssen warten.« Ihr Begleiter hielt unvermittelt an. Eine Sänfte wurde aus der Münzstätte herausgetragen, umgeben von einer Anzahl Wächter, die sich einen Weg durch die Menge bahnten und langsam auf den Eingang des Zollhauses zuschritten. Wenige Augenblicke später schwangen die Türen des Zollhauses auf, und die Menschen drängten sich, der Sänfte folgend, hinein. Jetzt endlich gab der Inder auch Hawksworth ein Zeichen, zu folgen.

Im Zollhaus vermischte sich Schweißgeruch mit dem staubigen Duft von Indigo und dem Aroma verschiedener Gewürze. Öllampen wurden angezündet und an den Seitenwänden befestigt, und die wogende Menschenmenge nahm Gestalt an. Von draußen wurden die englischen Waren hereingetragen und von den Trägern auf einem der dafür vorgesehenen Stände gestapelt.

Der große Inder wandte sich an Hawksworth: »Ihr und all Eure Männer müßt Euch jetzt hier im Zählraum durchsuchen lassen.«

Hawksworth bedeutete den Männern zurückzubleiben. »Ich sagte bereits, daß ich verlange, den *schahbandar* zu sehen.«

»Er wird Euch empfangen, wenn er es wünscht. Er hat Euch keine Audienz gewährt.«

»Dann lassen wir uns auch nicht durchsuchen. Sagt ihm das. Und zwar sofort.«

Der Inder schien einen Moment lang zu überlegen, dann drehte er sich zögernd um und ging. Als er nach einer Weile zurückkam, wurde er von vier Wächtern des *schahbandar* begleitet. Er gab Hawksworth ein Zeichen, ihm ohne Begleitung zu folgen.

Die Tür, die in das hintere Gemach führte, war mit Bronze beschlagen; sie hatte schwere, verzierte Angeln und schien sich, als sie näher kamen, wie von allein zu öffnen.

Die hellen Flammen der Öllampen, die die Wände säumten, blendeten Hawksworth. Im Gegensatz zu den einfach gekalkten Wänden und Säulen der Vorhalle war der Raum des *schahbandar* geradezu überladen mit reichhaltigen Verzierungen. Selbst die fast dreißig Fuß hohe Decke war vergoldet. Es wimmelte von Schreibern, die Stapel von Rechnungsbüchern in Ordnung brachten und sich auf die Geschäfte des Tages vorbereiteten. Sie trugen alle ordentliche Kopfbedeckungen und korrekte Baumwollhemden, und plötzlich wurde sich Hawksworth seiner eigenen Kleidung bewußt: schlammige Stiefel, ein pulververschmiertes Wams und ebensolche Kniehosen. Zum ersten Mal seit seiner Ankunft in Indien befand er sich in einem Raum, in dem es außer ihm keine weiteren Europäer gab. Unvermittelt fühlte er sich allein.

Plötzlich wurde es ganz still, und in der Mitte des Raumes öffnete sich eine Gasse, denn die Hindu-Schreiber wichen zurück an die Wände. Dann sah er den *schahbandar.*

Der wichtigste Hafenbeamte Indiens saß an der gegenüberliegenden Seite des Raumes auf einem vierfüßigen Diwan, der mit Kissen übersät war. Das Lager, das auf einem kleinen Podest stand, war mit einem Baldachin aus golddurchwirktem Tuch überspannt. Der *schahbandar* trug einen blauen Seidenturban, kleingemusterte Hosen und ein besticktes, gelbbraunes Gewand, das sich über einen dicken Bauch spannte und auf der rechten Seite mit roten Steinen zusammengehalten wurde, die wie Rubine aussahen. Er schien Hawksworth überhaupt nicht zu bemerken, sondern sog, nur gelegentlich von harten Flüchen unterbrochen, heftig am Ende eines Schlauches, den ein Schreiber ihm in den Mund hielt. Die andere Hand des Schreibers bediente einen brennenden Wachsstock, der in die Öffnung eines langhalsigen Tontopfes hineinführte, an dessen Seite das andere Schlauchende über eine Ausstülpung gezogen war. Als es plötzlich im Topf zu gurgeln begann, sah Hawksworth, daß der *schahbandar* in tiefen Zügen schwarzen Rauch inhalierte.

»Der Tabak ist das einzige, was die *topiwallahs* je nach Indien gebracht haben, ohne daß wir es schon längst besaßen. Aber selbst dafür mußten wir noch die *huka* erfinden, um richtig in den Genuß des Rauches zu kommen. Das Rauchen ist während des Ramadan verboten, aber kein Mann ist dazu geschaffen worden, während des Tages zu fasten und dann auch noch auf Tabak zu verzichten. Heute morgen erhob sich die Sonne wie immer im Osten, und so steht es geschrieben: ›Das Tor der Reue steht für die Diener Gottes noch immer offen.‹«

Der *schahbandar* betrachtete Hawksworth neugierig. Seine Züge erinnerten noch an die eines Nomaden aus der Wüste, waren jedoch durch Bequemlichkeit und Wohlleben verweichlicht. Er trug einen Schnurrbart und goldene Ohrringe; seine Füße waren nackt.

»Tut mir den Gefallen und tretet näher. Ich muß mir diesen *feringhi*-Kapitän ansehen, der in unseren Gewässern einen solchen Aufruhr verursacht hat.« Er drehte sich um und verfluchte den Diener, denn die Wasserpfeife gurgelte ergebnislos. Dann dampfte eine Wolke durch den Schlauch, und als er den Rauch tief in die Lungen sog, wurden die Augen des *schahbandar* weich.

»Man sagt mir, Ihr seid Engländer. Habe ich das Vergnügen, Euren Namen zu erfahren?«

»Ich bin Brian Hawksworth, Kapitän der Fregatte *Discovery*. Mit wem habe ich die Ehre?«

»Ich werde als Mirza Nuruddin vor Allah stehen. Hier aber bin ich der *schahbandar.*« Er blies eine Rauchwolke aus und musterte Hawksworth genau. »Euer Schiff und ein anderes waren gestern in unserer Bucht. Man sagt mir, sie hätten bei Einbruch der Nacht die Anker gelichtet. Ist es die Regel, daß englische Schiffe ohne ihren Kapitän segeln?«

»Wenn Anlaß dazu besteht.« Hawksworth sah ihm direkt in die Augen und fragte sich, ob er wirklich fast blind war oder ob er lediglich so erscheinen wollte.

»Und was, Kapitän . . . Hawksworth, bringt Euch und Eure streitbaren Kriegsschiffe an unsere Gestade? Es geschieht nicht oft, daß unsere Freunde, die Portugiesen, ihren Mitchristen erlauben, uns zu besuchen.«

»Unsere Schiffe sind Handelsschiffe der englischen Ostindienkompanie.«

»Vergeudet nicht meine Zeit, indem Ihr mir erzählt, was ich bereits weiß.« Der *schahbandar* schien plötzlich in Rage zu geraten. »Die Engländer waren noch nie zuvor in Indien. Warum seid Ihr jetzt gekommen?«

Hawksworth merkte, daß Mirza Nuruddin lediglich mit ihm gespielt und längst entschieden hatte, was er tun würde.

»Wir sind aus demselben Grund hier, aus dem wir die Inseln im Süden besucht haben. Um mit den Waren Europas zu handeln.«

»Aber wir handeln bereits mit Europäern. Mit den Portugiesen. Sie beschützen unsere Meere.«

»War es ertragreich für Euch?«

»In der Tat. Aber es steht Euch nicht zu, mich zu befragen, Kapitän Hawksworth.«

»Vielleicht wünscht auch Ihr, vom Handel mit England zu profitieren?«

»Und Eure Kaufleute, so nehme ich an, erwarten sich Profite von den Geschäften mit uns.«

»Das ist im allgemeinen die Basis jeden Handels.«

Hawksworth verlagerte sein Gewicht auf den anderen Fuß, um seinem verletzten Bein Erleichterung zu verschaffen.

Der *schahbandar* blickte zu Boden, ohne seine Lippen vom Schlauch der *huka* zu nehmen. »Ich bemerke, daß Ihr eine Verwundung habt, Kapitän Hawksworth. Ihr scheint einen gefährlichen Beruf auszuüben.«

»Manchmal ist er für unsere Feinde noch gefährlicher.«

»Ich vermute, Ihr spielt auf die Portugiesen an.«

Mirza Nuruddin verlangte nach einem frischen Wachsstock zum Anzünden der *huka.* »Aber für sie ist die Gefahr vorüber, während sie für Euch gerade erst begonnen hat. Ihr erwartet doch sicherlich nicht, daß sie Euch erlauben werden, hier Handel zu treiben.«

»Der Handel hier ist eine Angelegenheit, die nur England und Indien angeht.«

Der *schahbandar* lächelte. »Wir haben eine Handelsvereinbarung mit den Portugiesen, einen *firman,* den Seine Majestät, der Mogul, unterzeichnet hat und der ihnen freien Zugang zu unseren Häfen gewährt. Wir haben keine solche Vereinbarung mit England.«

»In diesem Fall haben wir uns geirrt. Wir glaubten, der Hafen von Surat gehöre Indien und nicht den Portugiesen.« Hawksworth spürte, wie seine Handflächen unter der wachsenden nervlichen Belastung feucht wurden.

»Wollt Ihr denn behaupten, daß Indien keine eigenen Häfen besitzt? Daß es nicht die Macht besitzt, nach Belieben Handel zu treiben? Ihr klopft mit Krieg und Beleidigung an unsere Tür, Kapitän Hawksworth. Allerdings wäre ich möglicherweise erstaunt gewesen, wenn Ihr anders gehandelt hättet. Wenn Ihr mich fragt, warum, so gebe ich Euch zur Antwort, daß wir den Ruf englischer Seefahrer nur allzugut kennen.«

»Und ich kann leicht erraten, wer diese verleumderischen Berichte über England in Umlauf gesetzt hat. Vielleicht solltet Ihr darüber nachdenken, welche Beweggründe dahinterstecken.«

»Wir sind bei unserem Urteil von jenen geleitet worden, denen wir seit vielen Jahren vertrauen.« Der *schahbandar* ließ die *huka* mit einem Wink beiseiteschaffen und faßte Hawksworth fest ins Auge. Der Kapitän hielt dem Blick unerschrocken stand. In seinem Kopf formte sich eine Idee. »Sagt mir, ob geschrieben steht: ›Sie sind es, die Irregehen eingetauscht haben gegen Führung, doch brachte ihr Handel keinen Gewinn, noch sind sie recht geleitet‹?«

Der *schahbandar* konnte seine Überraschung nicht verbergen und sah

Hawksworth verwundert an. Sein Blick schweifte einen Augenblick lang ab, fand jedoch schnell wieder sein Ziel.
»Der Heilige Koran, aus der zweiten Sure, wenn ich die Lehren meiner Jugend nicht vergessen habe!« Er lächelte ungläubig. »Ist es möglich, daß ein *topiwallah* die Worte des Großen Propheten – Friede sei mit ihm! – kennt? Ihr besitzt merkwürdige Talente, englischer Kapitän.« Wieder machte er eine Pause. »Und Ihr verstellt Euch mit der ganzen Tücke eines Mullah.«
»Ich sage nur die Wahrheit.«

Der *schahbandar* schwieg. Ihn beschäftigten die Ereignisse des vorangegangenen Abends. Die Sonne war bereits untergegangen, und das Ramadan-Mahl hatte begonnen, als Pater Manoel Pinheiro, dem Rang nach der zweithöchste portugiesische Jesuit in Indien, eine Audienz verlangt hatte. Zwei lange, ermüdende Stunden hatte sich der *schahbandar* gequälte Ausreden für die Demütigung, die die Portugiesen vor der Küste erfahren hatten, anhören müssen. Hinzu kam die Prahlerei, die Engländer würden die Fahrt die Tapti hinauf gewiß nicht überleben. Der *schahbandar* hatte die Angst seines Gesprächspartners förmlich riechen können. Soweit Mirza Nuruddin sich erinnern konnte, war es das erste Mal, daß die Portugiesen Furcht zeigten. Zuvor war es anders gewesen. Damals hatte ein englischer Kapitän namens Lancaster vor Java eine portugiesische Galeone angegriffen und geplündert, und der Vizekönig von Goa hatte lautstark Rache geschworen. Vor fünf Jahren allerdings war es zu einem weiteren Zwischenfall gekommen: Der Vizekönig persönlich hatte eine Flotte von zwölf Kriegsschiffen nach Malakka geführt mit dem Ziel, elf holländische Handelsschiffe, die dort Fracht an Bord nahmen, zu verbrennen. Die Holländer hatten fast seine gesamte Flotte versenkt. Und gegenwärtig machten die Piraten von Malabar die gesamte Westküste unsicher, und die portugiesischen Patrouillen schienen außerstande zu sein, ihrer Herr zu werden und die indische Handelsschiffahrt zu schützen. Eine einzige kurze Dekade genügte, sagte sich Mirza Nuruddin, um zu zeigen, daß die Portugiesen unfähig sind, dem wachsenden holländischen Gewürzhandel auf den Inseln im Süden Einhalt zu gebieten, daß sie unfähig sind, die Küsten Indiens von Piraten zu säubern, und jetzt erweist sich, daß sie andere Europäer nicht daran hindern können, sogar Indien selbst zu betreten.

»Wir verteidigen uns, wenn wir angegriffen werden. Das ist alles.« Hawksworth hätte die Unterredung gerne beendet, wäre gerne dem verräucherten Raum und dem forschenden Blick des *schahbandar* entflohen. »Unser Gesuch, in diesem Hafen handeln zu dürfen, hat damit nichts zu tun.«
»Ich werde mir Euer Gesuch durch den Kopf gehen lassen. In der Zwischenzeit werdet Ihr und Eure Männer im Einklang mit unserem Gesetz durchsucht, und Eure Waren werden besteuert werden.«
»Ihr könnt die Männer durchsuchen, wenn Ihr es wünscht. Aber ich bin als Abgesandter des Königs von England hier, und in dieser Eigenschaft werde ich es nicht gestatten, daß man meine persönliche Truhe durchsucht, genausowenig wie sich Seine Majestät, König James von England, einer solchen Demütigung unterwerfen würde.« Hawksworth war entschlossen, alle Autorität aufzubieten, die ihm sein abgerissenes Äußeres erlaubte.
»Jeder *feringhi* muß durchsucht werden. Nur Botschafter sind von dieser Bestimmung ausgeschlossen. Erhebt Ihr Anspruch auf eine solche Immunität?«
»Ich bin Botschafter, und ich werde nach Agra reisen, um meinen König zu vertreten.«
»Die Erlaubnis, in Indien reisen zu dürfen, muß den *feringhis* vom Mogul selbst erteilt werden. Ein entsprechendes Gesuch kann nur durch den Gouverneur dieser Provinz nach Agra geschickt werden.«
»Dann muß ich den Gouverneur sehen und ihn bitten, eine Botschaft nach Agra zu senden. Für den Augenblick verlange ich jedoch, daß meine persönliche Habe vom Zollhaus freigegeben und daß kein Zoll auf unsere Waren erhoben wird. Es sind Muster; sie stehen nicht zum Verkauf.«
»Wenn Eure Waren nicht verzollt werden, bleiben sie im Zollhaus. So will es das Gesetz. Und weil Ihr behauptet, Euren König zu vertreten, werde ich gegen meine Pflicht darauf verzichten, Euch persönlich zu kontrollieren. Eure Männer jedoch werden von oben bis unten durchsucht. Alle Güter und Münzen, die sie durch diesen Hafen ins Land bringen, werden nach dem gültigen Tarif besteuert. Er beträgt zweieinhalb Prozent des Wertes.«
Die Unterredung schien beendet zu sein. Hawksworth verbeugte sich so formvollendet, wie er konnte und wandte sich zur Tür.

»Kapitän Hawksworth! Ihr werdet nicht zu Euren Männern zurückkehren. Ich habe für Eure Unterbringung andere Vorkehrungen getroffen.« Hawksworth drehte sich um und sah vier bewaffnete Wachen, die zur Linken des *schahbandar* vor einer offenen Tür warteten.
»Ich denke, Ihr werdet Eure Unterkunft angemessen finden. Meine Männer werden Euch begleiten. Eure Truhe bleibt hier, unter meiner Obhut.« Mirza Nuruddin wandte sich wieder seiner gurgelnden *huka* zu.
»Meine Truhe wird nicht durchsucht. Solltet Ihr das beabsichtigen, werde ich auf der Stelle zu meinem Schiff zurückkehren.« Hawksworth rührte sich nicht vom Fleck. »Eure Beamten werden meinen König und seine Ehre respektieren.«
»Die Truhe steht unter meiner Obhut«, wiederholte der *schahbandar* mit Nachdruck und winkte Hawksworth zur Tür, ohne noch einmal von seiner Wasserpfeife aufzusehen.
Hawksworth trat hinaus in die grelle Mittagssonne. Vor der Tür wartete die Sänfte des *schahbandar,* dahinter lag der Pferde- und Viehbasar der Stadt, auf dem es vor Menschen wimmelte, und zu seiner Rechten saß unter einem dichtbelaubten Banyanbaum ein Bettler auf einem Strohsack. Der Mann trug nur ein weißes Lendentuch. In seinem geflochtenen Haar war Asche, und auf der Stirn hatte er merkwürdige weiße und rote Zeichen. Mit brennenden Augen betrachtete er den neuen *feringhi,* als habe er soeben den Teufel höchstpersönlich erblickt.

6

Er spürte, wie die Sänfte ruckartig auf einer harten Oberfläche abgesetzt wurde, und als die Vorhänge beiseitegezogen wurden, blickte er auf das Steinmosaik eines Innenhofes herab. Zumindest einen Teil der Zeit waren sie bergauf gereist, es hatte viele scheinbar unnötige Biegungen und Kurven gegeben. Jetzt schirmten sie die hohen Mauern einer Garteneinfriedung von der Straße ab. Schmale, hohe Palmen säumten die weißgekalkte Gartenmauer, und in der Mitte des Hofes beschatteten gedrungene, dicht belaubte Bäume ein zweistöckiges Gebäude, dessen Eingang mit hervorgehobenen arabischen Stuckschriftzeichen geschmückt war. Die Wächter führten ihn über die große, mit Säulen eingefaßte Veranda. Sie durchquerten eine langgestreckte Halle und betraten einen großen Raum mit sauberen, weißen Wänden und einem Marmormosaik als Fußboden. In der Mitte lag ein dicker Teppich, auf dem große Kissen verstreut waren. Die Luft war geschwängert mit einem schalen Geruch nach Gewürzen.

Bestimmt ist es das Haus eines reichen Kaufmanns oder eines Beamten, dachte Hawksworth. Was kann es sonst sein? Die dekorativen Paneele an den Türen und die großen Messingknäufe zeigen, daß der Besitzer sehr wohlhabend sein muß. Aber wofür ist dieser Raum bestimmt? Für Gäste? Nein. Es gibt kaum Möbel. Kein Bett.

Dann verstand er plötzlich. Er gestand sich ein, daß er niemals zuvor einen prächtigeren privaten Speisesaal gesehen hatte, nicht einmal bei englischen Aristokraten in London. Hinter ihm schlossen die Wächter die schweren Holztüren, aber man hörte keine Schritte, die sich entfernten.

Vor wem beschützen sie mich?

Ein Diener mit ebenholzfarbener Haut und einem weißen Turban, der offensichtlich den Großteil des geflochtenen und hochgebundenen Bartes bedeckte, schob eine Tür auf, um ein Silbertablett abzustellen. Wieder waren es geröstetes Brot und eine Schale Quark.

»Wo bin ich? Wessen Haus . . .?«

Er zog die Stiefel aus, warf sie in eine Ecke und legte sich auf die Polster. Die Wunde in seinem Bein schmerzte dumpf.

Gott helfe mir, bin ich müde. Er versuchte, seine Gedanken auf den Gouverneur zu konzentrieren, auf eine Phantasiegestalt, die er sich erdacht hatte — ein fetter, abstoßender, pompöser Bürokrat. Aber die Figur verwandelte sich allmählich, und eine verschleierte Frau kam herein, deren Augen denen Maggies glichen. Sie führte ihn in die Mitte eines strahlend erleuchteten Raumes, wo sie vor einer großen Steinsäule stehenblieben, einer Säule, wie er sie am Morgen im Haus der Hindu-Träger gesehen hatte, nur daß diese hier noch größer war und ihn weit überragte. Du gehörst jetzt mir, schienen die Augen der Frau zu sagen, als sie begann, ihn mit seidenen Fesseln an die Säule zu binden. . . Er wollte sich befreien, doch der Griff, der seine Handgelenke hielt, wurde fester und fester. In Panik schlug er um sich und schrie durch einen Nebel von Räucherkerzen hindurch.

»Halt . . .!«

»Ich versuche ja nur, Euch aufzuwecken, Kapitän.« Die Stimme durchschnitt den Alptraum. »Seine Eminenz, der *schahbandar*, möchte, daß ich Eure Wunde versorge.«
Hawksworth wurde ruckartig wach und griff nach seinem Schwert. Dann erst sah er den dunklen, kleinen Mann, der in einen weißen Wickelrock und ein portugiesisches Wams gekleidet war, die nicht ganz zueinander passen wollten, und ihn aufgeregt am Arm zog. Hawksworth' heftige Reaktion ließ den Mann erstaunt zurückweichen, doch gleich darauf ließ er seine Stofftasche zu Boden fallen und begann sorgfältig einen großen, roten Schirm zusammenzufalten. Hawksworth bemerkte, daß der Mann keine Schuhe an den staubigen Füßen trug.
»Erlaubt mir, mich vorzustellen.« Er verbeugte sich formvollendet. »Mein Name ist Mukardschi. Ich habe die Ehre, den berühmten neuen *feringhi* zu behandeln.« Er sprach Turki nur gebrochen und mit einem harten Akzent.
Der Arzt kniete sich hin und schnitt geschickt den Verband an Hawksworth' Bein auf. »Wer hat die Wunde verbunden?« Er rollte die schmutzige Bandage mit sichtlicher Verachtung hoch.
»Das war unser Wundarzt auf dem Schiff. Er legte den Verband an, nachdem er bereits ein Dutzend Männer mit ähnlichen oder schlimmeren Verletzungen behandelt hatte.«
»Erklärungen sind unnötig. Glaubt mir, *feringhi*-Kuren sind unverwechselbar. Ich habe viele Jahre in Goa gelebt und eine Zeitlang in einem Krankenhaus gearbeitet, das von christlichen Priestern erbaut worden war. Für neuangekommene Portugiesen war es normalerweise nach den Bordellen die erste Station . . .«
»Und warum werden so viele Portugiesen krank, wenn sie in Goa ankommen?« Hawksworth sah zu, wie Mukardschi eine Salbe knetete, die stark nach Sandelholz roch.
»Es ist gut, daß Ihr fragt, Kapitän Hawksworth.«
Mukardschi prüfte die Konsistenz der Salbe mit dem Finger und stellte sie beiseite. »Ihr scheint ein starker Mann zu sein, aber nach so vielen Monaten auf See mag es mit Eurer Männlichkeit möglicherweise nicht ganz so weit her sein, wie Ihr annehmt.«
Geistesabwesend zog er ein großes, dunkelgrünes Blatt aus der Tasche und stippte es in eine Paste, die er zuvor aus einem zerknitterten Papier ausgewickelt hatte. Er rollte es um eine in kleine Stücke zerbrochene

braune Nuß, steckte das Bündel in den Mund und begann zu kauen. Dann besann er sich plötzlich und zog ein zweites Blatt aus der Tasche. »Würdet Ihr gerne Betel probieren? Es ist sehr gut für die Zähne. Und für die Verdauung.«

»Was ist das?«

»Ein köstliches Blatt. Ich habe festgestellt, daß ich ohne Betel nicht leben kann. Vielleicht muß man es als eine echte Sucht bezeichnen. Das Blatt hat einen leicht bitteren Eigengeschmack, aber wenn man es um eine Betelnuß rollt und in ein wenig Kalk tunkt, den wir aus der Schale von Mollusken gewinnen, schmeckt es hervorragend.«

Hawksworth schüttelte angewidert den Kopf. Mukardschi hockte sich hin, saugte zufrieden an dem gerollten Blatt und fuhr fort: »Ihr fragt, warum ich mich um Euer Wohlergehen sorge, Kapitän? Ich sage es Euch: Weil so viele *feringhis*, die nach Goa oder Indien kommen, zum Tode verurteilt sind.«

»Warum? Ist ihr Essen vergiftet?«

»Die Krankheit, von der die Europäer hier am häufigsten befallen werden, wird die rote Ruhr genannt.« Mukardschi prüfte mit dem Finger die Sandelholzpaste und rührte sie mit einem Holzspatel kräftig um. »Vier oder fünf Tage lang brennt der Körper in großer Hitze, dann ist es entweder ausgestanden oder man ist tot.«

»Und gibt es keine Heilmittel?« Der Arzt begann, die Paste auf die Wunde zu streichen.

»Natürlich gibt es Arzneien.« Mukardschi kicherte resigniert. »Aber die Portugiesen lehnen sie voller Verachtung ab.«

»Vermutlich nicht ohne Grund«, wandte Hawksworth ein. »Die verdammten Jesuiten sind die besten Ärzte in Europa.«

»Das habe ich schon oft gehört. Meistens auf Beerdigungen.«

Mukardschi verband die Wunde mit weißem Stoff und spuckte etwas roten Saft in einen kleinen Messingbehälter. »Eure Wunde ist wirklich kaum mehr als ein Kratzer. Aber Ihr wäret innerhalb von vierzehn Tagen daran gestorben. Oder an Überanstrengung.«

»Was wollt Ihr damit sagen?« Hawksworth erhob sich und erprobte sein Bein. Verwundert stellte er fest, daß der Schmerz verschwunden war.

»Die größte Geißel für alle neu angekommenen Europäer sind anscheinend unsere Frauen. Es ist unvermeidlich, und es amüsiert mich immer wieder.« Mukardschi spuckte das verbrauchte Betelblatt in die Zimmerecke und machte eine dramatische Pause. Währenddessen zog er ein neues Blatt aus der Tasche.

»Ich will Euch ein Beispiel aus Goa nennen: Die portugiesischen Soldaten stolpern dort mehr tot als lebendig von ihren Schiffen. Sie sind geschwächt durch die vielen Monate auf See und den unvermeidlichen Skorbut. Was sie brauchen, ist vernünftige Nahrung, aber darauf geben sie nichts, denn ihr Hunger nach weiblicher Gesellschaft ist noch größer. Also besuchen diese ausgezehrten Burschen umgehend Goas hervorragend ausgestattete Bordelle, die von den Christen anscheinend mit größerer Hingabe frequentiert werden als ihre schönen Kirchen. Was sich in den Freudenhäusern abspielt, wie ungleich Kraft und Erfahrung dort verteilt sind, kann man nur raten. Jedenfalls stellen viele *feringhis* bald genug fest, daß die einzigen Betten, für die sie taugen, im Königlichen Hospital der Jesuiten stehen, das nur wenige von ihnen wieder lebendig verlassen. Jedes Jahr habe ich ungefähr fünfhundert Portugiesen diesen Weg der Torheit beschreiten sehen.« Mukardschis Lippen hatten jetzt einen rosigen Schimmer.

»Und was geschieht mit denen, die überleben?«

»Sie heiraten schließlich eine unserer Frauen oder eine der ihren und stürzen sich in das sinnenfrohe Leben, für das die Portugiesen in Goa so bekannt sind. Sie haben zwanzig, manchmal dreißig Sklaven, die all ihre Wünsche erfüllen. Nach einer gewissen Zeit bekommen sie Nierensteine, Gicht oder eine andere Krankheit des Überflusses.«

»Und woran sterben ihre Frauen? Genauso?«

»Einige ja, aber ich habe auch viele gesehen, die von ihren fetten portugiesischen Männern des Ehebruchs angeklagt und hingerichtet wurden. Der Verdacht ist selten unbegründet, denn die Frauen haben an heißen Nachmittagen wirklich nichts anderes zu tun, als Betel zu kauen und mit lüsternen jungen Soldaten anzubändeln. Es heißt, daß sie ihr Schicksal für ein ehrenhaftes Martyrium halten, und daß sie schwören, für die Liebe zu sterben . . .«

Mukardschi erhob sich und begann, seine Arzneifläschchen wieder ordentlich in seiner Stofftasche zu verstauen. »Man erlaubt mir vielleicht, Euch noch einmal zu besuchen, wenn Ihr es wünscht. Aber ich glaube, es ist nicht notwendig. Verzichtet lediglich für einige Zeit auf die Gesellschaft von Frauen. Stellt zunächst die Vorsicht über das Vergnügen.«

Ein Lichtstrahl aus der Halle durchschnitt den Raum, als sich ohne Vorankündigung die Tür öffnete. Ein Wächter stand im Gang; er trug eine Uniform, die Hawksworth noch nicht gesehen hatte.
»Ich muß jetzt gehen«, sagte Mukardschi vernehmlich, als er nervös seinen Schirm und seine Tasche zusammenraffte. Dann beugte er sich zu Hawksworth und flüsterte hastig: »Kapitän, der *schahbandar* hat seine Radschputen geschickt. Ihr müßt Euch in acht nehmen.«
Geschickt schlüpfte er an der Wache vorbei und war verschwunden.
Hawksworth betrachtete die Radschputen argwöhnisch. Sie trugen Lederhelme, die von einem farbigen Stirnband gehalten wurden, knielange Tuniken über festen, engsitzenden Hosen und einen breiten Stoffgürtel. Ein großes, rundes Lederschild, das von einem Schulterriemen gehalten wurde, hing jedem Mann an der Seite, und alle trugen einen verzierten Köcher an der Taille, aus dem schwere Hornbogen und Bambuspfeile hervorsahen. Alle wirkten aufs äußerste gespannt, keiner von ihnen lächelte. Ihr Anführer, ein Mann mit einem dunklen Bart und dichten, schwarzen Haaren, trat zur Tür herein und sprach Hawksworth in holprigem Turki an.
»Der *schahbandar* wünscht Eure Anwesenheit im Zollhaus. Ich soll Euch davon in Kenntnis setzen, daß die Formalitäten für die Zulassung Eurer persönlichen Truhe abgeschlossen sind und daß er sie mit einem *chapp* versehen hat.«
Als sie auf die Straße hinaustraten, war zwar die Sänfte nirgends zu sehen, in der Hawksworth auf dem Hinweg versteckt worden war, doch bildeten jetzt die Radschputen einen dichten Kreis um ihn. Beim Gehen bemerkte er, daß der Schmerz in seinem Bein tatsächlich völlig verschwunden war. Die Straße war von weißgekalkten Mauern gesäumt, und die kühle Abendluft trug den Duft verborgener Gärten heran.
Nach einer Weile ging es bergab und sie näherten sich dem Fluß. Die ziegelgedeckten Häuser mit gekalkten Wänden, an denen sie jetzt vorbeikamen, gehörten vermutlich Hindu-Kaufleuten, denn sie hatten keine Gärten, und es fehlten auch die hohen Mauern, hinter denen die Mohammedaner ihre Frauen versteckten. Je näher sie dem Fluß kamen, desto stickiger wurde die Luft. Hier unten standen die Lehmhütten der Ladenbesitzer und Schreiber, mit Gitterfenstern und Dächern aus Palmblättern.
Endlich erreichten sie den Basar von Surat. Die Palmenreihen lagen jetzt

verlassen da; Stille herrschte, wo Hawksworth mittags das Geschrei von Hökern und schrille Frauenstimmen gehört hatte. An den Basar schlossen sich die Ställe an, und hier stöberten ein paar kleine Jungen herum, die nichts als Lendentücher trugen. Sie suchten nach Dungfladen, die von den Frauen, die Brennstoff sammelten, vielleicht übersehen worden waren.

Die Straßen Surats liefen wie die Speichen eines Rades aufeinander zu; das Zollhaus und der Hafen bildeten die Nabe. Hawksworth mußte lächeln: Wie in jeder Hafenstadt führten alle Wege ans Meer; in Surat allerdings zunächst zum Zollhaus und zum *schahbandar.*

Sie näherten sich der letzten Straßenbiegung vor der Einfriedung des Zollhauses, als ihnen plötzlich eine Gruppe von Reitern gegenüberstand, die mit langläufigen Musketen bewaffnet waren. Es waren ihrer ungefähr zwanzig, und sie machten keine Anstalten, den Weg freizugeben, als Hawksworth und seine Wachen näherkamen.

Hawksworth bemerkte, daß die Radschputen die Muskeln anspannten und die Hände locker an die Hornbogen legten, die aus den Köchern hervorschauten. Das Marschtempo verringerten sie nicht.

Mein Gott, sie werden nicht anhalten! Es wird Blutvergießen geben. Und wir werden mit Sicherheit verlieren; die Gegner sind in der Überzahl!

Ohne jede Vorwarnung wurde Hawksworth von einer Hand gegen die massive, gekalkte Wand eines Gebäudes zu Boden geworfen, ein großer, runder Schild aus Nashornleder bedeckte plötzlich seinen Körper und schirmte ihn vollkommen von den Reitern ab.

Aufgeregte Schreie ertönten, und als Hawksworth hervorspähte, sah er, daß die Radschputen ihn eingekreist hatten. Sie hockten schußbereit um ihn herum, die Bogen gekrümmt, die ersten Pfeile auf die Männer zu Pferde gerichtet. Die Reiter dagegen machten sich an ihren Musketen zu schaffen, die noch nicht gespannt waren. Innerhalb von Sekunden hatten die Radschputen ihren Vorteil erfaßt.

Die Bogen zielen nicht nur genauer als Musketen, dachte Hawksworth, sie sind auch handlicher. Die Radschputen können ein halbes Dutzend Pfeile abschießen, bevor eine Muskete nachgeladen worden ist. Aber wer hat das Signal gegeben? Ich habe nichts gesehen, nichts gehört. Und trotzdem handelten sie in vollkommener Übereinstimmung.

Weitere Rufe erschollen. Hawksworth erkannte die Sprache nicht, nahm aber an, daß es sich um Urdu handeln mußte, eine Mischung aus importiertem Persisch und einheimischem Hindi, von der Karim gesagt hatte, daß man sich ihrer in der Armee des Mogul als Kompromiß zwischen den Persisch sprechenden Offizieren und der Hindi sprechenden Infanterie bediente.

Die Radschputen rührten sich noch immer nicht, als der Anführer der Reiter eine Papierrolle aus seinem Gewand hervorzog und sie verächtlich auf den staubigen Boden warf. Während die anderen ihn mit ihren Bogen deckten, ging der Führer der Radschputen nach vorn und hob die Nachricht auf. Hawksworth sah, wie er sie schweigend entrollte und las. Am unteren Ende des Schriftstücks erkannte er das rote Zeichen eines *chapp*, so wie er es auf Bündeln im Zollhaus gesehen hatte. Das Papier wurde unter den Radschputen weitergegeben. Einer nach dem anderen las es durch, alle untersuchten das Siegel. Dann berieten sie sich und kamen zu einem Entschluß. Ihr bärtiger Anführer kam auf Hawksworth zu, verbeugte sich und sprach ihn auf Turki an.

»Es sind die Wachen Mukarrab Khans, des Gouverneurs. Sie haben uns Befehle des *schahbandar* gezeigt. Sie tragen sein Siegel und ordnen an, daß Ihr in ihre Obhut überwechseln sollt. Ihr werdet mit ihnen gehen.« Gelassen steckte der Mann seinen Bogen in den Köcher und führte seine Leute in Richtung Zollhaus; sie marschierten wie zuvor, als würden sie keinen anderen Schritt kennen.

»Kapitän Hawksworth, ich bitte Euch, habt Nachsehen mit unseren Hindufreunden. Sie sind redliche Abenteurer und ein wenig altmodisch in ihren Sitten.« Der Sprecher der Reiter lächelte und zeigte auf ein gesatteltes Pferd, das von einem der Reiter gehalten wurde. »Wir haben ein Pferd für Euch. Würdet Ihr bitte mit uns kommen?«

Das Pferd war eine temperamentvolle arabische Stute und der Sattel war mit einem silberfädendurchwirkten, runden Gobelin bedeckt, der vorne und hinten Quasten trug. In die Mähne der Stute waren Perlen und kleine Federn eingeflochten, und ihr Fell glänzte in der untergehenden Sonne. Sie war die Schönheit selbst.

»Wohin reiten wir?«

»Der Gouverneur, Mukarrab Khan, hat heute nachmittag ein kleines Fest ausgerichtet und bittet Euch um die Ehre Eurer Teilnahme. Heute ist der letzte Tag des Ramadan, des Monats, in dem wir Mohammedaner fasten. Seine Exzellenz befindet sich auf dem *Changan*-Platz. Doch nun

kommt bitte, denn Geduld ist nicht gerade seine hervorstechendste Eigenschaft.«
Hawksworth rührte sich nicht von der Stelle.
»Warum hat der *schahbandar* seinen Befehl geändert? Wir wollten ins Zollhaus, um meine Truhe zu holen.«
»Der Gouverneur besitzt große Überredungskraft. Er wollte gern, daß Ihr heute nachmittag zu ihm kommt. Bitte, steigt auf. Er wartet auf Euch.« Der Mann strich sich mit manikürten Fingern über den Schnurrbart. »Seine Exzellenz hat eines seiner besten Pferde geschickt. Ich glaube, er hat eine Überraschung für Euch.«
Hawksworth schwang sich in den Sattel. Wortlos wendeten die Männer ihre Pferde und schlugen einen Weg ein, der parallel zum Fluß verlief. Es dauerte jedoch nicht lange, bis der Mann, der das Wort geführt hatte, die ganze Gruppe unvermittelt anhalten ließ. »Vergebt mir, aber habe ich mich vorgestellt? Ich bin der Sekretär seiner Exzellenz des Gouverneurs. Ich muß mich noch einmal entschuldigen für unsere Freunde von der Radschputen-Wache. Ihr müßt wissen, daß sie keinen offiziellen Status haben. Sie dienen dem, der sie für ihren Dienst bezahlt. Sollte der *schahbandar*, dieser Dieb, sie morgen entlassen, würden sie einem anderen Herrn dienen und ohne ein Wort darüber zu verlieren den *schahbandar* töten, so es ihnen aufgetragen würde. Radschputen sind berufsmäßige Söldner, sie kämpfen ebenso kaltblütig, wie der Tiger Beute macht.«
»Hat der Gouverneur auch Radschputen?«
Der Mann lachte herzhaft, glättete die geflochtene Mähne seines Pferdes und drehte sich im Sattel um, um Hawksworth' Frage für die anderen Reiter zu wiederholen. Dröhnendes Lachen unterbrach die abendliche Stille.
»Mein lieber englischer Kapitän, vielleicht würde er sie gerne aufhängen, aber er würde sie niemals *einstellen*. Seiner Exzellenz steht die Elite der Infanterie und der Kavallerie des Moguls zur Verfügung. Er kann sich die besten Leute wählen, Männer von hoher Abstammung und Kultur. Er braucht keine Hindus.«
Hawksworth beobachtete die Reiter vorsichtig aus dem Augenwinkel und meinte, in ihrem Gelächter eine Spur Nervosität zu entdecken. Nein, sagte er sich, er braucht keine Hindus. Aber die Söldner des *schahbandar* haben euch innerhalb von Sekunden überrumpelt. Wäh-

rend Ihr und die Elite der Mogulkavallerie noch mit den ungespannten Musketen herumhantiertet. Vielleicht gibt es einen guten Grund dafür, daß der *schahbandar* keine Männer von hoher Abstammung und Kultur nimmt.

Sie ritten eine Zeitlang neben der Stadtmauer her, einem hohen Backsteinwall mit eisernen Spitzen auf den Schlußsteinen. Dann bog die Mauer unvermittelt im rechten Winkel ab und versperrte ihnen den Weg. Vor ihnen befand sich ein massives Holztor, das die gesamte Breite der Straße einnahm. Als die kleine Prozession näher kam, erschienen mit Spießen bewaffnete uniformierte Reiter, öffneten eilig das Tor und nahmen am Straßenrand Haltung an.

»Das ist das *Abidschan*-Tor.« Der Sekretär nickte als Antwort auf den Salut der Wachen. »Man kann den Platz von hier aus schon sehen.« Er zeigte nach vorn und spornte sein Pferd zu einem Galopp an. Die Abendluft war jetzt feucht und kühl, und die Sonne verschwand vollkommen unter einer dichten Rauchwolke, die aus den Feuerstellen in der Stadt aufstieg und einen dunklen Mantel über die Landschaft legte; die Bewohner Surats kochten ihr Abendessen. Hawksworth fühlte eine Beklemmung in sich aufsteigen. Warum bringen sie mich aus der Stadt heraus, wenn die Dunkelheit naht? Er faßte nach dem kühlen Griff seines Schwertes, aber selbst das konnte ihn nicht beruhigen.

Da hörte er Jubelrufe und sah einen brennenden Ball fliegen, der sich strahlend gegen den Abendhimmel abhob. Vor ihnen lag ein großer Rasenplatz, auf dem Reiter hin- und hergaloppierten. Schreie und Flüche in verschiedenen Sprachen ertönten; die Pferde rempelten einander ungestüm, und an der Begrenzung des Spielfeldes standen weitere Reiter, beobachteten das Geschehen und feuerten ihre Favoriten mit heiseren Rufen an.

Als sie näher kamen, sah Hawksworth, wie einer der Spieler den brennenden Ball fing und ihn mit einem langen Stock, dessen Ende gebogen zu sein schien, auf dem Rasen vor sich her trieb. Dabei gab er seinem Apfelschimmel die Sporen und stürmte auf zwei hohe Pfosten an der Schmalseite des Feldes zu. Ein anderer Spieler mit einem dunklen Hengst blieb ihm hart auf den Fersen und fing den rollenden Ball mit einem atemberaubenden Manöver ab. Eben dieser Mann war es, der kurz nach der gelungenen Aktion Hawksworth bemerkte, den anderen etwas zurief und dann mit seinem schnaubenden Pferd den Besuchern entgegenkam. Er war untersetzt, wirkte dabei aber immer noch athletisch, hatte einen kurzen, gut geschnittenen Schnurrbart und trug einen eng gebundenen, von einem großen, rubinroten Stein gehaltenen Turban. Er saß kerzengerade im Sattel; seine Haltung war geprägt von einem Selbstvertrauen, das von großer Energie gespeist schien, aber sein Gesicht wirkte merkwürdig verlebt, fast verwüstet, und die Augen verrieten große Müdigkeit. Obwohl er gerade erst einen nahezu sicheren Treffer des Gegners verhindert hatte, lag kein Triumph, keine Freude in seinem Blick. Erst im letzten Moment zügelte er sein schnaubendes Pferd und kam in einer Staubwolke direkt vor Hawksworth zum Stehen.

»Seid Ihr der englische Kapitän?« Seine Stimme war laut und klang ungeduldig, autoritätsgewohnt.

»Ich befehlige die Fregatten der Ostindischen Kompanie.« Hawksworth versuchte, dem Mann fest in die Augen zu blicken.

»Dann heiße ich Euch willkommen, Kapitän.« Der dunkle Hengst bäumte sich plötzlich aus einem nicht ersichtlichen Grund auf, vermutlich aus reinem Überschwang, doch der Reiter zügelte ihn, ohne seinen Blick auch nur für eine einzige Sekunde von Hawksworth abzuwenden, und fuhr mit gleichmäßiger Stimme fort. »Ich bin sehr gespannt darauf, den Mann kennenzulernen, der für unsere portugiesischen Freunde plötzlich so interessant geworden ist. Obwohl ich es mir persönlich zur Regel gemacht habe, mich niemals in die Angelegenheiten der Europäer zu mischen, muß ich Euch als Sportler zu Eurem Sieg gratulieren. Zu schade, daß ich die Auseinandersetzung nicht selbst mit ansehen konnte.«

»Ich nehme Eure Glückwünsche im Namen der Ostindischen Kompanie entgegen.« Hawksworth konnte in dem Gesicht seines Gegenübers nichts entdecken als routinierte, diplomatische Verbindlichkeit.

»Ach ja, die Ostindische Kompanie! Ich nehme an, diese Kompanie möchte etwas von Indien, und ich kann mir gut vorstellen, daß es sich dabei um Profit handelt . . . Vielleicht sollte ich Euch geradeheraus sagen, daß mich solche Angelegenheiten langweilen.« Der Mann sah ungeduldig auf das Spielfeld. »Kommt, wir sollten die Zeit nicht vertrödeln. Es wird dunkel. Ich hoffe, daß Ihr Euch an unserem kleinen Spiel beteiligt. Es ist ganz einfach und für einen Mann, der auf hoher See das Kommando führt, im Grunde ein Kinderspiel.« Er wandte sich an einen

der Diener, die am Spielfeldrand warteten. »Achmed, holt einen Schläger für Kapitän . . . ach so, man hat mir Euren Namen nicht gesagt.«
»Hawksworth.«
»Ja. Hol einen Schläger für Kapitän Hawksworth. Er spielt mit.«
Hawksworth starrte den Mann unverhohlen an, wußte aber mit dessen Verhalten nicht viel anzufangen.
»Ihr seid der Gouverneur, nehme ich an?«
»Vergebt mir. Es kommt höchst selten vor, daß ich mich vorstellen muß. . . Mukarrab Khan, Euer ergebener Diener. Ja, es ist mein Los, Gouverneur von Surat zu sein. Aber nur, weil es keinen noch langweiligeren Außenposten gibt. Doch kommt nun, wir verlieren kostbare Zeit.« Er wendete sein scharrendes Pferd und gab das Zeichen, einen neuen Ball anzuzünden.
»Ihr werdet unser Spiel sehr einfach finden, Kapitän Hawksworth. Das Ziel ist, den Ball zwischen die Pfosten zu bringen, die Ihr dort seht. Wir nennen es *hal.* Es gibt zwei Mannschaften mit je fünf Spielern, und normalerweise wechseln wir die Spieler alle zwanzig Minuten aus.« Der neue Ball wurde aufs Feld gebracht und Mukarrab Khans Pferd bäumte sich erwartungsvoll auf. »Vor Jahren spielten wir nur am Tage, aber dann führte der Vater unseres Moguls, der große Akman, den brennenden Ball ein, um auch nachts spielen zu können. Der Ball ist aus Palasaholz, das sehr leicht ist und langsam brennt.«
Einer der Diener drückte Hawksworth einen Schläger in die Hand. Sein Griff war in Silber gefaßt; der Stock selbst war mehr als sechs Fuß lang und am unteren Ende gekrümmt und abgeflacht. Hawksworth hob ihn zögernd hoch und prüfte sein Gewicht und war überrascht, wie leicht er war.
»Ihr werdet in der Mannschaft von Abul Hasan spielen.« Der Gouverneur wies auf einen Mann mittleren Alters. »Er ist *qazi* hier in Surat, ein Richter, der das Gesetz auslegt und Recht spricht. Wenn er nicht gerade die Macht seines Amtes mißbraucht, maßt er sich an, mich beim *chaugan* herauszufordern. Er führt die weißen Turbane an.« Erst jetzt erkannte Hawksworth, daß die Mannschaft des Gouverneurs rote Turbane trug.
Der Gouverneur winkte seinem Diener. »Einen frischen Turban für den englischen Kapitän.«
»Ich würde es vorziehen, so zu spielen, wie ich bin.« Hawksworth

erkannte die Verblüffung in den Augen des Gouverneurs. Widerspruch war ihm offensichtlich völlig fremd. »Ich trage nie einen Hut, obwohl ich in Indien anscheinend trotzdem *topiwallah* genannt werde.«

»Sehr gut, Kapitän Hawksworth. Der *topiwallah* trägt keinen Turban.« Er schien zu lächeln, als er sich den anderen Spielern zuwandte und das Signal zum Spielbeginn gab. »Abul Hasans Team besteht aus Beamten, Kapitän. Ihr werdet jedoch bemerken, daß in meiner Mannschaft Kaufleute mitspielen – Mohammedaner selbstredend, keine Hindus. Um überhaupt anständige Spieler zu bekommen, muß ich das tun. Allein die Tatsache, daß überhaupt Kaufleute hier zugegen sind, mag Euch eine Vorstellung davon geben, wie ausgesprochen öde ich das Leben in Surat finde. In Agra ist es den Kaufleuten nicht gestattet, einem *chaugan*-Platz auch nur nahe zu kommen. Hier aber sind meine Beamten so erpicht darauf, ihnen ihr Geld aus der Nase zu ziehen, daß ich gezwungen bin, nachzugeben.« Er lachte dröhnend.

Inzwischen war der brennende Ball in die Mitte des Feldes geschleudert worden, und die Reiter gaben ihren Pferden die Sporen, um die Verfolgung aufzunehmen. Hawksworth ergriff den *chaugan*-Schläger mit der rechten Hand und die Zügel mit der linken. Sein Pferd begann ganz von alleine, den anderen hinterherzugaloppieren. Die roten Turbane, an deren Spitze der Gouverneur ritt, erreichten den Ball zuerst. Mukarrab Khan nahm ihn an, ließ den Schläger eine elegante Kurve beschreiben und schlug ihn direkt auf das Tor zu. Gleichzeitig zügelte er den Hengst hart, um der Flugbahn des Balles sofort folgen zu können. Auf der anderen Seite hatte jedoch ein weißer Turban den Schlag vorausgesehen und stand schon bereit, um den Ball abzufangen. Er schnitt dem Gouverneur den Weg ab und schlug den Ball mit gekonntem Schwung in die Mitte des Feldes zurück. Dem Pferd Mukarrab Khans jagte ein Funkenregen über den Kopf, doch schien der Hengst es kaum zu bemerken. Er wich zurück, schwang herum und jagte dem Ball nun in entgegengesetzter Richtung nach.

Über drei andere weiße Turbane flog der Ball hinweg und prallte dann, nur ein paar Fuß hinter Hawksworth, der sich bislang noch ein wenig zurückhielt, auf den Rasen. Jetzt jedoch erfaßte auch ihn die Begeisterung. Als der Ball zum zweiten Mal aufprallte, erreichte er ihn und holte zu einem kraftvollen Schwung aus.

Weiter ging das Spiel, und nach kurzer Zeit wurde die gesamte Arena

von einer einzigen dichten Staubwolke verdunkelt. Die Spieler hatten sich in einen raufenden Mob verwandelt. Freund und Feind waren kaum zu unterscheiden, und alle jagten den immer noch glühenden Ball, den einzigen Gegenstand, den man noch mit Sicherheit identifizieren konnte. Wieder griffen die roten Turbane an. Hawksworth sah, wie der Gouverneur an die Spitze seines Teams galoppierte, und hörte, wie er von seinen Mannschaftskameraden angefeuert wurde. Mühelos gelang es ihm, den Ball unter Kontrolle zu bekommen und ihn mit einem kraftvollen Schwung in Richtung des gegnerischen Tors zu katapultieren. Die anderen roten Turbane stürmten ihm nach, doch am *hal* wartete schon ein Gegenspieler, der den Ball mit der Krümmung des Schlägers erwischte und in die Mitte zurückschleuderte. Die Roten schienen das vorausgesehen zu haben. Wie ein Mann hielten sie inne und stürmten zurück. Der Weiße, der inzwischen den Ball über den Rasen trieb, wurde von einer ganzen Phalanx aus Mannschaftskameraden abgeschirmt.
Hawksworth war vor dem Tor seines Teams geblieben. Plötzlich sah er den Ball in hohem Bogen durch den verdunkelten Himmel jagen und auf sich zukommen wie ein flammendes Wurfgeschoß. Sekundenbruchteile später schlug er auf die Flanke seines Pferdes und sprühte Funken.
Roll ihn, sagte sich Hawksworth, du mußt ihn am Boden halten . . .
Aber die roten Turbane waren ihm schon auf den Fersen. Abul Hasan, der Anführer der Weißen, holte weit aus, traf jedoch den Ball nicht, sondern den Schläger des englischen Kapitäns. Hawksworth spürte die Erschütterung in seinem Arm und hörte, wie der Schläger zerbrach. Voller Entsetzen sah er, wie die untere Hälfte nach rechts flog, genau auf Mukarrab Khan zu, der gerade im Begriff war, sein Pferd zu wenden, um Hawksworth den Weg abzuschneiden. Das harte Holz erwischte den dunklen Hengst genau über den Vorderläufen, das Tier verlor den Halt, geriet ins Taumeln und stolperte. Hawksworth erkannte, daß der Sturz unvermeidlich war. Und daß Mukarrab Khan unter die Hufe der nachfolgenden Pferde geraten würde. Schnell brachte Hawksworth sein Pferd scharf rechts herum und rammte in voller Absicht den Hengst des Gouverneurs. Mukarrab Khans benommene Augen flackerten in plötzlichem Verstehen auf, und im selben Moment, da die Pferde zusammenstießen, griff er nach Hawksworth' Sattelknopf, befreite sich von den Steigbügeln und zog sich über den Hals der Stute. Sofort waren zwei

wachsame Rote zur Stelle und ergriffen die Zügel der Stute. Hinter ihnen sank der dunkle Hengst mit einem kläglichen Wiehern in den Staub, und über allem ertönte Jubelgeschrei, als die Weißen ungehindert einen Treffer erzielten.

Mukarrab Khan glitt zu Boden, eine böse Verwünschung auf den Lippen, während ein Diener Hawksworth den oberen Teil des Schlägers mit dem silbergeschmückten Griff zuwarf.

»Das Silber gehört Euch, Sahib. Es ist Brauch, daß derjenige, dessen *chaugan*-Schläger während des Spiels zerbricht, die silberne Spitze behalten darf, zum Zeichen seines Mutes. Ihr habt sie besonders verdient.« Der Mann war klein und dunkelhäutig und trug ein staubüberzogenes weißes Hemd. Er deutete eine Verbeugung an, seine Augen schienen vor lauter Bewunderung zu leuchten.

»Nehmt es, Kapitän. Es ist eine Ehre.« Abul Hasan kam steif herangeritten und klopfte Staub von der Mähne seines Pferdes. »Kein *feringhi* hat sich meines Wissens jemals beim *changan* versucht, und ganz bestimmt hat sich niemals einer einen Silberknauf verdient.«

»Kapitän Hawksworth, Ihr seid gut geritten.« Mukarrab Khan hatte sich bereits ein neues Pferd bringen lassen. Auf der rechten Wange hatte er einen leichten Kratzer, und sein Blick wirkte nicht mehr so kauzig wie zuvor. Aufmerksam musterte er die Gesichter der Männer, die ihn umdrängten, und sagte dann langsam: »Ein *sehr* merkwürdiger Unfall. Nie zuvor ist dergleichen geschehen.« Er sah Hawksworth direkt in die Augen. »Wie wurde Euer Schläger zerbrochen?«

»Der *feringhi* hat einen unglücklichen Schlag ausgeführt, Exzellenz«, warf Abul Hasan ein. »Für einen Anfänger spielte er hervorragend, aber er beherrscht die Technik noch nicht ganz.«

»Offensichtlich. Aber diesen Mangel hat er durch sein Glück – *mein* Glück – wettgemacht. Sein *Schlag* mag unsicher sein – *reiten* kann er ausgezeichnet. Skeptisch flog der Blick des Gouverneurs von einem zum anderen.

Hawksworth beobachtete den Wortwechsel in ungläubigem Schweigen. Versuchte der *qazi*, sein eigenes Mißgeschick zu vertuschen? Oder war es gar kein Mißgeschick gewesen? War es aber Absicht, dann hat er versucht, Mukarrab Khan zu töten und mir dafür die Schuld in die Schuhe zu schieben. Nur allzu gerne hätte Hawksworth jetzt Mukarrab Khans Gedanken gelesen.

Der Gouverneur lächelte. »Wißt Ihr, Kapitän, es gibt Menschen, die *chaugan* fälschlicherweise nur für ein Spiel halten. In Wirklichkeit ist es viel, viel mehr. Es ist eine Mutprobe, es schärft die Geistesgegenwart und prüft die Entscheidungsfähigkeit. Der große Akman glaubte das auch, und deshalb hat er vor Jahren seine Beamten dazu ermutigt. Natürlich muß man reiten können, aber letztendlich ist es eine Prüfung der Männlichkeit. Im ganzen habt Ihr mich nicht enttäuscht. Ich glaube fast, Ihr Engländer könntet eines Tages unseres Spielchens würdig sein . . .«

7 Sie waren tief im Herzen von Surat und näherten sich dem Fluß, als sich die Straße plötzlich zu einem großen Platz erweiterte. Das erste, was Hawksworth im Licht der Fackeln erkannte, war ein hoher Eisenzaun, der auf ganzer Länge von Wachtposten mit Schilden und Piken gesäumt war, sowie ein reich ornamentiertes Eisentor. Beim Näherkommen erwies sich, daß der Zaun die äußere Begrenzung einer riesigen Festung aus rosa Sandstein mit hohen Türmen und einem breiten, gewölbten Eingangstor darstellte. Schließlich erblickte Hawksworth auch den tiefen Wassergraben, der zwischen dem Zaun und den Festungsmauern verlief und von einer Holzbrücke überspannt wurde, die, was gut zu erkennen war, hochgezogen werden konnte, und dann den Eingang zur Festung sicher verriegelte.

Der kleine Trupp der *chaugan*-Spieler löste sich auf. Man wechselte kurze, formelle Abschiedsgrüße, dann verschwanden die Kaufleute und Beamten in der Nacht. Neugierig sah Hawksworth ihnen nach. Was band sie an Mukarrab Khan? Respekt? Furcht?

Als nur noch Hawksworth und Mukarrab Khan mit seinen Reitknechten und Leibwachen warteten, öffnete sich das Eisentor, und die Pferdehufe klapperten geräuschvoll über die hölzerne Zugbrücke. Hawksworth bemerkte, daß der Palast des Gouverneurs stark bewacht war. Auch zu beiden Seiten der Zugbrücke stand eine Reihe uniformierter, mit Piken bewaffneter Infanteristen, und selbst unter dem steinernen Torbogen, der ins Innere der Festung führte, waren Wachen postiert. Vor allem aber fielen Hawksworth zwei riesenhafte Tiere mit ausladenden Ohren

und ellenlangen Schnauzen auf, die ungleich gewaltiger waren als das größte Pferd, das er je gesehen hatte.
Kriegselefanten! Es gibt sie tatsächlich! Aber warum so viele Wachen? Der Gouverneur hat ja buchstäblich eine Privatarmee . . .
Ein Reitknecht zog an den Zügeln seines Pferdes und bedeutete ihm, abzusteigen. Sie befanden sich jetzt innerhalb der Palastmauern. Vor ihnen, in einem raffiniert angelegten Garten erhob sich die Residenz des Gouverneurs von Surat. Die kunstvollen Stukkaturen aus rosa Sandstein schimmerten im Fackellicht blutrot.
Mukarrab Khan führte Hawksworth durch einen reich ornamentierten Rundbogen aus Marmor, auf dessen Spitze ein Türmchen saß, das an das Minarett einer Moschee erinnerte. Sie betraten eine Art Empfangshalle, deren Marmorfußboden mit einem komplizierten geometrischen Mosaik aus bunten Steinchen geschmückt war. Über ihren Köpfen verliefen Galerien aus weißem Stuck, getragen von anmutig geschwungenen Bögen; zierliche, mit Vorhängen versehene Nischen schmückten die Seiten. Von der Decke hingen Öllampen; die Wände, an denen sich zur Begrüßung mehrere Reihen von turbantragenden Dienern aufgestellt hatten, reflektierten schimmernd das Licht.
Gegenüber, am Ende der Empfangshalle, erblickte Hawksworth eine massive Tür, die dick genug war, um jedem Kriegsgerät widerstehen zu können. Ihr Zweck war jedoch nicht unmittelbar zu erkennen, denn ein Filigranwerk feinster Schnitzereien in fleckenlosem Glanz fing des Betrachters Blick. Als Diener sie öffneten, drehte sie sich langsam in ihren schweren Messingangeln, und Mukarrab Khan schritt voran in einen riesigen Innenhof. Er war von einer Veranda umgeben, deren Säulen wiederum Balkone aus Marmorfiligran trugen. Der Hof wirkte wie eine riesige Empfangshalle, und der Sternenhimmel bildete das Dach. Im Mittelpunkt jedoch stand in einem baldachinbehuteten Pavillon auf einem Podest ein Ruhebett aus Zedernholz, das mit rotem Satin ausgeschlagen war und einem englischen Himmelbett ähnelte, nur waren die schwarzen, polierten Pfosten viel zierlicher, wirkten geradezu zerbrechlich dünn.
Unmittelbar hinter der Tür, die von der Empfangshalle in den Innenhof führte, warteten sechs große Gestalten, drei zu jeder Seite des Türrahmens. Sie trugen Turbane und waren exquisit gekleidet. Auf dunkler Haut schimmerten Juwelen. Sie verneigten sich vor dem Gouverneur.

Ich verstehe, dachte Hawksworth, Eunuchen. Sie müssen Mukarrab Khans Leibwache sein, weil sie überall Zugang haben, sogar zu den Gemächern der Frauen.

»Kapitän Hawksworth, ich will Euch die Beamten vorstellen, die meinen Haushalt verwalten. Im Grunde sind es Sklaven aus Bengalen, die ich als junge Burschen gekauft habe und schon vor Jahren in Agra ausbildete. Man muß bedauerlicherweise Eunuchen beschäftigen, um einen Haushalt wie diesen führen zu können – den Frauen des Palastes ist nämlich nicht zu trauen, am allerwenigsten den eigenen Ehefrauen, die stets Intrigen aushecken. Die Eunuchen werden, ganz in der arabischen Tradition, nach ihrer Funktion im Palast benannt, so daß man sich lediglich ihre Aufgabe merken muß. Hier haben wir Nahir, der für meine Rechnungen zuständig ist.« Er wies auf einen Mann, dessen feistes Gesicht unter einem tiefblauen Kopfputz hervorsah. Die offene Jacke des Eunuchen war aus schwerem Brokat; sie hob und senkte sich unter seinen Atemzügen und enthüllte schwabbelnde Fettwülste, die die Brustwarzen umgaben.

»Der Herr neben Nahir wählt meine Garderobe aus.« Der zweite Eunuch starrte Hawksworth unbeweglich an, seine verschwollenen, weichlichen Lippen waren rot vom Betelsaft. »Jener sorgt für die Kleider meiner verschwenderischen Frauen, und der zu seiner Linken ist verantwortlich für ihre Juwelen. Der dort drüben kümmert sich um die Haushaltswäsche und beaufsichtigt die Diener, und der da hinter ihm leitet die Küche. Heute abend werdet Ihr seine Schöpfungen über Euch ergehen lassen müssen.«

Die Eunuchen betrachteten mit offenkundiger Verachtung Hawksworth' abgerissene Erscheinung; nicht einer von ihnen begrüßte ihn. Als er weiterging, bildeten sie eine Art Kreis um ihn. Zwei gingen vor ihm, zwei hinter ihm und einer auf jeder Seite. Hawksworth betrachtete sie genau und fragte sich, welcher von ihnen wohl für die Frauengemächer zuständig war. Dies ist die mächtigste Position, lächelte er im stillen, alles andere zählt nicht.

Ein Diener kam über die Veranda und ging direkt auf den Gouverneur zu. Er kniete nieder und erhob ein Tablett aus gehämmertem Silber, auf dem zwei große Kristallkelche mit einer pastellgrünen Flüssigkeit standen. Nachdem Mukarrab Khan ihm ein Glas gereicht hatte, berührte Hawksworth das Getränk leicht mit den Lippen. Es war eine eigenartige

Mischung aus Süßem und Scharfem; nie zuvor hatte er dergleichen gekostet.
»Was ist das? Es schmeckt wie die Luft in einem Garten.«
»Das? Ich habe nie darauf geachtet. Obwohl die Frauen es nach Sonnenuntergang geradezu in Unmengen trinken.« Der Gouverneur wandte sich an einen Eunuchen: »Nahir, wie bereiten die Frauen *tundhi* zu?«
»Aus Samen, Khan Sahib. Die Kerne von Melonen, Gurken, Lattich und Koriander werden zu Pulver gestampft und mit Rosenwasser, Granatapfelessenz und dem Saft der Aloenblume gemischt. Das Geheimnis besteht darin, es richtig zu filtern, und ich gestehe, daß ich die Arbeit sorgsam überwachen muß.«
»Zweifellos«, sagte Mukarrab Khan kurz angebunden. »Ich meine allerdings, Ihr solltet Euch mehr um die Rechnungen kümmern und weniger um die Frauengemächer.« Er wandte sich einem anderen Eunuchen zu. »Ist mein Bad fertig?«
»Wie immer, Khan Sahib.« Als der Eunuch sich verbeugte, warf er einen verstohlenen Blick auf Hawksworth und fragte: »Wird der hervorragende *feringhi* ebenfalls ein Bad benötigen?«
Hawksworth stöhnte innerlich. Welcher englische Gastgeber würde sich die Frechheit herausnehmen, einem durch die Blume zu verstehen zu geben, daß man ein Bad nötig habe? Davon abgesehen: Welcher Engländer würde je auf den Gedanken kommen, mehr als zweimal im Jahr zu baden? Jedermann weiß, daß König James *niemals* badet, ja daß er sich nicht einmal die Hände wäscht, sondern sie lediglich vor dem Essen kurz mit einem feuchten Waschlappen abreibt.
»Mir würde es genügen, wenn ich mir die Hände waschen könnte.«
Auf dem Gesicht des Gouverneurs erschien ein breites Lächeln. »Ich vergesse immer wieder, daß alle *feringhis* wasserscheu sind. Wie dem auch sei, die Diener werden bereitstellen, was immer Ihr benötigt.« Mukarrab Khan verbeugte sich mechanisch, verschwand durch einen Torbogen, und die Eunuchen folgten ihm. Als Hawksworth sich umwandte, erblickte er einen dunkelhäutigen Mann, der ein großes Silberbecken über die Veranda trug. Ihm folgte ein zweiter Mann mit einem roten Samtkissen, das er zu einem Hocker neben dem Pavillon trug. Dann bedeutete er Hawksworth, sich dort hinzusetzen. Hawksworth beugte sich über das Becken, das der erste der beiden Diener bereithielt, und ein frischer Duft stieg in seine Nase. Als er hinabsah,

stellte er fest, daß auf der glänzenden, mit einer dünnen Ölschicht bedeckten Oberfläche des Wassers Blütenblätter schwammen.
Er tauchte die Hände ins Wasser und sah auf. Ein dampfendes Handtuch wurde ihm aufgehalten. Er wusch sich das vom Staub des *chaugan*-Spiels verschmutzte Gesicht und sah, wie die Diener nach und nach in den verdunkelten Nischen der Marmorgalerien verschwanden. Nur ein alter Mann mit welker Haut blieb zurück, schlurfte durch den Garten und scheuchte schimpfend einen mürrischen Pfau in sein Nachtquartier.
Dann fiel vollkommene Stille über den Hof, den nur die Laternen und ein blasser Mond beleuchteten. Er wurde zu einem Märchenland, das außerhalb der Zeit zu liegen schien. Hawksworth lächelte, als er daran dachte, daß er erst in der Nacht zuvor in einem Kampf auf Leben und Tod den Angriff portugiesischer Infanterie abgewehrt hatte. Und jetzt . . .
Roger Symmes hatte recht gehabt. Indien war wie ein Himmel auf Erden. Aber unmittelbar unter der heiteren, blankpolierten Oberfläche gab es eine Gegenströmung – kaum verhüllte Gewalt. Kriegselefanten und ein tiefer Burggraben bewachten die Schönheit. Eine künstliche Welt aus Marmor und Juwelen, hermetisch von allen äußeren Einflüssen abgeschirmt. Ich beginne zu verstehen, warum Symmes diese Welt so verlockend fand. Und so furchterregend. Mein Gott, ich gäbe jetzt alles für einen Brandy. . .
»Khan Sahib erwartet Euch.« Einer der Eunuchen, der jetzt eine lange Robe aus gemusterter Seide trug, stand direkt vor ihm. Als eine schwammige Hand seinen Arm ergriff, schreckte Hawksworth aus seinen Träumereien und erhob sich.
»Euer Schwert ist im Bankettsaal nicht erlaubt.«
Hawksworth erstarrte. Dann fiel ihm ein, daß er noch ein Messer in seinem Stiefelschaft verborgen hielt, und der Gedanke tröstete ihn. Langsam legte er sein Schwert ab und übergab es dem Eunuchen.
»Ihr werdet auch Eure Stiefel ausziehen«, fuhr dieser nun fort. »Es ist gegen die Sitte, den Bankettsaal mit Schuhen zu betreten.«
Hawksworth machte eine protestierende Bewegung, kam dann jedoch zu dem Schluß, daß Widerstand absolut sinnlos war. Der Raum war gewiß voller Teppiche, und das war vermutlich der Grund dafür, daß alle Menschen hier offene Schuhe trugen, deren rückwärtiger Teil nach

unten abgeschrägt war: Sie mußten sie ja andauernd vor dem Betreten solcher Räume ausziehen.
Er beugte sich hinab und schnallte die Stiefel auf. Als der Eunuch den Messergriff im Lampenlicht blitzen sah, spannten sich für einen Augenblick alle seine Muskeln. Er sagte aber nichts, sondern nahm die Stiefel wortlos an sich.
Langsam durchschritten sie die Marmorhalle und erreichten die bronzebeschlagene Tür des Bankettsaals. Der Eunuch schob sie auf und enthüllte eine seltsame Szenerie: Am Ende eines langen Raumes lehnte der Gouverneur von Surat an einem purpurfarbenen Samtkissen. Die Wände waren kühl und makellos weiß, auf dem Marmorfußboden lag ein riesiger, dicker Teppich im persischen Stil. Die Haut Mukarrab Khans schimmerte ölig. Er hatte einen frischen, braunweiß gemusterten Turban aufgesetzt, der von einem Band dunkler Juwelen gehalten wurde. Vor seiner Stirn hing eine einzelne große Perle, und zwei Quasten, deren Enden ebenfalls mit je einer Perle geschmückt waren, waren über seinen Schultern drapiert. Er trug ein engsitzendes, blaßbraun gemustertes Hemd und darüber eine schwere grüne Weste, die mit weißem Satin gefüttert und mit Goldfäden bestickt war. Die Ohrringe zierten kleine grüne Smaragde.
Hinter dem Gouverneur standen die Eunuchen, und überall warteten Diener und Sklaven. Vor einer Wand saßen stumm zwei Männer, der eine hinter einem Paar kleiner Trommeln, der andere mit einem Saiteninstrument in der Hand, dessen blankgewienerter Klangkörper im Licht schimmerte. Nur unter den Dienern befanden sich auch einige Frauen.
»Kapitän Hawksworth, unsere Mahlzeit heute abend wird einfach und unwürdig sein, aber bitte ehrt meine Tafel mit Eurer Nachsicht.« Mukarrab Khan lächelte herzlich und bedeutete Hawksworth, näherzutreten. »Zumindest können wir frei sprechen.«
»Handelt es sich um eine offizielle Begegnung?« Hawksworth rührte sich nicht von der Stelle, sondern behielt, soweit es ihm möglich war, eine offizielle Haltung bei.
»Wenn Ihr es wünscht. Unsere Begegnung kann als formell betrachtet werden, auch wenn wir uns nicht so verhalten.«
»Dann muß ich als Botschafter Seiner Majestät, König James' von England, darauf bestehen, daß Ihr Euch erhebt, um mich zu empfangen.« Hawksworth versuchte, das Gefühl zu unterdrücken, daß er als

barfüßiger Botschafter etwas komisch wirken mußte. Aber es trug ohnehin niemand im Raum Schuhe. »Ein Gouverneur ist noch immer ein *Untertan*. Ich aber repräsentiere die *Person* meines Königs.«
»Man hat mich nicht davon in Kenntnis gesetzt, daß Ihr ein Botschafter seid.« Der Gouverneur rührte sich nicht, doch wurde seine Miene sichtbar ernster. »Ihr seid der Kommandeur zweier Handelsschiffe.«
»Ich bin im Namen des Königs von England hier und habe die Befugnis, in allen Angelegenheiten, die den Handel betreffen, für ihn zu sprechen. Außerdem hat er mir einen persönlichen Brief an den Mogul anvertraut.«
Mukarrab Khan schwieg einen Augenblick lang und dachte nach. Dann antwortete er langsam: »Eure Bitte wäre angemessen für einen Botschafter. Laßt es uns so ausdrücken: Ich komme Eurer Forderung nach, um meinen guten Willen zu bekunden, was auch in Eurem Interesse liegen mag.« Er erhob sich und machte eine förmliche Verbeugung, die allerdings eher einem Nicken gleichkam. »Der Gouverneur von Surat heißt Euch, Kapitän Hawksworth, einen Abgesandten des Königs von England, willkommen.«
»Ich nehme Euer Willkommen im Namen meines Königs entgegen.« Hawksworth nahm vis-à-vis von Mukarrab Khan Platz und lehnte sich gegen ein großes Samtpolster, das für ihn vorbereitet worden war.
»Und was hat dieser Brief zu bedeuten, den Euer englischer König an Seine Majestät schickt?« Mukarrab Khan lehnte sich auf seinem Polster zurück und legte die Fingerspitzen aneinander.
»Das ist eine Angelegenheit zwischen König James und dem Mogul.« Hawksworth bemerkte den Ärger, der kurz in Mukarrab Khans Augen aufleuchtete, jedoch sehr schnell wieder einem unverbindlichen Lächeln wich. »Ich bitte lediglich darum, daß Ihr den Hof in Agra ersucht, mir eine Reisegenehmigung zu erteilen. Es wäre ebenfalls eine große Hilfe, wenn Ihr dem *schahbandar* befehlen wolltet, unseren Kaufleuten zu erlauben, im Hafen von Surat mit ihren Waren zu handeln.«
»Mir ist bekannt, daß Ihr das Vergnügen hattet, unseren *schahbandar* kennenzulernen. Ich bedaure zutiefst, Euch sagen zu müssen, daß ich nicht den geringsten Einfluß auf diesen berüchtigten Mann habe. Er untersteht dem Sohn des Moguls, Prinz Dschadar, der mit der Verwaltung dieser Provinz betraut ist. Mirza Nuruddin tut, was ihm gefällt.«

Lüge Nummer eins, dachte Hawksworth; du hast ihn schließlich gezwungen, meine Umsiedlung hierher zu befehlen . . .
»Und außerdem wißt Ihr sicher«, fuhr Mukarrab Khan in gleichmäßigem Ton fort, »daß bisher die Portugiesen die einzigen Europäer gewesen sind, die Waren an Indiens Küsten gebracht haben. Araber, Perser, ja sogar Türken sind uns ein gewohnter Anblick, nicht aber Europäer. Das gilt auch für die Holländer, von denen man mir sagt, daß sie mit einigen unserer südlichen Nachbarn Umgang haben. Es ist ja gerade das Ziel der Vereinbarung zwischen dem Mogul und den Portugiesen, alle anderen Europäer vom Handel auszuschließen.« Mukarrab Khan gab einem Eunuchen ein Zeichen. »Offen gesagt, der Mogul hat gar keine andere Wahl, denn die Portugiesen beherrschen die Meere. Man kann sogar sagen, daß sie es sind, die *unseren* Kaufleuten den Handel gestatten, denn alle indischen Frachtschiffe müssen in Goa eine portugiesische Lizenz erwerben, bevor sie den Hafen verlassen dürfen.«
»Die Portugiesen beherrschen Indiens Handel, weil man es ihnen erlaubt hat. Die Gewässer vor Euren Küsten gehören zu Indien, zumindest sollte es so sein.«
Mukarrab Khan schien Hawksworth' Worte kaum zu beachten, sondern sah gedankenverloren zu, wie die Diener auf dem Teppich vor ihnen eine große Decke aus geprägtem Leder ausbreiteten. Kurz darauf wandte er sich unvermittelt um.
»Botschafter Hawksworth, wir brauchen Eure Ratschläge nicht, um zu erfahren, wie Indien seine eigenen Angelegenheiten zu regeln hat. Aber vielleicht sollte ich *Euch* etwas mitteilen: Seine Exzellenz, der portugiesische Vizekönig, hat durch einen Boten die Nachricht überbringen lassen, daß er beabsichtigt, gegen Euch Anklage wegen Piraterie zu erheben. Er verlangt, daß wir Eure Schiffe beschlagnahmen und Euch, Eure Kaufleute und Eure Mannschaft nach Goa bringen, damit sie dort vor Gericht gestellt werden können.«
Hawksworth' Herz setzte einen Schlag lang aus; er sah Mukarrab Khan entsetzt an. Dann riß er sich zusammen und richtete sich auf. »Und *ich* sage, daß es die Portugiesen sind, die als Piraten betrachtet werden müssen! Ihr Angriff auf unsere Handelsschiffe verletzt den Friedensvertrag, der zwischen England und Spanien besteht und die feigen Portugiesen, die inzwischen nichts weiter als Vasallen des spanischen Königs sind, einschließt.«

»Ja, ich habe von diesem Vertrag gehört. Wir sind hier in Indien über europäische Angelegenheiten nicht gänzlich uninformiert. Seine Exzellenz bestreitet indes, daß es einen Vertrag gibt, der unsere Küsten einbezieht. Wenn ich mich richtig erinnere, bezeichnete er England als eine von übelriechenden Fischern bewohnte Insel, die sich damit zufriedengeben sollten, in ihren eigenen trüben Gewässern zu angeln.«
Hawksworth entschloß sich, die Beleidigung zu übergehen. »Spanien und England haben Botschafter ausgetauscht, und der Vertrag wird von beiden Königen respektiert. Er beendete einen Krieg, der fast drei Jahrzehnte lang gedauert hat.«
»In der Tat mag ein solcher Vertrag bestehen. Ob er jedoch hier Geltung hat, weiß ich nicht. Und das ist mir, offen gestanden, auch ziemlich gleichgültig. Ich weiß nur, englischer Botschafter, daß Ihr sehr weit entfernt seid von allen europäischen Gerichten. Die Portugiesen kontrollieren schon seit hundert Jahren die Gewässer vor Indiens Küsten, und nicht durchsetzbare Verträge haben sehr wenig Einfluß auf die Herrschaft der reinen Macht.«
»Die ›Macht‹ der Portugiesen haben wir Euch gestern vor Augen geführt.«
Mukarrab Khan lachte laut auf und warf einen Blick auf seine Eunuchen, die mit einem servilen Grinsen reagierten. »Ihr seid noch naiver, als ich glaubte, englischer Kapitän. Was bedeutet dieser kleine Erfolg schon gegen die Kriegsflotte in Goa? Wenn Ihr Schutz auf See wollt, müßt Ihr ihn Euch selbst beschaffen. Ist es etwa *das*, was Euer König vom Mogul zu erwirken hofft? Oder von mir?«
»Ich sagte Euch bereits, ich habe nur zwei Bitten. Erstens: Sendet eine Petition nach Agra, die um Erlaubnis für meine Reise ersucht. Zweitens: Gebt Eure Zustimmung zum Verkauf der Fracht, die wir mitgebracht haben.«
»Ja, das sagtet Ihr. Unglücklicherweise ist das, was Ihr wünscht, nicht so leicht zu gewähren. Eure unglückselige Auseinandersetzung mit der Flotte des portugiesischen Vizekönigs hat die Lage erheblich erschwert.«
Der Gouverneur lehnte sich zurück und flüsterte den Eunuchen, die hinter ihm standen, schnell etwas zu. Dann richtete er das Wort wieder an Hawksworth. »Wie aber einer unserer Dichter in Agra, ein Sufi-Bursche namens Samad, formulierte: ›Der Lebensfaden ist nur allzu kurz, die Seele kostet Wein, dann geht sie fort‹. Bevor wir diese

ermüdenden Angelegenheiten weiter erörtern, laßt uns auch ein wenig ›Wein kosten‹.«

Die Eunuchen erteilten den Dienern Befehle. Neben Hawksworth erschien eine Silberschale mit frischen Früchten. Sie war bis zum Rand gefüllt mit Mangos und Orangen, die größer waren als alle Früchte dieser Art, die Hawksworth jemals gesehen hatte. Hinzu kamen Melonenscheiben und andere, ihm gänzlich unbekannte Früchte in den unterschiedlichsten Farben. Eine gleichartig gefüllte Schale wurde neben Mukarrab Khan gestellt, der ihr jedoch keine Beachtung schenkte. Dann breiteten die Diener ein weißes Leinentuch über die Lederdecke.

»Man erwartet von einem Gastgeber, daß er sich entschuldigt für das Mahl, das er anbietet. Ich ergreife jetzt die Gelegenheit, dies zu tun.«

Mukarrab Khan lächelte. Bevor Hawksworth antworten konnte, öffneten sich zwei schwere Türen und eine Anzahl junger Männer brachte große, mit Silberdeckeln verschlossene Platten herein. Uniformierte Diener schritten der Prozession voran. Eine nach der anderen wurden die Platten den Eunuchen übergeben, die die Deckel hoben und jedes Gericht sorgfältig in Augenschein nahmen. Nach kurzer Beratung ließen sie mehrere Schüsseln in die Küche zurückgehen.

Hawksworth merkte plötzlich, daß er vor Hunger fast verging, und sah die Speisen voller Entsetzen wieder verschwinden.

Erst nach der endgültigen Zustimmung der Eunuchen wurden die silbernen Servierschalen an Diener weitergegeben, die die Gerichte sorgfältig auf dem Leinentuch zwischen Hawksworth und Mukarrab arrangierten. Mit großartiger Zeremonie wurden die Deckel gehoben, und der Anblick, der sich auf diese Weise enthüllte, war überwältigend. Die Speisen waren in den Farben des Regenbogens gehalten: Auf weißem, gelbem, grünem, ja sogar purpurfarbenem Reis lagen, kunstvoll angeordnet, Fleisch, Fisch und Vögel aller Größen. Es gab geschnitzte und gebackene Früchte, kleine mit Gewürzen und Kokosnuß bestreute Fleischbällchen und gebratenes Gemüse, das von Silberschälchen mit pastellgrüner Sauce umgeben war. Große, flache Fische, die in einen dunklen, von roten und grünen Gewürzen gefleckten Teig gehüllt waren, waren ebenso darunter wie Geflügel aller Art, angefangen bei kleinen Wildvögeln bis hin zu plumpen Pfauhennen.

Die Diener stellten aus jeder Schale herzhafte Portionen zusammen und häuften sie mit Mandelreis und gelierten Früchten auf Porzellanteller.

Hawksworth probierte ein Fleischbällchen. Der Geschmack war delikat, wenn auch für seine Zunge ungewöhnlich. Dann, schon mutiger, riß er ein großes Stück Fisch ab und schlang es herunter. Erst danach erkannte er den Charakter der roten und grünen Flecken an ihrer Oberfläche – es war eine überaus feurige Garnierung. Mit schmerzverzerrtem Gesicht blickte er um sich und betete um einen Krug Bier. Ein aufmerksamer Eunuch gab einem Diener ein Zeichen, und sofort wurde Hawksworth ein Joghurtgericht serviert. Merkwürdigerweise löschte die scharfe, eiskalte Flüssigkeit das Feuer auf seiner Zunge unverzüglich, so daß er sich neuen Genüssen zuwenden konnte. Er ergriff einen großen gebratenen Vogel und riß ihm entschlossen ein Bein ab, welches er dann in eine silberne Sauciere mit Safransoße tauchte, die eigentlich für Taubeneier bestimmt war. Als er aufsah, bemerkte er den entsetzten Blick des ihm zugeteilten Bediensteten.

Glaubt er etwa, ich mag das Essen nicht? Um seine Hochachtung vor der Küche zu demonstrieren, erhob Hawksworth einen Weinkelch, um dem Diener zuzutrinken, während seine andere Hand nach einem Stück Lammfleisch haschte. Aber anstatt das Kompliment entgegenzunehmen, erblaßte der Diener.

»Es ist Sitte, Botschafter, nur die rechte Hand zum Essen zu benutzen.« Mukarrab Khan zwang sich zu einem höflichen Lächeln. »Die Linke ist normalerweise reserviert für . . . sie hat andere Aufgaben.«

Jetzt erst nahm Hawksworth wahr, wie der Gouverneur speiste. Auch er aß mit den Fingern, genauso wie ein Engländer, aber irgendwie gelang es ihm, das Fleisch und den Fisch zusammen mit kleinen Reisbällchen zum Munde zu führen, ohne daß seine Fingerspitzen von der Sauce beschmutzt wurden.

»Wie ich schon sagte, Botschafter, Eure Bitten bringen eine ganze Reihe von Schwierigkeiten mit sich.« Der Gouverneur nahm unvermittelt den Gesprächsfaden wieder auf. Ein Diener reichte ihm einen Kelch mit Fruchtnektar. »Ihr fordert gewisse Dinge von mir, Dinge, die zu gewähren nicht ganz in meiner Macht liegt. Und dann gibt es Personen, die ganz etwas anderes von mir verlangen.«

»Ihr meint die Portugiesen.«

»Ja, den portugiesischen Vizekönig. Er behauptet, daß Ihr mit Eurem Handeln sowohl gegen sein Gesetz als auch gegen das unsere verstoßen habt und zur Rechenschaft gezogen werden müßt.«

»Und ich beschuldige *ihn*, gegen das Gesetz . . .«
»Wir sind in Indien, Kapitän Hawksworth, nicht in London«, unterbrach ihn Mukarrab Khan. »Versteht bitte, daß ich die portugiesischen Forderungen nicht einfach leichten Herzens vergessen kann. Auf der anderen Seite lassen wir aber auch durchaus mit uns reden. Ich bitte Euch, erzählt mir ein bißchen mehr über die Absichten Eures Königs. Über seinen Brief. Ihr müßt doch wissen, welche Botschaft er enthält.« Mukarrab Khan machte eine Pause, um eine gebratene Mangofrucht in orangefarben schimmernde Sauce zu tauchen.

Der Gouverneur war sich über sein weiteres Vorgehen noch nicht im klaren. Gewiß, er hatte bei Sonnenaufgang Brieftauben nach Agra gesandt, aber er glaubte die Antwort auf die Nachricht schon zu kennen. Und noch vor dem frühen Ramadan-Mahl hatte er über die Schlacht und den Überfall auf dem Fluß bestens Bescheid gewußt. Dann war auch noch Pater Manoel Pinheiro erschienen, hektisch und in Schweiß gebadet. Oft hatte er sich gefragt, ob es ein Zeichen portugiesischer Geringschätzung war, daß man einen solchen Schwachkopf nach Indien abgeordnet hatte. War es denn überhaupt denkbar, daß es in dieser ganzen Societas Jesu einen noch ungebildeteren Priester gab? Der Jesuit hatte lediglich die Tatsachen wiederholt, die im ganzen Palast längst bekannt waren; Mukarrab Khan seinerseits hatte höflich zugehört und sich nicht anmerken lassen, wie sehr ihn die Vorstellung amüsierte. Es kam schließlich nicht allzu oft vor, daß ein selbstgefälliger Portugiese Erklärungen für eine absolute militärische Katastrophe suchen mußte . . . Vier portugiesische Galeonen waren von zwei kleinen englischen Fregatten gedemütigt worden. Mukarrab Khan hatte seine Verwunderung nicht verhehlen können und Pinheiro direkt gefragt, wie so etwas möglich gewesen sei.
»Es gab Gründe, Exzellenz. Wir haben erfahren, daß der englische Kapitän Kartätschen auf unsere Infanterie abgeschossen hat, kleine Metallteilchen, eine flagrante Verletzung der ungeschriebenen ethischen Gesetze der Kriegführung.«
»Kann es bei der Kriegführung ethische Gesetze geben? Hättet Ihr denn selber nicht nur zwei Kriegsschiffe gegen ihn schicken dürfen? Statt dessen waren es vier, und er hat trotzdem gesiegt. Er braucht sich nicht zu rechtfertigen. Und was geschah überdies auf dem Fluß, als Eure

Infanterie die englischen Händler angriff?« Mukarrab Khan hatte mit heimlicher Freude die gequälte Miene des Jesuiten beobachtet, der sich unter der Demütigung wand. »Muß ich daraus schließen, daß Ihr nicht einmal eine Pinasse überwältigen konntet?«
»Keiner weiß es, Exzellenz. Die Männer, die wir geschickt haben, sind spurlos verschwunden. Vielleicht haben die Engländer ihnen eine Falle gestellt.«
Pater Pinheiro wischte sich mit dem Ärmel seiner Soutane über die fettig glänzende Stirn. In seinen dunklen Augen fehlte gänzlich jene hochmütige Geringschätzung, die er normalerweise bei ihren Begegnungen zur Schau stellte. »Ich möchte Euch bitten, außerhalb des Palastes nicht darüber zu sprechen. Es war ja schließlich eine spezielle Mission.«
»Ihr würdet wahrscheinlich vorziehen, wenn der Hof in Agra keine Mitteilung davon erhält?«
»So ist es. Es besteht kein Grund, den Mogul damit zu behelligen, Exzellenz.« Der Jesuit machte ein vorsichtige Pause. »Oder ihre Majestät, die Königin. Die Vorfälle gehen in der Tat nur den Vizekönig etwas an.« Das Persisch des Jesuiten war fehlerlos, wenngleich er es mit einem starken Akzent sprach und immer wieder ungeschickte Höflichkeitsfloskeln einflocht. »Noch weniger besteht die Notwendigkeit, daß Prinz Dschadar davon erfährt.«
»Wie Ihr wünscht.« Mukarrab Khan nickte ernst und wußte doch, daß halb Indien bereits davon wußte, allen voran Prinz Dschadar. »Und wie kann ich Euch helfen?«
»Der englische Pirat und die Kaufleute müssen mindestens vier Wochen lang hier aufgehalten werden. Bis die Galeonen, die mit der Frühlingsreise aus Lissabon nach Goa kamen und gegenwärtig gelöscht werden, so weit gerüstet sind, daß sie den Engländern entgegentreten können.«
»Die Engländer werden gewiß wieder absegeln. Um so früher, wenn wir Ihnen den Handel verweigern. Was meint Ihr also, soll ich Ihnen den Handel gestatten?«
»Ihr müßt tun, was Ihr für richtig haltet, Exzellenz. Ihr wißt, daß der Vizekönig Königin Dschanahara immer zu Diensten gewesen ist.« Pinheiro machte bewußt eine kleine Kunstpause. »Genauso wie Ihr . . .«
Es war dieser Zynismus, mit dem Pinheiro ihn wissen ließ, wie gut er

informiert war, der Mukarrab Khan am meisten geärgert hatte. Wenn schon der Jesuit im Bilde war – wer wußte sonst noch Bescheid darüber, daß der Gouverneur von Surat der Königin auf Gedeih und Verderb verpflichtet war? Daß er in allen Dingen, die den portugiesischen Handel betrafen, eine offizielle Botschaft an den Mogul schickte und eine geheime an die Königin. Und dann abwarten mußte, bis *sie* die Entscheidung diktierte, die Arangbar treffen würde. Wußte dieser Jesuit etwa auch, daß Mukarrab Khan dereinst auf Befehl der Königin aus Agra fortgeschickt und in die provinzielle Wildnis von Surat verbannt worden war? Daß *sie* ihm aufgetragen hatte, die Haremsfavoritin des Moguls zu heiraten und mit sich zu nehmen, weil sie, die Königin, befürchtete, der gefährliche Einfluß dieser Frau könne einmal ihren eigenen übertreffen? Für immer befand sich diese weibliche Schlange jetzt in seinem Palast, und Mukarrab Khan konnte sie weder fortschicken noch sich von ihr trennen, denn sie war immer noch eine Favoritin des Moguls.
»Ihr sagt mir also, daß ich die Engländer reich machen muß, damit Ihr sie vernichten könnt? Das klingt nach scharfsinnigster christlicher Logik. . .« Mukarrab Khan hatte ein Tablett mit gerollten Betelblättern kommen lassen und damit die Unterredung beendet. »Es ist mir immer ein Vergnügen, Euch zu sehen, Pater. Ihr werdet meine Antwort haben, wann Allah es beschließt.«
Der Abgang des Jesuiten war ebenso peinlich wie sein Auftritt, und Mukarrab Khan hatte in diesem Moment beschlossen, den Engländer kennenzulernen.

Die Luft im Bankettsaal duftete inzwischen nach Gewürzen. Hawksworth merkte, daß er zu viel gegessen hatte, er konnte kaum noch atmen. Es wurde schwieriger und schwieriger, Mukarrab Khans bohrende Fragen abzuwehren. Der Gouverneur fischte geschickt nach Informationen, die er eigentlich gar nicht benötigte, schien aber andererseits nicht ein Mann zu sein, der zielloser Neugier verfallen war.
»Was meint Ihr, wenn Ihr nach den ›Absichten‹ Englands fragt?«
»Wenn der Mogul einer Handelsvereinbarung mit Eurer Ostindischen Kompanie zustimmen sollte, wie groß wäre die Warenmenge, die durch unseren Hafen eingeführt würde?« Mukarrab Khan lächelte entwaffnend. »Hat die Kompanie eine große Flotte?«
»Das ist eine Angelegenheit, die Ihr am besten mit unseren Kaufleuten

bespricht. Im Moment möchte die Kompanie lediglich die Waren verkaufen, die sich in unseren beiden Handelsschiffen befinden, und dafür indische Baumwolle erwerben.«
Auf ein Handzeichen des Gouverneurs wurden die Silbertabletts abgeholt. Die Bronzetüren öffneten sich erneut und von mehreren Dienern wurde ein großes Tablett hereingetragen, auf dem ein riesiges Kochgefäß stand, das vor Hitze dampfte. Der Deckel war mit naturalistischen Tierfiguren aus Silberfolie geschmückt. Zwei Eunuchen prüften die Speise wie gehabt.
»Um das Ende des Ramadan zu zelebrieren, habe ich die Köche angewiesen, heute abend mein spezielles *biryani* zuzubereiten. Ich hoffe, Ihr werdet nicht enttäuscht sein. Verglichen mit den Maßstäben in Agra ist die Küche hier ein einziger Skandal. Dennoch ist es mir gelungen, den Köchen ein paar Sachen beizubringen. Um ehrlich zu sein: Ich habe einmal einen Koch des Moguls bestochen, um das Rezept zu erhalten. In Surat werdet Ihr jedenfalls nichts Vergleichbares bekommen.«
Mit den Fingern formte der Gouverneur einen kleinen, aus Reis und Fleisch gemischten Ball und ließ ihn fast ehrfürchtig in den Mund gleiten.
»Bitte, probiert es, Botschafter. Das Gericht erfordert die Zubereitung von zwei Saucen und scheint die Hälfte meines inkompetenten Küchenpersonals vollauf zu beschäftigen.«
Hawksworth versuchte vergeblich, einen Ball aus der Mischung zu formen. Schließlich verzweifelte er und nahm sich einfach mit der Hand. Das Gericht war reich, aber nicht schwer, und an dem Geschmack schien jedes Gewürz des Landes beteiligt zu sein.
»Ich habe nie dergleichen gekostet, nicht einmal in der Levante. Könntet Ihr mir Anweisungen für unseren Schiffskoch mitgeben?«
»Es ist mir ein Vergnügen, Botschafter, aber ich bezweifle stark, daß ein *feringhi* dieses Gericht zubereiten könnte. Es ist viel zu kompliziert. Zunächst stellen meine Köche eine *masala* her, eine Mischung aus Nüssen und Gewürzen wie Mandeln, Gelbwurz und Ingwer. In dieser Sauce und in *ghee*, das wir aus geschmolzener Butter gewinnen, werden die Lammstückchen gekocht. Dann wird eine zweite Sauce zubereitet, eine leichtere Mischung – Quark, gewürzt mit Minze, Nelken und vielen anderen Dingen, deren Namen Ihr bestimmt noch nie gehört habt. Diese Sauce wird mit dem Lamm gemischt und zusammen mit in

Milch und Safran gekochtem Reis in den Topf geschichtet, den Ihr dort seht. Darüber kommt eine Kruste aus Weizenmehl. Schließlich wird alles in einem speziellen Tonofen gebacken. Meint Ihr wirklich, dieses Gericht eigne sich für die Zubereitung durch einen Schiffskoch?«
Hawksworth lächelte resigniert und nahm noch einen Happen.
»Laßt uns zu Euren Gesuchen zurückkehren, Kapitän Hawksworth. Ich befürchte, beides liegt ein wenig außerhalb meiner Macht. Was die Handelserlaubnis für Eure Fracht betrifft, so werde ich sehen, was ich tun kann. Es ist eine ungewöhnliche Bitte, denn noch nie sind Europäer gekommen, die erst mit den Portugiesen gekämpft haben und dann mit ihnen konkurrieren wollten.«
»Es scheint mir einfach genug. Wir tauschen lediglich unsere Waren gegen einen Teil der Baumwollstoffe ein, die ich heute morgen im Zollhaus ankommen sah. Der *schahbandar* sagte, Ihr hättet die Macht, diesen Handel zu genehmigen.«
»Ja, ich genieße bescheidenen Einfluß. Und ich rechne wirklich nicht mit Einwänden von seiten des Prinzen Dschadar.«
»Er ist der Sohn des Moguls?«
»Jawohl. Er herrscht über diese Provinz, aber er ist häufig auf Feldzügen unterwegs und nur schwer zu erreichen. Seine weitläufigen Pflichten umfassen die Verantwortung für die Aushebung von Soldaten und die Aufrechterhaltung der Ordnung. Die Zeiten, in denen wir leben, sind ein wenig unsicher – besonders im Dekkan, südöstlich von hier.«
»Wann können wir Eure – oder seine – Entscheidung erwarten? Es gibt noch andere Märkte für unsere Waren.«
»Ihr werdet die Entscheidung erhalten, wenn sie gefallen ist.« Mukarrab Khan schob seinen Teller beiseite; ein Diener nahm ihn blitzschnell vom Teppich auf. »Auch was Euer zweites Gesuch betrifft – die Bitte um die Reisegenehmigung nach Agra –, werde ich sehen, was ich tun kann. Es wird indes Zeit erfordern.«
»Ich bitte darum, daß das Gesuch umgehend abgeschickt wird.«
»Natürlich . . .« Mukarrab Khan sah versonnen zu, wie weitere reich beladene Platten hereingebracht wurden, dieses Mal gefüllt mit kandierten Früchten und Konfekt. Neben Hawksworth wurde eine *huka*-Wasserpfeife aufgestellt.
»Mögt Ihr den neuen Brauch der *feringhis*, Tabak zu rauchen, Kapitän Hawksworth? Es wurde erst kürzlich in Indien eingeführt und ist bereits

in Mode gekommen. So sehr, daß der Mogul gerade ein Dekret herausgegeben hat, in dem er das Rauchen verurteilt.«

»König James lehnt es ebenfalls ab und behauptet, es zerstöre die Gesundheit. Trotzdem ist es auch in London Mode geworden. Ich persönlich glaube, daß Tabak einem den Geschmack von Brandy und Wein verdirbt.«

Mukarrab Khan lachte. »Daraus schließe ich, daß Ihr nur den Alkohol genießt?«

»Was meint Ihr damit?«

»Es gibt viele subtile Freuden auf dieser Welt, Botschafter. Alkoholische Getränke verbessern die Qualität der Mahlzeiten, gewiß, aber sie tun wenig für das Kunstempfinden . . .«

Hawksworth sah ihn verwirrt an. Mukarrab Khan drehte sich um und sprach leise mit einem der Eunuchen, die hinter ihm schwebten. Augenblicke später wurde eine kleine goldene Truhe, die über und über mit Juwelen besetzt war, herbeigebracht, und der Gouverneur holte aus einer winzigen Schublade an ihrer Seite einen kleinen grauen Ball hervor.

»Darf ich Euch eine *ghola*-Kugel anbieten?« Er bot sie Hawksworth an. Sie hatte einen starken aromatischen Geruch.

»Was ist das, *ghola?*«

»Eine Mixtur aus Opium und Gewürzen, Botschafter. Ich glaube, sie könnte Euch helfen, die musikalische Unterhaltung besser zu würdigen.«

Ein leises Nicken des Gouverneurs löste einen Trommelwirbel aus. Hawksworth schwang herum und sah, wie die beiden Musikanten begannen, ihre Instrumente zu stimmen. Die beiden Trommeln waren etwa fußhoch; jede von ihnen ruhte in einer Stoffrolle. Neben dem Trommler saß ein alter Mann mit runzeliger Haut, der das schwarze Käppchen der Moslems trug und ein großes Instrument mit sechs Saiten stimmte. Es war aus zwei ausgehöhlten Kürbissen gefertigt, die beide lackiert und poliert und mit einem langen Griffbrett aus Teakholz verbunden waren. Mit Seidenbändern war ungefähr ein Dutzend gebogene Messingbünde an das Griffbrett gebunden. Vor Hawksworth' Augen begann der Spieler zwei dieser Griffleisten zu verrücken und schob sie ein paar Zentimeter am Hals entlang, um eine neue Tonleiter zu schaffen. Als er fertig war, setzte er sich zurück, und es wurde vollkommen still im Raum. Der Sitarist machte eine kleine Pause, als ob er meditierte, und schlug dann die erste Note einer düsteren Melodie an, die auf Hawksworth zunächst völlig beliebig wirkte. Da blitzte, von einem undefinierbaren Ausgangspunkt kommend, ein Ton auf, glitt über die Tonleiter und machte, als der Sitarist die Saite diagonal gegen eine Griffleiste zog und so ihre Spannung veränderte, eine feine Arabeske. Schließlich schmolz der Klang in einer von ihm selbst geschaffenen Stille dahin. Jeder Ton der fremden Melodie – falls man überhaupt von einer Melodie sprechen konnte – wurde zunächst liebevoll auf ihr ganz ureigenes Wesen untersucht; der Spieler näherte sich ihm von oben und von unten, als wäre sie ein glitzernder Siegerpreis auf einem Podest. Erst wenn er angemessen geschmückt war, war es ihm erlaubt, in die Melodie einzutreten – als wäre das Lied eine Halskette, auf die man langsam eine Perle nach der anderen aufzieht, und dies auch erst, nachdem jede einzelne Perle sorgfältig poliert worden ist. Die Spannung wuchs. Es war eine unbestimmte melodische Suche von beklemmender emotionaler Intensität und ohne Hinweis auf eine Lösung; die Zeit schien plötzlich stehenzubleiben. Der Spieler kehrte schließlich, als wäre er mit der gewählten Tonart zufrieden, zu der allerersten Note zurück, mit der er begonnen hatte. Nun spielte er ein richtiges Lied und verwob darin geschickt die musikalischen Fäden, die er zuvor so mühevoll gesponnen hatte. Die erstrebte Lösung der Spannung war nicht eingetreten, doch herrschte nun der Eindruck, daß der erste Ton diejenige war, nach der er die ganze Zeit gesucht hatte.

Das muß die mystische Musik sein, von der Symmes gesprochen hat, dachte Hawksworth, und er hat sie richtig beschrieben. Ich habe so etwas noch nie gehört. Wo ist die Harmonie, wo sind die Terz- und Quintakkorde? Was immer da vor sich geht, ich glaube nicht, daß Opium mir helfen wird, es zu verstehen.

Noch immer unsicher, wandte sich Hawksworth Mukarrab Khan zu und lehnte mit einer Handbewegung die graue Kugel ab, woraufhin der Gouverneur sie sofort selbst mit Fruchtnektar hinunterspülte.

»Bereitet Euch das Verständnis unserer Musik Schwierigkeiten, Botschafter?« Sanft lächelnd lehnte sich Mukarrab Khan auf seinem Polster zurück. »Schade, denn außer ihr gibt es in dieser hinterwäldlerischen Hafenstadt kaum etwas, das der Rede wert wäre. Die Küche ist abscheulich, der klassische Tanz ist furchtbar. In meiner Verzweiflung habe ich

sogar meine eigenen Musiker ausbilden müssen, und zum Glück ist es mir gelungen, aus Agra einen *ustad,* einen Großen Meister, mitgehen zu lassen.« Beherzt griff er nach der Wasserpfeife und nahm einen tiefen Zug; sein Blick verschwamm.
»Ich gebe zu, es fällt mir schwer zu folgen.« Hawksworth trank einen Schluck Wein aus dem Becher, der neben ihm auf den Teppich gestellt worden war.
»Sie verlangt den Geschmack eines Kenners, Botschafter, nicht unähnlich der Art, wie guter Wein gewürdigt zu werden verdient.«
Eine ominöse Stille lag plötzlich im Raum, dann brachen unvermittelt die Trommeln in einen rhythmischen Zyklus aus, wild und aufregend, doch nichtsdestoweniger diszipliniert durch eine vorgegebene Struktur. Die Rhythmen bewegten sich im Kreis und kehrten stets zu einem kraftvollen Crescendo zurück.
Hawksworth betrachtete Mukarrab Khan fasziniert. Der Gouverneur schien den Klang vollkommen in sich aufzunehmen. Zu Beginn eines jeden Trommelzyklus spannte sich sein Körper, geriet dann in ein pulsierendes Zittern und entspannte sich in dem Moment, da der melodische Kreis sich schloß. Hawksworth war überwältigt von der Sinnlichkeit, die dieser Musik innewohnte, und dem fast sexuellen Rhythmus von höchster Gespanntheit und Befreiung.
Zwei Eunuchen führten einen Jungen in den Raum. Der Jüngling schien an der Schwelle der Pubertät zu stehen; sein Gesicht zeigte noch nicht den leisesten Anflug von Bartwuchs. Er trug einen kleinen, kunstvoll gebundenen, pastellfarbenen Turban, Perlohrringe und um den blassen Hals einen großen Saphir an einer Kette. Zu seiner Erscheinung gehörte auch ein transparentes Hemd, durch welches man die zarte Haut im Licht der Lampen schimmern sah, eine lange, wattierte Schärpe um die Taille und engsitzende, bei jeder Bewegung den Schenkeln aufliegende Hosen unter leichten Überhosen aus Gaze. Die Lippen waren hellrot, und ihn umschwebte ein parfümierter Duft nach Blumen und Moschus. Der Junge griff nach einem gewürzten Opiumbällchen, setzte sich neben Mukarrab Khan und lehnte sich gegen ein wattiertes Goldpolster. Der Gouverneur betrachtete ihn einen Augenblick lang aufmerksam und widmete sich dann wieder der Musik – und seinen Gedanken.
Was hatte Abul Hasans stümperhafter »Unfall« auf dem *chaugan*-Feld zu bedeuten, fragte sich Mukarrab Khan. Wenn Gerüchte zutrafen, daß

der *qazi* vom *schahbandar* gekauft worden war, so hieß das, daß Mirza Nuruddin zutiefst beunruhigt war und darüber sogar seine Vorsicht vergaß. Daß er Angst vor dem hatte, was geschehen könnte, wenn die Engländer so lange in Surat aufgehalten würden, bis die portugiesischen Schiffe kampfbereit wären. Für das Verhalten des *schahbandar* gab es nur eine Erklärung: Prinz Dschadar hatte die Hand im Spiel.

»Es tut mir leid, daß unsere Musik Euch nicht zusagt, Botschafter. Vielleicht wäre auch ich klüger, wenn ich sie nicht so sehr liebte. Die Leidenschaft für die klassische Musik hat in den letzten Jahrhunderten manch großen indischen Kriegshelden sein Reich gekostet. Als der große Mogulpatriarch Akman den stolzen Herrscher von Malwa, Baz Bahadur, besiegte, konnte das nur geschehen, weil der Prinz in der Musik bewanderter war als in der Kriegskunst.« Der Gouverneur lächelte nachdenklich. »Doch sagt mir ganz offen, was Ihr von meinem großen Meister des Sitar haltet.«

»Ich bin mir einfach nicht sicher, was ich davon halten soll. Noch nie habe ich eine vergleichbare Komposition gehört.«

»Was meint Ihr mit ›Komposition‹?« Die Frage schien Mukarrab Khan zu verwirren.

»So nennen wir die Art, wie ein Musikstück aufgeschrieben wird.«

Mukarrab Khan antwortete nicht sofort, sondern sah Hawksworth zunächst eine Weile lang skeptisch an. »*Aufgeschrieben?* Ihr schreibt Eure Musik auf? Aber warum um alles in der Welt? Heißt das etwa, daß Eure Musiker dasselbe Stück wieder und wieder spielen, immer auf dieselbe Art und Weise?«

»Wenn sie gut sind, tun sie es. Ein Komponist schreibt ein Musikstück, und die Musiker versuchen, es zu spielen.«

»Wie entsetzlich langweilig!« Mukarrab Khan seufzte und lehnte sich auf seinem Polster zurück. »Musik ist eine lebendige Kunst, Botschafter. Sie ist dazu geschaffen, die Gefühle desjenigen, der ihr das Leben schenkt, zu beleuchten. Wie kann *aufgeschriebene* Musik irgendein Gefühl ausdrücken? Mein Sitarist würde einen *raga* niemals auf dieselbe Weise spielen. Ich bezweifle sogar, daß er rein physisch zu einem solch tölpelhaften Streich fähig wäre.«

»Ihr meint, er kreiert jedesmal, wenn er spielt, eine neue Komposition?«

»Das wieder nicht. Aber die Art, wie er die Melodie eines *raga* darbietet, muß seiner Stimmung Ausdruck verleihen. Und *meiner* Stimmung.

Stimmungen sind ständiger Veränderung unterworfen, warum dann nicht auch die Kunst?«

»Aber was ist denn ein *raga.* Ist es nicht einfach ein Lied?«

»Das ist schwer zu erklären. Einfach ausgedrückt, könnte man sagen, er ist eine melodische Form, eine feststehende Tonfolge, um die herum ein Musiker improvisiert. Aber obwohl *raga* streng vorgeschriebene aufsteigende und absteigende Tonfolgen und ganz spezifische Motive hat, besitzt er doch auch seine eigene Stimmung. Mein Musiker spielt jetzt einen *raga* des späten Abends. Er bedient sich nur der Töne und Motive, die diesem – und nur diesem – *raga* eigen sind, doch ist das, was er mit ihnen anstellt, gänzlich von den Gefühlen beherrscht, die er heute abend empfindet.«

»Aber warum gibt es keine Harmonien?«

»Ich verstehe nicht, was Ihr mit ›Harmonie‹ meint.« Mukarrab Khan sah ihn verständnislos an.

»Mehrere Töne zusammen anschlagen, so daß sie sich mischen und einen Akkord hervorbringen. Wenn ich meine Laute dabeihätte, würde ich Euch zeigen, wie Harmonien und Akkorde in einem englischen Lied zum Tragen kommen.« Hawksworth dachte an sein Instrument und an die Schwierigkeiten, die er gehabt hatte, es während der Reise zu schützen. Daß es eine Dummheit gewesen war, die Laute überhaupt mitzunehmen, wußte er längst, aber er sagte sich oft, jeder Mann habe das Recht darauf, wenigstens eine Dummheit zu begehen.

»Das solltet Ihr auf jeden Fall tun!« Die Neugier schien den Gouverneur unvermittelt aus seinem Opiumrausch aufwachen zu lassen. »Ob Ihr es glaubt oder nicht, ich habe noch niemals einen *feringhi* getroffen, der ein Instrument spielen konnte – irgendein Instrument.«

»Leider wurde meine Laute zusammen mit meinem anderen persönlichen Gepäck im Zollhaus zurückgehalten. Ich war gerade auf dem Weg, die Truhe vom *schahbandar* zu holen, als die Radschputen, die mich eskortierten, von Euren Männern aufgehalten wurden.«

»Botschafter, bitte glaubt mir, ich hatte guten Grund dazu.« Er wandte sich an einen der Eunuchen und gab ihm hastig einige Befehle. Der Mann verneigte sich ausdruckslos und verließ den Saal. Es dauerte nur wenige Augenblicke, bis er durch die bronzene Tür wieder zurückkehrte, gefolgt von zwei dunkelhäutigen Dienern, die gemeinsam Hawksworth' Truhe hereinschleppten.

»Ich ließ Eure Habe heute nachmittag vom Zollhaus hierher bringen. Bleibt bei mir und seid mein Gast, Botschafter, es wäre mir eine Ehre!« Mukarrab Khan lächelte gewinnend. »Und nun möchte ich Euch dieses englische Instrument spielen hören.«

Das große Messingschloß der Truhe war allem Anschein nach nicht geöffnet worden. Hawksworth zog den Schlüssel aus seinem Wams hervor, steckte ihn ins Schloß und drehte ihn zweimal herum.

Die Laute ruhte genau da, wo er sie hingelegt hatte. Ihr Körper war wie eine riesige, halbierte Birne geformt, und die Rückseite sah aus wie eine glänzende Melone. Das Gesicht der Laute war aus blankgeriebenem Kirschholz. Auf der Reise hatte das Instrument, gehüllt in schweres Tuch, das seinerseits mit Öltuch umwickelt war, tief in der Truhe geruht, und erst beim Landgang in Sansibar hatte er zum ersten Mal gewagt, das kostbare Instrument der Seeluft auszusetzen.

Von der englischen Musik schätzte Hawksworth Dowlands Gaillarden mehr als alles andere. Er war noch ein Kind gewesen, als die Gaillarden erstmals in Buchform erschienen, und er hatte sie alle auswendig lernen müssen, da sein gestrenger Tutor volkstümliche Balladen und Straßenlieder verabscheute.

Mukarrab Khan bat um das Instrument. Hawksworth reichte es ihm, und der Gouverneur wendete es langsam im Lampenlicht hin und her. Dann gab er es an seine beiden Musiker weiter. Die Männer runzelten die Stirn und diskutierten offenbar sehr ernsthaft darüber, allerdings auf Persisch, so daß Hawksworth nichts verstehen konnte. Dann gab ihm der Gouverneur die Laute zurück.

»Ich beglückwünsche Euch zu Eurer Weisheit, Botschafter, daß Ihr kein wirklich gutes Instrument der Gefahr einer Seereise ausgesetzt habt. Es wäre Vergeudung gewesen.«

Hawksworth starrte ihn sprachlos an. Dann erwiderte er: »Es gibt in ganz London keine schönere Laute! Ich habe sie vor einigen Jahren speziell anfertigen lassen, von einem Meister seiner Kunst, der einmal Lautenmacher der Königin war. Es ist eines der letzten Instrumente aus seiner Hand.«

»In diesem Fall müßt Ihr mich entschuldigen. Aber warum hat sie keine Verzierungen? Keine Elfenbeinintarsien, keine geschnitzten Dekorationen? Vergleicht sie, wenn Ihr wollt, mit *ustad* Qasims Sitar. Er ist ein Kunstwerk. Die Verzierungen allein nehmen ein ganzes Jahr in

Anspruch. Seht, der Kopf ist wie der Körper eines Schwanes geschnitzt, der Hals und die Wirbel sind mit feinstem Elfenbein eingelegt, das Gesicht ist mit Perlmutt und Lapislazuli verziert. Eure Laute dagegen trägt nicht den geringsten Schmuck.«

»Die Schönheit eines Instruments liegt in seinem Klang.«

»Ja, gewiß, aber das ist eine ganz andere Frage. Vielleicht jedoch sollten wir nun hören, wie Eure Laute klingt, wenn sie von jemandem gespielt wird, der mit ihrem Gebrauch vertraut ist. Ich muß gestehen, wir sind alle äußerst neugierig darauf, zu sehen, was man mit einem so einfachen Instrument anstellen kann.« Mukarrab Khan machte es sich auf seinem Polster bequem, während der Jüngling an seiner Seite mit einem Edelstein spielte und sich nicht die Mühe machte, seine Langeweile zu verbergen.

Hawksworth stimmte die Saiten schnell und sehr sorgfältig. Dann setzte er sich auf den Teppich und atmete tief durch. Seine Finger waren steif, sein Kopf benommen vom Wein, aber er kannte das Lied, das er spielen wollte, sehr gut. Es war ein Gaillarde, die Dowland noch zu Lebzeiten der Königin Elisabeth geschrieben hatte, zu Ehren eines Seekapitäns aus Cornwall namens Piper. Die Königin hatte Piper einen Kaperbrief gegeben, der ihn berechtigte, gegen die Spanier vorzugehen, doch der Kapitän war zu einem unbezähmbaren Piraten geworden und hatte Schiffe sämtlicher Flaggen, denen er begegnete, geplündert, ganz nach Lust und Laune. Er war öffentlich geächtet worden – und wurde gerade dadurch zu einem echten englischen Volkshelden. Dowland ehrte sein Andenken mit einer bewegenden Komposition – »Pipers Gaillarde«.

Ein voller Akkord, gefolgt von einem Lauf frischer Noten durchdrang die stickige Luft. Das Thema war düster, eine klagende Frage in Moll, der eine melodische, aber trotzige Antwort folgte – genau in der Art, wie Piper auf die Anklagen geantwortet hätte, die gegen ihn erhoben wurden.

Inzwischen hatten sich auch die Diener des Gouverneurs versammelt, um zuzuhören, und selbst die Eunuchen schwätzten nicht mehr. Hawksworth' Blick fiel auf die Musiker. Sie hatten sich auf den Teppich gesetzt, um alles genau mitzubekommen. Der Sitarist und der Trommler beäugten das Instrument noch immer skeptisch, und in ihrem Blick war nicht die geringste Spur von Anerkennung zu finden.

Hawksworth hatte das erwartet.

Wartet, bis ihr *das* hier hört!
Er kauerte sich über die Laute und griff kraftvoll mit allen vier Fingern in die Saiten; eine dichte Tokkata erklang, sie hatte drei melodische Linien, die gleichzeitig voranschritten, zwei im Diskant und eine im Baß. Hawksworth' Hand flog über die Griffe, bis es so schien, als ob jede Fingerspitze eine Saite beherrsche und jede ein Thema ausführe, das eine andere begonnen hatte. Die Gaillarde endete in einem mitreißenden Crescendo mit einer Fanfare, die zwei ganze Oktaven umspannte . . .
Höfliche Stille fiel über den Raum. Mukarrab Khan nahm nachdenklich einen Schluck aus seinem Becher, wobei seine juwelenbesetzten Ringe im Lampenlicht funkelten, und rief dann einen der Eunuchen zu sich, um ihm einen Befehl ins Ohr zu flüstern. Der Eunuch gab den Befehl an einen wartenden Diener weiter, und Mukarrab Khan wandte sich an Hawksworth.
»Eure englische Musik ist interessant, Botschafter, wenn auch ein wenig einfach.« Er räusperte sich, um eine Pause machen zu können. »Ich muß Euch aber ganz offen sagen, daß sie nur meinen Geist angesprochen hat, nicht jedoch mein Herz. Ich habe sie zwar gehört, aber nicht gefühlt. Versteht Ihr den Unterschied? Ich habe nichts von dem Gefühl und der Sehnsucht verspürt, die einen erfassen sollten, wenn die Seele sich mit dem Klang vereint. Eure englische Musik scheint über den Dingen zu stehen, sie ist . . . unnahbar.« Mukarrab Khan suchte nach Worten. »Sie lebt in ihrer eigenen Welt, und die ist durchaus bewundernswert, aber sie hat die meine nicht betreten. Vielleicht kann ich Euch zeigen, was ich meine. Es könnte schwierig für Euch sein, deshalb möchte ich Euch drängen, zuerst einen Becher *bhang* zu probieren. *Bhang* besitzt die bemerkenswerte Eigenschaft, einem Menschen das Herz zu öffnen.«
Hawksworth kostete das Getränk, das zwei Diener auf Silbertabletts hereingetragen hatten, mißtrauisch. Ein bitterer Grundgeschmack wurde mit süßem Joghurt und kräftigen Gewürzen überdeckt; es schmeckte ausgezeichnet. Hawksworth trank noch einmal, dieses Mal durstig.
»Wie habt Ihr es genannt? *Bhang?*«
»Ja. Es wird aus Hanfblättern hergestellt. Im Gegensatz zum Wein, der den Geist betäubt, verfeinert *bhang* die Sinne. Nun aber hört Bahram Qasims Antwort.«
Er gab dem Sitaristen ein Zeichen, und Bahram Qasim begann mit dem

unverkennbaren Thema von »Pipers Gaillarde«. Das Lied wurde sehnsüchtig in die Länge gezogen, jeder Ton einzeln eingeführt und liebevoll auf seinen ureigenen reinen Klang ergründet, um dann von Kleinintervallen und einem sinnlichen Vibrato schmuckvoll umrahmt zu werden. Die klaren, einfachen Töne der Laute gewannen nun fast orchestrale Fülle, denn der Sitar besaß eine zweite Reihe von Saiten unter jenen, die gezupft wurden, und diese waren so gestimmt, daß sie den Noten des Liedes entsprachen und ihnen antworteten, ohne berührt zu werden. So entstand ein melodischer Unterton von harmonischer Dichte. Dowlands Harmonien waren verschwunden, aber der ganze Raum klang jetzt wider von einem einzigen majestätischen Akkord, der jedem Ton zugrunde lag. Langsam beschleunigte der Sitarist das Tempo, während er gleichzeitig begann, das Originalthema nach eigenem Gutdünken zu variieren.

Hawksworth nahm noch einen Schluck *bhang* und hatte plötzlich das Gefühl, als webten die Noten in seinem Kopf einen Gobelin, ein kunstvolles Muster, das den Raum mit der bunten Ornamentik eines persischen Teppichs erfüllte.

Der Trommler begann nun, wie beiläufig, mit einer rhythmischen Begleitung. Gekonnt unterteilte er Dowlands Metrum in winzige Taktelemente und schuf mit ihnen kunstvolle neue Verbindungen von Klang und Stille. Der Sitarist paßte derweil Dowlands temperamentvolles Thema dem rhythmischen Rahmen des Trommlers an, fügte Töne hinzu, die Dowland sich nie hätte träumen lassen, und schloß sich dem Tempo der Trommel an, während sich die Instrumente zu einem einzigen rasenden Herzschlag vereinten.

Hawksworth wurde gewahr, daß er die Musik nicht länger nur einfach hörte, sondern daß sie ihm in Fleisch und Blut überging.

In einem abschließenden Crescendo erreichten Sitar und Trommel ihren Höhepunkt; dann schien sich die Melodie des englischen Liedes im Räucherduft, der die Luft um sie herum durchsetzte, aufzulösen, und nach einer Pause von nur wenigen Sekunden nahmen die Musiker wieder einen sinnlichen *raga* auf.

Hawksworth sah sich um und bemerkte erst jetzt, daß die Lampen im Saal inzwischen nicht mehr so grell leuchteten, daß Halbdunkel sich über die Musikanten und die herumhuschenden Gestalten gelegt hatte. Er fühlte nach seinem Glas *bhang*, sah, daß es leer war, fand jedoch neben dem leeren bereits ein frisch gefülltes stehen.

Was geht hier vor? Ich bin verdammt, wenn ich hierbleibe! Mein Gott, ich bin zu kaum einem vernünftigen Gedanken fähig. Ich bin müde. Nein, nicht müde. Es ist nur . . . mein Kopf brummt, als hätte ich ein ganzes Faß Ale hinuntergestürzt . . . Und trotzdem bin ich noch immer ganz Herr meiner Bewegungen . . . Wo ist Mukarrab Khan? Wo er saß, stehen Wandschirme. Sie sind bemalt mit Pfauen, die aufreizend von einem Schirm zum anderen paradieren. Und die Eunuchen gucken alle zu, diese Halunken. Ich werde mir mein Schwert zurückholen. Jesus, wo ist es? Ich habe mich noch nie so hilflos gefühlt. Aber hier bleibe ich nicht. Ich nehme die Truhe, und dann zum Teufel mit den Eunuchen und den Wachen! Er kann mich hier nicht festhalten. Nicht einmal unter Anklage. Es gibt keine Anklage. Ich werde gehen und meine Männer suchen . . .
Trotzig rappelte Hawksworth sich auf, kam auf die Füße – und brach zusammen.

8

Der Traum war lebhafter als die Wirklichkeit. Vage Schemen trieben vor seinem geistigen Auge, tauchten auf und verblaßten wieder. Der Raum schien luftleer, eine mit Moschusduft erfüllte Zelle, begrenzt von Goldbrokat und vergoldeten, blauen Paneelen. Über und neben ihm schwebten Gesichter, starrten ihn an und schienen doch nichts zu sehen, blieben fremd und entrückt wie Sünder und Heilige auf den bunten Glasfenstern einer Kathedrale.
Eine Fingerspitze strich ihm über die Wange, und mit der Berührung erfüllte den Raum mit einem Male ein machtvoller Duft nach Safran. Eine Hand, die aus dem Nichts heranzugleiten schien, schälte ihn sanft aus seinem Wams, eine andere zog ihm behende die dreckverkrusteten Kniehosen aus.
Er war nackt.
Wie von fern sah er die Haut seiner Brust und seiner Schenkel und fragte sich benommen, ob dies sein eigener Körper sei. Dann waren da andere Hände . . . , und plötzlich versank er in einem Meer, dessen Ufer aus weißem Marmor waren und dessen Oberfläche schimmerte wie Rosenöl. Auf den Wellen trieben ziellos transparente Blütenblätter, und

Hände wanderten so lange über seinen Körper hin, bis sie jeden verspannten Nerv entdeckt hatten, Sandelholzpuder hüllte sein Haar und seinen Bart ein, bis Hawksworth vermeinte, sich in einem duftenden Wald verirrt zu haben.
So plötzlich, wie das Meer gekommen war, war es verschwunden, aber jetzt gab es dampfende Tücher mit Orangen- und Nelkenessenzen, die seine Haut prickeln ließen, und er driftete durch ein Land aus Aloenbalsam und Bernstein.
Der Raum löste sich in Halbdunkel auf, und schließlich blieb nur ein einziges Gesicht – das Gesicht einer Frau mit dunklen, runden, feuchten Augen. Ihre Lippen trugen das Tiefrot des Betelsafts, und ihr Haar war wie Kohle; juwelengeschmückte Zöpfe fanden sich zu einem dichten Strang. Am linken Nasenflügel glitzerte ein geschliffener Stein, an den Ohren schwangen schwere Goldringe. Harte, hennarote Brustwarzen preßten sich gegen die durchsichtige Bluse, und zwischen den Brüsten hingen Perlengirlanden. Die schweren Armreifen an Handgelenken und Oberarmen glänzten golden im flackernden Kerzenschein. Als er ihre Augen betrachtete, schien es ihm, als seien sie in seine eigenen eingeschlossen. Nichts deutete darauf hin, daß sie seinen Körper wahrnahmen. Er schickte seine Stimme durch die von schweren Teppichen gedämpften Kammern seines Traumes, aber die Worte gingen im Dunkeln unter, die Luft schluckte ihren Klang und wusch ihn rein zu einem dünnen Schweigen. Er unternahm einen letzten, ungeschickten Versuch, sich von seinem Samtpolster zu erheben.
Aber sie drückte ihn sanft zurück.
»Was möchtest du, mein Liebster? Süßes *bhang* von meiner Hand?«
Eine Tasse fand seine Lippen, und bevor er wußte, wie ihm geschah, verwandelte sich die Wärme des Getränks langsam in blasses Licht, das von den vergoldeten Paneelen wiedergegeben wurde und mit dem Regenbogen verschmolz, der sich wie ein Pendel über seinem Kopf hin und her bewegte – ein glitzender Fächer aus Pfauenfedern, der von einer gesichtslosen Frau mit bernsteinfarbener Haut geschwungen wurde.
Sein Blick kehrte zu den Augen zurück. Dann hörte er eine Stimme, die er als seine eigene erkannte.
»Wer bist du?«
»Du kannst mich Kali nennen. Die anderen tun es auch. Es ist ein

Name, den du nicht verstehen kannst. Aber kannst du verstehen, daß Liebe Hingabe bedeutet?«

Die Worte umkreisten seinen Kopf, blitzten auf wie Irrlichter, bar jeder Bedeutung. Er schüttelte sie ab. Er sah, wie die Frau eine Haarsträhne aus seinem Gesicht strich, und wie in dieser einfachen Bewegung ihre Brustwarzen doppelte blaßrote Bögen von innen auf die hauchdünne Hülle ihrer Bluse zeichneten.

»Wenn mein Geliebter ruht, tue ich, was mir gefällt.« Sie löste die weiße Seidenschärpe von ihre Taille und verband ihm damit in einer einzigen, schnellen Bewegung die Augen. Der Raum verschwand. In der plötzlichen Nacht schärften sich seine Sinne, und er spürte alle Berührungen und Düfte mit erhöhter Wahrnehmungskraft.

In einer fremden Sprache ertönten Befehle, und er fühlte, wie seine Brust und seine Schenkel leicht mit einer neuen, stechend riechenden Essenz eingerieben wurden.

»Wir haben dich in die Blütenblätter der indischen Narde gehüllt, um deinen unrasierten Körper zu bekleiden. Ein *feringhi* weiß so wenig von dem, was einer Frau gefällt.«

Er spürte auf seinen geöffneten Lippen eine sanfte Berührung, und dann bewegten sich ihre antimongeschwärzten und gesteiften Wimpern abwärts bis zu seinen Brustwarzen, umstrichen sie nacheinander mit schnellen, flatternden Bewegungen, bis sich die Haut fast bis zum Bersten spannte und eine qualvolle Empfindlichkeit in ihm zu brennen begann. Doch noch immer umflatterten ihn die Wimpern entschlossen und trieben die Empfindsamkeit an die Schwelle des Schmerzes. Aber da spürte er eine Zunge, die beide Erhebungen umschmeichelte und schließlich die auswählte, die am reifsten war.

Er fühlte, wie sie sich über ihn kniete, mit offenen Schenkeln seine Brust umklammerte. Über ihm erklang eine ihm unbekannte Silbe, und seine rechte Brustwarze wurde in einem warmen, feuchten Griff gefangen. Die Schenkel bewegten sich zunächst sanft hin und her, beschleunigten jedoch dann langsam ihren Rhythmus im Einklang mit dem Geräusch des Atems. Plötzlich fühlte er, wie ihr Körper sich leicht drehte und eine kleine, feste Knospe begann, die Brustwarze zu erforschen. Ihre Schenkel waren glatt und feucht, als sie ihn mit kreisender, immer ungestümerer Heftigkeit bedrängte. Er empfand ihren Rhythmus und die harte Kadenz ihres Atems mit überklarem Bewußtsein und kämpfte um die

Kraft, sich die Seide von den Augen reißen zu können, um die quälende Dunkelheit des Traumes zu beenden. Aber die Kraft war nicht da. Und es fehlte auch die Zeit.

Bevor er sich rühren konnte, lief ein Zucken durch die fremde Knospe und setzte seine Brustwarze einer schnellen Folge von Vibrationen aus, bis die klare Stille im Raum von einem scharfen, fast keuchenden Atemzug durchbrochen wurde, der einherging mit einer einzigen, starken, krampfartigen Kontraktion, die seine ganze Brust zu umfassen schien. Er fühlte, wie sie seine Hände ergriff, und obwohl er nichts sehen konnte, hatte er in diesem Moment eine lebhafte Vision ihrer Augen vor sich. Ein Schrei ertönte, halb in der Kehle erstickt, aber doch so kraftvoll, daß er die vergoldeten Wände fand und zurückkehrte, ausgeglüht zu einer gläsernen Scherbe der Erlösung.

Er spürte, wie sie sich langsam zurückzog, aber dann ergriff ihr Mund von seiner Brust Besitz, und schließlich, vielleicht zum Zeichen der Erfüllung, berührte die Spitze ihrer Zunge sanft seine Lippen.

»Du hast mich erfreut.« Die Stimme war leise, fast ein Flüstern. »Und nun werden wir einander erfreuen.«

Eine Hand war an seinen Lenden und trug ein zähflüssiges, scharf parfümiertes Öl auf. »Ich wollte, du könntest mit meinen Augen sehen. Das *lingam* des mythischen Shiva wurde nie auf diese Weise bekränzt, nie so liebevoll gesalbt.«

Unvermittelt wurde ihre Stimme barsch. In einer Sprache, die er nicht verstand, gab sie kurze Befehle, ein rasches Stakkato. Fußspangen klapperten und Seide rauschte; der Raum leerte sich behende. Ein neuer Duft war zu verspüren, der an den der kleinen Schatulle erinnerte, die der Gouverneur ihm angeboten hatte.

Sie flüsterte ihm ins Ohr: »Ich werde dir mein Geheimnis verraten. *Affion,* die Essenz der Mohnblume, weist uns den Weg zu höchster Verzückung in der Liebe. Und ich weiß eine Möglichkeit, *affion* in sich aufzunehmen, die keinem sonst bekannt ist. Es ist wie das Einschlagen eines Blitzes, und die Macht der Essenz umhüllt die Sinne.«

Hawksworth fühlte, wie eine dicke Paste an beiden Seiten seines Gliedes aufgetragen wurde, und spürte ein Prickeln, als sie mit beiden Händen vorsichtig seine Männlichkeit umfaßte. Wieder kam sie über ihn, aber merkwürdigerweise berührte ihr Körper ihn diesmal nicht; er spürte nur die Gegenwart ihres Duftes.

Ein enger Ring schien sein Fleisch zu umkreisen, und er spürte ihre runden Hinterbacken auf seine Schenkel hinabgleiten.
Er schreckte auf, entsetzt und ungläubig. Niemals werde ich . . .
»Du mußt stilliegen, Liebster. In deiner Hingabe allein kannst du mir zu Willen sein.« Sie flüsterte es, und schon begann sie, sich über seinen Schenkeln zu bewegen, und wieder entrangen sich halberstickte Laute totgeboren ihrer Kehle. Mit planvoller Regelmäßigkeit beschleunigte sie ihren Rhythmus, und während sein Körper von einem einzigen überwältigenden Gefühlsstrom erfaßt wurde, spürte er, wie seine jüngst gewonnene Entschlossenheit schon wieder von ihm abfiel.
Die Zuckungen begannen in seinen Unterschenkeln, deren Muskeln sich unkontrollierbar zusammenzogen. Der Abgrund kam näher und näher, und er erreichte seinen Rand, und er fiel. Er fühlte die Wogen der Lust, und es war ihm, als ob sie durch die Bewegungen ihrer Hüften aus ihm herausgezogen würden, wieder und wieder, und jedesmal antwortete ihr Körper, gewillt, ihn ganz und gar zu umhüllen oder zu verschlingen. Ihre Fingernägel, die sich in seine Brust gruben, bemerkte er kaum, aber es schien ihm, als löse er sich von seinem Körper, um stumm mitanzusehen, wie dieser in seinen eigenen Empfindungen verbrannte.
Dann überfiel ihn eine Taubheit und stillte seine Sinne. Erschöpft lag er da und dachte an das, was sie gesagt hatte. Er schwor sich in der Dunkelheit des Traumes, sie noch einmal zu nehmen. Das nächste Mal wirst *du* es sein, die sich hingibt, Frau mit dem Namen Kali. Und *mir* zu Willen ist. Und dann wirst *du* erkennen, was Hingabe bedeutet.
Als sie jedoch die Seide von seinen Augen zog und leise etwas flüsterte, verloren sich seine Gedanken zwischen den vergoldeten Paneelen. Er glaubte auf einer ihrer Wangen die Spur einer Träne zu erkennen. Sie bedachte ihn noch mit einem sehnsuchtsvollen Blick, dann berührten ihre Lippen zärtlich seinen Mund, und still verschwand sie in der Dunkelheit.
Sein Traum fand Erlösung im Schlaf.

Urplötzlich war er wach. Die Kälte des frühen Morgens durchdrang Gesicht und Hände, und in seinem Haar glitzerten die hellen Juwelen des Taus. Die Ledercouch war feucht und glänzte. Ein gobelingeschmückter Baldachin verwehrte ihm den Blick auf den fahlen Himmel, und nur im Osten sah er über dem weißen Geländer des Daches die verblassende Venus glitzern, deren kurze Herrschaft schon bald im roten Glanz der Morgensonne vergehen würde. Er sah sich um und erblickte eine Einfriedung aus weiß getünchten Ziegelsteinen. Durch eine leichte Holztür führte der Weg zu Gemächern in einer tieferen Etage.

Kaum hatte er sich aufgerichtet, um den Blütenduft der Dämmerung zu atmen, da standen auch schon zwei lächelnde Turbanträger in pastellfarbenen Jacken und weißen, rockartigen Gewändern über ihm und verneigten sich. Hawksworth erkannte sie wieder; es waren die gleichen, die ihm am vergangenen Abend das Wasserbecken gebracht hatten.

Er zog die bestickte Decke enger um sich und spürte eine sonderbare Benommenheit. Als er sich zu erinnern versuchte, schmerzte sein Kopf. Da war ein Spiel zu Pferde mit dem Gouverneur und ein Bankett . . . Da war ein Streit, bei dem Mukarrab Khan gedroht hatte, sie alle an die Portugiesen zu verraten, da war ein seltsamer Abend mit Musik . . . Und dann diese Träume . . .

Er erhob sich von der Couch und begann, mit unsicheren Schritten über den harten, flachen Steinboden zu gehen. Ein Diener war sogleich an seiner Seite, wickelte ein schweres Seidengewand um seine Schultern und Hüften, verbeugte sich und sprach ihn in holprigem Turki an.

»Möge Allah Euch heute gnädig sein, Sahib. Wenn es dem Sahib genehm ist, sein Morgenbad wartet.«

Ohne weiter nachzudenken, ja ohne von den Worten überhaupt Notiz zu nehmen, ließ er sich durch die Tür ins nächsthöhere Stockwerk führen. In der Mitte des Zimmers, in das sie gelangten, stand seine Truhe, ihr Schloß war, wie er mit einem schnellen Blick feststellte, unversehrt. Er folgte dann den Dienern über einige Steinstufen hinunter auf die ebenerdige Veranda, wo ein in den Boden eingelassenes Marmorbecken auf ihn wartete, aus dem Dampf hervorstieg.

Guter Gott, nicht schon wieder! Wie kann ich denen das nur verständlich machen? Baden schwächt einen Mann!

Er wollte sich abwenden, doch wie aus dem Nichts waren plötzlich zwei Eunuchen bei ihm und führten ihn auf eine zwei Stufen höher gelegene Steinplattform hinauf, wo sie ihn auf einen filigrangeschnitzten Holzstuhl setzten. Die Diener zogen ihm seine leichte Hülle vom Leib und begannen, seinen Körper und sein Haar mit einem mild duftenden Puder einzureiben, und als ihre Hände über seine Haut glitten, fühlte er, wie

alle Poren sich öffneten, um sich von den letzten Schweiß- und Schmutzresten zu befreien.
Gar nicht so übel, dachte er, das ist eine Art Waschen ohne Wasser. Ich fühle mich bereits erfrischt.
Als nächstes nahmen die Diener sich seine Haare vor, kämmten sie und behandelten sie mit dem Puder Strähne für Strähne. Schließlich bedeuteten sie Hawksworth, aufzustehen und das Becken zu betreten. Die Wasseroberfläche glitzerte unter parfümiertem Öl, und der aufsteigende Dampf roch schwach nach Nelken. Die Eunuchen führten ihn so schnell die Marmorstufen hinunter, daß er gar nicht mehr zu protestieren wagte. Kaum hatte er sich in dem Dampf niedergelassen, umgaben ihn schon wieder aufwartende Diener, die noch mehr Öl über das Wasser spritzten und eine Emulsion in seine Haut einmassierten. Ich werde in Öl gebadet, lächelte er verwundert. Absurd, völlig absurd . . . aber hier scheint es das Normalste von der Welt zu sein.
Die Männer arbeiteten so hingebungsvoll, als wäre er ein seelenloser Gegenstand, dessen Reinhaltung ihnen lebenslange Verpflichtung war. Sein Körper schimmerte jetzt im rötlichen Glanz des Öles und wetteiferte mit dem frühen Sonnenschein, der durch die halbgeschlossenen Fensterläden drang. Als sie ihm bedeuteten, das Bad zu verlassen, stellte er überrascht fest, daß es ihm überhaupt nichts ausmachen würde, noch länger zu baden. Aber wieder waren Hände da, die ihn leiteten und dieses Mal zu einer niedrigen Holzbank dirigierten, die mit dicken Webteppichen bedeckt war.
Was nun? Haben sie noch etwas vor? Ich bin sauberer als an dem Tag, an dem ich geboren wurde. Was denn noch . . .?
Er lag ausgestreckt auf der Bank. Ein rauhes Haartuch bearbeitete seine Beine und seinen Rumpf und brachte das Blut in Wallung, ein Stück porösen Sandsteins in den geübten Händen eines Dieners schälte die aufgeweichte Hornhaut von den Schwielen an seinen Füßen. Ein dritter Mann massierte ein nach Aloe und Orangen duftendes Öl in seinen Rücken, seine Flanken und seine Schultern. Sein Körper war gestählt und geschmeidig wie ein Schilfrohr.
Sie bedeuteten ihm, sich aufzusetzen. Einer der Männer holte einen Spiegel und ein Rasiermesser hervor, öffnete eine Flasche mit einer duftenden Flüssigkeit und begann, sie auf Hawksworth' Bart und Brust aufzutragen, aber auch auf seine Beine und seine Leisten.

»Wofür ist das Rasiermesser?«
»Wir haben Befehl, Euch zu rasieren, Sahib. Auf unsere Art.« Der Mann mit dem Turban, der ihn heute morgen begrüßt hatte, verbeugte sich leicht, und gab dem Barbier ein Zeichen. »Ihr werdet vollkommen rasiert werden, so wie es bei uns Brauch ist.«
»Stutzt mir meinen Bart, wenn Ihr wollt, aber nicht mehr! Verdammt noch mal, ich lass' mich nicht rasieren wie ein verfluchter Lustknabe!« Hawksworth wollte sich von seinem Stuhl erheben, aber der Barbier hatte bereits begonnen, und die Klinge flog mit bedrohlicher Behendigkeit über sein Gesicht.
»Es ist befohlen worden, Sahib.« Der Mann mit dem Turban verbeugte sich erneut. Ohne eine Antwort abzuwarten, holte er einen kleinen, gebogenen Metallgegenstand hervor und begann damit vorsichtig Hawksworth' Ohren damit zu reinigen. Als er mit großer Sorgfalt einen dicken Batzen aus grauem Schmutz und verkrustetem Meersalz hervorholte, wirkte sein Gesicht vollkommen konzentriert. Auch das andere Ohr kratzte er mit einer geschickten Drehung aus, um sich dann mit demselben Instrument Hawksworth' schartigen Fingernägeln zu widmen.
Hawksworth schaute in den Spiegel und erkannte, daß sein Bart verschwunden war. Na gut, dachte er, dann bin ich zu Hause wenigstens ein Mensch, der mit der Mode geht – falls es mir vergönnt ist, je zurückzukehren. Bärte werden ja langsam unmodern . . . Aber was tut er jetzt? Herr im Himmel, nein! Das Rasiermesser strich über seine Brust und ließ einen Streifen nackter Haut zurück, setzte erneut an und hätte, als Hawksworth sich entsetzt erheben wollte, um Haaresbreite eine Brustwarze mitgenommen.
»Ihr *müßt* stillhalten, Sahib. Ihr werdet Euch sonst verletzen.«
»Ich sagte Euch doch, daß ich es nicht wünsche.« Hawksworth schob das Rasiermesser beiseite.
»Aber es ist Sitte bei uns.« Der Ton des Mannes klang bittend. »Khan Sahib hat Befehl gegeben, Euch zu pflegen wie einen Ehrengast.«
»Zur Hölle mit Euren Sitten! Genug!«
Einen Augenblick lang herrschte Schweigen. Dann verbeugte sich der Turbanträger. Er wirkte niedergeschlagen.
»Wie Sahib wünschen.«
Auf einen Wink hin, rieb der Barbier nun Hawksworth' Gesicht mit

einer leichten Schicht safranduftenden Öls ein und stutzte die auf der Reise recht lang gewordenen Haare des Kapitäns mit einer silbernen Schere zu einem vergleichsweise kurzen Schnitt nach Art der Moguln.

Hawksworth betrachtete sich im Spiegel.

Verdammt. Ich sehe aus wie ein Marktplatzstutzer von der Cheapside. Ich hasse es, wie ein eitler Geck auszusehen.

»Bitte, öffnet den Mund.« Der Mann mit dem Turban stand über ihm und hielt ein dunkles Stück Holz in der Hand; es war krumm und hatte ein ausgefranstes Ende. »Ich werde Eure Zähne mit *nim*-Wurzel säubern.«

»Aber das ist verrückt! Zähne werden mit einem Stück Stoff und einem Zahnstocher gereinigt. Oder man reibt sie mit etwas Zucker und Salzasche . . .«

Doch der Mann schrubbte schon in Hawksworth' Mund herum und ließ nichts aus, weder Zunge noch Gaumen noch Zähne. Die Zahncreme schmeckte nach verbrannten Mandelschalen. Zum Schluß reichte er ein Mundwasser mit Minzgeschmack zum Spülen. Dann trat einer der Eunuchen vor und übergab den beturbanten Dienern ein Silbertablett, auf dem zusammengefaltete Kleider lagen: ein Paar enge, blaue Hosen, ein gemustertes Hemd und ein knielanger Mantel aus dünnem, pfirsichfarbenen Musselin. Sie zogen Hawksworth schnell an und banden ihm zuletzt eine gemusterte Schärpe um die Taille. Auf dem Fußboden standen flache Lederpantoffeln mit gebogener Spitze und offener Ferse.

»Was ist mit meinem Wams und meinen Kniehosen geschehen? Und mit meinen Stiefeln?«

»Sie werden heute gereinigt, Sahib. Ihr könnt sie wiederhaben, so Ihr es wünscht. Aber vielleicht zieht ihr es, solange Ihr unser Gast seid, vor, unsere Kleider zu tragen.« Der Mann mit dem Turban verbeugte sich und trat zurück, um Hawksworth einen langen Spiegel vorzuhalten.

»Seid Ihr zufrieden mit uns, Sahib?«

Hawksworth erkannte sich selbst kaum wieder. Aus dem ruppigen, aufrechten Seemann war ein jugendfrischer, sanfthäutiger und wohlduftender orientalischer Edelmann geworden. Die brennende Erschöpfung war aus seinen Gliedern verbannt, und sogar seine Verletzung

spürte er kaum noch. Sein Haar war sauber, seine Haut schimmerte, und nie zuvor in seinem Leben hatte er so elegante Kleider getragen.
»Wenn Ihr uns jetzt bitte in den Garten folgen wollt . . . Khan Sahib schlug vor, Ihr möget Euren Tag mit einem Glas Tariwein beginnen.«
Hawksworth folgte den Männern in den offenen Hof. Die Morgensonne beleuchtete die Wipfel eines großen Palmenhains, der eine offene Zisterne umgab. Schnell warf er einen Blick zurück auf die Gebäude, in der Hoffnung, nicht die Orientierung zu verlieren.
Am Fuße einer Palme standen mehrere Diener und warteten. Als sie Hawksworth erblickten, kam Bewegung in die Gruppe. Ein junger Mann, der ein weißes, hüllenartiges Kleidungsstück um den Unterleib trug, band sofort seinen Gürtel enger und begann, die schräge Palme hinaufzuklettern. Als er die Spitze erreichte, umklammerte er mit seinen Beinen den Stamm und nahm vorsichtig einen irdenen Topf ab, der an der Rinde des Baumes unter einem Einschnitt hing. Mit der einen Hand den Topf balancierend, streckte er sich, pflückte behende einige Blätter und glitt dann vorsichtig mit seiner Last hinunter. Kaum hatten seine Füße den Boden berührt, da rannte er auch schon auf die Veranda zu und übergab Topf und Blätter einem wartenden Eunuchen.
Hawksworth beobachtete, wie die Eunuchen zunächst alles genau untersuchten und dann den Befehl erteilten, das Getränk zuzubereiten. Die Blätter wurden mit Wasser aus der Zisterne gründlich gewaschen und zu natürlichen Bechern gefaltet, die Flüssigkeit aus dem Topf durch Musselin in eine Kristallkaraffe gefiltert. Dann goß ein Diener eine große Portion der Flüssigkeit in einen Palmenblattbecher und bot ihn Hawksworth an.
»Das ist Tariwein, Sahib. Eine unserer frühmorgendlichen Freuden in Indien.« Er konnte seinen Stolz nicht verbergen. »Der Palmenwein stellt sich über Nacht selbst her. Den Tag überdauert er nicht. Wenn die Sonne scheint, sondern die Bäume lediglich Essig ab.«
Hawksworth nippte vorsichtig an dem frisch gegorenen Saft und war angenehm überrascht von seinem leichten Geschmack. Nach dem dritten Becher begann die Welt um ihn herum zu funkeln, und er erkannte, daß der Saft stärker war, als er angenommen hatte. »Nicht schlecht, den Tag auf diese Weise zu beginnen. Wie nanntet Ihr das Getränk?«
»Tariwein. Es stammt von der Taripalme, und einige *topiwallahs* nennen es Toddy. Aber . . .« Der Diener kicherte. »Aber wenn Ihr zuviel

davon trinkt, wird Euer Kopf den ganzen Tag brummen. Ihr solltet daher jetzt vielleicht etwas essen.«

Er besprach sich kurz mit den Eunuchen. Gleich darauf erschien ein mit Honigbroten und Glasschalen voller Quark beladenes Tablett. Sogar ein Stück Hartkäse befand sich darauf, und Hawksworth fragte sich, ob es sich dabei vielleicht um ein Zugeständnis an den europäischen Geschmack handelte. Er schlürfte noch ein wenig Toddy und widmete sich dann genußvoll den Speisen.

Dann sah er die Frauen.

Sie waren zu fünft und schienen zusammenzugehören, als sie den Hof betraten. Er erkannte jedoch schnell, daß es sich um eine vornehme Frau mit vier Zofen handeln mußte. Die Frauen bemerkten seine Anwesenheit nicht, denn sie waren in eine erregte Diskussion verstrickt, und keine bedeckte ihr Gesicht. Je länger er sie betrachtete, desto heftiger schien ihre Auseinandersetzung zu werden. Schließlich machte die aristokratisch wirkende Frau einen entschiedenen Schritt nach vorn, drehte sich dann um und gab knappe Anweisungen, an deren Ernst kein Zweifel bestehen konnte, selbst wenn man ihre Worte nicht verstand. Ihre Stimme war keineswegs schrill, verriet aber unmißverständlich Autorität.

Die anderen Frauen hielten inne, fügten sich dem Befehl und verneigten sich tief. Ihre Herrin drehte sich abrupt um und setzte ihren Weg fort, während die Zofen sich wieder in die Richtung wandten, aus der sie gekommen waren. Und es war, als ob das Ende ihres Streits ihnen plötzlich ihre Umgebung bewußt gemacht hätte: Sie alle erblickten Hawksworth nahezu gleichzeitig und erstarrten.

Hawksworth lächelte und versuchte, sich an die Verbeugung zu erinnern, mit der man ihn bereits so oft begrüßt hatte. Aber er konnte die Augen nicht von der Frau lassen, die sich als die Herrin erwiesen hatte. Nie hatte ihn eine Frau auf Anhieb derart fasziniert. Ihre helle Haut hatte einen warmen Olivton und reflektierte über den hohen, markanten Wangenknochen das goldene Licht der Dämmerung. Die Nase war schmal und wie gemeißelt, und die Lippen wären voll gewesen, hätte die Frau sie nicht in kaum bestimmbarer innerer Entschlossenheit fest zusammengepreßt. Die Augen indes schienen von dem, was gerade vorgefallen war, gänzlich unberührt; sie waren klar und aufmerksam, ja warm, und Hawksworth fragte sich im selben Moment, ob Unschuld dahintersteckte – oder Arglist. Was die Kleidung und den Schmuck betraf, so unterschied sich die Frau kaum von ihren Zofen. Alle hatten sie lange, schwarz glänzende Haare, die von einem durchsichtigen, mit Goldstickerei umrandeten Gazetuch vor der Morgenluft geschützt wurden, Hals, Handgelenke und Oberarme waren mit Perlenketten und Juwelen geschmückt, und alle trugen sie ein enges, leibchenartiges Oberteil aus Seide, das ihre üppigen Brüste fest umspannte, wobei Hawksworth auffiel, daß die Brüste der Zofen noch voller zu sein schienen als die ihrer Herrin. Zu seiner höchsten Verwunderung trugen alle Frauen enge Seidenhosen, die denen der vornehmen Männer ähnelten, doch wurden ihre Körper zusätzlich noch von einem langen, durchsichtigen Rock umhüllt. Die Schuhe waren aus rotem, türkischen Leder, deren Oberseite mit Goldschmuck benäht war, und endeten in aufwärts gebogenen Schnäbeln. Um die Fesseln klirrten goldene Ketten.

Was die Kleidung betraf, so schien der größte Unterschied zwischen der Dame und ihren Zofen im reicheren Material der Hosen zu bestehen, es war ein wenig mehr Goldfaden in ihrem Rock, und zwischen den Perlen an ihrem Hals prangte unübersehbar ein walnußgroßer blauer Saphir. Mehr aber noch zeichnete sie sich durch ihre Haltung und ihr gleichermaßen selbstsicheres wie unaffektiertes Auftreten aus. Ihre wahre Schönheit lag in ihrer Herkunft und Erziehung.

Nach dem ersten Erschrecken hatten die Zofen sofort ihre Gesichter hinter Schleiern verborgen. Die vornehme Frau reagierte zunächst instinktiv mit einer ähnlichen Bewegung, nahm dann aber bewußt davon Abstand, diese Handlung auch durchzuführen und verließ, sichtlich um Haltung bemüht, den Hof, um im dahinterliegenden Garten zu verschwinden. Allein.

Hawksworth sah, wie sich ihre Gestalt zwischen den geschnittenen Hecken und kunstvollen Marmorpavillons des Gartens verlor. Ein merkwürdiges Gefühl in der Brust, verspürte er plötzlich das Verlangen, ihr zu folgen. Die anderen Frauen waren nicht mehr zu sehen.

Erst jetzt wurde Hawksworth klar, daß alle Diener die Szene beobachtet hatten. Derjenige, der ihm am nächsten stand, nickte in Richtung des Gartens und lächelte wissend. »Vielleicht wird es Euch gar nicht verwundern, Sahib, wenn Ihr erfahrt, daß sie einst die Favoritin des Moguls war. Aber jetzt ist sie in Surat. Erstaunlich, nicht wahr?«

»Und warum ist sie hier?«

»Es ist Shirin, die erste Frau Khan Sahibs.« Er trat näher an Hawksworth heran, so daß die Eunuchen seine Worte nicht verstehen konnten. »Sie wurde letztes Jahr aus der *zenana* des Moguls verbannt und von Königin Dschanahara, kurz bevor sie ihn zum Gouverneur von Surat ernennen ließ, mit Khan Sahib verheiratet. Einige Leute meinen, sie habe ihn hierher versetzen lassen, um Shirin aus Agra zu entfernen. Und zwar, weil sie sie fürchtete.« Die Stimme des Dieners war nur noch ein Flüstern. »Wir alle wissen, daß sie Seiner Exzellenz die ehelichen Rechte verweigert.«

Die unverkennbare Stimme Mukarrab Khans durchschnitt die Stille des Hofs. Ärgerlich erteilte er im Innern des Palastes Befehle, die von einem Chor klagender Frauenstimmen gefolgt wurden.

Hawksworth wandte sich verwirrt dem Diener zu, und der Mann verstand seinen fragenden Blick.

»Er hat befohlen, die Frauen auspeitschen zu lassen, weil sie seinen Befehl mißachtet haben, Shirin immer und jederzeit zu begleiten, auch auf ihren Spaziergängen im Garten.«

Die Tür öffnete sich, und Mukarrab Khan trat hinaus in den morgendlichen Sonnenschein.

»Kapitän Hawksworth, *salaam*. Ich vertraue darauf, daß Allah Euch Ruhe geschenkt hat.«

»Ich habe so gut geschlafen, daß ich Mühe habe, mich an all das zu erinnern, was gestern abend gesagt wurde.«

»Es war ein anregender Abend. Allerdings kaum die passende Gelegenheit für gewichtige diplomatische Verhandlungen. Habt Ihr mein kleines Geschenk genossen?«

Hawksworth grübelte über die Frage nach, und plötzlich wurde der rauschhafte Traum der vergangenen Nacht zur Wirklichkeit.

»Ihr meint die Frau . . .? Sie war sehr . . . sehr ungewöhnlich, ganz anders als die Frauen in England.«

»Das kann ich mir denken, ja. Sie war eines meiner Abschiedsgeschenke aus . . . Agra. Ich lasse sie oft meine Gäste unterhalten. Wenn Ihr mögt, dürft Ihr sie behalten, solange Ihr bei mir seid. Ich höre, daß sie bereits Zuneigung zu Euch gefaßt hat. Die Dienerinnen nennen sie Kali, nach einer Göttin aus ihrem heidnischen Pantheon. Ich glaube, es handelt sich um eine Gottheit der Zerstörung.«

»Warum haben sie ihr diesen Namen gegeben?«

»Vielleicht wird sie Euch das einmal selbst erzählen.« Mukarrab Khan gab einem Diener ein Zeichen und ließ sich seinen Mantel bringen. »Ich hoffe, Ihr vergebt mir, aber ich bedaure, daß ich Euch für eine Weile verlassen muß. Zu den mir am wenigsten angenehmen Pflichten gehört einmal im Monat eine Reise nach Cambay, dem nördlichen Hafen unserer Provinz. Es dauert jedesmal fast eine ganze Woche, aber ich habe keine andere Wahl. Sähe man ihm nicht auf die Finger, so würde der *schahbandar* von Cambay selbst die Schatzkammer des Moguls ausrauben! Aber ich denke, daß Ihr Euch auch in meiner Abwesenheit ganz gut unterhalten werdet.«

»Am besten würde ich mich unterhalten, wenn ich bei meinen Männern sein könnte.«

»Wollt Ihr tatsächlich auf die Spiele verzichten, die meine Kali für Euch ersinnt?« Hawksworth' unentschlossener Gesichtsausdruck entging dem Gouverneur nicht. »Oder ist es vielleicht so, daß Ihr einen Knaben vorziehen würdet? Nun gut. Wenn Ihr wollt, könnt Ihr sogar meinen . . .«

»Gegenwärtig interessiert mich eher die Sicherheit unserer Kaufleute und Matrosen. Und die unserer Fracht. Ich habe die Männer seit gestern im Zollhaus nicht mehr gesehen.«

»Es geht ihnen gut. Ich habe sie bei einem Hafenbeamten untergebracht, der Portugiesisch spricht, was Euer Chefkaufmann ebenfalls zu verstehen scheint. Man sagt mir übrigens, er sei ein besonders unangenehmer Mensch.«

»Wann kann ich sie sehen?«

»Jederzeit. Ihr braucht nur einem der Eunuchen Bescheid zu geben. Aber warum wollt Ihr Euch heute damit belasten? Verbringt den Tag hier und ruht Euch aus! Genießt das Gelände und den Garten. Es reicht doch, wenn Ihr morgen zu den trübseligen Stätten des Handels zurückkehrt.«

Hawksworth befand, daß es an der Zeit war, die kritische Frage zu stellen: »Und was ist mit den Portugiesen? Mit ihren falschen Anschuldigungen?«

»Ich denke mir, daß diese unangenehme Affäre im Laufe der Zeit gelöst werden kann. Ich habe eine offizielle Botschaft nach Agra geschickt, in der ich dem Hofe mitteile, daß Ihr dorthin zu reisen wünscht. Sobald die Antwort da ist, kann alles geregelt werden. In der Zwischenzeit muß ich allerdings darauf bestehen, daß Ihr hier im Palast bleibt. Es geht sowohl

um Euren Rang als auch, offen gesagt, um Eure Sicherheit. Die Portugiesen sind in der Wahl ihrer Mittel nicht sehr wählerisch.« Er gürtete seinen Reisemantel. »Betrübt Euch nicht allzusehr und versucht, aus meiner bescheidenen Gastfreundschaft das Beste zu machen. Das Palastgelände steht zu Eurer Verfügung. Vielleicht werdet Ihr irgendwo etwas finden, was Eure Neugier erregt. Dort hinten zum Beispiel ist der Garten. Und wenn er Euch langweilt, könnt Ihr auch das persische Observatorium besichtigen, das mein Vorgänger erbauen ließ. Vielleicht könnt *Ihr* ergründen, wozu das alles dient – ich habe mir nie einen Reim darauf machen können. Bittet die Diener, es Euch zu zeigen. Oder trinkt ein wenig Tariwein auf der Veranda und genießt die Aussicht.« Er verbeugte sich zeremoniell und ging fort, gefolgt von seinen Wachen.
Hawksworth drehte sich um. Der Mann mit dem Turban, dessen edle Gesichtszüge im hellen Sonnenschein noch auffallender waren, übersetzte mit leiser Stimme Mukarrab Khans Befehle ins Hindi, eine Sprache, die den anderen Dienern vertraut zu sein schien. Dann wandte er sich an Hawksworth.
»Der Palast und das Gelände stehen zu Eurer Verfügung, Sahib. Und uns ist es ein Vergnügen, Euch zu Diensten zu sein.«
»Ich möchte gern eine Weile allein sein. Um nachzudenken und . . . um die Schönheit des Gartens zu genießen.«
»Selbstverständlich, Sahib. Vielleicht gebt Ihr mir die Ehre, Euch führen zu dürfen?«
»Mir wäre es lieber, den Garten alleine zu besichtigen.«
Der Mann konnte seine Betroffenheit nicht verbergen. Er sagte jedoch nichts, sondern verbeugte sich nur und zog sich wie die anderen Diener umgehend in den Schatten der Marmorsäulen auf der Veranda zurück.
Hawksworth sah ihm erstaunt nach. Sie fügen sich meinen Wünschen also tatsächlich. Ich brauche keinen Führer. Alles, was ich brauche, sind meine Augen. Und ein wenig Glück.
Der Garten lag vor ihm. Im Gegensatz zu der strengen Geometrie der Sträucher im Innenhof war dieser Garten weniger formal angelegt und dadurch natürlicher. In seiner Mitte erstreckte sich ein langer Wasserlauf, der auf jeder Seite von Laubengängen flankiert war, die breite, gepflasterte Wege überschatteten. Mit Verwunderung stellte Hawksworth fest, daß es keine Blumen gab, die in allen englischen Gärten stets im Mittelpunkt standen. Hier aber sah er Kieswege und ein marmorge-

kacheltes Becken, in dessen knietiefem Wasser dunkelhäutige, mit Lendentüchern bekleidete Gärtner wateten und den Fluß der gurgelnden Springbrunnen regulierten, die in regelmäßigen Abständen Wasser spien. Andere stutzten die bereits makellosen Hecken; ihre Tätigkeit wirkte überflüssig oder gar zwanghaft. Als Hawksworth, unsicher um Orientierung bemüht, an ihnen vorbeiging, sahen die Gärtner ihn wortlos und mit kurz aufflackernden, verstohlenen Blicken an, doch blieb das ihre einzige Reaktion auf seine Anwesenheit.

Die Sonne brannte herab von einem fast grenzenlosen Himmel, dessen Blau wie glänzende Keramik schien, die Luft war frisch und duftete nach Nektar. Der Garten, der ihn umgab, war wie ein Mosaik. Menschenwerk hatte die Natur zu höchster Vollendung gezwungen oder verführt. Als Hawksworth das Ende des langgestreckten Beckens erreichte, endete der Kiesweg unvermittelt, begrenzt von einer Reihe von Marmorsteinen. Dahinter erstreckten sich in geometrischer Präzision angeordnete Obstbaumlauben, die Bäume waren über und über behangen mit Mangos, Äpfeln, Birnen, Zitronen und sogar Orangen.

Ich habe den Garten Eden gefunden, dachte Hawksworth.

Haine, die einen quadratischen Grundriß hatten und nach Fruchtarten gruppiert waren, übten in ihrer Regelmäßigkeit eine seltsam beruhigende Wirkung auf ihn aus. Seine Entdeckungsreise führte ihn zu einem Punkt, von dem aus er in einiger Entfernung eine hohe Steinmauer erblickte. Er hatte das äußerste Ende des Palastgeländes beinahe erreicht und hörte von jenseits der Mauer Geplätscher; im Burggraben waren Männer bei der Arbeit. Kurz vor der Mauer endete der Obstgarten, und Hawksworth befand sich auf einer verlassenen Lichtung, in deren Mittelpunkt moosbedeckte Marmorstufen standen, die sich nach oben schwangen und im Nichts endeten. Staub und Unkraut begruben ehemaligen Glanz.

Stand hier früher einmal eine Villa? Aber wo ist . . .?

Dann sah er den Rest. Zu beiden Seiten der Treppe wand sich ein moosbedecktes Marmorband nach oben, das mehr als einen halben Meter breit und ungefähr sechs Meter lang war, es war nach innen gewölbt und trug eingeätzte Zahlen.

Es muß eine Art Sonnenuhr sein – von riesigen Ausmaßen allerdings.

Als er die Blicke zur Seite wandte, bemerkte er eine weitere steinerne Vorrichtung, eine runde Platte aus rotem und weißem Marmor, die an das Zifferblatt einer Wasseruhr erinnerte. Auf der Platte waren die persischen Symbole der Tierkreiszeichen eingemeißelt. Dahinter entdeckte er die Ruinen eines runden Gebäudes mit Dutzenden von Bögen, durch die man eintreten konnte, und einer großen Säule in der Mitte, neben der sich ein flacher Marmorbrunnen in Form einer in die Erde eingelassenen Halbkugel befand; in seinen Boden waren allenthalben exakte Gradmarkierungen eingeätzt.

Hawksworth kam aus dem Staunen nicht mehr heraus. Bei näherer Betrachtung stellte sich heraus, daß die Markierungen in den Marmorinstrumenten derartig präzise waren, wie er es noch nie zuvor bei Steinen gesehen hatte.

Wozu dient dies alles nur, fragte er sich. Um die Position der Sterne zu bestimmen? Um Sonnen- oder Mondfinsternisse vorauszusagen? Aber die Geräte müssen noch andere Aufgaben haben. Sie dienen der Beobachtung, und das bedeutet, daß es Aufzeichnungen geben muß. Oder Berechnungen. Man sagt, daß die Perser dereinst in der Mathematik und in der Astronomie einen Wissensstand besaßen, der weit über alles hinausging, was je in Europa bekannt war. Ist das hier vielleicht ein vergessener Vorposten aus jener Zeit, der nur darauf wartet, wiederentdeckt zu werden?

Noch einmal inspizierte er die Instrumente, und vorübergehend schoß ihm der Gedanke durch den Kopf, ob es wohl eine Möglichkeit gäbe, sie an Bord der *Discovery* zu hieven und nach England zu bringen.

Seine Erregung steigerte sich, als er den Rest der Lichtung durchforschte und schließlich, direkt an die hohe Mauer gelehnt, eine kleine Hütte aus grobbehauenen Steinen mit Lattenfenstern und einer verwitterten Holztür entdeckte. Die Tür stand offen, war festgeklemmt in getrocknetem Schlamm der Regenzeit. Die Palastmauer war an dieser Stelle verwittert und die Eisenspitzen auf ihrer Oberseite waren gänzlich durchgerostet. Seit Jahren muß dieser Ort verlassen sein. Er berührte die verrottete Tür und hielt ein Stück verfaultes Holz in der Hand. Mit den Füßen kratzte er den verkrusteten Schlamm zur Seite, so daß es ihm gelang, die Tür ein wenig weiter zu öffnen und sich durch die Öffnung zu zwängen.

In diesem Moment ertönte ein unterdrückter Schrei, und mit einer raschen Bewegung wurde eine Öllampe gelöscht, die das Innere der Hütte schwach erhellte. Dann hörte er eine Frauenstimme in einer Sprache, die er nicht verstand.

»Wer seid Ihr?« Hawksworth stellte die Frage zunächst auf Englisch, fuhr dann aber auf Turki fort: »Ich dachte . . .«
»Der englische *feringhi!*« Die Stimme fand ihre Selbstbeherrschung wieder, und ihr Turki war makellos. »Ihr wart heute morgen auf dem Hof.« Sie näherte sich langsam dem Lichtstrahl, der durch die Türöffnung fiel. »Was tut Ihr hier? Wenn die Eunuchen Euch hier entdecken, könnte Khan Sahib Euch töten lassen!«
Er sah ihr Gesicht aus dem Schatten tauchen. Sein Herz bebte. Es war Shirin.
»Der Gouver . . . Khan Sahib hat mir von diesem Observatorium erzählt. Er sagte, daß ich . . .«
»Die Sterne scheinen nicht bei Tag, und die Sonne nicht in diesem Raum. Was wollt Ihr hier?«
»Ich glaubte, es gäbe vielleicht irgendwelche Aufzeichnungen oder Bücher . . .« Hawksworth hörte seine Stimme an den rauhen Steinwänden der Hütte widerhallen und sah, daß ihr von Zwielicht übergossenes Gesicht noch schöner war als zuvor im hellen Sonnenschein.
»Hat er Euch auch gesagt, daß Ihr alles, was Ihr auf dem Palastgrund findet, plündern sollt?«
»Er sagte, daß mich als Navigator das Observatorium vielleicht interessieren würde, und damit hatte er recht. Aber es muß Karten oder Tabellen geben, und in diesem Raum sind vielleicht . . .«
»Es gibt hier ein paar alte Schriftstücke. Vielleicht glaubte Khan Sahib, dieser Ort würde Euch beschäftigt halten. Oder er prüft Euch ein weiteres Mal.«
»Was soll das heißen?«
Sie antwortete mit einem harten Lachen, dann ging sie um Hawksworth herum und betrachtete ihn im Licht der Morgensonne, das durch die Tür fiel. Ihr dunkles Haar leuchtete nun in der Sonne, und ihr Kopftuch aus Gaze glitzerte wie gesponnenes Gold.
»Ja, Ihr seid ein *feringhi.* Genau wie alle anderen.«
Ihre Augen funkelten. »Wie viele wie Euch gibt es noch in Europa? Wahrscheinlich genug, um unseren verderbten Gouverneur sein Leben lang zu unterhalten . . .«
»Ich habe das Kap nicht umrundet, um den Gouverneur von Surat – oder Euch – zu unterhalten.« Er verstand sie nicht. Alle sprachen sie hier in Rätseln. »Gibt es in dieser Hütte eine Bibliothek?«

»Ja. Aber die Schriften sind auf Persisch. Und das versteht Ihr nicht.«
»Woher wollt Ihr das wissen?«
Sie sah ihn mit unverhüllter Verwunderung an. »Meint Ihr etwa, daß es im Palast irgend jemanden gibt, der *noch nicht* alles über Euch weiß?«
»Und was wißt *Ihr* über mich?«
Einen Moment lang war es ganz still. Dann antwortete Shirin langsam: »Ich weiß, daß Ihr ein *feringhi* seid, wie die Portugiesen. Und daß Ihr in Indien Gold sucht. Und ich weiß . . . alles übrige!« Sie drehte sich um und ging in die Dunkelheit zurück. Ein Funke glühte auf, und die Lampe brannte wieder. »Hier in diesem Raum gibt es nichts, was Ihr verstehen würdet. Wenn Ihr zum Palast zurückkehrt und zum *affion* seiner Exzellenz und seinen Tänzerinnen, dann vergeßt nicht, was einem Mann geschieht, der mit der Frau eines anderen gesehen wird. Ich werde vergessen, daß ich Euch hier gesehen habe, und wenn Ihr morgen noch den Sonnenaufgang erleben wollt, solltet Ihr es auch vergessen.«
Hawksworth betrachtete sie wie verzaubert, und nahm ihre Worte kaum wahr. Einen Augenblick lang verhielt er bewegungslos, dann ging er direkt auf sie zu.
»Ich möchte mit Euch sprechen, um herauszufinden, was hier vor sich geht. Und ich werde mit diesem Ort, an dem wir uns jetzt befinden, beginnen. Es ist ein Observatorium oder war eines. Wem kann es schaden, wenn ich mich hier umsehe?«
Sie starrte ihn an, ohne sich zu rühren. »Gewiß, Ihr habt das Benehmen eines *feringhi*. Wenn Ihr nicht gehen wollt, dann werde ich *Euch* einige Fragen stellen. Sagt mir, warum Ihr nach Indien kamt. Stimmt es, daß Ihr im Auftrag des englischen Königs hier seid?«
»Was habt Ihr noch gehört?«
»Noch andere Dinge.« Sie kam näher, und der Duft ihres Parfüms hüllte ihn ein. Die Strahlkraft ihrer Augen übertraf beinahe den Glanz des Edelsteins an ihrem Hals. »Aber ich würde sie gerne auch aus Eurem Munde hören. Man ist hier sehr beunruhigt über Euch, über die Schlacht, über den Brief . . .«
Hawksworth sah sie betroffen an. »Ihr wißt also von dem Brief?«
»Natürlich. Alle wissen davon.« Sie seufzte über seine Naivität. »Der Inhalt Eurer Kiste wurde gestern abend sehr sorgfältig untersucht . . .

aber aus Angst vor dem Mogul hat niemand gewagt, das Siegel auf dem Brief anzutasten. Ist es wahr, daß der englische König eine Armada gegen Goa schicken könnte?«

»Und wenn dem so wäre?«

»Es könnte sich vieles ändern . . . für viele Menschen hier.«

»Für wen genau?«

»Für Menschen, die zählen.«

»Der einzige, der zählt, ist doch der Mogul.«

Wieder lachte sie. »Er ist der letzte, der zählt. Ich sehe, daß Ihr nur sehr wenig Ahnung habt.« Sie machte eine kurze Pause und sah ihn genau an. »Aber Ihr seid ein interessanter Mann. Wir haben alle zugehört, als Ihr gestern abend den englischen Sitar spieltet. Und heute morgen seid Ihr hierhergekommen. Ihr seid der erste *feringhi*, der jemals diesen Ort aufgesucht hat. Er war einmal in ganz Indien berühmt.«

Hawksworth blickte sich um und bemerkte einen kleinen Tisch, auf dem ein Buch und frisch beschriebene Seiten lagen. »Ihr habt mir nicht gesagt, was *Ihr* hier tut. Und warum Ihr hierherkommen könnt, wenn es den Dienern verboten ist.«

»Einmal haben ein paar Diener versucht, einige der Marmorstufen zu stehlen, um sie beim Hausbau zu verwenden. Aber warum *ich* hierherkomme, geht Euch wirklich nichts an, Kapitän Hawksworth . . .« Sie fing seinen erstaunten Blick auf und lachte. »Natürlich weiß ich Euren Namen. Ich weiß auch, daß es besser für Euch wäre, kein *bhang* mit Kali mehr zu trinken. Sie ist Euch mehr als ebenbürtig.«

Hawksworth unterdrückte seine Verlegenheit und versuchte, die Spitze zu ignorieren. »Was kann es schaden, wenn ich mich ein wenig umsehe?«

Shirin erstarrte. »Nicht jetzt, und nicht heute. Ihr müßt gehen.«

»*Gibt* es denn Berechnungen oder Tabellen?«

»Höchstwahrscheinlich. Aber ich sagte Euch, daß sie auf Persisch sind.«

»Dann könntet Ihr sie vielleicht für mich übersetzen?«

»Das könnte ich. Aber nicht heute. Ich sagte Euch doch, daß Ihr jetzt gehen müßt, wirklich.« Sie stieß die Tür ein Stückchen weiter auf und wartete.

»Ich komme wieder.« Er blieb in der Tür stehen und drehte sich um. »Werdet Ihr morgen hier sein?«

»Möglicherweise.«

»Dann komme ich bestimmt.«

Sie sah ihn an und schüttelte resigniert den Kopf.

»Ihr erkennt wirklich nicht, wie gefährlich es für Euch ist, hierherzukommen.«

»Habt Ihr Angst?«

»Ich habe immer Angst. Und auch Ihr solltet Angst haben.« Sie betrachtete ihn im Sonnenlicht, sah in seine Augen, und für einen Moment wurde ihr Gesicht ein wenig weicher. »Aber wenn Ihr kommt, bringt Ihr dann Euren englischen Sitar mit? Ich würde ihn wirklich gerne noch einmal hören.«

»Und was werdet Ihr *für mich* tun?«

Sie lachte. »Ich werde versuchen, einige vermoderte persische Bücher auszugraben, die Euch etwas über das Observatorium erzählen können. Aber denkt vor allem an eines: Niemand darf davon erfahren. Und jetzt – bitte.« Sie drängte ihn hinaus, ergriff die Tür und zog sie fest zu.

Die Hitze war inzwischen drückend geworden. Die Sonne zeichnete eine scharfe Linie auf dem roten Marmorzifferblatt und verriet, daß die Morgenmitte näherkam.

Was in aller Welt tut sie in dieser baufälligen Hütte? Eine erstaunliche Frau. In der Art, wie sie sich gibt, liegt ein besonderer Zauber. Kein Wunder, daß sie die Lieblingskonkubine des Moguls war, oder wie immer man das nennt. Es ist nur allzu verständlich, daß die Königin sie an Mukarrab Khan verheiratet und verbannt hat . . . Hawksworth erschrak.

Das ist das Wort, dessen sich der Lotse Karim bediente! Er zitierte aus dem Koran. ›Diejenigen Frauen aber, deren Widerspenstigkeit ihr fürchtet . . . *verbannet* sie in die Schlafgemächer!‹

Kann Shirin die Frau sein, die er meinte? Aber was waren dann die Gründe für ihre Verbannung? Nirgends ist etwas Genaues zu erfahren. Man sieht nur schwerbewaffnete Wachen, und überall herrscht Furcht. Dieser Palast ist wie ein juwelengeschmückter Dolch – erlesen, aber lebensgefährlich.

Er starrte auf die moosbedeckten Marmorinstrumente. Ich werde wiederkommen. Wenn sie da ist, kann mich nichts zurückhalten.

9 Gleichzeitig spannten die beiden *chitahs* die Muskeln an und strafften die Ketten an ihren juwelenbesetzten Halsbändern. Es waren gelbbraune indische Jagdleoparden mit dunklen Flecken, und sie reisten in teppichbelegten Sänften zu beiden Seiten des Elefantenrückens. Sie trugen Satteltücher aus Brokat, die ihren Rang anzeigten, und begannen jetzt beide, erwartungsvoll mit der schwarzweiß gestreiften Schwanzspitze zu wedeln.

Prinz Dschadar bemerkte ihre Bewegung und zügelte seinen braunen Hengst; der helle Schein der Morgensonne glänzte auf seiner frisch eingeölten olivfarbenen Haut und ließ die Falten auf seinem hageren, kantigen Gesicht sowie den kurz geschnittenen Bart deutlich hervortreten. Der Prinz trug einen waldgrünen Jagdturban, der von einem schweren Perlenband gehalten wurde, und eine dunkelgrüne, mit seinem königlichen Wappen geschmückte Jacke. Seine fünfzig Mann umfassende Radschputenwache hatte aufgeschlossen, ihre Pferde warfen die Köpfe nach hinten, scharrten ungeduldig mit den Hufen und ließen dadurch die Pfeile in den an den Sätteln befestigten Brokatköchern erzittern.

Dann entdeckte Dschadar die *nilgais,* große, rinderartige Antilopen. Die Herde graste in der Richtung, aus der der Wind kam, am Fuße des Hügels. Mit einer schnellen Handbewegung bedeutete Dschadar den Wärtern, die neben den *chitahs* ritten, den Leoparden die Satteldecken abzunehmen und sah, wie sich erst das Männchen und dann das Weibchen schüttelte und bereitwillig die Pfoten streckte.

»Fünfzig Rupien darauf, daß das Männchen zuerst tötet«, sagte Dschadar ruhig zu Vasant Rao, dem jungen, schnurrbärtigen Radschputenhauptmann, der an seiner Seite ritt. Er befehligte die Leibgarde des Prinzen und war der einzige Mann in Indien, dem Dschadar vollkommen vertraute.

»Dann gebt mir zweihundert für das Weibchen, Hoheit.«

»Hundert. Und die Hälfte der Häute für den Schildermacher Eures Regiments.« Dschadar wandte sich an die Wärter. »Laßt das Weibchen los! Zählt bis hundert und laßt dann das Männchen frei!«

Kurz darauf schossen die *chitahs* auf die ahnungslosen Antilopen zu, suchten von Busch zu Busch Deckung und wirbelten hier und dort zur Tarnung mit Vorder- und Hinterpfoten Staub auf. Vor der letzten Lichtung trennten sich die Raubkatzen plötzlich – das Weibchen wandte sich nach Norden, das Männchen nach Süden. Sekunden später drang wie auf ein verabredetes Signal das Weibchen hervor, schien die verbleibenden zwanzig Meter in weniger als einer Sekunde zurückzulegen, und hatte, bevor die *nilgais* sie überhaupt bemerkten, schon einen blökenden Nachzügler zu Boden gerissen.

Das Geräusch machte die anderen Antilopen aufmerksam. Die gestreiften Ohren schossen nach oben, die Herde geriet in Panik und fegte blindlings von der Leopardin fort, direkt auf die Deckung zu, in der das Männchen kauerte. Kaltblütig wartete es ab, bis sie nahe genug heran waren. Es folgte ein fürchterliches Gemetzel; der Leopard streckte mit seinen mächtigen Pranken die verwirrten Beutetiere, eines nach dem anderen, nieder.

»Das Weibchen hat zuerst getötet, Hoheit. Ich nehme doch an, daß es bei unserer Wette um Goldmünzen ging und nicht um Silbergeld.«

Vasant Rao lachte und wandte sich um, um den in Gedanken versunkenen Mann an seiner Seite zu betrachten. Er fragte sich nicht zum ersten Male, ob es stimmte, daß der Prinz die Strategie für einen Feldzug nach der letzten Jagd seiner *chitahs* entwarf? Viele Leute waren davon überzeugt. Aber welche Strategie bleibt ihnen überhaupt noch? Die aufständischen Dekkanis hatten bereits Ahmadnagar zurückerobert und die Stadt wieder einmal zur Hauptstadt ihrer Rebellion gemacht. Es war ihnen gelungen, die Garnison des Moguls nach Norden in die Festung von Burhanpur zu treiben, und jetzt bedrohten sie auch diese Stadt, die wichtigste Station auf der lebenswichtigen Route zwischen Agra und Surat.

Wir haben weder die Männer noch die Pferde, um sie zurückzutreiben, dachte Vasant Rao, dieses Mal nicht.

Es war Prinz Dschadars zweiter Feldzug im Dekkan, jenem von immer neuen Revolten zerrissenen zentralen Hochland, das weit südlich von Agra und weit östlich von Surat lag. Zum zweiten Mal führte der Prinz sein Heer gegen das militärische Genie Malik Ambars, des abessinischen Abenteurers, der sich immer wieder gegen die Mogulherrschaft erhob. Der Dekkan war noch nie sicher gewesen, nicht einmal unter Akman, dem Vater des jetzigen Moguls. Unter Arangbar jedoch war er zu einer Fallgrube geworden für alle, die einen guten militärischen Ruf zu verlieren hatten. Einer der besten Generäle des Moguls, der noch im vergangenen Jahr in seinen Botschaften aus Ahmadnagar damit geprahlt hatte, daß der Dekkan nun endlich unterworfen wäre, verkroch sich inzwischen in der Festung von Burhanpur, und Arangbar hatte keine andere Wahl gehabt, als noch einmal Dschadar loszuschicken, um die verlorenen Städte zurückzugewinnen.

»Habt Ihr gesehen, wie sie ihren Angriff geplant haben?« Dschadar befingerte die Spitze seines kurzen Bartes und deutete dann auf die Tiere. »Das Weibchen hat die *nilgais* in seine Fänge getrieben. Sie hat die Schwachen angegriffen und damit die Starken so sehr in Furcht und Schrecken versetzt, daß sie in ihr eigenes Verderben rannten.«

»Wir stehen keinen *nilgais* gegenüber, Hoheit.« Vasant Rao drehte sich im Sattel, sah den Prinzen an und schützte seine Augen mit der Hand vor der Sonne. »Unsere Lage ist wesentlich schlechter als auf dem letzten Feldzug. Wir haben nur achtzehntausend Mann, die alle hier in Udschain lagern und darüber hinaus durch die lange Belagerung der Festung von Kangra im nördlichen Pandschab und von dem langen Marsch nach Süden bis auf die Knochen erschöpft sind. Malik Ambar dagegen wartet ausgeruht und sicher in Ahmadnagar.«

»Wie schon zuvor werden wir auch diesmal Ambar zur Annahme unserer Bedingungen bringen. Und zwar durch Furcht, so wie vor drei Jahren.« Dschadar sah zu, wie die Wärter die Fleischportionen abmaßen, mit denen die Leoparden belohnt werden sollten, und dachte an den Gesandten, der früh am Morgen aus Mandu, dem nördlichen Vorposten des Dekkan, eingetroffen war und eine geheime Botschaft des Kommandanten jener Festung überbracht hatte. »Eure Hoheit wird respektvoll davon in Kenntnis gesetzt, daß die Lage ernster, viel ernster ist, als sie in den Berichten Ghulam Adls dargestellt wird.« Sie waren allein in Dschadars Zelt gewesen, und der Gesandte hatte auf den Knien gelegen, entsetzt darüber, daß er verpflichtet war, dem Sohn des Moguls schlechte Nachrichten überbringen zu müssen. Ghulam Adl war der für den Dekkan verantwortliche General, der Ahmadnagar aufgegeben und sich nach Burhanpur im Norden zurückgezogen hatte. In seinen offiziellen Berichten prahlte er immer noch in den höchsten Tönen und behauptete, daß nur ein wenig Verstärkung notwendig sei, um die Rebellen ein für allemal zu vernichten.

»Wir haben Ghulam Adl gebeten, uns Truppen für die Verteidigung Mandus bereitzustellen, aber er kann Burhanpur überhaupt nicht verlassen«, fuhr der Gesandte fort. »Die Rebellen haben die Stadt umzingelt, machen sich aber nicht einmal die Mühe einer echten Belagerung. Sie wissen, daß er in der Falle sitzt. Und sie haben achttausend Mann leichte Kavallerie – Marathenfreischärler – über die Narbada nach Norden geschickt, um dort in abgelegenen Gebieten zu plündern. Sie nähern sich Mandu und werden die Festung innerhalb einer Woche erreicht haben.«

»Und warum hebt Ghulam Adl keine Truppen unter den *mansabdars* aus? Sie haben alle ihre jährliche Zuwendung für die Unterhaltung der Kavallerie erhalten.«

Mansabdars waren Adlige des Mogulreiches, die dem Mogul ihren Rang verdankten und denen es gestattet war, in einem bestimmten Gebiet Abgaben zu erheben. Diese Lehen hießen *dschagirs* und waren der Lohn für Dienst und Treue. Die *mansabdars* zogen die Steuern für die Kaiserliche Schatzkammer in Agra ein und erhielten daraus einen Anteil, mit dem sie eine stets einsatzfähige Kavallerie und alles, was dazugehörte, unterhalten sollten. Die Zuteilung eines *dschagir* war an die Verpflichtung gebunden, für den Mogul ein auf Abruf verfügbares Truppenkontingent bereit zu halten, dessen Größenordnung genau festgelegt war.

»Die *mansabdars* haben keine Männer mehr, die sie aufstellen können, wenn es Eurer Hoheit beliebt.« Das Gesicht des Gesandten war im Teppich vergraben, Dschadar sah nur den staubbedeckten rückwärtigen Teil des Turbans. »Die Bedingungen im letzten Jahr waren hart. Die Ernten waren schlecht, und viele *mansabdars* konnten wegen der Überfälle der Dekkanis keine Steuern einnehmen. Viele haben ihre Kavallerie schon seit über einem Jahr keinen Sold mehr bezahlt. Die *mansabdars* füttern immer noch die Pferde, die ihr Brandzeichen tragen und für die sie verantwortlich sind. Die Männer jedoch, die diese Pferde reiten sollen, haben sie nicht ernährt. So sind die meisten von ihnen in ihre Dörfer zurückgekehrt, und ohne Geld, mit dem man sie zurückholen könnte, gibt es keine Armee. Auch fürchten sich die *mansabdars* jetzt vor Malik Ambar, und viele haben geheim mit ihm verabredet, nicht einmal mehr die Truppen aufzubieten, die ihnen tatsächlich noch zur Verfügung stehen.«

»Wie viele Aufständische liegen in den Lagern um Burhanpur?«

»Unsere Spione beziffern ihre Zahl auf achtzigtausend, Hoheit. Ghulam Adl wagt nicht, die Festung im Zentrum der Stadt zu verlassen. Er hat nicht mehr als fünftausend Mann, die ihm noch ergeben sind, und seine Vorräte sind knapp.«

Um eine Verbreitung dieser Nachrichten zu verhindern, hatte Dschadar sofort Einzelhaft für den Gesandten angeordnet. Als er jetzt seine *chitahs* bei der Fütterung beobachtete, dachte er über seine nächsten Schritte nach.

Ich muß Silbermünzen aus der Schatzkammer in Agra anfordern und darauf hoffen, daß noch eine Vorratskarawane durchkommt. In der Zwischenzeit werde ich die *mansabdars* dazu zwingen, mir ihre letzten Reiter noch zur Verfügung zu stellen. Ich werde Ihnen drohen, ihre *dschagirs* zu konfiszieren, wenn sie der Aufforderung nicht nachkommen. Sehr viele Leute werde ich damit nicht zusammenbringen, aber die Zahl der Überläufer wird etwas zurückgehen. Vor allem aber: Wenn wir die Männer zurückrufen wollen, die noch loyal sind, brauchen wir Silber. Um die dreißigtausend Mann aufzubieten, die wir benötigen – Männer, die ein Jahr lang nicht bezahlt worden sind –, werden mindestens fünf Millionen Rupien, das heißt fünfzig *lakhs*, erforderlich sein. Ich muß das Geld haben, bevor wir Burhanpur erreichen. Wenn wir die Stadt halten können, können wir unser Heer dort aufstellen.

»Malik Ambar hat vor drei Jahren um Frieden ersucht, weil sein Bündnis zerbrach.« Vasant Rao behielt Dschadar aufmerksam im Auge. Er wußte, daß der Prinz tief beunruhigt war, und er wußte auch, daß er am selben Morgen einen Kurier hatte einsperren lassen, wofür es nur einen einzigen Grund geben konnte. Und Dschadar hatte gleich darauf Tauben losgeschickt, die nach Norden geflogen waren.

»Sein Bündnis wird erneut zerbrechen. Wenn wir nur genügend Furcht säen.« Die Verzögerung, die sich daraus ergab, daß die *chitahs* wieder angekettet und noch einige *nilgai*-Kadaver auf die Ochsenwagen geladen werden mußten, schien Dschadar zu verärgern. »Ihr habt immer noch nicht gelernt, wie ein *chitah* zu denken«, sagte er und gab das Zeichen, daß die Jagd beendet war. Dann wendete er sein Pferd. Auf dem Rückweg ins Lager blieb Vasant Rao ein paar Schritte hinter Dschadar zurück und fragte sich, wie lange dieser Herrscherkopf noch auf seinen königlichen Schultern sitzen würde.

Von den vier Söhnen des Moguls war Dschadar eindeutig derjenige, der am ehesten für die Nachfolge in Frage kam. Sein älterer Bruder Khusrav war vor Jahren vom Mogul geblendet worden, weil er eine Palastrevolte

angezettelt hatte. Dschadars Bruder Parwaz, ebenfalls älter als der Prinz, war ein berüchtigter Trunkenbold und selbst gemessen an den laxen Maßstäben des Hofes völlig zügellos. Und Dschadars jüngerer Bruder Alauddin, der gutaussehende, aber geistlose Sohn einer Konkubine, trug wohl zu Recht seinen heimlichen Spitznamen *nashudani*, ›der Taugenichts‹. Da es in Indien kein Gesetz gab, das dem ältesten Sohn automatisch die Thronfolge zugestand, ging die Macht an den Fähigsten über. Nur Dschadar, Sohn einer Radschputenmutter königlichen Geblüts, konnte ein Heer führen und Indien regieren.
Aber Tüchtigkeit allein genügte nicht, um im Sumpf der Palastintrigen Erfolg zu haben. Man brauchte auch noch einen mächtigen Freund, und jahrelang hatte der Prinz den mächtigsten aller Freunde besessen.
Die Vorbereitung Dschadars auf die Nachfolge hatte vor über fünf Jahren begonnen. Damals hatte Königin Dschanahara ihn unter ihre Fittiche genommen und sich persönlich zum Hüter seiner Interessen bei Hofe gemacht. Sie war es gewesen, die den Mogul vor zwei Jahren dazu bewegt hatte, Dschadars *mansab*, seinen Ehrenrang, auf zwölftausend *zat* zu erhöhen. Was Einkommen und Prestige betraf, hatte er damit seine Brüder weit überflügelt.
Wie in solchen Fällen üblich, wurde nun von Dschadar erwartet, die ihm erwiesene Gunst zurückzuzahlen: Von dem Tage an, an dem er den Thron besteigen und von dem kränklichen, opiumzerfressenen Arangbar die Macht übernehmen würde, sollte er eben diese Macht mit Königin Dschanahara teilen.
Das inoffizielle Bündnis der beiden war mittlerweile jedoch erschüttert worden. Schuld daran war ein Problem, das auf der Hand lag. Dschadar hatte die Hälfte seines Lebens in Feldlagern verbracht und die Kriege des Moguls geführt. Er sah nun keinen Grund mehr dafür, der Königin einen Teil seines in Schlachten gewonnenen Erbes abzutreten.
Was wird die Königin tun, fragte sich Vasant Rao nicht zum ersten Mal. Ich weiß, daß sie versucht hat, ihre persische Tochter mit Dschadars blindem Bruder Khusrav zu verheiraten. Dschadar jedoch entdeckte den Plan und ließ Khusrav aus Agra fortschicken. Ein Radscha, der dem Prinzen ergeben ist, hält seinen Bruder nun gefangen. Aber die Königin ist in Agra, und früher oder später wird sie einen

neuen Nachfolger herbeischaffen, irgendeine Kreatur, die ihr ergeben ist und sich von ihr beherrschen läßt. Und das wird ihr um so leichter fallen, wenn Dschadar dieser Feldzug mißlingt.

»Ich habe Berichte, daß Marathenfreischärler innerhalb einer Woche die Festung von Mandu erreicht haben können.« Dschadar brach das Schweigen, das den gesamten Ritt über geherrscht hatte; die lärmenden Radschputen hielten sich diskret ein Stück zurück, fluchten, lachten und wetteten. Als Dschadar sprach, schien sich der makellos blaue Himmel plötzlich zu bewölken.

»Sagt mir, was Ihr tun würdet.«

»Ich würde das Lager aufheben und nach Süden marschieren. Wir haben keine andere Wahl.«

»Manchmal zeigt ihr Radschputen weniger Witz als euer Affengott Hanumandschi.« Dschadar lachte. »Ihr habt nichts gelernt aus der heutigen Jagd. Seht Ihr nicht, daß sie das lediglich zerstreuen würde? Wenn wir geschlossen marschieren, werden sie es nie wagen, uns entgegenzutreten. Sie werden nur kleinere Überfälle inszenieren, unseren Troß belästigen. Nein, wir müssen genau das Gegenteil tun.« Dschadar zügelte sein Pferd und senkte die Stimme. »Denkt ein einziges Mal wie ein *chitah* und nicht wie ein wilder Radschpute! Wir schicken lediglich eine kleine Truppe Kavallerie, fünfhundert Reiter – Ihr werdet mir helfen, sie auszuwählen –, die sich zerstreuen, in kleinen Gruppen reiten und niemals ihre genaue Zahl enthüllen. Die sich anschleichen wie ein *chitah*. Kein Troß, keine Elefanten, keine Wagen. Wenn die Marathen die Belagerung von Mandu aufgenommen haben, wird sich unsere Kavallerie in aller Stille sammeln und ihre Flanke angreifen. Wenn sie dann in die Defensive geraten, was sie immer tun, wenn ihnen eine disziplinierte Einheit gegenübertritt, wird die Kavallerie der Festung geschlossen einen Ausfall unternehmen und den zweiten Arm einer Zange bilden. Und das wird das Letzte sein, was wir von Malik Ambars berühmten Marathenfreischärlern hören. In Zukunft werden sie sich wieder darauf beschränken, Lastkarawanen und hilflose Dörfer zu plündern.«

»Und danach?«

»Danach marschieren wir direkt auf Burhanpur. Wir müßten es in weniger als einem Monat erreichen.«

»Sobald wir die Narbada überquert haben, werden die Marathen damit

beginnen, unsere Versorgungszüge zu überfallen. Wenn sie nicht schon bei der Überquerung des Flusses selbst angreifen.«
»Nach Mandu werden sie genau dies *nicht* tun. Denkt an die *chitahs!* Die Marathen können nie wissen, wo unsere Kavallerie ihnen auflauert.«
»Und wenn wir Burhanpur erreichen?«
»Werden wir unser Lager dort aufschlagen und bei allen *mansabdars* Kavallerie ausheben.« Dschadar ließ offen, *wie* er dies zu bewerkstelligen gedachte. »Und Ambars zahlreiche Bündnisse sind am Ende. Wir werden die Männer zusammenbekommen, die wir brauchen, um innerhalb einer Woche geschlossen nach Ahmadnagar zu marschieren. Malik Ambar wird um Frieden ersuchen und uns das Territorium zurückgeben, das er erobert hat. Genauso wie letztes Mal.«
Vasant Rao nickte zustimmend. Er fragte sich, was der Prinz ihm verschwieg. Für Dschadar war diese Strategie viel zu geradlinig.
Das Lager war inzwischen in Sichtweite, eine riesige, bewegliche Stadt, deren Umfang gewiß mehrere Meilen betrug. Selbst aus der Ferne war Dschadars großes Zelt als Mittelpunkt erkennbar. Es war leuchtend rot und stand in der Mitte des *gulal bar,* eines Sperrgebiets von fast zweihundert Metern Seitenlänge im Herzen des Lagers. Hinter Dschadars Zelt befanden sich die roten Chintzzelte der Frauen, in dem seine erste Frau Mumtaz und ihre Dienerinnen logierten; eine Wand aus rotem Satin grenzte ihren Bereich ab. Direkt vor Dschadars Zelt stand der *sarachah,* eine Plattform mit einem Baldachin und vier massiven Ecksäulen, auf der Dschadar private Besprechungen abzuhalten pflegte. Der gesamte *gulal bar* wurde durch eine hohe Stoffmauer gegen den Einblick von außen abgeschirmt. Am Eingang der Einfriedung waren die Kanonen der Lagerartillerie und die Zelte der Leitpferde und Schlachtelefanten postiert, das Tor selbst wurde von berittenen Wachposten gesichert, und daneben befanden sich auch die Zelte für Dschadars Leoparden. Im weiteren Umkreis folgten die gestreiften Zelte der Adeligen und der Offiziere, auf denen zum Zweck der leichteren Erkennung die entsprechenden Fahnen flatterten. Die Offizierszelte waren jeweils umgeben von den Zelten der Untergebenen, der Frauen und ihrem Basar. Der Aufbau des Lagers war derart präzise, daß jeder Soldat in totaler Dunkelheit ohne Schwierigkeiten sein Zelt finden konnte, wo immer sich das Heer auch gerade befand.

Als Dschadar am Eingang des *gulal bar* vom Pferd stieg und auf sein Zelt zuschritt, wog er im Geiste seine nächsten Schritte ab. Er hatte den Mogul von dem Geheimbericht des Gesandten in Kenntnis gesetzt und fünf Millionen Rupien in Silbermünzen verlangt. Dies war der Preis für den Dekkan. Gewiß würde der Mogul sich dem Ersuchen nicht widersetzen. Arangbars eigene Verwaltungsbeamten, die die Aufgabe hatten, die *mansabdars* zu überwachen, trugen die Verantwortung.
Es gab indes auch noch andere beunruhigende Entwicklungen. Gestern erst war aus Surat die Nachricht eingetroffen, daß die Portugiesen heimlich planten, Malik Ambar zu bewaffnen. Es war überall nur allzugut bekannt, daß sie Dschadar fürchteten und haßten, weil er allen Christen mißtraute und daraus auch keinen Hehl machte. Und wenn es ihm eines Tages gelingen sollte, die von Rebellen verseuchte Provinz Gudscharat, in der ihre Häfen Daimon und Diu lagen, zu einen, dann bestand kein Zweifel daran, daß er auch versuchen würde, diese Häfen für Indien zurückzugewinnen. Auch das war den Portugiesen bekannt. Nie würden sie es jedoch wagen, offen oder auch nur insgeheim Rebellen innerhalb des Mogulreiches zu unterstützen, es sei denn, sie konnten sicher sein, daß sie mit Vergeltungsmaßnahmen aus Agra nicht zu rechnen hatten. Sie mußten also mächtige Komplizen bei Hofe haben, Komplizen, die, um Dschadar zu vernichten, nicht einmal davor zurückschreckten, die Existenz des Reiches aufs Spiel zu setzen.
Wessen Interessen in Agra diente es, wenn der Aufruhr im Dekkan weiter anhielt? Wem half es, wenn Dschadar auf lange Zeit im Süden festgehalten und unter Druck gesetzt wurde?
Die beiden Fragen beantworteten sich gleichsam von selbst.
Und als ob das alles noch nicht genug war: Erst vor zwei Tagen war die Nachricht von einem unglaublichen Vorfall eingetroffen. Zwei Handelsfregatten einer europäischen Nation, die sich England nannte, waren an der Mündung der Tapti vor Surat erschienen und hatten vier portugiesischen Kriegsschiffen eine demütigende Niederlage beigebracht. Dschadar hatte umgehend Tauben nach Surat geschickt und befohlen, die Engländer zu beschützen, bis er ihre Absichten ergründet hatte.
Die Antwort, die er am folgenden Morgen, gestern also, erhalten hatte, besagte, daß seine Befehle gerade zur rechten Zeit gekommen waren. Die Portugiesen hatten die Engländer, die die Tapti hinauffuhren, überfallen und seien im letzten Augenblick von den Radschputen abge-

wehrt worden. Diese hätten bei der Aktion Pfeile benutzt, die sie zuvor der persönlichen Garde des Gouverneurs gestohlen hatten. Und heute morgen hatte Dschadar aus Surat erfahren, daß der Gouverneur in einer Botschaft an den Mogul die erfolgreiche Abwehr der Portugiesen für sich in Anspruch nahm – wohlgemerkt erst, nachdem er herausgefunden hatte, daß der englische Kapitän Geschenke für Arangbar mit sich führte.

Aber wer kannte die genauen Absichten des Kapitäns dieser englischen Flotte? Wer wußte, was in dem Brief an den Mogul stand? Die Berichte sagten lediglich, daß der Fremde im Palast des Gouverneurs »einquartiert« worden sei. Und dort sei seine Sicherheit nicht länger gewährleistet.

Die Eunuchen des Prinzen verbeugten sich und überbrachten eine dringende Nachricht von Mumtaz. Sie bäte darum, Hoheit unmittelbar nach seiner Rückkehr zu empfangen.

Ohne sein eigenes Zelt zu betreten, schritt Dschadar durch den Kreis der Wachen, die die Quartiere der Frauen schützten. Mumtaz wartete bereits; sie war umgeben von zwei Zofen und der jetzt immer anwesenden Hebamme. Die Geburt von Dschadars drittem Kind stand unmittelbar bevor. Die beiden ersten waren Töchter gewesen. Als er Mumtaz jetzt erblickte, war sein erster Gedanke, daß es dieses Mal ein Junge sein *müßte*. Barmherziger Allah, lass' es einen Sohn werden!

Mumtaz' glänzend schwarzes Haar war streng geflochten, und sie trug einen Schal und Hosen aus golddurchwirkter Seide. Sie hatte eine ausgesprochene Vorliebe für Gold und Seide, und in den Feldlagern, die fast die gesamte Zeit ihrer Ehe ihre Heimat gewesen waren, gab es ohnehin wenig anderen Luxus. Mumtaz' Gesicht war fein geschnitten; sie hatte die hohen Wangenknochen der Perserinnen. Sie hatte die Dreißig bereits seit einiger Zeit überschritten und somit ein Alter erreicht, in dem die meisten Moslemfrauen ihre Gefährten nicht mehr interessierten. Mumtaz allerdings hatte Mittel und Wege gefunden, um der Mittelpunkt, wenn nicht sogar der beherrschende Einfluß im Leben Dschadars zu bleiben. Ihre funkelnden Augen verrieten Dschadar, daß seine Gemahlin außerordentlich verärgert war.

»Du warst kaum fort, als Brieftauben eintrafen. Der Bericht aus Agra ist überaus erstaunlich.«

»Welchen ›Bericht‹ meinst du? Empfangen du und deine Frauen jetzt meine Botschaften?«
»Die kaum der Rede wert sind! Nein, nein, ich empfange meine eigenen, von Vater.« Mumtaz war die Tochter von Nadir Sharif, dem Ersten Minister des Mogulimperiums und Bruder von Königin Dschanahara. »Ich war klug genug, ihm Tauben für Udschain dazulassen. Und auch für Burhanpur. . . was sich für dich als entscheidend erweisen könnte, vorausgesetzt, die Stadt ist nicht schon längst von den Rebellen überrannt, wenn du sie erreichst.«
»Welche Nachricht hat Nadir Sharif je gesandt, die nicht von unserer edlen Königin diktiert gewesen wäre?«
»Du bist ein Narr, daß du ihm nicht traust. Es wäre besser, du würdest deine Meinung ändern, und zwar so bald wie möglich.«
Mumtaz' Augen blitzten wie Feuer. Das Gewicht des Kindes belastete sie, und sie ließ sich langsam auf ein Samtpolster nieder. »Ich fürchte, du wirst feststellen, daß deine vielen Freunde nur schwer zu finden sind, sollten wir je in die Hauptstadt zurückkehren.«
»Komm zur Sache. Ich möchte die *chitahs* in ihr Zelt zurückbegleiten. Sie haben gut getötet heute.« Dschadar amüsierte sich immer wieder über Mumtaz' aufbrausendes Temperament. Schon vor langer Zeit hatte er es aufgegeben, den angemessenen Respekt von ihr zu erwarten. Sie widersetzte sich ihm auf genau dieselbe Art und Weise, wie Dschanahara dem Mogul trotzte. Ihm gefiel es. Vielleicht waren alle persischen Ehefrauen unverbesserlich.
»Also gut. Es wird dich freuen zu hören, daß Seine Majestät bereits vergessen hat, daß du existierst. Er hat dem unerhörten Plan der Königin zugestimmt. Es spottet jeder Vernunft, aber dein Ende ist damit besiegelt.«
»Welchem Plan hat er zugestimmt?«
»Der Heirat, vor der ich dich gewarnt habe! Aber du wolltest ja nicht auf mich hören. Du warst ja zu klug, ja wirklich großartig. Du hast den falschen Bruder aus Agra fortgeschickt, Khusrav, den Tüchtigen. Alauddin hättest du wegschicken sollen!«
»Ich glaube das nicht.«
»Aber ich. Und ich habe es dir vorausgesagt. Die Königin hat Alauddin ihren mageren Abkömmling, die alberne Prinzessin Layla, angedreht. Aber es ist die ideale Partie für ihn. Der jüngste Sohn des Mogul, der

berüchtigte Taugenichts, hat sich mit diesem lächerlichen kleinen Spatz verlobt. Beide sind sie schwach und völlig nutzlos.«

»Was kann Alauddin schon tun? Sogar Arangbar weiß, daß er zu nichts fähig ist.«

»Aber Arangbar wird bald sterben. So daß es ziemlich unerheblich ist, was er weiß oder nicht weiß. Für die Königin ist es ein Traumpaar. Sie wird die beiden beherrschen. Und bis es soweit ist, wird sie natürlich dafür sorgen, daß du nicht einmal mehr in die Nähe von Agra kommst. Dein nächster Auftrag wird vermutlich im Pandschab sein oder vielleicht im Himalaya. Da kannst du dann mit deinen Leoparden Yaks jagen.«

Mumtaz konnte ihren Ärger und ihre Enttäuschung kaum noch beherrschen. »Nur allzubald wird der Tag kommen, an dem der Mogul seinem zwanzigsten Glas Wein und seinen zwölf Prisen Opium erliegt, und schon am nächsten Tag, während du dich irgendwo mit deinen *chitahs* herumtreibst, wird sie ihre Lakaien, den General Inayat Latif und seine bengalischen *mansabdars*, nach Agra befehlen und Alauddin zum Mogul küren lassen.«

Dschadar war verblüfft. Zu etwas anderem, als sich vor den Befehlen der Königin zu verneigen wie eine Handpuppe, war Alauddin nicht in der Lage. War er erst einmal Mogul, so würde bestimmt nicht er regieren, sondern sie an seiner Statt. Und wahrscheinlich würde sie ihn nach ein paar Monaten dann ganz ausschalten.

Dschanahara hatte also gehandelt. Sie hatte Prinz Dschadar herausgefordert, den Sohn, der sich den Thron verdient hatte und ihn rechtmäßig beanspruchen konnte. Die Schlacht hatte begonnen.

»Was willst du tun? Sie hat gerade so lange gewartet, bis du im Dekkan in der Falle saßest.« Mumtaz' Wut wandelte sich in Verzweiflung. »Wenn du jetzt zurückkehrst, wird man dich beschuldigen, Burhanpur aufgegeben zu haben. Wenn du weiter nach Süden marschierst, wirst du auf Monate hinaus nicht zurückkehren können. Und inzwischen wird Alauddin verheiratet sein. Vater sagt, sie hat den Mogul dazu bewegt, ihm einen persönlichen *mansab*-Rang von achttausend *zat* und einen Pferderang von viertausend *suwar* zu verleihen. Alauddin, der einen Bogen kaum von einem Weinbecher unterscheiden kann, hat jetzt seine eigene Kavallerie!«

Dschadar sah sie an, aber er hörte nicht mehr zu. Das ändert alles, dachte er. Es wird kein Silber geben. Die Königin wird es verhindern.

Kein Silber – das heißt, daß von den *mansabdars* im Dekkan keine Truppen ausgehoben werden können. Und das bedeutet, daß wir den Dekkan verlieren werden. Dschanahara wird ihn mit Freuden hergeben, um mich zu vernichten.
Dschadar sah Mumtaz an und lächelte. »Ja, ich muß etwas unternehmen. Aber zuerst werde ich mich einmal darum kümmern, daß meine *chitahs* gefüttert werden.« Nach diesen Worten drehte er sich um und schritt zielstrebig auf sein Zelt zu.

Ein dichter Mantel abendlichen Rauchs hüllte das Lager ein, als die drei Generäle den Eingang des *gulal bar* passierten. Sie gingen auf die Vorderseite der *sarachah*-Plattform zu und blieben dort stehen, um auf Dschadar zu warten. Jeder von ihnen hatte auf Dschadars Anordnung hin einen Silberbecher mitgebracht.
Alle drei waren sie erfahrene militärische Führer. Abdullah Khan, ein junger Mogulkrieger, war nach der erfolgreichen Belagerung der im Norden gelegenen Feste Kangra zu einem Rang von dreitausend *suwar* befördert worden. Unter dem Prinzen war er vom einfachen Fußsoldaten zur Kavallerie aufgestiegen und befehligte jetzt bereits seine eigene Division.
Der zweite General war Abul Hasan, ein afghanischer Stratege mit einem kühlen Kopf und einem Rang von fünftausend *suwar*, der vor drei Jahren Prinz Dschadar zu seinem ersten Sieg im Dekkan geführt hatte. Der dritte schließlich war Radscha Vikramadschit, ein bärtiger Radschpute von königlichem Geblüt, der die Hindu-Krieger anführte. Er verachtete Luntenmusketen und kämpfte nur mit seinem Schwert. In der Schlacht war er der tapferste Mann, den Dschadar je erlebt hatte.
Der Prinz trat aus dem Rauch hervor. Er hatte sein mächtiges Schwert umgeschnallt und wurde von Vasant Rao begleitet. Ein Diener folgte ihnen mit einem Tablett, auf dem eine Kristallkaraffe mit Wein und zwei Silberkelche standen.
Prinz Dschadar nahm seinen Platz in der Mitte der Plattform ein und befahl dem Diener, die Karaffe auf einen kleinen Tisch an seiner Seite zu stellen. Dann schickte er mit einer Handbewegung sowohl den Diener als auch alle umstehenden Wachen fort.
»Ich schlage vor, daß wir ein Glas Wein trinken, um klare Gedanken

zu fassen. Es ist ein persischer Tropfen, den ich eigens für diese Gelegenheit im Salpeterzelt habe kühlen lassen.«
Dschadar füllte eigenhändig die Becher der Generäle sowie die beiden für Vasant Rao und ihn selbst bestimmten Kelche.
»Ich trinke auf Ahmadnagar, das Malik Ambar jetzt seine Hauptstadt nennt. Und auf seine Wiedereroberung innerhalb von hundert Tagen!«
Die Männer erhoben ihre Kelche und tranken. Sie hatten bisher nichts gesagt, und ihre Augen waren voller Zweifel.
Dschadar sah sie an und lächelte. »Ihr stimmt mir nicht zu? Dann will ich Euch mehr erzählen. Die Lage ist in der Tat sehr übel. Weit übler noch als Euch bekannt ist. Aber Schlachten sind mehr als nur eine Frage der Truppenstärke, sie sind auch stets eine Prüfung des Siegeswillens. Und deshalb habe ich Euch heute abend hierhergerufen.« Dschadar machte eine Pause. »Bevor wir zur Sache kommen, sagt mir: Schmeckt Euch der Wein?«
Die Männer nickten wortlos.
»Gut. Nehmt einen tiefen Zug, denn das nächste Mal werden wir erst wieder in Ahmadnagar trinken. Ich werde jetzt Eure Becher nehmen.«
Dschadar wartete, bis sie ausgetrunken hatten und stellte dann die Becher zusammen mit seinem eigenen und dem von Vasant Rao in einer Reihe auf das Tablett. Dann legte er seinen Becher auf die Seite, zog langsam das Schwert aus der Scheide und schnitt das Gefäß mit einem kräftigen Schlag in zwei Hälften. Und ebenso verfuhr er mit den anderen Bechern. Gebannt sahen ihm die Männer zu.
»Versammelt Eure Mannschaften um Mitternacht im Basar, in voller Rüstung. Ich werde zu ihnen sprechen. Und in der Dämmerung marschieren wir.«
Dschadar erhob sich und verschwand so schnell, wie er gekommen war, in der Dunkelheit.

Waffen und Rüstungen – Helme, Schilde, Spieße, Schwerter, Musketen – funkelten im Licht der Fackeln, als Dschadar auf einem voll gerüsteten Kriegselefanten langsam auf das Zentrum des Hauptbasars zuritt. Die waffenstrotzende Infanterie, die auf beiden Seiten seines Wegs Stellung bezogen hatte, betrachtete ihn erwartungsvoll. Einen Mitternachtsappell hatte es noch nie gegeben. Aber die Gerüchte um die bevorstehende Heirat zwischen der Tochter der Königin und Prinz

Alauddin waren bereits durch das Lager gegangen. Alle wußten, daß Dschadar verraten worden war, und sie mit ihm.
Dem Elefanten, auf dem Dschadar ritt, folgten Karren, die mit Weinfässern aus Dschadars Zelt beladen waren. Als der Prinz das Zentrum des Basars erreichte, gebot er mit erhobenen Armen Schweigen. Einen Augenblick war nichts anderes zu hören als das Wiehern der Pferde in den Ställen und das Geplärr von Säuglingen in entfernteren Teilen des Lagers.
Dschadar begann auf Urdu, einer Lagersprache aus Persisch und Hindi-Elementen, und wandte sich zunächst Abul Hasans Moslemtruppen zu. »Heute abend sind wir viele.« Dschadar machte eine absichtsvolle Pause. »Aber in der Schlacht sind die vielen nichts. In der Schlacht gibt es nur den einzelnen. Und jeder von euch ist dieser einzelne.« Wieder folgte eine Pause. Dann rief Dschadar mit einer Stimme, die in den fernen Hügeln widerhallte. »Gibt es heute abend unter uns einen Gläubigen, der bis in den Tod für unseren Sieg kämpfen würde?«
Brüllende Zustimmung ertönte unter den Männern. »Wollt ihr es schwören? Beim Heiligen Koran?«
Dieses Mal ließ das Gebrüll die Zeltstangen auf dem Basar erzittern.
»Gibt es einen, der es *nicht* tun würde?«
Stille.
Unvermittelt wandte sich Dschadar an die Truppen mogulischer Herkunft und wechselte zu hervorragendem Persisch über. »Einige hier schwören heute nacht, für unseren Sieg den Tod selbst umarmen zu wollen. Aber ich kenne nicht den Willen aller. Gibt es unter euch einen Mann, der sein Leben für uns geben würde?«
Wieder erhob sich zustimmendes Gebrüll.
»Welcher Mann will es schwören?«
Das ganze Lager schien im Gebrüll unterzugehen.
Ohne Unterbrechung wandte sich Dschadar nun an die Radschputen, die er ohne Mühe in ihrem heimischen Radschasthani ansprach.
»Weiß einer unter euch, wie man kämpft?«
Jubel.
»Weiß einer unter euch, wie man stirbt?«
Noch mehr Jubel. Und die Radschputen begannen, mit ihren Schwertern gegen die Schilde zu schlagen.
Dschadars Stimme übertönte den Lärm: »Ich weiß, daß die Hindus

keinen Schwur leisten können. Aber wenn ihr es könntet, würde er heißen, daß ihr bis in den Tod für unseren Sieg kämpft?«
Das Lager wurde zum Tollhaus. Das *Dschadar-o-Akbar* – Dschadar ist groß – fegte durch die Reihen der Krieger. Dschadar ließ den Gesang für eine Weile andauern, und bemerkte, daß Mumtaz mit ihren Frauen im Torweg des *gulal bar* stand, so wie er es ihnen aufgetragen hatte. Alle anderen Aktivitäten im Lager waren zum Erliegen gekommen. Selbst weitab von der Szene hatten sich die Frauen im Schatten der Zelte versammelt und hörten gebannt zu.
Schließlich gebot Dschadar Stille und fuhr fort. »Heute nacht werden wir uns alle ein Versprechen geben. Ich werde euch etwas versprechen, und ihr mir etwas. Zuerst mein Versprechen an euch.«
Dschadar befahl seinem Elefanten, niederzuknien, stieg ab und ging auf die wartenden Wagen zu, die seine Weinfässer trugen. Man übergab ihm eine Schlachtaxt mit silbernem Griff, und mit einem mächtigen, weitausholenden Schlag zerschmetterte er das erste Faß. Dann gab er der bereitstehenden Wache einen Wink, und innerhalb von Minuten wurde jedes einzelne Faß von Axthieben zertrümmert. Das Zentrum des Basars färbte sich rot, und der süße Duft persischen Weines erfüllte die Luft. Auf einen weiteren Wink des Prinzen hin, traten nun seine Frauen hervor, gefolgt von einem Elefanten, der eine *hauda* auf dem Rücken trug, das mit Gerätschaften aus Silber gefüllt war. Als die Prozession den freien Platz erreichte, auf dem Dschadar stand, befahl der *mahout* dem Elefanten, niederzuknien.
Dschadar zog sein langes Schwert hervor und hieb einen breiten Schnitt in den bestickten Stoff der *hauda*. Eine glitzernde Flut von Gold- und Silbergeschirr, von Kelchen und Juwelen purzelte auf den Boden. Dschadar schob das Schwert wieder in die Scheide, griff erneut zur Axt und hieb vor den gebannten Blicken der Umstehenden schnell und methodisch jeden einzelnen Silber- und Goldgegenstand in kleine Stücke. Schließlich brach er den Silbergriff der Axt ab und bestieg wieder seinen Elefanten.
»Mein Versprechen an euch. . .« Mit schneidender Stimme wiederholte er nun jeden Satz in drei Sprachen. »Mein Versprechen an euch ist, keinen Wein anzurühren, mit keiner Frau zu liegen, und weder Gold noch Silber anzuschauen, bevor wir nicht Ahmadnagar genommen haben!«
Das Lager schien zu bersten unter dem folgenden Jubelsturm, und wieder erscholl wie aus einer Kehle der beschwörende Ruf *Dschadar-o-Akbar*.

Jetzt gaben sogar die fernen Hügel das Echo zurück. Dschadar gebot ihnen Einhalt.
»Euer Versprechen an mich muß dasselbe sein. Und zusammen werden wir in hundert Tagen Ahmadnagar nehmen. Ich schwöre euch das beim Kopfe des Propheten! Heute nacht biete ich an, für euch zu kämpfen. Ihr müßt bereit sein, für mich zu kämpfen, und jeder muß den anderen an sein Versprechen erinnern.«
Jubel.
»Ich habe meinen Wein fortgeschüttet. Ich werde mich von meinen Frauen fernhalten. Ich habe mein Gold und mein Silber zerschlagen. Ich werde es euch geben. Jedes Zelt wird seinen Teil davon bekommen, aber meine Augen dürfen es nie wieder sehen.«
Das Publikum raste.
»Das ist mein Gelöbnis. Ihr müßt mir auch das eure geben. Laßt eure Frauen in den Zelten und liegt neben mir unter den Sternen. Leert eure Weinflaschen in den Fluß Narbada, wenn wir ihn überschreiten. Und bringt noch in dieser Nacht all euer Silber hierher – das Silber eurer Gefäße, das Silber eurer Sättel, das Silber, das eure Frauen tragen. Kennzeichnet es mit eurem Siegel und bringt es in meine Wagen, wo es bis zu dem Tag, an dem wir Ahmadnagar erreichen, vor allen Augen verborgen gehalten wird. Dann werden wir Wein trinken, dann werden wir Frauen haben, dann werden wir im Sieg unseren schönsten Schmuck tragen.« Dschadar machte eine dramatische Pause. »Heute nacht sind wir viele. Morgen sind wir vereint. Wir marschieren bei Sonnenaufgang.«
Die Jubelrufe brachen wieder auf, und wenig später begann auch schon der Silberberg zu wachsen. Mohammedanische Adlige brachten silbergeschmückte Sättel, Teller, Schmuck. Das meiste Silber jedoch kam von der Hinduinfanterie, denn sie nahmen ihren Frauen die Armreifen und die massiven Fußketten ab, die ihre Mitgift gewesen waren.
Während die Männer das Silber herbeischafften, saß Dschadar unbeweglich auf seinem Elefanten. Bald hatte sich eine Schlange gebildet, die sich in der Dunkelheit der Zelte verlor. Er sah den Berg wachsen und begann mit seinen Berechnungen.
Wird es ausreichen? Es muß genug wiegen, oder der *schahbandar* – mutterloser Dieb, der er ist – wird niemals zustimmen. Aber ich glaube, wir werden genug zusammenbekommen.

Fast den ganzen Nachmittag hatte er gebraucht, um seinen Plan auszuarbeiten, und als er sich selbst davon überzeugt hatte, daß er gelingen würde, hatte er Tauben nach Surat geschickt.
Wo, hatte er sich gefragt, kann ich innerhalb eines Monats fünfzig Silber-*lakhs* auftreiben, fünf Millionen Rupien also, und sie bei unserer Ankunft in Burhanpur parat haben. In Agra werde ich nicht eine Kupfermünze herausschlagen.
Wenn nicht in Agra, wo dann?
Und langsam hatte sich in seinem Kopf ein Plan geformt.
Die Münzstätte in Surat. Wo ausländische Münzen geschmolzen und zu Rupien umgemünzt wurden. Das Fehlen von fünfzig *lakhs* Silberrupien würde dort kaum auffallen, besonders, wenn der *schahbandar* seinen Münzern erlaubte, normal zu arbeiten. Der Überhang an fremden Münzen, die er ungeschmolzen zurückhält, um eine künstliche Silberverknappung hervorzurufen, deckt mit Leichtigkeit fünfzig *lakhs*.
Ich brauche mir also nur das Geld zu leihen, das ich benötige.
Der *schahbandar*. Wird er mitmachen?
Er wird. Wenn ich ihm Sicherheiten zeigen kann.
Ich kann aber nicht genügend Sicherheiten aufbringen, jedenfalls nicht an eigenen Mitteln. Und nicht einmal dann, wenn ich die örtlichen Schatzkammern zu Hilfe nehme.
In achtzehntausend Zelten jedoch muß es genug Silber geben, um fünf Millionen Rupien zu sammeln.
Ich werde es verwahren und ihm eine Schuldverschreibung geben, in der ich das Silber als Sicherheit anbiete. Wenn wir dann Ahmadnagar erreichen, werde ich ein Mehrfaches dieser fünf Millionen Rupien von den verräterischen *mansabdars*, die ich nicht gleich hängen lasse, herauspressen. Ich konfisziere ihre *dschagirs*, und sie müssen sie zurückkaufen. Es wird ein leichtes sein, so viel zu konfiszieren, daß ich die Anleihe des *schahbandar* ablösen kann, und dann bekommen meine Männer ihr Silber zurück.
Wenn wir Ahmadnagar aber nicht erreichen, so heißt dies, daß wir tot sind. Was macht es also aus? Wir werden schwören, die Stadt zu erreichen oder zu sterben.
Es bleibt nur ein Problem.
Wie können die Münzen heimlich von Surat nach Burhanpur gebracht werden? Keiner darf wissen, woher sie kommen oder daß sie überhaupt

unterwegs sind. Eine Karawane mit fünfzig *lakhs* Rupien muß jedoch schwer bewacht werden, und die Wachen allein verraten ihren Wert. Man müßte demnach einen anderen überzeugenden Grund für eine schwer bewaffnete Karawane von Surat nach Burhanpur finden, einen Grund, der nicht von vornherein Verdacht erregt. Vielleicht die Reise einer Person von Bedeutung. Einer Person, von der ganz Indien weiß, daß sie nicht angegriffen werden darf. Jemand, der wichtig ist für den Mogul.

Und dann hatte er die ideale Lösung gefunden.

Wer würde demnächst unter dem sicheren Geleit des Moguls von Surat über Burhanpur nach Agra reisen?

Der Engländer.

Der ungläubige *feringhi* brauchte nicht einmal zu wissen, daß er zusammen mit dem Silber unterwegs sein würde, das Prinz Dschadar retten sollte.

10

Brian Hawksworth stieg vom Bug der Barke, die sich vorsichtig dem Flußufer näherte, und bahnte sich seinen Weg an den sandigen Strand durch knietiefen Gezeitenschlamm. Selbst hier, auf der dem Hafen gegenüberliegenden Seite, stank das Wasser noch nach den Kloaken der Stadt Surat. Als er einen Blick zurück über den breiten Fluß auf die das jenseitige Ufer säumende Stadt warf, wunderte er sich noch immer, wie sie das Hafenbecken auf einer Art Bretterfloß, das lediglich von Seilen zusammengehalten und von den Indern als Barke bezeichnet wurde, sicher hatten überqueren können.

Am Ufer wartete eine Reihe hochbeladener Ochsenkarren. Es waren Fahrzeuge mit je zwei übermannshohen Holzrädern, einer Ladefläche von ungefähr sechs Fuß Breite und einem schweren Bambusstab als Deichsel. Vor jeden Karren waren zwei große, bucklige graue Rinder mit hervortretenden Rippen gespannt, und die Karrenreihe ließ sich die ganze schlammverkrustete Straße hinunter verfolgen, bis zu der Stelle, da der Weg das wirre Ufergestrüpp verließ. Bis oben hin waren die Gefährte mit Ballen englischen Wollstoffs beladen. Die Fahrer gingen neben den Karren einher und sorgten mit ihren Peitschen dafür, daß die verdrossenen Rinder an ihren Plätzen blieben. Die Männer trugen Turbane und fluchten auf Hindi. Hawksworth sah, wie sich die Träger, die mit ihm gekommen waren, gleichfalls den Weg ans Ufer bahnten und damit begannen, Pfosten für die Halteleinen der Barke einzuschlagen. Auf jeder Fahrt würde nun Wolle hinübergebracht und Baumwolle zurücktransportiert werden.

Dann erblickte Hawksworth den zerschlissenen alten Hut George Elkingtons, der sich im Mittagssonnenschein auf und ab bewegte. Der Chefkaufmann und sein Gehilfe Humphrey Spencer stiegen von ihrer zweirädrigen indischen Kutsche, die von zwei weißen Ochsen gezogen wurde und ihnen von Mukarrab Khan geliehen worden war. Etwas weiter unten bei den Wagen stand eine Gruppe englischer Seeleute, die von dem rothaarigen Mackintosh angeführt wurde. Die Männer trugen Musketen und hatten einen fünfzehn Meilen langen Zweitagemarsch zu Fuß hinter sich, auf dem es ihre Aufgabe gewesen war, die Fracht zu bewachen.

Die Handelssaison war inzwischen voll angelaufen. In den vergangenen drei Wochen hatte sich eine bunt zusammengewürfelte Mischung von Frachtschiffen an der Flußmündung versammelt, und das Entladen hatte begonnen. Fremde Händler transportierten ihre Waren normalerweise auf den Barken, die den Fährdienst zwischen dem Hafen und der Flußmündung versahen, nach Surat. Alle Handelsschiffe hatten den Segen Portugals, denn sie besaßen eine portugiesische Lizenz und hatten an einem portugiesischen Kontrollpunkt Zoll für ihre Fracht bezahlt.

Nachdem er das Risiko überdacht hatte, das er einging, wenn er die englischen Fregatten an der Flußmündung entlud – dort war der Manövrierraum beschränkt und die Gefahr eines portugiesischen Überraschungsangriffs groß –, war Brian Hawksworth zu dem Entschluß gekommen, die Fracht in der Bucht Swalley, ihrem geschützten Ankerplatz nördlich der Flußmündung zu löschen, und sie dann über Land nach Surat zu transportieren. Auf dem Landweg war ein portugiesisches Eingreifen nicht zu erwarten, und die Waren mußten schließlich nur noch über den Fluß zum Marktplatz gebracht werden.

Von seinem Standort aus konnte Hawksworth jetzt deutlich erkennen, warum der Hafen an dieser Stelle der Tapti errichtet worden war. Der Fluß machte hier eine Biegung, verbreiterte sich und bildete somit einen natürlichen, geschützten Hafen. Die auffälligsten Orientierungspunkte am jenseitigen Ufer waren drei direkt am Wasser liegende steinerne Villen, die alle dem *schahbandar* gehörten, sowie die Festung am stromabwärts gelegenen Ende des Hafens, deren schwere Artillerie ständig auf das Wasser gerichtet war. Die Festung war auf drei Seiten von einem Wassergraben begrenzt und auf ihrer Vorderseite direkt vom Fluß. Man konnte sie entweder von der Flußseite her betreten oder über eine Zugbrücke, die einen zweiten Eingang mit dem *maidan* verband.

Die Handelssaison, die von September bis Januar dauerte, hatte Surats enge Straßen in einen einzigen, lauten Basar verwandelt. Fast zweihunderttausend habgierige Händler, feilschende Matrosen und hökernde Kaufleute bevölkerten jetzt die Stadt. Ein Dutzend Sprachen schwirrte durch die Luft, und über die mit Abfall übersäten Schlammpfade, die sich Straßen nannten, bahnte sich eine bunt zusammengewürfelte Menge ihren Weg. Da waren indische Händler aus dem Norden, Araber, Dschainas, Parsis, Perser, Juden, Ägypter, Portugiesen und zurückkehrende Mekkapilger, kurz: aus der gesamten Sphäre des Indischen Ozeans fehlte kaum eine Nationalität.

Hawksworth überdachte die merkwürdigen Ereignisse, die sich in den vergangenen drei Wochen zugetragen hatten. Die Engländer waren zunächst mit unerklärlicher und unverhohlener Feindseligkeit empfangen, dann aber mit verdächtig herzlicher Ehrerbietung behandelt worden. Irgend etwas stimmte hier nicht. Zwischen dem *schahbandar* Mirza Nuruddin und dem Gouverneur Mukarrab Khan tobte eine stille Schlacht. Wessen Wille würde sich durchsetzen? Im Augenblick schien es so, als würde Mukarrab Khan die Oberhand gewinnen. Oder trog der Schein?

Vor sechs Tagen hatte der Gouverneur seine Politik des Nichteingreifens in Hafenangelegenheiten plötzlich aufgegeben und den Engländern eine Lizenz erteilt, die es ihnen erlaubte, ihre Fracht in Surat zu verkaufen und ihrerseits indische Ware zu erwerben. Um eben dieses zu verhindern, hatte der *schahbandar* zuvor eine Ausrede nach der anderen gefunden. Mukarrab Khan hatte darüber hinaus den Engländern die Lizenz direkt übergeben, ohne sie, wie es unter normalen Umständen üblich gewesen wäre, zunächst dem *schahbandar* vorzulegen. Damit sah sich Brian Hawksworth mit der unangenehmen Pflicht betraut, dem *schahbandar* das Dokument persönlich übergeben zu müssen. Aber die

Begegnung mit Mirza Nuruddin hatte einen ganz anderen Verlauf genommen, als Hawksworth erwartet hatte.
»Wieder einmal erstaunt Ihr mich, Kapitän.« Im dumpfen, fackelbeleuchteten Gemach des Zollhausbüros herrschte erwartungsvolle Stille, als der *schahbandar* langsam an seiner *huka* zog und mit seinen verschwommenen, glasigen Augen das schwarze Siegel Mukarrab Khans anblinzelte, das oben auf dem Dokument prangte. Hawksworth hatte damit gerechnet, daß der *schahbandar* auf diesen beleidigenden Bruch des Hafenprotokolls mit einem Wutanfall reagieren würde. Aus welchem Grund sonst hatte Mukarrab Khan darauf bestehen sollen, daß der englische Generalkapitän persönlich die Lizenz überbrachte? Aber die Augen des *schahbandar* verloren nicht für einen einzigen Moment ihre blinzelnde Unverbindlichkeit. Vielmehr hatte Mirza Nuruddin sich Hawksworth mit einem herzlichen Lächeln zugewandt und gesagt: »Eure Weigerung zu verhandeln scheint bei den Beamten seiner Exzellenz bemerkenswerte Eile bewirkt zu haben. Ich kann mich nicht erinnern, daß sie jemals zuvor so schnell gearbeitet hätten.«
Hawksworth' Erstaunen war groß gewesen. Was konnte der *schahbandar* über die Forderungen wissen, die er an den Gouverneur gerichtet hatte? Er hatte verlangt, innerhalb von zehn Tagen eine Handelslizenz zu erhalten, sonst würden die beiden englischen Fregatten sofort die Anker lichten und absegeln. Er hatte die Forderung gestellt, englische Sovereigns zum Goldwert zu akzeptieren, und zwar ohne den üblichen Diskontsatz von viereinhalb Prozent, zur Überbrückung der »Münzzeit« – jene Wochen, die die Münzer des *schahbandar* angeblich benötigten, um fremdes Geld in indische Rupien umzumünzen.
Niemand hätte verblüffter sein können als Brian Hawksworth selbst, als Mukarrab Khan den englischen Bedingungen umgehend zustimmte. Die Lizenz galt für sechzig Tage und erlaubte, Güter an Land zu bringen, zu kaufen und zu verkaufen. Warum war der Gouverneur so entgegenkommend gewesen und warum hatte er die trödelnden Schreiber des *schahbandar* so rücksichtslos übergangen?
»Ihr werdet natürlich einen Beamten brauchen, der Euch die Flußbarken zur Verfügung stellt.« Die Stimme des *schahbandar* war gleichmäßig, aber Hawksworth glaubte zu spüren, daß plötzlich eine gewisse Spannung im Raum lag. »Normalerweise werden die Barken während der Hochsaison Wochen im voraus reserviert, aber für Freunde von Mukar-

rab Khan finden wir immer eine Lösung.« Hawksworth hatte daraufhin dem *schahbandar* mitgeteilt, daß die Fracht über Land nach Surat transportiert werden sollte, und zwar auf Ochsenkarren, die Mukarrab Khan bereitstellen würde.

»Die Bucht, die Ihr Swalley nennt, liegt etliche Meilen oberhalb der Flußmündung, Kapitän. Noch nie wurde fremde Fracht dort gelöscht und von dort auf dem Landweg nach Surat gebracht, wie Ihr das vorhabt.« Seine Verstörung wirkte durchaus echt. »Ich meine, es widerspricht nicht nur allen Regeln, sondern es ist auch undurchführbar.«

»Ich glaube, Ihr werdet verstehen, warum wir in der Bucht entladen müssen. Außerdem ist die Entscheidung längst gefallen.« Hawksworth versuchte, seiner Stimme Festigkeit zu verleihen. »Wir werden die Ochsenkarren auf der dem Hafen gegenüberliegenden Seite des Flusses entladen und benötigen lediglich eine Barke, die sie auf den *maidan* bringt.«

»Wie Ihr wünscht. Ich werde Euch eine Barke zur Verfügung stellen lassen.« Der *schahbandar* zog nachdenklich an seiner *huka* und blies neue Rauchschwaden in die ohnehin schon stickige Luft. »Ich höre, daß jede Eurer Fregatten ungefähr fünfhundert Tonnen trägt. Das vollständige Löschen der Ladung wird mindestens drei Wochen dauern. Ist das eine realistische Schätzung?«

»Wir werden einen Zeitplan aufstellen. Warum fragt Ihr?«

»Nur, um es zu wissen, Kapitän.« Wieder ließ der *schahbandar* sein leeres Lächeln aufblitzen. Dann verbeugte er sich so leicht, wie es gerade noch dem Protokoll entsprach, rief nach einem Tablett gerollter Betelblätter und zeigte damit an, daß die Begegnung beendet war. Hawksworth nahm ein Betelblatt und wunderte sich darüber, daß er so schnell Gefallen an der merkwürdigen alkalischen Süße der Pflanze gefunden hatte.

Als er durch die Zollhalle auf den *maidan* und in den Sonnenschein zurückging, konnte Hawksworth die vielen feindlichen auf ihn gerichteten Blicke fast körperlich spüren. Und er kannte den Grund.

Die englischen Besucher hatten in der Stadt Surat bereits einen unvergeßlichen Eindruck hinterlassen. Die Kaufleute George Elkington und Humphrey Spencer waren bei einem Portugiesisch sprechenden Mohammedaner untergebracht worden, den Elkington sofort mit der Forderung nach Schweinefleisch verprellt hatte. Die englischen Seeleute

waren vorübergehend in einem leerstehenden Haus, das einem Indigohändler gehörte, einquartiert worden. Nachdem die schwer betrunkenen Matrosen in drei verschiedenen Bordellen den ordnungsgemäßen Gang der Geschäfte gestört hatten und der Tür verwiesen worden waren, hatte der *schahbandar* ihnen fünf *natsch*-Mädchen ins Haus schicken lassen. Dies waren natürlich viel zu wenig, und so war unweigerlich Streit ausgebrochen, an dessen Ende die gekalkten Wände und die Fensterläden des Hauses gründlich demoliert waren.
Am schlimmsten von allem aber war, daß Bootsmannsmaat John Garway auf einem rauschseligen Streifzug durch die Straßen mit seinem Seemannsmesser einem Kalb den Schwanz abgeschnitten hatte. Dieser Angriff auf ein Tier, das ihnen heilig war, hatte bei den Hindus zu heller Empörung geführt, und Mukarrab Khan hatte sich gezwungen gesehen, die englischen Seeleute außerhalb der Stadtmauern in Zelten unterzubringen.
Ja, seufzte Hawksworth, es wird seine Zeit dauern, bis Indien seine erste Begegnung mit den Engländern vergißt.
Die Barke schaukelte leicht, als zwei indische Träger, die knietief im Wasser standen, den ersten Ballen Wollstoff auf die Planken luden. Jetzt beginnt die letzte Etappe der Indienreise, dachte sich Hawksworth. Und dies hier war ihr leichtester Teil. Fast *zu* leicht.
Verdammt, glaube doch zur Abwechslung mal an dein Glück! Die Reise wird ein Vermögen an Pfeffer einbringen. Lancaster hat kaum mehr geleistet, als seine Schiffe wieder heil nach Hause zu bringen, und wurde dafür geadelt.
Er hat Java erreicht, aber keine Geschäfte gemacht. Er wäre bettelarm zurückgesegelt, hätte er nicht vor Sumatra eine portugiesische Galeone aus dem Hinterhalt überfallen.
Wie viele Wochen noch bis zum Ritterschlag? Drei? Vier? Nein, wir werden es in kürzester Zeit schaffen. Wir werden jede Wache bemannen. Wolle ausladen, Baumwolle einladen. Innerhalb von zwei Wochen kann ich die Fregatten beladen lassen, die notwendigen Reparaturen durchführen, Vorräte an Bord nehmen – wir können in den Dörfern oben an der Küste Rinder und Schafe kaufen. In vierzehn Tagen sind beide Fregatten auf offener See, wo uns kein portugiesisches Schiff mehr erwischen kann.
Er griff in seinen Gürtel und zog ein langes portugiesisches Stilett

hervor. Die Klinge trug ein kunstvoll eingraviertes Kreuz, der Griff war aus Silber und endete in einem Widderkopf. Die Augen des Widders bestanden aus zwei kleinen Rubinen. Hawksworth trug die Waffe schon seit zwei Tagen mit sich herum. Noch einmal rief er sich die Geschehnisse ins Gedächtnis zurück, und noch immer rätselte er darüber nach, was sie wohl zu bedeuten hatten.

Am Morgen nach dem Tag, an dem er Shirin beim Observatorium getroffen hatte, war er dorthin zurückgekehrt, und dieses Mal hatte er seine Laute mitgenommen. Aber Shirin war nicht gekommen, nicht an jenem Morgen, und auch nicht an den beiden darauffolgenden Vormittagen. Schließlich hatte er seine Enttäuschung hinuntergeschluckt, sich damit abgefunden, daß er sie nicht wiedersehen würde, und sich an die Arbeit gemacht. Er kratzte das Moos und den Schmutz von den Steininstrumenten und stellte fest, daß irgendwelche Teile zu fehlen schienen. In der Hütte fand er lediglich ein Handastrolabium, ein Instrument, mit dem man den Sonnenstand messen konnte. Dann stieß er auf Tafeln –, Berge von handbeschriebenen Tafeln – die den Schlüssel zum Gebrauch der Instrumente zu enthalten schienen. Seine Hoffnungen waren plötzlich gewachsen. Es schien möglich, daß irgendwo in dieser Hütte die Lösung des größten Geheimnisses aller Zeiten verborgen lag: Der Schlüssel zur Bestimmung der Längengrade auf See.

Hawksworth hatte oft über die Schwierigkeiten nachgedacht, die die Navigation auf hoher See, wo nur die Sonne und die Sterne als Führer dienten, mit sich brachte. Diese Schwierigkeiten waren das größte Hindernis für Englands ehrgeizige Pläne, den Globus zu erforschen, denn englische Navigatoren verfügten noch immer über sehr viel weniger Erfahrungen als spanische und portugiesische Seefahrer.

Das Problem schien überwältigend. Weil die Erde rund war, war auch keine Linie auf ihrer Oberfläche gerade, und sobald man sich auf hoher See befand, war es absolut unmöglich, die eigene Position genau zu bestimmen und genau festzustellen, wohin man fuhr und wie schnell.

Die relativ gesehen sicherste Standortbestimmung war vermutlich die Breitenmessung, das Festlegen der Position eines Schiffes nördlich oder südlich vom Äquator. Auf der Nordhalbkugel wurde durch die Stellung des Polarsterns eine einigermaßen sichere Bestimmung ermöglicht, obwohl dieser volle drei Grad vom nördlichsten Punkt des Himmels entfernt war. Eine andere Möglichkeit, die Breite zu bestimmen, war das Messen des Sonnenstandes am Mittag, doch mußte diese Messung für jeden Tag des Jahres speziell korrigiert werden. Die Genauigkeit der Meßmethoden war stets das Hauptproblem.

Vor hundert Jahren waren die Portugiesen auf eine geniale arabische Erfindung gestoßen, mit der man die Winkelhöhe der Sonne bestimmen konnte. Sie bestand aus einem Stab und einer mit zwei Knoten versehenen Schnur, die durch ein Loch in dessen Mitte lief. Wenn ein Seemann den Stab senkrecht hielt, so daß der Horizont an einem Ende und ein Himmelskörper am anderen Ende zu sehen war, konnte man aus der Länge der Schnur zwischen dem Stab und seinem Auge die Höhe des Himmelskörpers errechnen. Nur kurze Zeit später erschien in Europa eine Version dieses Instruments, bei der ein zweiter Stab, der quer verschoben werden konnte, die Schnur ersetzte. Dieses Gerät wurde Jakobsstab genannt.

Da es jedoch außer in der Morgen- oder in der Abenddämmerung auf hoher See schier unmöglich war, sowohl den Horizont als auch einen Stern gleichzeitig zu lokalisieren, eignete sich der Jakobsstab vor allem zur Bestimmung des Sonnenstandes, was allerdings voraussetzte, daß man direkt in die Sonnenscheibe starrte, um ihren genauen Mittelpunkt zu finden. Außerdem war der Jakobsstab dort unbrauchbar, wo, wie etwa in den äquatorialen Gewässern, die Sonne sehr hoch am Himmel stand. Das Astrolabium war wiederum eine Version des Jakobsstabs, eine runde Messingscheibe, in die Gradmarkierungen eingraviert waren und die mit einem beweglichen Visier ausgestattet war. Das Astrolabium erlaubte, den Stand der Sonne nach ihrem Schatten zu messen, doch selbst hier blieb das Problem, wie man die Sonne im Zenit erfassen sollte. Und außerdem konnte auf einem rollenden Schiff die Fehlerquote bei der Bestimmung ohne weiteres bis zu vier Grad betragen.

Für die Länge, d. h. die östliche oder westliche Position eines Schiffes auf der Erdkugel, gab es überhaupt keine festgelegten Bezugspunkte. Wenn ein Seemann nach Osten oder Westen fuhr, ging die Sonne indes jeden Tag ein bißchen früher oder ein bißchen später auf, und diese Zeitdifferenz konnte benutzt werden, um zu berechnen, wie weit das Schiff vorangekommen war. Die Kalkulation der Länge hing also allein davon ab, daß die Zeit peinlich genau festgehalten wurde, und dies war ein Ding der Unmöglichkeit. Das beste Instrument zur Zeitmessung, das zur Verfügung stand, war das Stundenglas, also die Sanduhr, die im elften oder zwölften Jahrhundert irgendwo im westlichen Mittelmeerraum erfunden worden war. Sanduhrenmacher erreichten jedoch niemals echte Genauigkeit, und vorsichtige Seefahrer benutzten immer mehrere Uhren auf einmal, in der Hoffnung, daß die Abweichungen einander ausgleichen würden und die Wahrheit irgendwo in der Mitte lag. Auf langen Reisen verloren die Seeleute dennoch immer schon sehr bald den Bezug zur absoluten Zeit.

Auch die Geschwindigkeit und die Route des Schiffes wurden zur Positionsbestimmung mit herangezogen. Die Geschwindigkeit schätzte man, indem man ein Log, an dem ein mit Knoten versehenes Seil hing, über Bord warf und die Zeit maß, in der die Knoten ausliefen – mit einer Sanduhr! Die Fehlerquote war dabei sehr hoch. Auch die Richtung ließ sich nie genau erfassen. Ein Kompaß zeigte auf den magnetischen Nordpol, also nicht exakt nach Norden, und der Unterschied zwischen diesen beiden Punkten schien, je nachdem, an welchem Punkt auf der Erdkugel man sich gerade befand, in unerklärlicher Weise zu variieren. Manche glaubten, daß dieser Umstand mit dem natürlichen Magneten zu tun hatte, der benutzt wurde, um die Nadel zu magnetisieren, andere aber – wie der Großlotse des Königs von Spanien – behaupteten nach wie vor, daß die Seeleute einfach logen, um ihre Irrtümer zu vertuschen.

Wie auch immer, die entscheidende Unbekannte blieb die Länge. Viele Versuche waren unternommen worden, eine Lösung zu finden, aber bei allen war nicht viel herausgekommen. Die Seeleute fanden heraus, daß die einzig mögliche Lösung des Problems das »Breitensegeln« war, eine zeitraubende und teure Prozedur: Man segelte nach Norden oder Süden, bis man die ungefähre Länge seines Bestimmungsortes erreicht hatte und fuhr dann nach Osten oder Westen, anstatt zu versuchen, die kürzere Diagonale zu finden. König Philipp III. von Spanien hatte demjenigen, der herausfand, wie die Länge auf See zu bestimmen war, ein Vermögen versprochen.

Hawksworth verbrachte Tage damit, sich durch die Tafeln durchzuarbeiten. Viele lagen auf dem Boden der Hütte wahllos herum und waren durch Schimmel und Fäulnis beschädigt. Sorgfältig schrieb er die Symbole von den Wänden des runden Gebäudes ab und verglich sie mit jenen auf den Karten. Waren es die Namen der Hauptsterne oder

Konstellationen des Tierkreises . . . oder was sonst? Insgesamt handelte es sich um achtundzwanzig Symbole.

Schließlich erkannte er ihre Bedeutung: Es waren die täglichen Stationen des Mondes.

Bei seinen weiteren Nachforschungen stellte Hawksworth fest, daß der Gelehrte, der sie geschrieben hatte, für viele Jahre im voraus Mondfinsternisse vorherbestimmt hatte.

Dann fand er ein altes Buch mit Tabellen, die geometrische Korrekturen für atmosphärisch bedingte Verzerrungen darzustellen schienen, durch welche von jeher die Positionsbestimmung horizontnaher Sterne erheblich erschwert wurde.

Auch Schriften neueren Datums fielen Hawksworth in die Hände. Bei einigen schien es sich um Verse zu handeln, andere enthielten Tabellen mit Namen und Zahlen. Neben manchen Namen waren Geldsummen verzeichnet. Aber ohne Persischkenntnisse gab das alles keinen Sinn, und Shirin war nie wiedergekommen, jedenfalls nicht, solange er sich in der Hütte aufhielt.

Bis vor zwei Tagen.

An diesem Morgen war der Himmel über dem Observatorium eisblau gewesen, im Garten und in der Obstplantage herrschte Stille, und die Luft war trocken und anregend. Die Arbeiten im Graben jenseits der Mauer waren an diesem Tag eingestellt, und es war kein Geplätscher zu hören. Nur das Summen der Mücken unterbrach die Stille. Er hatte sich eine Flasche trockenen persischen Weines mitgebracht, damit die Arbeit schneller voranging, und merkte, daß er sich bereits an den Geschmack gewöhnt hatte. Und wie immer hatte er seine Laute dabei, weil er hoffte, Shirin würde vielleicht doch noch einmal kommen.

Er saß in der Steinhütte und säuberte und sortierte Manuskriptblätter, als sie wortlos in der Türöffnung erschien. Er sah auf und fühlte eine plötzliche Gefühlsaufwallung in seiner Brust.

»Habt Ihr alle Geheimnisse Jamschid Begs ausgegraben?« Ihre Stimme klang fröhlich, aber es lag eine Spur Besorgnis darin. »Ich habe herausgefunden, daß das der Name unseres berühmten Astronomen ist. Er kam aus Samarkand.«

»Ich glaube, ich beginne, einige der Tafeln zu verstehen.« Hawksworth bemühte sich um einen nüchternen Ton. »Er hätte Navigator werden sollen.«

Sie lachte. »Ich glaube, er zog eine Welt aus reinen Zahlen vor.« Ihr Lachen verschwand so schnell, wie es gekommen war, und als sie näher trat, lag in ihrem Blick wieder eine undefinierbare Besorgnis. »Was habt Ihr herausgefunden?«

»Eine ganze Menge. Seht Euch diese Zeichnung an.« Hawksworth versuchte, gelassen zu bleiben. Er nahm die Lampe vom Boden auf und stellte sie auf den Tisch zurück.

»Er entdeckte, was wir die Parallaxe nennen, die leicht kreisende Bewegung des Mondes im Laufe des Tages, die daher rührt, daß wir ihn nicht vom Mittelpunkt der Erde aus sehen, sondern von einem Fleck auf ihrer Oberfläche, der sich bewegt, weil sich die Erde dreht. Wenn er das mit diesen Instrumenten genau genug messen konnte, dann . . .« Shirin winkte ab und lachte wieder. »Wenn Ihr Euch darauf versteht – warum nehmt Ihr dann nicht einfach die Papiere mit in den Palast und arbeitet sie dort durch?«

Sie stand jetzt mitten im Raum, und im flackernden Licht der Lampe spielten Schatten auf ihren Olivenwangen. »Ich würde Euch heute gerne Euer englisches Instrument spielen hören«, sagte sie.

»Es ist mir ein Vergnügen. Ich habe versucht, einen indischen *raga* zu lernen . . .« Er versuchte, seine Stimme nicht zu heben, sprang dabei jedoch schnell auf die Tür zu und verwehrte Shirin somit den Ausgang. »Aber er klingt falsch auf der Laute. In Agra werde ich mir vielleicht einen Sitar machen lassen . . .«

Er tat so, als wolle er nach der Laute greifen, hob dann jedoch die Hand und legte sie über Shirins Mund. Bevor sie sich rühren konnte, schob er sie gegen die Wand neben der Tür und griff mit der anderen Hand nach dem schweren Messingastrolabium, das neben dem Tisch auf einem Ständer ruhte. In ihrem Blick lag schieres Entsetzen, und einen Augenblick lang glaubte er, sie würde vielleicht schreien. Um dies zu verhindern, drückte er sie noch fester gegen die Wand, und als sich der Lichtstreifen in der Türöffnung einen Moment lang verdüsterte, trat er vor und holte aus.

Ein leiser Aufschlag ertönte, gefolgt von einem unterdrückten Stöhnen, und dann klirrte Metall gegen die Holztür. Hawksworth zog das Astrolabium zurück. An seiner scharfen Kante zeigte sich eine Blutspur, und zwischen den Scheiben steckten die Reste eines Zahnes. Er sah hinaus und entdeckte einen dunkelhäutigen Mann in einem Lendentuch, der

sich über die Gartenmauer rollte. Kurz darauf folgte ein Platschen; der Mann war in den Graben gefallen.
Hawksworth gab Shirin frei und stellte das Astrolabium auf den Ständer zurück. In der Türöffnung lag ein Stilett und glitzerte in der Sonne. Er bückte sich, um es aufzuheben, und plötzlich war Shirin neben ihm, hielt seinen Arm und starrte auf die Stelle, wo der Mann die Mauer erklommen hatte.
»Das war ein Schudra aus der untersten Kaste.« Sie betrachtete das Stilett in Hawksworth' Händen und ihre Stimme klang verächtlich. »Portugiesisch! Nur die Portugiesen sind imstande, statt eines Radschputen einen solchen Menschen zu dingen.« Sie lachte nervös. »Aber wenn sie einen Radschputen genommen hätten, gäbe es jetzt einen Toten. Wer einen Schudra dingt, bekommt die Arbeit eines Schudra.«
»Wer war es?«
»Wer weiß? Der Pferdebasar ist voller Männer, die für zehn Rupien jeden Mord begehen.« Sie zeigte auf die Mauer. »Seht Ihr das Stück Stoff? Dort auf der alten Eisenspitze? Ich glaube, es ist ein Teil seines *dhoti*. Würdet Ihr es für mich holen?«
Hawksworth pflückte den Fetzen des Baumwoll-Lendentuchs, der nach Hunderten von Waschungen im Fluß eine bräunliche Farbe angenommen hatte, von der Mauer und reichte ihn ihr. Sie nahm ihn wortlos entgegen.
»Was werdet Ihr damit tun?«
Sie legte einen Finger an seine Lippen. »Es gibt Dinge, bei denen man am besten keine Fragen stellt«. Sie steckte den braunen Fetzen in die seidene Schärpe an ihrer Taille und ging auf die Tür zu. »Und es wäre besser, wenn Ihr die heutigen Ereignisse vergessen würdet.«
Hawksworth betrachtete sie einen Augenblick, ergriff dann ihren Arm und drehte sie um, so daß sie ihn ansehen mußte. »Ich weiß vielleicht nicht, was hier vor sich geht. Aber ich werde es wissen, bevor Ihr geht, bei Gott! Fangt gleich an und erzählt mir, warum Ihr hierherkommt!«
Sie erwiderte kurz seinen Blick, und er las in ihren Augen etwas, was er nie zuvor dort gesehen hatte. Es war eine Art Bewunderung. Sie hatte sich jedoch sofort wieder unter Kontrolle, wich ein wenig zurück und ließ sich in einen Stuhl fallen.
»Also gut. Vielleicht verdient Ihr es, es zu erfahren.« Sie ließ das durchsichtige Tuch von ihrem Haar gleiten und warf es über den Tisch.

»Warum öffnet Ihr nicht den Wein, den Ihr mitgebracht habt? Ich werde Euch nicht alles erzählen, aber ich erzähle Euch das, was für Euch wichtig ist.«

Hawksworth erinnerte sich daran, wie er ihr langsam, mit noch immer zitternder Hand, Wein eingeschenkt hatte.

»Habt Ihr jemals von Samad gehört?« hatte sie begonnen und an dem Becher genippt.

»Ich glaube, das ist ein Dichter, den Mukarrab Khan einmal zitiert hat. Er nannte ihn einen ›Sufi-Halunken‹ oder so ähnlich . . .«

»Das hat er gesagt? Gut. Es bestätigt nur ein weiteres Mal mein Urteil über Seine Exzellenz.« Sie lachte verächtlich. »Samad ist ein großer Dichter. Er ist vielleicht der letzte große persische Schriftsteller in der Tradition Omar Chaijams. Er hat mir die Ehre erwiesen, mich unter seine Schüler aufzunehmen.«

»Dann kommt Ihr hierher, um Gedichte zu schreiben?«

»Wenn ich etwas fühle, das ich sagen möchte.«

»Aber ich habe hier auch Listen mit Namen und Zahlen gefunden.«

»Ich sagte doch, ich kann Euch nicht alles verraten.« Shirins Blick verdüsterte sich für einen Augenblick; sie trank noch einen Schluck Wein und stellte dann den Becher auf den Tisch. Er konnte seine Augen nicht von ihrem Gesicht lassen. Irgend etwas an ihr zog ihn an, aber er wußte nicht, was. »Aber so viel kann ich Euch sagen: Es gibt einen Menschen in Indien, der uns eines Tages von den heidnischen Portugiesen befreien wird. Ist Euch Prinz Dschadar ein Begriff?«

»Er ist der Sohn des Moguls. Ich nehme an, daß er eines Tages sein Nachfolger werden wird.«

»So sollte es sein. Wenn er nicht einem Verrat zum Opfer fällt. Die Lage in Agra ist sehr unübersichtlich. Er hat dort viele Feinde.«

»Ich bin nicht sicher, daß ich das alles verstehe.«

»Ihr solltet Euch zumindest darum bemühen. Denn was in Agra geschieht, betrifft jeden von uns. Selbst Euch.«

»Was hat die Politik in Agra mit mir zu tun? Das Messer war ein portugiesisches.«

»Um verstehen zu können, was in Indien vor sich geht, müßt Ihr zunächst etwas über Akman erfahren, der in unserer Erinnerung als der Großmogul fortlebt. Er war der Vater Arangbars, des jetzigen Moguls. Ich war noch ein kleines Mädchen, als Akman starb, aber ich erinnere mich an meine Trauer und an das Gefühl, das sich meiner bemächtigte. Es war, als bräche das Universum über uns zusammen. Wir haben ihn fast angebetet. Man spricht heute nicht mehr darüber, aber die Wahrheit ist, daß Akman eigentlich nicht wollte, daß Arangbar sein Nachfolger würde. Keiner wollte es. Aber er hatte keine andere Wahl. Als Akman starb, rebellierte sogar Arangbars ältester Sohn gegen seinen Vater, wurde jedoch von seinen Truppen verraten. Sie ergaben sich, und Arangbar ließ Khusrav, seinen eigenen Sohn, zur Strafe blenden. Obwohl Prinz Dschadar noch ein Kind war, glaubten alle, daß eines Tages *er* der Mogul sein würde. Danach jedoch waren in Agra noch nicht die Perser an der Macht.«

»Aber seid Ihr selbst nicht eine Perserin?«

»Ich wurde zwar in Indien geboren, doch habe ich in der Tat das große Glück, daß persisches Blut in meinen Adern fließt.

Es gibt viele Perser in Indien. Und die Moguln haben noch immer einen gehörigen Respekt vor ihnen. Wir haben eine großartige, alte Kultur, und was ein rechter Perser ist, so läßt er das die Moguln nie vergessen.«

Bevor sie fortfuhr, stand Shirin auf, ging, wie von einer inneren Stimme geleitet, zur Tür und spähte hinaus. »Wußtet Ihr, daß der erste Mogul vor weniger als hundert Jahren nach Indien kam, erst nach den ersten Portugiesen? Er hieß Babur, kam aus Zentralasien und war ein entfernter Abkömmling des Mongolenkriegers Dschingis Khan. Er war der Großvater Akmans. Man sagt, daß er eigentlich Persien erobern wollte, daß aber die dort herrschende Dynastie der Safawiden zu stark war. Statt dessen marschierte er dann in Indien ein, und seither haben die Moguln versucht, aus Indien eine Art Persien zu machen. Aus diesem Grund können Perser in Indien auch immer Arbeit finden. Sie lehren ihre Sprache bei Hofe, unterrichten in Mode, Malerei und Gartenbau. Auch Samad kam aus Persien hierher und ist jetzt der große Dichter Indiens.«

»Und was haben diese Perser mit den Geschehnissen in Agra zu tun? Seid Ihr oder Eure Familie auch davon betroffen?«

»Mein Vater war Shayk Mirak.« Shirin zögerte einen Moment, als ob sie eine Antwort erwartete. »Natürlich könnt Ihr nichts von ihm wissen. Er war Hofmaler und kam nach Indien, als Akman Mogul war. Unter dem Perser Mir Sayyid Ali, der die von Akman gegründete Malerschule leitete, trat er eine Stellung an. Wißt Ihr, ich habe es immer als belustigend gefunden, daß Akman persische Künstler benötigte, um die Mogulschule der indischen Malerei zu schaffen . . . Wie dem auch sei, mein Vater zeigte ein großes Talent für die Mogulporträts, von denen heute jeder sagt, Akman hätte sie erfunden. Nach Akmans Tod ernannte Arangbar meinen Vater zum Leiter der Schule, und das blieb er so lange, bis *sie* nach Agra kam.«

»Wer?«

»Die Königin. Die, die man Dschanahara nennt.«

»Aber warum wurde Euer Vater fortgeschickt?«

»Weil *ich* fortgeschickt wurde.«

Hawksworth meinte, eine Art nervöser Spannung in Shirins Stimme erkennen zu können. In Wirklichkeit möchte ich *deine* Geschichte hören, dachte er, sagte aber nichts, und die Stille wurde schwer. Endlich sprach sie weiter.

»Um die jetzigen Schwierigkeiten zu verstehen, müßt Ihr die Königin verstehen. Ihre Geschichte ist geradezu unglaublich, und schon jetzt ranken sich Legenden um ihre Gestalt. Man sagt, sie sei an jenem Tag geboren, da ihr Vater, Zainul Beg, Persien verließ und sich als Abenteurer auf den Weg nach Indien machte. Er ordnete an, sie in die Sonne zu legen und sterben zu lassen. Als jedoch die Karawane weiterreiste, jammerte seine Frau so lange nach dem Kind, bis er sich entschloß, ihretwegen umzukehren. Obwohl die Sonne heiß herniederbrannte, war das Kind noch lebendig, als man es fand. Es heißt, eine Kobra habe ihr mit ihrem Kopf Schatten gespendet . . . Sagt, könnt Ihr eine solche Geschichte glauben?«

»Nein, es klingt wie ein Märchen.«

»Das finde ich auch. Aber halb Indien glaubt daran. Ihr Vater erreichte schließlich Lahore, jene Stadt in Indien, in der Akman sich gerade aufhielt, und es gelang ihm, in seine Dienste einzutreten. Wie alle Perser war er sehr erfolgreich, und es dauerte nicht lange, bis Akman ihm einen *mansab*-Rang von dreihundert *zat* gab. Seine Frau und seine Tochter durften bei den Frauen des Palastes ein- und ausgehen. Als das kleine persische Kobramädchen siebzehn war, begannen ihre Intrigen. Wiederholt warf sie sich dem Sohn des Moguls, Arangbar, in den Weg, von dem sie zu Recht annahm, daß er die Thronfolge antreten würde. Er war ihr nicht gewachsen, und heute sagen die Leute, daß sie sein Herz gewann, bevor er selbst es wußte. Ich persönlich glaube, daß sie ihn verzaubert hat.«

»Und er heiratete sie?«
»Nein. Akman war kein Narr. Er wußte, daß sie eine Intrigantin war, und als er sah, was sie tat, ließ er sie sofort mit einem persischen General namens Scher Afgan verheiraten, den er daraufhin zum Gouverneur von Bengalen ernannte, einer Provinz weit im Osten Indiens. Akman starb ein paar Jahre später in dem Glauben, seinen Sohn vor ihr bewahrt zu haben, aber er hatte nicht mit der Kraft ihres Zaubers gerechnet.«
»Wie kam sie nach Agra zurück und wurde Königin?«
»Diesen Teil der Geschichte kenne ich nur allzugut.« Shirin lachte bitter. »Wißt Ihr, Arangbar vergaß sein persisches Kobramädchen nie, auch nicht, nachdem er längst Mogul geworden war. Und er fand einen Weg, sie zurückzubekommen. Eines Tages verkündete er, er habe Berichte über Unruhen in Bengalen erhalten, wo noch immer Scher Afgan residierte, und er befahl den Gouverneur nach Agra. Als keine Antwort kam, schickte er Truppen. Keiner weiß, was wirklich geschah, doch verbreitete man die Geschichte, Scher Afgan hätte das Schwert gegen Arangbars Männer erhoben, und vielleicht stimmt das sogar. Jedenfalls metzelten die kaiserlichen Truppen ihn nieder. Arangbar befahl daraufhin Scher Afgans persische Frau und ihre kleine Tochter Layla nach Agra und stellte sie unter den Schutz seiner Mutter, der Königinwitwe. Bald darauf heiratete er sie, genau wie wir alle vorausgesagt hatten. Zuerst wollte er sie in die *zenana*, seinen Harem, stecken, aber sie weigerte sich. Sie verlangte, zu seiner Königin gemacht, ihm gleichgestellt zu werden. Und er hat es getan. Inzwischen ist sie längst viel mehr: Sie ist der wahre Herrscher über Indien.«
»Und Ihr wart damals in der *zenana?*« Hawksworth entschloß sich, alles auf eine Karte zu setzen.
Shirin starrte ihn an, versuchte ihre Überraschung zu verbergen. »Ihr wißt es!« Er glaubte einen Moment, sie wolle die Hand ausstrecken, um die seine zu berühren, doch zuckte sie fast unmerklich zurück. »Ja, damals war ich noch in der *zenana*. Dschanaharas erster Schritt war, herauszufinden, welche Frauen Arangbars besondere Gunst genossen, und dann ließ sie uns alle mit Gouverneuren von weit entfernten Provinzen verheiraten. Mich bekam Mukarrab Khan.«
»Die Königin scheint sehr klug zu sein.«
»Ihr kennt noch nicht die Hälfte ihrer Geschichte! Als nächstes wußte sie es einzurichten, daß ihr Bruder, Nadir Scharif, zum Ersten Minister

und ihr Vater, Zainul Beg, zum wichtigsten Ratgeber Arangbars ernannt wurden. Jetzt beherrschen sie und ihre Familie den Mogul und alles um ihn herum.« Shirin machte eine Pause und verbesserte sich dann: »Nein . . . nicht alle. Noch nicht. Prinz Dschadar beherrschen sie nicht.«

»Aber er wird der nächste Mogul sein. Was wird dann aus ihr?«

»Er *sollte* der nächste Mogul *werden*. Und wenn es tatsächlich so weit kommen sollte, dann wäre es mit ihrer Macht vorbei. Sie weiß das genau, und darum will sie ihn jetzt vernichten.«

»Aber wie kann sie das, wenn er der rechtmäßige Erbe ist?« Auf Hawksworth' Vorstellung stürmte plötzlich das Schreckensbild einer von Unruhen zerrütteten Mogulhauptstadt ein. »Das weiß keiner. Aber sie wird sich gewiß etwas ausdenken. Sie wird jemanden finden, den sie dominieren kann, und dieser Jemand wird der nächste Mogul sein.«

»Warum beschäftigt es Euch so stark, wer Arangbar nachfolgt?«

»Ein Grund dafür ist Samad.« Ihre Augen wurden plötzlich traurig.

»Nun verstehe ich gar nichts mehr. Er ist ein Dichter. . .«

»Die Königin will seinen Tod. Er hat zuviel Einfluß. Ihr müßt wissen, daß die Königin und ihre Familie einer persischen Sekte des Islams angehören. Sie sind Schiiten und glauben, daß sich jeder Mensch den dogmatischen Mullahs beugen muß, die sie ›Imame‹ nennen. In den Lehren des Propheten war davon nie die Rede.«

»Aber warum wollen diese Perser oder ihre Mullahs Samad loswerden?«

»Weil er ein Sufi ist, ein Mystiker, der lehrt, daß wir Gott in uns selbst finden sollen. Ohne Mullahs. Aus diesem Grund verachten ihn die persischen Schiiten und wünschen seinen Tod.«

»Und er unterstützt Prinz Dschadar?«

»Samad gibt sich nicht mit Politik ab. Aber es ist die Verpflichtung von uns anderen, von denen, die einen Einblick in die Geschehnisse haben, Prinz Dschadar zu helfen. Weil wir wissen, daß er den Persern und ihren Schiiten, die Indien mit ihrem Haß vergiften, Einhalt gebieten wird. Und er wird Indien auch von den Portugiesen befreien.« Sie machte eine kurze Pause. »Die Perser und die Portugiesen arbeiten in Wirklichkeit Hand in Hand. Die Portugiesen haben die Perser, besonders die Königin und Nadir Sharif, ihren Bruder, sehr reich gemacht, und als Gegenleistung erlaubt man ihnen, ihre Jesuiten zu schicken. Deshalb wollen nicht nur die Perser, sondern auch die Portugiesen verhindern, daß

Prinz Dschadar der nächste Mogul wird, denn sie wissen, daß er nichts lieber täte, als Indien von ihnen zu befreien.«

»Was aber hat das mit mir zu tun? Ich möchte doch nur einen Handelsvertrag mit Arangbar, einen *firman.* Er lebt noch und ist gesund, und er sollte wissen, daß die Portugiesen die englischen Handelsschiffe ohnehin nicht mehr davon abhalten können, hierherzukommen. Warum sollte er uns keinen *firman* geben?«

»Erkennt Ihr das denn nicht? Die Engländer dürfen hier nicht handeln, nie! Es wäre der Anfang vom Ende für die Portugiesen. Es würde aller Welt zeigen, daß sie Indiens Häfen nicht mehr halten können. Darüber hinaus sollen Euch aber nicht nur die Portugiesen aufhalten, sondern auch die Leute, die sie unterstützen. Niemand kann es wagen, Euch offen beizustehen. Die Perser sind bereits zu mächtig. Dennoch gibt es Menschen, die Euch schützen wollen.«

»Wen meint Ihr?«

»Wie könnte ich Euch das sagen?« Shirin fing seinen Blick auf. »Ich kenne Euch kaum. Aber Ihr solltet Euch auf Eure Eingebung verlassen. Samad lehrt, daß wir alle eine innere Stimme haben, die uns die Wahrheit sagt.«

Dieses Mal streckte sie tatsächlich die Hand aus und berührte ihn, und die Berührung wirkte in der Kühle des Raumes merkwürdig warm. »Ich kann Euch wirklich nicht mehr sagen. Werdet Ihr jetzt für mich spielen? Etwas Zärtliches vielleicht? Ein Lied, das Ihr für die Frau spielen würdet, die Ihr in England zurückgelassen habt.«

»Ich habe nicht besonders viel zurückgelassen.« Er ergriff die Laute. »Aber ich spiele gern für Euch.«

»Ihr habt niemanden?«

»Es gab da eine Frau in London. Aber sie heiratete, während ich... während ich fort war.«

»Sie wollte nicht auf Euch warten?« Wieder nippte Shirin an ihrem Becher, und ihre Augen wurden dunkel. »Das muß sehr traurig für Euch gewesen sein.«

»Es mag sein, daß sie glaubte, ich lohne das Warten nicht.« Hawksworth zögerte. »Ich habe inzwischen Zeit gehabt, darüber nachzudenken. In gewisser Weise war es sicher mein eigener Fehler. Ich glaube, sie wollte mehr, als ich zu geben bereit war.«

Sie sah ihn an und lächelte. »Vielleicht wollte sie *Euch* haben. Und Ihr wolltet Euch nicht geben. Erzählt mir von ihr! Was war sie für eine Frau?«

»Was für eine Frau sie war?« Er sah weg, erinnerte sich mit einer merkwürdigen Mischung aus Sehnsucht und Bitterkeit an Maggies Gesicht. »Nun, in Indien habe ich bislang niemanden gesehen, der ihr ähneln würde. Rote Haare, blaue Augen. . . und eine spitze Zunge.« Er lachte. »Wäre *sie* jemals die vierte Frau eines Mannes, würde ich die anderen drei bemitleiden.« Sein Lachen verblaßte. »Früher habe ich sie sehr vermißt, wenn ich fort war. Aber jetzt. . .« Er zuckte mit den Schultern.

Sie sah ihn an, als könne sie alles verstehen. »Wenn Ihr nicht mehr für *sie* spielen wollt, würdet Ihr dann für *mich* spielen, nur für mich? Einen Eurer englischen *ragas?«*

»Soll ich eine Suite von Dowland spielen? Unter den englischen Komponisten ist er mir einer der liebsten.« Er spürte, daß er wieder lächelte; die Laute ruhte bequem und beruhigend in seinem Griff. »Ich hoffe, Ihr findet nicht, daß diese Musik hier fehl am Platze ist.«

»Wir sind beide fehl am Platze hier.« Sie gab sein Lächeln traurig zurück und warf einen Blick auf die Papiere auf dem Tisch. »Ihr *und* ich.«

Hawksworth sah George Elkington näher kommen und ließ den Dolch schnell in seinen Stiefel gleiten.

»Es wird eine Ewigkeit dauern, so wie diese Heiden trödeln.« Elkington wischte sich mit einem verschwitzten Arm über die Stirn. Schwere Tränensäcke hingen unter seinen blutunterlaufenen Augen. »Und es wird Monate dauern, das Blei und das Eisen in diesen verdammten klapperigen Karren hierherzuschaffen. Ganz zu schweigen von dem Silbergeld für die Waren. Wir müssen eine Barke haben.«

»Wie viele braucht Ihr noch, um die Wolle beizubringen?«

»Kann ich nicht genau sagen. Aber es ist klar, daß wir unbedingt noch mehr von diesen verfluchten Karren brauchen, so wenig sie auch taugen.« Als Elkington sich umdrehte, um auszuspucken, bemerkte er einen Träger, dem ein Ballen Wolle in den Fluß gerutscht war. Die Adern an Elkingtons Hals pulsierten, und er brüllte: »He, du heidnischer Schuft, paß doch auf!« Er stolperte dem erschreckten Mann nach und verfolgte ihn mit seinen Flüchen.

Hawksworth lehnte sich gegen die Holzspeichen eines Ochsenkarrens, nahm das Stilett aus dem Stiefel und steckte es schnell in den Gürtel zurück. Er sah, wie die Barke sich neigte und gefährlich zu krängen begann, dann hörte er, wie Elkington den Trägern befahl, sich auf die Abfahrt vorzubereiten. Nur fünf der fünfundzwanzig Ochsenkarren waren geleert, und die Sonne senkte sich im Westen bereits wieder. Hawksworth beobachtete die Männer bei der Arbeit. Zunächst noch halb im Unterbewußtsein fiel ihm ein merkwürdiger Umstand auf: Während die Träger des *schahbandar* flink und planvoll arbeiteten, schienen die Fahrer der Ochsenkarren das Entladen in gewisser Weise zu verzögern. Ziel- und planlos rangierten sie mit ihren Karren hin und her und behinderten sich gegenseitig. Und langsam, ganz langsam formten sich in Hawksworth' Kopf Antworten auf ganz bestimmte Fragen . . .

»Kommandant Hawksworth, habt Ihr vor, mit uns zu kommen?« George Elkington stakste heran und kratzte den Schlamm auf seinen Stiefeln an den Speichen eines Ochsenkarrens ab.

»Elkington, ich möchte, daß Ihr diese Fahrer fortschickt.« Hawksworth ignorierte den sarkastischen Ton des anderen. »Ich möchte, daß von jetzt ab sämtliche Männer vom *schahbandar* zur Verfügung gestellt werden.«

»Und warum, zur Hölle?« Elkington rückte seinen Hut zurecht und zog seinen Gürtel höher.

»Irgend etwas stimmt hier nicht. Hattet Ihr auf dem Weg von Swalley irgendwelche Unfälle?«

»Unfälle? Nein, keinen einzigen verfluchten Unfall. Es sei denn, Ihr wollt einen Achsbruch am ersten Tag als Unfall bezeichnen. Dadurch wurde eine enge Kurve blockiert, und zu beiden Seiten des Weges war es so sumpfig, daß wir nicht passieren konnten. Wir mußten die ganze verdammte Ladung ausladen und den halben Morgen nach einem Ersatzkarren suchen. Dann stritten sich die Fahrer darum, wer an der Sache Schuld trage und wer was bezahlen müsse, und wir konnten erst nach Mittag aufbrechen. Gestern ist einer ihrer verdammten Ochsen mitten auf der Straße verreckt. Kein Wunder bei diesen ausgezehrten Viechern. Nein, Unfälle hatten wir keine. Nur dieser gesamte teuflische Transport – das war ein einziger Unfall!«

»Dann entlassen wir alle. Männer, Karren, Ochsen – alle. Und mieten uns neue. Der *schahbandar* soll sie für uns besorgen. Wir zahlen mit

Silber und geben ihm eine Kommission; ich bin sicher, daß er mitmacht.«
»Und Ihr glaubt, er kann es besser?« Elkingtons skeptische Augen blinzelten im Gegenlicht. »Diese verdammten Heiden sind doch alle gleich.«
»Ich glaube, es wird anders werden. Sie scheinen sich vor dem *schahbandar* zu fürchten. Auf jeden Fall müssen wir es versuchen.« Hawksworth ging auf die Barke zu.
»Ihr habt nicht mehr viel Zeit«, hatte Shirin gesagt. »Versucht zu verstehen, was geschieht.«
Die Träger lösten die Seile von den Pfosten. Die Barke war fertig zum Ablegen.
»Glaubt nicht, daß Ihr wißt, wer Euch unterstützen wird«, hatte sie gesagt. »Die Hilfe kann sich auf eine Weise offenbaren, die Euch sehr erstaunen wird. Es darf nicht bekannt werden, wer Euch hilft.«
Er watete durch den Uferschlick und zog sich auf die Barke. Er legte sich rücklings auf einen Stoffballen. Der Himmel über ihm war makellos und leer.
»Vertraut dem, was Ihr als richtig empfindet«, hatte sie gesagt und aus keinem ersichtlichen Grund die Hand ausgestreckt und die Laute berührt. »Lernt, Euren Sinnen zu trauen. Vor allem aber . . .« Bei diesen Worten hatte sie seine Hand ergriffen und sie länger festgehalten, als sie es hätte tun sollen. »Vor allem aber lernt, Euch zu öffnen.«

Der *schahbandar* sah vom *maidan* aus zu, wie sich die Barke mit der englischen Wolle ruckartig auf die Stufen unter ihm zubewegte. Ruder glitzerten im Sonnenschein, und der leise Gesang der Ruderer klang über die Wellen. Hinter ihm hielten zwei kleine Männer mit mürrischen Augen den großen Schirm, der sein Gesicht und seinen runden Bauch beschattete. Im Kreis umstanden ihn mit Stöcken bewehrte Wachen, die aufdringliche Bittsteller von ihm fernhielten. Die Händler riefen, bettelten, versuchten, ihn zu bestechen, hofften alle darauf, er möge einen Augenblick lang in ihr Zelt kommen, ihre Waren inspizieren und diese durch seinen *chapp* und eine Bescheinigung, die den Wert festlegte, zu Verkaufsgütern machen. Am liebsten war es ihnen, wenn dieser Wert nicht zu hoch angesetzt wurde, denn

die zweieinhalb Prozent Zoll, die sie darauf zu zahlen hatten, waren vom Mogul vorgeschrieben, der Schätzwert dagegen nicht.
Mirza Nuruddin ignorierte sie. Im Moment rechnete er mit Tagen und Wochen, nicht mit Rupien.
Dem letzten Bericht zufolge brauchte der Vizekönig noch vier Wochen, um die Galeonen und Brander auszustatten. Aber die einmastige *fragatta*, die die Nachricht aus Goa gebracht hatte, war zwei Wochen unterwegs gewesen, und das bedeutete wiederum, daß mit dem Eintreffen der Galeonen innerhalb von drei, vielleicht sogar schon in zwei Wochen zu rechnen war. Eine portugiesische Armada von zwölf Kriegsschiffen. Mit dem Glück des Engländers ist es vorbei. Seine Leute werden beim Entladen überrascht und verbrannt werden.
Er befühlte den schmutzigen Stoffetzen, der in seinem Gürtel steckte. Shirin hatte ihn ihm zugeschickt. Ihr verschlüsselter, kurzer Brief hatte alles enthalten, was er wissen mußte. Nachdem seine Spione ihm mitgeteilt hatten, daß es unter den Dienern der portugiesischen Jesuiten keinen mit frischen Verletzungen gab, hatte die Suche im Pferdebasar begonnen, und der Mann war am nächsten Tag gefunden worden. Und als Mirza Nuruddins Name erwähnt wurde, war die Wahrheit schnell ans Licht gekommen.
Trotzdem hatten sie kaum etwas erfahren. Hindi sprechende Diener hatten dem Mann das Messer zugesteckt, ohne den Namen ihres Herrn zu erwähnen. Aber sie kannten die Gewohnheiten des Engländers genau und auch die Lage des Observatoriums.
Und jetzt muß *ich* in Euer Schicksal eingreifen, englischer Kapitän. Wir alle – Ihr, der Prinz, ich – sind Gefangene einer Welt, die wir nicht länger mehr unter Kontrolle haben.
Er fragte sich noch einmal, warum er sich so und nicht anders entschieden hatte. Warum er das Risiko eingegangen war, um das Dschadar ihn gebeten hatte, obgleich die Chancen des Prinzen Tag für Tag geringer wurden. Es war dumm, jetzt noch zu ihm zu stehen, und Mirza Nuruddin hatte Dummheit stets verachtet.
Wenn die Königin ihn zerquetscht, was sie sehr wahrscheinlich tun wird, dann habe ich meine Position, meinen Besitz und vermutlich mein Leben in höchste Gefahr gebracht.
Der Prinz versteht nicht, wie schwer meine Aufgabe ist. Dieser ungläubige Engländer ist beinahe zu schlau.

Ich hatte alles perfekt geplant. Erst habe ich ihnen große Profite in Aussicht gestellt, und ihnen dann die Chancen darauf versagt. Sie rüsteten sich schon zur Abfahrt, aber sie wären gewiß zurückgekehrt, und zwar das nächste Mal mit einer Flotte. Dann jedoch hat Mukarrab Khan ihrem Handel zugestimmt, aber erst, als er sicher sein konnte, daß die Portugiesen ihre Vorbereitungen fast abgeschlossen hatten. Die Engländer sind also geblieben und wissen nicht, daß sie ihr Untergang erwartet. Sie wissen nicht, daß sie nie wieder in See stechen werden. Und werden je wieder Engländer nach Indien kommen, wenn diese beiden Fregatten zerstört sind?
Der englische Kapitän wird sterben oder nach Goa verschleppt werden. Es wird keine Reise nach Agra geben. Und Arangbar wird den Grund dafür nie erfahren.
Die Silbermünzen sind bald fertig. Und die verschlüsselte Botschaft des Prinzen von heute besagte, daß in zehn Tagen Vasant Rao persönlich eintreffen wird, um den Engländer und das Silber bis Burhanpur zu begleiten. Die Zeit wird knapp.
Es bleibt nur eine Lösung.
Die Barke kam vorsichtig heran, und die Träger glitten ins Wasser. Jeder von ihnen trug bereits einen Stoffballen.

»Ich habe diese Schwierigkeit erwartet, Kapitän Hawksworth. Aber Ihr habt das selbst zu verantworten. Ihr habt Euch dafür entschieden, in solcher Entfernung vom Hafen zu entladen.« Sie waren in Mirza Nuruddins Gemach, und der *schahbandar* betrachtete Hawksworth und Elkington mit seinem wässerigen, verschwommenen Blick. Alle anderen Personen hatten auf Hawksworth' Forderung hin den Raum verlassen.
»Ich mache Euch einen Vorschlag: Entladet die Wolle in der kleineren Fregatte sofort und laßt mich ihren Transport hierher beaufsichtigen.« Er zog beiläufig an der *huka.* »Meine Gebühr ist neben den Kosten für die Karren eine kleine Kommission. Ein Prozent, wenn die Lieferung in zwei Wochen hier ist. Zwei Prozent, wenn sie innerhalb einer Woche eintrifft. Nehmt Ihr an?«
Hawksworth entschloß sich, Elkington diese Bedingungen nicht zu übersetzen.
»Wir nehmen an.« Es scheint angemessen, sagte er sich. Zum Feilschen ist das jetzt nicht der passende Moment.

»Ihr erweist Euch als vernünftig. Was nun das Blei und das Eisenzeug betrifft, das Ihr an Bord habt, so ist das eine andere Sache. Ochsenkarren sind in diesem sandigen Küstendelta vollkommen ungeeignet für derartige Gewichte. Es geht nur mit Flußbarken, und das bedeutet, daß Ihr diese Waren an der Flußmündung entladen müßt.«

Hawksworth schüttelte den Kopf. »Eher werfen wir unsere Ladung über Bord. Wir können dieses Risiko jetzt nicht eingehen.«

»Kapitän, es gibt solche und solche Risiken. Was ist das Leben selbst, wenn nicht ein Risiko?«

Mirza Nuruddin dachte an das Risiko, das er selbst in diesem Moment einging, und daran, daß sein Angebot, den Engländern zu helfen, sofort vom gesamten Hafen falsch ausgelegt werden würde. Erst der Gedanke an den Ausgang seines Planes gab ihm wieder Auftrieb, und er fuhr mit besorgter Stimme fort: »Ich kann Euch eine relativ sichere Möglichkeit zum Entladen des Eisens in der Flußmündung vorschlagen. Erleichtert die Fregatten erst einmal um die Wolle. Mit einem erfahrenen Lotsen könnt Ihr an der Küstenlinie entlang nach Süden segeln und im Schutz der Dunkelheit Anker werfen. In der Flußmündung warten Barken. Wenn alles gut vorbereitet ist, können das Blei und das Eisen vielleicht in einer Nacht gelöscht werden. Entladet die kleinere Fregatte zuerst; sie kann dann in die Bucht, die Ihr Swalley nennt, zurücksegeln. Daraufhin wird das andere Schiff gelöscht. Auf diese Weise setzt Ihr jeweils nur eine Fregatte der Gefahr aus.«

Hawksworth hörte ihm zu. Eine innere Stimme riet ihm plötzlich, auf der Hut zu sein. Hatte Shirin ihm nicht empfohlen, seiner Eingebung zu vertrauen? Der Plan des *schahbandar* war einfach zu simpel. Innerlich neigte er dazu, das Blei in der Bucht zu versenken und den Verlust abzuschreiben. Nur Elkington würde dem niemals zustimmen. *Seine* Verantwortung betraf den Profit auf die Fracht, nicht die Schiffe selbst. Also würde er dieses letzte Risiko eingehen. Vielleicht hatte Mirza Nuruddin recht: Risiken heiterten auf.

Er lächelte insgeheim und dachte an Shirin. Aber dann ignorierte er ihren Rat und stimmte Mirza Nuruddins Plan zu.

Der *schahbandar* zog ein Dokument hervor, das nur noch auf ihre Unterschriften wartete.

11

»Nun laßt uns beginnen! Als mein Gast würfelt Ihr zuerst.« Mirza Nuruddin fuhr mit dem Finger über die Gold- und Elfenbeinintarsien des hölzernen Würfelbechers und übergab ihn Hawksworth. Dann sog er eine gurgelnde Rauchwolke aus seiner *huka* und genoß, wie der Tabak sein Herz einen Augenblick rasen ließ, bevor eine wunderbare Ruhe seine Nerven durchflutete.

Der marmorgepflasterte Innenhof des Hauses war gedrängt voll: mit reichen Hindus, Geldverleihern, deren käufliche Seelen so schwarz waren wie ihre Gewänder weiß; mit mohammedanischen Hafenbeamten, die sich in Seide und Juwelen zur Schau stellten und mit privaten Reichtümern prangten, die sie auf öffentliche Kosten erworben hatten; mit den turbantragenden Kapitänen arabischer Frachtschiffe – harten Männern in bunten Gewändern, die schwitzten und rauchten und dampfenden Kaffee tranken; und mit einer Handvoll Portugiesen in gestärkten Wämsern, den Kapitänen und Offizieren dreier portugiesischer Handelsfregatten, die jetzt flußabwärts an der Sandbank ankerten. Diener in weißen Lendentüchern boten Weinkaraffen und Schachteln mit gerollten Betelblättern an – als Gegenmittel gegen die drückende schwüle Luft, die nach einem glühend heißen Tag selbst jetzt noch – es war kurz vor Mitternacht – über allem lastete. Auf den Balkonen standen Mirza Nuruddins Fackelträger und benetzten ihre riesigen Lichtspender mit einer Mischung aus Kokosnußöl und Rosenessenz. Hinter Trennwänden aus Gitterwerk warteten gelangweilte *natsch*-Mädchen, flochten ihr Haar, glätteten die hautengen Hosen, betrachteten sich in dem Ringspiegel an ihrem rechten Daumen und kauten Betel. Ihr Tanz würde erst eine ganze Weile nach Mitternacht beginnen.

Als er den Würfelbecher in die Hand nahm, wurde die schwitzende Menge erwartungsvoll still, und zum erstenmal bemerkte der Kapitän das leise Plätschern des Flusses, der sich hinter den Bäumen verbarg. Hawksworth starrte das mit Linien versehene Brett, das zwischen ihm und dem *schahbandar* lag, kurz an, dann wünschte er sich selbst Glück und warf die drei Würfel auf den Teppich. Sie waren rechteckig und bestanden aus Elfenbein. Die vier langen Seiten waren mit eingelegten Teakholzpunkten numeriert und trugen die Zahlen Eins, Zwei, Fünf und Sechs. Er hatte eine Eins und zwei Sechsen geworfen.

»Ein vielversprechender Beginn. Ihr Engländer umfangt das Glück wie Brahman sein Geburtsrecht.«

Der *schahbandar* drehte sich um und lächelte die portugiesischen Kapitäne an, die hinter ihm standen und stumm zuschauten. Es fiel ihnen schwer, ihren Ärger darüber zu verbergen, daß man sie mit dem ketzerischen Engländer zusammengeworfen hatte. Aber die Einladung des *schahbandar* durfte ein vorsichtiger Händler nicht ausschlagen.
Hawksworth gab den Becher an den *schahbandar* weiter und starrte auf das Brett, versuchte, die Regeln des *chaupar* zu verstehen. Es war das Lieblingsspiel Indiens. Von den Frauen in der *zenana* des Moguls bis hin zum kleinsten faulenzenden Schreiber – alle Welt spielte *chaupar*. Das Brett war durch zwei Reihen von parallelen Linien, die ein großes Kreuz in der Mitte bildeten, in vier Quadranten und ein Mittelquadrat aufgeteilt. Jeder Quadrant war wiederum in drei Reihen unterteilt und trug Markierungen für die Spielsteine. Zwei oder vier Personen konnten teilnehmen, und jeder Spieler bekam vier Steine aus buntem Teakholz, die zu Beginn am Rande des Brettes aufgestellt wurden. Mit jedem Würfeln rückten die Spielsteine einen oder mehrere Plätze nach vorn bis zum Ende der ersten Reihe, und dann die nächste Reihe hinauf bis zum Viereck in der Mitte. Wenn eine Spielfigur das Zentrum erreicht hatte, war sie *rasida* – »angekommen«.
Hawksworth wußte, daß ihm eine doppelte Sechs gestattete, zwei nebeneinanderliegende Steine um zwölf Felder vorzubewegen. Als er den Zug durchführte, erhob sich ein vielsprachiges Raunen und Fluchen. Auf den *schahbandar* war hoch gesetzt worden, nachdem er sowohl Hawksworth als auch den Ranghöchsten unter den portugiesischen Kapitänen zum Spiel herausgefordert hatte. Nur einige wenige Abenteurernaturen setzten auf Hawksworth. Es war zu unwahrscheinlich, daß der englische Kapitän so undiplomatisch sein würde, den Mann zu schlagen, der den Zoll auf den Wert seiner Waren festzusetzen hatte.
»Habe ich Euch erzählt, Kapitän Hawksworth, daß der Großmogul Akman *chaupar* liebte?« Der *schahbandar* schüttelte den Becher mit den Würfeln hingebungsvoll. »Es gibt eine viele hundert Jahre alte Geschichte von einem indischen Herrscher, der einst das Schachspiel – in Indien nennen wir es *chaturanga* – als Herausforderung an den persischen Hof schickte. Die Perser schickten im Gegenzug *chaupar* nach Indien. . .« Bevor er fortfuhr, machte er eine rhetorische Pause. »Es handelt sich natürlich um eine von einem Perser erfundene Lüge.« Gelächter ertönte. Der *schahbandar* selbst lachte am lautesten und

würfelte. Ein Diener rief die Zahlen aus, und das Lachen erstarb so plötzlich, wie es gekommen war.
»Die Frauen des barmherzigen Propheten waren schlangenzüngige Bengalinnen!«
Er hatte drei Einsen geworfen.
Ein verschreckter Diener rückte die Steine weiter. Mirza Nuruddin nahm ein Betelblatt von einem Tablett und begann verdrossen zu kauen. Die Spannung unter den Zuschauern wuchs spürbar.
Hawksworth griff nach dem Becher, und als er ihn schüttelte, fiel ihm auf, daß der Mond inzwischen hinter den Bäumen hervorgekommen war und jetzt direkt über ihren Köpfen stand. Auch der *schahbandar* schien es bemerkt zu haben.

Mackintosh sah die letzten Körnchen roten Marmorsands durch das etwa zwei Fuß hohe Stundenglas beim Kompaßhaus gleiten und drehte es mit einer schnellen Bewegung um. Der Mond warf den Schatten der Großmastrah genau über das Mitteldeck des Schiffes, die Flut setzte jetzt schnell ein. Die Männer der neuen Wache arbeiteten sich schweigend die Wanten hinauf.
»Mitternacht. Die Flut ist da. Kein Grund, noch länger zu warten.« Er drehte sich zu Kapitän Kerridge um, der neben ihm auf dem Achterdeck der *Resolve* stand; hinter Kerridge stand George Elkington.
»Laßt uns Segel setzen.« Elkington klopfte seine Pfeife an der Reling aus und wandte sich an Kerridge. »Habt Ihr daran gedacht, die Hecklaterne zu löschen?«
»*Ich* gebe hier die Befehle, Mr. Elkington. Spart Euch Eure Fragen für den Lotsen auf!«
Kapitän Jonathan Kerridge war ein kleiner Mann mit kinnlosem Wieselgesicht und großen Glupschaugen. Er gab dem Steuermann der *Resolve* ein Zeichen, und die Ankerkette rasselte hoch. Dann wurde das Großsegel herabgelassen und bauschte sich im Wind. Ein Stöhnen ging durch den Mast – sie waren unterwegs. Das einzige Licht an Bord war eine kleine, gut abgeschirmte Laterne vor dem Kompaß.
Die Nadel zeigte an, daß sie fast genau auf Südkurs lagen und auf die Sandbank an der Tapti-Mündung zu segelten. Zu ihrer Rechten lag die verlassene Bucht, und zur Linken glommen hier und da Küstenfeuer. Das Ruder hatte der indische Lotse übernommen, ein älterer Mann mit

faltiger, nußbrauner Haut, den der *schahbandar* als Achmed vorgestellt hatte. Er sprach ein wenig Portugiesisch und hatte ihnen mit einigen Schwierigkeiten klargemacht, daß er die Achtmeilenstrecke von der Bucht Swalley bis zu der Sandbank an der Mündung der Tapti in einem Durchlauf des Stundenglases zuverlässig bewältigen könne, wenn Allah es wolle. Bei Flut, so hatte er ebenfalls erklärt, gebe es nur zwei Sandbänke, die umfahren werden müßten.

Heute nacht war mit Feinden nicht zu rechnen. Die portugiesischen Handelsfregatten ankerten vor der Flußmündung und stellten kein Risiko dar, denn ihre Kapitäne genossen an diesem Abend die Ehre einer Einladung bei Mirza Nuruddin.

»Euer Beginn war eindrucksvoll, Kapitän Hawksworth. Aber jetzt gilt es, Euren Vorsprung zu wahren.« Mirza Nuruddin sah, daß Hawksworth zweimal die Fünf und eine Zwei gewürfelt hatte, wodurch zwei seiner vier Spielsteine in das Mittelviereck aufrückten. Die Zuschauer stöhnten, Münzen wechselten den Besitzer.

»Ihr habt für zwei Steine *rasida* erlangt. Um uns Zeit zu sparen, will ich Euch dieses Spiel zugestehen. Aber wir haben noch sechs weitere Runden. *Chaupar* ähnelt dem Leben. Es bevorzugt die, die Ausdauer haben.«

Mirza Nuruddin stand auf und schritt an den Rand des Hofes. Ein frischer Wind fegte den Fluß hinauf und brachte kühle salzige Meeresluft mit sich. Längs der Küste wechselten in dieser Nacht des vollen Mondes die Strömungen, und die hereinkommende Flut schwemmte über die Sandbänke. Der *schahbandar* schnauzte einem der stets anwesenden Diener einen belanglosen Befehl zu und ging zurück zum Spielbrett. Die Gäste traten zur Seite, öffneten ihm eine Gasse. Sie hatten den Getränken gut zugesprochen und wurden langsam sehr munter; man wartete ungeduldig auf das Erscheinen der Frauen. Wie immer würden die *natsch*-Mädchen nach ihrem Tanz dableiben und den Gästen in verschwiegenen Winkeln des weitläufigen Palastes zur weiteren Unterhaltung dienen.

»Bei diesem Spiel habe ich den ersten Wurf.« Der *schahbandar* setzte sich und sah Hawksworth an, der aus einem Krug speziell für die anwesenden Europäer bereitgestellten Brandy trank. Dann machte er eine geschickte Bewegung mit dem Becher, und die Elfenbeinwürfel fielen in einer sauberen Reihe von drei Sechsen auf den Teppich. Ein Diener rief die Zahlen aus, und die Zuschauer drängten sich wieder um das Brett.

»Fünfzehn Faden und weiter fallend!« Der Bootsmann beugte sich von der Reling zurück und schrie es zum Achterdeck hinüber. Fassungslos zog er die Leine über den Decksbalken am Mitteldeck der *Resolve* und ließ sie gleich noch einmal hinunter.

»Jetzt sind es dreizehn Faden.«

Kerridge warf einen Blick auf das Stundenglas. Der Sand war halb durchgelaufen, und der Kompaß zeigte, daß sie immer noch genau nach Süden segelten. Die See vor ihnen war stockdunkel, aber zur Linken flackerten, jetzt noch heller, als er sie in Erinnerung hatte, die Küstenfeuer. Kerridge führte diesen Eindruck allerdings auf den Umstand zurück, daß der Mond gerade von einer Wolke verhüllt wurde. Der Lotse hielt das Ruder auf gleichmäßigem Kurs.

»Ich würd' das Focksegel etwas reffen, Käpt'n, und das Schiff nach Steuerbord nehmen. Ich wett' um hundert Sovereigns, daß die Strömung umgeschlagen ist.« Mackintosh wagte es, das Protokoll zu durchbrechen und zu sprechen, denn seine Besorgnis wuchs. Mir gefällt das alles nicht, sagte er sich. Wir treiben zu schnell. Ich kann es fühlen.

»Acht Faden, Sir.« Erneut scholl die Stimme des Bootsmanns durch die Dunkelheit.

»Jesus, Käpt'n«, brach es aus Mackintosh hervor, »nehmt sie herüber! Diese verteufelte Strömung . . .«

»Sie segelt noch bei drei Faden. Ich habe die *James* in geringerer Tiefe gesegelt, und sie hatte sechshundert Tonnen. Laßt sie laufen.« Er wandte sich an Elkington. »Fragt den Heiden, wie weit es noch ist bis zur Flußmündung.«

George Elkington drehte sich um und übergoß den Lotsen mit einem Sturzbach schneller Fragen. Die Augen des Mannes trübten sich; er schien nur bruchstückhaft zu verstehen, worum es ging, und er schüttelte den Kopf auf eine Art und Weise, die gleichzeitig ja und nein bedeuten konnte. Dann zeigte er in die Dunkelheit, zuckte mit den Schultern und stieß ein paar portugiesische Satzfetzen hervor.

»*Em frente*, Sahib. *Diretamente em frente!*«

Er deutete auf das Mitteldeck und schien nach der Tiefenmessung zu fragen.
Wie als Antwort erklang die Stimme des Bootsmanns. Sie zitterte.
»Fünf Faden, Kapitän, und weiter fallend!«
»*Cinco.*« Elkington übersetzte, und in seinem besorgten Ton lag eine Frage. Was hatte das alles zu bedeuten? Der Lotse stieß auf Gudscharati eine Warnung aus und warf sein leichtes Gewicht gegen die Ruderpinne. Die *Resolve* schwankte und zitterte, stöhnte wie ein trauerndes Tier an der Leine und schien dem Ruder nicht mehr zu gehorchen.
Kerridge starrte den Lotsen entsetzt an.
»Sagt dem faselnden Heiden, er soll sie auf dem Kurs halten! Sie wird . . .«
Das Deck kippte zur Seite, ein leises Reiben schien die Planken zu durchlaufen. Dann schlug der Kolderstock nach Backbord, spannte sich gegen das Tau und befreite sich mit einem Schnappen, das irgendwoher von unten kam. Die *Resolve* krängte gefährlich in den Wind, und eine Welle spülte über das Mitteldeck und fegte den Bootsmann mitsamt seinem Lot in die Dunkelheit hinaus.
»Elende Maria, Mutter Gottes, wir haben das Ruder verloren!« Mackintosh stürzte die Kajütstreppe zum Hauptdeck hinunter und zog im Laufen ein scharfes Messer aus dem Gürtel. Während die schreckensbleichen Matrosen irgendwo auf dem schrägstehenden Deck Halt suchten oder sich an die Wanten klammerten, begann er, die Brassen durchzuhauen, die das Großsegel hielten.
Eine neue Welle erfaßte die Fregatte unterhalb der Achterschiffgalerie und hob die *Resolve* noch einmal in die Höhe. Einen Augenblick lang hing sie in der Luft, dann grub sie sich ächzend noch tiefer in den Sand. Als die Fregatte kippte, hörte Mackintosh ein tiefes Dröhnen, das vom Deck unter ihm kam, und in diesem Moment wußte er, daß die *Resolve* zum Untergang verurteilt war. Eine Kanone hatte die Taue zerrissen und war aus ihrer Halterung gesprungen. Mackintosh griff nach einer Want und hielt sich fest.
Dann kam es: das gedämpfte Geräusch splitternden Holzes, als die Kanone ein gutes Stück unterhalb der Wasserlinie der krängenden Fregatte den Schiffsrumpf durchschlug.
Eine erschrockene Stimme rief: »Wassereinbruch im Laderaum!«
»An die Pumpen, ihr vaterlosen Zuhälter!« Mackintosh schrie die

Männer an, die sich noch immer an die Wanten klammerten, obwohl er wußte, daß es bereits zu spät war. Dann machte er sich daran, die Halteleinen des Beibootes, das am Großmast vertäut war, zu lösen.
Elkington klammerte sich an den Besanmast, schlang sich eine Sicherheitsleine um den Leib und brüllte durch die Dunkelheit, die Männer sollten die Truhen mit den Silbermünzen aus dem Laderaum heraufhieven.
Niemand auf dem Achterdeck bemerkte, daß die Reling brach und Kapitän Kerridge und der indische Lotse in die dunkle See hinausgerissen wurden.

»Das launische Glück scheint heute nacht die Männer gewechselt zu haben, Kapitän Hawksworth, wie ein *natsch*-Mädchen, wenn ihr *karwa* keine Rupien mehr hat.« Mirza Nuruddin bedeutete den Dienern, seine *huka* frisch anzuzünden. Er hatte soeben eine weitere Reihe von drei Sechsen geworfen und war somit dabei, auch das siebte Spiel zu gewinnen und seine Führung auf sechs zu eins auszubauen. Seit dem vierten Spiel wettete niemand mehr auf Hawksworth. »Aber der unendliche Wille Allahs ist immer geheimnisvoll. Öfter als das, was wir wollen, gewährt uns seine Gnade das, was wir brauchen.«
Obwohl der Brandy seine Sinne bereits vernebelte, hatte Hawksworth den letzten Wurf genau beobachtet und dabei plötzlich erkannt, daß Mirza Nuruddin falschspielte.
Bei Jesus, die Würfel haben Gewichte! Er legt sie in einer bestimmten Position in den Becher und läßt sie dann schnell über den Teppich gleiten. Verdammter Dieb! Aber warum diese Umstände? *Warum* will er mich betrügen? Ich habe doch nur fünf Sovereigns gesetzt . . .
Er verdrängte die Verwirrung. Das Genie des Mannes, der ihm gegenübersaß und ihn beim Würfeln betrog, beschäftigte ihn.
Die Idee Mirza Nuruddins, in der Nacht, in der wir entladen, ein Fest für die an der Flußmündung versammelten Kapitäne zu arrangieren, ist einfach großartig. Kein Kommandant ist an Ort und Stelle, niemand, der sich einmischen könnte. Und seine Träger warten bereits in eigens für uns reservierten Flußbooten. Die Wolle ist schon in Surat, während das Eisen und das Blei, das wir von der *Discovery* auf die *Resolve* haben umladen lassen, jetzt im Schein des Mondes gelöscht wird und im Morgengrauen flußaufwärts fährt – bevor die Portugiesen hier auch

nur ihren Rausch ausgeschlafen haben. Inzwischen sind auch die Laderäume der *Discovery* mit Baumwolle schon fast gefüllt; es dauert höchstens noch zwei Tage. Dann kommt die *Resolve* an die Reihe, und zwei Wochen später sind beide Fregatten wieder unterwegs.

Die Ostindienkompanie, die verdammte, hochehrwürdige Ostindienkompanie, wird an dieser Reise ein Vermögen verdienen. Und ein gewisser Kapitän namens Brian Hawksworth wird in ganz London als der Mann gefeiert werden, der das geschafft hat, was Lancaster nicht vermochte – als der Mann, der die Fregatten der Ostindischen Kompanie mit der billigsten Pfefferladung, die es je gab, nach Hause segeln ließ. Die Holländer, diese Butterfässer, werden nächstes Jahr ihren Pfeffer bei der Ostindischen Kompanie kaufen müssen und Kapitän Brian Hawksworth verfluchen.

Oder werden sie auf *Sir* Brian Hawksworth schimpfen?

Er bildete Titel und Namen lautlos mit den Lippen nach, als er den Becher zum letzten Mal schüttelte und dabei versuchte, die Technik des *schahbandar* zu kopieren. Ein paar leichte Drehungen und dann die Würfel sanft auf den Teppich gleiten lassen, dazu ein paar belanglose Worte zur Ablenkung . . .

»Vielleicht ist es Allahs Wille, daß ein Mann sein Glück selber schmieden möge. Steht das auch irgendwo geschrieben?« Die Würfel glitten auf den Teppich, und Hawksworth griff nach seinem Brandy.

Drei Sechsen.

Mirza Nuruddin zog an der *huka*. In seinen Mundwinkeln zeigte sich die Spur eines Lächelns, und seine verschwommenen Augen glänzten kurz auf.

»Seht Ihr, Kapitän Hawksworth, vor dem Ende des Spiels weiß man nie, was das Glück plant.« Er gab einem Diener ein Zeichen. »Schenkt dem englischen Kapitän ein! Ich glaube, er ist im Begriff, unser Spiel zu verstehen.«

Das Beiboot kratzte über das Deck und glitt in den Brandung. Die halbnackten Seeleute, die mit den Halteleinen des Bootes kämpften, wurden von einer frischen Welle überspült. Zwei Truhen mit Silbermünzen, die gerade aus dem Frachtraum gezogen worden waren, standen festgekeilt am Großmast. Elkington klammerte sich an ihre Griffe und brüllte, daß man sie auf der Stelle in das Beiboot bringen solle, doch Mackintosh schenkte ihm keine Beachtung.

»Gesegneter Jesus, in diesen Truhen liegen zehntausend Pfund Sterling!« Elkington keuchte, als ihn eine neue Welle überspülte und seinen Hut mit über Bord riß. Er griff einen Matrosen am Hals und zerrte ihn zu den Truhen. »Pack du am anderen Ende an, du Hurensohn, und hilf mir, die Truhe zum Achterdeck zu bringen.«
Aber der Mann löste sich aus der Umklammerung und verschwand in Richtung Heck. Fluchend begann Elkington nun, die Truhe allein über das Deck und die Kajütstreppe hinabzuzerren. Als er endlich die Achtergalerie erreichte, baumelte dort bereits eine Strickleiter herab, die ins Beiboot führte. Und fünf Männer warteten mit Kurzspießen.
»Ich schick' Euch zur Hölle, wenn Ihr versucht, die Truhe zu laden.« Bootsmannsmaat John Garway hielt Elkington seinen Spieß vors Gesicht. »Schon ohne Euer Silber werden wir's nicht alle schaffen.«
Dann führte Thomas Davies aus, woran sie alle dachten: Er fuhr mit seinem Spieß zwischen Schloß und Truhe und riß mit einer einzigen kraftvollen Bewegung das Scharnier ab. »Wer braucht das Geld mehr, sag ich, die verfluchte, ehrenwerte Kompanie oder ein Mann, der weiß, wie man es ausgibt?«
Innerhalb von Sekunden hatte ein Dutzend Hände den Deckel von der Kiste gezerrt, und die Männer begannen, sich die Taschen mit Münzen vollzustopfen. Elkington bekam einen Stoß und ging zu Boden. Andere Matrosen rannten herbei und plünderten die zweite Kiste. Als sie die schwankende Leiter ins Beiboot hinunterkletterten, fielen Silbermünzen aus ihren Taschen.
Elkington rappelte sich auf, warf einen traurigen Blick auf die halbleeren Truhen und stopfte sich dann selbst die Taschen voll.
Aus der Kapitänskajüte kam Mackintosh, das Logbuch des Schiffes in der Hand. Auch er erleichterte die *Resolve* noch um eine Handvoll Silber, bevor er als letzter Mann das Schiff verließ.
Mit allen Männern an Bord lag das Boot bloße drei Zoll über der Wasserlinie, und sie mußten schon nach der ersten Welle mit dem Wasserschöpfen beginnen. Dann jedoch setzten sie Segel und ruderten auf die dunkle Küste zu.

»Heute nacht habt Ihr vielleicht mehr Glück gehabt, als Ihr glaubt, Kapitän Hawksworth.« Mit den Fingern befühlte der *schahbandar* den Lederbeutel, den Hawksworth ihm übergeben hatte, und zählte die fünf

Sovereigns. Um sie herum wurden die letzten Wetten gegen den portugiesischen Kapitän abgeschlossen, der als nächstes mit Mirza Nuruddin spielen sollte.
»Mein Glück ist im Moment schwer zu erkennen.«
»Für den bloßen Preis von fünf Sovereigns, Kapitän, habt Ihr eine Wahrheit erfahren, die manche Männer ihr Leben lang nicht lernen.«
Mirza Nuruddin bedeutete dem portugiesischen Kapitän, der darauf wartete, seinen Platz am Spieltisch einzunehmen, fernzubleiben, und sagte: »Ich muß jetzt endlich die Tänzerinnen kommen lassen, sonst verlieren meine alten Freunde noch die Achtung vor unserer Gastfreundschaft. Ich hoffe, Ihr werdet sie unterhaltsam finden, Kapitän Hawksworth. Wenn Ihr den *natsch*-Tanz noch nie gesehen habt, dann wißt Ihr auch noch nicht, was es heißt, ein Mann zu sein.«
Hawksworth stand auf. Er dachte an den Fluß und bahnte sich langsam einen Weg durch die Menge, bis er den Rand des Marmorhofes erreicht hatte. Die feuchte, kühle Luft reinigte seine Lungen vom Fackelrauch und fegte den Brandynebel aus seinem Kopf. Er starrte in die Dunkelheit hinaus und fragte den Wind, ob er von der *Resolve* etwas wisse.
War es etwa doch eine Falle gewesen? Was, wenn der *schahbandar* den Portugiesen alles erzählt hat, und sie die Fregatte mit Kriegsschiffen erwarteten?
Ohne Vorankündigung klangen in einer Ecke des Hofes die langsamen, fast ehrfürchtigen Töne einer *sarangi,* der indischen Violine, und die Gäste drehten sich erwartungsvoll um. Hawksworth merkte, daß im Mittelpunkt des Hofes eine mit Teppichen belegte Plattform errichtet worden war, und sah gleich darauf eine Gruppe von ungefähr zwanzig Frauen langsam die Stufen hinaufsteigen. Die Fackeln leuchteten jetzt nicht mehr so stark, doch konnte er noch deutlich erkennen, daß alle Frauen den Purdahschleier und lange Röcke über ihren Hosen trugen. Als sie sich züchtig in die Mitte der Plattform begaben, erinnerten sie ihn an Dorffrauen, die zum Brunnen gingen. Nur trugen sie mit winzigen Glöckchen besetzte Reifen um die Fesseln und schwere Armreifen an den Handgelenken. Plötzlich zerrissen Trommelschläge die Luft. Der Hof erstrahlte in hellem Licht, als die Diener auf den Balkonen Öl auf die glimmenden Fackeln schütteten, und im gleichen Moment rissen sich die Frauen mit einer dramatischen Geste die tür-

kisfarbenen Schleier vom Gesicht und warfen sie hoch in die Luft. Die Gäste jubelten ihnen begeistert zu.
Hawksworth starrte die Frauen an – die Röcke, die hautengen Hosen und die kurzen Oberteile waren allesamt aus durchsichtiger Gaze.
Der Tanz begann. Im vollendeten Gleichklang mit den rasch schneller werdenden, hypnotischen Rhythmen der Trommel zuckten die Hüften der Frauen vor, zurück, zur Seite . . . Die Gesichter der Tänzerinnen wirkten maskenhaft; sie waren stark geschminkt und vollkommen ausdruckslos. Hawksworth fiel auf, daß ihre Hände in einer Art Zeichensprache, die manche Inder in der Menge zu verstehen schienen, ausdrucksvolle Bögen beschrieben. Andere Botschaften der Hände waren für alle verständlich, denn die Frauen berührten ihre Körper auf so eindeutige Art und Weise, daß man darin fast eine Parodie auf die Sinnlichkeit sehen konnte. Als der Rhythmus sich mehr und mehr steigerte, entledigten sie sich nach und nach ihrer Kleider. Sie begannen mit den geteilten Röcken und warfen dann die kurzen Oberteile in die Menge, und ihre erdbraune Haut glänzte nackt im parfümierten Licht der Fackeln. Schneller und schneller ging der Tanz, wurde immer heftiger, immer heißer und gefühlvoller. Die trunkene Menge der Zuschauer schwankte und schaukelte, Erregung und Erwartung wuchsen ins Unermeßliche. Endlich rissen sich die Tänzerinnen die Hosen vom Körper und trugen nur noch ihre Ketten und glitzernde Juwelen, aber der Tanz hörte nicht auf, sondern tobte weiter und weiter, die Frauen gingen am Rand der Plattform in die Knie, wanden sich in Verzückung, und dann senkte sich plötzlich die Plattform, wie von Geisterhand bewegt, langsam auf den Boden herab, die Tänzerinnen glitten zwischen die trunkene Menge, stießen Brüste, Hüften gegen ekstatische Zuschauer, deren Jubel die Ohren betäubte.
Hawksworth wandte sich von dem Spektakel ab und ging langsam den Uferweg zum Fluß hinunter. Dort hatten sich bei der ersten Andeutung der Morgendämmerung die Hindus zu ihren Gebeten und dem rituellen Morgenbad versammelt. Unter den Badenden befanden sich junge Dorfmädchen, die von Kopf bis Fuß in leuchtend bunte Gewänder gehüllt waren. Eine nach der anderen stiegen sie die Stufen hinab und begannen, im kühlen Wasser ihre Kleider zu wechseln, keusch darum bemüht, für jedes Tuch, aus dem sie sich herausschälten, sofort ein frisches anzulegen. Nie waren sie Hawksworth schöner erschienen.

Hawksworth stand auf den Stufen, die zum *maidan* hinaufführten, als sich das Segel des englischen Langbootes an der Biegung des Flusses zeigte. Ein Läufer hatte die Nachricht von dem Schiffbruch eine Stunde nach Sonnenaufgang in Surat gemeldet, und inzwischen waren bereits Flußboote unterwegs, die versuchen sollten, das restliche Silber zu retten, bevor die *Resolve* auseinanderbrach. Nach den Berichten lag das Schiff eine knappe Meile vor der Küste, und alle Männer – sogar Kerridge, der Bootsmann und der Lotse – waren von der Strömung sicher an Land getragen worden.

Wir können nicht riskieren, noch länger als ein, zwei Tage hierzubleiben, dachte Hawksworth, nicht mit nur einem Schiff. Wenn unser Ankerplatz in der Bucht entdeckt wird, ist ein einzelnes Schiff auf verlorenem Posten. Die Portugiesen können Brander in die Bucht schicken, und es wird keine Möglichkeit geben, sie mit Kreuzfeuer zu versenken. Die *Discovery* muß so schnell wie möglich absegeln. Wir haben inzwischen genügend Baumwolle an Bord, um den Frachtraum in Java mit Pfeffer füllen zu können.

Verfluchter Kerridge! Warum segelte er auch so nahe vor der Küste? Hatte er die Strömung nicht bemerkt? Oder war der Lotse schuld? Wurden wir vielleicht auf Befehl unseres neuen Freundes Mirza Nuruddin auf diese Sandbank gesteuert? Hat er schon immer falschgespielt? Er gab sich die größte Mühe, versuchte, sich an die Worte des *schahbandar* zu erinnern. Aber die vergangene Nacht schien wie von einem Brandynebel verschleiert.

Das Spiel jedoch, das wußte er jetzt, war mehr gewesen als nur ein Spiel.

»Wir können von Glück reden, wenn die Reise uns keinen Verlust bringt.« George Elkington glitt vom Rücken des schwitzenden Trägers und ließ sich schwer auf die Steinstufen fallen. »Die *Resolve* war zwar schon alt, aber es wird mindestens vierzigtausend Pfund kosten, sie zu ersetzen.«

»Was habt Ihr jetzt vor, Elkington?« Hawksworth sah Kapitän Kerridge die Stufen hinaufsteigen und entschloß sich, ihn zu ignorieren.

»Wir können jetzt nur noch die letzte Baumwolle und etwas Indigo auf die *Discovery* laden und dann die Anker lichten. Übermorgen ist nicht zu früh, wenn Ihr mich fragt.« Elkington sah Hawksworth an und verfluchte ihn im stillen. Vor nur drei Tagen hatte der Kapitän ihm mitgeteilt, er wolle vorerst nicht nach England zurückkehren, sondern

mit einem Brief von König James nach Agra reisen. Noch immer hatte Elkington den Schreck über diese Eröffnung nicht ganz überwunden.
»Der *schahbandar* möchte mit Euch sprechen. Gehen wir zu ihm!«
Eine neugierige Menge umschwärmte sie, als sie über den *maidan* gingen und das Zollhaus durchquerten. Mirza Nuruddin erwartete sie auf einem Polster.
»Kapitän, mein aufrichtiges Mitgefühl für Euch und Herrn Elkington. Bitte, seid versichert, daß dieser nutzlose Lotse niemals wieder von diesem Hafen aus arbeiten wird. Ich kann nicht glauben, daß es seine Schuld war, aber wir werden uns trotzdem mit ihm befassen. Wenigstens hattet Ihr insofern Glück im Unglück, als der größte Teil der Fracht bereits gelöscht war.«
Elkington hörte sich Hawksworth' Übersetzung an, und sein Gesicht rötete sich zusehends. »Es war ein Schurkenstreich dieses verdammten Lotsen! Sagt ihm, ich würde ihn aufhängen lassen, wenn wir in England wären.«
Mirza Nuruddin hörte zu und seufzte. »Vielleicht war es die Schuld des Lotsen, vielleicht auch nicht. Ich bin mir nicht ganz sicher, wessen Geschichte ich Glauben schenken soll. Aber Ihr solltet wissen, daß in Indien nur der Mogul die Todesstrafe verhängen kann.« Er machte eine kurze Pause und fragte dann: »Was wollt Ihr jetzt tun?«
»Unsere Rechnungen begleichen, Anker lichten und segeln.« Elkington nahm eine drohende Haltung an. »Aber das wird nicht das letzte Mal sein, daß Ihr von der Ostindischen Kompanie hört, das schwör' ich Euch! Wir werden schon bald mit einer ganzen Flotte zurückkommen, und das nächste Mal suchen wir uns selbst einen Lotsen.»
»Wie Ihr wünscht. Ich werde unsere Buchhalter Eure Rechnungen addieren lassen.«
Mirza Nuruddins Gesicht verriet nichts, innerlich jedoch jubilierte er. Es ist geglückt! Sie werden noch diese Woche in See stechen, Tage bevor die portugiesischen Kriegsschiffe eintreffen. Nicht einmal Mukarrab Khan, dieser durchtriebene Ränkeschmied, wird wissen, daß es mein Werk war. Indem ich diese habgierigen Engländer vor dem Untergang bewahrt habe, ist es mir gelungen, die einzigen Europäer anzulocken, die es schaffen könnten, die Portugiesen nach einem Jahrhundert voller Demütigungen aus unseren Gewässern zu vertreiben.
Indiens historische Tradition des freien Handels, hatte der *schahbandar*

oft gedacht, war auch sein Unglück gewesen. Freigiebig gegenüber allen, die kamen, um zu kaufen und zu verkaufen, war Indien seit Menschengedenken ein blühendes Land gewesen. Bis eben die Portugiesen kamen. In den weit zurückliegenden Tagen vor diesem Ereignis hatten riesige einmastige Archen mit bis zu achthundert Tonnen Gewicht das gesamte Arabische Meer frei befahren. Von Mekkas Hafen Dschiddah aus waren sie gekommen, und die Planken ächzten unter der Last von Gold, Silber, Kupfer, Wolle und Brokaten aus Italien, Griechenland oder Damaskus. Sie trugen Perlen, Pferde und persische wie afghanische Seidenstoffe, und sie liefen Cambay an, um dort die beliebte indische Baumwolle an Bord zu nehmen. Oder sie segelten südwärts nach Calicut, wo die Händler um den harten schwarzen Pfeffer der Malabarküsten feilschten, um Ingwer und Zimt aus Ceylon. Indische Kaufleute segelten ihrerseits ostwärts nach Malakka, wo sie von chinesischen Händlern Seide und Porzellan sowie Nelken, Muskatnuß und Muskatblüten von den Insulanern kauften. Indiens Häfen verbanden China im Osten mit Europa im Westen; das Arabische Meer war so frei wie die Luft, und die reichsten Händler, die es befuhren, beteten zu Allah, dem einen wahren Gott.
Vor hundert Jahren jedoch waren die Portugiesen gekommen. Sie hatten sich zuvor vom Persischen Golf bis zur Küste Chinas strategisch wichtige Stützpunkte erobert, um von den dort zu errichtenden Festungen aus zwar nicht die Länder Asiens zu beherrschen, wohl aber Asiens Meere. Wenn sich inzwischen auch niemand mehr an die Jahrhunderte der Freiheit erinnern konnte, so war doch jedem das einfache Mittel bekannt, welches das Arabische Meer versklavt hielt: Es war ein kleines Stück Papier, auf dem sich die Unterschrift eines portugiesischen Gouverneurs oder des Kommandanten einer portugiesischen Festung befand. Kein Schiff, nicht einmal die kleinste Barke wagte sich ohne einen portugiesischen *cartaz* aufs Arabische Meer hinaus. Die verhaßte Lizenz mußte den Namen des Kapitäns enthalten, die Tonnage des Schiffes beglaubigen, seine Fracht, seine Mannschaft, sein Ziel und seine Bewaffnung angeben. Gehandelt werden durfte nur in Häfen, die von den Portugiesen anerkannt oder kontrolliert wurden, wobei auf alle ein- oder ausgeführten Waren ein Zoll von acht Prozent bezahlt werden mußte. Indische und arabische Schiffe durften keine Gewürze, keinen Pfeffer, kein Kupfer und kein Eisen mehr transportie-

ren; dies waren die wertvollsten Güter, und portugiesische Schiffer besaßen das Monopol darauf.
Ein indisches Schiff, das ohne *cartaz* auf See angetroffen wurde oder nach Süden steuerte, wenn es der Lizenz zufolge nach Norden hätte segeln sollen, wurde beschlagnahmt. Der Kapitän und die Mannschaft wurden, wenn sie Glück hatten, umgehend hingerichtet, und wenn sie Pech hatten, auf die Galeeren geschickt. In Flottenstärke patrouillierten schwerbewaffnete Galeonen die Küsten. Wirkte ein Schiff in irgendeiner Weise verdächtig, dann kamen portugiesische Soldaten in voller Kriegstracht und mit gezogenen Schwertern an Bord, auf den Lippen den Kriegsschrei *santiago*. Während der Kommandant den *cartaz* überprüfte, erleichterten seine Männer die Passagiere um allen Schmuck, der sich in den Straßen von Goa zu Geld machen ließ. Die Suche nach Schiffen ohne *cartaz* und nach Verstößen gegen dessen Bestimmungen wurde mit größtem Eifer und größter Strenge durchgeführt, da ein bestimmter Prozentsatz aller aufgebrachten Waren an die Kapitäne und Mannschaften der Patrouillengaleonen ging. Das Meer vor Indiens Küste gehörte nach Recht und Gesetz ihnen, pflegten die Portugiesen zu sagen, denn sie hätten als erste den genialen Einfall gehabt, es für sich zu beanspruchen.
Die Einkünfte, die der *cartaz* Portugal einbrachte, waren enorm; und zwar nicht deshalb, weil ein *cartaz* teuer war – er kostete nur ein paar Rupien –, sondern weil er jedes Gramm Waren, das im Arabischen Meer gehandelt wurde, durch einen portugiesischen Zollhafen schleuste.
Eines Tages, so sagte sich Mirza Nuruddin, werden die Engländer nicht nur die Galeonen, sondern auch den portugiesischen Zoll aus unseren Häfen vertreiben. Und von jenem Tage an werden unsere Handelsschiffe wieder die beste Fracht laden, die ertragsreichsten Routen segeln und mit den verwegensten Profiten zurückkehren . . .
»Ich kann offenbar nichts weiteres für Euch tun, Mr. Elkington«, – der *schahbandar* lächelte und nickte sein kleines, zeremonielles *salaam*, – »als Euch guten Wind wünschen und Allahs Segen.«
Es ist also vorbei, dachte Hawksworth, als sie sich zum Gehen wandten, es ist das letzte Mal, das ich dich sehe, du skrupelloser, verschlagener Hurensohn . . .
»Kapitän Hawksworth, vielleicht könnte ich mit Euch noch ein Wort

wechseln! Ihr habt noch nicht vor, Indien zu verlassen, wie ich höre. Jedenfalls nicht sofort. Ich möchte Euch nur sagen, daß meine bescheidenen Dienste auch weiter zu Eurer Verfügung stehen.«
Elkington hielt inne, ebenso wie Hawksworth, aber einer der Beamten des *schahbandar* ergriff den Kaufmann am Arm und führte ihn entschlossen zur Tür – ein wenig zu entschlossen, wie es Hawksworth vorkam.
»Ich glaube, Ihr habt so ungefähr alles für uns getan, was Ihr tun konntet.« Hawksworth machte keinen Versuch, die Ironie in seiner Stimme zu verbergen.
»Sei dem, wie es sei. Ich habe Gerüchte vernommen, denen zufolge Eure Reise nach Agra vielleicht genehmigt wird. Sollten sie sich bewahrheiten, so müßt Ihr wissen, daß Ihr nicht allein reisen könnt, Kapitän. Die Straßen in Indien sind nicht sicherer als die in Europa, von denen ich gehört habe. Alle Reisenden, die ins Landesinnere fahren, brauchen einen Führer und eine bewaffnete Eskorte.«
»Wollt Ihr mir etwa einen Führer besorgen? Einen, der sich in seinen Fähigkeiten messen kann mit dem Lotsen der *Resolve?*«
»Kapitän Hawksworth, bitte! Gottes Wille geht geheimnisvolle Wege.« Mirza Nuruddin seufzte. »Kein Mensch kann das Unglück abwenden, wenn es seine Bestimmung ist. Hört zu Ende. Ich habe erfahren, daß sich gegenwärtig ein Mann in Surat aufhält, der die Straße nach Burhanpur wie seinen eigenen Schwertgriff kennt. Er ist gerade erst aus dem Osten angekommen, und ich höre, daß er zurückzukehren gedenkt, sobald seine – augenscheinlich kurzfristigen – Geschäfte in Surat abgeschlossen sind. Der Zufall will es, daß er eine bewaffnete Eskorte bei sich hat. Ich denke, Ihr tätet gut daran, Euch ihm anzuschließen, solange Ihr noch die Gelegenheit dazu habt.«
»Und wer ist dieser Mann?«
»Ein Radschputenhauptmann der Armee, ein Soldat von nicht geringer Reputation, wie ich Euch versichern kann. Sein Name ist Vasant Rao.«

Mukarrab Khan las den Befehl noch einmal sorgfältig durch, untersuchte das schwarze Tintensiegel auf dem oberen Teil der Seite, um sich zu vergewissern, daß es sich tatsächlich um das Siegel des Moguls handelte, und legte das Schreiben dann beiseite. Die Botschaft war also doch noch gekommen. Die Aussicht auf die Geschenke des Engländers

hatte sich als eine große Versuchung für den habsüchtigen Arangbar erwiesen, der immer neue Spielzeuge begehrte.
Aber die Reise – nach Osten durch das banditenverseuchte Chopda bis Burhanpur, das inzwischen auch schon gefährdet war, und weiter nach Norden auf dem langen Weg über Mandu, Udschain und Gwalior nach Agra – war eine zweimonatige Strapaze. Das Siegel des Moguls bedeutete Straßenräubern, Dienern und Fahrern, die in der Regel käuflich waren, weniger als nichts. Es ist ein langer Weg, Engländer, und auf diesem Weg sind Unglücksfälle so alltäglich wie im Sommer der Mehltau auf den Blättern.
Der Gouverneur lächelte und nahm das zweite silbergeschmückte Bambusrohr auf, das der Läufer gebracht hatte. Das Datum auf der Außenseite war eine Woche alt.
Es verwunderte Mukarrab Khan immer wieder, daß Indiens Läufer, die *mewras*, schneller waren als Postpferde. Die Botschaft hatte die Strecke von dreihundert *kos* zwischen Agra und Burhanpur im Süden und die restlichen einhundertfünfzig *kos* nach Surat im Westen – zusammen eine Entfernung von fast siebenhundert englischen Meilen – in nur sieben Tagen zurückgelegt.
Die Läufer waren in Posten stationiert, die sich in Abständen von fünf *kos* entlang der großen Straße befanden, die Akman hatte erbauen lassen, um Agra mit dem Seehafen Surat zu verbinden. Sie trugen als Erkennungszeichen eine Feder am Kopf und zwei Glocken am Gürtel, und sie gewannen Energie, indem sie *postibangh* aßen, eine Mischung aus Opium und Hanfextrakt. Akman war sogar auf die Idee gekommen, die Straßenränder mit weißen Streifen zu säumen, damit seine *mewras* auch in der dunkelsten Nacht ohne Laternen laufen konnten. Insgesamt waren etwa viertausend Läufer an den fünf größten Hauptverbindungsstraßen Indiens stationiert.
Es gibt nur zwei Dinge, die schneller sind, hatte sich Mukarrab Khan oft gesagt, und das sind der Blitz und eine blaue *raht*-Taube mit weißem Hals. Eine Entfernung, für die ein Läufer einen ganzen Tag brauchte, konnte von einer Taube in drei Stunden zurückgelegt werden, vorausgesetzt das Wetter war gut. Arangbar hielt überall in Indien Tauben, sogar in Surat – aber das taten andere bei Hofe auch. In jüngster Zeit hatte es sogar den Anschein, als züchtete *jeder* dort Brieftauben.
Neben dem Datum befand sich das Siegel Nadir Sharifs, des Ersten

Ministers und Bruders der Königin. Mukarrab Khan kannte Nadir Sharif gut. Seine Botschaften spiegelten zwar immer die Wünsche des Moguls oder der Königin wider, doch man konnte darauf bauen, daß sie durchdacht waren. Wenn der Mogul in seiner Wut jemanden wegen eines geringfügigen Vergehens verurteilte, wartete Nadir Sharif stets bis zum nächsten Tag mit der Verkündigung des Urteils, denn er hatte herausgefunden, daß Arangbar abends beim Weine dazu neigte, Todesurteile zu revidieren.

Wie immer versuchte Mukarrab Khan den Inhalt der Botschaft zu erraten, bevor er die am Ende des Rohrs angebrachte Kappe entsiegelte. Vermutlich betraf es die letzte Steuererhebung. Oder eine Diskrepanz zwischen den offenen Berichten der *wakianavis* und den privaten Berichten der *harkaras*. Erstere waren offizielle Berichterstatter des Gouverneurs, letztere geheime Boten des Moguls, deren Depeschen, wie man in Agra wohl glaubte, dem Gouverneur nicht bekannt sein sollten. Sollte sich diese Vermutung bestätigen, dachte Mukarrab Khan, so wird mein Verdacht widerlegt, daß niemand in der Kaiserlichen Kanzlei die Berichte jemals liest. Ich habe in der letzten Monatsabrechnung der Münzstätte mit Absicht eine Differenz von einem halben *lakh* Rupien eingefügt, um zu sehen, ob sie es merken . . .

Mukarrab Khan öffnete die Botschaft. Als er sie las, setzte sein Herz einen Schlag lang aus.

Er ergriff das Papier, verließ gedankenverloren den leeren Audienzsaal und schritt die Stufen zum Innenhof hinab. Auf der Veranda stehend, sah er die schweren Wolken, die sich im Westen drohend über dem Meer zusammenzogen, und spürte die feuchte Luft, die einen letzten Gruß des Monsuns versprach. Diener waren gerade damit beschäftigt, den Gobelinbaldachin, der sich über der gepolsterten Bank ihres Herrn wölbte, zu entfernen, doch als sie seiner ansichtig wurden, zogen sie sich sofort zurück.

Der Gouverneur ließ sich schwer auf die Bank fallen und las den Befehl noch einmal sorgfältig durch. Er war fassungslos.

Auf Empfehlung von Königin Dschanahara war Mukarrab Khan soeben zu Indiens erstem Botschafter im portugiesischen Goa ernannt worden. In zwei Wochen sollte er abreisen.

12 Der Mond stand hoch am Himmel und badete den schlafenden Dachgarten in einer Flut glitzernden Silbers; die Luft war köstlich feucht und schwer mit dem Duft des Gartens, der unter ihnen lag. Irgendwo zwischen den fernen Dächern intonierte eine hohe Männerstimme eine Melodie, wortlose Silben in einer dichten Poesie des Klanges.

Hawksworth lehnte sich gegen einen der geschnitzten Zedernholzpfosten, die den Baldachin über seinem Lager trugen, und erforschte mit seinen Blicken Kalis Körper, so wie ein Seemann eine Landkarte nach unbekannten Inseln und kleinen Buchten absucht. Sie ruhte ihm gegenüber auf einem länglichen Samtpolster, betrachtete ihn mit halbgeschlossenen Augen und zog zufrieden an einer *huka,* die mit schwarzem Tabak und einem konzentrierten *bhang* gefüllt war, das die Araber *haschisch* nannten.

Ihr Haar war offen und fiel in glänzenden schwarzen Strähnen fast bis zur Taille. Auf dem Kopf trug sie eine dünne runde Tiara aus Gold und Perlen, die den großen grünen Smaragd hielt, der immer ihre Stirn schmückte – selbst wenn sie sich liebten. Das Gold, das sie trug – lange Armbänder an den Handgelenken und Oberarmen, schwingende Ohrringe und an den Fesseln winzige Glöckchen –, schien sie auf eine Weise zu erregen, die Hawksworth nicht verstand. Ihre Augen und Augenbrauen waren mit *kohl* geschwärzt, ihre Lippen, im Einklang mit der Farbe ihrer Finger- und Fußnägel tiefrot geschminkt, Handflächen und Fußsohlen mit Henna rot gefärbt. Vier verschiedene Perlenstränge hingen in vollendeter Harmonie unter ihrer durchsichtigen Bluse und schimmerten weiß auf der zarten, bernsteinfarbenen Haut. Hawksworth bemerkte auch, daß ihre Brustwarzen rot geschminkt waren, und das war das einzige an ihr, was ihn an die Frauen in London erinnerte.

»Heute nacht waren deine Gedanken weit weg, mein Liebster. Bist du meiner so schnell müde geworden?« Sie hob ein Fläschchen vom Boden neben dem Bett auf und betupfte sich gedankenverloren die Arme mit Rosenöl. »Sag mir die Wahrheit. Schreckst du jetzt vor den Frauen zurück wie es viele prahlerische und aufgeblasene Männer, die ich kannte, getan haben und beginnst, dich nach einem Jungen zu sehen, der Angst davor hat, selbst Lust zu empfinden? Oder nach einer unterwürfigen *feringhi*-Frau, deren *yoni* trocken ist, weil sie kein Verlangen spürt?«

Hawksworth betrachtete sie einen Moment, ohne zu antworten. Er wußte auch gar nicht, was er sagen sollte. Deine nächtlichen Besuche auf diesem Lager, dachte er, waren die erstaunlichste Erfahrung meines ganzen Lebens. Und ich habe einmal geglaubt, es könne schließlich langweilig werden, wenn man Nacht für Nacht mit derselben Frau verbringt! Aber du kommst jedesmal als eine andere, immer wieder mit etwas Neuem. Du spielst mit meinen Sinnen wie auf einem Instrument – mit Berührungen, mit Düften, mit Schmeicheleien deiner Zunge –, bis sie mit meinem Geist zu verschmelzen scheinen. Oder ist es umgekehrt? Ja, du hast recht, wenn du sagst, daß sich zuerst der Geist preisgeben muß. Dann, wenn der Geist sich dem Körper ausgeliefert hat, erst dann vergißt man sich selbst und denkt nur an den anderen. Schließlich erwächst daraus eine Harmonie der Lust, ein starkes überwältigendes Miteinander.

Heute nacht aber konnte er nicht verhindern, daß seine Gedanken abschweiften. Das Gefühl, versagt zu haben, brannte zu stark in ihm; es hatte ihm seine Kraft gestohlen.

Übermorgen lichtet die *Discovery* Anker, sagte er sich, mit halb so viel Fracht wie geplant und doppelt so vielen Männern, wie sie braucht, während die *Resolve* auf einer Sandbank vor der Küste langsam auseinanderbricht. Ich habe vor der Kompanie versagt . . . und vor mir selbst. Und ich kann nichts dagegen tun . . . Kali, liebe Kali. Die Frau, bei der ich eigentlich heute nacht sein möchte, heißt Shirin. Die Hälfte der Zeit, die du in meinen Armen liegst, stelle ich mir vor, du wärest sie. Spürst du das auch? »Es tut mit leid. Ich bin heute nacht nicht ich selbst.« Du hast wie immer recht, wunderte er sich, Geist und Körper sind eine Einheit. »Woher wußtest du das?« »Als deine Kurtisane ist es meine Pflicht, deine Stimmungen zu erfühlen. Und zu versuchen, die Last der Welt von deinem Herzen zu nehmen.«

»Du verstehst dich großartig darauf. Nur ist die Last manchmal *zu* groß.« Er betrachtete sie und fragte sich, was sie *wirklich* denken mochte. Dann lehnte er sich zurück und blickte zu den Sternen. »Sag mir, was *du* tust, wenn die Welt auf *deinem* Herzen lastet.«

»Das soll deine Sorge nicht sein, Liebster. Ich bin hier, um an dich zu denken, nicht, damit du an mich denkst.«

»Sag es mir trotzdem. Denk einfach, es ist die Neugier eines *feringhi*, die mich bewegt.«

»Was *ich* tue?« Sie lächelte traurig, zog wieder an der *huka* und schickte ein winziges Gurgeln in die Stille. »Ich entfliehe mit *bhang*. Und ich erinnere mich an die Zeit, als ich in Agra war, in der *zenana*.«
Sie legte das Mundstück der *huka* beiseite und begann, Betelblätter zu rollen. Sorgfältig maß sie dabei eine Portion Muskatnuß ab und fügte sie hinzu; es war ihr bevorzugtes Aphrodisiakum.
»Erzähl mir, wie du von Agra hierhergekommen bist.«
»Bin wirklich ich es, von der du hören willst?« Sie sah ihn geradeheraus an, und ihre Stimme blieb ruhig. »Oder ist es Shirin?«
»Du«, log Hawksworth und streichelte dort, wo die rote Hennalinie begann, ihren Fuß. Dann sah er in ihre dunklen Augen und wußte, daß sie es wußte.
»Werden wir uns noch einmal lieben, wenn ich es dir erzähle?«
»Möglicherweise.«
»Ich weiß, wie ich dich an dein Versprechen binden kann.« Sie nahm seinen Zeh in den Mund und berührte ihn spielerisch mit der Zunge, bevor sie ganz sanft zubiß. »Ich werde dir alles erzählen, was du wissen willst.«
»Wie kam es, daß du den Harem, die *zenana*, so sehr gemocht hast?«
Sie seufzte. »Wir hatten dort alles, Wein und süßes *bhang*, und wir bestachen die Eunuchen, uns Opium, Muskatnuß und Tabak zu bringen. Wir konnten enge Hosen tragen, was in Surat aus Angst vor den Mullahs kaum eine Frau wagt. Wir trugen Juwelen so, wie die Frauen in Surat Tücher tragen, und chinesische Seide so wie hier langweilige Baumwolle. Es gab immer Musik, Tanz, Taubenfliegen. Wir bekamen alle Parfüms – Moschus, Duftöl, Rosenessenz –, die wir wollten. Die Läufer des Moguls brachten Melonen aus Kabul, Granatäpfel und Birnen aus Samarkand, Äpfel aus Kaschmir, Ananas aus Goa.« Kali griff nach einem gerollten Betelblatt, um es Hawksworth in den Mund zu stecken. »Das einzige, was wir nicht haben sollten, waren Gurken . . .« Sie kicherte und nahm sich selbst ein Betelblatt. »Ich glaube, Seine Majestät fürchtete, dem Vergleich nicht standhalten zu können. Aber wir bestachen die Eunuchen und bekamen sie dann doch. Auch gegenseitig haben wir uns Lust geschenkt.«
Hawksworth betrachtete sie und war sich nicht ganz sicher, ob er all das glauben sollte. »Ich habe gehört, daß die Harems der Türken in der Levante eine Art Gefängnis sein sollen. War es in Agra auch so?«

»Überhaupt nicht.« Sie lächelte schnell, – ein wenig zu schnell, wie er fand. »Wir pflegten Ausflüge aufs Land zu machen und begleiteten Seine Majestät im Sommer nach Kaschmir.«

»Aber ihr wart immer unter Bewachung?«

»Natürlich. Weißt du, das Wort *harem* ist der arabische Ausdruck für ›verbotenes Heiligtum‹. Hier benutzen wir den persischen Ausdruck *zenana.* Es ist in Wirklichkeit eine Stadt der Frauen. Und alle Städte müssen Wächter haben. Aber wir bezogen ein Gehalt und hatten unsere eigenen Dienerinnen – wie Regierungsbeamte. Jede von uns hatte eigene Gemächer, riesige, mit Gemälden und sprudelnden Brunnen geschmückte Räume. Nur daß es keine Türen ab, die man verschließen konnte, denn es war unsere Aufgabe, stets bereit zu sein, Seine Majestät zu empfangen.«

»Gab es denn überhaupt nichts, was du *nicht* mochtest?« Er sah sie skeptisch an. »Ich glaube, ich könnte selber ein paar Nachteile aufzählen.«

»Einige wenige Nachteile gab es, ja. Ich mochte zum Beispiel die Intrigen nicht. Alle Frauen schmiedeten ununterbrochen Ränke, um Seine Majestät in *ihre* Räume zu locken und ihm dort Aphrodisiaka zu geben, auf daß er möglichst lange bei ihnen bliebe. Die Schönen hatten ständig Angst davor, von älteren Frauen und den weiblichen Sklaven vergiftet zu werden. Es gab Spitzel. Und es gab Frauen, die immer wieder versuchten, die Eunuchen zu bestechen, damit sie als Dienerinnen verkleidete junge Männer in die *zenana* brächten.« Kali nahm den Stiel einer Blume zur Hand und begann, seine Zehen damit zu umflechten. »Aber es gibt immer und überall Intrigen. Es ist der Preis, den wir für das Leben bezahlen.«

»Du hast mir nicht erzählt, wie du überhaupt in die *zenana* gekommen bist. Wurdest du gekauft wie die Frauen in der Levante?«

Kali brach in lautes Gelächter aus. »*Feringhis* können manchmal so einfältig sein! Die Leute in dem Land, das sich Europa nennt, müssen sich ja höchst merkwürdige Geschichten erzählen.« Nur langsam beruhigte sie sich und fuhr dann fort: »Ich war dort, weil ich eine sehr kluge Mutter hatte. Die *zenana* ist mächtig, und Mutter tat alles, was in ihrer Macht lag, mich dort hineinzubringen. Sie wußte, wenn Seine Majestät Gefallen an mir fände, würde mein Vater vielleicht einen guten Posten bekommen. Sie hat es Jahre im voraus geplant. Als ich schließlich fünfzehn wurde, nahm sie mich zum jährlichen *mina-basar* mit, den Arangbar wie schon sein Vater Akman zum Persischen Neujahrsfest veranstaltet.

»Was ist das?«

»Es ist ein Scheinbasar, der auf dem Palastgelände abgehalten wird und auf dem nur Frauen zugelassen sind, vorausgesetzt, sie sind schön. Wer von Seiner Majestät gesehen werden will, errichtet einen Stand aus Seide und Gaze und gibt vor, von ihr selbst geschaffene Dinge wie Spitzen und Parfüm verkaufen zu wollen.«

»Und dort hat der Mogul dich zum ersten Mal gesehen?«

»Ja. Arangbar besuchte alle Stände. Er wurde von ein paar Tatarenfrauen aus der *zenana* in einer Sänfte umhergetragen und war von seinen Eunuchen umgeben. Er tat, als wolle er um die Handarbeiten feilschen und hieß die Frauen hübsche Diebinnen. In Wirklichkeit aber inspizierte er sie und die Töchter, die sie mitgebracht hatten. Ich war mit meiner Mutter dort und trug eine dünne Seidenbluse, weil meine Brüste wunderschön waren. . .« Sie hielt inne und strich sich mit der rotgefärbten Fingerspitze über eine Brustwarze. »Findest du, sie sind es noch immer? Ein wenig?«

»Alles an dir ist schön.«

»Nun, ich nehme an, Arangbar muß das auch geglaubt haben, denn am nächsten Tag schickte er einen Mittelsmann, der meiner Mutter Geld gab, damit sie mir erlaubte, in die *zenana* zu gehen.«

Hawksworth schwieg einen Augenblick. Dann fragte er, bewußt um einen beiläufigen Ton in seiner Stimme bemüht: »Haben Shirin oder ihre Muter dasselbe getan?«

»Natürlich nicht.« Kali wirkte regelrecht entsetzt, so absurd erschien ihr der Gedanke. »Sie ist Perserin. Ihr Vater war bereits eine Art Beamter. Er hatte eine viel zu hohe Position, als daß er seinen Frauen je hätte erlauben können, zum *mina-basar* zu gehen. Der Mogul muß sie irgendwoanders gesehen haben, und wenn er sie gewollt hat, so konnte ihr Vater sie ihm nicht verweigern.«

»Was ist schließlich mit dir geschehen . . . und mit ihr?«

»Sie wurde seine Lieblingsfrau.« Kali nahm ihr Betelblatt aus dem Mund und warf es weg. »Das ist immer sehr gefährlich. Sie hatte große Schwierigkeiten, als die Königin nach Agra kam. Zu mir kam Seine Majestät nur einmal, wie es seine Pflicht war.« Sie lachte, aber in ihrer

Stimme war keine Fröhlichkeit. »Denk daran, ich war erst fünfzehn. Ich wußte nichts über die Liebe, obwohl ich mich sehr bemühte, ihm zu gefallen. Aber zu jener Zeit war er schon von Shirin hingerissen. Er ließ sie fast jeden Nachmittag zu sich rufen.«

»Und was hast du getan?«

»Ich begann, die anderen Frauen zu lieben. Ich nehme an, es klingt fremd für dich, aber ich fand heraus, daß die Körper anderer Frauen sehr anziehend sein können.«

»Warst du denn nicht einsam?«

»Ein bißchen. Aber auch hier bin ich manchmal einsam.« Sie machte eine Pause und sah weg. »Eine Kurtisane ist immer einsam. Kein Mann wird sie jemals wirklich lieben. Er wird zuhören, wenn sie ihm vorsingt und mit ihm scherzt, aber sein Herz wird ihr nie gehören, ungeachtet aller süßen Versprechungen, die er sich für sie ausdenkt.«

Hawksworth sah, wie sie mit einem schnellen Griff nach der *huka* die Traurigkeit aus ihren Augen vertrieb.

»Du hast mir nie erzählt, wie es dazu kam, daß du Kali genannt wurdest. Mukarrab Khan sagte mir, es sei nicht dein wirklicher Name.«

Sie sah ihn an, und ihre Augen wurden zu Eis. »Er ist in der Tat bösartig! Was sagte er genau?«

»Daß du es mir erzählen würdest.« Hawksworth machte eine verblüffte Pause. »Oder willst du nicht?«

Sie wischte sich mit einer schnellen Bewegung über die Augen. »Warum nicht? Bevor es dir jemand anders erzählt ... Aber bitte, versuche zu verstehen, daß ich sehr einsam war. Du kannst nicht wissen, wie einsam es in der *zenana* wird. Wie du dich nach der Berührung eines Mannes sehnst, und sei es für ein einziges Mal. Du kannst es dir nicht vorstellen. Nach einer Weile wirst du ... irgendwie verrückt. Es wird zu einer fixen Idee. Kannst du das verstehen? Wenigstens ein bißchen?«

»Ich habe Männer erlebt, die monatelang auf See waren. Ich könnte dir da Geschichten erzählen, die dich vermutlich schockieren würden.«

Sie lachte. »Nichts, absolut nichts, könnte mich noch schockieren. Aber jetzt werde ich dich erschrecken, höre! Es gab da einen Eunuchen, einen Abessinier, der die *zenana* nachts bewachte. Er war sehr groß und wirklich schön, und sein Name war Abnus, weil seine Haut die Farbe von Ebenholz hatte.«

»Ein Eunuch?« Hawksworth starrte sie ungläubig an. »Ich habe immer gedacht . . .«

Sie unterbrach ihn. »Ich weiß, was du immer gedacht hast. Aber Eunuchen sind nicht alle gleich. Bengalische Eunuchen, wie Mukarrab Khan sie besitzt, werden in ganz jungen Jahren von ihren Eltern verkauft, und man schneidet ihnen alles mit einem Rasiermesser weg. Moslemische Händler kaufen die Jungen in Bengalen und bringen sie nach Ägypten, wo es koptische Mönche gibt, die auf die Operation spezialisiert sind. Eunuchen dieser Art nennt man *sandali.* Sie müssen sogar ihr Wasser durch einen Strohhalm lassen. Im übrigen ist die Operation so gefährlich, daß nur wenige Knaben überleben, und deshalb sind die *sandalis* sehr teuer. Abnus war Seiner Majestät als Geschenk von einem arabischen Kaufmann geschickt worden, der so geizig war, daß er keinen Bengalenjungen erwarb, sondern einfach einem ausgewachsenen Sklaven die Hoden zerquetschen ließ. Niemand wußte, daß Abnus noch fast alles tun konnte, was ein Mann können muß. Es war unser Geheimnis.«

»Du hast also einen Eunuchen geliebt?«

Kali lächelte und nickte. »Eines Tages betrat eine Aufseherin unangekündigt meine Räume. Ich erfuhr erst in diesem Moment, daß sie Spitzeldienste für den Palast tat.« Kali machte eine Pause, und ein leichtes Zittern durchlief sie. »Wir wurden beide zum Tode verurteilt, aber es machte mir nichts aus. Ich wollte sowieso nicht mehr leben. Abnus wurde am nächsten Tage getötet; man spießte ihn auf und ließ ihn in der Sonne zum Sterben liegen.«

Kali hielt ein, und ihre Lippen zitterten ein wenig. Dann fuhr sie fort. »Mich grub man im Hof bis zum Hals ein. Ich sollte zusehen, wie er starb. Am späten Nachmittag kamen ein paar Wachen, gruben mich wieder aus und brachten mich zurück in den Palast. Ich war wie wahnsinnig. Sie schleppten mich in ein Gemach . . . und da sah ich sie dann . . . «

»Wen?«

»Königin Dschanahara. Sie bot mir eine Chance zum Weiterleben an. Ich wußte nicht, was ich tat, wo ich war, nichts. Bevor ich über ihr Angebot nachdenken konnte, hatte ich bereits zugestimmt.« Endlich kam eine Träne. »Ich habe es noch nie jemandem erzählt. Ich schäme mich so.« Sie wischte sich die Augen und richtete sich auf. »Aber ich habe auch nie getan, was ich ihr danach zu tun versprach. Nicht ein einziges Mal.«

»Und was war das?«

Kali sah ihn an und lachte. »Mit Mukarrab Khan hierherzukommen und Shirin zu bespitzeln. Hin und wieder schicke ich an Ihre Majestät irgendeine harmlose, erfundene Nachricht. Ich weiß, was Shirin tut . . . und ich bewundere sie sehr deswegen.«

Hawksworth versuchte, sich seine Aufregung nicht anmerken zu lassen. »Was ist es denn, was sie tut?«

Kali besann sich und sah ihn an. »Das ist das eine, was ich dir nie und nimmer sagen kann. Aber ich soll auch dich bespitzeln – für Khan Sahib.« Wieder lachte sie. »Aber du sagst nie etwas, das weiterzugeben sich lohnen würde . . .«

Hawksworth war verblüfft. Bevor er sprechen konnte, fuhr sie fort: »Du hast mich nach meinem Namen gefragt. Das ist vermutlich der wahre Grund dafür, daß ich Dschanahara so hasse. Früher hieß ich Mira. Mein Vater war Hakim Ali, und er kam aus Arabien nach Indien, als Akman Mogul war. Die Königin aber befahl, daß ich diese Namen nie wieder benutzen dürfe. Sie sagte, daß sie mich fortan Kali nennen würde, weil ich für Abnus' Tod verantwortlich sei. Kali nennen die Hindus ihre blutrünstige Göttin des Todes und der Zerstörung. Die Königin sagte, es würde mich immer an meine Tat erinnern. Ich hasse diesen Namen.«

»Dann nenne ich dich Mira.«

Sie nahm seine Hand und legte sie an ihre Wange. »Es tut nichts mehr zur Sache. Außerdem werde ich dich wahrscheinlich nie wiedersehen. Morgen wirst du dich auf deine Reise nach Agra vorbereiten. Khan Sahib sagte mir, ich dürfe nach dieser Nacht nicht mehr zu dir kommen. Ich glaube, er ist sehr aufgeregt über etwas, was mit deinen Schiffen passiert ist.«

»Das bin ich auch.« Hawksworth betrachtete sie. »Was hat er im einzelnen gesagt?«

»Ich habe dir bereits genug erzählt. Zu viel.«

Sie kniff seinen Zeh. »Für jetzt jedenfalls. Du wirst dein Versprechen halten, mein Liebster. Und nach dieser Nacht kannst du mich vergessen.«

Hawksworth sah sie hingerissen an. »Ich werde dich nie vergessen.«
Sie versuchte zu lächeln. »O doch, das wirst du. Ich kenne die Männer nur zu gut. Aber ich werde mich immer an dich erinnern. Wenn ein Mann und eine Frau ihre Körper miteinander teilen, entsteht ein Band zwischen ihnen, das nie ganz verlorengeht. Deshalb möchte ich, daß du mir erlaubst, dir heute, in unserer letzten Nacht, ein Geschenk zu geben.« Sie griff unter das Lager, holte einen mit Gold besetzten Teakholzkasten hervor. »Ich habe das hier noch nie einem *feringhi* gezeigt, aber ich möchte, daß du es nimmst. Damit du dich an mich erinnerst, zumindest eine Zeitlang.«
»Ich habe noch nie ein Geschenk von einer indischen Frau bekommen.« Hawksworth öffnete vorsichtig den goldenen Riegel des Kastens. Ein in Leder gebundenes und vergoldetes Buch lag darin, das auf dem Einband erlesene Kalligraphien trug.
»Es heißt *Ananga-Ranga* – die Freuden der Frauen. Es wurde vor über hundert Jahren von einem Brahmanendichter geschrieben, der sich Kalyana Mal nannte. Er schrieb es auf Sanskrit für seinen Herrn, den Vizekönig von Gudscharat, eben jener Provinz, in der du dich gerade befindest.«
»Aber warum willst du es mir geben?« Hawksworth sah ihr in die Augen. »Ich werde dich auch ohne Buch nicht vergessen. Ich verspreche es.«
»Und ich werde dich nicht vergessen. Du hast mir große Lust geschenkt. Aber in Indien gibt es Menschen, die denken, daß die Liebe zwischen Mann und Frau mehr sein sollte als sinnliche Lust. Die Hindus glauben, daß die Vereinigung ein Ausdruck aller heiligen Kräfte des Lebens ist. Du weißt, daß ich keine Hindu-Frau bin, sondern eine Moslemkurtisane. Deshalb bedeutet die Liebe für mich zunächst nur, dir Lust zu schenken. Aber ich möchte, daß du weißt, daß es noch mehr gibt, über das hinaus, was wir gemeinsam genossen haben, etwas, was meine Fähigkeiten und mein Wissen weit übersteigt. Nach der Hindulehre ist die Vereinigung von Mann und Frau ein Weg zur Erlangung der Göttlichkeit. Deshalb möchte ich, daß du dieses Buch bekommst. Es beschreibt, welche Frauen es gibt, und sagt, wie man die Lust mit ihnen teilen sollte. Es erzählt von vielen Dingen, die ich nicht verstehe.«
Sie nahm das ledergebundene Buch zur Hand und schlug die erste Seite auf. Die Schrift war kühn und sinnlich.

»In diesem Buch erklärt Kalyana Mal, daß es vier Klassen von Frauen gibt. Die drei höchsten Klassen heißen Lotosfrau, Kunstfrau und Muschelfrau. Den Rest tut er als Elefantenfrauen ab.«
Hawksworth nahm das Buch und betrachtete es. Es enthielt viele Bilder, kleine bunte Miniaturen von Paaren, die einander in scheinbar erstaunlichen Positionen liebten.
»Zu welcher ›Klasse‹ von Frauen gehörst du?«
»Ich glaube, ich muß zur dritten Klasse gehören, zu den Muschelfrauen. Das Buch sagt, daß eine Muschelfrau Freude an Kleidern, Blumen, roten Ornamenten hat. Daß sie zu Anfällen verliebter Leidenschaft neigt, die ihr den Kopf und die Seele verwirren, und daß sie im Moment der höchsten Lust ihre Fingernägel in das Fleisch des Mannes gräbt. Hast du jemals bemerkt, daß ich das tue?«
Hawksworth befühlte die Kratzer auf seiner Brust und lächelte.
»Bis hierher klingt es schon ein wenig nach dir.«
»Und es sagt, daß ihre *yoni*, wie die Hindus sagen, immer feucht mit *kama salila* ist, dem Liebessamen der Frau. Und es schmeckt salzig. Erinnert dich das auch an mich?«
Hawksworth empfand eine seltsame Freude, als ihm zu Bewußtsein kam, daß er diese Frage tatsächlich beantworten konnte. Es war etwas, das von einer Frau in England zu wissen, er nie den geringsten Wunsch besessen hatte.
In England ... Wo sich das Waschen auf Gesicht, Hals, Hände und Füße beschränkte – und das alle paar Wochen einmal ... Wo die Frauen ungewaschene Unterröcke und Mieder trugen, bis sie ihnen buchstäblich vom Leibe fielen ... Wo ein Mitglied des Hochadels vor kurzem mit einem Spruch zitiert worden war, in dem er beklagte, ›daß die edleren Körperteile der Frauen auf dieser Insel niemals gewaschen, sondern den Männern zum Einschäumen überlassen werden‹.
Kali aber wurde jeden Tag gebadet, und sie wurde parfümiert wie eine Blume. Sie hatte ihn das Vergnügen am Geschmack ihres ganzen Körpers gelehrt.
»Ich glaube, es stimmt. Du bist eine Muschelfrau. Und wodurch zeichnen sich die anderen aus?«
»Ich will dir erzählen, was hier gesagt wird.« Sie streckte die Hand aus und nahm das Buch zurück. »Die Kunstfrau aus der nächsten Gruppe hat eine Stimme wie ein Pfau und liebt den Gesang und die Poesie. Ihr

fleischliches Verlangen mag weniger stark ausgeprägt sein als das der Muschelfrau, zumindest, solange es noch nicht richtig erweckt ist. Dann jedoch ist ihr *kama salila* heiß und duftet wie Honig. Es ist reichlich und bringt im Akt der Vereinigung einen Ton hervor. Sie ist sinnlich, aber die Liebe bleibt für sie immer eine Art Kunst.«

»Kennst du eine Kunstfrau?«

Sie sah ihn an und lächelte trocken. »Ich glaube, daß Shirin, die dich so fasziniert, sehr wohl eine Kunstfrau sein könnte. Aber ich kenne ihren Körper nicht gut.«

Ich werde ihn kennenlernen, sagte er sich. Ich werde alles von ihr wissen, irgendwie. Ich schwöre cs . . . »Und was ist mit der Lotosfrau?«

»Nach Kalyana Mal verkörpert sie die höchste Klasse. Sie ist ein durchgeistigtes Wesen, das sich gerne mit Lehrern und Hindupriestern unterhält. Sie ist immer sehr schön, niemals dunkel, und ihre Brüste sind voll und hoch. Ihre *yoni* ist wie eine sich öffnende Lotosknospe, und ihr *kama salila* hat den Duft einer gerade erblühten Lilie.«

»Kannst du mir eine Lotosfrau nennen?«

»Die einzige, bei der ich mir sicher bin, lebt jetzt in Agra. Sie ist eine hinduistische Tempeltänzerin, und . . . ihr Name ist Kamala.«

»Ich habe vor kurzem ein paar Tänzerinnen gesehen, im Haus des *schahbandar*. Aber meiner unmaßgeblichen *feringhi*-Meinung nach gehörten sie keiner sehr hohen Klasse an.«

»Es waren *natsch*-Mädchen, gewöhnliche Dirnen. Sie erniedrigen den klassischen Tanz Indiens zu dem Zweck, Kunden anzulocken. Kamala ist ganz anders. Sie ist eine große Künstlerin. Für sie bedeutet der Tanz und der Akt der Liebe eine Art Anbetung der Hindugötter. Das eine Mal, da ich sie tanzen sah, konnte ich ihre Kraft spüren und begann zu glauben, was ihr nachgesagt wird. Daß sie nämlich das weibliche Prinzip verkörpert – das göttliche weibliche Prinzip, das Indien für die Hindus darstellt. Glaub mir, wenn ich sage, daß sie ganz anders ist als alle Menschen hier in Surat. Sie weiß Dinge, die niemand sonst kennt. Die Leute sagen, in ihrem Besitz befände sich ein uraltes Buch, in dem diese Dinge erklärt werden.«

»Gibt es denn überhaupt noch mehr zu wissen?« Hawksworth dachte an die vielen kleinen Zärtlichkeiten und Neckereien, die Kali ihn gelehrt hatte. Sie erhöhten die Lust und führten zu Freuden, die in

Europa gänzlich unbekannt waren. »Was kann in diesem anderen Buch schon noch stehen?«

»Ich habe ihr Buch niemals gesehen, sondern nur davon gehört. Es ist eine heilige Lehrschrift der Hindus, ein altes *sutra*, in welchem die Vereinigung von Mann und Frau als Möglichkeit gezeigt wird, die eigene göttliche Natur zu finden, den Gott in beiden. Ich habe gehört, es heißt das *Kama Sutra*, die Schrift von Liebe und Lust.«

Hawksworth spürte, daß ihn die Eindrücke zu überwältigen drohten, und murmelte: »Vielleicht fangen wir besser mit diesem Buch hier an. Was sagt es im einzelnen?«

»Das *Ananga-Ranga* erklärt, daß die Lust der Frau je nach ihrer Eigenart, auf unterschiedliche Weise geweckt werden muß. Zu verschiedenen Zeiten des Tages, mit unterschiedlichen Liebkosungen, unterschiedlichen Küssen, Kratzern und Bissen, unterschiedlichen Worten und unterschiedlichen Umarmungen während der Vereinigung. Es verspricht dem Mann, der die Frauen verstehen lernt, bei jeder Frau die höchsten Freuden geben und genießen zu können.«

»Ist es wirklich so kompliziert?«

»Jetzt sprichst du wie einige Moslem-Männer in meiner Bekanntschaft. Sie schließen ihre Frauen ein und lieben Jungen, weil sie behaupten, die Frauen seien unersättlich und hätten ein zehnmal größeres Verlangen als die Männer. In Wirklichkeit jedoch haben diese Männer Angst vor den Frauen und meinen, sie müßten sie so schnell und so sparsam wie nur irgend möglich genießen. Die Lust der Frau ist ihnen unwichtig. In Wahrheit jedoch muß eine Frau erregt werden, um die Vereinigung vollkommen genießen zu können, und darum ist dieses Buch auch so wichtig. Ich halte dich für einen Mann, dem die Lust der Frau am Herzen liegt.«

Hawksworth streichelte schelmisch ihren glatten Oberschenkel, dann nahm er das Buch und legte es behutsam beiseite. »Sag mir, was es über die Muschelfrau sagt. Was ich richtig und was ich falsch gemacht habe.«

»Das Buch sagt, daß die Muschelfrau die Vereinigung mit einem Mann während des dritten *pahar* der Nacht bevorzugt.«

»Und wann ist das?«

»In Indien wird die Zeit nach *pahar* gezählt. Tag und Nacht sind in jeweils vier *pahar* eingeteilt. Das erste *pahar* der Nacht ist nach *feringhi*-Rechnung die Zeit zwischen sechs und neun Uhr abends. Das dritte *pahar* sind eure Stunden zwischen Mitternacht und drei Uhr morgens. Und ist das nicht genau die Zeit, zu der ich zu dir komme?«

»Das trifft sich gut.«

»Hier steht auch, daß es die Muschelfrau an bestimmten, im Buch angegebenen Mondtagen besonders mag, wenn die Fingernägel des Mannes gegen ihren Körper gepreßt werden, an manchen Tagen kräftig, an anderen sanft. Auch die Umarmung muß an bestimmten Tagen kraftvoll sein und an anderen zärtlich. Es gibt viele spezielle Arten, eine Muschelfrau zu berühren und zu umarmen, sie zu küssen, zu beißen, zu kratzen. Zum Beispiel kannst du ihre Oberlippe küssen oder ihre Unterlippe, oder du kannst sie nur mit der Zunge küssen.«

»Wie soll ich dich nur mit meiner Zunge küssen können?« Hawksworth musterte das Buch mit einem skeptischen Blick.

»Es ist sehr leicht.«

Kali lächelte ihm schalkhaft zu. »Vielleicht ist es einfacher, wenn ich es dir zeige.« Sie nahm seine Unterlippe sanft zwischen die Fingerspitzen und ließ ihre Zunge langsam und genüßlich darübergleiten, um sie schließlich verspielt zu zwicken. Er fuhr überrascht auf.

»Da. Du siehst, es gibt viele Wege, einer Frau zu gefallen . . . Wenn du zu einem wahren Liebhaber geworden bist, mein starker *feringhi*, wirst du sie alle kennen.«

Hawksworth bewegte sich unruhig. »Was steht da noch alles drin?«

»Das Buch berichtet auch vom Körper der Frau. Dumme Männer wissen oft nichts darüber, mein Liebster, aber ich glaube, daß du zu lernen beginnst. Es sagt, daß es im oberen Teil der *yoni* ein kleines Organ gibt, das man mit einem Schößling vergleichen kann, der aus der Erde sprießt. Es ist der Sitz der Lust in einer Frau, und wenn es erregt wird, fließt ihr *kama salila* im Überfluß.«

»Und dann?«

»Wenn die Frau bereit ist, können beide den Akt der Vereinigung in vollen Zügen genießen. Und es gibt viele, viele Wege, das zu tun. Das Buch allein zählt zweiunddreißig auf. Es ist große Weisheit, die Kalyana Mal sagen läßt, daß eine Frau auf ihrem Liebesbett Abwechslung finden muß. Wenn sie diese nicht mit *einem* Mann findet, so wird sie sich andere suchen. Es ist bei Männern genauso, glaube ich.«

Hawksworth nickte unverbindlich; er wollte nicht allzu begeistert wirken.

»Schließlich spricht Kalyana Mal davon, wie wichtig es ist, daß eine Frau auch den Höhepunkt ihrer Lust erreicht. Wenn sie das nicht tut, wird sie unzufrieden und vielleicht woanders ihr Vergnügen suchen. In Indien lehrt man die Frauen, diesen Moment durch das *sitkrita* zu bezeichnen, das Atemholen zwischen den geschlossenen Zähnen hindurch. Du wirst es kennen, mein Geliebter.«

Kali legte das Buch in den Kasten und stellte ihn auf den Boden. Dann lächelte sie. »Aber ein paar Dinge weißt du noch nicht. Heute, in der Nacht, in der wir das letzte Mal zusammen sind, werde ich dir die liebevollste Umarmung zeigen, die ich kenne.« Sie betrachtete ihn durch halbgeschlossene Augen und nahm einen Zug aus der *huka.* Dann legte sie sorgfältig das große Samtpolster in die Mitte des Lagers. »Bist du fähig dazu?«

»Versuch es.«

»Gut. Aber ich muß aufs äußerste erregt werden, um es voll genießen zu können. Komm und laß dir all die Stellen zeigen, an denen du mich beißen mußt . . .«

Die Sonne stand direkt über seinem Kopf, als Vasant Rao seinen eisengrauen Hengst vor dem Abidschan-Tor zum Halten brachte. In seinem Rücken lag jenseits eines Mango- und Tamarindenhaines das steinerne Wasserreservoir der Stadt Surat. Es besaß einen Umfang von fast einer Meile, und er hatte das entfernte Ufer als Lagergrund für seine Radschputen gewählt. Während der Handelssaison gab es in Surat keine Unterkünfte, und obwohl er mit der Nennung eines einzigen Namens – des Namens Prinz Dschadar – ein ganzes Gästehaus hätte leeren können, hatte er es vorgezogen, nicht aufzufallen.

Durch die dunklen Bambusschlitze des Tors konnte er den Engländer auf sich zukommen sehen, der seine arabische Stute in einer leichten Gangart ritt. Vasant Rao studierte den Schritt aufmerksam. Er hatte festgestellt, daß sich der Charakter eines Mannes stets danach beurteilen ließ, wie er sein Pferd behandelte.

Der Engländer ist ungeübt, sagte sich Vasant Rao, aber er besitzt eine unmißverständliche natürliche Autorität, die ein wenig an jene Überlegenheit erinnert, die auch der Prinz beim Reiten zeigt. Er lenkt die Stute, fast ohne daß sie es merkt und zwingt ihrem natürlichen Schritt Disziplin auf. Vielleicht hat unser verräterischer Freund Mirza

Nuruddin recht, und der Engländer wird unseren Anforderungen entsprechen.
Prinz Dschadar hatte auf diesen Punkt großen Wert gelegt. »Der englische Kapitän muß ein Mann von starkem Charakter und guter Nervenkraft sein, sonst darf er überhaupt nicht nach Burhanpur kommen. Wenn er schwach wie ein Christ ist, wird er unseren Bedürfnissen nicht entsprechen.«
Die Zeit, die vor uns liegt, wird schwer genug sein, dachte Vasant Rao. Zusätzlicher Kummer wegen dieses Engländers hätte uns da gerade noch gefehlt. Der Prinz sitzt dort unten im Süden in der Falle, und die neueste Nachricht ist, daß Inayat Latif und seine Truppen von Bengalen nach Agra zurückgerufen werden. Bald wird die Königin den fähigsten General der Mogularmee zur Seite haben.
Vasant Rao wandte die Augen von dem Engländer ab, um seine eigene Radschputenwache zu betrachten, und der Stolz auf seine Männer gab ihm Auftrieb. Nur Radschputen würden eines nicht zu fernen Tages den Mut besitzen, den zahlenmäßig weit überlegenen Truppen Inayat Latifs gegenüberzutreten.
Der Ursprung jener Kriegerklans, die sich Radschputen – Königssöhne – nannten, war sagenumwoben. Über ein halbes Jahrtausend, bevor die Moguln kamen, waren sie auf mysteriöse Weise im westlichen Indien aufgetaucht, und Königtum und Ehre lagen in ihrem Blut. Stets hatten sie Anspruch darauf erhoben, als Kshatrija angesehen zu werden, Angehörige der alten Hindu-Kriegerkaste.
Die Männer und Frauen der Kriegerklans der Kshatrija-Kaste lebten und starben mit dem Schwert und hielten eine die Zeiten überdauernde Tradition der persönlichen Ehre wach. Ihre Berufung waren die Waffen, und sie lebten nach Verhaltensregeln, die sich seit Indiens Vorzeit nicht geändert hatten. Ein Mitglied der Kriegerkaste durfte in der Schlacht niemals seinen Rücken zeigen und durfte niemals mit versteckten Waffen kämpfen. Ein Krieger durfte keinen Feind erschlagen, der floh, der um Gnade bat, dessen Schwert zerbrochen war, keinen, der schlief, der seine Rüstung verloren hatte, der dem Kampf nur als Zuschauer beiwohnte, und keinen, der gerade einem anderen Feind gegenüberstand.
Kapitulation war undenkbar. Ein Radschpute, der in der Schlacht geschlagen wurde, brauchte nicht nach Hause zurückzukehren, denn

seine Frau würde dem Ehrlosen die Tür weisen. Wenn aber ein Radschpute mit dem Schwert in der Hand fiel, was die höchste Ehre war, dann folgte seine Frau ihm stolz in den Tod, ließ sich mit seiner Leiche auf dem Scheiterhaufen verbrennen. Auch hatten in den vergangenen Jahrhunderten Radschputenfrauen viele Male das Schwert selbst in die Hand genommen, um die Ehre ihres Klans zu verteidigen.

Wenn keine Feinde von außen sie bedrohten, kämpften die Radschputenklans untereinander, denn sie kannten nichts anderes. Um sich die Sache zu erleichtern, erklärte jeder Klan die unmittelbaren Nachbarn zu Feinden, und ein komplizierter Kodex wurde ausgearbeitet, der selbst um die kleinste Beleidigung einen Krieg rechtfertigte. Die kriegerischen Fähigkeiten eines Radschputen durften nicht rosten, selbst wenn dies ein ständiges Schlachten untereinander bedeutete.

Obwohl sie also unter sich uneins waren, hatten die Radschputenstämme jahrhundertelang ihr Land vor den moslemischen Invasoren verteidigt. Erst mit dem genialen Akman war ein mohammedanischer Herrscher gekommen, der weise genug war, einzusehen, daß die Radschputen als Verbündete wertvoller waren als Feinde. Er gab alle Versuche auf, sie zu unterwerfen und machte sie statt dessen zu Partnern in seinem Imperium. Er heiratete Radschputenprinzessinnen, und er bediente sich der Tapferkeit der Kriegerkaste, um die Herrschaft der Moguln in Indien nach Süden und Westen auszudehnen.

Die Männer um Vasant Rao waren die Elite des führenden Chauhan-Klans, und alle behaupteten sie, von königlichem Blut abzustammen. Sie zeichneten sich durch große Treue, strenge Überzeugungen und absolute Furchtlosigkeit vor dem Tod und dem, was nach dem Tode kam, aus. Sie kamen aus den Bergen im Nordwesten Indiens, hatten Surat noch nie gesehen und auch noch nicht das Meer – und schon gar keinen *feringhi*.

Vasant Rao dagegen hatte in Agra *feringhis* getroffen. An der Seite Prinz Dschadars hatte er jesuitischen Patern zugehört, die man gerufen hatte, um vor Arangbar mit mohammedanischen Mullahs zu disputieren. Vasant Rao hatte ihre verkniffenen, selbstgerechten Gesichter gesehen, ihre engstirnigen, intoleranten Ansichten vernommen. Konnte dieser *feringhi* überhaupt anders sein?

Er hatte bereits mit der Unverfrorenheit des Engländers Bekanntschaft gemacht, und sie hatte ihn – merkwürdig genug – an Dschadar erinnert. Der Engländer hatte sich geweigert, in ihr Lager zu kommen, und zwar mit der Behauptung, es würde seiner Stellung als Botschafter nicht geziemen. Vasant Rao seinerseits, Abgesandter des Prinzen, war nicht dazu bereit gewesen, den Engländer in der Stadt aufzusuchen. Schließlich hatte man sich auf einen Treffpunkt an der Stadtgrenze, am Abidschan-Tor, geeinigt.

»*Nimaste*, Botschafter Hawksworth. Seine Hoheit, Prinz Dschadar, übermittelt die respektvollsten Grüße an Euch und an den englischen König.« Vasant Raos Turki war seit seiner Kindheit hervorragend. Durch die Bambusstangen des Tores hindurch sah er, wie Hawksworth ein stolzes *salaam* zu Pferde vollführte.

Das Tor öffnete sich.

»Im Namen Seiner Hoheit des Prinzen bin ich erfreut, Euch und Eurem König meine guten Dienste anbieten zu dürfen«, fuhr Vasant Rao fort. »Es ist ihm eine Freude und mir eine Ehre, Euch eine Eskorte für Eure Reise nach Burhanpur im Osten stellen zu können. Von dort aus wird Seine Hoheit für weitere Begleitung nach Agra sorgen.«

»Seine Majestät, König James, fühlt sich geehrt durch das Interesse Seiner Hoheit.« Hawksworth sah sich die wartenden Radschputen an, und seine Besorgnis wuchs. Die Augen unter den Lederhelmen blickten ausdruckslos, aber die Pferde scharrten ungeduldig. »Aber meine Route liegt noch nicht fest. Obwohl ich für das Angebot Seiner Hoheit sehr dankbar bin, weiß ich nicht, ob der Weg über Burhanpur auch wirklich der günstigste ist. Seine Exzellenz, Mukarrab Khan, hat angeboten, mir eine Eskorte zu stellen, wenn ich die Straße über Cambay nach Udaipur nehme und von dort aus nach Osten weiterreise.«

Vasant Rao wählte seine Worte sorgfältig. »Wir haben Befehl, drei Tage hierzubleiben, Kapitän, und dann nach Burhanpur zurückzukehren. Der Prinz, der die volle Befehlsgewalt über diese Provinz hat, würde es als angemessen betrachten, wenn wir Eure Eskorte stellten. Werden drei Tage für Eure Vorbereitungen ausreichen?«

Hawksworth bewegte sich im Sattel. Das war kein Angebot. Es war ein Ultimatum.

»Jawohl. Vorausgesetzt, ich werde mich dazu entschließen, die Strecke über Burhanpur zu nehmen.« Hawksworth fragte sich, wie lange er sich dem Radschputen noch widersetzen konnte.

»Vielleicht sollte ich Euch etwas über das Reisen in Indien erzählen,

Botschafter. Wie Ihr sagt, gibt es zwei mögliche Routen zwischen Surat und Agra. Die nördliche Route über Udaipur und Radschputana ist auf den ersten Blick schneller, weil die Straßen trockener und die Flüsse nach dem Monsunregen bereits wieder gesunken sind. Aber es ist ein Teil Indiens, in dem Reisende von den einheimischen Radschputenklans nicht immer willkommen geheißen werden. Es kann leicht passieren, daß Ihr Euch plötzlich mitten in einem lokalen Krieg befindet oder gegen Euren Willen bei einem unbedeutenden Radscha zu Gast seid, der glaubt, ein Lösegeld für Euch erpressen zu können. Wenn Ihr andererseits über Burhanpur nach Osten reist, werdet Ihr vielleicht feststellen, daß einige Flüsse nach wie vor Hochwasser führen. Aber die dortigen Klans sind Prinz Dschadar treu ergeben, und nur in der Umgebung von Chopda, auf halbem Wege nach Burhanpur, werdet Ihr mit Straßenräubern rechnen müssen. Dies ist jedoch ein ehrenvoller Beruf, und sie sind immer gewillt, als Gegenleistung für eine sichere Weiterreise Bestechungsgelder anzunehmen. Geringfügiger Raub – sie betrachten ihn als Wegezoll – bedeutet für sie Lebensunterhalt und Tradition, und deshalb töten wir sie normalerweise nicht. Sie sind schwach und stellen schwache Forderungen. Auf die Radschas in Radschputana trifft dies wiederum nicht zu. Ihr habt die Wahl, aber wenn Euch Euer Gepäck und Euer Leben etwas bedeuten, dann schließt Ihr Euch *uns* an.«

Ich bin entweder ein Gefangener des Prinzen oder Mukarrab Khans, was immer ich auch tue, dachte Hawksworth.

»Meine Fregatte segelt morgen. Am Tag danach bin ich abfahrbereit.«

»Heute abend ist für uns beide die Zeit des Abschieds gekommen, Kapitän Hawksworth. Wißt Ihr, daß die Hindus glauben, daß Leben und Tod ein endloser Kreislauf sind? Er verurteilt sie dazu, ihre armseligen Existenzen immer von neuem zu wiederholen. Ich selbst glaube lieber, daß dieses eine Leben, das wir haben, in sich selbst zyklisch ist, daß es sich immer erneuert. Was gestern neu und aufregend war, ist heute langweilig und ermüdend. Deshalb bringt der morgige Tag uns beiden eine Wiedergeburt. Für Euch ist es Agra, für mich Goa. Wer weiß, ob sich unsere Wege noch einmal kreuzen?« Mukarrab Khan sah zu, wie ein Eunuch die Tür öffnete, die in den fackelbeleuchteten Garten führte. »Ihr wart ein außerordentlich wohlwollender Gast und habt mit bemerkenswerter Nachsicht meine unwürdige Gastfreundschaft geduldet.

Vielleicht ertragt Ihr heute abend ein letztes Mal meine Gesellschaft, selbst wenn ich kaum noch etwas Neues zu bieten habe?«

Den Innenhof erfüllte ein wildes Durcheinander von Kisten und Haushaltsgegenständen. Überall arbeiteten Diener, die zusammengerollte Teppiche, Polster, Möbel, Vasen und Kleider einpackten und in Kisten legten. Im Hintergrund des Hofes standen Elefanten mit *haudas* auf dem Rücken und warteten darauf, beladen zu werden. Zunächst mußte alles auf Barken verbracht werden, die dann flußabwärts bis zur Sandbank fahren würden, wo bereits eine portugiesische Fregatte wartete.

»Mein Speisesaal ist ausgeräumt, der Teppich zusammengerollt. Es bleibt uns keine andere Wahl: Wir müssen heute abend im Freien essen wie Soldaten auf dem Marsch.«

Hawksworth hörte Mukarrab Khan nicht mehr zu. Er starrte an ihm vorbei durch die vom Fackelrauch getrübte Luft und konnte kaum glauben, was er sah: In einer Ecke des Hofes standen zwei Europäer in schwarzen Soutanen.

Portugiesische Jesuiten.

Mukarrab Khan bemerkte, daß das diplomatische Lächeln auf Hawksworth' Gesicht plötzlich gefror, und wandte sich um, um seinem Blick zu folgen. »Ach ja, ich muß Euch bekannt machen. Ihr versteht die Sprache der Portugiesen?«

»Genug.«

»Das hätte ich mir denken können. Ich persönlich finde sie scheußlich und weigere mich, sie zu lernen. Aber die beiden Patres dort haben in Goa Persisch gelernt, und ich glaube, daß einer von ihnen ein wenig Turki spricht.«

»Was tun sie hier?« Hawksworth versuchte, die Fassung zu bewahren.

»Sie sind heute erst in Surat eingetroffen. Die letzten Wochen haben sie in Goa verbracht. Ich habe gehört, daß sie auf dem Weg zu der jesuitischen Mission in Lahore sind, einer Stadt im Pandschab weit nördlich von Agra. Sie haben eigens darum gebeten, Euch kennenzulernen.« Er lachte. »Sie tragen keine Waffen, Kapitän, und ich nahm an, daß Ihr nichts dagegen haben würdet.«

»Da habt Ihr Euch geirrt. Ich habe einem Jesuiten nichts zu sagen.«

»Ihr werdet bald Jesuiten genug treffen, Kapitän, nämlich in Agra am Hof des Moguls. Betrachtet diesen Abend als Vorgeschmack darauf.« Mukarrab Khan versuchte, höflich zu lächeln, aber sein Blick wirkte beunruhigt, und er befingerte nervös seinen juwelengeschmückten Ring. »Ihr würdet mir einen Gefallen tun, wenn Ihr mit ihnen spräche t.«

Die beiden Europäer bahnten sich jetzt einen Weg durch die Vielzahl der auf dem Hof herumstehenden Kisten und Kasten und die Menge der geschäftigen Diener. Die mit Rubinen besetzten Kruzifixe, die sie auf ihren schwarzen Soutanen trugen, schienen rote Funken in die Nachtluft zu sprühen.

Mukarrab Khan drängte Hawksworth besorgt voran. »Ich habe das Vergnügen, Euch Botschafter Brian Hawksworth vorzustellen, der Seine Majestät, König James von England, vertritt und, wie ich glaube, auch die Englische Ostindische Kompanie.« Er wandte sich nun an Hawksworth. »Und Euch, Botschafter, möchte ich Pater Alvarez Sarmento vorstellen, Superior der Mission der Societas Jesu in Lahore. Und das ist Pater Francisco da Silva.«

Hawksworth nickte knapp und betrachtete die Jesuiten genau. Obwohl Sarmento schon alt war, wirkte sein Gesicht stark und entschlossen. Er hatte kantige Wangen und harte Augen, die den Eindruck erweckten, als könnten sie Marmor durchbohren. Ein größerer Gegensatz zu ihm als der jüngere Priester war kaum vorstellbar. Ein rötlicher Hals quoll aus dem engen Kragen seiner Soutane hervor, die Augen verschwanden fast hinter den aufgedunsenen Wangen und gingen nervös hin und her. Hawksworth schoß die absurde Frage durch den Kopf, wie schnell sich dieser von zu viel Kapaun und Rotwein aufgeschwemmte Körper wohl verändern würde, wenn Mackintosh ihn einen Monat lang für die dritte Wache einteilen würde.

»Ihr seid ein gefeierter Mann, Kapitän Hawksworth.« Pater Sarmento sprach fehlerlos Turki, aber seine Stimme war wie Eis. »Man spricht viel über Euch in Goa. Der neue Vizekönig hat uns persönlich darum ersucht, Euch zu treffen und eine Botschaft zu überbringen.«

»Seine letzte Botschaft war ein ungesetzlicher Angriff auf meine beiden friedlichen Handelsschiffe. Ich glaube, er erinnert sich noch an meine Antwort. Bietet er jetzt an, sich an den Vertrag zu halten, den Euer spanischer König mit König James geschlossen hat?«

»Dieser Vertrag hat keine Gültigkeit in Asien, Kapitän. Seine Exzellenz hat uns gebeten, Euch mitzuteilen, daß Eure Reise nach Agra keinen Erfolg haben wird. Unsere Patres haben den Mogul bereits davon in

Kenntnis gesetzt, daß England eine gesetzlose Nation ist, die außerhalb der Gnade der Kirche lebt. Vielleicht seid Ihr Euch der Wertschätzung nicht bewußt, die der Mogul inzwischen für unsere Mission in Agra hegt. Wir haben dort jetzt eine Kirche, und durch sie haben wir viele der zu fleischlichen Ausschweifungen neigenden Heiden zu Gott geleitet. Wir haben die islamischen Mullahs in der Gegenwart Seiner Majestät widerlegt und ihm die Falschheit ihres Propheten und seiner Gesetze aufgezeigt. Und auf Grund dieser Wertschätzung, die wir uns verdient haben, schickt der Mogul jetzt einen Botschafter zum portugiesischen Vizekönig.«

Bevor Hawksworth noch antworten konnte, streckte Vater Sarmento plötzlich die Hand aus und berührte in einer beschwörenden Geste seinen Arm. »Kapitän, und jetzt will ich nicht für den Vizekönig sprechen, sondern für die Heilige Kirche.« Zu Hawksworth' Schrecken sprach der Jesuit jetzt Englisch. »Versteht Ihr die Bedeutung von Gottes Werk in diesem Meer verdammter Seelen? Jahrzehntelang haben wir in diesem Weinberg geschuftet, haben die Gnade Gottes und seiner Heiligen Kirche gelehrt, und nun hat es endlich den Anschein, als sollten unsere Gebete erhört werden. Als Arangbar Mogul wurde, bestand unsere dritte Mission schon seit zehn langen, fruchtlosen Jahren. Wir bemühten uns, seinen Vater Akman die Gnade Gottes zu lehren, aber sein Fluch war, daß er nie eine einzige wahre Kirche annehmen konnte. Er hörte einem heidnischen Fakir ebenso bereitwillig zu wie einem Anhänger Gottes. Zuerst schien es bei Arangbar genauso aussichtslos, obwohl sein Vergehen nicht die Toleranz war. Es waren vielmehr Gleichgültigkeit und Argwohn. Nach Jahren der Schmach haben wir jetzt sein Vertrauen gewonnen, und mit diesem Vertrauen wird bald auch seine Seele kommen.«

Sarmento machte eine Pause, um sich zu bekreuzigen. »Wenn auf Indiens Thron endlich ein Christ sitzt, wird große Freude am Thron des Himmels herrschen. Ihr mögt entschlossen sein, außerhalb des Mysteriums des Allerheiligsten Sakraments zu leben, mein Sohn, aber sicherlich wünscht Ihr nicht, Gottes großes Werk zunichte zu machen. Ich flehe Euch an, jetzt nicht vor den Mogul zu treten, und nicht mit Geschichten über Streitigkeiten und Haß in Europa Unruhe in seinen gläubigen Geist zu säen. Vor Eurem ketzerischen König Heinrich ruhte England im Schoß der Heiligen Kirche, und es war dorthin zurückgekehrt, bis Eure ketzerische Königin Elisabeth Euch wieder in die Verdammnis geführt hat. Wisset, daß die Kirche immer mit offenem Herzen bereitsteht, Euch zu empfangen, ebenso wie jeden abtrünnigen Lutheraner, der bereuen und seine unsterbliche Seele retten will.«

»Ich verstehe jetzt, warum Jesuiten zu Diplomaten gemacht werden. Sagt, was bekümmert Euch eigentlich mehr: der Verlust der Seele des Moguls oder der Verlust der Handelseinkünfte in Goa?« Hawksworth antwortete mit Absicht auf Türkisch. »Sagt Eurem Papst, daß er mit dem Versuch aufhören soll, sich in die englische Politik einzumischen, und sagt Eurem Vizekönig, daß er unseren Vertrag ehren soll, und es wird in Indien keine ›Streitigkeiten‹ zwischen uns geben.«

»Werdet Ihr meinem vor Gott geschworenen Wort glauben, daß ich Seiner Exzellenz nichts anderes gesagt habe? Daß ein neuer Krieg all das zerstören könnte, was wir in Jahren durch unsere Arbeit und unsere Gebete erreicht haben?« Sarmento sprach immer noch Englisch. »Aber er führt eine private Blutfehde gegen die Engländer, und das ist unsere Tragödie. Der Vizekönig von Goa, Seine Exzellenz Miguel Vaijantes, ist ein Mann, der im Haß lebt. Gott möge ihm vergeben.«

Hawksworth stand sprachlos, als Vater Sarmento sich bekreuzigte.

»Wie, sagtet Ihr, war sein Name?«

»Miguel Vaijantes. Er war als junger Hauptmann in Goa und ist jetzt als Vizekönig dorthin zurückgekehrt. Wir müssen ihn drei Jahre lang ertragen. Der Antichrist selbst hätte unseren Becher nicht bitterer machen können, hätte unsere christliche Liebe auf keine härtere Probe stellen können. Versteht Ihr jetzt, warum ich Euch in Gottes Namen bitte, diesen Krieg zu verhindern?«

Hawksworth fühlte sich wie betäubt. Er stolperte an dem alten Priester vorbei und starrte mit blinden Augen in den fackelbeleuchteten Innenhof und versuchte, sich genau an das zu erinnern, was Roger Symmes vor so vielen Jahren im Büro der Levante-Kompanie zu ihm gesagt hatte. Symmes hatte einen Monolog aus Halluzinationen und Träumen gehalten, der Name Miguel Vaijantes jedoch war einer jener Gesprächsfetzen, die Hawksworth nie vergessen hatte.

Er drehte sich langsam um, um Pater Sarmento ins Gesicht zu sehen und antwortete ihm jetzt auf Englisch.

»Ich werde Euch das eine versprechen, Pater. Wenn ich Agra erreiche, werde ich nie von der Papisterei sprechen, es sei denn, man bittet mich ausdrücklich darum. Es interessiert mich wirklich nicht. Ich habe in Indien eine Aufgabe zu erledigen, nicht einen Kreuzzug zu führen. Als Gegenleistung möchte ich Euch um einen Gefallen bitten. Ich möchte, daß Ihr Miguel Vaijantes etwas ausrichtet. Sagt ihm, daß er vor zwanzig Jahren in Goa den Tod eines englischen Kapitäns namens Hawksworth im Strappado befohlen hat. Sagt ihm . . .«

Das Klirren zersplitternden Glases in der Halle des Palastes ließ ihn den Satz nicht zu Ende führen. Die schwere Bronzetür öffnete sich weit. Shirin kam heraus und hielt das zerbrochene Unterteil einer chinesischen Vase in der Hand. Ihre Augen flammten, und ihr aufgelöstes Haar fiel über ihren Rücken. Sie schritt direkt auf Mukarrab Khan zu und schmiß das, was von der Vase übriggeblieben war, vor seine Füße, wo es auf den Marmorfliesen der Veranda in winzige Scherben zerbrach.

»Das ist mein Geschenk für die Königin! Ihr könnt es ihr in Eurer nächsten Sendung nach Agra schicken. Laßt ihr ausrichten, daß auch ich Perserin bin, daß auch ich den Namen des Vaters meines Vaters kenne, den Namen des Vaters seines Vaters und des Vaters seines Vaters – über zehn Generationen hinweg! Aber im Gegensatz zu ihr wurde ich in Indien geboren, und in Indien werde ich bleiben. Sie kann mich in das entlegenste Dorf im Pandschab verbannen, aber sie wird mich nicht nach Goa schicken, damit ich dort mein Leben unter ungewaschenen Portugiesen fristen kann. Niemals! Sie hat nicht die Macht. Und wärt Ihr ein Mann, würdet Ihr Euch von mir trennen. Hier. Heute abend. So daß alle es sehen können. Ich werde zu meinem Vater zurückkehren oder wohin ich sonst zu gehen wünsche. Ihr könnt mich auch töten, wie Ihr es schon einmal versucht habt. Aber Ihr müßt Euch entscheiden.«

Mukarrab Khans Gesicht war schreckensbleich geworden. Das rege Leben im Hof war jäh erstorben, und es herrschte eine gebannte Stille. Hawksworth sah Pater Sarmento verwirrt an, und der alte Jesuit übersetzte ihm die Worte Shirins, die Persisch gesprochen hatte. Die Augen des Paters waren ungläubig geweitet. Nie zuvor hatte er eine mohammedanische Frau gesehen, die sich ihrem Ehemann öffentlich widersetzte. Die Demütigung war unvorstellbar. Mukarrab Khan hatte nicht die Macht, Shirins Tod zu befehlen. Er hatte gar keine andere Wahl, als sich von ihr zu trennen, wie sie es gefordert hatte. Aber jedermann wußte, warum sie seine Frau war.

»Ihr werdet als meine Frau nach Goa gehen oder den Rest Eurer Tage und das bißchen, was von Eurer schwindenden Schönheit bleibt, als *natsch*-Mädchen am Hafen verbringen. Ein Kupfergroschen wird Euer Preis sein. Ich werde morgen früh den Befehl erteilen.«

»Seine Majestät wird innerhalb einer Woche davon wissen. Ich habe genug Freunde in Agra.«

»Ich auch. Aber die meinen haben die Macht zu handeln.«

»Dann trennt Euch von mir.«

Mukarrab Khan machte eine schmerzvolle Pause, dann blickte er an sich hinab und schnippte einen Fussel von seinem Brokatärmel. »Welche Form wünscht Ihr?«

Die Diener keuchten vernehmbar. Atemlos warteten sie auf die Antwort des Gouverneurs. Für Mohammedaner gab es drei Formen der Scheidung. Die erste, eine widerrufbare Scheidung, wurde durchgeführt, indem ein Mann einmal sagte: »Ich trenne mich von dir.« Nach einer Frist von drei Monaten, in der er es sich überlegen und sich mit seiner Frau versöhnen kann, wurde die Scheidung endgültig. Die zweite – unwiderrufliche – Form erforderte, daß der Satz zweimal wiederholt wurde, woraufhin die Frau nur durch eine zweite Heiratszeremonie wieder seine Gattin werden konnte. Die dritte und absolute Form erforderte drei Wiederholungen des Satzes und wurde an dem Tag wirksam, an dem der nächste Zyklus der Frau endete. Es konnte keine Wiederverheiratung geben, es sei denn, die Frau wäre in der Zwischenzeit mit einem anderen Mann verheiratet gewesen.

»Die absolute.«

»Besteht Ihr darauf?«

»Ja.«

»Dann steht mir nach dem Gesetz die gesamte Mitgift zu.«

»Ihr habt sie mir weggenommen und schon längst für *affion* und hübsche Knaben vergeudet. Was ist noch da, es Euch zu geben?«

»Dann soll es geschehen.«

Hawksworth hörte ungläubig zu, als Mukarrab Khan den arabischen Satz aus dem Koran dreimal wiederholte und damit Shirin verbannte. Die beiden Jesuiten schwiegen betroffen.

Shirin hatte die Worte des Gouverneurs unbeweglich angehört. Jetzt riß sie sich wortlos die Perlenketten vom Hals und warf sie ihm vor die Füße. Bevor Mukarrab Khan reagieren konnte, drehte sie sich dann um und verschwand im Palast.

»In den Augen Gottes, Exzellenz, werdet Ihr immer Mann und Frau bleiben.« Pater Sarmento brach die Stille. »Was er zusammengefügt hat, kann der Mensch nicht trennen.«
Mukarrab Khans Blick schien von unendlicher Müdigkeit getrübt. Er rang darum, die Fassade äußerlicher Ruhe, die ihn beschützte, wiederzugewinnen, und nach einer für die Umstehenden fast spürbaren Willensanstrengung gelang es ihm.
»Vielleicht versteht Ihr jetzt, Pater, warum uns die Gesetze des Propheten mehr als eine Frau zugestehen. Allah gewährt Raum für gewisse . . . Irrtümer.« Er zwang sich zu einem Lächeln. Dann wandte er sich schnell einem Eunuchen zu.
»Wird das Packen bis morgen früh beendet sein?«
»Wie befohlen, Sahib.« Der Eunuch nahm Haltung an.
»Dann kümmert Euch darum, daß meinen Gästen das Abendessen serviert wird oder laßt meine Köche auspeitschen.« Er wandte sich wieder an Hawksworth. »Man sagt mir, Ihr habt sie einmal getroffen, Botschafter. Ich hoffe doch, daß sie bei dieser Gelegenheit angenehmer war.«
»Es war ein reiner Zufall, Exzellenz. Als ich beim . . . im Garten war.«
»Sie tut sehr wenig rein zufällig, Kapitän. Nehmt es Euch zu Herzen.«
»Euer Rat ist stets willkommen, Exzellenz.« Hawksworth fühlte seinen Puls rasen. »Was wird sie jetzt tun?«
»Ich glaube, sie wird all ihre Wünsche erfüllt bekommen.« Er ging müde auf die Marmorsäulen der Veranda zu. »Ihr vergebt mir, wenn ich Euch jetzt für eine Weile verlasse. Ich habe Depeschen vorzubereiten.«
Der Gouverneur verschwand. Nach einer kurzen Pause folgten ihm die verzweifelten Jesuiten.

Die Wellen kräuselten sich sanft am Ufer und brachen sich schillernd über den Dauben eines halb im Sand vergrabenen Fasses. Vor ihm erstreckte sich weit und leer das Meer. Nur ein einziges Segel brach den Horizont. Sein Pferd scharrte ungeduldig mit den Hufen, aber Hawksworth konnte seinen Blick nicht von der See losreißen. Noch nicht. Erst als das Weiß des Segels mit dem Meer verschwommen war, wendete er das Pferd und gab ihm nach einem letzten Blick auf die blaue Leere die Sporen.
Er ritt schnell an den nickenden Küstenpalmen vorbei und wandte sich

dann landeinwärts gen Surat. Er kam durch Dörfer mit strohbedeckten Häusern auf niedrigen Pfählen. Frauen beobachteten ihn von den großen Veranden aus, nähten, stillten Säuglinge. Nach einer Weile sah er sie nicht mehr, drängte sein Pferd nicht mehr voran. Vor seinem geistigen Auge erstanden Bilder der vergangenen Nacht.

Er war verwirrt und unruhig bis in die frühen Morgenstunden durch die leeren Räume des Palastes geirrt. An Schlaf war nicht zu denken gewesen. Im Hof war es schließlich still geworden, und er war in den Garten hinübergegangen, der verlassen im Mondlicht lag. Hawksworth war an den sprudelnden Brunnen vorbeigegangen und hatte sich so einsam an diesem fremden Ort, in diesem fremden Land gefühlt wie nie zuvor.

Nach einer Zeit merkte er, daß er durch den Obstgarten wanderte, nur daß dieses Mal traurig die Nachtvögel riefen und die Bäume ein blättriges Schattendach bildeten, das kalt und freudlos war wie der Mond am Himmel. Selbst hier vermochte er nur an Shirin zu denken, sah sie vor sich, wie sie trotzig im kahlen Licht der Fackeln gestanden und die Königin verspottet hatte. Sie hatte sich damit einem fast sicheren Tod anheimgegeben, aus Gründen, die er kaum verstand.

Er sah auf und erblickte das Observatorium. Eine winzige, blinzelnde Eule hockte oben auf der Treppe und beobachtete kritisch sein Näherkommen. Um ihn herum schimmerten die Marmorinstrumente wie Silber, und vor ihm stand die verlassene Hütte; sie wirkte noch baufälliger, als er sie in Erinnerung hatte, noch verlorener. Die Tür der Hütte war fest verschlossen, und eine Weile stand er einfach davor und betrachtete sie, versuchte, sich daran zu erinnern, was in dieser Hütte alles geschehen war. Schließlich öffnete er entschlossen die Tür.

Shirin sah erschrocken vom Tisch auf, griff nach der Lampe, als wolle sie sie löschen. Dann erkannte sie ihn im flackernden Licht.

»Warum . . . warum seid Ihr hier?«

Bevor er antworten konnte, stellte sie sich vor den Tisch und verbarg ihn vor seinen Augen. »Ihr hättet nicht kommen dürfen. Wenn man Euch sieht . . .«

Als seine Verwunderung vorüberging, spürte er, daß er das Verlangen hatte, sie in die Arme zu nehmen. »Was macht es jetzt schon aus? Ihr seid geschieden.« Die Worte erfüllten ihn mit plötzlicher Begeisterung, bis er sich der möglichen Folgen entsann, die die gestrigen Ereignisse

nach sich ziehen konnten. »Auch Ihr seid in Gefahr, ob ich nun gesehen werde oder nicht.«
»Das ist meine Sache.«
»Was habt Ihr vor?«
»Ich reise fort. Ich habe immer noch gute Freunde.«
Er streckte die Hand aus und nahm ihr die Lampe ab, um die Berührung ihrer Hand zu spüren. Sie war weich und warm. »Werde ich Euch je wiedersehen?«
»Wer weiß, was jetzt geschehen wird.« Shirin wich vom Tisch zurück und ließ sich in einen Stuhl fallen, denselben, auf dem sie gesessen hatte, als sie ihm von der Königin erzählte. Auf dem Tisch vor ihr lagen zu ordentlichen kleinen Bündeln verschnürte Papierstapel. Einige Momente sah sie ihn stumm an, dann machte sie eine Handbewegung, um sich die Haare aus den Augen zu streichen. »Seid Ihr hierhergekommen, um mich zu sehen?«
»Nicht wirklich . . .« Er hielt inne, dann lachte er. »Ich glaube, vielleicht war das doch der Grund. Irgendwie muß ich geahnt haben, daß Ihr hier seid, ohne daß es mir richtig bewußt wurde. Ich habe die ganze Nacht an Euch gedacht.«
»Warum?«
»Ich bin mir nicht sicher. Ich weiß, daß ich große Angst habe vor dem, was Euch geschehen könnte.«
»Niemand sonst scheint so zu empfinden. Keiner will mehr mit mir sprechen, nicht einmal die Diener. Plötzlich existiere ich nicht mehr für sie.« Ihre Augen wurden weich. »Vielen Dank. Vielen Dank, daß Ihr gekommen seid. Es bedeutet, daß Ihr keine Angst habt. Ich bin so froh.«
»Bedeutet es Euch etwas, daß ich gekommen bin?« fragte er, noch ehe ihm klar wurde, was er sagte.
Sie zögerte und ließ ihren Blick unbewußt über seinen Körper gleiten. »Ja. Ich wollte Euch noch einmal sehen. Wißt Ihr nicht, daß Ihr wichtig für mich geworden seid?«
»Sagt es mir.«
»Ihr seid so ganz anders als alle Menschen, die ich jemals gekannt habe. Ihr seid Teil von etwas, das mir sehr fremd ist. Manchmal träume ich sogar von Euch. Ihr seid . . Ihr seid sehr stark. Es ist etwas Besonderes an Euch.« Sie fing sich und lachte. »Aber vielleicht habe ich nicht von euch geträumt. Vielleicht seid Ihr wirklich so.«

»Was meint Ihr damit?«
»Ihr seid ein Mann aus dem Westen. Es gibt eine Stärke an Euch, die ich nicht ganz verstehen kann.«
Er sah, daß sie zögerte. »Weiter.«
»Vielleicht ist es die Art, wie Ihr die Dinge um Euch herum anfaßt und meistert.« Sie sah ihm in die Augen. »Laßt mich versuchen zu erklären, was ich meine. Für die meisten Menschen in Indien ist die Welt, die zählt, die innere Welt. Wir erforschen die Meere unserer Seele. Und deshalb warten wir, warten darauf, daß die Welt von außen an uns herangetragen wird. Für Euch aber scheint die innere Welt zweitrangig.« Sie lachte wieder und jetzt klang ihre Stimme selbstbeherrscht und ruhig. »Vielleicht erkläre ich es nicht gut. Laßt es mich noch einmal probieren. Erinnert Ihr Euch an das erste, was Ihr an Eurem ersten Morgen im Palast getan habt?«
»Ich kam hierher, zum Observatorium.«
»Aber warum?«
»Weil ich ein Seemann bin und glaubte. . .«
»Nein, das ist nicht der ganze Grund.« Sie lächelte. »Ich glaube, Ihr seid hierhergekommen, weil das Observatorium zur Welt der Dinge gehört. Wie jeder gute Europäer hattet Ihr das Gefühl, Ihr müßtet als erstes und immer Meister der Dinge sein, Meister der Schiffe, der Kanonen, sogar der Sterne. Vielleicht macht das die Stärke aus, die ich an Euch erkenne.« Sie streckte ihre Hand aus und berührte die seine. Es war eine impulsive Geste, und als ihr klar wurde, was sie getan hatte, machte sie eine Bewegung, als wolle sie die Hand zurückziehen, tat es dann aber doch nicht.
Er sah sie an und legte sanft seine andere Hand über die ihre und hielt sie fest. »Dann will ich Euch etwas sagen. Es fällt mir ebenso schwer, Euch zu verstehen. Ich fühle mich durch irgend etwas zu Euch hingezogen, und es beschäftigt mich.«
»Warum?«
»Weil ich nicht weiß, wer Ihr seid, was Ihr seid. Nicht einmal, was Ihr tut und warum. Ihr habt alles riskiert für Prinzipien, die vollkommen außerhalb meiner Erfahrungen liegen.« Er sah in ihre Augen und versuchte, Worte zu finden. »Und ungeachtet Eurer Worte, glaube ich, daß Ihr auf eine bestimmte Art und Weise alles wißt, was es über mich zu wissen gibt. Ich muß es Euch gar nicht erst sagen.«

»Zwischen einem Mann und einer Frau gibt es Dinge, die jenseits aller Worte liegen. Nicht alles muß ausgesprochen werden.« Sie wandte ihren Blick ab. »Ihr habt große Traurigkeit in Eurem Leben erfahren. Und ich glaube, es hat einen Teil Eurer selbst zerstört. Ihr erlaubt Euch nicht mehr, zu vertrauen oder zu lieben.«

»Ich hatte ein paar schlechte Erfahrungen mit dem Vertrauen.«

»Aber laßt es nicht sterben.« Ihre Augen trafen die seinen. »Es ist die Sache, die am meisten lohnt.« Er sah sie einen langen Augenblick an, fühlte die Zärtlichkeit unter ihrer Kraft und wußte, daß er sie mehr als alles andere begehrte. Ohne noch weiter nachzudenken, legte er seinen Arm um ihre Taille und zog sie an sich. Später erinnerte er sich an sein Erstaunen darüber, wie weich, wie warm ihr Körper war. Bevor sie etwas sagen konnte, küßte er sie, brachte ihren Mund voll an seine Lippen. Er glaubte einen Augenblick, daß sie widerstehen würde und wollte sie fester an sich ziehen. Erst dann wurde ihm klar, daß sie es war, die zu ihm kam, die ihren Körper an den seinen preßte, und keiner wollte, daß der Augenblick zu Ende ginge. Schließlich riß sie sich mit großer Willensanstrengung von ihm los.

»Nein.« Ihr Atem ging fast noch schneller als sein eigener. »Es ist unmöglich.«

»Nichts ist unmöglich. Komm mit mir nach Agra. Zusammen . . .«

»Sag es nicht.« Shirin unterbrach ihn, indem sie einen Finger an seine Lippen legte. »Noch nicht.« Sie warf einen Blick auf die Papiere auf dem Tisch, dann griff sie nach seiner Hand und legte sie an ihre feuchte Wange. »Noch nicht.«

»Du gehst fort. Ich auch. Wir werden zusammen gehen.«

»Ich kann nicht.« Sie entglitt ihm, er fühlte es. »Ich werde an dich denken, wenn du in Agra bist. Und wenn wir bereit sind, werden wir einander finden, ich verspreche es.«

Bevor er wußte, wie ihm geschah, hatte sie sich umgedreht und die Bündel eingesammelt. Als sie nach der Lampe griff, hielt ihre Hand plötzlich mitten in der Bewegung inne.

»Lassen wir sie stehen.« Sie sah ihn an. »Brennend.« Dann streckte sie die Hand aus und berührte seine Lippen ein letztes Mal mit den Fingerspitzen. Verzweifelt sah er, wie sie durch die Tür entschwand. Innerhalb von Sekunden war sie in den Schatten des Obstgartens verloren.

Drittes Buch

Der Weg

13 Das Land im östlichen Taptital war ein blühendes Paradies, eine bunte Vielfalt aus Mango- und Feigenhainen und frischgepflügten, dunklen Äckern. Die Oktobermitte war bereits überschritten, und die Erntezeit für Baumwolle, Mais und Zuckerrohr hatte begonnen. In den Niederungen mühten sich zweispännige Büffelpflüge, den verkrusteten Schlammboden zu wenden und ihn somit auf die breitwürfige Einsaat des Wintergetreides – Hirse, Weizen und Gerste – vorzubereiten. Die vom Monsun ausgewaschenen Straßen waren wieder passierbar. Ein meilenlanger Zug von maisbeladenen Ochsenkarren quälte sich schwerfällig auf Surat zu.

Die Entfernung zwischen Surat und Burhanpur betrug einhundertfünfzig *kos*, und bei trockenem Wetter konnte man sie in etwas mehr als vierzehn Tagen zurücklegen. Vasant Rao hatte für den Transport der versiegelten Bündel, in denen sich nach seiner Darstellung Blei befand, fünfzig Karren gemietet, und somit wuchs die Begleitung von vierzig Radschputenreitern um fünfzig Fahrer und Treiber aus der unteren Kaste an. Fünf zusätzliche Karren enthielten Lebensmittelvorräte.

Brian Hawksworth hatte sich selbst um Wagen und Treiber bemüht und dabei für die Strecke von Surat nach Agra einen Fuhrlohn von zwanzig Rupien ausgehandelt. Es belustigte ihn ein wenig, wenn er daran dachte, daß die Truhe mit den königlichen Geschenken auf der Ladefläche eines wackeligen Karrens mit Holzrädern reiste, der eigentlich als Heuwagen dienen sollte.

Die Karawane hatte eigentlich an einem frühen Samstagmorgen aufbrechen wollen, aber die Treiber hatten es plötzlich abgelehnt, sich vor Sonntag von der Stelle zu rühren. Hawksworth stellte seinen Mann zur Rede, einen dunkelhäutigen Alten mit den spindeldürren Gliedern der chronisch Unterernährten. Nayka hatte ehrerbietig mit dem Kopf gewackelt und die Augen auf den Boden geheftet, bevor er sich in stockendem Türkisch erklärte.

»Heute ist Samstag, Kapitän Sahib. Samstag und Dienstag sind der Devi heilig, der göttlichen Mutter. Reisen, die an diesen Tagen beginnen, widerfährt stets ein Unglück – Banditen, Tiger, fortgeschwemmte Straßen. Mein Vetter hat sich von einem Moslem einmal dazu überreden lassen, an einem Dienstag eine Ladung Indigo nach Surat zu bringen. Unter der Last seines Karrens brach eine Brücke und beide Ochsen ertranken.«

Bevor die Karawane endlich aufbrechen konnte, war es dann Sonntagnachmittag geworden, und bis zum Einbruch der Dunkelheit hatten sie drei *kos* zurückgelegt und die Außenbezirke der Ortschaft Cossaria erreicht. Am nächsten Tag fuhren sie zwölf *kos* in ostnordöstlicher Richtung nach Karod, einer strategisch bedeutsamen Festungsstadt an der Tapti, die von einem auf einem Hügel liegenden Schloß beherrscht wurde, in dem zweihundert Radschputensoldaten kaserniert waren. In den folgenden drei Tagen machten sie in den Städtchen Viara, Corka und der großen Garnisonsstadt Narayanpur Station.

Hawksworth ärgerte sich darüber, daß Vasant Rao der Karawane nie gestattete, in den Städten selbst haltzumachen, wo traditionelle indische Gästehäuser kostenlos für Reisende zur Verfügung standen. Statt dessen kampierten sie jeden Abend in den Außenbezirken, und nur einige wenige Radschputen ritten in die Stadt, um auf dem Basar frisches Gemüse, Kuhdungziegel zum Kochen und Betelblätter für die Fahrer zu kaufen.

Die Sicherheitsvorkehrungen waren für eine Ladung Blei unerklärlich streng. Vasant Rao bestand darauf, daß sich über Nacht alle Wagen im unmittelbaren Bereich des durch zahlreiche Wachen gesicherten Lagers befanden, und weder Fahrer noch Wachen durften die Ladung der Karren berühren. Es waren versiegelte, einzeln verpackte und verschnürte Pakete.

Am Abend ihrer Ankunft in Narayanpur hatte der Gouverneur der Garnison, Partab Schah, ihrem Lager einen Überraschungsbesuch abgestattet und seine eigenen *natsch*-Mädchen mitgebracht. Während die Frauen mit ihren Tänzen die Radschputen unterhielten, hatte Partab Schah Hawksworth zugeflüstert, die Straße nach Osten sei nicht mehr sicher, weil die staatliche Ordnung im Dekkan ins Wanken geraten sei. Der Gouverneur bot an, zusätzliche Truppen bereitzustellen, die den englischen Botschafter und seine Geschenke für den Mogul sicher durch das gefährdete Gebiet geleiten würden. Zum Entsetzen des Gouverneurs – und zum Entsetzen Hawksworth' – hatte Vasant Rao das Angebot höflich, aber bestimmt abgelehnt.

Erst lange nach Mitternacht war der Gouverneur mit seiner Begleitung aufgebrochen. Vasant Rao hatte darauf bestanden, daß auch die Frauen das Lager verließen, und dann die Radschputen und die Fahrer zusammenkommen lassen. Er teilte ihnen mit, daß sie am nächsten Morgen bereits zwei Stunden vor Sonnenaufgang aufbrechen würden, also eine Stunde früher als sonst. Sie würden versuchen, vor Einbruch der Dunkelheit die Tapti zu erreichen und zu überqueren, um dann in nordöstlicher Richtung nach Burhanpur weiterzureisen. Es war bei dieser Aussprache, daß Hawksworth zum erstenmal vermeinte, in Vasant Raos Stimme eine Spur Besorgnis zu erkennen.

Als am nächsten Tag die Sonne aufging, waren sie also schon längst unterwegs. Hawksworth hatte in der immer stärker werdenden Hitze mit Müdigkeit zu kämpfen.

Die Städte, die sie bisher gesehen hatten, waren lokale Zentren, in denen Getreide, Baumwolle, Indigo und Hanf zusammengetragen wurden, bevor man sie nach Surat weitertransportierte.

Sie waren kaum mehr als provinzielle Versionen von Surat, ebenso hektisch und ebenso kommerziell. In den Basaren drängten sich feilschende Kaufleute, und der Handel beherrschte alles. Nach einer Weile wirkten diese Städte auf Hawksworth eher ermüdend als exotisch.

Auf dem flachen Land zwischen den Städten jedoch lebte ein anderes Indien – das dörfliche Indien, das seinen Charakter in Jahrhunderten kaum verändert hatte. Für einen Seemann aus der Großstadt London war das eine unbekannte Welt, und Hawksworth verstand kaum etwas von dem, was er sah. Er hatte mehrere Ansätze unternommen, Vasant Rao zu befragen, war aber immer irgendwie im falschen Augenblick gekommen. Der Radschpute war nahezu ununterbrochen mit der Karawane beschäftigt und sprach nur, wenn er Befehle erteilte.

Dies änderte sich ohne ersichtlichen Grund am Nachmittag nach ihrem Aufbruch von Narayanpur, als die Karawane in den kleinen Ort Nimgul einzog. Vasant Rao kam an Hawksworth' Seite geritten und zeigte auf ein weißes, gepflegt aussehendes Haus, das auf einer leichten Anhöhe vor ihnen lag und das Zentrum des Dorfes beherrschte.

»Ich bin in einem Ort wie diesem aufgewachsen, Kapitän, in einem ähnlichen Haus wie dem, das Ihr dort seht.«

Hawksworth sah sich die Umgebung näher an. In alle Richtungen erstreckte sich ein Gewirr von baufälligen strohgedeckten Hütten aus Lehm und Holz, von denen viele zum Schutz vor den Schlammfluten der Regenzeit auf fußhohen Stelzen standen. Auf den wenigen Bäumen, die es noch gab, turnten magere, nackte Kinder herum und lärmten, während auf vielen Veranden alte Männer saßen und *hukas* rauchten.

Die arbeitsfähigen Männer schienen fast alle auf den Feldern zu sein; die Frauen – ernst dreinblickende Arbeiterinnen in düsteren, körperlangen Gewändern mit einem großen Ehering im Nasenflügel – waren im Dorf geblieben und schufteten in der Mittagssonne. Sie kämmten die Samen aus großen Baumwollhaufen, entkörnten Berge von kurzährigem Getreide oder kochten in großen Eisenpfannen eine dicke, braune Flüssigkeit.

Vasant Rao brachte sein Pferd vor den Pfannen zum Halten und sprach eine Frau an, die die gleichen traurigen Augen wie die anderen hatte. Sie verbeugte sich, wobei ihre schweren Silberarmbänder klingelten, und bat dann einen turbantragenden Aufseher, dem Radschputenhauptmann zwei Tonbecher zu offerieren, die mit der Flüssigkeit gefüllt waren. Vasant Rao warf dem Mann eine kleine Kupfermünze zu und reichte einen der Becher an Hawksworth weiter. Der englische Kapitän konnte sich nicht erinnern, jemals etwas Süßeres gekostet zu haben. Auch Vasant Rao trank einen Schluck und warf dann den Becher auf die Straße.

»Sie kochen für die brahmanischen Landbesitzer Zuckerrohrsaft, aus dem *gur* gemacht wird, jene braunen Zuckerblöcke, die man in den Basaren sieht. Die Frau stammt aus einer der unteren Kasten, und sie arbeitet von Sonnenaufgang bis zur Abenddämmerung für den Tagesbedarf ihrer Familie an *chapattis*, gebratenen Weizenkuchen. Seit meiner Kindheit sind die Löhne in den Dörfern nicht gestiegen.«

»Warum hat sie den Aufseher gebeten, Euch den Becher zu bringen?«

»Weil ich Radschpute bin.« Vasant Rao schien über die Frage erstaunt. »Ich würde meine Kaste verunreinigen, wenn ich den Becher aus ihrer Hand entgegennehmen würde. Wenn Radschputen oder Brahmanen etwas gegessen haben, das zuvor von einem Mitglied der unteren Kaste angefaßt wurde, dann sind sie unter Umständen gezwungen, sich einer rituellen Reinigung zu unterziehen. Wenn man in eine hohe Kaste hineingeboren ist, Kapitän, muß man sich zu ihren Verpflichtungen bekennen und sie ehren.«

»Seid Ihr hier in der Gegend aufgewachsen?« Hawksworth versuchte, den Gesprächsfaden weiterzuspinnen.

»Nein, natürlich nicht.« Vasant Rao lachte scharf. »Nur ein *feringhi* kann so etwas fragen! Ich wurde im Vorland des Himalaja geboren, Hunderte von *kos* nördlich von Agra, in einem Radschputendorf. Die Dörfer im Gebiet von Surat werden von Brahmanen beherrscht.«

»Und wie sehen Radschputendörfer aus? So wie dieses hier?«
»Alle Dörfer gleichen sich mehr oder weniger, Kapitän. Wie könnte es auch anders sein? Überall leben Hindus, Moslems und Moguln und neuerdings Christen – sie kommen und gehen. Die Dörfer bleiben. Sie werden noch bestehen, wenn die Marmorstädte der Moguln zu Staub geworden sind. Dieses Indien kann nicht zerstört werden, egal, wer in Agra regiert, und das Wissen darum läßt mich hier inneren Frieden finden.«
Hawksworth sah sich um. Das Dorf schien von Rindern beherrscht zu werden. Sie liefen frei herum und wirkten beinahe überheblich in ihrer jahrhundertealten, längst instinktiven Sicherheit, daß sie heilig und unverletzlich waren. Nackte Kinder rannten den Karren nach. Einige junge Frauen hielten in ihrer Arbeit kurz inne, um den schönen Radschputenreitern vorsichtige Blicke zuzuwerfen. Der monotone Rhythmus ihrer Arbeit wurde dadurch kaum gestört. Es war ein Ort, der unberührt schien von der Welt jenseits seiner Horizonte.
»Ihr sagtet, dies ist ein Brahmanendorf. Sind alle Männer hier Priester?«
»Natürlich nicht.« Vasant Rao stieß ein grunzendes Lachen aus und wies auf die Felder im Hintergrund. »Wer würde dann die Arbeit tun? Ohne die anderen Kasten würden die Brahmanen verhungern. Brahmanen und Radschputen ist es verboten, das Land zu bearbeiten. Was ich sagen wollte, war, daß die Brahmanen dieses Dorf beherrschen, obwohl ich annehme, daß unter zehn Familien nur eine dieser Kaste angehört. Die Steinhäuser im Zentrum gehören vermutlich Brahmanen. Die Dörfer Indiens, Kapitän Hawksworth, werden nicht von den Moguln, sondern von den hohen Kasten regiert. Hier sind es die Brahmanen, in anderen Dörfern die Radschputen. Zusammen mit der Kaste der Kaufleute sind Radschputen und Brahmanen Träger des heiligen Fadens der Zweimalgeborenen und die wirklichen Besitzer und Beherrscher Indiens. Alle anderen Kasten existieren nur, um ihnen zu dienen.«
»Ich dachte, es gäbe insgesamt nur vier Kasten.«
Hawksworth erinnerte sich daran, daß Mukarrab Khan ihm einmal mit unverkennbarem moslemischem Abscheu das Kastensystem der Hindus beschrieben hatte. Es gebe vier Kasten, hatte er erklärt, und jede strebe danach, die unter ihr stehende auszubeuten. Die größten Ausbeuter nennten sich Brahmanen; es seien vermutlich arische Invasoren, die vor

Tausenden von Jahren nach Indien kamen und sich als »Hüter der Tradition« bezeichneten. Diese Tradition, die sie selbst erfunden haben, bestünde hauptsächlich in der Unterjochung aller anderen Kasten. Dann seien da die Kshatrija, die Kriegerkaste, die von den Radschputenstämmen in Anspruch genommen wird, welche ebenfalls in Indien eingefallen seien, wenngleich vermutlich wesentlich später als die Brahmanen. Die dritte Kaste, die ebenfalls eine hohe Kaste ist, nenne sich Vaishija und umfasse die Produzenten von Nahrungsmitteln und Waren und werde heute von reichen, gierigen Hindu-Kaufleuten beansprucht. Unter Brahmanen, Kashatrija und Vaishija stünden die Schudra, die in Wirklichkeit nichts anderes seien als Arbeiter und Diener der mächtigen »hohen« Kasten, aber selbst die Schudra hätten noch jemanden, den sie ihrerseits ausbeuten könnten, denn unter ihnen gibt es noch die Unberührbaren, jene Unglücklichen, in deren Adern vermutlich das Blut der indischen Ureinwohner rönne. Die Unberührbaren indes bildeten keine Kaste. Am meisten hatte Mukarrab Khan geärgert, daß vornehme Hindus alle Mohammedaner zur Masse der Unberührbaren zählten.

Vasant Rao fuhr fort. »Die vier Hauptkasten sind jene, die in der Ordnung der *varna*, in alten arischen Schriften, vorgeschrieben werden. Aber die Welt eines Dorfes hat nur wenig zu tun mit den *varna*. Heutzutage gibt es viele Kasten«, sagte Vasant Rao. »Zum Beispiel haben die hiesigen Brahmanen vermutlich zwei Unterkasten: eine für Priester, die Zeremonien erfinden und diese als Vorwand benutzen, um Geld einzutreiben, und die andere für Landbesitzer, von denen die meisten gleichzeitig Geldverleiher sind . . . Da, der Mann dort ist Brahmane.«

Hawksworth sah in die Richtung, in die Vasant Rao deutete, und erblickte bei einem der weißen Steinhäuser einen Mann, der unter seinem enormen Bauch als einziges Kleidungsstück ein schmutziges Lendentuch trug. Erst beim genauen Hinsehen entdeckte Hawksworth dann einen Fadenstrang, der am Hals begann und unter dem linken Arm verschwand.

»Warum trägt er diese Schnur um die Schulter?«

»Das ist der heilige Faden der hohen Kasten. Ich trage selbst einen.« Vasant Rao öffnete sein Hemd und entblößte drei farbige Schnüre, die zu einem einzigen Strang verwoben waren. »Der Faden ist geweiht und wird einem im Alter von ungefähr zehn Jahren gegeben. Vor dieser

Zeremonie hat ein Junge noch keine Kaste, und ein orthodoxer Brahmane nimmt vor der Fadenzeremonie nicht einmal die Mahlzeiten mit seinem Sohn ein.«

»Was ist mit den Männern, die keinen Faden tragen?«

»Das sind die mittleren Kasten, diejenigen, die in einem Dorf die Arbeit tun. Zimmerleute, Töpfer, Weber, Barbiere. Sie dienen den hohen Kasten und ihresgleichen: Der Barbier rasiert den Töpfer, der Töpfer stellt die Gefäße für den Barbier her. Wahrscheinlich weigern sich die hiesigen Brahmanen, ihnen Land zu verkaufen, so daß sie immer arm bleiben werden. Weil sie arm sind, leben die mittleren Kasten in Häusern aus Lehm und Stroh und nicht in Steinhäusern. Unter ihnen stehen die unreinen Kasten, Straßenkehrer, Diener, Schuhmacher . . .«

Und *darunter* stehen die Nicht-Hindus, dachte Hawksworth. Wie ich.

»Was zum Teufel soll das alles? Es ist ja schlimmer als die Rangordnung in England mit ihren Adligen und gemeinen Männern. Ich trinke mit jedem Mann, egal, ob hoch oder niedrig. Und meistens sind mir die einfachen Leute lieber.«

»Das könnte erklären, warum die meisten *feringhis* so verwirrt und unglücklich erscheinen. Die Kaste ist das Wichtigste im Leben.« Vasant Rao warf einen Blick zurück auf das Dorf, das langsam aus ihrem Gesichtskreis entschwand. »Dank dieser Ordnung hat Indiens Zivilisation Jahrtausende überdauert. Ich beklage Euer Unglück, Kapitän Hawksworth, daß Ihr nicht als Hindu geboren wurdet. Vielleicht wart Ihr es einmal und werdet es in einem zukünftigen Leben wieder einmal sein. Ich denke, Ihr werdet eines Tages als Kshatrija wiedergeboren. Dann werdet Ihr wissen, wer Ihr seid, was Ihr tun müßt. Im Gegensatz zu den Moguln und den anderen Moslems, die keine Kaste haben und den Zweck ihres Lebens nicht kennen, weiß ein Radschpute das immer.«

Dieses eine Mal hat Mukarrab Khan recht gehabt, dachte Hawksworth, als sie weiterritten. Es ist lediglich eine Rangordnung, die von den Hochgeborenen erfunden wurde, um die anderen beständig zu unterdrücken. Aber warum scheinen sich alle daran zu halten? Warum sagen die sogenannten niederen Kasten den anderen nicht einfach, sie sollten sich zum Teufel scheren?

Im nächsten Dorf scharten sich alle Bewohner um einen großen, bunt bemalten Pfosten, der in der Nähe einer schmutzigen, strohbedeckten Hütte stand. Vasant Raos Gesicht hellte sich auf, als er den Pfahl sah.

»Ach, hier gibt es heute eine Hochzeit. Habt Ihr schon einmal eine miterlebt?«

»Nein. Nicht in Indien.«

»Es ist ein machtvoller Moment, Kapitän, in dem man die Kraft des *prahna*, des Lebensgeistes, spürt.«

Vasant Rao zeigte auf einen Pavillon, der neben dem Hochzeitspfahl errichtet worden war. Vom Rücken seines Pferdes aus konnte Hawksworth gerade noch die Braut und den Bräutigam erkennen, die beide in rote, mit Silber besetzte Gewänder gekleidet waren. Der Bräutigam trug einen hohen Turban mit zeremoniellem Schmuck, und die Braut war über und über bedeckt von edlem Geschmeide. An Händen, Gelenken, Füßen, Fesseln und auf dem Kopf trug sie kunstvoll gearbeitete Silberringe, Armbänder und Medaillons, und ihre Halskette bestand aus einer Reihe großer Goldmünzen.

»Woher hat sie all das Gold und Silber?«

»Ihr Vater ist vermutlich ein reicher Landbesitzer. Die Schmuckstücke sind ihre Ersparnisse und Teil ihrer Mitgift. Alle Frauen tragen dicke Silberreifen an den Fesseln, wie Ihr seht. Es gibt viel Gold und Silber in Indien, Kapitän.«

Hawksworth sah, wie ein Brahmanenpriester, dessen Stirn weiße Streifen aus Tonerde trug, in einer Schale ein Feuer entzündete und dann zu rezitieren begann.

»Der Priester liest aus den Weden, heiligen Schriften auf Sanskrit, die Tausende von Jahren alt sind«, erklärte Vasant Rao. »Das Ritual geht auf den Anfang aller Zeiten zurück.«

Braut und Bräutigam begannen, die Verse des Priesters zu wiederholen, ihre Gesichter waren aufmerksam und ernst.

»Jetzt geben sie sich die Heiratsgelöbnisse. Es gibt deren sieben. Das wichtigste ist das Gelöbnis der Frau, ihrem Ehemann unbedingt zu gehorchen. Seht ihr das Silbermesser, das er trägt? Es symbolisiert seine Herrschaft über sie. In Wirklichkeit jedoch wird sie seiner ganzen Familie gehören, wenn sie dereinst zu ihm kommt und in seinem Hause lebt.«

»Was meint Ihr mit ›dereinst‹?«

»Diese Dinge erfordern Zeit. Zunächst einmal: der Heiratsvorschlag muß von der Familie des Mädchens kommen. Wenn sie beginnt, zur Frau zu reifen, wendet sich ihr Vater an einen Heiratsvermittler –

vermutlich den Dorfbarbier –, der dann in die Nachbarorte geht, um nach einer passenden Partie Ausschau zu halten. Ich erinnere mich an die Zeit, da ich jung war und die Heiratsvermittler auch in mein Dorf kamen. Ich wollte nicht heiraten und fürchtete ihren Anblick, aber unglücklicherweise war ich ein guter Fang. Die Unterkaste, zu der ich gehöre, ist hoch. Eines Tages beauftragte mein Vater den Priester, mir ein Horoskop zu stellen, und ich wußte, daß ich verloren war. Ein Vermittler hatte die Anfrage eines Mädchens gebracht, deren Horoskop zu dem meinen paßte. Bald darauf wurde in unserem Haus die Verlobungszeremonie abgehalten. Das Mädchen war natürlich nicht dabei. Ich sah sie erst drei Jahre später, als wir die Zeremonie feierten, die Ihr hier gerade seht.«

Die Braut und der Bräutigam standen jetzt beieinander und begannen, um das Feuer herumzugehen, während die umstehenden Frauen einen monotonen Gesang anstimmten. Sie umrundeten das Feuer siebenmal. Dann setzten sie sich, und der Priester versah die Stirnen von Braut und Bräutigam mit je einem roten Punkt.

»Heute abend werden sie feiern, und dann wird der Bräutigam nach Hause zurückkehren.« Vasant Rao gab seinem Pferd die Sporen, um die Karawane einzuholen, die inzwischen weitergezogen war. »Später wird sie mit ihrer Familie in sein Dorf kommen, wo weitere Zeremonien stattfinden. Danach sehen sie einander vielleicht mehrere Jahre nicht wieder, bis zu dem Tag, an dem ihr Vater beschließt, daß sie bereit ist für den Vollzug der Ehe. Bei mir dauerte es zwei Jahre.«

»Was geschah dann?«

»Sie kam für ein paar Tage in mein Dorf und wohnte bei den Frauen – die Männer und die Frauen schlafen in diesen Dörfern getrennt –, und ich mußte hingehen und versuchen, ihre Schlafstelle zu finden. Danach ging sie wieder nach Hause zurück, und es vergingen erneut einige Monate, bis ich sie wiedersah. Dann kam sie für längere Zeit. Schließlich zog sie in mein Dorf, aber da war ich neunzehn, und bald darauf nahm ich an einem Feldzug teil. Sie blieb bei meinem jüngeren Bruder, und als ich zurückkehrte, war sie schwanger. Wer weiß, ob es mein Kind war oder seines? Aber es ist unerheblich, denn sie starb bei der Geburt.« Vasant Rao trieb sein Pferd an den Karren der Karawane vorbei. »Wir wollen versuchen, vor Sonnenuntergang den Fluß zu erreichen.«

Hawksworth konnte nicht glauben, was er gehört hatte, und peitschte sein Pferd, um aufzuschließen.
»Euer Bruder hatte Eure Frau, während Ihr fort wart?«
»Natürlich. In dem Teil Indiens, in dem ich geboren wurde, teilen sich Brüder ihre Frauen normalerweise. Ich pflegte in das Haus meines älteren Bruders zu gehen und seine Frau zu besuchen, wenn er fort war. Sie erwartete es und wäre verstört gewesen, hätte ich es nicht getan.«
Hawksworth' Überraschung schien Vasant Rao zu verwirren. »Teilen Brüder in England ihre Frauen denn nicht miteinander?«
»Nun, . . . für gewöhnlich nicht. Ich meine . . . nein. Die Wahrheit ist, daß ein Ehemann allen Grund hat, einen Mann, den er mit seiner Frau erwischt, zu fordern.«
»›Zu fordern‹, Kapitän Hawksworth? Was bedeutet das?«
»Ein Duell. Mit Schwertern. Oder vielleicht Pistolen.«
»Aber was ist, wenn ein Mann in den Krieg zieht? Seine Frau wird unbefriedigt sein. Wir Hindus glauben, daß eine Frau eine siebenmal so große sexuelle Energie hat wie ein Mann. Sie würde damit beginnen, andere Männer des Dorfes zu treffen, wenn ein Mann keinen Bruder hat, der sie befriedigt. Deshalb ist es schon für die Ehre einer Familie besser, wenn sich die Brüder um die Frauen kümmern. Es ist sogar eine wichtige Pflicht der Brüder.«
Hawksworth war so erstaunt, daß er fast stotterte. »Wie . . . ich meine, was ist mit der Ehefrau des betreffenden Bruders? Was denkt sie darüber?«
»Wenn ihr Mann die Frauen seiner Brüder besuchen will, was sollte ihr das ausmachen? Es ist normal. Sie wird ihrerseits Mittel und Wege finden, die Brüder ihres Mannes zu treffen. Frauen, die mit Brüdern verheiratet sind, versuchen oft, sich gegenseitig zu Botengängen fortzuschicken, um den Mann der anderen genießen zu können. Die Frauen haben also keinen Grund, sich zu beklagen. Tatsächlich ist es so, daß eine Frau, die in ihrem eigenen Dorf zu Besuch ist, vermutlich zu einigen Männern geht, die sie kannte, als sie jung war. Sie wird diese Männer lieben, weil ihr Mann nicht da ist und weil niemand aus ihrem eigenen Dorf es ihm erzählen würde. Hindus schließen ihre Frauen nicht ein, so wie es die Mohammedaner tun, Kapitän Hawksworth. Und weil sie die Freiheit besitzen, sich nach Belieben zu vergnügen, sind sie nicht unbefriedigt und unglücklich wie die Moslemfrauen. Gewiß ist

Euer England ein fortschrittliches Land, in dem die Frauen dieselben Freiheiten genießen.«
Hawksworth überlegte einen Moment, bevor er antwortete. Die Wahrheit war, daß es in England einen gewaltigen Unterschied gab zwischen dem, was gesagt, und dem, was getan wurde. Von den Kanzeln wurde Keuschheit gepredigt, aber in London wimmelte es von Huren. Und in den Theatern waren unzählige vornehme Damen zu finden, die bereit waren, ihren Gatten mit jedem Kavalier, der ihnen schöne Augen machte, Hörner aufzusetzen.
»Was England betrifft, so kann man wohl sagen, daß eine Frau aus der Oberschicht die größte Freiheit besitzt, sich Liebhaber zu nehmen. Oft sind es junge Abenteurer oder Soldaten. Und niemand wundert sich, wenn ihr Mann sich einem jungen Dienstmädchen aus seinem Haushalt nähert.«
»Stammen diese Soldaten und Dienstmädchen aus einer unteren Kaste?«
»Also, wir haben keine echten . . .« Hawksworth verbesserte sich. »Ja . . ., doch, man könnte sagen, daß sie in gewisser Weise aus einer unteren Kaste kommen.«
Vasant Rao zügelte sein Pferd und betrachtete Hawksworth mit angewiderter Miene. »Bitte verzeiht mir, wenn ich sage, daß Euer Land zutiefst unmoralisch sein muß, Kapitän. So etwas könnte in Indien nicht geschehen. Kein Radschpute würde je den Körper eines Angehörigen der unteren Kaste berühren. Es wäre eine Verunreinigung.«
»Es ist Euch also gleichgültig, was Eure Frauen tun? Was zählt, ist nur, *mit wem* sie es tun?« Hawksworth ließ Vasant Rao keine Zeit zu einer Antwort, sondern stellte gleich die nächsten Fragen: »Und wie war es mit Eurer eigenen Frau? Hatte sie neben Euren Brüdern noch andere Männer?«
»Wie soll ich das wissen?« Der Radschputenführer machte eine Handbewegung, mit der er die Frage als unerheblich abtat. »Ich halte es für möglich. Aber nach ihrem Tod entschied ich, daß ich genug hatte von Ehefrauen und Frauen. Ich habe ein Keuschheitsgelübde abgelegt. Es gibt die Legende eines Gottes namens Hanumandschi, der die Gestalt eines Affen annahm und unüberwindliche Kraft gewann, indem er seinen Samen zurückhielt. Es machte ihn unverletzlich.« Vasant Rao lächelte. »Bislang hat es bei mir dasselbe bewirkt. Um aber den Zauber

aufrechtzuerhalten, esse ich kein Fleisch und trinke jeden Tag ein Glas Opium.«

Unvermittelt trieb der Radschpute sein Pferd an und galoppierte an die Spitze der Karawane. Die Sonne war hinter schweren Wolkengebirgen verschwunden.

Hawksworth grübelte weiter über die Worte des Radschputen nach und nickte fast im Sattel ein. Nach einiger Zeit erkannte er jedoch, daß sie sich dem Fluß näherten. Hinter Mangohainen tauchte eine sandige Niederung vor ihnen auf, die zum Ufer hinunterführte. Vasant Rao schickte einige Reiter voraus, eine Furt zu suchen. Schließlich folgte die Karawane dem Lauf des Stromes für einen halben *kos* und hielt dann auf einem sandigen, in sanfter Neigung zum breiten Fluß hinabführenden Plateau an. Die Wasseroberfläche kräuselte sich leicht bis hinüber zum anderen Ufer und ließ dadurch erkennen, daß es keine Untiefen gab, die einen Karren verschlucken würden.

Die Sonne senkte sich langsam und überzog golden die hochaufgetürmten dunklen Wolken, die im Osten dräuten. Die Abendluft ließ Regen ahnen.

Vasant Rao spähte lange über den dunkler werdenden Fluß, während die Fahrer und Treiber geduldig auf den Befehl warteten, mit der Überquerung zu beginnen. Schließlich wandte er sich an die wartenden Radschputen.

»Das Licht ist bereits zu sehr geschwunden.« Vasant Rao strich seinem grauen Hengst über die Mähne und betrachtete noch einmal die Wolken. »Es ist sicherer, das Lager auf dieser Seite aufzuschlagen und erst am Morgen hinüberzugehen.«

Er gab dem Mann, der das vorderste Gefährt lenkte, ein Zeichen und verwies die Radschputen auf einen flachen, sandigen Uferstreifen. Die Fahrer dirigierten ihre Tiere dorthin und bildeten einen Kreis für die Nacht.

Vasant Rao wandte sich nun an Hawksworth und deutete auf einen großen Mangobaum. »Ihr könnt Euer Zelt dort errichten.«

Hawksworth war schon am ersten Abend von dem Radschputen aufgefordert worden, das Lagerfeuer, an dem für ihn gekocht wurde, stets an einem gesonderten Platz zu entzünden.

»Die Nahrung«, hatte ihm Vasant Rao dazu erklärt, »ist nichts anderes als ein externer Teil des Körpers, Kapitän, und deshalb muß sie natürlich vor Verunreinigung bewahrt werden. Die Nahrung wird zu Blut, und das Blut wird zu Fleisch, das Fleisch zu Fett und das Fett zu Mark. Das Mark wird zu Samen, der Lebenskraft. Da Ihr keine Kaste habt, würde ein Radschpute verunreinigt, wenn er Euch erlaubte, seine Nahrung zu berühren oder auch nur die Töpfe, in denen er kocht.«

Da Hawksworth' Fahrer der niederen Kaste angehörte, hatte er nichts dagegen, mit dem englischen Botschafter zu kochen und zu essen.

Die Mahlzeiten auf der Reise waren einfach. Die Radschputen lebten hauptsächlich von Wild, das sie unterwegs erlegten. Manche von ihnen aßen auch gelegentlich Fisch, nur wenige begnügten sich offenbar mit Reis, Weizenkuchen und gekochten Linsen. Hawksworth wollte an diesem Abend ein Experiment machen und befahl daher seinem Fahrer Nayka, ihm dasselbe zu kochen wie sich selbst.

Nayka machte mit Zweigen ein Feuer, mit dem er die Stücke getrockneten Kuhdungs entzündete, die zum Kochen benutzt wurden. Mit dem glühenden Dung erhitzte er eine Pfanne mit *ghee*-Butter. Dazu rieb er Gewürze, die er dann zusammen mit geschnittenem Gemüse in dem heißen Fett briet.

In einem gesonderten Topf kochten bereits Linsen. Zum Schluß buk Nayka *chappatis*, dünne Pastetchen aus ungesäuertem Weizenmehl, das mit Wasser und *ghee* vermischt war. Nebenbei warf er verstohlen ein Stückchen brennenden Kuhdung zu den kochenden Linsen in den Topf, was Hawksworth mit einigem Entsetzen beobachtete.

»Zum Teufel, was hat denn das zu bedeuten?«

»Es dient zum Würzen, Kapitän Sahib. Es ist das Geschmacksgeheimnis unserer Linsengerichte.« Nayka hatte in Surat eine Zeitlang sein Geld damit verdient, türkischen Matrosen Frauen zu beschaffen. Daher rührten seine Sprachkenntnisse, wenngleich sein Türkisch einen starken Akzent hatte.

»Wird das auch in den höheren Kasten praktiziert?«

»Ich glaube, daß es alle so machen.« Nayka sah Hawksworth einen Augenblick lang an und wackelte dabei ehrerbietig mit dem Kopf. »Weiß der Sahib von den Kasten?«

»Ich weiß, daß es ein höchst verdammenswerter Brauch ist.«

»Der Sahib sagt, was der Sahib sagt, aber es ist eine sehr gute Sache.«

»Wie kommst du darauf?«

»Weil ich als Brahmane wiedergeboren werde. Ich war bei einem

Wahrsager, der es mir verraten hat. Mein nächstes Leben wird wunderbar.«

»Und was ist mit diesem Leben?«

»Meine gegenwärtige Geburt ist auf einen schwerwiegenden Fehler zurückzuführen; der Wahrsager hat es mir erklärt. Er sagte, ich sei in meinem letzten Leben ein Radschpute gewesen. Einmal habe ich meinem Koch befohlen, für ein paar Brahmanen ein Geschenk zuzubereiten. Er sollte Brot für sie backen und in das Brot Gold hineintun. Es war eine sehr verdienstvolle Handlung. Aber der treulose Koch betrog mich. Er stahl das Gold und tat Steine an seine Stelle. Die Brahmanen waren beleidigt, doch keiner nannte mir den Grund. Weil ich Brahmanen beleidigte, wurde ich so wiedergeboren, wie ich bin. Mein nächstes Leben jedoch wird anders. Ich werde reich sein und viele Frauen haben, wie ein Brahmane oder Radschpute.« Naykas Augen leuchteten voller Vorfreude.

»Die Sache mit dem Geld kann ich verstehen.« Hawksworth sah auf Naykas abgerissenen *dhoti*. »Aber was hat es mit den Frauen zu tun? Lüsterne Frauen scheint es in allen Kasten mehr als genug zu geben!«

»Das stimmt, wenn man ein Radschpute oder Brahmane ist. Dann kann einen keine Frau zurückweisen, aus welcher Kaste auch immer. Wenn man aber nicht dazu gehört und mit einer Frau aus einer hohen Kaste erwischt wird, prügeln einen die Radschputen höchstwahrscheinlich zu Tode. Sie würden behaupten, man habe ihre Kaste verunreinigt.«

»Halt! Ich dachte, Radschputen wollten mit Frauen aus unteren Kasten nichts zu tun haben.«

»Wer hat Euch denn das erzählt?« Nayka lächelte. »Ich wette, es war ein Radschpute. Sie geben es Fremden gegenüber nicht so gern zu. Laßt Euch von mir sagen, daß es eine Lüge ist, Kapitän Sahib. Sie nehmen uns ständig unsere Frauen, und wir können nichts dagegen tun. Aber einer von uns mit einer Frau aus einer hohen Kaste – das ist etwas anderes!«

»Aber wie vereinbart sich das denn mit der ›Verunreinigung‹? Sie sollen doch die unteren Kasten nicht einmal anrühren.«

»Es ist ganz einfach. Wenn es ihm gefällt, kann ein Radschpute eine unserer Frauen nehmen, dann badet er und ist wieder sauber.«

»Und eine Frau aus einer hohen Kaste? Kann sie nicht dasselbe tun, wenn sie mit einem Mann aus einer anderen Kaste zusammen war?«

»Nein, Kapitän Sahib. Sie sagen nämlich, daß die Verunreinigung der Frau *innerlich* ist. Sie hat die verunreinigenden Ausströmungen des Mannes in sich, so daß es für sie keine Möglichkeit gibt, sich zu reinigen. Es ist das Mittel, durch das die hohen Kasten ihre Frauen beherrschen. Wenn man aber ein Mann ist, kann man nach Belieben alle Frauen haben, und niemand kann etwas dagegen einwenden.« Wieder strahlten Naykas Augen. »Der Tag, an dem ich wiedergeboren werde, wird herrlich sein.«

Hawksworth betrachtete den halb verhungerten, fast zahnlosen Mann, der barfuß vor ihm stand und glücklich grinste. Schon gut, dachte er, genieße nur deine Träume, du armseliger Wicht. Ich werde nicht derjenige sein, der dir sagt, daß dieses Leben alles ist, was du bekommst. Er wandte sich seinen dunggewürzten Linsen zu. Zusammen mit ein wenig Brot, das nach Holzkohle schmeckte, waren sie erheblich besser als erwartet.

Vasant Rao hatte die Radschputen zusammengerufen und bereits den abendlichen Wachdienst eingeteilt. Die Wachen sollten verdoppelt werden. Die übergroßen Sicherheitsmaßnahmen verwunderten Hawksworth nach wie vor. Eine große Kesselpauke wurde am Eingang des Lagers aufgestellt und von der Abend- bis zur Morgendämmerung ununterbrochen geschlagen. Darüber hinaus schritt ein Radschputenkommando den Umkreis des Lagers die ganze Nacht hindurch ab, und zu jeder Viertelstunde erklang der Ruf »*khabardar*!« – »Gebt acht!« – durch das Lager. In der ersten Nacht war es Hawksworth nicht gelungen, bei dem ungewohnten Lärm zu schlafen, in der zweiten Nacht jedoch und danach hatte ihn seine Müdigkeit überwältigt.

Er sah zu, wie Nayka die Kochgefäße mit Asche und Sand schrubbte. Dann rollte der Fahrer ein Betelblatt für Hawksworth und eines für sich selbst und machte sich daran, das Zelt zu errichten, das lediglich aus vier Pfählen und einem Baldachin bestand. Schließlich lud er Hawksworth' Feldbett ab, einen fußhohen hölzernen Rahmen, der mit Hanf zusammengeschnürt war. Die Radschputen benutzten keine Feldbetten; sie zogen einen dünnen Strohsack auf dem Boden vor.

Als Nayka damit beschäftigt war, das Bettzeug über die Hanfstränge des Feldbetts zu breiten, hatte Hawksworth plötzlich den Eindruck, als verlangsame sich das Arbeitstempo des Hindu. Immer wieder sah der Inder nervös zum Himmel auf. Nach einer Weile stellte er seine Arbeit

gänzlich ein und ging hinüber zu den anderen Fahrern, die um ein Feuer hockten und das Mundstück einer *huka* herumgehen ließen. Eine lange Diskussion folgte, bei der häufig auf den Himmel gezeigt wurde. Dann kehrte Nayka zurück zu Hawksworth, verneigte sich ehrerbietig und sprach.
»Heute abend ist das Wetter nicht gut, Sahib. Wir haben diese Reise viele Male gemacht.« Er wies nach Osten in die Dunkelheit, wo über den aufgetürmten Wolkenmassen Blitze spielten. »Bei Chopda hat es geregnet, das ist weiter im Osten, wo der Fluß sich gabelt. In zwei *pahar*, das sind sechs von Euren Stunden, wird hier der Fluß zu steigen beginnen.«
»Wie hoch?«
»Das wissen die Götter. Aber er wird über die Ufer treten und das Lager erreichen. Ich habe es schon einmal erlebt. Und danach wird er drei Tage lang unpassierbar sein.«
»Bist du sicher?«
»Ich habe es schon früher gesehen, Sahib. Die Fahrer wissen es auch, und sie haben Angst. Wir kennen den Fluß und wie verräterisch er werden kann. Aber das andere Ufer liegt höher. Wenn wir heute nacht hinübergehen, sind wir sicher.« Wieder verbeugte er sich höflich. »Würdet Ihr es bitte dem Radscha sagen?« Für die Fahrer konnte Vasant Rao nur ein Radscha sein, ein Erbprinz. Alle wichtigen Radschputen wurden automatisch mit diesem Titel angesprochen.
»Sag es ihm selbst.«
»Es wäre uns lieber, Ihr würdet es tun, Kapitän Sahib. Er ist vornehm. Es schickt sich nicht für uns, einem Radscha Ratschläge zu geben.«
Hawksworth zuckte mit den Schultern, erhob sich und machte sich auf den Weg zu Vasant Raos Zelt.
Der Radschputenführer hatte bereits seinen Helm abgeschnallt. Nachdem er jedoch Hawksworth' Bedenken angehört hatte, setzte er ihn widerwillig wieder auf und rief nach seinem Stellvertreter. Gemeinsam betrachteten sie die Wolken und gingen hinunter zum Fluß.
In der Dunkelheit konnte niemand sagen, ob das Wasser bereits gestiegen war. Vasant Rao befahl drei Radschputen, mit Fackeln hinüberzureiten, um die Tiefe zu erproben und einen Pfad zu markieren. Der Fluß war breit, aber selbst an seinen tiefsten Stellen kaum tiefer als einen halben Meter. Als der dritte Radschpute das gegenüberliegende Ufer erreichte, gab Vasant Rao den Befehl, den Konvoi zu sammeln.

Schnell begannen die Fahrer ihre Ochsen einzuspannen, die neben Heubündeln an Pfähle gebunden waren. Die müden Tiere warfen die Köpfe und schnupperten mißtrauisch in der feuchten Luft, während sie ins Geschirr gepeitscht wurden.
Hawksworth sattelte seine Stute, sah zu, wie Feldbett und Zelt zusammengerollt und neben seiner Truhe im Karren festgezurrt wurden. Dann starrte er wieder in die Dunkelheit, die den Fluß einhüllte. Außer den drei Fackeln am anderen Ufer war nichts zu erkennen. Plötzlich hatte er das Gefühl, als läute in seinem Hinterkopf eine Alarmglocke.
Wir sind zu exponiert, dachte er. Die halbe Wache wird während der Überquerung im Fluß sein. Und es wird keine Möglichkeit geben, die Karren zu gruppieren, falls es nötig sein sollte.
Er überlegte noch einen Augenblick, holte dann sein Schwert vom Karren und schnallte es um. Schließlich überprüfte er, ob die beiden Luntenschloß-Taschenpistolen, die er bei sich trug – in jedem Stiefel eine – auch durchgeladen waren.
Fünf Radschputen zu Pferde, die Fackeln in der Hand, führten den Konvoi an. Hawksworth' Karren setzte sich als erster in Bewegung, und als er hinzuritt, warf Nayka ihm im flackernden Schein der an dem Karren befestigten Fackel ein dankbares Lächeln zu.
»Ihr habt uns alle gerettet, Kapitän Sahib. Wenn der Fluß böse wird, kann nichts ihn besänftigen.«
Die Ochsen witterten argwöhnisch am Wasser, aber Nayka gab ihnen die Peitsche, und sie wateten ohne weiteren Widerstand hinein. Das Flußbett bestand aus glattpolierten Kieseln, und die großen Räder der Karren rollten leicht darüber hinweg. Hawksworth hielt sich nahe an seinem Karren, und das riesige Rad ließ kühles Wasser gegen die Flanke seines Pferdes spritzen.
Als sie die Mitte des Flusses erreichten, wurde die Strömung stärker, aber die Ochsen stapften gleichmäßig dahin, kaum anders als auf trockenem Boden. Dann ließ die Strömung wieder nach, und Hawksworth stellte fest, daß die voranreitenden Radschputen bereits die Pferde zügelten und dadurch zu erkennen gaben, daß sie das gegenüberliegende Ufer erreicht hatten.
Hawksworth drehte sich im Sattel um und blickte auf die Karren zurück. Sie fuhren jeweils zu zweit nebeneinander, und zwischen

jedem Paar ritt je ein Fackelträger. Die Karawane im dunklen Wasser bot das Bild einer unheimlichen Prozession schwankender Lichter und Schatten.

Sieht so aus, als hätte ich wieder einmal unrecht gehabt, dachte Hawksworth und wandte sich wieder nach vorne, um sein Pferd zu zügeln, das unter Wasser mit den Vorderhufen gegen einen Stein gestoßen und aus dem Tritt gekommen war.

Die acht Fackeln der Vorhut waren verschwunden.

Hawksworth starrte einen Moment ungläubig auf die Stelle, an der er sie gerade zuvor noch gesehen hatte, und dann entdeckte er sie: Sie lagen zischend im seichten Wasser. Im Osten leuchtete ein Blitz auf und enthüllte die Silhouetten der Radschputenpferde, die reiterlos am Ufer entlangtaumelten. Er schwang herum, um sich nach der Karawane umzusehen, und im selben Moment prallte ein Pfeil gegen den Karren, schnellte zurück und riß ein breites Loch in sein Wams. Jäh kam ihm zu Bewußtsein, daß ihn die Fackel an der Karrenseite hell beleuchtete. Mit einem Schwertschlag hieb er sie mitten durch. Als der brennende Teil zischend ins Wasser fiel, sah er, wie ein weiterer Pfeil Naykas Hals durchbohrte. Der Fahrer zuckte zusammen und versank im Fluß ohne auch nur noch einen Ton von sich zu geben.

Armer, glückloser Hindu, dachte Hawksworth. Jetzt kannst du als Brahmane wiedergeboren werden, schon viel früher, als du glaubtest.

Hinter ihm erscholl ein Warnruf, und er sah die Radschputen, die sich noch hinter ihm befanden, geschlossen voranstürmen, die Bogen bereits gezogen. Als sie an ihm vorbei auf das Ufer zuritten, schäumte das Wasser auf. Ihre Hornbogen summten, und Salven von Bambuspfeilen jagten in die Dunkelheit. Doch kurz darauf kam die Antwort, ein dichter, tödlicher Regen. Der Radschpute, der Hawksworth am nächsten war, drehte sich plötzlich im Sattel. In seiner Leiste unterhalb des ledernen Brustschutzes steckte ein Pfeil. Der Mann klammerte sich noch an den Sattelknopf, richtete sich sogar noch einmal auf und jagte einen letzten Pfeil ins Dunkel, bevor er ins Wasser stürzte.

Wieder flackerte ein Blitz über den Himmel, und in seinem Licht konnte Hawksworth am Ufer Gestalten erkennen, es mußte ein ganzes Heer von mehr als hundert Reitern sein. Sie warteten in geschlossener Formation und feuerten ruhig und konzentriert auf die herankommenden Radschputen. Noch einmal warf ein Blitz einen breiten Streifen

Feuer über den Himmel, und in diesem Augenblick erreichte Vasant Rao das Ufer, wo ihn sofort eine bedrohliche Wand von Schilden und Spießen umgab. Weitere Radschputen gelangten ans Ufer, und Hawksworth hörte ihr »Ram Ram«, den berühmten Schlachtruf. Die Angreifer ritten jetzt auf die Karawane zu, und im grellen Schein des nächsten Blitzes erkannte Hawksworth, daß er umzingelt war. Eine dunkle Gestalt packte von hinten seinen rechten Arm, um ihm das Schwert zu entwinden. Hawksworth versuchte, sich aus dem Griff zu befreien, bekam jedoch einen harten Schlag auf den Unterarm und ein furchtbarer Schmerz durchzuckte ihn.

»*You bastard!*« brüllte er. »Bist du bereit zum Sterben?«

Er griff mit der freien Hand nach der Waffe in seinem Stiefel und riß mit einer einzigen schnellen Bewegung die Pistole hervor. Seine andere Hand hatte indessen das Schwert noch immer nicht freigegeben.

Über seinem Kopf schwang ein dunkler Gegenstand, ein Blitz leuchtete auf und spiegelte sich in drei großen Silberbrocken.

Mein Gott, es ist ein *gurz*, die dreiköpfige Keule, die einige Radschputen am Sattel tragen. Es ist eine tödliche Waffe.

Er hörte sie im Bogen über sich singen und durch die Dunkelheit sausen. Im Gegensatz zu den Radschputen trug er keinen Lederhelm, keine gepolsterte Rüstung. Die Zeit reichte nicht mehr, um dem Schlag auszuweichen, aber er hatte jetzt die Pistole. Er preßte sie dem Angreifer gegen den Bauch und drückte ab.

Dann flammte ein blendendes Licht auf. Es begann an seiner Hand, schien aber in seinem Schädel zu explodieren. Die Welt wurde weiß wie die Marmorwände von Mukarrab Khans Musikzimmer, und einen Moment lang glaubte er, noch einmal das Echo der Trommelschläge zu hören. Die zyklische Musik schwoll sinnlich an, erreichte unvermittelt ihren Höhepunkt, an dem sich alle Spannungen lösten.

In der Stille, die folgte, gab es nur das Gesicht Mukarrab Khans, der von seinen Eunuchen umgeben war und dessen Lächeln langsam in der Dunkelheit zerrann.

14

Das Licht einer Flammenspitze durchbohrte den Nebel, der ihn umgab. Worte in einer ausdrucksvollen Sprache, die so alt war wie die Zeit, erreichten sein Ohr. Er versuchte, sich zu bewegen, und Schmerz durchzuckte seinen Körper von den Schultern bis in die Leisten. Sein Kopf schien zu brennen.

Ich muß tot sein. Aber warum verspüre ich noch Schmerz?

Er zwang sich, die geschwollenen Augenlider zu öffnen, und langsam gewann ein Raum Gestalt. Es war eine Zelle mit einer Jalousie aus schweren Bambusleisten vor den Fenstern und einem uralten hölzernen Riegel an der Tür. Der Boden bestand aus nackter Erde, und die Wände waren aus grauem Lehm; sie trugen an manchen Stellen rote Inschriften. Er nahm die Silhouette eines Mannes wahr, der neben ihm vor einer Öllampe hockte und beständig und langsam tonlose Verse wiederholte.

Es ist die Sprache, die der Priester bei der Hochzeit benutzt hat. Es muß Sanskrit sein. Aber wer . . .? Er zog sich hoch, stützte sich auf einen Ellenbogen und wandte sich der Gestalt zu. Jetzt erst erkannte er das Profil Vasant Raos. Die Verse hörten unvermittelt auf, und der Radschpute drehte sich um.

»Ihr seid also nicht tot? Das könnte ein Fehler sein, den Ihr bereuen werdet.« Vasant Raos Gesicht war eingefallen, sein Schnurrbart ungekämmt und wirr. Er starrte Hawksworth noch ein paar Sekunden lang an, wandte sich dann aber wieder der Lampe zu und begann erneut, Sanskritverse zu murmeln.

»Wo, zum Teufel, sind wir?«

Vasant Rao hielt inne und drehte sich langsam zu Hawksworth um. »In dem Dorf Bhandu, zehn *kos* nordwestlich von Chopda. Es ist die Bergfeste der Chandelladynastie der Radschputen.«

»Und was, verdammt noch mal, sind das nun wieder für Leute?«

»Sie erheben den Anspruch, unmittelbar von der uralten Sonnenrasse der Radschputen abzustammen, die in den *puranas* beschrieben wird. Ob es stimmt, weiß keiner, aber sie glauben es eben. Was jedoch jeder weiß, ist, daß sie seit Menschengedenken diese Hügel verteidigen.«

»Haben sie die Karawane überfallen?«

Demütigung und Schmerz verschleierten plötzlich Vasant Raos Blick, wichen jedoch sofort wieder ernster Zurückhaltung. »Ja, sie haben sie überfallen. Und besiegt.«

»Also ist Eure ›Sonnenrasse‹ in Wirklichkeit eine Bande von gottverdammten gemeinen Banditen.«

»Banditen, ja, das stimmt. Sie waren es immer. Gemein, nein. Sie folgen der ehrenhaften Tradition ihrer hohen Kaste.«

»Ehrenhafte Diebe, ach so! Genau wie einige Kaufleute, die ich kenne.« Hawksworth machte eine Pause und versuchte, seine Zunge zu spüren. Sein Mund fühlte sich an wie Baumwolle. »Wie lange sind wir schon hier?«

»Heute ist der Morgen unseres zweiten Tages. Wir kamen gestern hier an, nachdem wir die ganze Nacht über gereist waren.«

»Ich fühle mich wie eine ganze Woche lang kielgeholt.« Hawksworth faßte sich forsch an die Stirn, und die Antwort war ein pulsierender Schmerz.

»Ihr wurdet auf Euer Pferd gebunden. Einige Männer des Klans wollten Euch töten und liegenlassen, aber dann kam man zu dem Schluß, daß Euch das zuviel Ehre antun würde.«

»Was soll das heißen, zum Teufel? Ich habe doch gekämpft!«

»Ihr habt eine Pistole benutzt. Ihr habt einen Mann, das Oberhaupt dieser Dynastie, mit einer Pistole getötet.« Die Stimme aus dem Schatten klang jetzt schneidend. Der Schmerz kehrte zurück und durchfuhr Hawksworth' Körper.

Noch mehr Tote. Die beiden Männer, die auf der *Discovery* starben. Und dann Nayka mit einem Pfeil im Hals. Wie viele Radschputen sind tot? Warum gerate ich immer wieder in Kämpfe und Gemetzel?

»Die Schufte haben meinen Fahrer getötet.«

»Der Fahrer war ein Nichts, er gehörte einer niederen Kaste an.« Vasant Rao zuckte die Schultern. »Ihr seid ein wichtiger *feringhi*, Euch wäre nichts geschehen. Nie hättet Ihr die Pistole ziehen dürfen. Und dann habt Ihr Euch auch noch gefangennehmen lassen. Es war unehrenhaft. Die Frauen haben Euch und Euer Pferd bespuckt, als Ihr durch die Straßen gebracht wurdet. Ich zweifle nicht daran, daß man uns töten wird.«

»Wer hat überlebt?«

»Niemand. Meine Männer starben wie Radschputen.« Stolz flackerte in seinen Augen, bevor sie sich wieder traurig verdüsterten. »Als sie wußten, daß sie nicht gewinnen konnten, daß sie vor dem Prinzen versagt hatten, schworen sie, im Kampf zu sterben. Und taten es.«

»Aber Ihr lebt noch.«
Die Worte schienen wie Messer in das Herz des Radschputen zu schneiden.
»Sie wollten mich nicht töten. Oder mich ehrenvoll sterben lassen.« Er machte eine Pause und starrte Hawksworth an. »Es gab dafür einen Grund, aber der geht Euch nichts an.«
»Also sind alle Männer tot? Aber warum haben sie auch die Fahrer umgebracht?«
»Die Fahrer? Sie wurden nicht getötet.« Vasant Rao sah überrascht auf. »Das habe ich nie behauptet.«
Ich vergesse immer wieder, sagte sich Hawksworth, daß man in diesem gottverlassenen Indien nur dann als Mensch gilt, wenn man einer hohen Kaste angehört.
»Dieses verdammte Land ist total verrückt! Die unteren Kasten – Euer eigenes Volk – werden wie Sklaven behandelt, und die hohen Kasten töten sich gegenseitig im Namen eines verrückten Ehrbegriffs!«
»Die Ehre ist wichtig. Was bleibt ohne sie? Wir könnten ebensogut kastenlos sein. Die Kriegerkaste lebt nach einem Kodex, der vor vielen tausend Jahren in den Gesetzen des Manu festgelegt wurde.« Vasant Rao bemerkte Hawksworth' Unwillen und lächelte traurig. »Versteht Ihr, was mit *dharma* gemeint ist?«
»Es klingt wieder nach einer dieser verdammten Hindu-Erfindungen. Nach einem weiteren Vorwand, um Mord und Totschlag zu rechtfertigen.«
»Kein Christ oder Mohammedaner ist je fähig gewesen, *dharma* zu verstehen, denn es ist die Ordnung, die unsere Kasten bestimmt – und jene, die außerhalb Indiens geboren wurden, sind für immer dazu verdammt, kastenlos zu leben. *Dharma* bestimmt, wer wir sind und was wir tun müssen, wenn wir unsere Kaste erhalten wollen. Das Kriegshandwerk ist das *dharma* der Kshatrija, der Kriegerkaste . . .«
»Und ich sage: Pocken und Verdammnis über alle Kasten! Was ist da schon Ehrenhaftes dabei, wenn sich die Radschputen gegenseitig abschlachten?«
»Krieger sind durch ihr *dharma* dazu verpflichtet, gegen andere Krieger ins Feld zu ziehen. Ein Krieger, der vor seiner Pflicht versagt, sündigt gegen das *dharma* seiner Kaste.« Vasant Rao unterbrach sich. »Warum mache ich mir eigentlich die Mühe, Euch das alles zu erklären? Ich

klinge wie Krishna, der Ardschuna über seine Pflichten als Krieger belehrt.«

»Wer ist Krishna? Auch ein Radschpute?«

»Krishna ist ein Gott, Kapitän Hawksworth, und allen Radschputen heilig. Er lehrt uns, daß ein Krieger stets sein *dharma* ehren muß.«

In Vasant Raos Augen lag jetzt ein brennender, fanatischer Blick. Von draußen drang aus weiter Ferne der Klang ritueller Gesänge in ihre Zelle.

»Wenn Ihr wollt, *feringhi*-Kapitän, werde ich Euch etwas über das *dharma* eines Kriegers erzählen. Es gibt eine viele tausend Jahre alte Legende über eine große Schlacht, die zwischen zwei Zweigen einer mächtigen altindischen Dynastie geschlagen wurde. Zwei Könige und Brüder teilten ein Königreich, aber ihre Söhne konnten nicht in Frieden leben. Sie wollten sich gegenseitig vernichten. Es kam zu einer Schlacht auf Leben und Tod. Beim Warten auf das Erklingen der Muschelschale, die die Krieger auf das Schlachtfeld rufen sollte, erklärte plötzlich der Anführer jener Söhne, denen Unrecht getan worden war, daß er sich nicht dazu bringen könne, seine eigenen Verwandten zu töten. Aber der Gott Krishna, der der Wagenlenker dieses Sohnes war, erinnerte ihn daran, daß er seinem *dharma* folgen müsse. Daß es für einen Krieger kein höherstehendes Gut gäbe, als für das zu kämpfen, was richtig ist. Falsch sei nur, mit den Früchten der Schlacht zu liebäugeln, aus Gewinnstreben zu kämpfen. Die Geschichte wird in der Bhagavadgita erzählt, einer Sanskritschrift, die allen Kriegern heilig ist. Als Ihr erwachtet, rezitierte ich gerade einen Vers aus dem zwölften Kapitel.«

»Und was sagt dieser Gott Krishna?«

»Er erklärt, daß alle, die leben, sterben müssen, und daß alle, die sterben, wiedergeboren werden. Denn der *atman*, der Geist, den wir in uns tragen, kann nicht zerstört werden. Er kommt auf seiner Reise von Geburt zu Wiedergeburt durch uns. Dennoch wäre es unrichtig, lediglich zu sagen, daß er existiert. Er *ist* die Existenz. Er *ist* die einzige Realität. Er ist allgegenwärtig, weil er alles *ist*. Deshalb besteht auch kein Grund, den Tod zu beklagen. Es gibt keinen Tod. Der Körper ist nur eine Erscheinung, durch die *atman* sich offenbart. Der Körper ist nur sein Hüter. Aber ein Krieger, der sich von der Pflicht seiner Kaste abwendet, sündigt gegen seine Ehre und sein *dharma*. Krishna warnt davor, daß ein solcher Ehrverlust eines Tages zu einer Vermischung der

Kasten führen könnte, und dann wäre das *dharma* des Universums, seine notwendige Ordnung, zerstört. Es ist nicht falsch, wenn ein Radschpute einen würdigen Feind tötet, Kapitän Hawksworth, es ist seine Pflicht. So wie es seine Pflicht ist, einen würdigen Tod zu sterben.«

»Und warum all dieses Töten im Namen der ›Ehre‹ und der ›Pflicht‹?«

»Nicht-Hindus wollen immer wissen ›warum‹. Wollen ›verstehen‹. Ihr scheint zu glauben, daß Wörter die Wahrheit enthalten. Aber das *dharma* ist ganz einfach das Sein. Es ist die Luft, die wir atmen, die unveränderliche Ordnung, die uns umgibt. Wir sind ein Teil von ihm. Fragt sich die Erde, warum die Monsunwinde kommen? Fragt der Same, warum die Sonne jeden Tag scheint? Nein. Es ist *dharma*. Das *dharma* des Samen ist es, Frucht zu tragen. Das *dharma* der Kriegerkaste ist es, Schlachten zu schlagen. Nur *feringhis*, die außerhalb unseres *dharma* leben, fragen ›warum‹. Die Wahrheit ist nicht etwas, was man ›versteht‹. Sie ist etwas, von dem man Teil ist, das man mit seinem Sein erfassen kann. Und wenn Ihr versucht, sie mit Worten festzuhalten, ist sie fort. Kann der Adler Euch sagen, wie er fliegt, Kapitän Hawksworth, oder ›warum‹? Wenn er es könnte, wäre er kein Adler mehr. Das ist die große Weisheit Indiens. Wir haben gelernt, daß sie an *feringhis* verschwendet ist, Kapitän, und ich befürchte, daß ich sie jetzt auch an Euch verschwendet habe.«

Das Gespräch hinterließ in Hawksworth ein merkwürdiges Gefühl der Unsicherheit, sein Kopf kämpfte mit Ideen, die seinem Verstand widersprachen.

»Ich weiß, daß es Dinge gibt, die man eher mit dem Herz und dem Gefühl begreift als mit dem Kopf.«

»Dann kann es Hoffnung für Euch geben, Kapitän Hawksworth. Wir werden jetzt sehen, ob Ihr wie ein Radschpute sterben könnt. Und wenn Ihr es könnt, werdet Ihr vielleicht als einer von uns wiedergeboren.«

»Dann lerne ich vielleicht sogar, ein Bandit zu sein.«

»Radschputen sind nicht alle gleich, Kapitän. Es gibt viele Stämme, die von verschiedenen Dynastien abstammen. Jeder hat seine eigene Tradition, seine eigene Ahnenreihe. Ich bin aus dem Norden und gehöre den Stämmen an, die vom Mond herrühren. Der hiesige Stamm behauptet, ein Abkömmling der Sonnendynastie zu sein, die auch im Norden ihre Wurzeln hat. Sie führen ihre Abstammung auf den Gott Indra zurück,

von dem sie sagen, daß er sie mit Hilfe der Sonne ins Leben gerufen hat.«
Vasant Rao begann erneut, Sanskritverse zu rezitieren, und sein Gesicht wurde zur Maske.
Hawksworth strich sich verwirrt über den Kopf und er fühlte dort, wo ihn der Keulenschlag getroffen hatte, eine harte Beule. Und als er an die Reiter dachte, die ihn im Fluß mit steinernen Gesichtern umzingelt hatten, spürte er im Magen wieder die Angst. Er bezwang sich jedoch und verdrängte den Gedanken an den Tod.
Verfluchtes *dharma!* Was soll das heißen – Mitglieder eines Klans, der von der »Sonnendynastie« abstammt? Sie sind Mörder und Plünderer, die nach einer Entschuldigung für ihr schändliches Treiben suchen!
Ich habe nicht die Absicht, wie ein Radschpute zu sterben. Noch nicht sofort. Oder als einer wiedergeboren zu werden. Das Leben ist zu schön, so wie es ist. Shirin ist frei. Ich spüre, daß ich sie wiedersehen werde. Was immer auch geschieht, in diesem Rattenloch hier und mit hohlen Worten über die Ehre auf den Lippen möchte ich nicht sterben. Ich muß nachdenken.
Schnell griff er in seinen Stiefel. Die zweite Pistole war noch da.
Wir werden hier schon herauskommen. Irgendwie. Wir verlieren vielleicht ein paar Tage Zeit, aber das ist alles. Bis jetzt sind wir schnell vorangekommen. Wir sind am Sonntag aufgebrochen und waren zwei Tage hier, also ist heute vermutlich Montag.
Plötzlich erstarrte er.
»Wo sind die Karren?«
»Am südlichen Rand des Dorfes. Dort befinden sich auch die Hütten für die Rinder.«
»Ist meine Truhe auch dort?«
»Nein. Sie ist hier, seht Euch um.« Vasant Rao wies in die Dunkelheit. »Ich sagte ihnen, daß sie dem Mogul gehört und nehme an, daß sein Name ihnen Respekt abnötigt.«
Hawksworth zog sich hoch und griff hinter sich. Die Truhe war da. Aus Sicherheitsgründen hatte er ihren Schlüssel am zweiten Tag der Reise in die Tasche seiner Kniehose gesteckt, und als er jetzt, gegen starke Schmerzen in seinem Arm ankämpfend, nachfühlte, war er noch da. Er holte ihn hervor und steckte ihn ins Schloß. Es klickte, und die Truhe war offen.

Schnell überprüfte er ihren Inhalt. Obenauf lag die Laute. Der Brief war noch immer verpackt. Kleider. Schließlich langte er tiefer hinein und spürte das Metall.
Das Licht der Lampe fing sich auf dem polierten Messing des persischen Astrolabiums. Mukarrab Khans Abschiedsgeschenk war unversehrt.
Er erhob sich, ging zum Fenster und drehte sorgfältig die Bambusleisten, bis das Sonnenlicht ins Zimmer flutete. Die Sonne hatte den Zenit noch nicht erreicht. Er maß ihren Stand, wartete fünf endlos scheinende Minuten und maß erneut, während Vasant Rao in monotonem Sanskrit unermüdlich Verse aus der Bhagavadgita murmelte.
Vermutlich denkt er, daß ich auch bete. Hawksworth lächelte.
Die Meßwerte erhöhten sich, blieben konstant, fingen an, abzufallen. Die Sonne hatte ihren Höchststand überschritten. Er hatte sich die Daten gemerkt und kramte nun aus der Truhe sein Seemannsbuch hervor, das er stets mit sich führte.
Wir haben Surat am 24. Oktober verlassen. Am 25. waren wir in Karod, am 26. in Viara, am 27. in Corka, am 28. in Narayanpur und am 29. überquerten wir den Fluß. Heute muß demnach der 31. Oktober sein.
Das Buch war noch klamm von der feuchten Seeluft. Er fand rasch die Seite, die er suchte und ließ seinen Zeigefinger an einer Zahlenkolonne hinuntergleiten, bis er die Ziffer erreichte, die er auf dem Astrolabium abgelesen hatte. Nach seiner Messung befanden sie sich jetzt auf 21 Grad und 20 Minuten nördlicher Breite.
Noch einmal wühlte er in der Kiste – dieses Mal, um ein Bündel hastig beschriebener Papiere hervorzuholen. Die Schrift war undeutlich, und das Licht war schlecht, so daß er die Augen zusammenkneifen mußte. Es handelte sich um Auszüge aus den Berechnungen des alten Astronomen aus Samarkand. Er fand die Breite und das Datum.
Er lächelte etwas gequält, und sein Gesicht schmerzte. Dann wickelte er das Astrolabium sorgfältig ein und verstaute es zusammen mit den anderen Papieren wieder in der Truhe. Das Schloß schnappte in dem Moment zu, da sich die Zellentür öffnete.
Hawksworth sah auf und erblickte das Gesicht des Mannes, der die Keule geschwungen hatte. Guter Gott, ich dachte, er wäre tot.
Dann wurde ihm klar, daß es sich um den Sohn handeln mußte. Aber es waren die gleiche massive Stirn, der gleiche dunkle Bart, die gleichen engstehenden Augen. Der Mann trug weder einen Helm noch eine

Brustwehr, sondern nur ein einfaches, rein weißes Gewand und wechselte mit Vasant Rao ein paar Worte in einer Sprache, die Hawksworth nicht verstand.

»Er hat uns befohlen, ihm zu folgen. Es ist an der Zeit für die Zeremonie. Ihr sollt zusehen, wie der Mann geehrt wird, den Ihr getötet habt.«

Vasant Rao erhob sich behende und löschte die Öllampe. In der dunklen Stille hörte Hawksworth Kühe muhen und in der Ferne das Summen eines beschwörenden Gesanges. Draußen warteten die Wachen. Hawksworth bemerkte, daß sie bedeckte Schwerter trugen. Auch sie waren weiß gekleidet.

Im mittäglichen Sonnenschein versuchte er, mit schnellen Blicken das Terrain zu erkunden. Das Dorf schien ringsum von zerklüfteten Felsen umgeben zu sein, und eine enge Schlucht schuf einen leicht zu bewachenden Eingang.

Vasant Rao hat recht. Es ist eine Festung. Und vermutlich ist sie uneinnehmbar.

Die breite Straße war beidseitig mit Lehmhäusern gesäumt, und vor ihnen öffnete sich ein großer, freier Platz, auf dem sich eine Menschenmenge versammelt hatte. Auf der gegenüberliegenden Seite des Platzes erhob sich ein riesiges Backsteinhaus mit breiter und hoher Veranda.

Als sie näher kamen, erkannte Hawksworth, daß mitten auf dem Platz eine tiefe Grube ausgehoben worden war, die von schweigenden Trauergästen umstanden wurde. Fünf Frauen, die sich an den Händen hielten, umkreisten langsam die Grube und sangen ein Klagelied.

Schließlich erblickte er den Leichnam des Radschputen. Er lag mit dem Gesicht nach oben auf einer duftenden Bahre aus Sandelholz und Zedrachzweigen. Kopf und Bart waren rasiert und der Körper in ein großes Seidentuch gehüllt. Blumengirlanden umkränzten den Leichnam, das Holz in der Grube roch nach *ghee* und rosenduftendem Kokosöl. Daneben standen Brahmanenpriester und rezitierten Sanskritverse.

»Er wird mit der ganzen Ehre eines Radschputenkriegers verbrannt werden.« Nach einer Pause fügte Vasant Rao hinzu: »Versteht sich, daß die Brahmanen entsprechend bezahlt wurden.«

Hawksworth sah sich um. Die Fensterläden der Häuser waren zum Zeichen der Trauer geschlossen. Unweit des großen Hauses standen

singende Priester in feierlichem Ornat, und am Eingang war eine weiße, über und über mit Blumen geschmückte Araberstute festgebunden.
Plötzlich erklangen die Töne einer dissonanten Trauermusik. Die schweren Holztüren des großen Hauses öffneten sich langsam, und eine Frau trat in den Schein der Mittagssonne. Selbst auf die Entfernung konnte Hawksworth erkennen, daß sie in ein makelloses weißes Gewand gekleidet war, auf dem Goldornamente funkelten. Mit der Grazie einer Königin stieg sie die Stufen hinab, und man half ihr auf das Pferd. Als sie langsam auf die Grube zuritt, wurde sie an beiden Seiten von Brahmanenpriestern gestützt. Es waren langhaarige Männer, die weiße Streifen aus Tonerde auf der Stirn trugen.
»Jetzt werdet Ihr eine Frau der Kriegerkaste ihrem *dharma* folgen sehen«, flüsterte Vasant Rao.
Die Frau ritt langsam an ihnen vorbei, und Hawksworth spürte, daß sie sich ihrer Umgebung kaum bewußt war. Es war, als stünde sie unter Drogen. Dreimal umkreiste sie die Grube, dann hielt sie gar nicht weit entfernt von Hawksworth und Vasant Rao an. Die Priester halfen ihr von der Stute herunter, und einer von ihnen drängte sie, aus einem mit einer dicken Flüssigkeit gefüllten Becher zu trinken. Ihr seidenes Gewand duftete nach parfümiertem Öl, und ihre Stirn und ihre Arme waren mit Ornamenten aus Sandelholzpaste und Safran bemalt.
Eine merkwürdige Art der Trauer, dachte Hawksworth. Sie ist wie für ein Bankett angezogen und parfümiert, ganz und gar nicht wie für eine Beerdigung.
Sie stand nun am Rand der Grube, schien einen Augenblick lang die fünf Klageweiber anzusehen, trank noch einen Schluck aus dem Becher und begann dann ruhig, ihre Juwelen abzulegen und sie den Priestern auszuhändigen, bis ihr als einziger Schmuck eine Halskette aus dunklen Samen verblieb. Die Brahmanen besprenkelten ihren Kopf mit Wasser, und als eine Glocke zu läuten anhob, halfen sie ihr in die Grube. Ungläubig beobachtete Hawksworth, wie sie sich neben ihren toten Mann kniete und seinen Kopf liebevoll in den Schoß nahm. Ihr Blick wirkte leblos, aber gelassen.
Die Erkenntnis dessen, was sich da vor seinen Augen abspielte, traf ihn wie ein Schlag. Konnte es wahr sein? Es war nicht auszudenken.
Der Sohn des Toten, der Hawksworth und Vasant Rao hierhergebracht hatte, streckte die Hand aus. Einer der Brahmanen verbeugte sich tief

und übergab ihm eine brennende Fackel, die vor dem Hintergrund des dunklen Erdhaufens neben der Grube hell aufflammte.
Allmächtiger Gott! Nein! Hawksworth griff unwillkürlich nach seiner Pistole.
Ein ohrenbetäubendes Klagegeschrei brach aus den wartenden Frauen hervor, als der junge Mann die Fackel auf den Kopfteil der Bahre warf. Auch die Priester schleuderten nun brennende Fackeln auf die Leiche und gossen Öl in die Flammen, die zunächst zaghaft am Rande des Holzes leckten und sich dann immer rascher über den Scheiterhaufen ausbreiteten. Innerhalb von Sekunden fingen nun auch die ölgetränkten Kleider der Frau Feuer, und gleich darauf hüllten Flammen ihren Körper ein und entzündeten ihr Haar. Hawksworth sah, wie sie den Mund öffnete und etwas sagte – Worte, die er nicht verstand. Dann überwältigte sie der Schmerz. Sie schrie gellend auf und versuchte verzweifelt, in einer Ecke der Grube Zuflucht zu finden, aber als sie dort ankam, warteten die Priester mit langen Stangen auf sie, um sie zurückzutreiben. Sie stolperte rückwärts. Ihre letzten Schreie gingen unter im Chor der wehklagenden Frauen. Als lebende Fackel brach sie über der Leiche ihres Mannes zusammen. Hawksworth wandte sich voller Entsetzen ab und fuhr Vasant Rao an, der dem Geschehen mit unbeweglicher Miene zuschaute. »Das ist Mord! Brutaler Mord! Gehört das etwa auch zu Eurer Radschputentradition?«
»Wir nennen es *sati,* wenn eine mutige Frau ihrem Mann in den Tod folgt. Habt Ihr gehört, was sie sagte? Sie sprach die Worte ›fünf, zwei‹, als der Lebensgeist sie verließ. Im Augenblick des Todes besitzen wir mitunter eine prophetische Gabe. Sie meinte, es sei das fünfte Mal, daß sie sich mit demselben Mann verbrennt, und nur zwei weitere Male sind erforderlich, bevor sie aus dem Kreislauf von Geburt und Tod entlassen wird und zur Vollkommenheit gelangt.«
»Ich kann es nicht glauben, daß sie sich freiwillig hat verbrennen lassen.«
»Natürlich hat sie das. Radschputenfrauen sind edel. Es war ihre Art, ihren Mann und ihre Kaste zu ehren. Es war ihr *dharma.*«
Hawksworth starrte in die Grube. Die Priester gossen immer mehr Öl auf die wütenden Flammen, die längst beide Körper bedeckten. Die fünf klagenden Frauen schienen verrückt vor Trauer; sie hielten sich noch immer an den Händen und tanzten wie im Delirium. Die Hitze war

mittlerweile gewaltig, und Hawksworth trat ein paar Schritte zurück, als die Feuerzungen über den Rand der Grube leckten. Die trauernden Frauen dagegen schienen die Gefahr zu mißachten, denn sie umkreisten die Grube noch immer, und ihre leichten Gewänder waren nur wenige Zoll von den Flammen entfernt. Die Luft füllte sich mit dem Geruch nach Tod und brennendem Fleisch.

Sie müssen wahnsinnig sein vor Kummer. Ihre Kleider werden . . .

In diesem Moment entzündete sich der Saum eines der Gewänder. Die Trauernde betrachtete die peitschende Flamme mit einem wilden, leeren Blick und drehte sich zu den anderen um, Entsetzen und Verwirrung in den Augen.

Hawksworth streifte sich bereits sein Wams ab. Er hatte oft genug Brände auf dem Geschützdeck miterlebt, um zu wissen, daß ein Mann, dessen Kleider Feuer fingen, stets in Panik geriet.

Wenn ich sie rechtzeitig erreiche, kann ich die Flammen ersticken, bevor sie verbrannt und verletzt wird. Ihre Beine . . .

Bevor er sich jedoch rühren konnte, drehte die Frau sich plötzlich wieder um, sah in die tosende Grube und warf sich mit einem langen, durchdringenden Klageschrei ins Feuer. Im selben Moment entzündete sich das Gewand einer zweiten Frau, und auch sie drehte sich um und stürzte kopfüber in die Flammen.

Gnädiger Gott! Was tun sie?

Die drei übriggebliebenen Frauen hielten einen Augenblick inne. Dann reichten sie sich wieder die Hände und sprangen wie auf ein verabredetes Zeichen in das Inferno hinein. Ihre Haare und Kleider entzündeten sich wie Zunder in einem Ofen. Sie klammerten sich noch aneinander, als die Flammen bereits über ihnen zusammenschlugen.

Hawksworth vermochte nicht mehr in die Grube zu sehen. Er keuchte.

»Was, zum Teufel, geschieht hier?«

Vasant Raos Augen flackerten ungläubig.

»Es müssen seine Konkubinen gewesen sein. Oder seine Nebenfrauen. Nur die erste Frau hatte Anspruch auf den Ehrenplatz an seiner Seite. Ich habe . . .« Der Radschpute rang nach Fassung. »Ich habe noch nie so viele Frauen bei einem *sati* sterben sehen. Es ist . . .« Er rang nach Worten. »Es ist fast zuviel . . .«

»Woher kommt dieser barbarische und mörderische Brauch?« schrie Hawksworth. Der Rauch und der beißende Geruch des brennenden

Fleisches brachten seine Augen zum Tränen. »Es ist unmenschlich, absolut unmenschlich . . .«

»Wir glauben, daß aristokratische Radschputenfrauen seit jeher wünschten, es zu tun. Um ihre tapferen Krieger zu ehren. Der Mogul hat jedoch versucht, dem Brauch ein Ende zu setzen. Er behauptet, daß alles erst vor ein paar Jahrhunderten begann. Damals soll ein Radschputenradscha die Frauen in seinem Palast verdächtigt haben, ihn und seine Beamten vergiften zu wollen. Es heißt, daß der Radscha den *sati* anordnete, um sein Leben zu schützen, und daß andere ihm folgten. Aber ich glaube nicht an diese Geschichte. Ich glaube, daß die Frauen in Indien es immer schon getan haben, seit undenklichen Zeiten. Und was zählt es schon, wann es begonnen hat. Jetzt folgen alle *ranis*, die Frauen von Radschas, ihren Männern in den Tod und betrachten es als große Ehre. Es scheint, daß die anderen Frauen des Toten es heute der Witwe gleichtun wollten, und ich denke, es geschah gegen den Willen der ersten Frau. Sie wollte ihren Augenblick des Ruhms und der Glorie nicht teilen. *Sati* ist ein edler Brauch, Kapitän Hawksworth, Teil jener Charakterstärke der Radschputen, an der es anderen Rassen mangelt.«

Hawksworth' Arm wurde grob von einer Hand ergriffen, die ihn durch die Menge zerrte, durch ein Meer von Augen, in denen Verachtung brannte. Zwischen den treibenden Rauchschwaden erhaschte er einen Blick auf die Ochsenkarren der Karawane, die weiter hinten auf der Straße, die zur Festung führte, aufgestellt waren. Die Fahrer waren nirgends zu sehen, aber neben den Wagen befanden sich die Hütten für die Ochsen.

Wenn sie unschuldige Frauen in den Tod schicken können, bedeutet ihnen das Leben nichts. Sie werden uns mit Sicherheit töten.

Sie näherten sich der Veranda des großen Hauses, in dem der Führer der Dynastie gelebt hatte. Zwei Wachen zwangen Hawksworth rauh auf die Knie. Er blickte auf und sah vor sich den jungen Mann, der die Fackel in die Grube geschleudert hatte. Der Mann sprach in sehr bestimmtem Ton zu ihnen, und Vasant Rao übersetzte.

»Er ist der Sohn des Mannes, den Ihr getötet habt. Er erhebt Anspruch auf die Führung der Dynastie und nennt sich Radsch Singh. Er sagt, daß im Pandschika, dem hinduistischen Handbuch der Astrologie, für morgen eine Sonnenfinsternis vorausgesagt ist. Sein Vater, der Führer dieser Sonnendynastie, ist gestorben, und morgen wird auch die Sonne für eine Weile sterben. Die Brahmanen meinen, es sei angemessen, wenn Ihr mit ihr sterbt. In Indien ist der Tod der Sonne für die hohen Kasten eine böse Zeit. Eine Zeit, in der die beiden großen Mächte des Himmels im Streit liegen. Am Tag einer Finsternis werden in unseren Häusern keine Feuer entzündet, das Essen wird fortgeworfen, und alle offenen irdenen Töpfe werden zerbrochen. Keiner, der den heiligen Faden der Zweimalgeborenen trägt, darf sich während einer Sonnenfinsternis im Freien aufhalten. Die Brahmanenastrologen haben beschlossen, daß dies die Zeit sein wird, da Ihr für Eure feige Handlung büßen sollt. Ihr werdet aufgespießt und hier auf dem Platz zum Sterben liegengelassen.«

Hawksworth richtete sich auf, und obwohl seine Augen immer noch vom Rauch schmerzten, versuchte er, dem Mann direkt ins Gesicht zu schauen. Dann sprach er mit einer Stimme, von der er hoffte, daß sie bis zu der wartenden Menge dringen würde.

»Sagt ihm, daß seine Brahmanenastrologen die Wahrheit nicht kennen, weder die vergangene noch die zukünftige.« Hawksworth zwang sich, das Zittern in seiner Stimme zu unterdrücken. »Morgen wird es keine Sonnenfinsternis geben. Seine Brahmanen, die die großen Ereignisse des Himmels nicht richtig voraussagen können, sollten nicht das Recht haben, hier auf der Erde ihren Willen geschehen zu lassen.«

»Seid Ihr verrückt geworden?« Vasant Rao schaute Hawksworth mit funkelnden Augen an. »Warum versucht Ihr nicht, mit Würde zu sterben?«

»Übersetzt, was ich gesagt habe!«

»Glaubt Ihr, daß wir alle Narren sind? Die Sonnenfinsternis wird im Pandschika vorausgesagt. Es ist das heilige Buch der Brahmanen und wird benutzt, glückbringende Tage für Festlichkeiten, Hochzeiten und die Saat zu bestimmen. Sonnenfinsternisse werden im Pandschika für viele Jahre im voraus bestimmt, und das schon seit Jahrhunderten.«

»Sagt ihm, was ich gesagt habe! Wort für Wort.«

Vasant Rao zögerte noch einen Augenblick, bevor er widerwillig übersetzte. Das Gesicht des Radschputenhäuptlings blieb unbewegt, und seine Antwort war kurz.

»Er sagt, daß Ihr sowohl ein Narr als auch ein Unberührbarer seid.«

»Sagt ihm: Wenn ich mit der Sonne sterben soll, muß er mich jetzt töten. Ich spucke auf seine Brahmanen und ihre Bücher. Ich sage, daß die Sonnenfinsternis *heute* stattfinden wird. Und zwar in weniger als drei Stunden.«

»In einem *pahar?*«

»Ja.«

Vasant Raos Stimme wurde mit seinem Ärger immer lauter. »Wenn nicht eintritt, was Ihr behauptet, werdet Ihr noch ehrloser sterben.«

»Sagt es ihm!«

Vasant Rao übersetzte zögernd.

Radsch Singh bedachte Hawksworth mit einem skeptischen Blick und wandte sich an einen der großgewachsenen Radschputen, die bei ihm standen. Der Mann ging an den Rand der Veranda und holte mehrere Brahmanenpriester herbei. Nach einer Unterredung, die mit viel ärgerlichem Gezeter und aufgeregtem Gestikulieren einherging, wandte sich einer der Brahmanen ab und ging weg. Kurz darauf kam er mit einem Buch zurück.

»Sie haben noch einmal im Pandschika nachgesehen.« Vasant Rao deutete auf das Buch, während einer der Brahmanen wortreich auf Radsch Singh einredete. »Er sagt, das Datum und die Zeit der Sonnenfinsternis seien eindeutig festgelegt, und zwar für den Mondmonat Asvina, der Eurem September und Oktober entspricht. Hier im Dekkan beginnt und endet der Monat mit dem vollen Mond. Der *tithi* – oder Mondtag – der Finsternis beginnt morgen.«

Hawksworth hörte sich die Erläuterungen an. Sein Herz begann zu rasen.

Die Berechnungen im Observatorium hatten eine ganze Menge zu sagen über den Mondkalender Eures Pandschika. Sie zeigen, wie unpraktisch er im Vergleich zu dem Sonnenkalender ist, den die Araber und Europäer benutzen. Ein Kreislauf des Mondes läßt sich nicht genau auf die Tage eines Jahres aufteilen. Eure Astrologen müssen daher beständig Tage und Monate hinzufügen oder abziehen, damit die Jahre gleich lang bleiben. Es ist fast unmöglich, einen Mondkalender mit einem Sonnenjahr in Übereinstimmung zu bringen. Jamschid Beg, dem Astronomen aus Samarkand, machte es die größte Freude, die Voraussagen des hinduistischen Pandschika zu widerlegen. Wenn ich seine Berechnungen richtig entziffert habe, gehört diese Sonnenfinsternis zu jenen, die der Pandschika falsch datiert. Der Astrologe muß einen Fehler beim Abschreiben gemacht haben. Oder er hat eine der Hauptregeln der

Mondbeobachtung mißachtet. Sonnentage beginnen bei Sonnenaufgang. Bei Mondtagen verhält es sich anders, der Mond kann zu jeder Tageszeit aufgehen. Nach diesem System wird jener Tag als laufender Mondtag gezählt, der bei Sonnenaufgang angebrochen ist. Wenn aber der Mond gleich nach der Sonne aufgeht und vor dem Sonnenaufgang des nächsten Tages untergeht, muß der ganze »Tag« von der Zählung ausgenommen werden.

Heute war ein solcher Tag. Er hätte aus dem Mondkalender gestrichen werden müssen, aber er wurde gezählt. Die Vorhersage des Pandschika setzt die Sonnenfinsternis daher einen Tag zu spät an.

Jedenfalls nach Jamschid Begs Berechnungen. Gott helfe mir, wenn *er* sich geirrt hat . . .

»Sein Pandschika irrt. Wenn ich am Tag der Sonnenfinsternis getötet werden soll, muß er mich heute töten. Jetzt.«

Radsch Singh hörte der Übersetzung mit wachsender Unruhe zu. Er warf den Brahmanen einen nervösen Blick zu und antwortete mit leiser Stimme.

»Er fragt, welchen Beweis Ihr für Eure Behauptung habt?« übersetzte Vasant Rao.

Hawksworth sah sich um. Welchen Beweis konnte man schon für eine bevorstehende Sonnenfinsternis anführen?

»Mein Wort ist mein Wort.«

Ein Wortwechsel zwischen Vasant Rao und Radsch Singh folgte. »Er bezweifelt stark, daß Ihr klüger seid als der Pandschika.« Vasant Rao machte eine kleine Pause, ehe er fortfuhr. »Und ich zweifle auch daran. Er sagt, Ihr seid sehr dumm, wenn Ihr gelogen habt. Die Wahrheit wird bald genug an den Tag kommen.«

»Er kann glauben, was er will. Die Sonnenfinsternis findet heute noch statt.«

Nach einem erneuten erregten Wortwechsel sagte Vasant Rao: »Wenn Ihr recht habt, seid Ihr die Inkarnation eines Gottes, meint Radsch Singh. Wenn die Sonnenfinsternis wirklich heute stattfindet, muß sofort mit den Vorbereitungen begonnen werden. Alle Menschen müssen in die Häuser gehen. Noch einmal: Stimmt Eure Behauptung?«

»Jawohl.«

Radsch Singh besprach sich noch einmal mit den Brahmanen, die nun alle beieinanderstanden. Sie traten unruhig von einem Bein aufs andere, und einige spuckten aus, um ihrem Unmut und ihrer Skepsis Ausdruck zu verleihen. Der Radschputenführer wandte sich noch einmal an Vasant Rao.

»Er wird vorsichtshalber alle hohen Kasten ins Innere der Häuser befehlen. Wenn geschieht, was Ihr behauptet, habt Ihr das Dorf vor großem Schaden bewahrt.«

Hawksworth hob zu sprechen an, aber Vasant Rao gebot ihm mit einer Geste Schweigen.

»Wenn aber das, was Ihr sagt, eine Lüge ist, wird er nicht bis morgen warten, um Euch zu töten. Dann werdet Ihr noch heute bei Sonnenuntergang bis zum Hals eingegraben, und die Frauen und Kinder des Dorfes werden Euch steinigen. So sterben die Verbrecher unter den Unberührbaren.«

Noch immer trieben aus der Richtung des Scheiterhaufens Rauchschwaden über das Dorf, als die hochgeborenen Männer und Frauen sich in ihre Häuser zurückzogen und die Türen hinter sich verschlossen. Mütter nahmen ihre Säuglinge auf den Schoß und beteten. Nur Menschen aus den unteren Kasten und Kinder, die noch zu jung waren, um den heiligen Faden zu tragen, blieben im Freien. Vasant Rao erhielt die Erlaubnis in die Zelle zurückzukehren, in der man sie gefangengehalten hatte. Hawksworth fand sich plötzlich unbewacht und wanderte auf den Platz zurück, um noch einmal in die Grube zu schauen. Nur verkohlte Skelette waren übriggeblieben.

Vor einer Stunde gab es hier Leben. Jetzt herrschte der Tod. Der Unterschied ist allein der Wille zum Überleben.

Und Glück. Eine glückliche Wendung.

Hatte Jamschid Beg recht? Wenn nicht, dann helfe mir Gott . . .

Er kniete neben der Grube nieder. Um den Tod zu sehen und zu warten.

15

Prinz Dschadar schritt zielstrebig über den Gang und gab den wartenden Wachen das Zeichen. Sie nickten bestätigend und fast unmerklich. Außer den Schritten seiner lederbesohlten Reitschuhe auf dem Steinfußboden hörte man in dem von Fackeln erleuchteten Korridor keinen Laut.

Es war der Beginn des dritten *pahar*, Mittag, und Dschadar war gerade von der Jagd zurückgekehrt, als ihm ein Läufer die Nachricht überbrachte, daß bei Mumtaz die Wehen eingesetzt hatten. Es schickte sich nicht für ihn, jetzt zu ihr zu gehen, aber er hatte kurz mit der Hebamme gesprochen und den Vorschlag der Hindufrau verworfen, Mumtaz solle neben einem Bett hockend gebären, so daß ein Besen gegen ihren Leib gepreßt werden könnte, während die Hebamme ihr den Rücken rieb. So war es, das wußte er, der barbarische Brauch der Ungläubigen, und er machte sich Vorwürfe, daß er die Frau überhaupt eingestellt hatte. Es war eine symbolische Geste, gegenüber den Hindutruppen: Er wollte deren Befürchtung zerstreuen, die Geburt könne rein nach mohammedanischem Ritus erfolgen.
Dschadar hatte der Hebamme gegenüber darauf bestanden, Mumtaz auf eine Samtmatte zu legen, und zwar akkurat mit dem Kopf nach Norden und den Füßen nach Süden. Für den Fall, daß sie bei der Geburt sterben sollte – Dschadar betete inständig, daß es nicht geschehen möge –, war dies die Position, in welcher sie begraben würde: mit dem Gesicht nach Mekka. Er hatte befohlen, alle Kanonen der Festung mit Pulver zu laden, damit im Falle der Geburt eines Knaben der traditionelle mohammedanische Salut abgefeuert werden könnte.
Auch die Vorbereitungen für die Zeremonie der Namengebung waren bereits eingeleitet worden. Viele Tage hatte er darum gebetet, dieses Mal einen Sohn benennen zu können. Er hatte bereits zwei Töchter, und eine dritte würde lediglich eine zusätzliche Intrigantin bedeuten, die man für immer in Gewahrsam halten müßte. Es war ihm klar, daß er keiner Tochter je zu heiraten erlauben dürfte; die Komplikationen, die bei Hofe durch eine weitere ehrgeizige Familie hervorgerufen werden würden, waren unvorstellbar. Und die ränkevollen persischen Schiiten wie die Königin und ihre Familie würden die Gelegenheit zu schätzen wissen, durch geschickte Heiratspolitik den Einfluß der Sunniten bei Hofe weiter einzuschränken.
Allah, dieses Mal *muß* es ein Sohn sein! Ist nicht alles in unserer Macht Stehende getan worden? Wenn Akman recht hatte, daß nämlich Ortswechsel während der Schwangerschaft einen männlichen Erben hervorbringt, dann muß es zwölfmal ein Sohn werden. Sie war in einem Dutzend Städte. Und Lager. Ich habe sogar das Orakel der Hindus befragt, indem ich eine Hausschlange töten und von einem ihrer ungläu-

bigen Brahmanen in die Luft werfen ließ, um zu sehen, wie sie landen würde. Sie landete auf dem Rücken, und das bedeutet, wie sie sagen, daß es ein Junge wird. Ein weiterer Hinweis auf einen Sohn ist für die Hindus die Tatsache, daß die Milch, die vor drei Tagen aus Mumtaz' Brüsten gepreßt wurde, dünn war.

Und doch – die Vorzeichen waren nicht eindeutig. Zum Beispiel diese Sonnenfinsternis. Warum trat sie einen Tag früher ein, als die Hindu-Astrologen prophezeiten? Heute weiß ich, daß sie genau sieben Tage vor der Geburt stattfand. Keiner kann sich daran erinnern, daß die Hindus je eine Sonnenfinsternis falsch berechnet haben.

Was hat es zu bedeuten? Daß meine Linie aussterben wird? Oder daß ein Sohn geboren wird, der mich eines Tages in seinen Schatten stellt?

Es ist unmöglich, in die Zukunft zu sehen. Allahs Wille wird geschehen.

Das Treffen, das für den dritten *pahar* vereinbart wurde, muß ungeachtet der Geburt auf jeden Fall stattfinden. Wenn ich meinen Plan jetzt nicht durchführe, kann die Geburt bedeutungslos werden. Die Arbeit von Jahren kann auf diesem einen Feldzug verscherzt werden. Und wenn ich jetzt versage, was wird dann mit Akmans Erbe geschehen, mit seinem großen Werk der Einigung Indiens? Wird das Lehnswesen wieder erstarken, in dem der Nachbar gegen den Nachbarn kämpft, oder wird Indien gar an die Schiiten fallen? Die Luft um mich herum riecht geradezu nach Verrat.

Prinz Dschadar warf einen kurzen Blick auf sein persönliches Wappen, das auf der Holztür angebracht war, die in die Empfangshalle der Festung führte. Dann stieß er die Tür weit auf und trat ein. Eine Phalanx von Wachen folgte ihm in den Raum, den er für die Dauer seines Aufenthaltes in Burhanpur als Kommandoposten in Anspruch genommen hatte. Der riesige Teppich in der Mitte des Zimmers war an den Rändern mit frischen Blumen geschmückt.

Die Festung, der einzig sichere Posten, der ihm in dieser Stadt verblieb, war von Dschadar und seiner handverlesenen Wache requiriert worden. Seine Offiziere hatten Unterkünfte in der Stadt genommen, und die Truppen hatten längs der Straße, die von Norden her nach Burhanpur führte, eine Zeltstadt errichtet. Ihre Frauen fielen über den Basar her und häuften Vorräte für den Marsch nach Süden an. Ochsenkarren mit frischen Lebensmitteln verstopften die Zufahrtsstraßen, denn in den umliegenden Dörfern hatte es sich längst herumgesprochen, daß in

Burhanpur das Gefolge des Prinzen und seine Soldaten zu Gast waren – Kunden also, die an die hohen Preise des Nordens gewöhnt waren. Den Dorfbewohnern war aus langer Erfahrung natürlich gleichfalls klar, daß es klüger war, Feldfrüchte, Gemüse und Obst jetzt zu ernten und zu verkaufen, bevor ein Heer auf dem Marsch sich ohnehin einfach nahm, was es wollte.

Auch hatten sich bereits Gerüchte verbreitet, wonach die Armee Malik Ambars, des abessinischen Anführers der Aufständischen im Dekkan, mit achtzigtausend Mann Infanterie und Reiterei von Süden her auf Burhanpur marschierte. Ein Vorauskontingent lag bereits südlich der Stadt im Lager, nicht mehr als zehn *kos* entfernt.

Dschadar inspizierte den Empfangssaal und vergewisserte sich, daß alle Sicherheitsvorkehrungen getroffen worden waren, daß jeder Zugang von seinen Leuten kontrolliert wurde. Dann gab er dem Führer der Radschputenwache ein Zeichen, und dieser gab eine Nachricht an einen vor der Tür wartenden Kurier weiter.

Schließlich lehnte Prinz Dschadar sich gegen ein riesiges Samtpolster und genoß einen Moment der Ruhe, um Ordnung in seine Gedanken zu bekommen.

Der Dekkan, die zentralen Ebenen Indiens. Werden sie je uns gehören? Wie viele Feldzüge sind noch erforderlich?

Er erinnerte sich voller Ärger an all die Demütigungen, die die Bewohner des Dekkan Arangbar zugefügt hatten.

Als Arangbar nach Akmans Tod den Thron bestieg, hatte er verkündet, daß er die Politik der militärischen Kontrolle über den Dekkan, die Politik seines Vaters, fortführen wolle. Ein General namens Ghulam Adl, der oberste Befehlshaber der Mogularmeen im Süden, hatte um die Bestätigung seines Postens als Khan Khanan – »Khan der Khane« ersucht, und er hatte sie erhalten. Um den Dekkan ein für alle Mal zu unterwerfen, hatte Arangbar zusätzlich zwölftausend Mann Kavallerie nach Süden geschickt und Ghulam Adl eine Million Rupien zur Erneuerung seiner Armee gegeben. Aber allen Truppen zum Trotz hatte der Abessinier Malik Ambar schon bald eine Rebellenhauptstadt in Ahmadnagar geschaffen und sich zum Ersten Minister ernannt. Erbittert hatte Arangbar Ghulam Adl daraufhin das Kommando entzogen und es seinem eigenen Sohn Parwaz, dem Zweitältesten, übergeben. Der zügellose Prinz war mit großem Pomp nach Süden marschiert. Dort angelangt, hatte er ein extravagantes militärisches Hauptquartier – einen königlichen Hof *en miniature* – errichtet und mehrere Jahre damit verbracht, ein Zechgelage nach dem anderen zu veranstalten und sich in großspurigen Prahlereien über den sicheren Sieg zu ergehen.

Nachdem er diese Vorgänge mit wachsender Verärgerung beobachtet hatte, war Ghulam Adl schließlich den verlockenden Angeboten Malik Ambars erlegen und hatte sich mit seiner Armee zurückgezogen.

Arangbar, nun aufs höchste erzürnt, erteilte zwei anderen Generälen den Auftrag, in den Dekkan zu marschieren. Der eine kam von Norden und der andere von Westen, und ihr Ziel war es, Malik Ambar mit einer großen Zangenbewegung einzukesseln. Der Abessinier verstand es jedoch mit List, die beiden Heere getrennt zu halten, versetzte zuerst dem einen und dann dem anderen eine schlimme Niederlage und trieb schließlich beide unter schweren Verlusten nach Norden zurück.

Jetzt folgte Arangbar dem Ratschlag Königin Dschanaharas, versetzte seinen Sohn Parwaz aus dem Dekkan nach Allahbad zurück und schickte an seiner Statt Prinz Dschadar. Mit vierzigtausend Mann marschierte dieser in den Dekkan, um die dortigen Truppen zu verstärken.

Als Dschadar und seine starke Armee Burhanpur erreichten, schlug Malik Ambar klugerweise einen Waffenstillstand und Verhandlungen vor. Er überließ die Festung von Ahmadnagar dem Mogul und zog seine Truppen zurück. Arangbar war hoch zufrieden und belohnte Dschadar mit sechzehn *lakhs* Rupien und einem wertvollen Diamanten. Siegreich kehrte Dschadar nach Agra zurück und begann sich mit dem Gedanken zu befreunden, der nächste Mogul zu sein.

Seit diesen Ereignissen waren drei lange Jahre vergangen.

Malik Ambar indessen besaß die Verschlagenheit eines Schakals, und seine »Kapitulation« war lediglich eine List gewesen, um die Mogultruppen zum Rückzug nach Norden zu bewegen. In diesem Jahr hatte er den Monsun abgewartet, der konventionellen Armeen ein rasches Vorrükken nicht gestattete, um eine neuerliche Rebellion vom Zaune zu brechen. Er hatte Ghulam Adls Armee ohne Schwierigkeiten aus Ahmadnagar fort und nach Norden getrieben, die Stadt erneut genommen und die noch ausharrenden Truppen in der Mogulgarnison belagert. Der verzweifelnde Arangbar hatte zum zweiten Mal an Dschadar appelliert, Truppen gen Süden zu führen, um Ghulam Adl zu unterstützen. Nachdem seine Forderung nach einer beträchtlichen Erhöhung seines *mansab*-Ranges und einer Aufstockung seiner persönlichen Kavallerie erfüllt worden war, hatte Dschadar zugestimmt.

Die breite Holztür der Empfangshalle öffnete sich, und Ghulam Adl schritt mit königlicher Würde in den Saal. Er trug einen goldbesetzten Turban mit einer Feder und am Gürtel ein großes Schwert. Sein Bart war länger als Dschadar ihn in Erinnerung hatte, und er war inzwischen auch mit Henna rot gefärbt worden, vielleicht, wie Dschadar vermutete, um das Grau zu verbergen. Die tiefliegenden Augen blickten noch immer hochmütig und selbstsicher, und das großspurige Auftreten Ghulam Adls schien die Berichte Lügen zu strafen, nach denen er vor nur fünf Wochen aus der belagerten Festung von Ahmadnagar gerade noch mit dem Leben davongekommen war.

»*Salaam*, Prinz. Möge Allah seine Hand auf unsere Schwerter legen und sie noch einmal mit Feuer härten.« Ghulam Adl nahm Platz, als stünde er einem Gleichgestellten gegenüber, und als kein Diener erschien, schenkte er sich aus der Karaffe, die auf dem Teppich neben seinem Polster bereitstand, selbst ein Glas Wein ein. Gibt es irgend etwas, fragte er sich im stillen, was ich stärker verabscheue als diese anmaßenden jungen Prinzen aus Agra? Laut sagte er jedoch: »Ich freue mich, daß Ihr so schnell gekommen seid. Ihr seid rechtzeitig eingetroffen, um mitzuerleben, wie meine Armee den abessinischen Ungläubigen und seinen Pöbel vernichtet.«

»Wie viele Truppen haben wir noch?« Dschadar schien die Prahlerei zu überhören.

»Fünfzigtausend Mann und zwanzigtausend Pferde warten nur darauf, Hoheit, ihr Leben auf meinen Befehl zu opfern.« Ghulam Adl schürzte geziert seinen Bart und leerte sein Glas, nur um sich, als auch jetzt kein Diener erschien, gleich darauf ein neues einzugießen.

Dschadars Miene blieb unbewegt. »Nach meinen Berichten habt Ihr lediglich noch fünftausend Männer, vor allem *chelas.*«

Das Wort *chelas* kam aus dem Hindi und hieß »Sklave«; es bezog sich auf Söldner, die schon im Kindesalter zur Armee kamen und im Lager aufgezogen wurden. Aus ihnen bildeten die Kommandanten oft ihre Kerntruppen. Im Gegensatz zu den Soldaten aus den Dörfern waren sie selbst im Unglück loyal, denn es gab keinen Ort, an den sie hätten zurückkehren können. »Wieviel Truppen haben die *mansabdars* gestellt, die aus ihren *dschagir*-Einkünften Mittel erhielten, um Männer und Pferde zu versorgen?«

»Das sind die Truppen, die ich meinte, Hoheit.« Ghulam Adls Hand zitterte ein wenig, als er das Weinglas abermals hob. »Die *mansabdars* haben mir versichert, daß wir nur rufen müssen, und ihre Männer werden antreten. Zur gegebenen Zeit.«

»Dann sind die Zahlungen für ihre Männer und die Kavallerie also nicht im Rückstand?«

»Hoheit, es ist nur allzugut bekannt, daß Zahlungen immer im Rückstand sein müssen. Wie anders kann man sich der Treue der Männer versichern? Ein Feldherr, der dumm genug ist, seine Truppen rechtzeitig zu bezahlen, wird sie beim geringsten Rückschlag verlieren, weil sie keinen Grund sehen, im Unglück zu ihm zu stehen.« Ghulam Adl setzte sein Weinglas vorsichtig auf den Teppich und beugte sich vor. »Ich räume ein, daß einige der *mansabdars* die Auszahlung der Gelder vielleicht ein wenig länger aufgeschoben haben, als klug gewesen wäre. Aber sie versichern mir, daß ihre Männer nichtsdestoweniger zur rechten Zeit antreten werden.«

»Warum lassen wir sie dann nicht antreten? In noch einmal zwanzig Tagen werden Ambars Truppen vor unserer Türschwelle lagern. Möglicherweise steht bis dahin alles Land südlich der Narbada unter seiner Kontrolle.«

Genau dies, dachte Ghulam Adl bei sich und unterdrückte ein Lächeln, ist der Plan. Nach der Übereinkunft, die er mit Malik Ambar getroffen hatte, sollte Dschadar unter allen Umständen für weitere drei Wochen in Burhanpur aufgehalten werden. Bis dahin würde Malik Ambar die Stadt umzingelt und jeden Zugang abgeriegelt haben. Die kaiserlichen Truppen waren isoliert und demoralisiert. Von den *mansabdars* würden keine Truppen kommen, sondern nur Versprechungen. Von Agra und vom Nachschub abgeschnitten, würde Dschadar keine andere Wahl bleiben, als einen Vertrag zu unterzeichnen, der bereits vorbereitet war. Malik Ambar würde den Dekkan von seiner neuen Hauptstadt Ahmadnagar aus regieren, und Ghulam Adl zum Gouverneur aller Provinzen zwischen Ahmadnagar und dem im Norden gelegenen Grenzfluß Narbada ernannt werden. Wenn die Truppen Malik Ambars und Ghulam Adls vereint die Grenzen hielten, wäre es keiner Mogularmee je wieder möglich, den Dekkan anzugreifen. Der Unterstützung der *mansabdars* war sich Ghulam Adl sicher, denn er hatte ihnen angeboten, ihre Steuerlast zu halbieren. Unterlassen hatte er lediglich, genau festzulegen, wie lange diese Regelung gelten solle.

»Ich gebe respektvoll zu bedenken, daß es verfrüht wäre, die Truppen sofort antreten zu lassen, Hoheit. Die Ernte ist noch nicht eingebracht. Die Einkünfte aus den *dschagir*-Ländereien der *mansabdars* werden leiden, wenn die Männer jetzt zu den Waffen gerufen werden.«

»Sie werden überhaupt keine Einkünfte haben, wenn wir sie jetzt nicht einberufen. Ich werde das *dschagir* eines jeden *mansabdar* konfiszieren, der nicht innerhalb von sieben Tagen seine Männer und seine Kavallerie aufgestellt hat.« Dschadar sah, wie Ghulam Adls Halsmuskeln sich spannten, und fragte sich, ob ein *dschagir*, das der Mogul gewährt hatte, rein rechtlich überhaupt beschlagnahmt werden konnte. Vermutlich war dem nicht so. Die Drohung konnte immerhin dazu dienen, schnell an den Tag zu bringen, wer auf welcher Seite stand.

»Aber es gibt gegenwärtig keine Möglichkeit, die Männer zu bezahlen, Hoheit.« Ghulam Adl gewann seine Fassung rasch wieder.

»Im ganzen Dekkan gibt es nicht genug Silber. Ich will Euch ein Beispiel geben: Nehmen wir an, daß wir Nachzahlungen für ein Jahr zu leisten haben, um die Truppen einzuziehen. Diese Rechnung ist durchaus realistisch, denn die meisten *mansabdars* sind inzwischen zwei Jahre und mehr im Rückstand. Die übliche jährliche Zuteilung beträgt im Dekkan dreihundert Rupien für einen Mohammedaner und zweihundertvierzig für einen Hindu, und Ihr werdet mindestens dreißigtausend Mann ausheben müssen. Selbst wenn wir annehmen, daß einige loyale Truppen auch gegen Schuldschein antreten, so würdet Ihr doch immer noch fast fünfzig *lakhs* Rupien brauchen, und diese Summe ist einfach nicht aufzubringen. Es ist klar, daß die *mansabdars* nicht genug Geld zur Bezahlung der Männer haben werden, bevor die Herbsternten eingebracht sind.«

»Dann werde ich ihre *dschagirs* jetzt beschlagnahmen, die Truppen selbst bezahlen, und die Summe von ihren nächsten Einkünften abziehen.«

»Das ist unmöglich! Das Geld ist nirgends aufzutreiben.« Ghulam Adl glaubte zu erkennen, daß Dschadar ihm etwas vormachte; der Prinz hatte keinerlei Möglichkeit, so schnell an so viel Geld zu kommen. Er rutschte näher an ihn heran und lächelte. »Aber hört gut zu: Wenn wir nur zwei Monate warten, sieht alles ganz anders aus. Dann wird es einfach sein, aus den *mansabdars* Geld herauszupressen, und wir können dann auch, wenn es nötig sein sollte, die Männer selbst bezahlen. Mit den Truppen, die wir haben, können wir den Abessinier und sein Gesindel wochenlang hinhalten, ja sogar monatelang. Und wenn die Zeit gekommen ist, rufen wir zu den Waffen, treten ihm mit vereinten Kräften entgegen und treiben ihn ein für allemal in die Dschungel des Südens.« – Die Sache hat nur den einen Haken, daß dir der Ruf zu den Waffen keine Soldaten bringen wird, nicht einen einzigen Ochsentreiber. Das ist abgemacht. – »Wir warten ein paar Wochen, bis Ambar seine Nachschublinien ausgedehnt hat, und beginnen dann, ihm auf die Finger zu klopfen. In kürzester Zeit wird er sich nach Ahmadnagar zurückziehen und dort den Winter abwarten müssen. *Wir* erreichen in der Zwischenzeit unsere volle Truppenstärke, marschieren geschlossen auf ihn los und zerquetschen ihn. Ich werde die Männer persönlich anführen, Hoheit. Ihr könnt ruhig in Burhanpur bleiben.«

Dschadar betrachtete den Kommandanten, und ein kleines, wissendes Lächeln umspielte seine Lippen. »Laßt mich eine kleine Abweichung vorschlagen: *Ich* führe die Armee dieses Mal, und *Ihr* bleibt hier in der Festung. Ich habe Euch heute gerufen, um Euch mitzuteilen, daß Ihr von jetzt ab von Eurem Kommando entbunden seid und unter Arrest steht.« Dschadar sah, wie das schlaue Grinsen auf Ghulam Adls Gesicht gefror. »Ich werde die Armee selbst zusammenziehen und in zehn Tagen nach Süden marschieren.«

»Das ist ein schwacher Scherz, Hoheit.« Ghulam Adl versuchte zu lachen. »Niemand kennt den Dekkan so gut wie meine Offiziere und ich. Das Gebiet ist überaus tückisch.«

»Eure Ortskenntnis ist zugegebenermaßen hervorragend. Seid Ihr doch überall im Dekkan immer weiter zurückgewichen, und das jahrelang . . . Dieses Mal werden mich meine eigenen Generäle begleiten. Abdullah Khan wird mit dreitausend Pferden aus unseren eigenen Truppen die Vorhut kommandieren, Abul Hasan wird die linke Flanke übernehmen und Radscha Vikramadschit die rechte. Ich werde persönlich die Mitte kommandieren.« Dschadar sah Ghulam Adl direkt in die Augen. »Ihr werdet in der Festung bleiben und keine verschlüsselten Botschaften an Ambar schicken können. Die Euch verbleibenden Truppen werden aufgeteilt und unter unser Kommando gestellt. Noch heute werdet Ihr einen entsprechenden Befehl schriftlich ausfertigen, und ich werde die Botschaft versenden.«

»Um Euretwillen baue ich darauf, Hoheit, daß es ein Scherz ist. Ihr werdet nicht wagen, diesen Plan auszuführen.« Ghulam Adl stellte das Glas mit solcher Heftigkeit auf den Teppich, daß der Wein überschwappte. Die Radschputen in Dschadars Begleitung spannten die Muskeln an. »Ich habe die volle Unterstützung des Moguls. Über Eure gegenwärtige Position in Agra kursieren hier im Süden seltsame Gerüchte. Glaubt Ihr etwa, wir seien so weit entfernt, daß uns alles entgeht? Dieses Mal wird Eure Rückkehr – wenn man Euch überhaupt gestattet, zurückzukehren, – nicht dem Triumph von vor drei Jahren gleichen. Ich an Eurer Stelle würde *sofort* zurückmarschieren. Überlaßt den Dekkan jenen, die ihn kennen.«

»Ihr habt bezüglich Agra in einem Punkte recht. Es ist weit weg. Und dies ist *mein* Feldzug, nicht der des Moguls.«

»Ihr werdet die Truppen nie ausheben, junger Prinz. Ich allein kann die *mansabdars* dazu bewegen, sie aufzustellen!«

»Ich werde die Männer aufstellen, und zwar mit voller Bezahlung.«

»Ihr werdet nichts aufstellen, Hoheit, gar nichts. Ihr werdet innerhalb eines Monats Ambars Gefangener sein, das schwöre ich Euch. Falls Ihr dann noch lebt.« Ghulam Adl verbeugte sich tief, und seine Hand schoß an sein Schwert. Aber schon als sie den Griff berührte, waren die Radschputen zur Stelle und Ghulam Adl sah sich von gezogenen Klingen umzingelt. Dschadar sah einen Augenblick bewegungslos zu, dann ließ er den Kommandanten von den Wachen aus dem Audienzsaal führen.

Er sah Ghulam Adls prächtigen Turban durch den fackelbeleuchteten Eingang im Korridor verschwinden. Das Schwert des Generals lag noch an derselben Stelle auf dem Teppich, wo die Radschputen es ihm abgenommen hatten. Dschadar starrte es an und bewunderte den Silberbesatz am Griff. Es erinnerte ihn an den Silbertransport. Und an den Engländer.

Vasant Rao hat einen schwerwiegenden Fehler gemacht. Er hätte eine Möglichkeit finden müssen, den Engländer rechtzeitig zu entwaffnen. Ein *feringhi* sollte grundsätzlich entwaffnet werden. Diese Leute sind unberechenbar. Der ganze Plan brach zusammen, nachdem er das Oberhaupt der Dynastie getötet hatte. Meine Radschputenspiele arteten fast zu einem Krieg aus.

Aber was geschah in dem Dorf? Hat der *feringhi* Hexerei betrieben? Warum wurde die Karawane so plötzlich freigegeben? Die Reiter, die ich für den Notfall im Tal zusammengezogen hatte, gerieten in Panik, als die Sonnenfinsternis begann; sie waren nur noch verschreckte Hindus. Doch da versammelte die Karawane sich plötzlich und brach auf, wobei die Radschputen aus dem Dorf sogar Eskorte ritten und sie den ganzen Weg zurück zum Fluß begleiteten.

Und noch immer weigert sich Vasant Rao, über das zu sprechen, was in Wirklichkeit geschehen ist. Es scheint, daß seine Ehre ebenfalls befleckt ist. Er weigert sich sogar, mit den anderen Männern zu essen.

Barmherziger Allah, diese Radschputen und ihre verfluchte Ehre!

Aber über den englischen *feringhi* habe ich erfahren, was ich wissen mußte. Seine Unverfrorenheit ist erstaunlich. Wie konnte er es wagen, die Teilnahme an meiner morgendlichen *durbar*-Audienz abzulehnen? Soll ich seinen Anspruch anerkennen, daß er Botschafter ist und daß ich deshalb *zu ihm* kommen muß? Oder soll ich ihn einfach zu mir bringen lassen?

Nein. Ich habe eine bessere Idee. Aber ich warte noch. Bis morgen. Wenn das Kind geboren ist und ich Läufer zu den *mansabdars* geschickt habe . . .

Ein Soldat von Mumtaz' Wache stürmte durch die Tür, besann sich eines Besseren und vollführte vor dem Prinzen ein tiefes *salaam*.

»Vergebt einem Narren, Hoheit!« Der Mann fiel für alle Fälle auf die Knie. »Man hat mir befohlen, Euch mitzuteilen, daß Euch ein Sohn geboren ist. Die Hebamme sagt, daß sein Körper makellos ist und daß er die Lungen eines Kavalleriekommandanten hat!«

Jubelrufe fegten durch den Raum, und bunte Turbane flogen durch die Luft. Dschadar bedeutete dem Mann, näher zu kommen.

»Die Hebamme läßt ehrerbietig anfragen, ob es Eurer Hoheit gefallen würde, bei der Zeremonie der Nabelschnurdurchtrennung anwesend zu sein. Sie schlägt ein Goldmesser vor statt des üblichen Silbermessers.«

Dschadar hörte die Worte kaum, aber er erinnerte sich, daß die Tradition der Hebamme erlaubte, das Messer zu behalten.

»Sie kann ihr Goldmesser bekommen, und dir sind tausend Gold*mohurs* gewährt. Aber die Nabelschnur wird mit einem Faden durchschnitten.«

Die Zeremonie muß für ganz Indien ein Signal sein, sagte sich Dschadar und rief sich die Tradition ins Gedächtnis zurück, die Akman für neugeborene Mogulprinzen eingeführt hatte: Seinen drei Söhnen war die Nabelschnur mit einem seidenen Faden durchtrennt worden. Man hatte sie in einen Samtbeutel mit Koranversen getan und diesen vierzig Tage lang unter dem Kissen des neugeborenen Prinzen verborgen.

Der Bote vollführte ein weiteres *salaam* und huschte dann, mit lauter Stimme Allah preisend, zur Tür. Als Dschadar sich erhob und auf den Korridor zuging, brachen die jubelnden Radschputen in den Gesang *Dschadar-o-Akbar*, Dschadar ist groß, aus. Alle wußten sie, daß der Prinz mit einem Erben endlich sein Geburtsrecht beanspruchen konnte. Und sie würden an seiner Seite darum kämpfen.

Mumtaz lag an ein Polster gelehnt. Sie trug ein frisches Tuch um den Kopf, eine Rollbinde war um ihren Leib gewickelt. Als Dschadar eintrat, trank sie gerade starken, knoblauchduftenden Stinkasant. Er wußte sofort, daß es ihr gutgehen mußte, denn diese Vorsichtsmaßnahme gegen Erkältung wurde erst ergriffen, wenn die Nachgeburt ausgestoßen war und am Wohlbefinden der Mutter kein Zweifel mehr bestand. Neben der Wöchnerin stand eine Schachtel mit Betelblättern, die mit Myrrhe gerollt waren, um den Geschmack des Stinkasants zu vertreiben.

»Meine Glückwünsche, Hoheit.« Die Hebamme verbeugte sich ungeschickt. »Ihr werdet Euch freuen zu hören, daß das Kind auf einem Auge blind ist.«

Dschadar starrte sie erschrocken an, bis ihm einfiel, daß sie eine Hindufrau aus der Provinz Gudscharat war. Dort wurde über die Geburt eines Jungen nie gesprochen, um zu verhindern, daß die Götter, eifersüchtig auf das Glück der Eltern, böse Geister schickten. Statt dessen gab man die Geburt eines Sohnes mit der Erklärung bekannt, das Kind sei auf einem Auge blind. Bei Mädchen hielt man solche Vorsichtsmaßnahmen gegen die göttliche Eifersucht für überflüssig, stellten sie doch eine finanzielle Verpflichtung dar, die kein vernünftiger Gott anstreben würde.

Die Hebamme fuhr fort, Mumtaz' Brüste sorgfältig mit feuchten Grashalmen abzuwaschen. Dschadar wußte, daß dieses einheimische Ritual dem Kind Glück bringen sollte, und unterbrach es daher nicht. Er erwiderte lediglich Mumtaz' schwaches Lächeln und schritt zu dem Silberbassin, wo eine andere Hebamme seinen neugeborenen Sohn gerade in einer trüben Mischung aus Mungobohnenmehl und Wasser gewaschen hatte. Sie trocknete das Kind ab, rieb seinen Kopf mit parfümiertem Öl ein und legte es auf ein dünnes Kissen aus gepolstertem Kaliko, damit Dschadar es betrachten konnte. Sein Sohn war rot und faltig, und die dunklen Augen verrieten Bestürzung und Verwunderung. Aber es war ein Prinz.

Dschadar berührte die warme Hand des Säuglings und untersuchte ihn auf Unvollkommenheiten.

Es gab keine.

Mein erster Sohn. Eines Tages wirst du vielleicht als Mogul das Land regieren. Wenn wir beide nur lange genug leben.

»Ist er gesund?« Endlich sprach Mumtaz, und ihre für gewöhnlich helle und laute Stimme war kaum mehr als ein Flüstern. »Bist du zufrieden?«

»Fürs erste, ja!« Dschadar lächelte, als er ihr müdes Gesicht sah. Sie war ihm noch nie schöner erschienen als in diesem Moment. Er wußte, daß er ihr nie würde zeigen können, wie sehr er sie liebte, aber er wußte auch, daß sie seine Liebe verstand und erwiderte.

»Wissen diese Ungläubigen genug, um die moslemischen Riten einzuhalten?«

»Ja. Ein Mullah ist bestellt worden, um sein Ohr mit dem *azan*, dem Ruf zum Gebet, vertraut zu machen.«

»Aber ein männliches Kind muß zuerst mit Kanonenschüssen angekündigt werden. So daß es niemals Angst vor dem Kampf haben wird.«

Dschadar war nicht sicher, was er im einzelnen von den verschiedenen Bräuchen halten sollte. Aber die Truppen erwarteten ihre genaue Befolgung. Nichts durfte bei diesem Prinzen unterlassen werden, da ihm sonst schnell der Aberglaube anhaften würde, er sei vom Unglück verfolgt. Gab es einen solchen Aberglauben erst einmal, so war er durch nichts mehr aus der Welt zu schaffen. »Er ist ein Prinz. Er wird mit Kanonen begrüßt werden. Auch werde ich – für die Hindutruppen – sofort ein Horoskop erstellen lassen und – für die Gläubigen – die Namengebungszeremonie festsetzen.«

»Wie willst du ihn nennen?«

»Sein erster Name wird Nuschirvan sein. Du kannst die anderen bestimmen.«

»Nuschirvan war ein hochmütiger persischer König. Es ist ein häßlicher Name.«

»Es ist der Name, den ich gewählt habe.« Dschadar lächelte. In Wirklichkeit hatte er sich noch nicht entschieden.
Mumtaz verzichtete auf weiteren Widerspruch. Sie hatte sich bereits für den Namen Salaman entschieden, den Namen eines schönen jungen Mannes, von dem persische Legenden erzählten, er wäre einst von einem weisen Zauberer erschaffen worden. Salaman war der ideale Liebhaber. Welchen Namen auch immer Dschadar wählte, der zweite Name würde Salaman sein. Und der, den sie selbst in all den kommenden Jahren benutzen würde.
Wir werden ja sehen, dachte sie, auf welchen Namen er in sieben Jahren hören wird, am Tag seiner Beschneidung.
Die Hebamme flößte dem Kind mit einem Löffel eine Mischung aus Honig, *ghee* und Opium ein. Dann wurde ein Tropfen Milch aus Mumtaz' Brust gepreßt und auf der Brust der Amme verrieben. Dschadar betrachtete das Ritual mit Wohlwollen. Dann fragte er: »Hast du das Gewand?«
Die wichtigste Tradition, die Akman im Zusammenhang mit der Geburt königlicher Söhne begründet hatte, bestand darin, daß das erste Kleidungsstück eines Mogulprinzen aus dem Gewand eines heiligen Mannes gefertigt werden sollte. Akman selbst hatte für seinen ersten Sohn von dem verehrten Sayyid Ali Schjirazi ein Kleidungsstück erbeten.
»Es ist da. Die Frau in Surat hörte, daß ich ein Kind erwartete, und ließ es mir nach Agra schicken, bevor wir aufbrachen.« Mumtaz zeigte auf ein gefaltetes, blütenweiß gewaschenes Lendentuch. »Es wurde einst von diesem Sufi getragen, den du so bewunderst. Von Samad.«
»Gut. Ich bin froh, daß es von Samad stammt. Aber welche Frau in Surat meinst du?«
»Du weißt es genau.« Mumtaz sah sich in dem überfüllten Raum um und wechselte vom Turki ins Persische über. »Sie hat die wöchentlichen Berichte über Mukarrab Khan geschickt und diejenigen bezahlt, die dir aus Surat Informationen zukommen ließen.«
Dschadar nickte fast unmerklich. »Ach ja. Natürlich erinnere ich mich an sie. Ihre Berichte waren immer verläßlicher als die des *schahbandar*. Ich habe übrigens festgestellt, daß ich keiner Zahl trauen kann, die dieser Dieb mir übermittelt. Ich muß seine Zahlen ständig korrigieren. Aber was ist mit ihr geschehen? Vor einem Monat erfuhr ich, daß Mukarrab Khan nach Goa geschickt wurde. Ich glaube, eine gewisse,

mächtige Frau in Agra muß erkannt haben, daß ich über alles, was im Hafen vorging, eher Bescheid wußte als sie. Sie denkt wohl, Mukarrab Kahn hätte sie verraten.«

»Die Frau aus Surat ist nicht mit Mukarrab Khan nach Goa gegangen. Sie hat ihn vielmehr dazu veranlaßt, sich von ihr zu trennen. Es war ein Skandal.« Mumtaz lächelte geheimnisvoll. »Du solltest öfter in die Frauengemächer kommen, um Neuigkeiten wie diese zu erfahren.«

»Aber was geschah mit ihr?«

»Es gibt ein Gerücht, daß Mirza Nuruddin, der *schahbandar*, sie in den Frauengemächern seines Hauses verbirgt. Tatsächlich ist sie jedoch schon am nächsten Tag abgereist, um auf der nördlichen Route nach Agra zu gelangen. Ich mache mir große Sorgen um das, was ihr dort geschehen kann.«

»Woher weißt du das alles? Es klingt nach Basarklatsch.«

»Aber es stimmt! Sie hat mir eine Taube hierher in die Festung geschickt. Die Botschaft war bereits da, als wir ankamen.«

»Es ist gut, daß sie nicht mehr in Surat ist. Da Mukarrab Khan fort ist, kann sie uns dort auch nicht mehr helfen. Aber ich wollte ihr schon immer danken. Sie ist einer unserer besten Kundschafter. Und die einzige Frau unter ihnen. Ich glaube nicht, daß irgend jemand ihr auf die Schliche gekommen ist.

»Ich werde ihr in deinem Namen danken. Ihre Botschaft enthielt übrigens eine Bitte.«

»Welcher Art?«

»Es ging mehr um eine Gefälligkeit, eine reine Frauensache, mein Liebster. Mit Armeen und Krieg hatte es nichts zu tun.« Mumtaz räkelte sich auf ihrem Polster und nahm ein parfümiertes Betelblatt. »Bei Allah, bin ich müde.«

»Dann ruh dich aus. Ich hoffe, die Kanonen werden dich nicht stören.«

»Es hätte ein Mädchen werden sollen. Dann gäbe es jetzt wenigstens keine Knallerei.«

»Und keinen Erben.« Dschadar wandte sich zum Gehen, und Mumtaz sank vorsichtig auf das Polster zurück. Ehe er jedoch den Raum verlassen hatte, richtete sie sich noch einmal auf und rief nach ihm.

»Wer eskortiert den englischen *feringhi* nach Agra?«

»Vasant Rao, unglücklicherweise. Und gerade jetzt, wo ich ihn am meisten brauche. Aber er wollte es unbedingt selbst tun.«

»Ich bin froh.« Mumtaz lächelte. »Er soll eine meiner Dienerinnen aufsuchen, bevor sie aufbrechen.«
»Und warum sollte ich ihn damit belästigen?«
»Um mir einen Gefallen zu tun.« Sie machte eine Pause. »Sieht dieser *feringhi* gut aus?«
»Warum fragst du?«
»Die Neugier eines Weibes.«
»Ich habe ihn noch nicht gesehen, habe aber den Verdacht, daß er sehr gewitzt ist. Vielleicht sogar zu gewitzt. Aber morgen werde ich mehr herausfinden und danach entscheiden, was ich zu tun habe.« Dschadar stand in der Tür, während die Hebamme die Vorhänge zurückzog.
»Schlaf jetzt. Und wache über meinen Prinzen. Er ist unser erster Sieg im Dekkan, und ich bete zu Allah, daß er nicht auch unser letzter ist.« Dschadar drehte sich um und verschwand. Minuten später ertönten die ersten Salutschüsse.

Sie gingen durch einen langen, abwärts führenden Gang. Nach der dritten scharfen Biegung begann Hawksworth die an diesen Stellen angebrachten steinernen Stufen zu zählen, und versuchte, im flackernden Licht und durch die von den Fackeln rauchige Luft herauszufinden, ob hinter der Anordnung der Torbögen, die auf jeder Etage Wege ins Unbekannte öffneten, irgendein System zu erkennen war. Tiefer und tiefer stiegen sie hinab. Irgendein Gegenstand traf ihn im Gesicht, und er griff blitzschnell nach seinem Schwert, bevor ihm einfiel, daß er es auf Dschadars Befehl in seinem Quartier gelassen hatte. Er hörte das hohe Kreischen einer Fledermaus und sah sie in den Schatten flattern. Die Fackelträger waren zehn Radschputen aus Dschadars Leibwache, die mit den üblichen Schwertern und Kurzspießen bewaffnet waren. Keiner sprach ein Wort. Ihre Schritte hallten durch die muffige Kellerluft, und Hawksworth konnte die Feuchtigkeit trotz der Schweißperlen spüren, die sich auf seiner Haut bildeten. Die Erinnerung an ein anderes dunkles Gewölbe wallte in ihm auf, und er erkannte, daß er Angst hatte.
Warum habe ich nur eingewilligt, ihn hier zu treffen? Es ist nicht die »untere Ebene der Festung«. Es ist ein Verlies. Aber er kann mich nicht festhalten. Ich habe einen Geleitbrief, den der Mogul ausgestellt hat.

Vielleicht aber versucht er es. Vielleicht will er mich von Agra fernhalten, solange dieser Feldzug noch nicht beendet ist. Ja, das kann gut sein. Ich rieche geradezu, daß der Feldzug unter schlechten Vorzeichen steht.
Es war der Abend des dritten Tages, den Hawksworth in der Festung von Burhanpur verbrachte. Als der Konvoi in dem Dorf Bahadapur, drei *kos* westlich von Burhanpur, eingetroffen war, hatte Dschadars Leibgarde sie empfangen und sie durch die Stadt hindurch auf das ummauerte Festungsgelände geleitet. Man hatte ihm große, mit Teppichen ausgelegte Räume gegeben, die stets bewacht waren, und er hatte niemanden zu Gesicht bekommen, nicht einmal Vasant Rao. Mit Dschadar hatte er sich über Kuriere verständigt und nach einigem Hin und Her auf einen neutralen Treffpunkt einigen können. Dschadar hatte einen Ort des Palastes vorgeschlagen, an dem sie unter sich waren, ohne sich dabei in offiziellen Räumlichkeiten aufzuhalten. Da sie sich als offizielle Vertreter ihrer Länder gegenübertreten würden, hatte der Prinz darauf bestanden, daß keiner von ihnen Waffen trug.
Keine *sichtbaren* Waffen, sagte sich Hawksworth und war froh über seine Stiefel.
Der Korridor wurde ein wenig schmaler und endete unvermittelt vor einer schweren Holztür. Eiserne Verstrebungen bildeten ein Muster auf dem Türblatt, das mit schweren Stangen gesichert war. Bewaffnete Radschputen standen zu beiden Seiten der Tür Wache, und als Hawksworth und seine Begleiter näher kamen, nahmen sie mit der Hand am Schwert Haltung an. Der Anführer der Gruppe ergriff das Wort und seine Stimme hallte von den Steinwänden wider.
»Krishna spielt auf seiner Flöte.«
Ein Wachposten an der Tür antwortete: »Und sehnsüchtige *gopis* brennen.«
Hawksworth' Begleiter erwiderte: »In jungfräulichem Verlangen.«
Sofort ließen die Wachposten den uralten Eisenriegel zurückgleiten. Das kratzende Geräusch eines zweiten Riegels auf der Innenseite folgte. Als sich die Tür langsam und ächzend nach innen öffnete, erkannte Hawksworth, daß sie fast einen Fuß dick und vermutlich tonnenschwer war.
Die Wachposten bedeuteten ihm voranzugehen, und blieben selbst unbeweglich stehen. Er wog ein letztes Mal seine Chancen ab und überschritt dann schulterzuckend die Schwelle.
Er stand in einem riesigen Raum mit einer hohen, gewölbten Stein-

decke, dessen Rückwand sich im Rauch verlor. Ganze Reihen von Öllampen standen zu beiden Seiten der Tür an den massiven Wänden aus grauen, behauenen Steinblöcken, die so sorgfältig geglättet waren, daß sie sich nahtlos ohne Mörtel ineinanderfügten. Hawksworth fragte sich, wie in diesen Raum Luft hineingelangte und bemerkte, als er dem Rauch der Lampen mit den Augen folgte, daß er sich oben in kunstvollem Schnitzwerk verlor, welches das hohe Gewölbe zierte.
Es knallte dumpf und hallte von den Wänden wider. Er sah sich um und erkannte, daß die Tür hinter ihm geschlossen war.
Langsam gewöhnten sich seine Augen an das Dämmerlicht, und er erblickte auf dem Steinfußboden, säuberlich aneinandergereiht, eine Vielzahl festverschnürter Bündel, die er kurz darauf erschrocken als das Gepäck der Karawane identifizierte. Im gleichen Augenblick wurde er auf eine huschende Bewegung am anderen Ende des Gemachs aufmerksam, und eine großgewachsene Gestalt erschien schattenhaft zwischen den Bündeln, wirkte im ersten Moment wie eine Geistererscheinung. Dann scholl eine Stimme durch die stickige Luft.
»Endlich lernen wir uns kennen!«
Die Steinwände warfen ein Echo zurück.
»Ist der Ort nach Eurem Geschmack?«
»Ich ziehe das Licht der Sonne vor.« Hawksworth spürte, wie die Kälte des Raumes ihn umfing. »Wo ich sehen kann, mit wem ich spreche.«
»Ihr sprecht mit Prinz Schahpur Firdawsi Dschadar, dem dritten Sohn des Moguls. Es ist üblich, sich im *salaam* zu verbeugen, Generalkapitän Hawksworth.«
»Ich spreche für Seine Majestät König James den Ersten von England. Die Söhne von Königen verbeugen sich gemeinhin vor ihm.«
»Wenn ich ihn treffe, werde ich es vielleicht tun.« Dschadar trat zwischen den Bündeln hervor. Er hatte einen eleganten, kurzgeschnittenen Bart und wirkte viel jünger, als Hawksworth erwartet hatte. »Es überrascht mich, Euch am Leben zu finden, Kapitän. Wie kommt es, daß Ihr noch lebt, während so viele meiner Radschputen tot sind?«
»Ich lebe nach meinem Verstand, nicht nach meiner Kaste.«
Dschadar brüllte vor Lachen. Seine Freude war echt. »Wie ein Mogul gesprochen!« Er wurde schnell wieder ernst.
»Ihr wäret allerdings gut beraten, das nie zu einem Radschputen zu sagen. Ich frage mich oft, wie eine Armee von Mogultruppen vor einer

Division hinduistischer Ungläubiger bestehen würde, und ich bete zu Allah, daß ich es niemals herausfinden werde.« Dschadar ließ plötzlich aus seinem Gürtel einen Dolch hervorgleiten, wog ihn locker in der Hand und befühlte die Schneide: »Christen sind jedoch etwas ganz anderes. Seid Ihr unbewaffnet gekommen, Kapitän, so wie wir es vereinbart hatten?«

»Jawohl.«

»Kommt, Kapitän, bitte erwartet nicht von mir zu glauben, daß Ihr ein solcher Narr wäret.« Dschadar ließ den Dolch mit einer schnellen Bewegung in die andere Hand gleiten und warf ihn auf eines der Bündel. »Aber dieses Zusammentreffen muß in gegenseitigem Vertrauen stattfinden. Ich bitte Euch darum, Eure Waffe neben die meine zu legen.«

Hawksworth zögerte. Dann griff er langsam in den Stiefel und zog das schmale portugiesische Stilett hervor, das nach dem Überfall beim Observatorium zurückgeblieben war. Als er es neben Dschadars Waffe warf, bemerkte er, daß dem Messer des Prinzen der halbe Griff fehlte.

Dschadar lächelte. »Wißt Ihr, Kapitän, wenn ich Euch töten würde, jetzt und hier, würde es außer Eurem christlichen Gott keinen Tatzeugen geben.«

»Habt Ihr die Absicht, es zu versuchen?«

»Ich ›versuche‹ überhaupt nichts, Kapitän.« Dschadar öffnete die Hand und zeigte, daß er noch einen weiteren Dolch mit sich führte – die andere Hälfte des ersten Messers, das aus zwei Schneiden bestand, die wie eine wirkten. »Was ich tue, Kapitän, ist ausschließlich eine Frage dessen, was ich zu tun beschließe. Und im Moment habe ich einige ernsthafte Sorgen, was Eure Absichten in Indien betrifft.«

Dschadars Messer glitzerte im Licht, als er sich auf Hawksworth zubewegte.

»Ist das Eure Begrüßung für alle, die sich nicht verbeugen wollen?«

Hawksworth machte einen Schritt zurück auf die Tür zu, täuschte eine Verbeugung vor und erhob sich mit einer gespannten Pistole, die direkt auf Dschadar gerichtet war. »Was ist das für ein Spiel?«

Der Prinz brach in Gelächter aus, und bevor Hawksworth noch die schnelle Bewegung seines Armes wahrnahm, krachte das Messer in die Holztür hinter ihm.

»Gut gemacht, Kapitän, sehr gut gemacht!« Dschadar strahlte in offener Anerkennung. »Wie ich vermutete, habt Ihr wirklich nicht die geringste

Spur von Radschputenehre. Steckt Eure Pistole weg. Ich glaube, wir können miteinander reden. Im übrigen sind in diesem Moment zwanzig Luntenmusketen auf Euch gerichtet.« Er winkte zur Kuppel des Gewölbes hinauf, wo durch Schlitze in der geschnitzten Dekoration dunkle Musketenläufe erkennbar waren, gab mit schneidender Stimme einen Befehl auf Urdu, und die Läufe wurden langsam zurückgezogen.

»Warum reden wir nicht darüber, daß Ihr mich und meine Kiste freigebt und mich nach Agra weiterreisen laßt?« Hawksworth senkte die Pistole, behielt sie jedoch schußbereit in der Hand.

»Agra, sagt Ihr? Kapitän, es sind bereits Europäer in Agra.« Dschadar lehnte sich gegen ein Bündel. »Portugiesen. Sie sind schon viele Jahre dort. Wie viele Christen kann Indien noch ertragen? Ihr ungläubigen Europäer beginnt mich mehr zu ärgern, als ich sagen kann.«

»Was meint Ihr?« Hawksworth versuchte, in Dschadars Augen zu lesen; er erinnerte sich an Shirins Geschichte, daß sowohl die Perser als auch die Portugiesen den Prinzen haßten.

»Erzählt mir von Euren englischen Schiffen, Kapitän.« Dschadar schien Hawksworth' Frage überhört zu haben. »Erzählt mir, wie Ihr die Portugiesen mit solcher Leichtigkeit schlagen konntet.«

»Englische Fregatten sind besser gebaut als portugiesische Galeonen. Und englische Matrosen sind bessere Kanoniere und Seeleute.«

»Worte, Kapitän, leichte Worte. Vielleicht haben die Portugiesen es zugelassen, daß man sie schlug. Dieses eine Mal. Weil sie auf einen größeren Fang warten. Wie wollt Ihr das wissen?«

»Ist das die Version der Portugiesen?«

»Ich habe *Euch* gefragt.«

»Eine gut bemannte englische Fregatte ist ein ebenbürtiger Gegner für zwei Galeonen.«

»Wie viele Eurer ›Fregatten‹ würde man brauchen, um den Hafen von Goa zu blockieren?«

Hawksworth bemerkte ein Flackern in Dschadars Augen, als der Prinz auf die Antwort wartete. »Ich denke, ein Dutzend würde ausreichen. Vorausgesetzt, man könnte die Galeonen im Hafen überraschen.«

»Christen übertreiben normalerweise ihre Kräfte. Wie viele würde man wirklich brauchen? Fünfmal so viel, wie Ihr sagt? Zehnmal?«

»Ich sagte, es hängt von der Seemannskunst ab. Und vom Überraschungsmoment.«

»Christen scheinen immer eine Antwort zu haben. Besonders, wenn es gar keine gibt.« Dschadar drehte sich um und zeigte auf das aufgestapelte Gepäck. »Wißt Ihr übrigens, was die Karawane transportiert hat, Kapitän?«

»Ich bezweifle stark, daß es Blei ist. Es ist also vermutlich Silber.« Hawksworth wunderte sich über die sprunghafte Art und Weise, in der Dschadar die Unterhaltung führte, und dabei offenbar immer genau die Informationen bekam, die er haben wollte.

»Euer ›vermutlich‹ trifft ins Schwarze. Und wißt Ihr auch, warum die Karawane Silber transportiert hat?«

»Ihr habt lange Versorgungswege. Ihr müßt Vorräte und Waffen kaufen.«

»Ich sehe, daß Ihr doch nicht wie ein Mogul denkt.« Dschadar kam näher. »Warum sollte ich mir die Mühe machen zu kaufen, was ich einfach nehmen kann? Nein, mein christlicher Kapitän oder Botschafter oder Spion, ich brauche Männer. Warum erlaubt es der menschliche Charakter, Männer genauso zu kaufen wie *natsch*-Mädchen?«

»Nicht jeder Mann wird reich geboren.« Langsam wurde Hawksworth die Unterhaltung unheimlich.

»Und es gibt wenige Männer, die nicht ihren Preis haben, Kapitän. Ich glaube, ich könnte sogar den Euren herausfinden, wenn ich lange genug suchen würde.« Dschadar machte eine nachdenkliche Pause, bevor er fortfuhr. »Sagt mir, besteht für mich Anlaß, mich über Eure Anwesenheit in Indien zu freuen?«

»Ihr habt jedenfalls keinen Grund, es nicht zu sein. Mein einziger Auftrag lautet, den Handel zwischen unseren Königen zu eröffnen.«

»Seit Ihr in Indien an Land gegangen seid, hat dieser ›Auftrag‹ bereits zahlreiche Tote gefordert. Die letzten waren vierzig meiner besten Männer.«

»Ich habe den Angriff auf die Karawane nicht befohlen. Das Leben jener Männer haben diejenigen auf dem Gewissen, die uns überfallen haben.« Hawksworth hielt inne. Er sah Dschadar an, und plötzlich ging ihm ein Licht auf. Ihm erhellte sich ein Zusammenhang, der ihn seit dem Überfall beschäftigt und beunruhigt hatte.

»Eure Karawane wurde von Banditen überfallen, Kapitän. Wer hätte ihnen irgend etwas befehlen können? Die Männer, die ich Euch als Eskorte gab, opferten ihr Leben, um Euch zu schützen.«

»Die Männer wurden ermordet. Sie hatten nicht die geringste Chance.« In Hawksworth' Kopf fügte sich eine Fülle von Einzelheiten zu einem Bild zusammen. Alles paßte. Vasant Rao war zu unruhig gewesen. Er mußte gewußt haben, daß ein Angriff bevorstand, nur nicht wann und wo. Es war ein abgekartetes Spiel. Ein Kriegsspiel von tödlichem Ernst. Von den gefallenen Radschputen wußte keiner Bescheid.

»Ich glaube, ich weiß, wer den Überfall befohlen hat. Und Ihr wißt das auch.«

»Eure Radschputenwache war zu leichtsinnig, Kapitän. Sie machten einen dummen Fehler. Welcher Kommandant kann sich Männer leisten, die Fehler machen? Alle Männer werden selbstgefällig, wenn sie nie auf die Probe gestellt werden.«

»Es war bösartig.«

»Es war eine Frage der Disziplin. Die Sicherheit hier hat sich nach diesem Zwischenfall erheblich verbessert. Das einzig wirkliche Problem in jener Nacht habt Ihr verursacht. Es war sehr unvorsichtig, diesen Banditen mit Eurer Pistole zu töten. Ihr wart vollkommen sicher. Sie hatten Anweisung, Euch lediglich zu entwaffnen. Aber durch Eure vorschnelle Tat wurde mir der Versuch, Euch zu retten, sehr erschwert. Nach der Sonnenfinsternis bestand sogar überhaupt keine Chance mehr.« Dschadar wollte Hawksworth fragen, was wirklich geschehen war, doch er bezwang seine Neugier. »Trotzdem scheint Ihr Euch nach dem anfänglichen Fehler einigermaßen geschickt verhalten zu haben. Nur deshalb sprechen wir jetzt miteinander.«

»In einem Verlies? Umgeben von Musketen?«

»In einem Raum voller Silber. Mehr, vermute ich, als Ihr je gesehen habt. Wie viele Segelschiffe, wie viele ›Fregatten‹ könnte man damit kaufen?«

»Das kann ich nicht sagen. Ich weiß nur, daß englische Fregatten nicht verkäuflich sind.«

»Aber Kapitän, wollt Ihr mich glauben machen, daß Euer König keine Verbündeten hat? Daß er nicht jenen hilft, die seine Feinde bekämpfen?«

»Wir wissen, daß Verbündete zu Feinden werden können. Wenn sie zu ehrgeizig sind. Angenommen, Ihr bekämt die Fregatten und hättet ausgebildete Mannschaften? Gegen wen würden sie eingesetzt? Gegen die Portugiesen? Oder am Ende gar gegen uns Engländer?«

»Unglücklicherweise kann ein Verbündeter zum Tyrannen werden und Euch zwingen, im eigenen Interesse zu handeln. Ich habe dergleichen selbst erfahren.« Dschadar schwieg einen Augenblick, dann lächelte er diplomatisch. »Aber erzählt mir von Euren Plänen in Agra! Dort werdet Ihr keine Fregatten haben. Was hofft Ihr zu erreichen?«

»Offenen Handel. Nicht mehr und nicht weniger. England will keinen Krieg mit den Portugiesen.«

»Wirklich nicht? Ich glaube, die Portugiesen denken anders darüber. Die Zeit wird es uns verraten. Möglicherweise gibt es in Agra bald Veränderungen, und vielleicht stellen die portugiesischen Christen fest, daß ihre Zeit abgelaufen ist. Was werdet Ihr tun, wenn dies geschehen sollte?«

»Ich werde die weitere Entwicklung abwarten.«

»Vielleicht habt Ihr keine Zeit, ›abzuwarten‹, englischer Kapitän Hawksworth. Vielleicht erfordern die Zeiten von Euch, eine Wahl zu treffen. Wenn die Portugiesen beschließen, die Interessen der einen Partei zu vertreten, wird England dann die andere Partei unterstützen? Ich möchte es genau wissen.«

»Der König von England vertritt seine eigenen Interessen.«

»Aber der König von England ist nicht in Indien. Ihr seid es.«

»In diesem Fall werde *ich* seine Interessen vertreten.« Hawksworth sah Dschadar in die Augen. »Und der König von England ist nicht daran interessiert, wer Indien regiert. Ihn interessiert lediglich der freie Handelsverkehr zwischen beiden Ländern.«

»Aber wer immer Indien regiert, hat die Macht, diesen Verkehr zu verweigern oder zu erlauben. Es gibt eine indische Sage von einem Brahmanen, der einmal einen Tiger in einem Brunnen entdeckte. Er half dem Tiger heraus, und Jahre später, als der Brahmane am Verhungern war, brachte der Tiger ihm eine Halskette aus Gold und Juwelen, die er einem reichen Mann in einem Kampf auf Leben und Tod abgerungen hatte. Versteht Ihr?«

»Ich verstehe. Trotzdem diene ich zuallererst meinem König.«

Dschadar hörte aufmerksam zu und sagte dann: »Und dieser König ist Engländer. Jedenfalls zur Zeit noch.« Mit Unbehagen bemerkte Hawksworth eine Prise Überheblichkeit in den letzten Worten des Prinzen. »Aber genug. Laßt uns von anderen Dingen reden. Ich nehme an, Ihr seid Euch der Tatsache bewußt, daß die Portugiesen, sobald Ihr Agra erreicht, vermutlich versuchen werden, Euch umzubringen. Es sind dort bereits viele Gerüchte über Eure Person im Umlauf. Vielleicht wäre es angeraten, Ihr behieltet auch Eure eigenen Interessen im Gedächtnis, ebenso wie die Eures Königs. Eines Tages werden wir uns wiedersehen, glaube ich. Wenn Ihr überlebt.«

»Und wenn *Ihr* überlebt.«

Dschadar lächelte. »Wir sind beide schwer zu töten und müssen deshalb an die Zukunft denken. Ich habe noch eine letzte Frage an Euch.« Dschadar nahm sein Messer, das auf den Silberpaketen lag, und schlitzte eines der Bündel seitwärts auf. Rollen von neuen Silbermünzen glitzerten im Licht. »Was seht Ihr in diesem Paket, Botschafter Hawksworth?«

»Silber. In einer Menge, die eines Königs würdig wäre.«

»Ich wundere mich, Kapitän. Für einen Seemann habt Ihr bemerkenswert schlechte Augen. Was Ihr hier seht und was mit Euch aus Surat gekommen ist, ist *Blei,* Kapitän. Es sind Bleibarren.«

»Und vierzig Männer starben zu seinem Schutz.«

»Die Männer starben, als sie *Euch* beschützten, Kapitän. Erinnert Ihr Euch nicht? Eure Sicherheit liegt mir sehr am Herzen. So sehr, daß es notwendig sein könnte, Euch bis zur Beendigung dieses Feldzugs hier in der Festung unter Bewachung zu halten. Schaut doch noch einmal auf den Inhalt dieses Bündels und sagt mir, was Ihr seht.«

»Ihr könnt mich nicht festhalten. Ich habe einen Geleitbrief vom Mogul persönlich.«

»Ach wirklich? Sehr gut. Dann dürfte es keine Schwierigkeiten geben. Ich werde nur überprüfen müssen, ob es sich nicht um eine Fälschung handelt, und dazu wird sich nach meiner Rückkehr von dem gegenwärtigen Feldzug gewiß irgendwann eine Gelegenheit bieten.«

Hawksworth sah Dschadar an und erkannte, daß es sich nicht um eine leere Drohung handelte. »Ich habe keine Veranlassung, hierzubleiben. Ihr sollt Euer Blei haben.«

Dschadar lächelte sarkastisch. »Endlich beginnen wir, einander zu verstehen. Keiner von uns besitzt Radschputenehre.« Er warf Hawksworth das portugiesische Stilett zu. »Ein interessantes Messer. Wißt Ihr, daß es mich fast zwei Wochen kostete, herauszufinden, wer den Attentäter gedungen hat? Und nach all dem Aufwand war es derjenige, den wir von Anfang an im Verdacht hatten . . .« Hawksworth sah den Prinzen verwundert an und riskierte ein zweites Mal zu raten.

»Ich glaube, ich habe Euch noch nicht dafür gedankt, daß Ihr uns damals auf dem Fluß zur Hilfe kamt, in der Nacht, bevor wir an Land gingen.«
Dschadar winkte ab. »Bloße Neugier, nicht mehr! Wenn ich den Portugiesen erlaubt hätte, Euch zu töten, dann hätten wir diese interessante Unterhaltung hier nie führen können. Nichtsdestoweniger steht Euch noch einiges bevor, Kapitän.«
»Euch auch.«
»Aber ich weiß, wer meine Feinde sind. Das ist der Unterschied.«
Die Tür begann sich langsam zu öffnen.
»Ja, wir leben in interessanten Zeiten, Kapitän. Es wird nicht einfach für Euch sein, am Leben zu bleiben. Aber ich denke doch, daß Ihr noch eine Weile durchhalten werdet.«
Radschputenwachen betraten den Raum und nahmen beiderseits der Tür Aufstellung.
»Ich habe vor, in zehn Tagen nach Süden zu marschieren. Für Euch wäre es ratsam, schon morgen nach Agra aufzubrechen, solange die Straßen noch sicher sind. Vasant Rao hat darum gebeten, Euch begleiten zu dürfen, und ich fürchte, ich habe keine andere Wahl, als ihm seinen Willen zu lassen. Zwar brauche ich ihn hier, aber er ist ein sehr entschlossener Mann. Ich werde Euch bis zur Narbada Geleitschutz zur Verfügung stellen. Danach wird Vasant Rao seine eigenen Reiter anwerben. Er wird von mir einen Brief an einen Radscha in Mandu mitbekommen, der Euch mit allem, was ihr benötigt, versorgen kann.« Dschadar musterte Hawksworth mit einem letzten kritischen Blick. »Wir haben beide schwierige Zeiten vor uns, aber ich glaube, daß wir uns wiedersehen. Die Zeit kann manches ändern, auch für uns.«
Am nächsten Morgen warteten bei Hawksworth' Karren Vasant Rao und vierzig Reiter. Mittags hatten sie Burhanpur schon weit hinter sich gelassen. Die Reise nach Agra über Mandu, Udschain und Gwalior dauerte gewöhnlich sechs Wochen, war aber, solange die Straßen trokken blieben, ohne Schwierigkeiten zu bewältigen.

Zwei Tage später starben bei verschiedenen Anschlägen im nördlichen Dekkan fünf bedeutende *mansabdars* einen grausamen Tod. Ihre *dschagirs* wurden umgehend von Prinz Dschadar beschlagnahmt. Zehn Tage später brach er mit achtzigtausend Mann und dreißigtausend Pferden auf und marschierte gen Süden.

Viertes Buch

Agra

16

Nadir Sharif stand auf dem Dach über der *zenana* im zweiten Stockwerk eines weitläufigen Palastes am Flußufer. Er lehnte sich an das Geländer und betrachtete seine Kabuli-Tauben, die der Krümmung des Jamuna folgten, der auf den Roten Palast zufloß. Sie schwangen sich über die wuchtigen Zinnen des Flußtores, flogen dann steil nach oben, vorbei an den senkrechten Ostmauern des Palastes, bis sie das goldene Minarett auf der Spitze des Jasminturms erreichten. Dort befanden sich die privaten Gemächer von Königin Dschanahara. Sie umkreisten den Turm einmal, dann formierten sie sich zu einem gefiederten Speer und schwangen sich hoch in die Wolkenbank, die in der Morgendämmerung über dem Osten der Stadt Agra lag.

Ausländische Kabuli-Tauben mit makellos weißen Augen und blauen Flügelspitzen waren Nadir Sharifs geheime Liebe. Im Gegensatz zu den minderwertigen einheimischen Rassen, die andere Taubenliebhaber an dem palastgesäumten Westufer des Jamuna züchteten, flatterten seine Kabulis auf ihrem Morgenflug nicht ziellos von Dach zu Dach. Wenn er die Läden ihres Gitterkäfigs öffnete, umkreisten sie seinen Palast, dann flogen sie zu einem Salut an die Königin am Roten Palast vorbei und verschwanden für einen halben Tag in der Unendlichkeit, um schließlich genauso königlich, wie sie den ersten Flügelschlag getan hatten, zurückzukehren.

Nadir Sharif war Erster Minister des Mogulreichs, Bruder von Königin Dschanahara und Vater von Mumtaz, der Lieblingsfrau des Prinzen Dschadar. Selbst im ersten Licht des Tages konnte kein Zweifel daran bestehen, daß er Perser und daß er ein stolzer Mann war. Die frühe Sonne glänzte auf seinem fein gewobenen Gazeumhang und ließ die Goldfäden in seinem gelben Überrock und dem pastellfarbenen Morgenturban schimmern. Flinke Augen, ein aufgedunsenes Gesicht und ein ergrauender Schnurrbart verrieten, daß sich sein Leben den Sechzigern näherte. Dreißig Jahre davon hatte er am Hofe als enger Berater Arangbars und zuvor als der seines Vaters, des großen Reichsgründers Akman, verbracht. An Macht und Autorität übertraf ihn nur der Mogul selbst.

Nicht ohne Absicht war Nadir Sharifs Palast in unmittelbarer Nähe der roten Festung erbaut worden, von diesem nur getrennt durch eine weitgezogene Biegung des Jamuna. Der Rote Palast, der Wohnsitz des

Moguls, war eine weitläufig angelegte Bastion; ihre dem Fluß zugewandte Seite erhob sich mehr als dreißig Meter über die westliche Biegung des Jamuna. Von Nadir Sharifs Dach konnte das Auge ungehindert über die Flußseite des Palastes und Arangbars *darshan*-Fenster streifen.

Darshan war das tägliche Erscheinen Arangbars in der Stunde der Morgendämmerung auf einem besonderen Balkon an der Ostmauer des Roten Palastes, in der Nähe des Tores zum Fluß. Unumstößlich war die Regel, daß auch die höchsten Beamten Arangbars sich täglich auf einer erhöhten Plattform zeigten, die unmittelbar unter seinem Balkon lag, und zusammen mit ihm die Menschenmenge begrüßten, die durch das Flußtor hereinströmte, um Arangbar Glück und Segen zu wünschen. Durch diese Tradition wurde allen sichtbar vor Augen geführt, daß die Herrschaft über Indien in festen Händen lag.

Unterhalb des Balkons erstreckte sich zwischen den Mauern des Palastes und dem Fluß eine Grasfläche. Dort ließ Arangbar um die Mittagszeit Elefantenkämpfe stattfinden und von besonders dafür abgerichteten Elefanten auch Hinrichtungen durchführen. An diesem Tag war der Platz schon fast bis an den Rand seines Fassungsvermögens gefüllt. Agras Edelleute waren erschienen, wie es ihnen die Vorsicht gebot, und es hatten sich auch zahlreiche wichtige Besucher aus dem Ausland eingefunden. Mehrere Radschputenhäuptlinge aus dem Nordwesten passierten auf tänzelnden Araberpferden das Tor und nahmen ihrem hohen Rang angemessene Positionen ein. Dann wurde der Weg freigemacht für eine vielköpfige persische Gesandtschaft, deren Sänften von jeweils vier Sklaven in schimmernder Samtlivree getragen wurden. Als nächstes ritten mehrere Usbekenkhans im traditionellen Lederschmuck der Wüstenbewohner ein. Den Abschluß bildeten drei portugiesische Jesuiten in schwarzen Gewändern, die sich gebieterisch in der vordersten Reihe der Zuschauer postierten.

Nadir Sharif beobachtete, wie seine Tauben im Morgendunst verschwanden, ließ sich dann auf einem gepolsterten Diwan nieder und verfolgte den *darshan*. Nach dem, was sich die Eunuchen in der *zenana* zuflüsterten, würde sich an diesem Morgen Außergewöhnliches ereignen, noch nie Dagewesenes. Und dieses Mal schienen die *zenana*-Gerüchte auf Wahrheit zu beruhen, und so hatte er spät in der Nacht durch einen *qazi* die Botschaft überbringen lassen, daß er erkrankt sei und sich für den *darshan* entschuldige. Und nun hatte er Posten bezogen, um alles zu beobachten. Wie würden sich die Höflinge verhalten? Hatten auch sie die Gerüchte gehört? Und wie stand es mit denen, die sich dort unten versammelt hatten, um Arangbar mit dem traditionellen *teslim* zu begrüßen?

Am wichtigsten jedoch, wie stand es um ihn selbst, um Nadir Sharif? Dieser Tag konnte ein Wendepunkt in der Geschichte Indiens sein . . . und ein Wendepunkt in seiner dreißigjährigen herausragenden Karriere am Hof. Falls sich die Gerüchte bestätigen sollten.

Nadir Sharif war bei weitem der erfolgreichste Höfling in Indien, und seine Fähigkeiten hatten ihm den kostbarsten Palast neben dem des Moguls eingebracht. Und er besaß nicht nur den Palast, sondern auch den Rang eines *mansab* sowie den Reichtum eines *dschagir*, der zur Bewahrung dieser Schätze notwendig war. Es bedurfte in der Tat eines gewaltigen Vermögens, um die unübersehbare Schar der Sklaven, Eunuchen, Konkubinen, Musikanten, Tänzerinnen und Frauen, die seinen Palast in Agra bevölkerten, zu unterhalten.

Für Nadir Sharif war Erfolg eine mühelose, fast nicht zu umgehende Sache, und er wunderte sich oft, warum außer ihm so wenige jenes grundlegende Geheimnis erfaßten. Das einfache Rezept für seine Langlebigkeit an einem Hof, an dem die Favoriten täglich aufstiegen und fielen, bestand darin, den sicheren Gewinner eines Zwistes rechtzeitig zu entdecken, und ihm dann Ratschläge zu enthüllen, die den Absichten des Siegers ohnehin entsprachen.

Es war ihm zur festen Gewohnheit geworden, alles zu sehen und kaum etwas zu sagen. Sein Wahlspruch war es, daß Gedanken, die nicht ausgesprochen werden, oft nutzbringender sind als die, die man vorschnell preisgibt. Während der Weg anderer durch eine gewisse Schwäche für die *zenana*, durch die Gier nach Juwelen oder einen übermäßigen Hang zu den Genußgiften, die der Prophet verboten hatte, aufgehalten wurde, war Nadir Sharif ausschließlich von der Macht besessen – und nichts hatte jemals seinen Sinn von ihr abgelenkt. Seit zehn Jahren regierte er das Reich des Moguls, und nur der Titel eines Herrschers fehlte ihm. Er trug Arangbar nur die Petitionen vor, die ihm selbst genehm waren, hielt andere, die seinem Willen zuwiderliefen, zurück, und beriet den Mogul bei jeder Gelegenheit, wobei er sorgfältig darauf achtete, sich bei allen Ratschlägen, die

etwas anderes waren als unverhüllte Schmeicheleien, fremder Stimmen zu bedienen.
Von seiner überaus genauen Aufmerksamkeit, die er allen Angelegenheiten des Hofes widmete, war auch der Handel mit dem Ausland nicht ausgenommen. Seit Jahren erhob Nadir Sharif seine Stimme gegen alle, die Arangbar zu Schritten rieten, welche den Interessen der Portugiesen zuwiderliefen. Von dieser Aufmerksamkeit nahm man auch in Goa Notiz, und jedesmal, wenn ein prachtvoller Edelstein an Arangbar geschickt wurde, so fand ein anderer, nur unwesentlich kleinerer, seinen Weg in die Hände von Nadir Sharif.
Die ersten Sonnenstrahlen fielen auf die ockerfarbigen Sandsteinmauern des Roten Palastes. Sie erglühten wie ein brennender Rubin und spiegelten sich in der Oberfläche des Jamuna wider. Die aufgehende Sonne ließ die Dächer von Agra erstrahlen – ein Meer von roten Ziegeln und Strohdächern, das sich in einem weiten Bogen westlich des Palastes ausdehnte.
Agra, die Hauptstadt des Indiens der Moguln, war eine der größten Städte im Osten. Mehr als eine halbe Million Menschen lebte hier, mehr als in jeder europäischen Hauptstadt, und man sagte, ein Reiter könne die Stadt kaum an einem Tag umrunden. Der größte Teil der Stadt war indes alles andere als großartig: ein Gewirr von zweistöckigen Backstein- und Ziegelhäusern, in denen Kaufleute lebten, von Lehmhäusern der Hinduhändler, und ein Meer von Lehmhütten mit Strohdächern für die übrige Bevölkerung.
Am Fluß entlang, auf beiden Seiten des Roten Palastes, hatte man eine andere Welt errichtet. Dort glitzerten die Paläste der großen Männer des Mogulreichs und bildeten eine abgeschiedene Zauberwelt mit weitläufigen Gärten, in denen Marmorbrunnen Kühle spendeten, mit vergoldeten Räumen, die mit Teppichen aus Persien, Porzellan aus China und Kristall aus Venedig geschmückt waren. Die *zenanas* waren überfüllt mit reizvollen, dunkelhäutigen Frauen, und in den mit Teppichen ausgelegten Gängen drängten sich Scharen von Sklaven und Eunuchen.
Nadir Sharif sog die reine Morgenluft ein, und sein Blick schweifte über die Paläste. Alle waren sie prachtvoll, keiner jedoch prachtvoller als der seinige. Ein eitlerer Mann wäre in diesem Moment von Stolz erfüllt gewesen. Jahre der Erfahrung am Hofe hatten Nadir Sharif jedoch gelehrt, daß Eitelkeit unweigerlich zu Ausschweifung führt und damit

zu Schulden und zum Ruin. Um die eigene Stellung zu halten, muß man sie kennen, pflegte er sich oft zu sagen. Und er wußte auch, daß man, wollte man seinen Stand bewahren, früh erkennen mußte, wann der Zeitpunkt für einen Wechsel nahte.

Seine Träumereien wurden durch das Geräusch schlurfender Schritte unterbrochen. Dann erklang eine zögernde Stimme.

»Ein Mann ist am Außentor, Nadir Sharif. Er bittet, Euch sprechen zu dürfen.«

Nadir Sharif wandte sich um und sah den fleckenlos weißen Turban eines Eunuchen, der sich vor ihm verbeugte. Er empörte sich, daß seine Anweisung, ihn nicht zu stören, mißachtet wurde, und wie es seine Gewohnheit war, bemühte er sich einige Sekunden um Fassung, bevor er sprach. »Ich bin zu krank, um jemanden zu empfangen. Hast du meine Anweisung vergessen?«

»Vergebt mir, Sharif Sahib. Er bestand auf einer sofortigen Audienz. Er behauptet, er sei letzte Nacht eingetroffen und komme aus dem Dekkan, vom Prinzen . . .«

»Welchen Namen gab er an?«

»Einen Radschputen-Namen, Sharif Sahib. Er sagte, Ihre Hoheit, die Prinzessin, habe ihn gebeten, Euch sofort nach seiner Ankunft Meldung zu erstatten.«

Nadir Sharifs Herzschlag stockte. Bedeutete dies, daß der englische *feringhi* angekommen war? Allah! Ausgerechnet an diesem Tag.

»Sag ihm, ich erwarte ihn.« Seine Stimme klang kühl und sachlich.

Der Eunuch verbeugte sich erneut und verschwand ohne ein weiteres Wort. Nadir Sharif sah ihm nach und versuchte, Ordnung in seine Gedanken zu bringen und eine rasche Entscheidung zu treffen. Unwillkürlich blickte er sich noch einmal nach dem *darshan*-Balkon um. Es rührte sich immer noch nichts.

Der Besucher erschien. Er trug einen frisch gebürsteten roten Turban und mit Juwelen besetzte Ohrringe. Wortlos schob er den im Eingang hängenden, halb geöffneten Gobelin beiseite und schritt an dem Eunuchen vorbei wie ein Feind auf dem Weg in die Schlacht. Er hatte die hochmütige Haltung und den verachtungsvollen Blick eines hochgestellten Radschputen, und Nadir Sharif erkannte ihn sofort. Der Erste Minister wußte auch, daß gerade dieser Radschpute ihm nie getraut hatte und niemals trauen würde.

»*Nimaste*, Sharif Sahib.«
Vasant Raos *salaam* war formvollendet und kalt.
»Es ist mir immer eine Freude, Euch zu sehen.«
»Wann seid Ihr angekommen?«
»Gestern abend.«
»Habt Ihr dem englischen *feringhi* eine Unterkunft besorgt, noch bevor Ihr mich von Eurem Kommen unterrichtet habt?«
»Er hat noch keine Unterkunft, Sharif Sahib, nur ein Zimmer in einem Gasthaus. Der *feringhi* bestand darauf, daß niemand von seiner Ankunft erfahren dürfe. Er nannte dafür keinen Grund.«
Vasant Rao erwiderte Nadir Sharifs ausdruckslosen Blick.
»Auf Befehl des Prinzen sollen die Wünsche des *feringhi*, wann immer möglich, erfüllt werden.«
Nadir Sharifs Miene verriet nichts von dem Zorn, den er fühlte, als er sich wieder dem *darshan*-Balkon zuwandte. Eine Schar umherstreifender Tauben flog über ihre Köpfe und folgte der Reihe der Paläste entlang des Ufers.
»Wie geht es dem Kind?«
»Es ist wohlgestaltet, Sharif Sahib. Auch Eure Tochter, Hoheit, befand sich wohlauf, als ich Burhanpur verließ. Sie sendet Euch diese Botschaft.«
Nadir Sharif nahm die Bambusrolle entgegen und warf sie ohne jede erkennbare Gemütsbewegung beiseite, als sei sie für ihn nicht wichtiger als der Bericht eines Gärtners.
»Seit vier Wochen ist keine Taube von ihr eingetroffen. Ich erhielt nur die offiziellen Nachrichten von Ghulam Adls Sekretär in Burhanpur, vollkommen nichtssagende Nachrichten im übrigen. Warum begleitet er Dschadar nicht auf seinem Feldzug? Was geht da vor?«
»Ich bin zur Zeit nicht bei der Armee, Sharif Sahib.«
Vasant Rao strich sich mit einer leichten Bewegung über den Schnurrbart.
»Vielleicht hat der Prinz die Geheimhaltung befohlen, um seine Bewegungen im Süden nicht zu gefährden.«
Nadir Sharif wollte antworten, überlegte es sich dann aber anders. Schweigend fuhr er mit dem Finger am Balkongeländer entlang, und während er sich den Anschein gab, als höre er den in der Ferne gurrenden Tauben zu, dachte er über Vasant Raos Antwort nach, von der er genau wußte, daß es eine Lüge war, und versuchte zu ergründen, warum er angelogen wurde.

Im Norden mochte es ein Risiko sein, Botschaften durch Tauben überbringen zu lassen. Im Süden war dem nicht so. Dort wußten die ungläubigen Dekkanis immer genauer über den Aufmarsch des Heeres Bescheid als die Kommandierenden selbst. Nein, es mußte bestimmte Pläne geben, von denen Dschadar nicht wollte, daß er sie kannte. Und dies wiederum konnte nur bedeuten, daß Seine impulsive Hoheit, Prinz Dschadar, irgendeine Dummheit begangen hatte. Er kannte ihn zu gut.
Nach einer Weile brach Nadir Sharif das Schweigen. Ohne seinen Blick vom *darshan*-Balkon abzuwenden, sagte er:
»Erzählt mir von dem *feringhi.*«
»Wollt Ihr hören, was er sagt, oder möchtet Ihr wissen, was ich von ihm halte?«
»Beides.«
»Er behauptet, ein Botschafter des Königs von England zu sein, das einzige Beglaubigungsschreiben, das er vorweisen kann, ist jedoch ein Brief, in dem Seine Majestät um einen Handels-*firman* gebeten wird.«
»Was sind die Absichten des *feringhi*-Königs? Handel oder vielleicht doch Einmischung?«
»Niemand hat den Brief gesehen, Sharif Sahib, aber der Engländer sagt, daß sein König nur einmal im Jahr Handel in Surat treiben will.«
»Dies bedeutet erneut Kampf zwischen Engländern und Portugiesen, bis einer von ihnen unsere Häfen verläßt. Sie können nicht beide hier Handel treiben. Der portugiesische Vizekönig wird es nicht zulassen.«
»Was Ihr sagt, ist wohl wahr. Es heißt, daß die Christen in Europa einen Heiligen Krieg führen. Ich kenne die Ursachen dieses Krieges nicht, aber sie scheinen Engländer und Portugiesen zu ewigen Feinden zu machen. Der *feringhi* behauptet indes, daß die Kriege in Europa vorbei sind und daß der portugiesische Angriff auf seine Schiffe die Verletzung eines kürzlich unterzeichneten Friedensvertrages sei. Niemand weiß, ob dies wirklich wahr ist. Die englischen Schiffe sind fort, aber wer kann schon sagen, was geschehen wird, wenn wieder welche kommen.«
»Werden sie wiederkommen?« Nadir Sharifs Augen verrieten nichts von seinen Gedanken, aber seine Stimme klang mit einem Male schärfer. »Und wann? Bald?«
»Darüber hat der Engländer sich nicht geäußert. Vielleicht kommen sie nächstes Jahr zurück – vielleicht aber auch schon früher.« Vasant Rao war der Tonfall in Nadir Sharifs Stimme nicht entgangen.

»Goa wird den Engländern niemals freien Zugang nach Surat gewähren. Wenn sie zurückkehren, gibt es Krieg in unseren Gewässern.« Nadir Sharif machte eine kurze Pause, bevor er fortfuhr: »Wer, glaubt Ihr, wird siegen?«

»Stellt diese Fragen denen, die sich als Propheten ausgeben, Sharif Sahib. Ich bin nur Soldat.«

»Gerade deshalb habe ich Euch gefragt.«

»Wenn alle Engländer diesem Mann gleichen, so sind sie ein sehr entschlossenes Volk. Wie es scheint, ist er an allem Neuen interessiert, nur weil es existiert. Ohne zu wissen, was er damit anfangen wird, wenn er es errungen hat.«

»Was meint Ihr damit?«

»Hawksworth, der Engländer, behauptet, er sei hier im Auftrag seines Königs und nur in dessen Auftrag. Ich glaube, dies stimmt nur teilweise. Er ist ein Mann mit vielfältigen Wünschen und Zielen.«

»Und was sind die wahren Gründe für sein Hiersein?«

»Er ist wohl auch aus persönlichem Interesse hier. Er sucht etwas.«

»Vielleicht den Krieg mit den Portugiesen?«

»Er wird davor nicht zurückschrecken. Aber ich glaube, in erster Linie ist er nach Indien gekommen, um etwas zu finden. *Was* er sucht, kann ich nicht sagen. Er ist ein Mann mit merkwürdigen Eigenschaften. Einmal sprach er davon, daß er im Gefängnis war. Einem kleinen Saiteninstrument bringt er tiefe Zuneigung entgegen. Er spricht die Sprache der Moguln und stellt alles in Frage, was er sieht. Er beginnt, Indien kennenzulernen, weil er sich vorgenommen hat, es kennenzulernen. Wenn er bleibt, könnte er für die Portugiesen sehr lästig werden.«

»Und dies käme uns hier wohl nicht zupaß.« Nadir Sharif hielt kurz inne. »Oder . . .?«

»Ich kümmere mich nicht um Politik, Sharif Sahib.«

Nadir Sharif wartete, bis das Schweigen zwischen ihnen drückend wurde. Dann unterbrach er es, und seine Stimme war hart wie Eis: »Warum hat sich der Prinz mit ihm getroffen?«

Es gelang Vasant Rao nicht, seine Überraschung zu verbergen. Bei Krishna, sie wußten Bescheid in Agra . . .

»Es gab in der Tat eine Begegnung . . .« Vasant Rao zögerte und beschloß dann, nichts weiter preiszugeben. »Aber keiner von beiden hat anschließend darüber gesprochen.«

Nadir Sharif beobachtete ihn prüfend, wandte sich dann wieder dem *darshan*-Balkon zu und sprach weiter.

»Der Mogul hat befohlen, daß der englische *feringhi* sofort nach seiner Ankunft zum *durbar* gebracht werden soll.«

»Heute noch?«

»Seine Majestät wird sehr schnell von seiner Ankunft unterrichtet sein. Es bleibt keine andere Wahl.«

»Dann muß der Engländer sich auf den Besuch vorbereiten. Er hat eine Truhe voller Geschenke bei sich . . . und den Brief.«

»Ich weiß. Sagt ihm, er soll die Geschenke zum *durbar* bringen. In seinem Interesse hoffe ich, daß es sich nicht um wertlose Kleinigkeiten handelt. Seine Majestät ist sehr begierig, ihn zu sehen.«

Von den Wällen des Roten Palastes tönte leise ein Trommelwirbel herüber, und für einen Augenblick schien die Fassade des Jasminturms noch heller im Sonnenlicht zu erstrahlen als zuvor.

Nadir Sharif wandte sich dem *darshan*-Balkon zu. Aus dem Schatten des bestickten Überdaches aus Satin trat eine Gestalt. Erst konnte man nur ein glitzerndes Männergewand und einen kunstvoll gewirkten Turban erkennen. Dann wurden die schweren Ohrgehänge von den Strahlen der Morgensonne getroffen und reflektierten gleißend das Licht. Alle Anwesenden verbeugten sich tief, berührten mit dem rechten Handrükken die Erde und legten anschließend die Handflächen an die Stirn. Sie erwiesen dem Mogul den *teslim*, der die Bereitschaft, sich selbst als Opfer darzubieten, zum Ausdruck brachte.

Nadir Sharif beobachtete die Szenerie genau und stieß einen fast hörbaren Seufzer der Erleichterung aus. Dann wandte er sich Vasant Rao zu.

»Habt Ihr jemals den Mogul beim morgendlichen *darshan* gesehen?« Und ohne seinem Gegenüber Gelegenheit zu einer Antwort zu geben, fuhr er fort: »Wißt Ihr, dieser Brauch wurde von Akman begonnen, der die Sonne als Gott verehrte. Arangbar jedoch tritt in Erscheinung, um seine Macht täglich neu zu festigen. Wenn er nur an einem einzigen Tag nicht zum *darshan* kommen würde, gäbe es sofort Gerüchte über seinen Tod. Nach drei Tagen hätten wir im ganzen Land Anarchie.«

Jäh erstarb der Applaus im Palasthof, und nur das Gurren einer Taube durchbrach die plötzliche Stille. Nadir Sharif fuhr herum und erblickte neben Arangbar nun eine zweite Gestalt.

Es war eine dunkelhaarige Frau. Er konnte nicht erkennen, ob sie verschleiert war, aber ihre Juwelentiara glitzerte in der Morgensonne. Die Farbe wich aus Nadir Sharifs Gesicht. Die Gerüchte hatten sich bestätigt. Zum ersten Mal in der Geschichte war sie neben ihm zum *darshan* erschienen, war erschienen, um die gleichen Huldigungen entgegenzunehmen.

»Was hat das zu bedeuten?« Etwas anderes fiel Vasant Rao nicht ein.

»Die Zeiten und die Sitten ändern sich! Vielleicht eine Laune Seiner Majestät.« Nadir Sharif wandte seinen Blick nicht ab; er wollte nicht, daß Vasant Rao seine Augen sah.

»Begleitet den *feringhi* heute zum *durbar*. Allein ist er hier nicht sicher.«

»Wie Ihr befehlt, Sharif Sahib.« Vasant Rao hielt inne und musterte die Rückseite von Nadir Sharifs Turban. Dann fragte er: »Soll ich dem Prinzen nach meiner Rückkehr eine Botschaft von Euch überbringen?«

»Jede Botschaft, die ich für den Prinzen habe, kann den offiziellen Weg nehmen.« Der Erste Minister wandte sich mit einer für ihn ungewöhnlichen Heftigkeit ab. »Das ist alles. Es wäre klug, wenn Ihr Agra morgen bei Tagesanbruch verlassen würdet.«

Während Vasant Rao an den wartenden Eunuchen vorüberschritt, wandte sich Nadir Sharif wieder dem *darshan*-Balkon zu. Mit wachsender Bestürzung sah er, wie die Höflinge auf der Plattform Königin Dschanahara mit *salaams* ihre Aufwartung machten. Sie stand stolz an der Vorderseite der überdachten Säulenhalle.

Der Erste Minister erinnerte sich an die letzte Botschaft von Mumtaz.

Eine Reihe berittener Wachen bahnte sich ihren Weg durch die enge Straße, die um die Mittagszeit gedrängt voll war, ein buntes Durcheinander von Ochsenkarren, umherstreunendem Vieh, dunkelhäutigen Trägern und schwarz verschleierten Frauen, die schwere Messinggefäße auf den Köpfen balancierten. Auf beiden Seiten der Straße saßen auf den Türschwellen im Schatten der Vordächer bärtige Kaufleute mit flinken Augen, die Vorübergehende heranwinkten und sie einluden, sich das einmalig vorteilhafte Angebot an Tuch, Schilf und Betelblättern anzuschauen. Fladen zischten in runden Pfannen über Kohlefeuern, und Kugeln von braunem Teig fielen in rauchendes Öl. Die staubige Luft erfüllte der Duft von Gewürzen. Das Geklapper der Pferdehufe verei-

nigte sich mit dem Gebell der Straßenhunde, dem Quietschen der Wagenräder und dem schrillen Gepfeife von Kindern zu einer einzigen großen Dissonanz.
Zwischen den offenen Läden führten mit Muschelornamenten verzierte Eingänge und Treppen zu Balkonen hinauf, die auf rohen Sandsteinpfeilern ruhten. Die Balkone waren durch Gitter aus geschnitztem Rosenholz oder Filigranarbeit in Marmor von der Straße abgeschirmt, und Hawksworth sah dort Frauen sitzen, die müßig Betel kauten und ihre Fächer bewegten, während sie neugierig den Zug auf der Straße unter ihnen beobachteten.
Hawksworth musterte die Wachen mit ihren Helmen und den verzierten Schilden mit dem persönlichen Siegel des Moguls und sann über seine Ankunft in Agra nach. Am Vorabend, nach Einbruch der Dunkelheit, war seine Karawane am Stadtrand angekommen, und, dem Wunsch des *feringhi* entsprechend, hatte Vasant Rao ein landesübliches Gasthaus gesucht. Die größten Annehmlichkeiten des in der Stadtmitte gelegenen, unauffälligen Hauses waren ein wasserdichtes Schilfdach und ein Steinfußboden. Am nächsten Tag, so hatte der Radschpute ihm gesagt, würde er sich ein Quartier suchen müssen, das einem Botschafter angemessen wäre.
Die Bewaffneten, die sie bis in die Stadt hinein begleitet hatten, waren nicht einmal vom Pferd gestiegen, sondern sofort wieder nach Süden zurückgekehrt. Nur Vasant Rao hatte mit ihm eine Abendmahlzeit aus gebratenen Bohnen und Linsen geteilt. Dann hatte der Radschpute seinen Sattel aus dem Stall geholt, ihn als Kissen unter den Kopf geschoben und war sofort eingeschlafen, das Krummschwert fest in der Hand. Hawksworth hatte lange wach gelegen und den nächtlichen Geräuschen der Stadt gelauscht. Erst kurz vor Morgengrauen hatte ihn der Schlaf überwältigt.
Als er erwachte, hatte Vasant Rao das Haus schon verlassen, kehrte jedoch seltsamerweise rechtzeitig zum Frühstück zurück. Nach der Mahlzeit teilte er Hawksworth mit, daß Arangbar seinen englischen Gast noch am gleichen Tag zum *durbar* erwarte. Den Rest des Vormittags verbrachten sie damit, Träger für die Geschenktruhe zu suchen und sein Wams samt der Beinkleider, die er auf Geheiß der Ostindischen Gesellschaft bei der Audienz tragen sollte, vom Schimmel zu reinigen. Um die Mittagszeit erschien unerwartet eine Abteilung der persönlichen

Wache des Moguls mit dem Auftrag, ihn durch die Stadtmitte von Agra direkt zum Privateingang des Herrschers in den Roten Palast zu geleiten.

Die Pferde verließen die schmale, überfüllte Straße und erreichten einen weiten, sonnenbeschienenen Platz vor dem Südtor des Palastes. Der schwere und scharfe Geruch der Stadt wurde von der sengenden Mittagshitze gleichsam erstickt. Hawksworth zügelte sein Pferd und gewahrte mit ungläubigem Staunen, wie unermeßlich groß der Palast war.

Sie standen vor zwei mächtigen Mauern aus poliertem roten Sandstein, von denen die äußere gut zwölf und die innere mindestens zwanzig Meter hoch war. Beide waren von Zinnen gekrönt, auf denen Feuerwaffen Aufstellung finden konnten. Eine breite, hölzerne Zugbrücke führte über einen etwa zehn Meter breiten Wassergraben, der, soweit das Auge reichte, in beiden Richtungen die Außenmauer säumte.

Es war die gewaltigste und mächtigste Festung, die Hawksworth je gesehen hatte, und sie sprengte alle seine bisherigen Größenvorstellungen. Unvorbereitet, wie er war, wirkte ihr Anblick auf ihn erschreckend und lähmend zugleich.

Kein Wunder, daß der Mogul ganz Indien in Schrecken versetzte. Diese Festung ist unbezwingbar. Die Quader der Mauer scheinen mit schweren Eisenringen aneinandergeschmiedet zu sein, und die runden Türme haben Schießscharten für Geschütze schwersten Kalibers. Zwei dicke Mauern, zwischen denen wahrscheinlich noch ein weiterer Wassergraben fließt, machen ein Erstürmen unmöglich. Und Kanonen wären so gut wie wirkungslos.

Vasant Rao sah, wie sehr der Palast Hawksworth beeindruckte, und seine dunklen Augen verrieten Stolz. »Versteht Ihr nun, warum der Mogul so hoch geachtet ist? Kein König auf der Welt hat einen prächtigeren Palast. Wußtet Ihr, daß die Mauer mehr als ein *kos* lang ist? Sind das nicht mehr als zwei englische Meilen?«

Hawksworth nickte. Ihre Begleiter führten sie über die Zugbrücke, deren äußeres Ende mit schweren Ketten an Rollen über dem Eingang befestigt war. Die zwei Rollen befanden sich in einem steinernen Tunnel, der in die steil aufragende Mauer gehauen war, und wurden durch Eisenstangen blockiert. Die Zugbrücke hob sich automatisch, wenn die Eisenstangen entfernt wurden.

Vor ihnen ragte jetzt ein Tor auf, das mit strahlend blauen emaillierten Kacheln verkleidet war.
»Wie viele dieser Tore gibt es hier?«
»Der Rote Palast hat vier Tore, eines zum Fluß und je eines auf den anderen drei Seiten. Dies ist das Südtor. Der Mogul hat es kürzlich in ›Amar-Singh-Tor‹ umbenannt.« Vasant Rao senkte seine Stimme. »Nach einem aufsässigen Radschputen, den er ermorden ließ. Dies ist das erste Mal, daß ich das Tor sehe. Es ist noch prachtvoller, als das der Öffentlichkeit zugängliche Delhi-Tor auf der Nordseite, das aus Marmorsteinen besteht. Sagt mir, Kapitän, gibt es in England eine vergleichbare Festung?«
»Nein.« Hawksworth bemühte sich um Fassung. »Warum ist sie so groß?«
»Von hier aus wird Indien regiert. Außerdem lebt der Mogul nicht allein. Der Palast beherbergt mehr als tausend Frauen, eine Armee, die ihn und seine Schätze bewacht, und mehr Diener, als ein Mann zählen kann.«
Hawksworth letzte Frage schien den Radschputen etwas zu verwirren. Schließlich fuhr er jedoch fort. »Der Palast wurde von dem Vater des Moguls, dem großen Akman, erbaut. Mehr als acht Jahre sollen bis zu seiner Fertigstellung verstrichen sein. Er baute darüber hinaus eine vollständig neue Stadt, in der Wüste, einige *kos* westlich von hier, die er jedoch später wieder verließ, um nach Agra zurückzukehren. Sicherlich regiert auch Euer englischer König in einem Palast?«
»Seine Majestät, König James, hat einen Palast in Hampton Court.« Hawksworth machte eine kurze Pause. »Aber England wird durch Gesetze regiert, die das Parlament macht, und das Parlament hat seinen eigenen Versammlungsort.«
»Mir scheint, Euer König ist äußerst schwach, wenn er nicht einmal alleine herrschen kann.« Vasant Rao sah nervös zu den Wachen hinüber. »Ihr tätet gut daran, Arangbar nichts davon zu erzählen. In Indien gibt es nur ein Gesetz, und das ist das Wort des Moguls.«
Hawksworth sah mit Erleichterung, daß die Träger ihnen noch folgten, einer auf jeder Seite der Truhe. Vasant Rao hatte ihn darauf aufmerksam gemacht, daß er nicht alle Geschenke auf einmal überreichen dürfe, da Arangbar bei jedem Zusammentreffen ein neues Geschenk erwarten würde. Den Brief von König James trug Hawksworth bei sich; er hielt ihn sorgfältig in seinem Wams verborgen.

Schwere Holztore, die sich in der Mitte öffneten, füllten den Bogengang. Sie waren gespickt mit langen Eisenstacheln. Vasant Rao bemerkte Hawksworth' fragenden Blick. »Die Stacheln verhindern, daß Kampfelefanten die Tore mit ihren Köpfen zerschmettern. Man findet sie in allen Festungen.« Er lächelte. »Aber ich vergesse immer wieder, daß es in Eurem England ja gar keine Elefanten gibt.«
Das Ende des Ganges war durch eine schwere Kette und bewaffnete Wachen gesichert. Die Reiter des Geleitschutzes zügelten ihre Pferde und stiegen ab; ihr Anführer erteilte Vasant Rao einen knappen Befehl. »Wir reiten nicht weiter«, übersetzte Vasant Rao, während er sich vom Pferd schwang. »Er sagt, daß nur der Mogul selbst, seine Söhne und seine Frauen durch das Amar-Singh-Tor reiten dürfen. Es ist ein strenges Gebot.«
Hawksworth zögerte einen Moment. Er spürte die erdrückende Masse der Mauern und des Turmes, der sich vor ihm in die Nachmittagssonne erhob, wie ein riesenhaftes blaues Juwel. Einen Augenblick lang hatte er das eigenartige Gefühl, ein gigantisches Grabmal zu betreten. Er holte tief Luft und stieg langsam vom Pferd. In seinen seidenen Beinkleidern und dem mit Rüschen besetzten Wams fühlte er sich unangenehm aufgeputzt.
Vasant Rao übergab die Zügel einem der wartenden Diener und stellte sich neben Hawksworth. »Erscheint es Euch nicht merkwürdig, daß eines der vier Tore des Roten Palastes nach einem Radschputen benannt wurde?« Er strich über seinen Schnurrbart und senkte die Stimme. »Ihr solltet die Geschichte hören, damit Ihr nicht glaubt, es handele sich um eine Ehrenbezeigung.«
»Wie meint Ihr das?«
»Es soll allen Radschputen als Warnung dienen und ihnen vor Augen führen, was geschieht, wenn man sich dem Mogul widersetzt. Vor einigen Jahren bemühte sich der Radschpute Amar Singh, ein rechter Abenteurer, um eine hohe Stellung an Arangbars Hof und bekam nach einiger Zeit den Rang der tausend Pferde. Unterstützt wurde er bei seinen Bemühungen von einem älteren, einflußreichen Höfling. Zu spät erst merkte der Radschpute, daß dieser Mann für die gewährte Hilfe seine jüngste Tochter als Belohnung haben wollte.« Vasant Rao lächelte. »Man sagt, sie sei wunderschön gewesen. Amar Singh, ganz der Radschpute, der er war, war außer sich vor Zorn und weigerte sich natürlich,

auf diesen Handel einzugehen. Der Höfling beschloß, sich zu rächen. Er ging zu Arangbar und berichtete ihm von einem schönen Radschputenmädchen, das eine große Bereicherung für die *zenana* wäre. Der Mogul schickte sofort ein paar Leute aus seiner Garde zu Amar Singhs Haus, die das Mädchen holen sollten. Als Amar Singh erkannte, aus welchem Grund die Männer gekommen waren, rief er seine Tochter zu sich und erstach sie vor aller Augen. Dann schwang er sich auf sein Pferd und ritt zum Roten Palast. Er ritt durch dieses Tor hier bis in die Empfangshalle und verlangte Arangbar zu sehen. Und so etwas, Kapitän, tut man in Agra nicht ungestraft. Kaum war er vom Pferd abgestiegen, fielen Dutzende von Arangbars Wachen über ihn her und hackten ihn in Stücke. Zur Warnung an alle Radschputen beschloß der Mogul daraufhin, dieses Tor nach Amar Singh zu benennen. Es war eine überflüssige Maßnahme, denn kein Radschpute wird diese Geschichte je vergessen.«

Sie ließen die Diener bei den Pferden zurück und folgten einem breiten, abschüssigen Pfad. Er führte zu einem Platz, der von Säulenhallen und Galerien umsäumt war, in deren Schatten mit Schwertern und Spießen bewaffnete Reiter standen.

»Diese Männer leisten *chauki,* die Wache des siebten Tages. Jeder Soldat in Agra muß einmal alle sieben Tage Wache stehen, entweder hier oder auf dem großen Platz im Innern der Festung, zu dem wir jetzt gehen. So lautet das Gesetz des Moguls.«

Sie schritten durch ein großes Tor, und plötzlich, als ob sie auf sie gewartet hätten, kam ein halbes Dutzend Wachen auf sie zu. Die Männer trugen Turbane, Lederrüstungen und lange Krummschwerter. Von einer doppelten Eskorte begleitet, begannen sie nun einen Weg hinaufzusteigen, der etwa zwanzig Schritte breit und an beiden Seiten von hohen Backsteinmauern eingefaßt war. In die viereckigen Pflastersteine waren Rillen geritzt, um den Pferden und den Elefanten des Moguls die Fortbewegung zu erleichtern. Am Ende des Weges gelangten sie zu einem neuerlichen Hof. Ein weiteres Tor erhob sich vor ihnen, und als sie hindurchgingen, sah Hawksworth, daß berittene Soldaten und Bogenschützen es bewachten. Der große Platz, den sie jetzt erreichten, war viele hundert Meter breit und von Arkaden gesäumt, unter denen wiederum berittene Soldaten Wache standen. Eine breite Straße teilte den Platz in zwei Hälften.

»Dies ist der Hof. Ich war erst einmal hier, aber damals kam ich durch den Eingang, der für die Allgemeinheit bestimmt war.« Vasant Rao deutete auf ein Tor, das ihnen direkt gegenüberlag und genauso aussah wie das, durch das sie den Platz betreten hatten.

Die Eskorte brachte sie zu einem riesigen Baldachin aus vielfarbiger Seide, der vor dem großen Gebäude zu ihrer Rechten angebracht war. Das Gelände unter dem Baldachin war durch rote Samtschnüre abgetrennt. Hawksworth bemerkte, daß die Luft von Amber- und Aloenweihrauch erfüllt war, der in goldenen und silbernen Fäßchen brannte, welche an den hohen Pfeilern hingen.

»Das Gebäude vor uns ist der *Diwan-i-Am*, die Audienzhalle.« Vasant Rao deutete auf die Stufen, die zu einem großen offenen Pavillon am anderen Ende des Baldachins führten. Er war, auf einer Grundfläche von gewiß einhundert Quadratfuß, mehrere Stockwerke hoch, und sein Dach wurde von Marmorbögen getragen, die auf weißen Säulen ruhten. Eine Menschenmenge erfüllte den Raum.

»Kein Mann mit einem Rang von weniger als fünfhundert Pferden darf diese Absperrung überschreiten. Aus diesem Grund werden wir wohl von der Eskorte begleitet.«

Über der Menge, am anderen Ende der Halle, befand sich eine etwa drei Fuß hohe Plattform, die mit einem von Teppichen bedeckten Baldachin überdacht war. Ein silbernes Geländer umgab die Plattform, und mehrere Männer, die Dokumentenrollen in den Händen hielten, rangelten dort um die günstigsten Plätze. Die Menge verharrte in gespannter Erwartung.

Oberhalb und hinter der Plattform war eine Marmorgalerie in die Wand eingelassen, und dort stand ein riesiger Thron aus schwarzem Marmor. An seinen vier Ecken standen lebensgroße, juwelengeschmückte Silberstatuen sich aufbäumender Löwen, die mit ihren silbernen Pranken einen Baldachin aus reinem Gold hielten. Die Wände zu beiden Seiten des Thrones waren Marmorgitter, durch die den Frauen aus der *zenana* Einblick in den Saal gewährt wurde.

»Noch nie habe ich den Thron aus solcher Nähe gesehen. Er ist im ganzen Land berühmt, und es gibt Leute hier in Agra, die ihren Bruder verkaufen würden, um ihn zu besitzen.«

Die kaiserlichen Wachen, die sie begleitet hatten, salutierten plötzlich, machten kehrt und marschierten die Stufen hinunter zum *Diwan-i-Am* und zurück auf den Platz. Vasant Rao sah ihnen nach, wie sie in der

Menge verschwanden, dann schüttelte er den linken Ärmel seines Reitmantels und in seine Hand fiel der *katar*, das tödliche Tigermesser aller Radschputen. Der Griff war vergoldet und hatte zwei Zinken, so daß er beim direkten Stoß gut in der Faust lag. Ohne ein Wort darüber zu verlieren, steckte Vasant Rao den Dolch in eine Scheide an seiner Schärpe. Hawksworth ließ sich nicht anmerken, daß er den Vorgang gesehen hatte und wandte seinen Blick der Menge zu. Neben ihnen stand eine Gruppe persischer Diplomaten in schweren Gewändern und juwelenverzierten Turbanen, die seine einfache Kleidung mit unverkennbarer Verachtung musterten. Es roch dumpf nach Schweiß und Weihrauch, und überall funkelten Gold und Edelsteine.

Livrierte Diener ließen auf zwei großen Kupferkesseln einen Trommelwirbel erschallen, und die schweren Samtvorhänge hinter dem Thron teilen sich. Zwei Wachen, die Schwerter mit vergoldeten Griffen trugen, traten ein und stellten sich in strammer Haltung zu beiden Seiten des Vorhangs auf.

Hawksworth fühlte, wie sich sein Puls beschleunigte, als eine weitere Gestalt durch die Vorhänge in den Raum trat.

Der Mann war von mittlerer Größe. Er hatte einen kleinen Schnurrbart, und in seinen Ohren glänzten Diamantringe. Er trug einen enggebundenen, gemusterten Turban und ein blaues Gewand, das von einem breiten Gürtel aus Goldbrokat zusammengehalten wurde. An beiden Händen schimmerten juwelenbesetzte Ringe, und um den Hals trug er eine schwere Perlenschnur. Ein Schwert mit goldenem Griff und ein Dolch steckten in seinem Gürtel, und an seiner Seite sprangen, munter wie Kätzchen, zwei junge Löwen. Hawksworth betrachtete sie mit Staunen. Löwen fanden zwar in den englischen Überlieferungen häufig Erwähnung, doch gab es kaum einen Engländer, der sie je in natura zu Gesicht bekommen hatte.

Die Kesselpauken auf den Galerien rund um den Platz erdröhnten. Die wartende Menschenmenge rief wie ein Mann das *salaam*. Alle verneigten sich tief, berührten mit der rechten Hand den Boden und legten, als sie sich wieder aufrichteten, die Hand an die Stirn. Der *durbar* des Moguls hatte begonnen.

»Ihr habt den *teslim* nicht ausgeführt.« Vasant Rao wandte sich Hawksworth zu, in seiner Stimme schwang Bestürzung mit. »Vielleicht hat er es bemerkt. Dies, mein Freund, war sehr unklug.«

»Der Botschafter eines Königs macht keinen Fußfall.«
»Ihr seid neu in Indien, das mag Euch entschuldigen. Die anderen Botschafter hier kennen sich besser aus.«
Drei weitere Männer kamen hinter dem Thron hervor und nahmen auf der Marmorplattform neben dem Mogul Aufstellung.
Ihre Turbane waren mit Edelsteinen besetzt, und sie trugen goldene Gürtel. Hawksworth sah Vasant Rao an und bemerkte einen haßerfüllten Blick in seinen Augen.
»Wer ist das?«
»Die beiden jüngeren Männer sind seine Söhne. Ich habe sie schon einmal in Agra gesehen. Die Tradition will es, daß seine Söhne dem *durbar* beiwohnen, sofern sie in der Stadt sind. Der jüngere von ihnen ist Allaudin. Er wird im nächsten Monat die Tochter von Königin Dschanahara heiraten. Der andere ist sein stets betrunkener Bruder Parwaz. Der ältere Mann ist Zainul Beg, der Wesir des Moguls, sein höchster Ratgeber. Er ist der Vater der Königin und des Ersten Ministers, Nadir Sharif.« Ein weiterer Mann trat durch den Vorhang, ging lässig am Thron vorbei und ließ sich auf die Marmorplattform helfen. Dort wandte er sich dem silbernen Geländer zu, wo ihm sofort mehrere Petitionen entgegengestreckt wurden.
Vasant Rao stieß Hawksworth an und deutete auf den Mann. »Das ist Nadir Sharif, der Erste Minister. Prägt Euch sein Gesicht gut ein, der Weg zum Mogul führt über ihn.«
Der Erste Minister nahm eine Petition entgegen, entrollte sie, überflog ihren Inhalt und übergab sie mit einer Bemerkung, die nur die Umstehenden verstehen konnten, Arangbar. Die täglichen Amtsgeschäfte hatten begonnen.
Mit unverkennbarer Langeweile hörte Arangbar zu, als eine Petition nach der anderen vorgetragen wurde. Er beriet sich mit seinen Söhnen und mit dem Wesir und häufig wandte er sich zu dem Marmorgitter rechts von seinem Thron und besprach den Inhalt eines Bittgesuches mit jemandem, der dahinter stand.
Vorn an der Plattform warteten unruhig mehrere Botschafter und versuchten ihre Ungeduld zu verbergen. Hawksworth sah, daß sie mit Juwelen besetzte Kästchen bei sich trugen, und wußte, daß diese Geschenke für den Mogul enthielten. Im Vergleich damit erschien ihm seine mit Lederriemen verschnürte Truhe schäbig, und sein Mut begann zu sinken.
Nach einiger Zeit verlor der Mogul das Interesse an den Petitionen. Ohne

den wartenden Edelleuten weitere Beachtung zu schenken, gab er das Zeichen für den täglichen Aufmarsch der Kampfelefanten. Kurz darauf kamen die Tiere durch das Tor und marschierten in einer Reihe über den Platz. Ihre Rüssel waren mit goldenen Bändern umwunden, und an ihren bestickten Seidendecken hingen Glöckchen und Quasten aus tibetischem Yakfell. An einer bestimmten Stelle, genau gegenüber des *Diwan-i-Am*, blieben sie stehen, gingen auf die Knie und trompeteten einen Salut.

Als der letzte Elefant verschwunden war, erklangen wieder Trommeln, und acht Männer kamen auf den Platz, die ein fauchendes, wildes Tier mit sich führten. Es trug ein eisernes Halsband, an das schwere Ketten geschmiedet waren, hatte sandbraunes Fell, eine mächtige Mähne und gewaltige Pranken. Brüllend, und mit den Pranken um sich schlagend, versuchte es, sich aus seinen Ketten zu befreien, und Hawksworth erkannte, daß es sich um einen ausgewachsenen, männlichen Löwen handelte.

»Anscheinend das neueste Spielzeug Seiner Majestät«, sagte Vasant Rao. »Löwen sind seine Lieblingstiere. Dieser hier wurde wohl gerade erst gefangen.«

Arangbar betrachtete die Raubkatze mit sichtlichem Wohlgefallen. Er streichelte einen der beiden Junglöwen an seiner Seite und nahm ihn auf den Arm, um ihm den stattlichen Artgenossen zu zeigen. Die versammelte Menge war einen Moment wie erstarrt, dann erschollen Hochrufe. Arangbar setzte den kleinen Löwen auf den Boden zurück und sagte einige Worte zu seinem Wesir. Zainul Beg sah in die Menge und deutete in eine bestimmte Richtung. Kurz darauf erschien jemand in dem schwarzen Gewand eines Jesuiten am Geländer. Zu seinem Erstaunen erkannte Hawksworth Pater Alvarez Sarmento, den er zuletzt im Hause Mukarrab Khans in Surat gesehen hatte. Der Jesuit lauschte den Worten des Wesirs, wandte sich dann an die Menge und sagte laut auf Englisch: »Seine Majestät befiehlt dem Botschafter von England, vorzutreten.«

Vasant Rao berührte Hawksworth' Arm und ergriff seine Hand. »Das ist der Moment, auf den Ihr gewartet habt, mein Freund. Wenn der *durbar* vorbei ist, werde ich bereits weit weg von hier sein.«

»Warum geht Ihr fort?« Hawksworth sah ihm in die Augen, und plötzlich wurde ihm klar, daß Vasant Rao der einzige Mensch in Indien war, den er, mit gewissen Einschränkungen als Freund bezeichnen konnte. »Es ist mir nicht möglich, länger hierzubleiben.« Vasant Rao hielt inne, und Hawksworth spürte, daß die Wärme in seiner Stimme echt war. Der Radschpute griff an seine Schärpe und zog den *katar* aus der Scheide.

»In jenem Dorf habt Ihr mir das Leben gerettet, und ich habe niemals die Worte gefunden, Euch zu danken. Vielleicht kann dies meinen Dank ausdrücken. Nehmt ihn als Zeichen der Freundschaft eines Radschputen. Ich habe den Dolch von meinem Vater erhalten, und er hat unzählige Male Blut geschmeckt. Ihr seid ein mutiger und aufrichtiger Mann, und ich glaube, wir sehen uns nicht zum letztenmal.«

Bevor Hawksworth ein Wort erwidern konnte, umarmte Vasant Rao ihn kurz und verschwand in der Menge.

Hawksworth steckte den *katar* schnell in sein Wams und bückte sich nach seiner Truhe. Die Menge bildete eine Gasse und starrte ihn an, als er nach vorne schritt. An dem silbernen Geländer erwartete ihn Pater Sarmento.

»Willkommen in Agra, Kapitän.« Der Jesuit sprach Englisch, seine Stimme war leise, sein Gesicht eine undurchdringliche Maske. »Ich bete zu Gott, daß Eure Reise angenehm war.«

»Ich dachte, Ihr seid auf dem Weg nach Lahore?«

»Alles zu seiner Zeit, Kapitän. Auch in Agra haben wir eine Mission. Unsere Herde in dieser Stadt wächst, und wir müssen uns um sie kümmern. Erinnert Ihr Euch an das Abkommen, das wir in jener Nacht in Surat geschlossen haben?«

»Übersetzt für den englischen Botschafter«, unterbrach Arangbars Stimme auf Persisch die Unterhaltung. »Ich will seinen Namen wissen.«

»Er fragt nach Eurem Namen«, sagte Sarmento zu Hawksworth. »Ihr müßt Euch bei Eurer Antwort verbeugen.«

»Ich bin Generalkapitän Brian Hawksworth, Botschafter Seiner Majestät, König James I. von England.« Hawksworth sprach Türkisch und versuchte sich genau an das zu erinnern, was zu sagen man ihm aufgetragen hatte. In Arangbars Augen zeigte sich freudige Überraschung. Hawksworth verneigte sich und fuhr fort: »Seine Majestät, König James, hat mich beauftragt, der edlen Majestät Arangbar, Mogul von Indien, seine Freundschaft sowie einige unbedeutende Zeichen seiner Hochachtung zu überbringen.« Eilig suchte Hawksworth nach einer Erklärung für den geringen Wert seiner Geschenke. »Die Kleinigkeiten, die König James Euch schickt, sind in keiner Weise Geschenke, die der Würde Eurer Majestät entsprechen. Einen solchen Schatz zu überbringen, wäre ein einzelner Mann gar nicht imstande. Der König hat mich beauftragt, Euch einfache Erzeugnisse unseres Landes zu überreichen, und zwar nicht als Geschenke, sondern als Proben englischer Handwerkskunst. Majestät sollen persönlich die Waren überprüfen können, die er Euren Händlern zum Tausch anbietet. König James läßt zur Zeit eine Fülle wertvoller Geschenke bereitstellen, die dann mit der nächsten Reise in Euer Land gebracht werden.«

»Botschafter, Ihr sprecht die Sprache der Moguln. Schon damit erweist mir Euer König Ehre. Ich begrüße Euch an seiner Stelle.«

Arangbar lehnte sich vor, um genau beobachten zu können, wie Hawksworth das Schloß der Truhe öffnete und ihr zunächst Proben englischer Stoffe, Spitzen und Brokat, entnahm, sie aber schnell beseite legte und hintereinander einen silberverzierten Pistolengurt, ein Schwert mit goldenem Griff, ein aus Elfenbein geschnitztes Stundenglas sowie eine mit Diamanten besetzte goldene Pfeife hervorholte. Der Mogul ließ sich die Geschenke an den Thron bringen, prüfte jeden Gegenstand kurz auf seinen Wert und ließ sich den nächsten geben. Erst als Hawksworth schließlich einen englischen Dreispitz mit Feder aus der Kiste herausholte, leuchteten Arangbars Augen auf.

»Endlich werde ich wie ein *topiwallah* aussehen!« Er schob die anderen Geschenke beiseite und ließ sich den Hut reichen. Einen Augenblick hielt er ihn in der Hand, dann nahm er den Turban ab und setzte sich mit offensichtlichem Vergnügen den Dreispitz auf den Kopf.

»Der *feringhi*-Hut ist eine merkwürdige Erfindung, Botschafter Khawksworth.« Arangbars Zunge stolperte über die Aussprache des Namens. »Ich habe niemals seinen Sinn verstanden. Wie ich sehe, tragt Ihr selbst auch keinen.«

»Wenn Eure Majestät gestatten, Hüte sind nicht nach meinem Geschmack.« Hawksworth verbeugte sich wiederum.

»Seine Majestät, König James, hat mich außerdem beauftragt, Eurer Majestät ein Porträt von sich zu überreichen sowie ein Schreiben, das seinem Wunsch nach Freundschaft zwischen unseren Ländern Ausdruck gibt.« Hawksworth entnahm der Ledertruhe ein kleines, gerahmtes Aquarell. Es war eine Miniatur auf Pergament, kaum höher als drei

Zentimeter, die von Isaac Oliver stammte, einem gefeierten Künstler aus der Schule von Nicholas Hilliard, der unter Königin Elisabeth zu Ruhm und Ehren gekommen war. Arangbar prüfte das Bildnis mit Kennermiene. Hawksworth zog währenddessen das Schreiben aus seinem Wams. Es wurde Nadir Sharif übergeben, der es an Arangbar weiterreichte.

Zögernd gab Arangbar das Porträt seinem Sohn Allaudin und besah sich die Lederhülle des Schreibens. Schließlich erbrach er das rote Wachssiegel und begann zu lesen. In seiner Miene zeigte sich Verwunderung.

»Siegel und Schrift sind eines Königs würdig, aber es ist in einer europäischen Sprache geschrieben.«

»Es gibt zwei Ausfertigungen, Eure Majestät, eine in der Sprache meines Königs und eine in Spanisch, einer Sprache, die dem Portugiesischen ähnelt.«

»Dann wird Pater Sarmento für uns übersetzen.«

Sarmento trat an das silberne Geländer, nahm mit sichtlichem Abscheu das Dokument entgegen und begann, es schweigend durchzulesen. Langsam wich die Farbe aus seinem Gesicht.

»Welche Nachricht sendet Euer König, Botschafter?«

»Er sendet seine Bewunderung für Eure Majestät, deren Ruhm bis nach Europa gedrungen ist. Und er bietet umfassenden und offenen Handel zwischen unseren Ländern an.«

»Dieses Schreiben ist von niederer Art, Eure Majestät.« Sarmentos Gesicht war rot vor Bestürzung, als er sich Arangbar zuwandte. »Sein Stil ist eines großen Fürsten unwürdig.«

Arangbar maß den Jesuiten mit sorgenschwerem Blick.

»Wenn Eure Majestät gestatten: Dieser Mann ist ein Feind Englands.« Hawksworth deutete auf Sarmento. »Wie kann das Schreiben meines Königs von niederer Art sein, wenn es um die Freundschaft Eurer Majestät ersucht?«

Arangbar schwieg einen Moment, dann lächelte er und sagte: »Eine vernünftige Antwort. Ich sehe, die Engländer lieben ein offenes Wort.« Er musterte Sarmento mit einem Seitenblick. »Außerdem haben wir schon die Seefahrerkunst der Engländer kennengelernt.«

»Eure Worte ehren meinen König.« Wiederum verbeugte sich Hawksworth.

»Wir möchten mehr über England hören. Ist es ein großes Land?«

»Bei weitem nicht so groß wie Indien, Eure Majestät. Es ist eine Insel, die Königin aller Inseln im Westen.«
»Ein felsiger, öder Fleck in den großen Meeren Europas, Eure Majestät«, warf Sarmento ein, um Haltung bemüht, »das Heimatland von betrunkenen Fischern und Piraten. Der König ist ein Ketzer. Er herrscht über gesetzlose Freibeuter und ist ein Feind der Heiligen Kirche.«
»Es ist ein edles Land, Eure Majestät, ein freier König herrscht dort, nicht ein spanischer Tyrann oder ein italienischer Papst wie im Land der Portugiesen. Unsere Kanonen sind die besten der Welt, unsere Schiffe die schnellsten und unsere Männer die tapfersten. Nie würde auf unserem Boden eine fremde Flagge gehißt. Unsere Schiffe haben alle Weltmeere im Osten wie im Westen befahren. Vor Euren eigenen Küsten trafen wir auf portugiesische Galeonen, und bei den westindischen Inseln bekämpften und besiegten wir die Karacken der papistischen Spanier. Die heldenhaften Kapitäne Hawkins und Drake bewährten sich erfolgreich gegen eine zehnfache Übermacht. Schon allein der Name ›England‹ läßt die Herzen der Spanier und Portugiesen vor Furcht erbeben.«
Arangbar bewegte die mit Edelsteinen besetzte Pfeife spielerisch in seiner Hand. »Euer England interessiert uns, Botschafter Khawksworth, und wir möchten wissen, wann Euer König die nächste Fahrt machen läßt.«
»Sehr bald, Eure Majestät.« Hawksworth war in großer Verlegenheit, und er bemerkte, wie Nadir Sharif näher heranrückte, um besser zuhören zu können.
»Euer König wird doch wohl seine Flotte regelmäßig aussenden? Wir haben von den englischen Händlern in unseren südlichen Meeren gehört. Wißt Ihr etwa nicht, wann die nächste Fahrt stattfindet und welche Geschenke Euer König zu schicken gedenkt? Sie werden doch sicherlich noch in diesem Jahr eintreffen?«
»Wenn Eure Majestät gestatten . . .« Hawksworth griff nach dem Geländer und versuchte, Zeit zu gewinnen. »Ich . . .«
Prinz Parwaz zupfte in diesem Moment Arangbar am Ärmel und deutete in die Menge. Ein großer bärtiger Mann, der einen riesigen Turban trug und zwei Schwerter umgeschnallt hatte, war neben Hawksworth an das Geländer getreten. In der Hand hielt er eine Bittschrift.
»Dies ist der Mann, von dem ich gestern sprach.« Parwaz sprach Turki.

Seine Stimme klang undeutlich und Hawksworth sah, daß er angetrunken war. »Ich sagte ihm, er solle seine Bittschrift heute persönlich übergeben. Er hält den Rang von tausend Pferden, und seine Besoldung beträgt achttausend Rupien im Monat. Wie er sagt, hat er ehrenhaft gedient, zum Beispiel bei der Belagerung von Kandahar. Aber jetzt muß er sein *mansab* abgeben, wenn seine Besoldung nicht erhöht wird.«

Arangbar sah den Mann an. »Sag mir deinen Namen und deinen Rang.«

»Ich bin Amanat Mubarik, Eure Majestät. Ich unterhalte tausend Pferde, das feinste arabische Blut in Indien.« Der Mann stand aufrecht und sprach mit klarer, lauter Stimme.

»Entspricht deine Besoldung nicht dem, was für diese Zahl vorgeschrieben ist?«

»Das tut sie, Eure Hoheit, aber ich bin nicht irgendein beliebiger Mann, ich bin Pathane, mein Vater war Fath Schah. Kein Feind Eurer Majestät hat je die Rückseite meines Schildes gesehen. Seine Hoheit, Prinz Parwaz, war Zeuge, als ich vor fünf Jahren auf dem Feldzug gen Süden das königliche Lager verteidigt habe. Mit meinen Reitern habe ich die Stellung gehalten, während alle anderen zum Rückzug rieten. Ich fordere jeden der Anwesenden heraus, hier und in Eurer Gegenwart mit mir zu kämpfen. Ich überlasse ihm die Wahl der Waffe, zu Fuß oder zu Pferde. Dann könnt Ihr entscheiden, ob ich wie jeder andere bin.«

Der Mogul sah ihn lange und aufmerksam an. »Ich werde dir Gelegenheit geben, zu beweisen, daß du nicht wie andere Männer bist.« Arangbar deutete auf die Marmorhallen. »Bist du bereit, gegen den Löwen zu kämpfen?«

Der Pathane sah verständnislos auf den sonnenbeschienenen Platz, wo der gefangene Löwe fauchte und an seinen Ketten riß.

»Ein Löwe ist ein wildes Tier, Eure Majestät. Welche Probe wäre es für einen Mann, gegen einen Löwen zu kämpfen?«

»Ich glaube, es wäre die größte Mutprobe.« Arangbars Augen begannen zu glänzen.

Der Pathane bewegte sich unruhig, als ihm klar wurde, daß Arangbar nicht scherzte. »Ein Tier ist kein geeigneter Gegner für einen Mann.«

»Du wirst mit ihm kämpfen.« Der Gedanke schien Arangbar mit Vergnügen zu erfüllen, und er wandte sich an eine der Wachen. »Gib ihm einen Handschuh und einen Knüppel, das müßte für einen Mann genügen, der von sich behauptet, tapferer als alle anderen zu sein.«

Hawksworth sah mit ungläubigem Staunen, wie man den Pathanen vom *Diwan-i-Am* auf den Platz führte. Ein Raunen der Überraschung ging durch die Menge.

Schnell leerte sich der Platz, als der Löwe von seinen Wärtern herbeigebracht wurde. Noch immer ungläubig streifte der Pathane langsam den Handschuh über die linke Hand und ergriff mit der rechten den Knüppel, der kaum einen halben Meter lang war. Die Wachen nahmen seine Schwerter und seinen Turban. Einige Augenblicke später standen sich der Mann und der Löwe in der heißen Nachmittagssonne gegenüber.

Hawksworth zwang sich, seinen Blick nicht abzuwenden, als der Kampf begann. Es gelang dem Pathanen, den Löwen mehrfach mit dem Knüppel zu treffen, wodurch das Tier allerdings weniger verletzt als nur noch weiter gereizt wurde. Schließlich brüllte der Löwe auf, riß sich von seinen Wärtern los und sprang den Pathanen an. Sekunden später rangen sie miteinander im Staub. Selbst als das Raubtier ihm Arme und Gesicht zerfleischte, hieb der Mann noch mutig auf es ein. Plötzlich gelang es ihm sogar, sich aus der Umklammerung des Tieres zu lösen und mit einer weit ausholenden Bewegung dem Löwen den Knüppel auf den Kopf zu schmettern. Ein krampfhaftes Zucken durchlief die Hinterbeine des Tieres, dann stürzte es auf die blutdurchtränkte Erde.

Die Menge applaudierte stürmisch, als der Pathane sich langsam aufrichtete, und Hawksworth sah, daß die scharfen Krallen seine rechte Gesichtshälfte zerfetzt hatten. Der Pathane machte einige Schritte auf den *Diwan-i-Am* zu, drehte sich dann, taumelte und brach in einer Blutlache zusammen. Als die Wachen ihn erreichten, war er bereits tot.

Arangbar hatte dem Schauspiel verzückt zugesehen. Jetzt klatschte er in die Hände und wandte sich Prinz Parwaz zu, dessen glasige Augen den Vorgängen nicht hatten folgen können. »Erstaunlich. Noch nie habe ich einen Mann gesehen, der, nur mit einem Knüppel bewaffnet, einen Löwen tötet. Er war noch mutiger, als er glaubte. Wenn er Söhne hat, soll es ihnen gestattet sein, die Hälfte des Besitztums zu behalten.« Arangbar wandte sich an den Hauptmann der Garde. »Wählt morgen zehn unserer Männer aus. Wir werden mehr Löwen herbringen lassen. Welch bessere Mutprobe könnte es geben?«

Die uniformierten Männer, die in strammer Haltung den *Diwan-i-Am* umstanden, waren blaß geworden, aber ihre Augen blickten starr geradeaus. Plötzlich erinnerte sich Arangbar an Hawksworth.

»Hat England Männer, die so tapfer sind wie die unseren?«

Hawksworth fühlte kalten Schweiß an seinen Handflächen. »Kein Mann in England würde es wagen, einen Löwen Eurer Majestät herauszufordern.«

Arangbar lachte laut. Bevor er antworten konnte, flüsterte ihm der Wesir etwas ins Ohr. Der Mogul warf einen Blick auf das Marmorgitter hinter seinem Thron und nickte. Dann wandte er sich wieder an Hawksworth. »Man ruft mich, Botschafter. Wie man mir sagt, muß ich meine Nachmittagsruhe halten. Um diese Tageszeit ziehe ich mich für ein *pahar* in die *zenana* zurück.«

Er blinzelte. »Ihre Majestät, die Königin, bestimmt über meine Zeit. Aber ich möchte mich mit Euch weiter über Eure Insel unterhalten. Und über die Handelspläne Eures Königs. Kommt heute abend zum *Diwan-i-Khas*.«

»Wie es Eurer Majestät beliebt.«

Als Arangbar sich erhob, fiel sein Blick erneut auf das Gemälde. Er nahm es in die Hand, musterte es und fragte Hawksworth: »Ist dies ein gutes Beispiel für die englische Malerei?«

»Es kommt aus der Schule eines gefeierten Künstlers, Eure Majestät. Seine Majestät, König James, ließ sich eigens für Euch malen.« Hawksworth spürte, daß das Bild Arangbar mehr fesselte als alle anderen Geschenke, der Dreispitz möglicherweise ausgenommen. »Die Maler Englands sind die besten der Welt.«

Der Mogul rief einen kleinen, drahtigen Mann mit buschigen Augenbrauen zu sich und reichte ihm das Bild. Gemeinsam betrachteten sie es und unterhielten sich dabei leise auf Persisch. Dann sagte Arangbar an Hawksworth: »In diesem Palast gibt es eine Künstlerschule, Botschafter Khawsworth. Der Leiter dieser Schule sagt, daß der Hintergrund des Bildes zu dunkel ist und daß die Augen leblos sind. Weder ist es Dreiviertelprofil, noch zeigt es das Gesicht von vorn, wie es unserer Tradition entspricht. Daher vermittelt es keinen Eindruck von dem Charakter Eures Königs.« Arangbar lächelte. »Außerdem sagt er, daß er und seine Männer wesentlich schwierigere Porträts anfertigen. Sie erfassen die Seele eines Menschen, nicht nur sein äußeres Erscheinungsbild.«

»Wenn Eure Majestät gestatten – ich kann seinen Worten nicht zustimmen.«

Arangbar übersetzte seine Antwort für den Künstler, der Hawksworth mit einem schnellen, verachtungsvollen Blick streifte und eilig auf Persisch antwortete.
»Er sagt, er kann dieses einfache Porträt Eures Königs so kopieren, daß nicht einmal Ihr die Kopie vom Original unterscheiden könnt.«
»Das ist unmöglich, Eure Majestät. Kein Mensch auf der Welt kann dieses Gemälde genau wiedergeben. Nur der Künstler, der es geschaffen hat.«
Wieder übersetzte Arangbar, und der Maler antwortete lebhaft. »Mein Erster Maler sagt, daß es in seiner Schule ein leichtes sei, *vier* Kopien von diesem Bild herzustellen. Und *keine* dieser Kopien sei vom Original zu unterscheiden.«
»Nein, das ist unmöglich. Die europäische Malerei hat eine jahrhundertealte Tradition. Sie zu erlernen erfordert ein jahrelanges Studium.«
Die Umstehenden wurden unruhig. Niemand durfte dem Mogul widersprechen. Arangbar jedoch schien der Wortwechsel zu gefallen. »Ich wette, daß ich aus Eurem einen Bild fünf mache! Wie hoch ist Euer Einsatz?«
»Ich wüßte nicht, worum ich gegen einen Fürsten wie Euch wetten sollte, noch steht es mir zu, Eurer Majestät eine Summe vorzuschlagen.« Hawksworth hatte keine Ahnung, was das Protokoll für ›Wetten mit einem König‹ vorschrieb.
»Gut, wenn Ihr nicht mit mir wetten wollt, so wettet mit meinem Maler.«
»Wenn Eure Majestät gütigst verzeihen wollen, es ist für Euren Maler genauso unpassend, mit einem Botschafter zu wetten, wie es für mich unpassend ist, mit Euch zu wetten.«
»Dann wettet mit meinem Ersten Minister.«
Er wandte sich an Nadir Sharif: »Was setzt Ihr?«
»Fünftausend Gold-*mohur*, Eure Majestät.« Hawksworth schluckte, als ihm klar wurde, daß es sich hierbei um zehntausend englische Pfund handelte und daß dies mehr Geld war, als er je gesehen hatte.
»Bei ehrenhaften Wetten zwischen denen, die für große Fürsten sprechen, kann es nicht um Geld gehen, Eure Majestät.« Hawksworth sah sich verzweifelt um, dann kam ihm eine Idee. »Vielleicht könnte ich mit Eurem Ersten Minister um ein Pferd wetten, um einen edlen Araberhengst.«

»So sei es.« Arangbar strahlte. »Heute abend liegen mir die Bilder vor.« Der Maler sah Arangbar bestürzt an. »Eure Majestät, das ist unmöglich. Die Zeit reicht nicht.«

»Ihr werdet es möglich machen, oder Ihr schuldet Nadir Sharif ein Pferd.«

Arangbar gab dem Maler das Bild und wandte sich mit einer schwungvollen Bewegung zum Gehen. Um Hawksworth herum verneigten sich die Edlen bis zum Boden.

Hawksworth' Blick überflog die Menge, aber Vasant Rao war verschwunden. Wachen umringten ihn, und bevor er wußte, wie ihm geschah, wurde er an Sarmento vorbeigeführt, dessen Augen noch immer vor Haß glühten, und zu einer Marmortür am Rande des *Diwan-i-Am* gebracht.

17

»Botschafter Hawksworth, Seine Majestät hat mich beauftragt, dafür zu sorgen, daß es Euch an nichts fehlt.« Nadir Sharif stand auf dem breien Marmorbalkon, als Hawksworth die Treppe heraufkam, die vom *Diwan-i-Am* in den inneren Palasthof führte, und begrüßte ihn mit wohleinstudierter Würde.

»Als Erster Minister Seiner Majestät ist es mir Aufgabe und Vergnügen, für Eure Bequemlichkeit zu sorgen und Euch mit unserem Protokoll bekannt zu machen.«

»Ich danke Euch im Namen Seiner Majestät, König James.« Ungeschickt versuchte Hawksworth, den *salaam* zu erwidern, wobei er sorgfältig darauf achtete, sich nicht ganz so tief zu verbeugen wie Nadir Sharif.

»Gestattet mir, daß ich damit beginne, Euch mit dem Palast vertraut zu machen.«

Er wies auf den offenen Hof, in dem Scharen von Arbeitern damit beschäftigt waren, Marmorbrunnen zu errichten und den umlaufenden Balkon im ersten Stock fertigzustellen.

»An den Ständen dort unten bieten gewöhnlich Händlerinnen den Frauen aus der *zenana* Tand zum Verkauf an. Jetzt trifft man dort Vorbereitungen für die Feierlichkeiten zum Geburtstag Seiner Majestät.

Und dort drüben . . .« Er deutete auf einen schweren Seidenbaldachin, der einen offenen Pavillon bedeckte, ». . . dort drüben liegt der *Diwan-i-Khas*, wo Seine Majestät die abendlichen Versammlungen abhält. Zur Linken liegen die Bäder Seiner Majestät und zur Rechten ragt der Jasminturm von Königin Dschanahara über den Fluß. Und nun folgt mir bitte. Der Mogul hat Euch die Ehre erwiesen, zu gestatten, daß Ihr ihn im *Diwan-i-Khas* erwarten dürft. Außer den Jesuiten, die er manchmal dorthin einlädt, um sie mit den Mullahs disputieren zu lassen, hat noch kein *feringhi* diese Stätte betreten.«

Die marmornen Säulengänge waren über und über mit Reliefs geschmückt; Blumen und Weinreben schufen einen einfarbigen Garten aus Stein. Reiche Muster verzierten den Marmorboden, und an den Wänden hingen Gobelins. Der Boden des *Diwan-i-Khas* war mit einem riesigen Perserteppich bedeckt, auf dem verstreut Polster und Ruhekissen lagen. Auf der Hofseite befanden sich eine weiße und – gegenüber einer Galerie, von der aus man sowohl die Arena als auch den Jamuna überblicken konnte – eine schwarze Marmorplattform. Beide waren mit dicken Teppichen belegt.

»Abends benutzt Seine Majestät den weißen Thron und nachmittags, wenn er den Elefantenkämpfen zusieht, den schwarzen. Diese Tür führt zu den Gemächern Ihrer Majestät.«

»Wo ist Seine Majestät jetzt?«

»Er hat sich für ein *pahar* in die *zenana* zurückgezogen. Dort ißt er gebratenes Fleisch, trinkt ein oder zwei Becher Wein und genießt ein paar angenehme Stunden. Ihre Majestät, die Königin, sucht dem Mogul für jeden Nachmittag eine Frau aus.« Nadir Sharif lächelte. »Natürlich stets eine andere. Der erste Platz in seinem Herzen gehört ihr, und sie würde es niemals zulassen, daß seine tieferen Empfindungen andere Wege gehen . . . Danach kommt er stets hierher zu den Abendversammlungen.« Nadir Sharif ging zur Galerie und sah auf den Fluß. Weit unten auf dem gegenüberliegenden Ufer zog eine Karawane mit schwer beladenen Kamelen vorbei.

»Übrigens, Seine Majestät hat mich beauftragt, zu erkunden, ob Ihr bereits Unterkunft gefunden habt.«

»Ich habe Referenzen und werde mich morgen an die Makler wenden.«

»Und persönliche Diener?«

»Ich hoffe, sie zusammen mit dem Haus erwerben zu können.«

»Es mag sich fügen, daß Seine Majestät selbst Euch eine Unterkunft besorgen möchte. In Agra müssen Botschafter bei der Beschaffung von Unterkünften und Dienern Sorgfalt walten lassen. Bedauerlicherweise gibt es in unserer Stadt ein nicht geringes Maß an Rankünе, und es ist nicht leicht, vertrauenswürdige und tüchtige Diener zu finden. Vielleicht sollte ich Seiner Majestät das Problem vorlegen.«

»Es besteht kein Anlaß, Seine Majestät damit zu belästigen. Morgen wende ich mich an die Makler.« Hawksworth' Stimme war ruhig, aber fest. Die Diener, die sie für mich aussuchen, werden samt und sonders Spione sein, argwöhnte er. Und wenn sie dann tatsächlich ›vertrauenswürdig und tüchtig‹ sind anstatt faul und mißgünstig, dann ist das der beste Beweis für meine Vermutung.

Nadir Sharif überhörte den Widerspruch. »Seine Majestät wird sich dieser Angelegenheit annehmen«, sagte er, und sein Blick folgte einem Eunuchen, der mit einem Tablett den Raum betrat, auf dem eine Karaffe mit *sharbat* und zwei Gläser standen. Dem Eunuchen auf dem Fuße folgte ein *sarangi*-Spieler, der sich sogleich in einer Ecke niederließ und auf einem Instrument, das an eine aufgedunsene Geige erinnerte, eine klagende Weise anstimmte, die für Hawksworth' Ohren wie das Gejammer einer traurigen Katze klang.

»Botschafter, habt Ihr Euch schon um einen Agenten bemüht?«

Nadir Sharif ließ Hawksworth das Tablett reichen.

»Wie meint Ihr das?«

»Wenn Euer König Warenhandel in großem Umfang treiben will, so wird er hier in Agra einen Agenten benötigen. Zum Beispiel, um sicherzustellen, daß alle Dokumente und Bewilligungen pünktlich und sachgerecht bearbeitet werden.« Nadir Sharif seufzte. »Es ist nicht verwunderlich, daß unsere Beamten lieber mit jemandem zusammenarbeiten, der ihre . . . ihre Bedürfnisse kennt. Ein Agent wird daher unerläßlich sein, wenn Euer König ernsthaft ins Geschäft kommen will. Und ich nehme an, dies ist seine Absicht, falls Seine Majestät dem *firman* zustimmt.«

Hawksworth musterte Nadir Sharif und fragte sich, ob der Erste Minister mit diesen Worten seine Bereitschaft ausdrücken wollte, *selbst* Agent für König James zu werden. Oder erhoffte er sich nur genauere Auskünfte über die englischen Handelspläne, um sie an die Portugiesen weiterzugeben?

»Ich werde mich um einen Agenten bemühen, wenn die Zeit dafür gekommen ist. Noch haben wir den *firman* nicht.« Plötzlich kam ihm ein Gedanke. »Gehe ich fehl in der Annahme, daß schon zur Erreichung dieses ersten Ziels ein ›Agent‹ erforderlich ist?«

»Es könnte sich als nutzbringend erweisen. Seine Majestät ist manchmal höchst vergeßlich.«

»Und wie hoch wäre die Entlohnung für einen solchen Agenten?«

»Das hängt von den Schwierigkeiten ab, auf die er stößt.« Nadir Sharifs Gesicht bliebt unbewegt.

»Ich würde sagen, es hängt auch davon ab, wie erfolgreich er ist.«

»Ganz recht. Er müßte jedoch genauere Informationen über die englischen Handelspläne haben. Mehr jedenfalls, als Ihr bis jetzt habt verlauten lassen.«

»Alles zu seiner Zeit. Erst muß ich mehr über den ›Agenten‹ wissen.«

»Natürlich.« Nadir Sharif räusperte sich. »Aber nun genug von den Geschäften! Gestattet mir, auf Eure Ankunft zu trinken. Als Eure Bitte um eine Reiseerlaubnis eintraf, fragten wir uns alle, ob es einem *feringhi,* der noch nie in Indien gewesen ist, gelingen könnte, die lange Reise über unsere von Banditen belagerten Straßen heil zu überstehen. Selbst ein Schutzbrief des Moguls bietet mitunter keinen ausreichenden Schutz.« Er nippte an seinem Glas. »Ich hoffe, Eure Reise verlief störungsfrei?«

»Größtenteils.«

»Eine diplomatische Antwort. Auf jeden Fall habt Ihr sie gesund überstanden. Habt Ihr die Strecke über Burhanpur genommen?«

»Ja.«

»Ach, dann seid Ihr vielleicht Prinz Dschadar begegnet. Ich hörte, er war kürzlich erst dort.« Nadir Sharif lächelte entwaffnend. »Ich freue mich immer, von ihm zu hören. Ihr müßt wissen, daß er mit Mumtaz, meiner ältesten Tochter, verheiratet ist. Sie hat ihm vor kurzem den ersten Sohn geschenkt.«

»Er war in Burhanpur, als ich eintraf. Aber ich habe mich nur drei Tage dort aufgehalten.«

»Keine sehr interessante Stadt, wie mir gesagt wurde. Aber man sagt auch, daß der Dekkan zur Erntezeit sehr schön sein soll. Ich beneide Euch um Eure Reisen. Leider kann ich selbst Agra kaum je verlassen, nur im Hochsommer, wenn Seine Majestät nach Kaschmir reist.« Nadir

Sharif winkte dem Eunuchen, Hawksworth' Glas aufzufüllen. Zu dem *sarangi*-Spieler hatte sich ein Trommler gesellt, der einen langsamen gleichförmigen Rhythmus anstimmte. »Habe ich Euch richtig verstanden? Ihr habt den Prinzen Dschadar getroffen?«
Hawksworth zögerte mit der Antwort. Er erinnerte sich nicht, dergleichen gesagt zu haben. »Ja, ich habe ihn einmal kurz gesehen. Er hielt sich in der Festung auf, in der ich wohnte.«
»Ach ja, die Festung. In Anbetracht der gegenwärtigen Lage war es klug von Euch, dort Station zu machen. Ich freue mich, daß er Euch einlud, bei ihm zu wohnen.«
»Der Zufall wollte es, daß ich mit Männern seiner Garde von Surat nach Burhanpur reisen konnte. Ihr Ziel war die Festung.«
»Seine Garde? In der Tat, das war ein großes Glück für Euch.« Nadir Sharif schien einen Augenblick gedankenverloren der Melodie zu lauschen. »Wenn es um Fragen der Kriegführung geht, bin ich meist recht unbedarft. Was könnten Männer seiner Garde in Surat gewollt haben?«
Hawksworth spürte eine innere Stimme, die ihn warnte. »Ich glaube, sie begleiteten eine Karawane. Als Eskorte.«
»Eine Karawane? Von Surat nach Burhanpur? Eigenartig! Aber, wie gesagt, ich verstehe nichts von solchen Dingen. Was beförderten sie denn?« Nadir Sharif lachte freundlich. »Wahrscheinlich Fässer mit persischem Wein für den Prinzen.«
»Soviel ich weiß, handelte es sich um Blei für Geschosse.«
Nadir Sharif warf Hawksworth einen schnellen, sorgenvollen Blick zu. »Ich verstehe. Blei kann nur unter Bewachung transportiert werden. Aber es ist bekannt, daß Prinz Dschadars Radschputen Musketen verachten. Die Zahl der Ochsenkarren dürfte daher recht klein gewesen sein.«
»Ich erinnere mich nicht an die genaue Zahl der Wagen.«
»Das ist nur allzu verständlich, auch mich verwirren Zahlen. Es werden wohl so an die zwanzig gewesen sein? Und gewiß nicht mehr als fünfzig?«
»Ich habe die genaue Zahl nie festgestellt.«
»Also doch so viele, daß man sie nicht auf einen Blick zählen konnte? Ich verstehe.«
Nadir Sharif ging wieder an die Galerie und verharrte dort schweigend. Noch immer bewegte er seinen Kopf gedankenverloren im Takt der

Musik. Fragmente, die er bislang nicht zueinander in Bezug zu setzen vermocht hatte, formten sich in seinem Gehirn zu einem einheitlichen Bild. Das Rätsel war gelöst.

So also hat Dschadar es bewerkstelligt! Und in ganz Surat gibt es nur einen Mann, der ihn mit dem notwendigen Silber versorgt haben kann – Mirza Nuruddin, diesen verabscheuungswürdigen Sohn eines Geldverleihers . . . Doch selbst wenn der Prinz lebend aus dem Dekkan herauskommt, was kann er tun? Die kaiserliche Armee . . .

Bei Allah, alles ist eindeutig! Es gibt für ihn nur eine Möglichkeit, wenn er nach Norden marschieren und Dschanaharas Armee mit einer ausreichenden Zahl von Soldaten entgegentreten will . . . Bei der Gnade des Propheten, der Mann ist wahnsinnig!

Nadir Sharif hüstelte und wandte sich wieder dem Zimmer zu. »Botschafter Hawksworth, möchtet Ihr noch ein wenig Wein? Ihr braucht Euch nicht zu genieren, Seine Majestät hegt große Bewunderung für trinkfeste Männer. Ich würde mich Euch gern anschließen, aber bedauerlicherweise ist es mir versagt. Während Majestät ruht, geht für uns die Arbeit weiter.«

»Ich sage nicht nein zu einem Glas.«

»Ein Glas, Botschafter? Sagtet Ihr ›ein Glas‹?« Nadir Sharif lachte. »Es wird nicht bei einem Glas bleiben, wenn Ihr mit Seiner Majestät trinkt . . . Ich werde Euch die Diener schicken.« Am Eingang verbeugte er sich erneut.

»Sobald es mir möglich ist, werde ich mich Euch wieder zugesellen. Falls Ihr in der Zwischenzeit irgendwelche Wünsche haben solltet, ruft nach den Eunuchen.«

Er drehte sich um und ging. Sekunden später erschienen zwei Diener und stellten lächelnd einen mit Wein gefüllten Kelch neben Hawksworth' Polster.

»Es ist unglaublich!« Königin Dschanahara ließ sich auf einen samtbespannten Diwan sinken und nahm zerstreut ein gerolltes Betelblatt von einem Silbertablett, das ihr von einem flatterhaften Eunuchen dargeboten wurde. Hinter ihr stand eine Sklavin aus der *zenana* und fächerte ihr mit Pfauenfedern Kühlung zu. Während sie sprach, streifte die Königin sich ein mit Goldfäden durchwirktes Tuch vom Kopf und enthüllte enganliegendes, glänzend schwarzes Haar, das durch ein goldenes Band gehalten wurde. Der einzige Schmuck, den sie trug, war ein Diamantenhalsband mit einem großen, blauen Saphir, der zu der Farbe ihrer Augen paßte. Dschanahara ging auf die Fünfzig zu, und ihre Schönheit hatte sich im Laufe der Jahre mit eindrucksvoller Würde gepaart. Ihr Gesicht war streng und statuenhaft, und ihr Persisch gleichermaßen elegant wie wohltönend.

»Noch immer marschiert er gen Süden. Mir scheint, er genießt das Leben im Feldlager, umgeben von Schmutz, Schlamm und Radschputen. Wie lange noch wird er so weitermachen können?«

»Seid versichert, dieses Mal rennt der Prinz in sein eigenes Verderben.«

Nadir Sharif nahm ein Betelblatt vom Tablett und rollte es zwischen Daumen und Mittelfinger. Er war beunruhigt und fragte sich, warum er zu ihr in den Jasminturm bestellt worden war, kaum daß er den *feringhi* verlassen hatte. Gemeinhin schätzte er es, bei ihr zu sein und gemeinsam mit ihr von der mit Teppichen belegten Terrasse aus den Blick auf den breiten Jamuna zu genießen. Da er ihr Bruder und Erster Minister war, galten seine Besuche in ihren Gemächern nicht als unschicklich.

»Der Feldzug im Dekkan wird alles verändern, Eure Majestät. Es ist undenkbar, daß er endet wie der letzte, als Malik Ambar aus Furcht die Waffen streckte. Ganz sicherlich ahnt der Abessinier, daß Dschadar völlig alleine steht.«

Königin Dschanahara hörte ihm nicht länger zu. Ihre Gedanken verweilten bei den beiden Überraschungen, die dieser Tag bisher gebracht hatte. Die erste war gewesen, daß Nadir Sharif bei ihrem historischen Auftreten auf dem *darshan* gefehlt hatte – vorausgesetzt, er war mit Absicht ferngeblieben.

Nadir Sharif, mein eigener Bruder. Schwankt er? Oder versucht er nur den Preis zu erhöhen? Und wenn, warum? War etwas mit Dschadar geschehen? Der Marsch nach Süden hätte ihm den Rest geben sollen. Die *mansabdars* und die Truppen südlich der Narbada waren erledigt, aber irgendwie war es Dschadar dennoch gelungen, seine Reiterei wieder auf den Stand zu bringen, der eine Weiterführung des Feldzuges erlaubte. Was hatte er vor?

Diese Frage erinnerte sie an das zweite Problem des heutigen Tages. Der Engländer.

Im Gegensatz zu Arangbar wußte sie, daß der Engländer Dschadar getroffen hatte. Warum aber hatte Dschadar dieses Treffen gesucht? Der

Prinz mußte wissen, daß sie und Nadir Sharif die volle Unterstützung des Vizekönigs von Goa hatten. Wußte er etwa auch, daß der Vizekönig sogar angeboten hatte, den Dekkan heimlich zu bewaffnen, ein Vorschlag, über den sie gegenwärtig noch Verhandlungen führte?
Was hatte es mit dem Engländer auf sich? Was hatte dieser Brief zu bedeuten, was die Begegnung mit Dschadar? Bei seinem Erscheinen auf dem *durbar* hatte sie ihn durch das Gitter genau beobachtet und dann sofort eine persische Übersetzung des Briefes anfertigen lassen. Der Inhalt hatte sie bestürzt: Zwar ersuchte der englische König in der Tat nur um einen *firman*. Aber wer konnte wissen, wie stark die Seemacht war, die dahinterstand? Sie wußte, daß Dschadar die Christen verachtete. Er würde keine Skrupel haben, sie gegeneinander auszuspielen. Was geschieht, wenn Dschadar die englische Seemacht in die bevorstehenden Kämpfe hineinziehen würde und es ihm auf irgendeine Weise gelänge, den Einfluß der Portugiesen auszuschalten? Hinzu kam, daß das ungehobelte Benehmen des Engländers den Mogul zu amüsieren schien. Es war zum Verrücktwerden!
»Warum hat Seine Majestät den *feringhi* heute zum *Diwan-i-Khas* eingeladen?«
»Geschätzte Schwester, Ihr wohntet dem *durbar* bei und kennt die Launen Seiner Majestät weitaus besser als ich. Vielleicht fasziniert ihn die Vorstellung, daß der *feringhi* dieses barbarische Türkisch spricht. Für Seine Majestät bedeutet der *feringhi* doch kaum mehr als ein neues Spielzeug, ein neuer Hund oder ein neues Pferd. Er wird sein Vergnügen mit ihm haben, ihn mit Versprechungen ködern und abwarten, ob noch mehr Geschenke kommen. Er verhielt sich allen Botschaftern gegenüber so, das wißt Ihr.«
»Dieser ist anders. Habt Ihr gesehen, wie er sich weigert, den *teslim* auszuführen? Mir scheint, Seine Majestät ist von ihm beeindruckt. Ich fürchte für Indien, wenn England jemals hier Einfluß gewinnen sollte. Was, glaubt Ihr, würde geschehen, wenn die Engländer die Portugiesen herausfordern und eines Tages den Hafen von Surat blockieren?« Sie hielt inne und sah ihren Bruder aufmerksam an. »Könnte es sein, daß es hierzulande schon jetzt Leute gibt, die so viel Angst haben, daß sie dem Engländer Freundschaft vorheucheln?«
»Wer könnte diese Frage beantworten?«
Nadir Sharif ging zu dem weißen Marmorgeländer und sah hinüber zur

Festung, wo die Wasser des Jamuna träge gegen die dicken, roten Mauern schlappten. Er dachte an seine Tauben, den morgendlichen *darshan* und an Dschanaharas beispielloses Auftreten. Der Engländer, liebe Schwester, ist kein Problem. Er ist schon gezähmt. *Du* bist jetzt das Problem, du und deine neuerworbene Macht. Wenn du jedoch den harmlosen *feringhi* mehr fürchtest als mich, dann habe ich endlich einen Weg gefunden, auch dich zu beherrschen. Endlich!
»Heute abend werde ich mit dem *feringhi* trinken. Vielleicht erfahren wir dabei etwas, was uns nützen kann. Wenn ein Mann ein Glas in der Hand hält, sagt er manchmal Dinge, die er beim *durbar* nicht sagen würde. Ich glaube, daß auch Seine Majestät sich Gedanken über die Absichten des englischen Königs macht.«
Dschanahara kaute schweigend Betel und sah ihn an. Sie wußte, daß er am Morgen den Radschputen empfangen hatte, von dem der *feringhi* in die Stadt gebracht worden war, und sie fragte sich, was ihn dazu bewogen haben mochte. Wie dem auch sei, Nadir Sharif würde niemals so töricht sein, sich mit Dschadar zu verbinden. Er war kein Spieler.
»Man muß den *feringhi* genau beobachten. Tragt dafür Sorge. Wir müssen wissen, was er tut und was er denkt. Versteht Ihr?«
»Hören ist gehorchen.« Nadir Sharif verbeugte sich leicht.
»Und morgen werdet Ihr beim *darshan* anwesend sein . . .«
»Eure Majestät, hätte ich gewußt . . .«
»Vater hat Euch zum Ersten Minister gemacht. Ihr könnt diese Stellung ebenso schnell wieder verlieren.«
»Eure Majestät.« Nadir Sharif verbeugte sich und warf mit einer fast unsichtbaren Bewegung das gerollte Betelblatt über das Geländer in die dunklen Wasser des Jamuna.

Hawksworth trank einen Schluck. Es war bereits das dritte Glas Wein. Er beobachtete, wie die Musikanten begannen, ihre Instrumente zu stimmen. Um ihn herum versammelten sich die engeren Vertrauten Arangbars und gaben ihm Gelegenheit, die Abendkleidung, die man in Agra trug, zu bewundern. Seidene Turbane, besetzt mit Rubinen und Saphiren; Diamantohrringe, gold- und silberverzierte Schwerter, Perlenketten, Umhänge aus schwerem Brokat, Samtpantoffel. Augen, die keine Sorgen kannten und aufgedunsene Wangen, die von zu viel Speisen, Getränken und Sinnlichkeit zeugten, umgaben ihn.

Dies war das Märchenland, von dem ihm Symmes erzählt hatte, an jenem bitterkalten Tag vor langer Zeit in den Räumen der Levante-Kompanie. Wer, außer einem papistischen Mönch, vermochte den weltlichen Versuchungen dieses Hofes zu widerstehen?

Dann fiel ihm wieder der tapfere Pathane ein, der an diesem Nachmittag von einem Löwen zerrissen worden war. Und alle Edelleute hatten zugesehen, nicht eine einzige Stimme des Protestes hatte sich erhoben. Auf ein Zeichen des Eunuchen, der am Eingang stand, ließen die Trommler einen Wirbel ertönen, und der Sitarspieler stimmte eine kriegerische Melodie an. Der Brokatvorhang vor dem Marmorbogen am hinteren Ende des Raums wurde beiseite gezogen, und Arangbar trat ein. Alle Höflinge verbeugten sich im *teslim* und legten die Hände an die Stirn.

Auch Arangbar trug jetzt ein Abendgewand: einen dunklen, über und über mit Juwelen besetzten Samtturbarn, einen durchsichtigen Rock über engen, gemusterten Beinkleidern und einen Gürtel aus Goldbrokat. Er klatschte vor Vergnügen in die Hände, als er Hawksworth mit einem Glas Wein in der Hand erblickte.

»Der Botschafter hat bereits unseren persischen Wein probiert! Wie findet Ihr ihn, Botschafter . . . Khwa . . .?« Er geriet ins Stocken. »Wartet, zuerst müssen wir einen neuen Namen für Euch finden. Ich werde Euch von nun an ›Engländer‹ nennen. Habe ich es richtig ausgesprochen?«

»Perfekt, Eure Majestät. Und wenn Ihr gestattet, der Wein ist hervorragend, obgleich er nicht ganz so süß ist wie die Weine Europas.«

»Alle *feringhis* sagen das gleiche, Engländer, aber wir werden Euch schon noch Kultur beibringen. Außerdem werden wir Euch einiges über die Malerei lehren.« Er nahm ein Glas von einem Eunuchen in Empfang und rief dann dem gerade eintretenden Nadir Sharif zu: »Wo sind meine fünf Bilder?«

»Man sagt, sie werden fertig sein, bevor Eure Majestät sich zurückzieht. Die Maler sind noch an der Arbeit.«

»Das höre ich nicht gern, aber meine Wette ist es nicht.« Arangbar lachte schallend. »In Euren Ställen wird morgen früh ein Hengst weniger stehen, wenn Ihr Euch nicht darum kümmert, daß die Bilder fertig werden. Also seht zu!«

Während Nadir Sharif sich verbeugte, wandte Arangbar sich an Hawks-

worth: »Erzählt mir etwas von Eurem König. Wie viele Frauen hat er? Wir haben Hunderte.«
»Er hat nur eine, Eure Majestät, und sie ist nur zum Vorzeigen. König James bevorzugt die Gesellschaft junger Männer.«
»Wie die meisen Christen, die ich getroffen habe. Und Ihr, Engländer, habt Ihr Frauen?« Arangbar hatte seine erstes Glas geleert und nahm ein zweites.
»Ich habe keine, Eure Majestät.«
»Ihr seht mir nicht aus wie ein Jesuit oder ein Eunuch.«
»Ich bin weder das eine noch das andere, Eure Majestät.«
»Dann werden wir eine Frau für Euch suchen, Engländer.« Der Mogul nahm eine Opiumkugel und spülte sie mit Wein hinunter. »Nein, zwei. Wir werden zwei Frauen für Euch suchen. Ihr sollt gut beweibt sein.«
»Wenn Eure Majestät gestatten, ich habe nicht die Mittel, für eine Frau zu sorgen. Ich bleibe nur kurze Zeit hier.« Hawksworth war unbehaglich zumute.
»Engländer, Ihr werdet Agra erst verlassen, wenn es uns gefällt. Aber wenn Ihr schon keine Frau wollt, so müßt Ihr doch zumindest ein Haus haben.«
»Ich bin auf der Suche danach, Eure Majestät.«
Arangbar sah Hawksworth durchdringend an und fuhr dann fort, als hätte er die Worte nicht gehört. »Erzählt mir mehr von Eurem König! Wir möchten wissen, was er für ein Mensch ist.«
Hawksworth verneigte sich und versuchte, Klarheit in seine Gedanken zu bekommen. Der Wein begann bereits seine Sinne zu vernebeln. Obwohl nahezu alles, was er über König James wußte, auf Gerüchten beruhte, war ihm klar, daß ihm der neue Herrscher Englands nicht sonderlich sympathisch war. Alle Engländer fühlten wie er, am meisten aber die arbeitslosen Seeleute. James war kein Herrscher vom Format einer Elisabeth.
»Er ist von mittlerer Größe, Eure Majestät, und, obwohl es so scheint, nicht eigentlich dick. Er trägt allerdings immer ein gefüttertes Wams, das ihn vor Dolchstößen schützen soll.«
Arangbar gab sich überrascht. »Ist er nicht sicher? Hat er keine Wachen?«
»Er ist ein vorsichtiger Mann, Eure Majestät, ganz wie es einem Herrscher geziemt.«

Und ein Feigling dazu, wenn man dem glauben darf, was man sich in den Straßen Londons erzählt. Allgemein gilt er als ein Schwächling. Seine Beine sind so dünn, daß er beim Gehen gestützt werden muß.

»Trägt Euer König viele Juwelen, Engländer?«

»Natürlich, Eure Majestät.«

Hawksworth trank einen Schluck Wein und hoffte, seine Lüge würde unbemerkt bleiben. In Wirklichkeit wechselte König James seine Kleider erst dann, wenn sie ihm als Lumpen vom Leibe fielen. Seinen Stil änderte er nie. Man erzählte sich, er habe eines Tages einen Hut nach spanischer Mode bekommen, denselben jedoch weggeworfen und dabei laut geflucht, er wolle weder mit den Spaniern noch mit ihrer Mode etwas zu tun haben.

»Ist Euer König ein großzügiger Mensch, Botschafter? Wir werden von unseren Untertanen geliebt, weil wir ihnen von unserem Reichtum abgeben. In den Straßen Agras werden an den heiligen Tagen Körbe voll Silber ausgeleert.«

»Auch König James ist freigebig, Eure Majestät.«

Vor allem mit dem Geld anderer. Er würde sich bereitwillig von hundert Pfund trennen, die ihm nicht gehören, aber niemals von eigenen zehn Schilling. Und man sagt, er gebe lieber Hunderttausende für ausländische Botschaften aus und kaufe sich eher den Frieden mit Bestechungsgeldern, als daß er bereit wäre, mit zehntausend Pfund eine Armee aufzustellen, die ihm einen ehrenhaften Frieden verschaffen könnte.

»Er ist ein Mensch unter Menschen, geehrt und geliebt von allen seinen Untertanen.«

»Gerade so wie wir, Botschafter.« Arangbar nahm eine weitere Opiumkugel und spülte sie mit seinem dritten Glas Wein hinunter. »Sagt mir, trinkt Euer König?«

»Man sagt, er trinkt mehr aus Gewohnheit als aus Vergnügen, wie es heißt. Er liebt starke Getränke – Frontiniak, Kanarischen Wein, Tentwein, Schottisches Bier – trinkt jedoch, wie man sagt, vor allem immer nur ein paar Tropfen.«

»Dann könnte er niemals mit dem indischen Mogul trinken. Wir trinken zwanzig Kelche Wein pro Nacht und nehmen dazu zwölf Opiumkugeln.« Arangbar schwieg und ließ sich ein weiteres Glas reichen. Als er wieder sprach, begann seine Stimme leicht undeutlich zu werden. »Aber vielleicht kann Euer König Handel mit mir treiben.

Wann werden die Schiffe seiner nächsten Expedition eintreffen? Und wieviel Fregatten Eures Königs werden alljährlich unsere Häfen anlaufen, wenn wir ihm den gewünschten *firman* gewähren?«
Aus dem Augenwinkel sah Hawksworth, daß Nadir Sharif nun näher an ihn heranrückte. Der Erste Minister nippte an einem Glas. Die Höflinge um sie herum hatten dem Alkohol zur unverkennbaren Freude Arangbars bereits kräftig zugesprochen.
Er wird nicht ein einziges Glas leeren, wenn ich mich nicht sehr täusche, dachte Hawksworth. Nadir Sharif wird stocknüchtern bleiben, während der Raum um ihn herum in Weinseligkeit versinkt. Und alle werden viel zu betrunken sein, es zu bemerken.
»Eines Tages, Eure Majestät, wird König James eine Armada von Fregatten schicken. Seine Majestät ist immer bestrebt, in den Gewässern Handel zu treiben, in denen seine Schiffe willkommen sind.«
»Auch dann, wenn ihm andere Völker in Europa das Recht auf diese Gewässer abstreiten würden?«
»England hat keine Zwistigkeiten in Europa, Eure Majestät. Wenn Ihr auf den Zwischenfall vor Surat anspielt, so müßt Ihr wissen, daß er auf eine unterschiedliche Auslegung der neuen europäischen Verträge zurückzuführen ist. England lebt mit allen Nachbarn in Frieden.«
Eine ungläubige Stille schien sich über den Raum zu legen. Arangbar leerte ein weiteres Glas.
»So einfach erscheint uns die Sache nicht, Engländer. Aber wir werden später näher auf sie eingehen. Die Nächte gehören der Schönheit, die Tage den Staatsgeschäften.« Arangbar sprach mit schwerer Zunge. »Vielleicht habt Ihr gehört, daß hier bald eine Hochzeit stattfinden wird. Mein jüngster Prinz ist der Tochter meiner Königin versprochen. Die Vermählung wird einen Monat nach meinen Geburtstagsfeierlichkeiten stattfinden, und die Stadt wird lange an sie zurückdenken. Heute abend werde ich anfangen, die Tänzerinnen auszusuchen, eine Pflicht, die ich mit größter Freude erfülle. Versteht ihr etwas von indischem Tanz?«
»Sehr wenig, Eure Majestät. In Surat habe ich einmal einen indischen Tanz gesehen, bei einer Gesellschaft im Palast des *schahbandars.*«
Arangbar lachte. »Ich kann mir gut vorstellen, welche Art der Unterhaltung der *schahbandar* von Surat seinen Gästen bietet. Nein, Botschafter, ich meine den wahren indischen Tanz, den Tanz der großen Künstler. Gibt es in England keinen klassischen Tanz?«

»Nein, Eure Majestät, derartiges kennen wir nicht. Zumindest nichts, was sich mit dem Tanz vergleichen läßt, den ich sah.«

»Dann erwartet Euch eine freudige Überraschung.« Arangbar sah auf Hawksworth' Glas und bedeutete einem Diener, nachzuschenken. »Trinkt, Engländer, der Abend fängt gerade erst an.« Arangbar klatschte trunken in die Hände, und die Gäste ließen sich auf den Polstern nieder. Jeder bekam ein gemustertes, seidenes Ruhekissen, und zahlreiche große *hukas*, von denen jede über mehrere Mundstücke verfügte, wurden aufgestellt. Die Diener verteilten Girlanden aus gelben Blumen, und während Nadir Sharif sich neben Hawksworth niederließ, streifte er sich eine solche Girlande über das Handgelenk. Mit der anderen Hand setzte er sein volles Glas ab und bedeutete einem Diener, Hawksworth nachzuschenken. Arangbar hatte auf seinem Thron Platz genommen und lehnte sich zurück. Die Öllampen entlang den Wänden des Raumes wurden heruntergedreht, so daß nur noch die Musikanten und ein leerer Fleck auf dem Teppich beleuchtet waren. Die Luft war schwer von Blütenduft, als Diener aus langschnäbeligen Silberkaraffen Rosenwasser über die Gäste sprengten.

Die Musikanten hatten ihre Instrumente gestimmt, und Hawksworth sah, daß sich den zwei Trommlern und dem Sitar-Spieler ein neuer Musikant hinzugesellt hatte, der eine *sarangi* hielt. Im Hintergrund saß ein weiterer Mann, er schlug die Saiten eines einfachen, aufrechtstehenden Instruments, das wie ein Sitar aussah, aber nur einen einzigen tiefen, summenden Ton von sich gab, auf den die anderen Instrumente gestimmt waren.

Ein Mann in einem einfachen weißen Hemd trat ein und ließ sich auf dem Teppich vor den Musikanten nieder. Arangbar gab ihm mit seinem Weinglas ein Zeichen, und der Mann begann eine leise, seelenvolle Weise zu singen, die nur aus wenigen Silben zu bestehen schien. »Ga, Ma, Pa.« Dann wurde die Stimme langsam höher. »Da, Ni, Sa.« Hawksworth dachte, es handele sich um die Töne der indischen Tonleiter. Sie entsprachen fast genau ihren im Westen üblichen Gegenstücken, nur einige wenige Töne schienen um Bruchteile höher oder tiefer zu liegen.

Die Stimme des Sängers wurde höher und lauter, und verhielt bei bestimmten hohen Noten in einem Tremolo. Die Weise war überaus melodisch, und schrittweise wurde aus dem Lied, das zuerst wie ein klagender Grabgesang gewirkt hatte, ein Stück von beeindruckender Schönheit.

Plötzlich ertönte eine schnelle, kurze Phrase, die der Sänger unmittelbar darauf, dieses Mal begleitet von den Trommeln, noch einmal wiederholte. Bei der dritten Wiederholung öffnete sich der Vorhang, und eine junge Frau betrat mit raschen Schritten den Raum. Jede ihrer Bewegungen wurde vom Klingeln kleiner Glöckchen begleitet, die sie um ihre Knöchel und ihre nackten Füße trug. Sie drehte sich ins Licht und wirbelte eine schnelle Pirouette, wobei der lange, geflochtene Zopf, dessen Ende an ihrer Taille befestigt war, einen schwirrenden Bogen hinter ihrem Rücken beschrieb. Ihre geblümte Seidentunika flog hoch und enthüllte eine eng anliegende weiße Hose. Sie trug eine Krone aus Edelsteinen, Ohrgehänge aus Smaragden, und von der Spitze ihrer Nase baumelte eine kurze Diamantenkette herab.

Sie hielt kurz inne, wirbelte dann auf Arangbar zu und vollführte, die Finger leicht angewinkelt und den Daumen über der Fläche der an die Stirn geführten Hand, den *salaam*. In der Bewegung lag so viel Anmut, daß sie einer vollendeten Tanzfigur glich.

»Gestattet Ihr, daß ich Euch einige Erklärungen gebe, Botschafter?«

Nadir Sharif übersah das *huka*-Mundstück, das ihm ein angetrunkener Gast aufzudrängen versuchte, und setzte sich dichter neben Hawksworth.

»Der *kathak* ist, wie auch die Malerei und der Taubenflug, eine Kunst, die man um so höher schätzt, je besser man die Regeln kennt.« Er deutete auf die Tänzerin. »Ihr Name ist Sangeeta, und was Ihr gerade saht, war die ›Anrufung‹. Es ist die Geste, mit der die Hindus ihren elefantenköpfigen Gott Ganescha ehren. Für die Moslems ist es ein *salaam*.«

Die Tänzerin wandte sich langsam den Gästen zu. Sie stellte die Füße über Kreuz und hielt die Arme, als wolle sie einen Bogen spannen. Während die *sarangi* eine langsame, klangvolle Weise anstimmte, schien sie den Rhythmus der Trommeln dadurch zu bestimmen, daß sie mit einer ruhigen Bewegung unablässig Daumen und Zeigefinger beider Hände aneinander rieb. Es war, als konzentriere sich die explosive Spannung ihres Körpers voll und ganz in dieser einzigen, fast unsichtbaren Bewegung so wie Glas die Kraft der Sonne auf einen winzigen Punkt zu zentrieren vermag. Dann begannen ihre Augen pfeilschnell von einer

Seite zur anderen zu blicken, und verführerisch hob sie zuerst die eine, dann die andere Augenbraue. Ihr Kopf übernahm den Rhythmus und wiegte sich in leisen, anmutsvollen Bewegungen, in denen die Musik gleichsam ihre Fortsetzung und Ergänzung fand.

Längst hatte sie alle Anwesenden in ihren Bann geschlagen. Sie war der Geist des reinen Tanzes, keusch, mächtig und beherrscht. Nichts an ihr erinnerte an die unverhüllten Anspielungen der *natsch*-Tänzerinnen am Hofe des *schahbandar.* Sie trug eine tief ausgeschnittene, enge Brokatweste über einem langärmeligen Seidenhemd. Nur ihre Hände und ihr Gesicht waren frei, und Hawksworth spürte, daß diese, und nicht ihr Körper, das Wesen des *kathak* bestimmten.

»Nun beginnt der zweite Teil ihres Tanzes. Die Einleitung entspricht der Eröffnung eines *raga.* Sie sorgt für eine atmosphärische Einstimmung und erweckt in Euch den Wunsch nach mehr. Ich weiß von keinem *feringhi,* der je einen *kathak* gesehen hätte, aber vielleicht könnt Ihr ihn verstehen. Fühlt Ihr ihn?«

Hawksworth trank langsam einen Schluck Wein und versuchte, einen klaren Kopf zu bekommen. Eigentlich fühlte er sehr wenig, nur die ungeheure, beherrschte Kraft, die von der Tänzerin ausging.

»Anscheinend ist es ein sehr verhaltener Tanz. Es passiert nicht viel.« Hawksworth verspürte plötzlich Sehnsucht nach den lebhaften Klängen eines *hornpipe*-Tanzes.

»Es wird sehr viel passieren, Botschafter, und dies schon sehr bald.«

In diesem Moment erklang ein heftiger rhythmischer Trommelwirbel, und die *sarangi* stimmte ein kurzes, sich ständig wiederholendes Thema an. Sangeeta sah Hawksworth direkt in die Augen und stieß mit melodischer, wenngleich ein wenig schriller Stimme eine komplizierte Silbenfolge aus, die ihre hennagefärbten Fußsohlen mit rhythmischen Schlägen auf den Teppich exakt imitierten. Dann bewegte sie sich mit gleitenden, synkopischen Bewegungen über den Teppich, erwies jedem Gast eine Ehrenbezeigung und tanzte nach jeder Silbenfolge eine Sequenz, die deren Rhythmus genau wiederholte. Ihre Füße übernahmen dabei die Aufgabe eines präzisen Schlaginstruments.

»Die Silben, die sie rezitiert, nennt man *bols,* Botschafter. Es sind Bezeichnungen für die vielen verschiedenen Schläge auf der *tabla*-Trommel. Manche Trommler rufen eine Sequenz aus, bevor sie sie

spielen, und Sangeeta tut das gleiche, nur daß sie ihre Füße benutzt, wie der Trommler seine Hände.«
Die Silbenfolgen wurden immer länger und verwickelter. Hawksworth konnte weder die *bols* noch die getanzten Rhythmen verstehen, aber die Betrunkenen ringsum lächelten und wiegten beifällig ihre Köpfe. Plötzlich rief Arangbar Sangeeta etwas zu und deutete auf den ersten Trommler. Der Trommler strahlte, nickte und rief Sangeeta eine schnelle Folge von Silben zu, die sie mit ihren Füßen nachtanzte. Als sie geendet hatte, brach begeisterter Applaus aus, und Hawksworth nahm an, daß es ihr gelungen sein mußte, die Anweisungen des Trommlers aufs genaueste umzusetzen. Arangbar deutete nun auf den zweiten Trommler, und auch seine *bols* wurden von Sangeeta aufgegriffen. Schließlich trug der Sänger eine Silbenfolge vor, die weit komplizierter war als alles Vorherige, und Tänzerin und Trommler wiederholten sie gemeinsam in vollendeter Übereinstimmung.
Das Tempo steigerte sich. Sangeeta, deren gefärbte Fußsohlen noch immer auf den Boden stampften, begann sich blitzschnell zu drehen, verwandelte sich in einen schwirrenden Kreisel. Ihr Zopf hatte sich gelöst und pfiff wie eine tödliche Peitsche durch die Luft. Ihre Gestalt verlor die Konturen, und einen Augenblick lang schien es, als hätte sie zwei Köpfe. Hawksworth sah ihr voller Verwunderung zu und nippte an seinem Glas.
»Nun beginnt der letzte und schwierigste Teil, Botschafter.«
Der Rhythmus steigerte sich fast zur Raserei. Dann, genauso plötzlich, wie sie begonnen hatte, endeten die Drehungen. In statuenhafter Pose und mit starr abgewinkelten Armen begann Sangeeta ihre Füße zu bewegen. Ihr Körper schien wie erstarrt; außer ihren Füßen rührte sich nicht eine Faser. Das Klingeln der Glöckchen an ihren Knöcheln steigerte sich zu einem langen Triller, der im Gleichklang mit der Trommel und der *sarangi* schneller wurde und sich mit ihnen zu einem einzigen Klangbild verdichtete. Dann brach die Musik jäh ab und überließ den Raum den schwirrenden Glöckchen an Sangeetas Füßen, die schließlich fast über dem Boden zu schweben schienen. Als die Spannung fast unerträglich war, fielen der Trommler und der *sarangi*-Spieler wieder ein und trieben sie zu einem rauschhaften Crescendo. Eine Schlußphrase wurde eingeführt, mit Verve wiederholt, und schließlich beim dritten und letzten Mal mit einem krachenden Schlag auf der großen Trommel

zu Ende geführt, der die Spannung im Saal zu einer explosionsartigen Entladung brachte.
Einige der Musikanten stießen einen fast orgiastischen Schrei aus. Dann herrschte einen Augenblick lang gebannte Stille im Raum, ehe die Zuschauer um Hawksworth in jubelnden Applaus ausbrachen.
Dem Zusammenbruch nahe verbeugte sich Sangeeta vor Arangbar. Der Mogul strahlte. Er zog einen Samtbeutel mit Goldstücken aus seinem Umhang und warf ihn ihr zu Füßen. Andere im Raum folgten seinem Beispiel. Mit einer zweiten Verneigung raffte Sangeeta die Beutel vom Boden und verschwand hinter den Vorhängen. Der Applaus dauerte noch an, als sie schon längst nicht mehr zu sehen war.
»Was sagt Ihr dazu, Botschafter? Die Hälfte der Männer hier würde tausend Gold-*mohur* dafür geben, die Nacht mit ihr verbringen zu können.« Nadir Sharif grinste. »Und die andere Hälfte zweitausend.«
»Tritt vor!« Arangbar winkte dem Sänger, der auf dem Teppich saß. Es war ein stattlicher, älterer Mann mit kurzem, weißen Haar, der stark hinkte.
Als er sich unterwürfig vor dem Mogul verbeugte, sagte Nadir Sharif: »Es ist ihr *guru*, ihr Lehrer. Wenn Seine Majestät Sangeeta auswählt, auf der Hochzeit zu tanzen, so ist sein Glück gemacht. Ehrlich gesagt, sie hat mir gefallen, aber ihr Stil ist noch ein wenig gekünstelt, zu sehr einstudiert. Allerdings ist sie jung, und vielleicht ist es zu früh, von ihr schon echte Reife zu erwarten. Ich bemerkte, daß Seine Majestät sehr von ihr eingenommen war. Vielleicht findet sie sich bald in der *zenana* wieder.«
Arangbar warf dem Mann einen Beutel mit Goldstücken zu und sprach ihn kurz auf Persisch an.
»Seine Majestät hat seiner Bewunderung Ausdruck verliehen und gesagt, daß er ihn vielleicht rufen läßt, wenn er die anderen Tänzerinnen gesehen hat.« Nadir Sharif blinzelte.
»Es ist eine schwere Verantwortung, die richtige Tänzerin auszuwählen, und natürlich will Seine Majestät jede einzelne sorgfältig überprüfen.«
Die Lampen wurden wieder heller, Diener eilten durch den Raum, füllten die Gläser und wechselten die leergebrannten, tönernen Tabakschalen auf den *hukas* aus. Als sie ihre Arbeit beendet hatten, ergriff Arangbar ein neues Glas und gab wiederum ein Zeichen, das Licht zu dämpfen. Eine Gruppe von Musikanten betrat den Raum. Sie trugen

Instrumente, wie sie Hawksworth noch nie gesehen hatte. Zuerst kam der Trommler. Statt der zwei kurzen *tabla*-Trommeln brachte er ein einziges, langgestrecktes Instrument, das auf zwei Seiten gleichzeitig gespielt wurde. Ihm folgte ein Sänger, der kleine goldene Zymbeln an den Händen trug. Schließlich betrat ein dritter Mann den Raum, er hatte nur ein Stück Bambus von etwa fünf Zentimeter Dicke und etwa einem halben Meter Länge bei sich, das mit einer Reihe von Löchern versehen war.

Arangbar sah Nadir Sharif fragend an.

Nadir Sharif erahnte die unausgesprochene Frage, erhob sich und sagte auf Turki: »Die nächste heißt Kamala, Eure Majestät. Sie kommt aus dem Süden und ist inzwischen eine Berühmtheit unter den Hindus von Agra. Ich habe sie noch nie tanzen sehen, dachte jedoch, es würde den Hindus schmeicheln, wenn Eure Majestät sie sich ansieht.«

»Wir sind Herrscher über alle unsere Untertanen. Ich habe diesen Hindutanz nie gesehen. Auch kenne ich die Instrumente aus dem Süden nicht. Wie heißen sie?«

»Die Trommeln nennen sie *mirdanga,* Eure Majestät. Man spielt im Süden dazu eine Art Sitar, der *vina* genannt wird. Das andere Instrument ist eine Bambusflöte.«

Arangbar wurde ungeduldig. »Sagt ihnen, sie sollen sich beeilen.«

Nadir Sharif redete mit den Musikanten in einer Sprache, die nur wenige der Anwesenden verstanden. Sie nickten, und der Flötist stimmte eine ergreifende, lyrische Weise an, die den Raum mit einer weichen, widerhallenden Melodie erfüllte. Hawksworth staunte über die reiche, warme Klangfülle des einfachen Instruments.

Der Vorhang teilte sich, und eine hochgewachsene, mit kostbaren Juwelen geschmückte Frau trat ein. Sie ergriff sofort Besitz von dem Raum um sich herum, als sei er ein Teil ihres Wesens. Ihr langer seidener *sari* war um ihre Beine gerafft, so daß er wie eine Hose aussah, und jeder ihrer Schritte wurde vom hellen Ton kleiner Glöckchen begleitet, die an Ringen um ihre Knöchel hingen. Am eindrucksvollsten jedoch war ihre Haltung. Nie zuvor hatte Hawksworth derart würdevolle Bewegungen gesehen. Erst jetzt entdeckte er, daß sie einen großen, mit Diamanten verzierten Nasenring und lange, ebenfalls diamantengeschmückte Ohrringe trug. Nicht einmal die Steine des Moguls konnten sich mit den ihren messen. Ihr Gesicht war stark geschminkt. Daß sie

nicht mehr in der ersten Blüte der Jugend stand, verriet ihr überaus selbstsicheres Auftreten. Sie wußte genau, wer sie war.
Die Tänzerin wandte Arangbar den Rücken zu, legte die Hände über dem Kopf zusammen und huldigte einem fernen Gott. Das einzige Geräusch war eine langsame, abgemessene Kadenz der Trommel. Plötzlich schien es, als ob ihr Körper das absolute Gleichgewicht erreicht hatte, ein Gefühl der Zeitlosigkeit in der Zeit.
Hawksworth sah zu Arangbar hinüber. Der Mogul war sichtlich verärgert. Wie kann sie so unklug sein, ihn zu mißachten? Fürchten die Hindus ihn nicht? Wie war ihr Name? Kamala?
Er sah die Frau an.
Ist sie etwa die Frau, von der Kali mir während unserer letzten Nacht in Surat erzählt hat? Die Lotosfrau?
»Wer bist du?« Arangbars Stimme klang scharf. Er sprach Turki und bebte vor Zorn.
Mit einer schnellen Bewegung drehte sich Kamala um. »Ich bin eine Tänzerin, die für Shiva tanzt, für Shiva in der Gestalt von Nataraj, dem Gott des Tanzes. Für ihn und nur für ihn tanze ich.«
»Wie heißt dieser Tanz für Euren Gott der Ungläubigen?«
»*Bharata Nadyam*, der Tanz des Tempels. Er ist eine geheiligte Tradition, die so alt ist wie Indien selbst. Der Gott Shiva hat die Welt durch den Rhythmus seines Tanzes in Bewegung gesetzt. Mein Tanz ist ein Gebet an Shiva.« Kamalas Augen funkelten vor Haß. »Ich tanze für keinen anderen.«
»Du wurdest hierher beordert, um *für mich* zu tanzen.«
Arangbar richtete sich auf, schwerfällig vor Trunkenheit. Die Gäste im Raum wurden unruhig, in ihren glasigen Augen lag Furcht.
»Dann werde ich nicht tanzen. Ihr haltet die Welt in Euren Händen. Aber den Tanz, der allein Shiva gehört, könnt Ihr nicht besitzen. Unser Tanz folgt den Regeln, wie sie im Natja Shastra des weisen Bharata vor über tausend Jahren beschrieben wurden. Der Weise verkündete, daß der Tanz nicht nur dem Vergnügen dient. Er ist vielmehr die Vereinigung von Kunst, Religion und Philosophie und verleiht den Menschen Weisheit, Disziplin und Ausdauer. Durch den Tanz wird uns ermöglicht, die Gesamtheit des Bestehenden zu erfassen. Euch zur Unterhaltung kann mein Tanz nicht dienen.«
Arangbars Zorn wuchs, doch schwang nun auch eine Prise Verblüffung

in seinen Worten mit. »Wenn du deinen Shiva-Tanz nicht tanzen willst, dann tanze einen *kathak.*«

»Auch der Tanz, den die Mohammedaner *kathak* nennen, ist die Schmähung einer unserer heiligen Traditionen. Vielleicht gibt es Hindutänzerinnen, die für Moslemgold den alten *kathak* Indiens erniedrigen und ihn zu einem leeren Schaustück machen, mit dem sie die Unterdrücker Indiens ergötzen. Moslems und . . .« – mit blitzenden Augen sah sie Hawksworth an – »jetzt auch *feringhis.* Ich gehöre nicht zu ihnen. Der *kathak,* den Ihr sehen wollt, hat mit dem echten *kathak* zu tun. Man hat ihm seinen Sinn, seine Bedeutung genommen . . .«

Die Wachen am Eingang des *Diwan-i-Khas* standen bereit, ihre Hände lagen an den Schwertgriffen.

»Genug! Jeder Mann, der es wagen würde, mit mir zu reden, wie du es getan hast, würde den Elefanten vorgeworfen. Du hast Besseres verdient. Da du zu deinem Gott durch deinen Tanz sprichst, brauchst du keine Zunge. . .«

Arangbar winkte einem Wachsoldaten. In diesem Augenblick tauchte am anderen Ende des *Diwan-i-Khas* der Leiter der Malerschule auf. Ihm folgten seine Gehilfen, die ein langes, dünnes Brett trugen.

Nadir Sharif erblickte sie und sprang auf, gerade, als ob er ihren Eintritt erwartet hätte. »Eure Majestät . . .« Schnell trat er zwischen Arangbar und Kamala, die in Bewegungslosigkeit verharrte. »Die Gemälde sind eingetroffen! Der englische Botschafter soll sie sich ansehen, ich will mein Pferd.«

Arangbar sah verwirrt auf und seine Augen waren schwer vom Opium. Dann sah er die Maler und erinnerte sich. »Laßt sie vortreten.« Mit einem Male war er wieder hellwach. »Ich will fünf englische Könige sehen!«

Die Bilder wurden zu Arangbars Füßen niedergelegt, und er betrachtete sie mit unverkennbarem Stolz. »Botschafter, Engländer, schaut her!«

Hukas wurden beiseite geschoben, Weingläser aufgenommen. Schnell war ein Weg zwischen den Polstern hindurch gebahnt.

Mit schwankendem Schritt ging Hawksworth nach vorn. Seine Gedanken verweilten nach wie vor bei dem Todesurteil, das diese Frau erwartete. Als er an ihr vorüberging, fühlte er die Macht ihrer Gegenwart und atmete ihren Moschusduft. In ihren Augen war keine Furcht.

Noch immer stand sie reglos da, und ihre Haltung verriet Unbeugsamkeit.

Am Thron wurde er von Eunuchen erwartet, die Kerzen über dem Brett hielten, auf dem nebeneinander fünf englische Miniaturen lagen, die König James zeigten, jede etwa drei Zentimeter groß.

Heiliger Himmel, sie sehen alle gleich aus. Oder bin ich einfach schon zu betrunken?

Fassungslos sah Hawksworth Arangbar an, der sich an seiner Bestürzung weidete.

»Nun, Engländer? Was sagt Ihr? Sind die Maler meiner Schule so gut wie die Eures Königs?«

»Einen Moment, Eure Majestät. Meine Augen müssen sich an das Licht gewöhnen.«

Hawksworth griff nach einer Ecke des Brettes, um sicher stehen zu können. Hinter sich hörte er schadenfrohes Gemurmel und das Wort »*feringhi*«. Er machte ein paar Schritte und sah sich jedes der Bilder genau an.

Schließlich merkte er, daß sich das Licht auf einem der Porträts in anderer Weise spiegelte als auf den anderen.

Die Farbe auf den neuen Bildern ist noch feucht. Daher der Unterschied. Oder täusche ich mich? Trügen mich meine Augen? Verflucht, daß ich es Nadir Sharif gestattet habe, mir dauernd wieder das Glas füllen zu lassen.

»Kommt, Botschafter! Wir können nicht die ganze Nacht warten.« Arangbars Stimme war voller Triumph.

Ja, einen kleinen Unterschied gibt es! Die Farben auf einem Bild unterscheiden sich geringfügig. Sie sind matter.

Sie haben keinen Lack verwendet. Ihre Bilder haben weniger Schatten, und sie sind deutlicher zweidimensional.

»Wirklich erstaunlich, Eure Majestät, ich gestehe es. Dennoch glaube ich, dieses hier ist das Bild von Isaac Oliver.« Hawksworth deutete auf das zweite Bild von rechts.

»Laßt sie mich noch einmal ansehen.« Arangbars Stimme war undeutlich und klang heiser. »Ich werde Euch sagen, ob Ihr richtig geraten habt.« Das Brett wurde hochgereicht, und Arangbar sah die Bilder kurz an. »Ihr habt richtig geraten, Botschafter, und ich weiß auch, wie Ihr es gemacht habt. Es war das Kerzenlicht.«

»Die Porträts sind identisch, Eure Majestät, ich gestehe es.«

»Damit haben wir bewiesen, was wir beweisen wollten, und Ihr habt Eure Wette gewonnen, Engländer. Aber Ihr habt nur gewonnen, weil ich es so eilig hatte. Morgen hättet Ihr keinen Unterschied mehr gesehen. Gebt Ihr dies zu?«

»Ja, Eure Majestät.« Hawksworth verbeugte sich leicht.

»Also habt Ihr die Wette eigentlich auch nicht gewonnen. Auf jeden Fall haben wir sie verloren. Ich bin ein Ehrenmann und befreie Nadir Sharif von seinem Einsatz. Ich bin derjenige, der bezahlen muß. Was wünscht Ihr Euch? Vielleicht einen Diamanten?«

»Die Wette ging um ein Pferd, Eure Majestät.« Hawksworth war verblüfft.

»Nein, ein Pferd war Nadir Sharifs Einsatz. Ihr habt die Wette gegen einen König gewonnen, und so wird Euer Gewinn königlich sein. Wenn es kein Edelstein sein soll, was wünscht Ihr Euch dann?«

Bevor Hawksworth antworten konnte, trat Nadir Sharif vor. »Wenn ich mir einen Vorschlag erlauben dürfte, Eure Majestät: Der *feringhi* braucht eine Frau. Gebt ihm die Tänzerin. Er soll sich mit ihr vergnügen, bis Ihr eine geeignete Frau für ihn gefunden habt.«

Arangbar sah Hawksworth mit glasigen Augen an, offenbar hatte er Kamala schon vergessen. »Die *kathak*-Tänzerin, die heute hier war? Sie war hervorragend. Eine gute Idee!«

»Seine Majestät meint natürlich die Frau, die dort steht. Wie findet Ihr sie, Engländer?«

Hawksworth staunte über Nadir Sharifs Geistesgegenwart. Er hat die Tänzerin gerettet. Er ist ein Genie. Natürlich werde ich sie nehmen. Gütiger Himmel, heute ist schon genug Blut geflossen.

»Diese Frau ist wahrhaftig ein Geschenk, das eines großen Fürsten würdig wäre, Eure Majestät.«

»Es ist also doch Manneskraft in Euch, Engländer! Ich glaubte schon, Ihr seid wie Euer König.« Arangbar lachte vergnügt. »Eine Frau wünscht Ihr Euch, Botschafter? Bei Allah, ich habe zu viele. Vielleicht möchtet Ihr zwei? Irgendwo in der *zenana* lebt eine Christin aus Armenien. Vielleicht gibt es auch mehrere von ihnen. Man sagt, sie seien genauso ausschweifend wie die portugiesischen Dirnen in Goa.«

Er verschluckte sich vor Lachen. »Ich werde die Eunuchen rufen lassen . . .«

»Diese hier wird vorerst genügen, Eure Majestät.«

»Ja, sie wird Euch dienen, Botschafter, oder wir lassen sie töten. Wenn sie Euch aber gefällt, gehört sie Euch.«
Kamalas Augen trafen Hawksworth' Blick. Sie zeigte keinerlei Gefühlsregungen.
Arangbar erinnerte sich wieder an Kamalas Unbotmäßigkeit und sah sie aus halbgeschlossenen Augen an. »*Diese* könnt Ihr nicht haben. Ihr müßt die andere nehmen. Diese wird heute noch im Keller unter der *zenana* gehängt. Morgen wird ihr Leichnam den Jamuna vergiften. Jeder Mann an ihrer Stelle wäre längst tot.«
»Wenn Eure Majestät gestatten, gerade diese möchte ich.« Hawksworth machte eine kurze Pause. »Vielleicht bewegt mich das, was wir Engländer Ehrgefühl nennen. Wir beide wissen, daß es sich nicht um eine ehrlich gewonnene Wette handelte. Ich kann daher, wenn ich meine Ehre und die meines Königs bewahren will, als Gewinn nur etwas annehmen, was keinerlei Wert besitzt – wie diese Frau zum Beispiel.«
»Ihr versteht es, überzeugend zu reden, Engländer, und ich bin betrunken. Aber nicht so betrunken, um mir entgehen zu lassen, daß Ihr ein Auge auf diese Ungläubige geworfen habt. Wenn Ihr sie allen anderen vorzieht, so sei es. Wir haben Euch einen Wunsch freigestellt. Sie gehört Euch. Aber sie soll sich niemals wieder auf den Straßen von Agra blicken lassen, man wird sie sofort töten.«
»Wie Eure Majestät befiehlt.«
»Die Sache ist erledigt.« Arangbar wandte sich an Nadir Sharif. »Stimmt es, daß Ihr ein Haus für den Engländer gefunden habt?«
»So ist es, Eure Majestät.«
»Dann bringt sie dorthin.«
»Ich danke Eurer Majestät untertänigst«, sagte Hawksworth und dachte, mein Gott, jetzt sperren sie mich in ein Haus voller Spione, die Nadir Sharif persönlich ausgesucht hat.
»Genug. Man hat uns heute einen zeitigen Aufbruch befohlen. Ihre Majestät, die Königin, glaubt, wir trinken zuviel.« Der Mogul kicherte mit schwerer Zunge. »Wir werden uns morgen mit Euch weiter unterhalten, Engländer. Es gibt noch vieles zu bereden. Wir wollen wissen, welche Geschenke Euer König für uns vorbereitet. Allzu gerne hätten wir eine Dogge aus Europa, heißt es doch, diese Tiere jagten wie ein *chitah*.«
Arangbar erhob sich unsicher. Sofort waren zwei Eunuchen an seiner

Seite und halfen ihm von seinem weißen Marmorthron. Keiner der Gäste bewegte sich, bis er hinter dem Vorhang verschwunden war. Unmittelbar darauf begannen die Eunuchen, die Lampen zu löschen. Als alle Gäste zum Aufbruch versammelt waren, lag der Raum schon fast im Dunkeln. Kamala und die Musikanten waren von Arangbars Wachen aus dem Saal geführt worden. Hawksworth fühlte plötzlich Nadir Sharifs Hand auf seinem Arm.

»Dies war eine edle Tat, Botschafter. Wir alle stehen in Eurer Schuld. Selten habe ich Seine Majestät so außer Fassung gesehen. Die Angelegenheit hätte für viele von uns verheerende Auswirkungen haben können.«

»Es war Eure Idee.«

»Nur ein rascher Einfall, eine Verzweiflungstat. Ohne Eure Mitarbeit hätte ich nichts bewirkt. Ich danke Euch.«

»Dafür besteht kein Anlaß.« Hawksworth zog seinen Arm zurück. »Wo liegt dieses Haus, das Ihr für mich gefunden habt?« Nadir Sharif seufzte.

»Es ist schwierig, in diesen Tagen eine sichere Unterkunft zu finden, schwieriger, als es auf den ersten Blick den Anschein haben mag. Aber Ihr habt Glück gehabt. Mir fiel ein kleines unbewohntes Haus auf dem Gelände meines Palastes ein. Ich habe nicht damit gerechnet, daß zwei Personen dort wohnen sollten, aber die Frau wird wohl bei den Dienern wohnen. Bis wir etwas Passenderes gefunden haben, wird dieses Haus gewiß seinen Zweck erfüllen.

»Meinen aufrichtigen Dank.« – Verflucht sollst du sein . . . – »Wann ziehe ich dort ein?«

»Auf Anordnung Seiner Majestät wurde Eure Habe schon dorthin gebracht. Meine Männer werden euch heute noch hinführen. Wahrscheinlich erwartet Euch dort sogar schon Eure Abendmahlzeit.«

In diesem Augenblick wurde die letzte Lampe gelöscht, und zusammen mit den anderen Gästen tasteten sie sich in völliger Finsternis durch den *Diwan-i-Khas* dem Ausgang zu.

18

»Vor vielen Jahren war ich eine *devadasi.*« Kamala saß ohne Kissen auf dem Teppich und sah Hawksworth beim Essen zu. Ihre Musikanten, der Flötenspieler und der Trommler, knieten bewegungslos hinter ihr. Nadir Sharifs Diener stand angespannt daneben, seine Aufmerksamkeit schien ausschließlich Hawksworth zu gelten. Die weißen Wände des hell erleuchteten Zimmers blitzten in Kamalas Diamanten. »Weißt du, was das bedeutet?«
Hawksworth schüttelte den Kopf. Er hatte den Mund voll Lammbraten, und der Duft des Fleisches erfüllte den Raum. Es war das erste Mal seit Burhanpur, daß er Lammfleisch bekam, und er war ausgehungert.
»Heißt das ja?« Kamalas Turki war erstaunlich gut. Plötzlich erinnerte sich Hawksworth an die eigenartige Angewohnheit der Inder, mit dem Schütteln des Kopfes Zustimmung zu bekunden. Er hatte nein sagen wollen; dies war jedoch in der Körpersprache der Inder eine fast nicht nachvollziehbare Verrenkung des Halses. Er schluckte den Bissen hinunter und langte nach einer neuen Keule.
»Nein, ich meinte nein. Ist es so etwas wie eine Tänzerin?«
»Es bedeutet ›Dienerin der Götter‹. In Südindien gibt es eine besondere Kaste von Frauen, die in den großen, steinernen Tempeln dienen. Sie sind mit dem Gott des Tempels verheiratet. Wenn wir noch sehr jung sind, findet eine Hochzeitszeremonie statt wie bei jeder anderen Heirat. Der einzige Unterschied besteht darin, daß wir Bräute des Tempels sind. Danach dienen wir dem Gott des Tempels mit Musik und mit unserem Tanz.«
Hawksworth sah sie mit prüfenden Blicken an. »Du meinst, du warst eine Nonne?«
»Was ist das?«
»Nonnen sind etwas Ähnliches wie Papistenpriester. Frauen, die ihr Leben Gott weihen oder zumindest der Kirche des Papstes.« Er zögerte. »Sie sagen, sie sind mit Christus verheiratet, deshalb liegen sie niemals bei einem Mann.«
Kamala sah ihn überrascht an. »Nicht einmal bei einem Mann aus einer hohen Kaste, der den Tempel besucht? Aber wie dienen sie dann diesem Gott der Christen? Nur mit ihrem Tanz?«
»Ich habe noch nie gehört, daß Nonnen viel tanzen. Hauptsächlich . . . nein, eigentlich weiß ich nicht recht, was sie tun. Immerhin behaupten sie von sich, sie seien Jungfrauen.«

»Jungfrauen!« Kamala brach in Gelächter aus. »Dann muß der Gott der Christen ein Eunuch sein. Wir *devadasis* dienen dem Tempel mit unseren Körpern, nicht mit leeren Worten.«

»Also, woraus bestand dein Leben im Tempel denn nun genau?« Hawksworth sah sie prüfend an.

»Ich lebte in dem berühmten Shiva-Tempel von Brihadishwari in Tanjore, dem großen Urquell des Bharata-Natyam-Tanzes. Dort tanzten wir für den Gott des Tempels. Und wir tanzten auch an den Höfen der dravidischen Könige des Südens. Die *devadasis* erweisen dem Tempelgott auch dadurch Ehre, daß sie den Männern aus hohen Kasten, die den Tempel besuchen, beiliegen und daß sie dann die Juwelen tragen, die sie von diesen Männern erhalten haben. All dies gehört zu unseren heiligen Überlieferungen.«

Sie lachte, als sie das ungläubige Staunen in Hawksworth' Miene sah. »Mir scheint, wir sind sehr verschieden von euren christlichen ›Nonnen‹. Die *devadasis* sind im Süden übrigens sehr angesehen. Viele von ihnen erhalten von den Männern Ländereien, und obwohl sie niemals heiraten dürfen, passiert es nicht selten, daß sie ihre Liebe einem Mann zuwenden und Kinder gebären. Diese Kinder tragen jedoch immer unseren Namen und sind dem Tempel geweiht. Unsere Töchter werden *devadasis* und unsere Söhne Tempelmusiker. Unsere Tanzlehrmeister erben diese Berufung jeweils von ihren Vätern, und sie werden höher geachet als alle anderen Männer. Sie sind es, die den geheiligten Bharata-Natyam-Tanz bewahren und weitergeben. Vielleicht glaubst du meinen Worten nicht, aber wir werden von den Königen des Südens, die in den Ländern herrschen, die die Moguln nicht zu betreten wagen, hoch verehrt. Sie wissen, daß wir unter allen Frauen einzigartig sind. Wir sind gebildete Künstlerinnen und gehören zu den wenigen Hindufrauen in Indien, die ihre Töchter lesen und schreiben lehren.«

»Ich glaube dir.« Hawksworth betrachtete sie prüfend, noch immer nicht ganz sicher, ob sie die Wahrheit sagte. »Aber, wenn du einem Tempel im Süden geweiht bist, warum lebst du dann hier in Agra?«

Kamalas dunkle Augen umflorten sich, und sie wandte sich ab. »Ich bin keine echte *devadasi* mehr. Schon seit vielen Jahren habe ich nicht mehr in meinem Tempel getanzt. Als die Armee des Moguls zum ersten Mal in den Süden einfiel, versteckte sich ein desertierter Radschputenoffizier in unserem Tempel. Er verliebte sich in mich und zwang mich, mit ihm

nach Agra zu kommen. Ich sollte nur noch für ihn tanzen.« Kamalas Stimme verhärtete sich. »Aber ich habe niemals für ihn getanzt, nicht ein einziges Mal. Drei Jahre später kam er bei einem Feldzug in Bengalen ums Leben. Seit dieser Zeit muß ich für mich selbst sorgen. Ich lebe davon, daß ich die *tavaifs* von Agra das Tanzen lehre.«
»Wen?«
»*Tavaifs.* Moslemische Tanzmädchen, Kurtisanen, die in prächtigen Häusern leben und die Männer unterhalten. Es gibt viele von ihnen in Agra und östlich von hier in Lucknow.« Kamalas Stimme verlor sich. »Ich bringe ihnen auch noch andere Dinge bei.«
»Aber warum hast du den Mogul heute abend beleidigt? Glaubst du wirklich alles, was du gesagt hast?«
»Was ich gesagt habe, war kein ›Glauben‹. Ich verstehe nicht, was du damit meinst. Alle Dinge sind oder sie sind nicht. Was spielt es da für eine Rolle, ob wir sie ›glauben‹? Aber ich gebe zu, was ich getan habe, war töricht. Ich war zu wütend, denn ich verachte die Moguln. Weißt du, heute mittag sagte ich zu dem Ersten Minister des Moguls, daß ich niemals für Arangbar tanzen würde. Daß nichts und niemand mich dazu bringen würden. Aber er zwang mich, trotzdem zu kommen.«
Hawksworth kniff die Augen zusammen und ließ die Lammkeule sinken, die er in der Hand hielt. »*Was* sagst du? Nadir Sharif hat die ganze Zeit gewußt, daß du dich weigern würdest, für Arangbar zu tanzen?«
»Natürlich hat er das gewußt. Und ich wußte, daß Arangbar befehlen würde, mich zu töten. Ich dachte, wenn ich sterben müßte, so wäre dies mein *dharma.* Es ist merkwürdig, ich fühlte nichts bei dem Gedanken, außer vielleicht etwas Mitleid mit meinen hübschen, kleinen Kurtisanen. Einige von ihnen sind noch Kinder, und ich fragte mich, wer wohl ihr Lehrer sein würde, wenn ich nicht mehr wäre.«
Hawksworth hörte ihr nicht mehr zu. Er versuchte, sich an den genauen Ablauf der Ereignisse im *Diwan-i-Khas* zu erinnern. Er hatte alles geplant, der Hund. Sogar die Sache mit den Gemälden. Nadir Sharif hat mit mir wie mit einer Marionette gespielt. Und das nur, um sie hierherschicken zu können. Er wußte genau, ich würde versuchen, sie zu retten. Aber was stecken da für Gründe dahinter? Ist diese angebliche Tänzerin auch einer seiner Spione?

»Du hast gesagt, du betest den Gott Shiva an. Ich dachte, die Hindus verehren Krishna.«
Kamala sah ihn überrascht an. »Du weißt von Krishna? Ja, er ist der Gott der Radschputen im Norden Indiens. Aber er ist ein junger Gott. Shiva ist der alte Gott Südindiens. Er herrscht über die Zeugung des Lebens. Sein *lingam* symbolisiert die männliche Hälfte jener Kraft, die das Universum erschaffen hat.«
»Und das ist wohl der Teil von ihm, den ihr verehrt, wie?« Hawksworth verzog keine Miene.
»Er wird in vielerlei Gestalt verehrt, auch in Nataraj, dem Gott des Tanzes. Aber es stimmt, auch sein *lingam* wird angebetet. Hast du die runden, mit Blumengirlanden geschmückten Säulen gesehen?«
Hawksworth sah sie aufmerksam an: »Ja, so etwas Ähnliches stand am Pförtnerhaus des Zollgebäudes in Surat, wo meine Männer und ich am Morgen unserer Ankunft festgehalten wurden.«
»Diese Säulen symbolisieren Shivas *lingam*. Es war in der Zeit der Götter, als Shiva einmal die Bürde des Unglücks trug. Er hatte seine Frau und die Freude am Leben verloren. So wanderte er in einen Wald, in dem die Weisen und ihre Frauen lebten. Die Weisen jedoch verachteten den Gott Shiva, da er verhärmt aussah, und ließen ihn in seiner Not allein. Er bettelte um Almosen, um durch den Wald zu kommen. Einige Frauen der Weisen jedoch empfanden Liebe für ihn. Sie verließen die Betten ihrer Männer und folgten ihm. Als die Weisen sahen, daß ihre Frauen sie verließen, um dem Gott Shiva zu folgen, verfluchten sie ihn und belegten ihn mit einem bösen Zauber. Er sollte sein *lingam* verlieren. Und so geschah es. Eines Tages streifte er sein *lingam* ab und verschwand. Sein *lingam* indes blieb, aufrecht aus der Erde hervorragend, zu Stein geworden und von unendlicher Länge. Alle anderen Götter kamen, ihm zu huldigen, und sie geboten den Menschen, das gleiche zu tun. Sie sagten, wenn wir ihn anbeten, kommt die Göttin Parvati, Shivas Gemahlin, empfängt den *lingam* in ihrer *yoni*, und die Erde wird fruchtbar. Heute noch verehren wir den steinernen *lingam*, der aufrecht in einer steinernen *yoni* steht. Wir ehren beide mit Blumen, Feuer und Weihrauch. Shiva und Parvati sind die Symbole für die Erschaffung des Lebens.« Sie sah ihn fragend an. »Haben die Christen solche Symbole nicht?«
»Solche nicht.« Hawksworth unterdrückte ein Grinsen. »Ich denke, das wichtigste Symbol der Christen ist das Kreuz.«

»Wie meinst du das?«
»Christen glauben, daß der Sohn Gottes auf die Erde kam und sich am Kreuz geopfert hat. Das Kreuz wurde zum Symbol für diesen Opfertod.«
»Ich habe dieses Zeichen schon gesehen. Die Jesuiten tragen es, mit Juwelen besetzt. Aber ich wußte nicht, was es bedeutet.« Kamala hielt inne. Das Thema schien sie sehr zu beschäftigen. »In gewisser Weise scheint es ein lebloses Symbol zu sein. Es muß doch andere geben, dynamischere, mächtigere.«
»Die Christen halten das Kreuz für sehr mächtig.«
»Gibt es denn bei den Christen keine Symbole wie unsere Bronzestatue des Tanzenden Shiva? Der Gott Shiva in der Gestalt von Nataraj, dem Gott des Tanzes, verkörpert die ganze Welt.«
»Das hast du auch Arangbar erzählt.« Wieder musterte Hawksworth sie und versuchte, den Wein aus seinem Kopf zu vertreiben. »Ich verstehe jedoch nicht, wieso die Symbole so wichtig sind, was immer sie bedeuten mögen.«
»Symbole sind ein sichtbares Abbild von Dingen, die wir kennen, aber nicht sehen können, wie beispielsweise eine Idee.« Kamalas Stimme war warm und sanft.
»Gut, aber es ist schwer, sich vorzustellen, daß ein einziges Symbol *alles* beinhalten kann.«
»Der Tanzende Shiva kann es, mein schöner *feringhi*. Vielleicht hast du ihn noch nie gesehen. Er stammt aus dem großen Kulturkreis des Südens. Ich will ihn dir erklären, und vielleicht verstehst du dann, warum der Tanz die tiefste Form des Gebets ist.«
Kamala erhob sich, Glöckchen klingelten. Sie nahm eine Tanzhaltung ein, beide Arme ausgestreckt, einen Fuß über den anderen erhoben.
»Die Bronzestatue des Tanzenden Shiva hat vier Arme, die beiden anderen mußt du dir vorstellen. Ein Bein ist über das andere gekreuzt und erhoben, so wie du es jetzt siehst. Die Figur steht in einem großen Bronzekranz.« Mit ihren Händen beschrieb sie kurz einen Kreis um ihren Körper. »Auf der Außenseite dieses Kranzes züngeln ringsum Flammen. Der Kreis bedeutet die Welt, so wie wir sie kennen, die Welt der Zeit und der Dinge, und die Flammen bedeuten die grenzenlose Kraft des Universums. Der Gott Shiva tanzt in diesem Kreis, denn er ist überall, ja, er erschuf das Universum durch seinen Tanz. Unsere Welt ist nur seine Unterhaltung.«

»Du meinst, er hat sowohl das Gute als auch das Böse erschaffen? Die Christen glauben, daß das Böse durch eine Frau in die Welt kam, die einen Mann zur Sünde verführte.«

»Sünde? Was ist das?« Kamala sah ihn verständnislos an. »Wie auch immer – Shiva hat es erschaffen. Sein Tanz hat die ganze Natur erschaffen.«

»Wie sieht er aus, abgesehen von den vier Armen?«

»Er hat langes Haar, das Haar des *yogi*, des Menschen der betrachtenden Lebensweise. Das lange Haar erstreckt sich von seinem Haupt bis an die Grenzen des Universums, da er alles Wissen besitzt. Jeder seiner vier Arme hat eine andere Bedeutung. In diesem, dem oberen rechten Arm hält er eine kleine Trommel. Sie bedeutet Töne, Musik und Worte, das erste, was das Universum belebt. In seiner linken Hand hält er ein brennendes Feuer, ein Symbol der Zerstörung. Er erschafft und zerstört. Seine untere rechte Hand ist erhoben und formt sich zu einem Zeichen.«

Kamala streckte ihre Hand aus wie zum Segen. »Dies ist eine *mudra*. Sie gehört zu der Händesprache, die wir in unseren Tänzen verwenden und bedeutet: ›fürchtet nichts‹. Die vierte Hand zeigt nach unten auf seine Füße. Ein Fuß zertritt einen sich windenden, mächtigen Zwerg, der den Eigensinn des Menschen darstellt. Der andere Fuß stemmt sich gegen die Kräfte der Erde, er symbolisiert die geistige Freiheit des Menschen.«

Kamala sah Hawksworth hoffnungsvoll an. »Verstehst du? Siehst du wie der Tanzende Shiva alles symbolisiert – Raum, Zeit, Schöpfung, Zerstörung? Und auch Hoffnung.«

Hawksworth kratzte sich in schweigender Verwunderung am Kopf. Kamala seufzte und setzte sich wieder auf den Boden.

»Dann versuche zu fühlen, was ich sage. Worte können diese Ideen nicht in der gleichen Weise ausdrücken, wie unser Tanz es kann. Wenn wir tanzen, rufen wir die Energie und die Lebenskraft an, die unabhängig von der Zeit wirken.«

Hawksworth erhob sein Glas und trank einen Schluck Wein. »Eure Hindusymbole kommen mir, ehrlich gesagt, ein wenig abstrakt vor.«

»Aber das sind sie nicht. Sie verkörpern nur die Wahrheiten, die wir in uns tragen, wie Lebenskraft. Wir müssen nicht über sie nachdenken, sie sind hier. Und wir können sie erleben in der Vereinigung von Mann und Frau. Das ist unser *lila*, unser Spiel. Deshalb verehren wir den Gott Shiva mit Tanz und *kama*.

Hawksworth sah sie an, trank langsam seinen Wein und verstand kaum ihre Worte. Aber mit einem Male wurde ihm klar, daß er diese eigenartige Frau heftig begehrte.
»Du hast mir noch nicht gesagt, was *kama* bedeutet.«
»Weil ich mir nicht sicher bin, ob du es verstehen kannst.«
Sie musterte ihn mit erfahrenem Blick. »Wie alt bist du?«
»Ich gehe auf die Vierzig zu.«
»Die Zeit ist nicht gnädig mit dir verfahren. Oder ist es der Alkohol, den du trinkst?«
»Was schadet schon ein kleiner Grog hin und wieder?«
»Du solltest weniger trinken, ich trinke nie. Schau mich an!«
Sie strich das Haar auf beiden Seiten ihrer Stirn zurück. Ihr Gesicht war makellos. »Die meisten Moslems verachten ihre Frauen, wenn sie die Dreißig überschritten haben, und oft sogar schon früher, aber mich wollen heute noch viele jüngere Offiziere besuchen. Kannst du raten, wie alt ich bin?«
»Eine Frau stellt diese Frage nur, wenn sie glaubt, daß sie jünger aussieht, als sie ist.«
»Ich bin über Fünfzig.« Sie sah ihn offen und einladend an. »Um wie viele Jahre ich die Fünfzig überschritten habe, darfst du allerdings nur raten.«
»Das will ich nicht. Ich versuche noch immer, mich an das zu erinnern, was heute abend alles passiert ist. Aber ich bin mir nicht mehr sicher, ob es jetzt noch eine große Rolle spielt.«
Hawksworth schob seinen Teller beiseite und beobachtete, wie die Diener eilfertig den Teppich abräumten. In der daraufhin einsetzenden Stille griff er hinter sich nach seinem Lautenkasten, öffnete den Riegel und nahm das Instrument heraus.
Kamala sah ihm neugierig zu. »Was ist das für ein Instrument?«
»Jemand in Surat hat es einmal einen englischen Sitar genannt.«
Kamala lachte. »Für einen Sitar ist es zu schmucklos. Aber es hat eine gewisse einfache Schönheit. Willst du für mich spielen?«
»Für dich und für mich.« Hawksworth schlug einen Akkord an. Die weißen Wände warfen das Echo zurück. »Das bringt mir meine Seebeine zurück, wenn ich an Land bin.«
»Jetzt bin *ich* diejenige, die nichts mehr versteht. Aber ich werde dir zuhören.«

Er spielte eine kurze, klagende Galliarde. Sie versetzte sein Herz mit einem Schlag nach London, er sah offene englische Gesichter, spürte die klare englische Luft. Der plötzliche Anfall von Heimweh war schmerzhaft und brachte ihn beinahe außer Fassung. Er spielte zu Ende und legte die Laute nachdenklich beiseite. Kamala ergriff sein Weinglas und hielt es ihm hin.

»Die Musik deines englisches Sitar, junger Botschafter, ist schlicht, gerade so wie das Instrument selbst. Aber ich fühle, daß sie dich bewegt. Vielleicht habe ich in seinen Klängen etwas von deiner Einsamkeit gespürt.« Sie schwieg und sah ihn ruhig an. »Du selbst bist jedoch nicht so einfach. Es ist keine Leichtigkeit in dir. Ich spüre, daß du von etwas erfüllt bist, das du nicht ausdrücken kannst.« Ihre Stimme klang weich und milde wie der Wein. »Warum hast du heute abend so zu Arangbar gesprochen? Du hast mein *dharma* verletzt. Ich bedeutete dir nichts. Vielleicht stimmt es, was viele mir erzählen, und ich beherrsche die Künste des *kama* besser als jede andere Frau in Agra. Dennoch gibt es in meinem Leben immer weniger Freude. Was wirst du jetzt tun? Vielleicht glaubst du, daß ich dir gehöre wie eine käufliche Kurtisane. Wenn dem so ist, dann irrst du. Ich gehöre keinem Mann.«

»Du bist hier, weil jemand es so gewollt hat.« Hawksworth sah sich um. Außer ihnen waren jetzt nur noch die beiden Musikanten im Zimmer. »Seine Beweggründe sind mir unbekannt. Auf jeden Fall aber bist du seit langem der erste Mensch, der keine Angst vor Arangbar hat. Das letzte Mal war es eine Frau in Surat . . .« Hawksworth brach ab und fuhr dann langsam fort: »Ich frage mich, ob du sie nicht kennst.«

»Ich kenne niemanden in Surat.«

»Vielleicht dachte jemand, es wäre gut, wenn ich dich träfe.«

»Wer? Jemand in Surat? Aber warum?«

»Vielleicht dacht sie, ich bräuchte . . . ich weiß nicht recht.«

»Vielleicht meinst du, daß unser Zusammentreffen Teil unseres *dharma* ist?«

»Du meinst so, wie es das *dharma* eines Radschputen ist, ein Krieger zu sein und zu töten?«

»*Dharma* kann vieles sein. Es ist das, was jeder von uns tun muß, unsere Bestimmung.«

»Das habe ich schon einmal gehört.«

»Weißt du aber auch, was dein *dharma* ist?«

»Ich suche es noch. Daß ich hier bin, gehört vielleicht dazu.«
»Und dann?«
»Ich . . . ich glaube, der Rest ist mir noch nicht klar.«
»Für die Hindus gibt es außer der Erfüllung des *dharma* noch einen zweiten Sinn im Leben. Wir nennen ihn *artha*. Es ist das Streben, etwas haben zu wollen. Wissen, Reichtum, Freunde. Bist du deshalb hier?« Kamala lächelte verächtlich. »Manche Kaufleute glauben, *artha* sei das wichtigste Ziel im Leben.«
»Das kann auf mich nicht zutreffen. Irgendwie verliere ich immer alles, was ich besitze.«
»Die Hindus, mein schöner *feringhi*, glauben auch, daß es im Leben noch einen dritten Sinn gibt. Und das ist *kama*, die Lust der Sinne.«
»Das klingt schon besser als die beiden anderen.«
»Sprich nicht leichtfertig davon! Für Hindus ist es ein ebenso bedeutendes Ziel des Lebens wie *dharma* und *artha*. *Kama* wird uns von Shiva und seiner Gattin Parvati gelehrt. Es bedeutet Liebe, Lust, die Urkraft der Begierde.« Sie sah Hawksworth lange an und blickte dann auf die Laute, die in der Ecke stand. »Die Musik gehört zum *kama*. Auch durch sie erleben wir Schönheit und Freude. Sie ist das *kama* des Herzens. Aber es gibt auch das *kama* des Körpers, und das ist dir wohl noch unbekannt. Deine Musik verrät dich, du bist ein wollüstiger Mann. Aber du bist nicht sinnlich. Kennst du überhaupt den Unterschied?«
»Woher weißt du, was ich bin?«
»Vergiß nicht, ich war früher eine *devadasi*. Es ist mein *dharma*, die Herzen der Männer zu erkennen. Wer sie sind, und was ihnen Lust bereitet.« Sie schwieg einen Augenblick. »Der Wollüstige kennt nur seine eigenen Gefühle. Wer sinnlich ist, kann auch geben.«
Das Gespräch hatte eine Wendung genommen, die Hawksworth nicht behagte. Er wußte nicht, was er erwidern sollte.
»Berührst du eine Frau mit dem gleichen Gefühl, mit dem du die Saiten deines englischen Sitar berührst?«
»Ich sehe da keine Verbindung.«
»Die Künste des *kama* gleichen in vielem der Beherrschung deines Sitar. Man kann sein Leben lang Noten spielen und macht doch nie Musik, wenn die Hand nicht vom Herz geleitet wird, von *prahna*, dem Atem des Lebens.« Sie machte eine diskrete Pause. »Warst du in Indien schon mit einer Frau zusammen?«

»Nun . . . ich kannte eine Kurtisane in Surat, die . . .«
Kamalas Blick verhärtete sich, ihre Stimme jedoch blieb sanft. »Ist dies die Frau, von der du gesprochen hast?«
»Nein, das war eine andere, die Kurtisane hieß Kali. Sie lebte eine Zeitlang in Arangbars *zenana*, wurde dann aber ausgestoßen.«
»Man hat sie wahrscheinlich nicht richtig unterwiesen. Aber hast du die Macht des *kama* mit dieser Kurtisane in Surat verspürt?«
»In England reden wir nicht von solchen Dingen.«
»Sei nicht töricht. Du beurteilst die Kunstfertigkeiten eines Musikanten. Warum nicht auch die einer Kurtisane?« Sie wandte sich ab und sagte etwas, was Hawksworth nicht verstand. Die beiden Musikanten erhoben sich unverzüglich und zogen einen Wandschirm vor die Zimmerecke, in der sie saßen. Dann erklangen die ersten Töne einer einfachen, einprägsamen Melodie. Die sanften Töne der Bambusflöte schwollen an und hüllten den Raum in ihre weiche Wärme.
»Ich habe ihn gebeten, für dich *alap* zu spielen, die Eröffnung eines südindischen *raga*. Es soll dir helfen zu verstehen. Seine Musik hat den Atem des Lebens, *prahna*. Er spricht zu Shiva mit seiner Musik. *Kama* muß auch vom Herzen kommen. Wenn wir ihrer würdig sind, werden wir in uns die lebensspendende Kraft erwecken.« Sie warf Hawksworth einen schnellen Blick zu. »Erzähle mir mehr von dieser Kurtisane in Surat.«
»Vielleicht kann ich es nicht sehr gut beurteilen, aber sie beherrschte gewiß mehr Liebeskünste als die meisten Frauen in England.«
»Das ist nicht verwunderlich, jeder weiß, daß die *feringhi*-Frauen nichts von der Lust verstehen.« Kamala hielt inne und sah ihn mit ihren dunklen Augen aufmerksam an. »Noch nie hat ein *feringhi* mit seiner Musik meine Sinne angerührt. Dir ist es gelungen. Ich weiß nicht, wie du es getan hast. Für dich tanzen kann ich nicht, denn mein Tanz gehört Shiva. Aber ich will dich berühren.«
Sie rückte näher heran, bis sie zu Hawksworth' Füßen saß. Mit einer sanften Bewegung entfernte sie einen seiner Stiefel und strich ihm über einen Zeh. Zu seinem Erstaunen erzitterten alle Nerven in seinem Körper.
»Was machst du mit mir?«
»Das Geheimnis von *kama* ist Berührung, lustvoll zu berühren und von dem, den wir begehren, berührt zu werden. Verstehst du, was ich damit sagen will?«
»Ist das *kama*?«

»Nur ein kleiner Teil davon.«
»Die Kurtisane in Surat hat mir von dir erzählt. Sie sagte, du hättest ein Buch . . . einen alten Text.«
Kamala lachte und begann, ihm den anderen Stiefel auszuziehen. »Ich habe schon mehrfach gehört, daß die *feringhi* glauben, alles ließe sich in Büchern festhalten. Du meinst wahrscheinlich das Kama sutra. Wer immer dir davon erzählt hat, gelesen hat er es wahrscheinlich selber nie. Natürlich besitze ich es, und ich sage dir, es ist ein Riesenschwindel. Ein verstaubter alter Gelehrter namens Vatsvayana hat es in seiner Studierstube zusammengeschrieben. Er wußte ganz bestimmt nichts von der Lust und schrieb aus allen möglichen alten Büchern ab. Es ist vielleicht ganz unterhaltsam, aber es zeugt auch von Pedanterie und Unwissenheit. Auf gar keinen Fall aber ist es ein sinnliches Buch, denn Vatsvayana wußte nichts von Begierden, wahrscheinlich hat er nie welche verspürt. Das einzige, was er beherrschte, war die Kunst, Listen aufzustellen, in denen er beispielsweise aufführt, wie man sich während der Liebe beißen und kratzen kann. *Warum* das aber so erregend ist, davon hat er keine Ahnung. Sie strich ganz sanft mit ihrem langen, roten Fingernagel über den Rist seines Fußes, und wieder durchfuhr ihn ein Schauer der Erregung.
»Ich fange an dich zu verstehen.«
»Noch verstehst du gar nichts. Oder hast du an dem Tag, an dem du zum erstenmal dein Instrument in die Hand nahmst, gewußt, welche Lust, welche Kraft und welche Schönheit in deinem Spiel liegen würden?«
»Auf unbestimmte Weise hat mich die Musik schon immer berührt, aber ich wußte nie, was genau es war.«
»Und jetzt, viele Jahre später, weißt du es.« Sie setzte sich neben ihn und begann die Glöckchen an ihren Knöcheln zu lösen. Sie klingelten leise, als sie sie vorsichtig beseite legte. Dann öffnete sie ein kleines Kästchen, das sie mitgebracht hatte, und klebte unter den Edelstein, den sie an ihrer Stirn trug, einen roten Punkt.
»Jetzt verspüre ich die erste Regung des *kama* in mir, das Erwachen der Lust. Und da ich es fühle, weiß ich, daß du es auch fühlen mußt.« Sie öffnete sein Wams und drückte ihn sanft in das Polster zurück. Die Töne der Flöte umschwebten sie in der Dunkelheit. Kamala lauschte einen Moment, dann erhob sie sich und stand vor ihm. Ihre Augen hielten

seinen Blick. Sie löste den schweren, juwelbesetzten Gürtel, den sie um ihren *sari* trug, und ließ ihn auf den Boden fallen. Sie kreuzte die Füße in fast ritueller Langsamkeit, und die Seide schmiegte sich noch enger an die statuenhafte Silhouette ihrer Beine. Wortlos streifte sie dann den *sari* von ihrer Schulter und enthüllte die vollkommene Rundung ihres Busens. Ihr Körper glich einem sinnlichen »S«, dessen obere Hälfte ihre halb enthüllte Brust und dessen untere Hälfte die runde Kurve ihrer Hüften war.

Wie gespeist aus Erinnerungen, die weit in die Vorzeit der Zivilisation zurückreichen, hatte sie mit knappen, einfachen Bewegungen ihren Körper in ein altes Fruchtbarkeitstotem verwandelt, ein Gebet um Überfluß der Lenden. Hawksworth erkannte in ihrer Stellung die Haltung wieder, welche er in einem moosbedeckten Tempel in Mandu nördlich von Burhanpur gesehen hatte. Es war die Weiblichkeit selbst, die mit der Erde die Macht über das Leben teilte. Ohne daß er es wollte, hatte diese Göttin aus Stein Lust in ihm erweckt, wie seit Tausenden von Jahren bei anderen Männern auch, ganz wie es ihre Bestimmung war. Nun stand sie vor ihm.

Sie trug nur noch ein schmales Seidenband, das von einem dünnen Jadestreifen gehalten wurde. Ihr Körper war wie Elfenbein, vollkommen von der Kette um ihren Hals bis hinab zu den kleinen Ringen an ihren Zehen. Ihre Brüste wölbten sich voll in geometrischem Gleichmaß und eine lange Perlenkette lag zwischen ihnen. Hawksworth starrte sie an. Der Trommler schlug einen Rhythmus, der genau seinem Herzschlag entsprach.

Sie ließ sich neben Hawksworth nieder und schlüpfte mit ihrer Hand in sein offenes Wams. »Der erste Ton des *raga* kann alles enthalten, wenn er mit *prahna* gespielt wird. Und auch die erste Berührung von Mann und Frau kann zum *om* werden, der Silbe, die die Gesamtheit der Schöpfung trägt.«

Ihre Hand glitt leicht wie eine Feder über seinen Körper, und in wenigen Momenten war seine Diplomatentracht abgestreift wie eine alte Haut, die er nicht mehr brauchte, und er streckte seine Hand aus, um ihre Brust zu berühren. Ihre Hand unterbrach die seine auf ihrem Weg.

»In seinem Tanz hatte Shiva vier Hände, aber er gebrauchte sie nicht zum Berühren. Wenn du meine Brüste spüren willst, dann spüre sie mit deinem Körper.« Sie beugte sich über ihn. »Dein Körper ist hart und fest

wie das steinerne *lingam* des Shiva, aber deine Haut hat noch immer eine verborgene Weichheit wie eine Hülle aus roher Seide.«
Er fühlte die Berührung ihrer harten Brustwarze, die an seinem Rückgrat entlangstrich. Kamala bewegte sich langsam, aufreizend, berührte kaum seine Haut. Ihr Moschusduft hüllte ihn ein. Das Gefühl, das ihm ihre sachte Berührung gab und das Wissen, daß es die Brust war, die er so gern berühren wollte, schärften seine Sinne für alles, was ihn umgab, selbst für den ruhigen Rhythmus ihres Atems.
Plötzlich und ohne Warnung fuhr sie mit der Spitze ihres langen, roten Fingernagels scharf sein Rückgrat entlang, genau dort, wo seine Nerven auf Empfindung harrten. Er fühlte einen köstlichen Schmerz, fuhr herum und blickte in ihre lächelnden Augen.
»Was . . .?«
»Siehst du, wie dein Sinn für Berührung erweckt werden kann? Nun darfst du meine Brüste berühren, aber nur mit deinen Fingernägeln. Hier . . .« Sie zog ihn hoch und schlang ein Bein um seinen Körper. Ihre Ferse lag an seinem Gesäß, und ihre Wärme hüllte ihn ein wie ein Mantel. Sie umschlang ihn mit ihren Schenkeln, nahm seine Hände in die ihrigen und zeichnete mit seinen Nägeln ein Muster von Kratzern auf ihre Brüste. Jeder war anders, und jedesmal, wenn sie seine Hände drückte, gab sie der Form des Kratzers einen Namen. Vor Schmerz wurde ihr Atem immer schneller, und bald waren ihre Brüste mit einer Girlande aus dunkelroten Linien geschmückt.
Endlich versuchte Hawksworth zu sprechen, aber sie hielt seine Unterlippe mit ihren Zähnen fest, und brachte nun mit ihren Nägeln seiner Brust ein identisches Kratzmuster bei. Er fand den Schmerz eigenartig beglückend, er floß gleichsam zwischen ihren Körpern hin und her und stimmte sie aufeinander ein. Instinktiv wollte er sie nehmen, aber sie schlang sich nur noch fester um ihn und blieb unerreichbar. Als er glaubte, es nicht länger ertragen zu können, ließ sie sich auf das Polster nieder.
Das Tempo der Trommel beschleunigte sich, aber er merkte es kaum.
»Denk daran, nichts mit deinen Händen zu berühren. Alles andere ist erlaubt.«
Der Wein hatte seinen Geist gesättigt, aber nun war er überwältigt von der Begierde, die von ihrem Körper ausging. Mit seiner Zungenspitze strich er an ihr entlang, berührte zuerst ihre Lippen, dann die dunklen

Brustwarzen und die elfenbeinerne, sanfte Höhlung unter ihren Armen. Dort war die Haut weich wie die eines Kindes und so empfindsam, daß sie unwillkürlich erzitterte. Er reizte sie, langsam, begehrlich, bis sie vor Lust schrie. Dann führte er seine Zunge weiter, umkreiste ihren Nabel, fand dort ein wenig Flaum, den sie nicht beseitigt hatte. Er berührte sie nur mit seinem Atem, bis er fühlte, daß sie es nicht länger ertragen konnte. Dann führte er sein Glied an der Innenseite ihrer Schenkel entlang, immer höher, bis zu dem Seidenband. Beide verloren sich in ihrer Begierde.

Mit einer schnellen Bewegung erhob sie sich, setzte sich auf ihn, wenngleich noch immer ihn kaum berührend. Sie löste die Juwelenspange in ihrem Haar, und die dunklen Strähnen fielen über seine Brust. Er sah sie an, und sie ergriff ihre Haare und strich mit ihnen langsam und erfahren über die empfindsame Unterseite seines Gliedes, das unter ihr stand. Sie kam ihm so nah, daß auch ihr Geschlecht gereizt werden konnte, und ihr Atem kam in kurzen Stößen.

Er wußte, daß er verloren hatte, und ihr Atem verriet ihm dasselbe von ihr. Ihre Blicke versanken ineinander, beide fühlten sie, daß der Höhepunkt des anderen unmittelbar bevorstand. Da glitt ihre linke Hand unter sie und hielt die Spitze seines Gliedes mit den Fingernägel fest. Der Schmerz steigerte seine Lust.

Sie lenkte den warmen Strom genau auf ihre harte Knospe. Als er sie traf, verlor sie sich im *sitkrita*, dem Schrei der höchsten Lust, und fiel zuckend über ihn, Lende an Lende, in vollendeter Befriedigung.

Während der Trommler die letzten Töne des *raga* schlug, erkannte Hawksworth, daß sie mit seinem Höhepunkt den ihrigen herbeigeführt hatte, ohne daß sich ihre Körper dabei berührten.

»Ich habe nie gewußt, daß die Liebe so intensiv sein kann.« Mit diesem Einverständnis überraschte er sich selbst.

»Weil ich dich mit mehr als nur mit meinem Körper geliebt habe.« Sie lächelte ihn vorsichtig an und berührte die Spuren auf seiner Brust. »Dies war die erste Stufe des *kama*. Bist du bereit für die zweite?«

19 Nadir Sharif beobachtete die Taube, die auf den roten Sandsteinsims niederschwebte und in erschöpfter Zufriedenheit ihr Gefieder glättete. Als sie den Ersten Minister sah, legte sie den weißgefleckten Kopf für einen Moment zur Seite. Dann wackelte sie zufrieden zum Wassergefäß des steinernen Taubenhauses.

Er erkannte sie sofort als eines der Tiere, die er in Gwalior hielt, dem von Süden gesehen letzten Taubenschlag auf dem Weg nach Agra. Die kleine Kapsel am Bein des Vogels gehörte allerdings nicht ihm, denn auf ihrem silbernen Deckel befand sich das Siegel des neuen portugiesischen Vizekönigs von Goa, Miguel Vaijantes.

Nadir Sharif wartete ruhig, bis die Taube getrunken hatte. Er wußte, daß Geduld belohnt wurde. Geduldig hatte er eine Woche lang den *feringhi* beobachtet, eine ganze Woche lang, und er hatte so fast alles erfahren, was er wissen mußte. Seit seiner Ankunft war der Engländer jeden Tag zum *durbar* geladen worden. Arangbar ließ sich von seinen Geschichten unterhalten, und die einfachen Geschenke des *feringhi* lenkten ihn ab. Noch nie hatte Arangbar einen *feringhi* getroffen, der Türkisch sprach und somit Turki, die Muttersprache des Moguls, verstehen konnte, und es bereitete dem Mogul ein großes Vergnügen, die Jesuiten vor den Kopf stoßen und auf ihre Übersetzerdienste verzichten zu können.

Am meisten gefiel es Arangbar jedoch, den Engländer zum Wetttrinken herauszufordern, und es verging kaum ein Abend, an dem sie nicht bis Mitternacht zusammensaßen und becherten.

Je näher sich Arangbar und der Engländer kamen, desto wütender und verbissener wurden die Portugiesen. Der trinkfeste Seemann prahlte mit Geschichten über die Ostindische Kompanie und deren kühne Pläne, erzählte von der alten Levante-Kompanie und ihren Auseinandersetzungen mit Spanien über die Schiffahrtswege im Mittelmeer, sprach über englische Kaperfahrten bei den Westindischen Inseln . . . schlichtweg über alles, nur nicht darüber, wann die nächste Indienfahrt stattfinden würde.

Nadir Sharif lauschte den ausgedehnten Gesprächen viele Nächte lang und fand schließlich die Antwort auf die Frage, die Arangbar am stärksten beschäftigte.

Der Engländer macht uns was vor. England hat keine Flotte, zumindest keine, die groß genug wäre, um die portugiesische Kontrolle über den

Indischen Ozean ernsthaft in Frage zu stellen. Für mindestens ein Jahr wird es keine weitere Fahrt und keine Geschenke mehr geben. Der Engländer träumt den Traum eines Narren.
Wenn die Geschenke aus Europa verbraucht sind und wenn er sein Geld für Juwelen und Geschenke für den Mogul ausgegeben hat, wird er vom Hof verjagt werden. Arangbar spielt mit ihm wie mit einer Marionette, er vertröstet ihn von Tag zu Tag, morgen wird der *firman* unterzeichnet, morgen . . . Aber es wird nicht dazu kommen, es sei denn, Arangbar kann davon überzeugt werden, daß der König von England mächtig genug ist, indische Schiffe vor Vergeltungsaktionen der portugiesischen Flotte zu schützen. Und das bringt der Engländer offensichtlich nicht fertig, zumindest jetzt nicht und nicht ohne Flotte. Die Zeit wird knapp für ihn, und mir scheint, er weiß es. Er trinkt mehr, als ein Mann in seiner Lage trinken sollte. Zwar verliert er nie die Beherrschung, aber manchmal fehlt nicht mehr viel dazu. Wenn Arangbar nicht so oft selbst betrunken wäre, wäre es ihm schon längst aufgefallen.
Nadir Sharif blickte auf die Briefkapsel und lächelte. Seine Exzellenz Miguel Vaijantes macht sich Sorgen. Sicherlich fordert er mich auf, den Engländer bei mir festzuhalten und ihn von Arangbar zu isolieren.
Das wird kaum nötig sein, der Engländer ist bald vergessen. Wie lange wird er noch die Aufmerksamkeit des Moguls fesseln können? Einen Monat lang? Zwei Monate? Ich weiß, daß sein kleiner Vorrat an Geschenken für Arangbar fast aufgebraucht ist.
Aber warum den Vizekönig mit dieser Einsicht beschweren? Es ist besser, mit ihm zu handeln. Für einen genügend hohen Preis garantiere ich ihm, daß auch morgen die Sonne wieder aufgeht. Und das Ende des Engländers ist nichts weniger gewiß.
Nadir Sharif streichelte die Taube liebevoll, während er das Seidenband löste, das die Kapsel festhielt. Der Dekkan fiel ihm ein. Noch immer keine Taube von Mumtaz. Wie eigenartig, daß sie im vergangenen Monat nur diese eine Botschaft durch den Radschputen geschickt hatte, die ausschließlich dem Zwecke diente, eine kleine Unterkunft für den Engländer zu erbitten. Wer konnte wissen, was hinter dieser Bitte steckte? Vielleicht nur ein Scherz des Prinzen?
Kamala hat den Engländer verändert, sie hat ihn sanfter gemacht. Hat der Prinz besondere Pläne mit ihm? Aber wenn dem so ist, warum wurde die Botschaft dann durch Mumtaz geschickt? Doch was auch

immer die Gründe sein mochten, er hatte mit Freuden seiner Tochter diesen Gefallen getan, und es war ihm klar, daß es vielleicht der letzte Gefallen sein würde, den er ihr erweisen konnte.

Es war nun sicher, daß Prinz Dschadar für immer aus Agra verbannt werden würde. Die Ereignisse der letzten vier Wochen machten dies unwiderruflich. Heute beginnen die Feierlichkeiten zu Arangbars Geburtstag. Nächste Woche ist Allaudin Ehrengast bei der *shikar*, der königlichen Jagd. Zwei Wochen später beginnen die Hochzeitsfeierlichkeiten, und in der Woche darauf findet die Hochzeit selbst statt. Noch vier Wochen, und Dschadars Schicksal ist besiegelt. Selbst wenn er noch heute nach Agra zurückkehren würde, könnte er das Unvermeidliche nicht mehr verhindern.

Nadir Sharif setzte die Taube auf sein Handgelenk und fütterte sie mit eingeweichten Körnern, während er mit der anderen Hand vorsichtig die Kapsel entfernte. Als der Vogel zufrieden pickte, setzte er ihn auf den Sims zurück, entfernte den silbernen Deckel und lehnte sich zurück, um die Geheimbotschaft zu entschlüsseln.

Plötzlich fühlte sich der sanfte Morgenwind, der vom Jamuna heraufwehte, auf seiner Haut kalt an, und als ihm die Nachricht klarwurde, war der Wind zu einem Eishauch geworden.

Um ganz sicherzugehen, übertrug Nadir Sharif die Geheimbotschaft noch einmal. Aber es gab keinen Zweifel, weder am Text noch an seiner Bedeutung. Er hätte den Inhalt für einen absurden Scherz gehalten, vielleicht sogar für einen Scherz des Engländers, wenn die Portugiesen nicht eine von Dschadars eigenen Tauben abgefangen hätten.

Zwar gab die Depesche darüber keinen Aufschluß, doch war Nadir Sharif sich sicher, daß eine Kopie an Arangbar geschickt worden war. Und selbst wenn dies nicht geschehen war, so würde der Mogul die Nachricht noch an diesem Tag erhalten. Abgesehen von dem der Königin war sein Agentennetz das beste in ganz Indien.

Nadir Sharif schloß die Tür zum Taubenhaus, ergriff eine kleine Silberglocke und läutete leise. Noch bevor er die Glocke zurückgestellt hatte, stand ein Eunuch vor ihm.

»Euch zu Diensten, Sharif Sahib.«

»Wo ist der Engländer zur Zeit?«

»Im Garten, Sharif Sahib. Um diese Tageszeit hält er sich immer mit der Hindufrau dort auf.«

»Was treibt er da?«
»Wer kann das sagen, Sharif Sahib? Wir wissen nur, daß er jeden Tag um die Mittagszeit in den Garten geht. Vielleicht zeigt sie ihm, wie man den Sitar spielt. Aber er wird jetzt bald aufbrechen, um bei der Wiegezeremonie zum Geburtstag Seiner Majestät anwesend zu sein. Auch für Euch wird es Zeit.«
»Der englische *feringhi* wurde eingeladen?« Nadir Sharif war überrascht.
»Er erhielt eine Einladung, Sharif Sahib.«
»Bring ihn in das Empfangszimmer. Ich will mit ihm reden, bevor er aufbricht.«
Der Eunuch wandte sich schnell zur Tür und war verschwunden.
Nadir Sharif beschäftigte sich ein letztes Mal mit dem Geheimtext, dann läutete er nach seinem Turban.

»Botschafter Hawksworth, vergebt mir, daß ich während der letzten Tage so beschäftigt war.« Nadir Sharif verbeugte sich ungewöhnlich tief. »Es ist uns nicht immer vergönnt, unsere Gäste so zu unterhalten, wie wir es gern möchten. Die Vorbereitungen für den heutigen Tag haben mich übermäßig in Anspruch genommen. Aber bitte, nehmt Platz.«
Hawksworth Blick überflog den Raum. Die Wände waren mit dicken Teppichen behängt, die Luft mit Rosenweihrauch leicht parfümiert. Bevor er antworten konnte, bot ihm ein Diener mit einer Verbeugung einen Kelch mit persischem Wein an, und Nadir Sharif fuhr mit sanfter Stimme fort. »Habt Ihr einen Zeitvertreib gefunden? Man erzählt mir, Ihr habt Euer Interesse für den Sitar entdeckt. Ein wunderbares Instrument. Und sagt, wie gefällt Euch mein Garten?«
»Ich weiß nicht recht.« Hawksworth spürte, wie seine Wachsamkeit sich verschärfte, wie immer, wenn er mit Nadir Sharif allein war. »Er erinnert mich an die Tudor-Gärten der englischen Schlösser. Ich mag die genaue Geometrie der Wege und der Hecken und die fließenden Wasser. Dort zu sitzen und zu üben ist sehr beruhigend.«
»Ihr findet also den persischen Garten beruhigend? Ihr wißt doch, daß es ein persischer Garten ist, oder? Die Idee der symmetrischen Gärten stammt aus Persien, sie wurde nicht in dieser barbarischen Einöde geboren.«

Nadir Sharif winkte ihn zu einem Polster und schwieg, bis Hawksworth sich niedergesetzt hatte. »Ich freue mich«, begann er dann wieder, »daß Euch mein Garten gefällt. Wißt Ihr, Botschafter, einem Mann in der Wüste erscheint eine Oase, ein wenig Grün und ein wenig Wasser wie das Paradies. Und deshalb glauben wir, daß wir ein Stück von Allahs Paradies erschaffen, wenn wir einen Garten anlegen. Der Heilige Koran selbst sagt, daß das Paradies einem Garten ähnelt.«

»Aber wessen Idee war es, hier persische Gärten anzulegen?«

»Als vor etwa hundert Jahren der erste Mogul-Eroberer nach Indien kam, fand er die Landschaft um Agra besonders öde. Sie stimmte ihn traurig, und er ließ sofort einen persischen Garten anlegen. Aber ein jeder von uns muß seinen Beitrag leisten, und so findet Ihr heute überall in Indien Gärten. Der Garten, müßt Ihr wissen, ist unser Tribut an die Natur.«

»Aber warum sind sie so geometrisch? Ihr verwendet Wasser, Steine und Pflanzen so, daß ihre Anlage den Marmorböden Eurer Paläste gleicht.«

»Mathematik, Botschafter, die Grundlage aller Gesetzmäßigkeit! Der Islam bedeutet die Herrschaft des Gesetzes. Warum, glaubt Ihr, haben wir so viele Mathematiker? Ich entwarf diesen Garten mit genau berechneten geometrischen Unterteilungen. Ich empfinde tiefe Zufriedenheit bei dem Gedanken, der Willkür der Natur eine Ordnung auferlegen zu können.«

»Warum sind die steinernen Gartenwege erhöht? In englischen Gärten sind sie ebenerdig und mit Sträuchern gesäumt.«

»Auch das ist leicht zu erklären. Unsere Gärten sind eigentlich versteckte Wasserwege, in denen das Wasser ständig von einer Seite zur anderen fließt. Die Wege müssen über dem Wasserspiegel liegen.«

Nadir Sharif winkte ab. »All dies sind technische Einzelheiten. Unser Garten ist dort, wo wir Ruhe finden und wo wir auf den Frühling warten, den wir mit dem persischen Neujahrsfest begrüßen.« Nadir Sharif schlenderte an das Fenster und sah in den Garten. »In Indien scheint der Frühling aus dem Süden zu kommen. Man sagt, daß die Knospen jeden Tag einige *kos* nördlicher sprießen, wie eine zarte Armee auf dem Vormarsch. Wir Perser glauben jedoch, daß der Frühling einen sicheren Hafen braucht, wenn er bleiben soll. Und dies ist ein anderer Grund, weshalb wir Gärten anlegen.«

»Ich kann Euch nicht ganz folgen.«
»Es gibt ein berühmtes Frühlingsgedicht von dem persischen Dichter Farrukhi, in dem Gärten auch eine Rolle spielen. Er schrieb, daß der Frühling sich in einem Land immer verachtet und erniedrigt fühlte, denn es gab für ihn dort keinen Platz außer der Wüste, dem Ort der Steine und der Disteln. Da baute ihm ein reicher Mann – nebenbei bemerkt, der Mäzen Farrukhis, dem dieses Gedicht schmeicheln sollte – einen Garten, und im nächsten Jahr kam der Frühling aus dem Süden und fand dort eine Heimat.« Nadir Sharif lächelte. »Das Gedicht beginnt eigentlich damit, daß das Kommen des Frühlings vor Erschaffung des Gartens mit der Ankunft eines bankrotten *feringhi* verglichen wird. Er kommt ohne Teppiche, ohne Mittel für seinen Lebensunterhalt. Nachdem der Frühling jedoch den Garten entdeckt hatte, brachte er aus dem Süden Türkise für die Weiden und Rubine für die Rosen mit.«
Nadir Sharif lächelte. »Wie gefällt Euch Farrukhis Gedicht, Botschafter?«
»Wie meint Ihr?«
»Reine Neugierde. Ich frage mich, wie groß die Aussichten sind, daß der Frühling auch in diesem Jahr aus dem Süden kommen wird. Ist der ›bankrotte *feringhi*‹ nur gekommen, um zu sehen, ob der Garten bereit ist? War das erste Kommen des Frühlings eine Täuschung und steht die wirkliche Frühlingsankunft noch bevor?«
Hawksworth betrachtete Nadir Sharif prüfend. »Ich verstehe nicht, was Ihr sagen wollt. Aber ich wüßte gern, ob Ihr mit Seiner Majestät über den *firman* gesprochen habt?«
»Glaubt mir, ich lenke die Rede täglich darauf. Ich bin sicher, er wird der Aushandlung von Bedingungen bald zustimmen.«
»Dann gibt es also immer noch kein Ergebnis!« Hawksworth setzte sein Glas ab. »Ich dachte, deshalb wolltet Ihr mich sprechen. Ihr jedoch redet nur von persischen Gärten und persischen Dichtern.«
»Botschafter, ich bin kein Mann der leeren Worte. So gut solltet Ihr mich kennen.« Nadir Sharif wandte sich um und auf einen Wink hin entfernte sich der Eunuch.
»Sagt mir, Ihr habt doch den Prinzen Dschadar einmal getroffen. Haltet Ihr ihn für einen klugen Mann?«
Hawksworth nickte unverbindlich.
»Ich versichere Euch, Botschafter, daß er in der Tat sehr klug ist. Selbst

seine schlimmsten Feinde würden dies nicht in Zweifel stellen. Außerdem ist er sehr listenreich. Nur wenige in dieser Stadt wissen, daß er sein eigenes Agentennetz besitzt. Allerdings hat er keinen Zugang zu den Botschaften der *wakianavis*, der offiziellen Berichterstatter in den Provinzen, oder zu den Botschaften der *harkaras*, der geheimen Informanten Seiner Majestät.« Nadir Sharif hielt inne. »Zumindest *glauben* wir, daß er keinen Zugang zu ihren Berichten hat. Aber er braucht sie auch gar nicht. Er hat sein eigenes System von Berichterstattern, mit dessen Aufbau er vor über zwei Jahren begann. Spione, deren Identität sorgfältig gehütet wird. Wir kennen ihre Namen nicht, aber wir wissen, daß er sie sein *swanih-nigars* nennt. Sie ziehen genaue Auskünfte ein über alles, was in den Provinzen geschieht oder worüber er sonst Bescheid wissen möchte. Sein Netz ist weit gespannt und funktioniert ausgezeichnet . . .«

Hawksworth mußte plötzlich an Shirin denken und an ihre Aufzeichnungen im Observatorium.

»Natürlich hat er auch seine Spione an der Südküste. Manchmal jedoch gehen sie mit einer Nachricht zu sorglos um. Eine verschlüsselte Botschaft an den Prinzen, die einer von Dschadars geheimen *swanih-nigars* in Cochin, im Süden der Malabarküste, abschickte, wurde von einem, portugiesischen Schiffahrtsagenten im Hafen von Mangalore abgefangen. Diese Botschaft erschien den Portugiesen so interessant, daß sie glaubten, sie mir zusenden zu müssen. Was, glaubt Ihr, enthält diese Nachricht wohl?«

»Ich habe keine Ahnung.«

»Sagt mir, Botschafter, die Ostindische Kompanie treibt Handel auf Java, ist das richtig?«

»Vor sechs Jahren richtete die Gesellschaft eine Faktorei in Bantam, dem Haupthafen der Insel, ein.«

»Fand dieses Jahr eine Fahrt nach Bantam statt?«

»Die *Discovery* sollte Bantam noch in diesem Jahr mit Ladung aus Surat anlaufen.«

»Botschafter, die Zeit der Spiele ist vorbei! Euer Verwirrspiel hat denjenigen, die Euch helfen möchten, ihre Aufgabe sehr erschwert.« Nadir Sharif sah Hawksworth nachdenklich, fast traurig an. »Es wäre besser gewesen, Ihr hättet mir alles früher erzählt. Wie traurig, daß ich meine Informationen Spionen verdanke. Es wird Euch gewiß nicht erstaunen, wenn Ihr erfahrt, daß der portugiesische Vizekönig, Seine Exzellenz Miguel Vaijantes, über diese Nachricht sehr erzürnt ist. Sie wird nicht ohne Folgen bleiben.«

»Wovon redet Ihr?«

»Von der Geheimbotschaft für Dschadar. Ihr hättet mir früher von den Plänen Eures Königs berichten sollen. Die Dinge sähen jetzt ganz anders aus.« Nadir Sharifs Blick war kalt. »Ihr braucht nicht länger Ahnungslosigkeit zu heucheln. Fischer sichteten die Flotte vor drei Tagen vor der Malabarküste. Vier bewaffnete Fregatten mit englischer Flagge auf nordwestlichem Kurs. Sie bleiben also auf See, um den portugiesischen Küstenpatrouillen auszuweichen. Die Gefahr für sie, entdeckt zu werden, war nur sehr gering. Die abgefangene Geheimbotschaft an Dschadar enthielt aber noch einen zweiten Punkt. Es war sehr listig von Eurer Ostindischen Kompanie, auch noch eine zweite Flotte von Java aus unsere Westküste entlangsegeln zu lassen. Wenn die Portugiesen die Botschaft an Dschadar nicht abgefangen und entschlüsselt hätten, wären sie völlig überrascht worden. Jetzt aber können sie sich ausrechnen, daß die Flotte Surat noch in diesem Monat erreicht. Es sei denn, jemand tritt ihr entgegen und hält sie davon ab . . . was ganz sicherlich geschehen wird.«

Die duftende Luft des Morgens schien noch über dem inneren Hof von Arangbars Palast zu schweben, als Hawksworth sich den hohen Holztüren näherte. Die überraschende Nachricht von der englischen Flotte hatte seine Stimmung steigen lassen. Er trug sein bestes Wams und seine feinsten Strümpfe. Als mit Türkensäbeln bewaffnete Eunuchen seine Einladung genau prüften und ihn mit unterwürfigen Verbeugungen passieren ließen, kam er sich vor, als trete er durch die Portale eines persischen Traumlandes. Zwei Monate lang hatten Diener und Sklaven während der kühlen Herbstnächte daran gearbeitet, die offene Marmorarkade in einen weiten, prunkvollen Empfangssaal für die einen Mondtag oder fünf Sonnentage umfassenden Feierlichkeiten zu Arangbars Geburtstag zu verwandeln. Die umlaufenden Galerien waren mit dicken Teppichen behängt, die Wände mit neuen Tapisserien verkleidet. Auf dem Platz in der Mitte war wie aus dem Nichts ein blühender Garten entstanden, der durch miteinander verbundene Marmorbrunnen aufgelockert wurde. In diesem neuen Garten gab es keine Zeit: Tag und Nacht verschmolzen miteinander, denn der Himmel selbst war ein Baldachin aus rotem, goldbesticktem Samt und wurde von silberverkleideten Pfosten gehalten, die vierzig Fuß hoch und dick wie Schiffsmasten waren. Die Horizonte des Samthimmels waren mit vielfarbigen Baumwollseilen ringsum an der Galerie an steinernen Ösen vertäut.

Der Mittelpunkt der bevorstehenden Feierlichkeiten war eine riesige Waage, auf der Arangbar, wie jedes Jahr, gewogen werden würde. Aus seinem Gewicht würden die Ärzte Schlüsse auf seinen zukünftigen Gesundheitszustand ziehen, und wenn es gegenüber dem vergangenen Jahr gestiegen war, würde allgemeiner Jubel herrschen. Aber ob mehr oder weniger – sein Gewicht schien stets nur das Beste für Indien anzukündigen; die Ärzte fanden immer Gründe, weitere hundert Jahre gnädiger Herrschaft vorauszusagen.

Auch die Waage kündigte Großes an. Das Wiegen eines Königs erforderte königliche Maße. Die Waagschalen waren mit Kissen belegt, vergoldet und mit Juwelen geschmückt. Sie hingen an vier schweren, goldenen Ketten, die mit Seide umwunden waren, an einem Pfahl. Der Pfahl selbst und sein Gerüst waren aus Rosenholz geschnitzt, ebenfalls mit Juwelen verziert und mit Blattgold verkleidet.

Dem aller Welt Freude verheißenden Ereignis wohnten nie mehr als hundert von Arangbars engsten Freunden bei. Zuschauen durften die höchsten Beamten des Hofes, Familienmitglieder, in besonderer Gunst stehende Offiziere mit einem Rang von über fünftausend Pferden sowie eine sehr kleine Zahl ausgewählter ausländischer Botschafter.

Hawksworth versuchte feierlich und aufmerksam dreinzublicken, aber seine Sinne waren ganz verwirrt von den Neuigkeiten. Auf dem ganzen Weg hinüber zum Roten Palast hatte er versucht, ihre volle Auswirkung zu erfassen.

Dieser raffinierte Gauner Spencer! Er verdient es wahrhaftig, Direktor der Ostindischen Kompanie zu sein. Er hat genau den richtigen Zeitpunkt gewählt!

Warum hat er beschlossen, eine zweite Flotte zu schicken? War das Zusammentreffen mit der *Discovery* ein Zufall oder nicht? War es möglich, daß Elkington sie nach Norden beordert hatte? Oder steckte ein gemeinsamer Plan mit den Holländern dahinter? Wer mag wohl der Kapitän sein? Spencer, du verdammter Hurensohn, du hast Elkington betrogen und ihm nie etwas von dem Brief des Königs erzählt. Und jetzt hast du auch mich hintergangen. Oder ein anderer hat es getan.

Oder ihr habt mich und meine Mission hier gerettet. Wenn sie es schaffen, um Goa herumzukommen und den Portugiesen auszuweichen, dann wird Arangbar gewiß eine Fülle von Geschenken erhalten . . .

»Hierher bitte, Botschafter!« Nadir Sharif stand neben der Waage und winkte ihn in die vorderen Reihen. »Seine Majestät war entzückt, von der englischen Flotte zu hören. Er hat mich gebeten, Euch in meine Nähe zu setzen und das Persische für Euch zu übersetzen, damit Ihr Eurem König genau Bericht erstatten könnt.«

Der Erste Minister hatte feierliche Kleidung angelegt. Er trug einen gewirkten Turban und unter seinem Umhang hautenge, gestreifte, pastellfarbene Hosen. Um seinen Hals hing eine Kette aus riesigen Perlen, und in seinem Gürtel steckte ein *katar* mit goldenem, smaragdbesetztem Griff. Seine Füße waren nackt.

»Dies ist ein alter Brauch der Großmogule.«

Schnell schnallte Hawksworth seine Schuhe auf und warf sie in der Nähe der Arkade an den Rand des großen Teppichs.

»Setzt Euch neben mich und ich will Euch alles erklären. Seine Majestät glauben, daß die Nachricht von der englischen Flotte ein gutes Omen ist, da sie am ersten Tag seiner Geburtstagsfeierlichkeiten eintraf. Er möchte diese Ehre erwidern, indem er Euch einlädt, mit ihm im königlichen Kreis die Hochzeit von Prinz Allaudin und Prinzessin Layla zu feiern.«

»Das ist sehr gnädig von Seiner Majestät. Und wann, glaubt Ihr, wird der *firman* unterzeichnet und damit der englische Handel genehmigt?«

»Euer *firman* ist jetzt kaum mehr als eine Formalität, Botschafter. Prinzipiell hat er Euren Punkten zugestimmt, aber Ihr müßt verstehen, daß er gegenwärtig zu sehr mit anderen Dingen beschäftigt ist. Ich glaube, Euer Wunsch wird in wenigen Wochen erfüllt sein. Seine Majestät hat eine natürliche Zuneigung zu Euch entwickelt, doch sehe ich noch einige Einwände seitens unserer Freunde in Goa voraus. Vieles hängt von der Flotte ab und davon, was geschieht, wenn die Portugiesen sie abfangen.« Nadir Sharif senkte seine Stimme. »Die Ankunft Eurer Flotte, Botschafter, bringt uns die Zeit näher, in der wir unsere Zusammenarbeit verstärken sollten. Vielleicht könnten wir bald über den Preis für englische Wolle reden. Ich besitze fünf *dschagirs* im Norden von Gudscharat, die hervorragendes Indigo produzieren. Sie sind überaus günstig gelegen, in unmittelbarer Nähe des Hafens von Cambay, nur wenige *kos* nördlich von Surat. Außerdem habe ich eine private Übereinkunft mit dem *schahbandar* von Cambay. Möglicherweise lassen sich Vereinbarungen treffen, die uns einen Teil der üblichen Zölle ersparen . . .«

Hawksworth sah ihn an und lächelte. Du skrupelloser Hurensohn, erst am Tag, nachdem die Hölle zu Eis geworden ist, werde ich mit dir Handel treiben . . .

Am gegenüberliegenden Ende des Platzes ertönten Kesselpauken. Hawksworth drehte sich um und sah Arangbars Einzug. Der Mogul wurde gefolgt von Allaudin und einem graubärtigen Wesir. Die Menge um Hawksworth sprang auf und warf sich im *teslim* zu Boden. Auch Hawksworth erhob sich auf Nadir Sharifs geflüsterte Aufforderung hin und verneigte sich, allerdings ohne *teslim*.

Der Mogul trug das kostbarste Gewand, das Hawksworth je gesehen hatte. Diamanten, Rubine und Perlen waren in seinen Umhang eingewoben, und der Griff seines Schwerts schien nur aus Smaragden zu bestehen. Seine Finger waren mit kostbarsten Ringen und Ketten aus walnußgroßen Rubinen bedeckt. Auch auf seiner Brust glitzerten Ketten, und sogar sein Turban war mit Juwelen verziert.

Gespannt sah die Menge zu, als Arangbar ohne Umschweife auf die nächste Waagschale zuging und die Kissen mit der Hand prüfte. Lächelnd wartete er, bis die Schale heruntergelassen war und setzte sich dann in Hockstellung auf die Kissen. Allaudin und der Wesir standen neben ihm und stützten ihn.

Nun erschienen die Beamten der Münzstätte. Sie trugen dunkelrote Turbane und schleppten braune Säcke heran, von denen einer nach dem anderen auf die zweite Waagschale gestellt wurde, bis Arangbar sich endlich vom Teppich zu heben begann. Als vollkommener Gleichstand erreicht war, drückten Allaudin und der Wesir Arangbars Waagschale sanft herunter, und die Münzbeamten nahmen die Säcke fort. Nach der Zählung begann das Wiegen erneut, dieses Mal mit Säcken aus purpurfarbener Seide.

»Das erste Wiegen erfolgt in Silberrupien«, flüsterte Nadir Sharif in der ehrfürchtigen Stille. »Danach werden sie zurück zur Münzstätte

gebracht und von Seiner Majestät an die Armen verteilt. Heute herrscht großer Jubel in Agra.«
»Wieviel wiegt er?«
»Sein Gewicht beträgt um die neuntausend Silberrupien.«
»Mehr als eintausend Pfund Sterling!«
»Ist dies in der Währung Eures Königs eine große Summe?«
»Ja, eine recht ansehnliche.«
»Im Lauf des Jahres wird Seine Majestät die Armen von Agra zu sich rufen und ihnen das Geld mit eigener Hand geben.«
»Und wie viele werden von neuntausend Rupien satt?«
»Ich verstehe Eure Frage nicht.«
»Nichts . . . ich fragte mich nur, ob König James diese Sitte nicht auch einführen sollte.«
Nadir Sharif wandte sich wieder der Waage zu. »Seht, jetzt wird er mit Gold-*mohur* aufgewogen!«
Die Stapel von Säcken wurden höher, und wieder erhob sich Arangbars Plattform langsam in die Luft.
»Insgesamt wird zwölfmal gewogen. Nach den Goldmünzen folgen golddurchwirkte Stoffe, ein Geschenk der Frauen aus der *zenana*. Dann kommen Juwelen von den Provinzgouverneuren, Teppiche und Brokatstoffe von den Edlen Agras und so weiter. Er wird in Seide, Leinen und Gewürzen aufgewogen, ja selbst in *ghee* und Getreide, das später an die Kaste der Hindu-Kaufleute verteilt wird.
Als das Wiegen beendet war, erhob sich Arangbar und schritt in königlicher Haltung zu einer Tribüne, die am Ende der Arkade errichtet war. Er gab ein Handzeichen, und innerhalb von wenigen Minuten war die riesige Waage verschwunden.
Die Menge begann sich erwartungsvoll zu regen.
Große Körbe wurden zu Arangbar gebracht, und als die Deckel entfernt wurden, sah Hawksworth glitzerndes Silber. Arangbar stand aufrecht auf dem Podium, nahm den ersten Korb auf und schleuderte seinen Inhalt über die Köpfe der Menge hinweg. Es schien Silber zu regnen, und die Adligen begannen, über die Teppiche zu kriechen, um die Pretiosen aufzulesen. Auch Nadir Sharif hob ein Stück auf und reichte es Hawksworth. Es war eine silberne Muskatnuß in natürlicher Größe, mit einer winzigen goldenen Blüte. Hawksworth drehte sie um. Sie dellte sich ein und entpuppte sich als dünnes Stückchen Silberblech.

Arangbar schüttete einen zweiten Korb aus, und die Aufregung steigerte sich. Nur Hawksworth stand untätig dabei und blieb ruhig. Selbst Nadir Sharif konnte dem Verlangen nicht widerstehen, einige der nachgemachten Nüsse, Früchte und Gewürze aufzuraffen, die ihm vor die Füße fielen. Die edle Versammlung war zum Tollhaus geworden. Da erblickte der stahlende Arangbar Hawksworth.
»Engländer«, rief er ihm zu, »gibt es hier nichts, was Ihr gern hättet?«
»Wenn es Eurer Majestät beliebt, ein Botschafter des Königs von England schlägt sich nicht um Spielsachen.«
»Dann kommt nach vorn, und Ihr werdet es nicht nötig haben.«
Als Hawksworth das Podium erreicht hatte, ergriff Arangbar die Vorderseite seines Wamses und schüttete Blätter aus Goldblech hinein. Bevor Hawksworth auch nur eine Bewegung machen konnte, waren die Edlen der Stadt über ihm, zerrten an seiner Kleidung und pflückten die Goldblätter heraus. In wenigen Augenblicken war alles vorüber. Arangbar leerte derweilen weitere Körbe über dem Turbanmeer.
Als alles Gold und Silber verteilt war, richtete der Mogul einige schnelle Worte an die Eunuchen, und es wurden alkoholische Getränke herbeigebracht. Alle Anwesenden tranken auf Arangbars Wohl, und er schloß sich den Trinkenden an. Musikanten traten auf, in Schüsseln aus Gold und Silber wurden Speisen serviert, und überall im Raum wurden *hukas* aufgestellt. Ein Sänger erschien und trug einen nachmittäglichen *raga* vor.
»Engländer, dies ist ein glücklicher Tag für uns beide.« Arangbar strahlte und winkte Hawksworth näher an seinen Thron heran. »Ich habe die gute Nachricht gerade gehört. War sie als Überraschung gedacht?«
»Die englische Flotte ist das Geburtstagsgeschenk meines Königs für Eure Majestät.«
»Und keines könnte mir mehr Freude machen!« Arangbar trank aus einer großen Schale einen Schluck Wein. »Wir überlegen, ob wir einen eigenen Botschafter an den englischen Hof schicken sollen. Wir sandten gerade unseren ersten Botschafter nach Goa.«
»Es wäre für König James eine Ehre, Eure Majestät.«
»Sagt mir, Engländer, wann werden diese Schiffe den Hafen von Surat erreichen?«
»Das hängt davon ab, ob die Portugiesen sich an die Verträge zwischen

Spanien und England halten und unserer Flotte ungehindert passieren lassen. Von den Inseln aus segelt man gegen den Wind, aber ich denke, die Flotte könnte innerhalb eines Monats landen.« Hawksworth machte eine kurze Pause. »Eure Majestät sollte berücksichtigen, daß nun die Frage des *firman* noch dringlicher geworden ist.«

»Nächste Woche, bald, Engländer, nächste Woche . . .«

Hawksworth sah, wie Nadir Sharif leicht die Augenbrauen hob.

»Wie lange werdet Ihr bei uns bleiben, Engländer?« Arangbar schob sich eine Opiumkugel in den Mund.

»Bis Ihr den *firman* unterzeichnet habt, Eure Majestät. Auf meiner nächsten Reise nach Westen will ich ihn König James mitnehmen.«

»Wir würden es gern sehen, wenn Ihr länger bei uns bleiben würdet, Engländer.«

»Niemand bedauert mehr als ich, daß dies nicht möglich ist. Aber mein König erwartet zu hören, was Eure Majestät über den *firman* zu verfügen beliebt.«

»Wir haben unsere Pläne geändert, Engländer. Wir werden den *firman* von unserem eigenen Botschafter überbringen lassen, dann könnt Ihr hierbleiben, bis Euer König einen anderen Botschafter zu Eurer Ablösung schickt.« Arangbar lachte. »Aber er muß trinkfest sein, sonst schicken *wir* ihn zurück.«

Hawksworth fühlte, wie sich sein Magen verkrampfte. »Eure Majestät, wer kann schon sagen, wann ein anderer Botschafter geschickt wird? Sobald Eure Majestät dem *firman* zugestimmt haben, ist meine Aufgabe hier erfüllt.«

»Aber Ihr müßt hierbleiben, um sicherzustellen, daß wir unser Wort halten.« Arangbar blinzelte ihn amüsiert an. »Wir könnten sonst unseren Sinn ändern.«

»Es wäre mir eine Ehre, aber meine erste Pflicht gilt meinem König.«

»Wir dachten, Ihr hättet vielleicht auch andere Pflichten . . .« Arangbars Stimme verlor sich. Er nippte an seinem Wein und sah Hawksworth gedankenverloren an. Als er aufblickte, entdeckte er die Jesuiten, die am Rande des Palasthofs standen, und die langen Abende fielen ihm ein, an denen er dem Jesuit Pinheiro und seinem Superior, Pater Sarmento, gestattet hatte, mit ihm über die Verdienste des Christentums zu diskutieren, und erneut kam ihm zu Bewußtsein, wie erfrischend anders die Gesellschaft des Engländers war.

Aus reiner Neugierde hatte er einmal die Jesuiten gefragt, was ein König wie er tun müsse, um Christ zu werden, und sie hatten ihm geantwortet, als erstes müsse er eine einzige seiner Frauen auswählen und alle anderen fortschicken.

Er hatte versucht, ihnen zu erklären, wie töricht es für einen Mann sei, nur eine Frau zu haben, noch dazu, wenn keine Möglichkeit bestünde, sie wieder loszuwerden. Und was, so hatte er gefragt, soll denn der König tun, wenn diese Frau eines Tages blind wird. Muß er sie dann auch behalten? Die Jesuiten hatten geantwortet, ja, auch dann, denn Blindheit habe nichts mit dem Stand der Ehe zu tun. Und wenn sie Lepra bekommt? Für diesen Fall hatten sie ihm zu Geduld geraten: Geduld und Gottes Gnade brächten auch bei einem schweren Schicksal Linderung. Für Leute wie sie, die sich ihr ganzes Leben der Frauen enthalten hätten, möge die Geduld ja schön und gut sein, hatte er geantwortet, aber was sollten all diejenigen tun, die eine andere Lebensweise vorzögen? Da hatten die Jesuiten gesagt, daß auch Christen sündigten, doch Gottes Gnade brächte selbst denjenigen, die die Gebote der Keuschheit verletzen, Hilfe in Form der Buße. Mit immer größerer Verwunderung hatte er ihren Schilderungen gelauscht, in denen von Jesuiten die Rede war, die sich geißelten, um die Begierden des Fleisches zu töten.

Für ihn war aus alldem klar, daß die Lehren des Christentums unverständlich waren, und daß sie es nicht verdienten, daß man sich weiter mit ihnen beschäftigte. Er hatte sich seitdem nie wieder die Mühe gemacht, einen Jesuiten ernst zu nehmen.

Aber dieser Engländer ist anders, sagte er zu sich selbst. Er ist ein echter Mann, der einem Schluck Wein niemals abgeneigt ist und beim Anblick hübscher Frauen seine unkeuschen Gedanken nicht verhehlt.

»Engländer, von heute an werdet Ihr uns und Eurem König dienen. Wir haben beschlossen, Euch zum *khan* zu machen.«

Hawksworth sah ihn verständnislos an. Ein Raunen lief durch die Menge und erstarb.

»Zum *khan*, Eure Majestät?«

»*Khan* ist ein Titel, der hohen Offizieren in unseren Diensten verliehen wird. Er bringt seinem Träger große Ehre und einen gewissen Reichtum. Noch nie wurde ein *feringhi* von uns zum *khan* ernannt. Ihr sollt der erste sein.« Er lachte befriedigt. »Nun müßt Ihr in Indien bleiben und mit uns trinken. Ihr steht in unseren Diensten.«

»Die Großzügigkeit Eurer Majestät schmeichelt mir.« Hawksworth war wie betäubt, zum einen von der Ehre, die ihm zuteil wurde, zum anderen von den Auswirkungen dieser Ehre auf seine Rückreisepläne. »Was sind die Pflichten eines *khan*?«

»Zuerst, Engländer, müssen wir Euch in einer feierlichen Zeremonie ordnungsgemäß ernennen.« Arangbar schien die ungläubigen Blicke der Anwesenden nicht zu bemerken. »Ihr erhaltet einen persönlichen Ehrenrang von vierhundert, genannt *zat,* und einen Pferderang von fünfzig, genannt *suwar.*«

»Bedeutet dies, daß ich eine entsprechende Anzahl von Kavalleristen unterhalten muß?« Hawksworth erbleichte bei dem Gedanken an seine zur Neige gehenden Mittel.

»Wenn Ihr es tätet, wärt Ihr der erste *khan* in Indien, der sich so verhält. Nein, Engländer, Ihr werdet zwar ein entsprechendes Gehalt bekommen, braucht jedoch nicht mehr als zwanzig oder dreißig Reiter zu unterhalten. Nach der Hochzeit werden wir sie persönlich für Euch aussuchen.«

Arangbar wandte sich um und winkte Nadir Sharif zu sich heran. Der Erste Minister trat vor, und einer der Eunuchen reichte ihm ein Teakholzkästchen mit goldener Einlegearbeit.

Nadir Sharif bedeutete Hawksworth, vor Arangbar niederzuknien und öffnete das Kästchen. »Mit diesem Zeichen nehmen Seine Majestät Euch in seine Anhängerschaft auf. Eine solche Ehre wird nur wenigen zuteil.« Er nahm eine kleine Goldmünze, die an einer Kette hing, und legte sie Hawksworth um den Hals. Auf beiden Seiten der Münze war das Bildnis Arangbars eingeprägt. »Nun müßt ihr vor Seiner Majestät auf den Boden fallen.«

»Wenn es Euch gefällt, Eure Majestät, so erweist der Botschafter eines Königs seine Dankbarkeit entsprechend der Sitten seines eigenen Landes«, antwortete Hawksworth und neigte sich leicht vor Arangbar. »Ich danke Eurer Majestät ehrerbietigst im Namen von König James.«

Nadir Sharifs Gesicht lief dunkelrot an. »Ihr müßt den *teslim* vor seiner Majestät machen.«

»Nein, nicht der Engländer. Er soll den Bräuchen seines Landes folgen. Gib ihm nun die Perle.«

Nadir Sharif entnahm dem Kästchen eine große, vollendet schöne Perle. »Tragt sie von nun an anstelle Eures goldenen Rings im linken Ohr.«

»Nochmals danke ich Eurer Majestät.«
Arangbar strahlte. »Mein Juwelier wird sie für Euch richten.«
Schon trat ein stattlicher Mann vor, entfernte flink den kleinen goldenen Ring aus Hawksworth' Ohr und setzte ebenso schnell die Perle an seine Stelle.
»Und nun Engländer, werde ich Euch die höchste Gunst erweisen, die mein Hof zu vergeben hat.« Der Mogul winkte einen Eunuchen heran, der einen mit Goldfäden durchwirkten Umhang in den Händen hielt. »Diesen Umhang habe ich selbst getragen und ihn später für einen Gefolgsmann aufbewahrt, der seiner würdig wäre. Er ist für Euch.« Arangbar legte Hawksworth das Gewand eigenhändig um die Schultern.
»Ich danke Eurer Majestät. Dies ist mehr Ehre als ich verdiene.«
»Das mag wohl sein, Engländer.« Arangbar lachte laut. »Aber er gehört Euch. Ihr sprecht meine Sprache, und im Trinken seid ihr fast genausogut. Es gibt nur wenige Männer hier, die es mit Euch aufnehmen können. Ihr besitzt den Verstand von zehn Portugiesen. Ich glaube, Ihr verdient es, einer meiner *khans* zu sein.« Arangbar bedeutete ihm, sich zu erheben. »Euer Lohn wird Euch vom nächsten Mondwechsel an ausgezahlt. Dann werdet Ihr an diesem Hof als der ›Englische *khan*‹ bekannt sein. Übermorgen reitet Ihr mit uns auf die *shikar*, die königliche Jagd. Vielleicht entdeckt Ihr bald, daß Euch Indien besser gefällt als England. Habt Ihr jemals einen Tiger gesehen?«
»Noch nie, Eure Majestät.«
»Bald werdet Ihr es. Übermorgen. Ihr solltet das Trinken heute besorgen, denn für Tiger braucht man einen klaren Kopf.« Wieder lachte Arangbar, klatschte in die Hände, und die Spannung auf dem Hof schien sich in Nichts aufzulösen. Der Sänger begann mit einem zweiten *raga*.
Hawksworth befühlte den Ohrring, die Münze und den Umhang. Die brennenden Augen Huygens tauchten vor ihm auf, und die Erinnerung an jenen Tag in der Londoner Schänke: »Du wirst vergessen, wer du bist«, hatte der alte Seemann gesagt.
War es das, was er gemeint hatte?
Aber vielleicht ist es gar nicht schlecht so, dachte Hawksworth. Alles ist wie ein Traum, der plötzlich Wirklichkeit wird. Und wenn die Flotte landet . . .

»Selbstverständlich habe ich davon gehört. Es war meine Idee, obwohl

Seine Majestät natürlich glaubte, ganz allein darauf gekommen zu sein. Die Erhebung des *feringhi* zum *khan* wird die Portugiesen verwirren und für eine Weile die Gedanken aller von dem *firman* ablenken.«

Königin Dschanahara hatte Nadir Sharif empfangen, kaum daß Arangbar sich zu seinen nachmittäglichen Liebesspielen in die *zenana* zurückgezogen hatte. Die Balustrade des Jasminturms war leer, und alle Dienerinnen waren in ihre Quartiere befohlen worden. »Mein Interesse gilt mehr der englischen Flotte. Wißt Ihr, was passiert ist?«

»Wie meinen Eure Majestät?« Nadir Sharif bemerkte, daß er nicht aufgefordert worden war, Platz zu nehmen.

»Ich erhielt heute noch eine Privatbotschaft von Seiner Exzellenz, Miguel Vaijantes.«

Dschanahara ergriff ein silbernes Spuckgefäß, das wie eine Sanduhr geformt war, und spie roten Betelsaft aus. »Könnt Ihr erraten, was man von ihm verlangt hat?«

»Was meint Ihr damit?«

»Miguel Vaijantes ist ein Mann ohne Mut. Die Abmachung war völlig klar.«

»Eure Majestät?«

»Wir haben unseren Teil der Vereinbarung erfüllt, es hat keinen *firman* für den *feringhi* gegeben. Aber jetzt hat Seine Exzellenz erklärt, daß er die Waffen entladen muß. Er hat begonnen, eine Flotte aufzustellen, mit der er nach Norden segeln und die Engländer abfangen will.«

»Waffen, Eure Majestät?« Nadir Sharif rückte näher. »Miguel Vaijantes hatte Waffen an Bord?«

»Ihr habt doch gewiß davon gewußt, lieber Bruder. Ist jemals Eurem wachsamen Auge etwas entgangen?« Sie lächelte und spuckte wieder in den Napf. »Gewehre und Kanonen für Ahmadnagar.«

»Ihr habt Malik Ambar Waffen gegeben? Gegen Dschadar?« Nadir Sharif konnte seine Überraschung nicht mehr verbergen.

»Wir haben ihm keine Waffen gegeben. Die Portugiesen waren es. Miguel Vaijantes sollte eine Marathen-Abteilung an der Westküste bewaffnen, und das Schiff in Bom Bahia, einem portugiesischen Hafen an der Westküste, entladen werden. Dafür hatte er seine eigenen Gründe, aber nun hat er wohl die Nerven verloren. Ich habe nie gewußt, wie sehr die Portugiesen über die Ankunft der Engländer bestürzt sind.«

»Wenn ich ein Wort für Seine Exzellenz einlegen darf, Eure Majestät ... Ihr müßt verstehen, daß die Lage zwischen England und Portugal zur Zeit empfindlich angespannt ist.« Nadir Sharif verfiel in den Ton eines Staatsmannes. »Die Engländer könnten den gesamten portugiesischen Handel lahmlegen. Allein könnte der Prinz allenfalls den Druck auf unsere Häfen Surat und Cambay ein wenig verschärfen. Die Entscheidung des Vizekönigs ist strategischer Natur. Ich bin sicher, daß die Wertschätzung, die er Eurer Majestät entgegenbringt, davon nicht berührt wird.«

»Welch ein rührender Trost!« Dschanaharas Stimme klang eisig.

Schritte ertönten auf dem Marmorgang, und Allaudin stand in der Tür. Er trug einen geckenhaften grünen Turban. Sein kunstvoll gearbeiteter *katar* steckte in einer mit Goldbrokat besetzten Scheide. Auf beiden Schuhen saß ein Smaragd. Allaudin war stark parfümiert.

»Eure Majestät.« Er verneigte sich vor der Königin und blieb ein wenig unsicher stehen, bis sie ihm ein Zeichen gab, Platz zu nehmen.

»Ihr kommt spät.«

»Majestät, ich wurde in meinen Gemächern aufgehalten.«

Dschanahara schien so tief in Sorgen befangen, daß sie Allaudin nicht einmal ansah. »Die wichtigste Frage ist jetzt, was wir mit dem Engländer anfangen sollen.«

Allaudin machte keinen Versuch, seine Verachtung zu verbergen. »Es ist offensichtlich, daß Seine Majestät den *feringhi* verehrt. Sicherlich wird er den *firman* unterzeichnen, und dann kommt es zum Krieg auf den Meeren. Eine erregende Vorstellung.«

»Noch ist der *firman* nicht unterzeichnet.« Dschanahara schritt auf den Balkon zu und sah auf den Fluß hinab. Ihr Gang war zielbewußt und dennoch von vollendeter Eleganz. »Und ich glaube auch nicht, daß es je geschehen wird. Seine Majestät wird keine Zeit haben. Die Hochzeit wird vorverlegt, bevor Seine Hoheit Prinz Dschadar Gelegenheit haben wird, uns weiter zu belästigen.«

Dschanahara wandte sich um und musterte die beiden Männer – der eine ihr Bruder, der andere ihr künftiger Schwiegersohn – und wunderte sich über deren Leichtgläubigkeit. Ihr war klar, daß Dschadar bei all den Geschehnissen seine Hand im Spiel hatte. Das konnten keine Zufälle mehr sein. Zunächst war es ihm gelungen, bei den *mansabdars* im Süden Truppen auszuheben, jetzt war es plötzlich unmöglich, die Dekkanis zu bewaffnen. War es denkbar, daß es ihm nun doch noch gelingen würde, den Dekkan zu befrieden? Nun, nach der Hochzeit würde er isoliert sein. Was immer er unternahm, es zählte dann nicht mehr. Sollte jedoch der *firman* unterzeichnet werden, so konnte man keinen Einfluß mehr auf die Portugiesen ausüben.

Dschanahara sah Nadir Sharif geradeheraus an. »Wenn Seine Majestät vor der Hochzeit den *firman* unterzeichnet, werdet Ihr zur Verantwortung gezogen.«

»Ich verstehe, Eure Majestät. Wann findet die Hochzeit statt?«

»Es wäre glückverheißend, sie in der Woche nach den Geburtstagsfeierlichkeiten beginnen zu lassen. Das heißt, die Vorbereitungen müssen unverzüglich beginnen.«

»Die Hochzeit unmittelbar nach der Jagd? Die Zeit wird kaum dafür ausreichen.«

»Sie wird reichen. Und nicht nur dafür.« Dschanahara wandte sich an Allaudin. »Und Ihr solltet mehr Zeit Eurem Bogen und Eurem Schwert und weniger Zeit Euren hübschen Sklavinnen widmen. Bald wird es sich herausstellen, ob Ihr Dschadar gewachsen seid, und ich bete zu Allah, daß ich die Antwort nicht schon ahne.«

20

»Dort auf dem Hügel, Engländer, liegt der Ort, wo ich geboren wurde.« Arangbar zeigte auf die hohen Sandsteinmauern einer auf einem fernen Hügel gelegenen Burg, deren Silhouette sich gegen den Mittagshimmel abhob. »Die Festung heißt Fatehpur Sikri. Zur Zeit meines Vaters Akman war es eine prächtige Stadt, aber nun ist sie verlassen. Es ist schön dort, aber auch etwas unheimlich. Ich war erst einmal wieder dort, und das hat mir genügt.« Hawksworth' Elefant ging eine halbe Länge hinter den Tieren Arangbars und Allaudins und hielt sich auf gleicher Höhe mit dem Elefanten des Ersten Ministers. Es war der zweite Morgen ihres Ritts, und sie näherten sich dem Austragungsort der königlichen Jagd. Hawksworth kam es so vor, als begleite sie ganz Agra. Da waren die Königin mit ihrem Gefolge, zahlreiche Lieblingsfrauen Arangbars, seine Wachen und Eunuchen sowie fast der gesamte Hofstaat. Die Jagdgründe lagen einen Zweitageritt von Agra entfernt.

»Was befindet sich denn jetzt dort?«

»Fatehpur Sikri ist verlassen, wie ich schon sagte. Nur einige Sufi-Moslems leben dort noch. Sie waren schon vorher da und werden wahrscheinlich ewig dort bleiben.«

»Was meint Ihr mit Eurer Bemerkung: ›Sie waren schon vorher da‹? Wovor?«

»Mein Vater, der große Akman, hatte schon viele Jahre lang vor meiner Geburt versucht, einen Sohn zu zeugen. Er lag bei Hunderten von Frauen, Engländer, aber keine konnte ihm einen Sohn schenken. Einmal bekam eine Radschputen-Prinzessin, die er geschwängert hatte, Zwillingssöhne, aber beide starben kurze Zeit nach der Geburt. Allmählich wurde Akman von der Furcht vor dem Tode heimgesucht, und der Gedanke, ohne Erben sterben zu können, plagte ihn sehr. Jeden Abend ließ er zum *Diwan-i-Khas* heilige Männer kommen, um sie über die Sterblichkeit zu befragen. Eines Tages erschien ein heiliger Hindu, der Akman erklärte, es sei die größte Pflicht eines Königs, einen männlichen Erben zu hinterlassen und für den Fortbestand der Dynastie zu sorgen. Dies ließ den großen Akman in noch tiefere Trauer versinken, und er beschloß, auf alles zu verzichten, bis es ihm gelang, Vater eines Sohnes zu werden. Er ging den ganzen Weg von Agra bis zu dem Berg dort zu Fuß, Engländer.« Arangbar zeigte auf die Burg. »Er wollte einen heiligen Sufi aufsuchen, der dort zwischen den Felsen und den wilden Tieren lebte. Es war eine denkwürdige Begegnung. Akman fiel dem heiligen Mann zu Füßen, und der Sufi breitete seine Arme aus und hieß den Großmogul von Indien willkommen. Diese Szene ist später von vielen seiner Künstler dargestellt worden. Akman sagte ihm, er sei als Wahrheitssuchender gekommen, um den Frieden Allahs zu finden und um zu erfahren, was seine Bestimmung sei. Der Sufi gab dem großen Krieger Beeren zu essen und überließ ihm seine einfache Hütte als Wohnstätte. Akman blieb viele Tage dort und meditierte mit dem Sufi, und als er sich schließlich zum Aufbruch rüstete, prophezeite ihm der Sufi, daß er drei Söhne bekommen würde. Und nun«, – Arangbar grinste breit –, »kommt der interessante Teil: Als das nächste Mal eine seiner Frauen verkündete, sie sei schwanger, wurde sie von Akman hierhergebracht, um bei dem heiligen Mann zu wohnen. Und wie der Sufi vorausgesagt hatte, wurde ein männliches Kind geboren.«

»Und das Kind war . . .«

»Ihr reitet neben ihm, Engländer. Es ist die Geschichte meiner Geburt. Akman war so überglücklich, daß er beschloß, eine ganze Stadt zu errichten und den Regierungssitz von Agra hierherzuverlegen. Er ließ dann die Stadt auch erbauen, aber die ganze Angelegenheit war maßlos übertrieben. Er fand nie die Zeit, dort zu residieren, und schon bald war Fathepur Sikri völlig ausgestorben. Inzwischen ist der Berg also wieder so, wie er vor meiner Geburt war, ein Domizil für wilde Vögel und ein paar verrückte Sufis. Nur mit dem Unterschied, daß Ihnen jetzt eine großartige verlassene Stadt anstelle von Strohhütten zur Verfügung steht.« Er lachte wieder. »Vielleicht habe ich mein Leben einem Sufi zu verdanken. Es leben dort übrigens noch immer Nachkommen des heiligen Mannes.«

»Sind sie alle Sufis?«

»Wer kann das sagen, Engländer? Ich glaube, man kann dort von Zeit zu Zeit heilige Männer aus ganz Indien antreffen. Es ist zu einer Art Zufluchtsstätte geworden.«

»Ich hätte gern Eure Erlaubnis, diese Stadt einmal besuchen zu können, Majestät.«

»Aber natürlich, Engländer. Sie wird Euch sehr gefallen.«

Hawksworth blinzelte in die Sonne und betrachtete das ferne, rote Gemäuer der Festungsstadt. Es war etwas Entlegenes und Reines an ihr, das ihn anzog. Nach der Jagd, sagte er sich. Wenn Zeit ist, gleich nach der Jagd.

Arangbar schwieg, und Hawksworth lehnte sich bequem in seiner leicht schwingenden *hauda* zurück. Elefanten waren bessere Reittiere, als er vermutet hatte. Er dachte an den gestrigen Morgen und an seine Reaktion, als man ihm mitteilte, daß er die nächsten zwei Tage auf dem Rücken eines Elefanten verbringen würde. Er war am Roten Palast angekommen und von Nadir Sharif begrüßt worden. Der Erste Minister hatte ihn zu den königlichen Elefanten geführt, die im Hof des *Diwan-i-Am* für den Ausritt zurechtgemacht wurden.

»Seine Majestät hat einen seiner Lieblinge für Sie ausgewählt. Ihr Name ist Kumada.«

Nadir Sharif hatte auf eine große Elefantenkuh gewiesen, deren Körper schwarz gefärbt und mit goldenen Glöckchen, Yakschwanz-Troddeln und goldenen Rüsselringen geschmückt war.

»Was bedeutet der Name?«

»Die ungläubigen Hindus meinen, daß die acht Punkte der Erde von himmlischen, elefantenähnlichen Wesen bewacht werden. Eure englische

Flotte nähert sich uns in unserem Ozean vom Südwesten her, und Kumada nennen die Hindus den Elefanten, der diesen Punkt des Hindu-Kompasses bewacht. Seine Majestät glaubt, daß dieser Elefant ein gutes Omen für Euch bedeutet.«

»Ich bin Seiner Majestät sehr dankbar.« Hawksworth ließ staunend seinen Blick über die angesammelte Menge schweifen. Ringsumher waren in Seidenhosen gekleidete Adlige mit juwelenbesetzten Turbanen damit beschäftigt, sich ihre Elefanten auszusuchen. Er selbst trug seine Seemannsstiefel und ein Lederwams.

Nadir Sharif gab dem *mahout*, der auf dem Hals von Kumada thronte, ein Zeichen. Da tippte der Mann mit einem kurzen stacheligen Stab an ihr schlackerndes Ohr, rief ihr auf Hindu Anweisungen zu und führte sie zu Hawksworth. Sie bewegte sich schwerfällig auf ihn zu, wellenförmig, ein riesiger Fleischberg. Dann schien ihr Körper nach vorne zu rollen: die Vorderbeine nach außen gestreckt, die Hinterbeine eingeknickt, kniete sie nieder und war zum Aufsitzen bereit. Zwei Wärter öffneten die Verriegelung der goldverzierten *hauda* und knieten nieder, um den *feringhi* an Bord zu heben.

»Seid Ihr schon einmal auf einem Elefanten geritten, Botschafter?« Nadir Sharif registrierte voller Genugtuung Hawksworths besorgtes Mienenspiel.

»Nein, bis jetzt noch nicht.« Hawksworth beäugte den Elefanten argwöhnisch. In England kursierten schauderhafte Geschichten über dieses gigantische Wesen. So hieß es zum Beispiel, ein Elefant könne mit der Kraft seines Rüssels mächtige Bäume fällen. Auch besäße er zwei Herzen, von denen das eine bei ruhigem Gemütszustand und das andere im Zorn schlage. Schließlich wurde behauptet, daß es in Äthiopien Drachen gebe, die Elefanten töteten, um deren Blut zu trinken, das zu allen Zeiten eiskalt sei.

»Ihr werdet sehen, daß Elefanten mehr Witz und Verstand haben als die meisten Menschen. Seine Majestät hält sich eintausend Tiere in seinen Ställen hier im Roten Palast. Der Große Akman fing anfangs nur wilde Elefanten mit Hilfe eines läufigen Weibchens, aber dann lernte er, wie man die gezähmten dazu bringt, sich zu paaren.«

Kumada sah Hawksworth aus traurigen, dunklen Augen prüfend an und bewegte skeptisch ihre fächerförmigen Ohren.

»Ich bin nicht ganz sicher, ob sie mich mag.«

»Hier, Botschafter.« Nadir Sharif schob Hawksworth ein in Papier gewickeltes Stück Zuckerrohr in die Hand.
Hawksworth faßte sich ein Herz und ging auf den Elefanten zu. Kaum hatte er das Zuckerrohr ausgewickelt, da hatte Kumada es bereits mit einem geschickten Schwung ihres Rüssels aus seiner Hand gepflückt und in ihr Maul gesteckt. Sie schlackerte mit den Ohren, und das Rohr zerbrach krachend zwischen ihren riesigen Zähnen. Für einen kurzen Augenblick meinte Hawksworth, in ihren Augen ein dankbares Aufleuchten erblickt zu haben. Er ging näher an sie heran und streichelte die dicke Haut an ihrem Hals.
»Nun wird sie Euch nicht mehr vergessen, Botschafter.« Nadir Sharif fütterte seinen eigenen Elefanten. »Es wird behauptet, diese Tiere hätten ein besseres Gedächtnis als der Mensch.«
Hawksworth bestieg seine *hauda,* und der *mahout* gab Kumada das Zeichen zum Aufstehen. Es war wie ein starkes Erdbeben, die Welt begann zu erzittern. Er griff nach dem Geländer, das ihn umgab, und rang nach Luft. »Bald werdet Ihr reiten wie ein Radschpute, Herr Botschafter.« Der Elefant setzte sich schaukelnd in Bewegung. Dem Kapitän erschien es schlimmer als ein Sturm auf hoher See.
»Ich glaube, dazu bedarf es einiger Übung«, meinte Hawksworth. »Im Sommer reiten die Frauen aus der *zenana* auf Elefanten bis nach Kaschmir. Ihr werdet die zweitägige Reise ganz sicher bewältigen.« Nadir Sharif schwang sich elegant in seine *hauda,* und um sie herum knieten nun weitere Elefanten nieder, um die anderen Teilnehmer an dem Ausflug aufsitzen zu lassen.
»Wo wird die Jagd stattfinden?«
»Im Westen, bei der alten Stadt Fatehpur Sikri. Aber Seine Majestät hat überall Jagdreviere, in der Umgebung von Agra und nahe der kleinen Stadt Delhi nördlich von hier, entlang des Jamuna und bis hinein in die Berge, wo es noch weite unbewirtschaftete Landstriche gibt. Es wächst dort vielerorts übermannshohes Gras und niedriges Gebüsch. Die Jagdgründe werden von der Armee strengstens bewacht, und außer auf Rebhühner, Wachteln und Hasen, die man mit dem Netz fängt, ist die Jagd dort untersagt. Daher gibt es dort viel Wild – *nilgais,* Rehe, Antilopen, *chitahs,* Tiger und sogar ein paar Löwen. Einige der Jagdgründe Seiner Majestät erstrecken sich über mehr als zehn *kos* in jeder Richtung.«

»Ihr sagtet, daß die Jagd bereits seit mehreren Tagen vorbereitet wird?«

»Natürlich. Sobald Seine Majestät eine *shikar* ankündigt, muß der für das betreffende Gebiet zuständige Großmeister der Jagd ausgiebige Vorbereitungen treffen. Die meisten Jagden sind heutzutage *qamarghas*, die von Akman erfunden wurden.«

»Was ist das?«

»Zuerst werden auf allen Straßen, die in das Revier führen, Wachposten aufgestellt, und dann wird das gesamte Gebiet von Treibern umzingelt, die wir *qarawals* nennen, die den Kreis um das Wild dann immer enger ziehen. Für die Jagd in dieser Woche werden dreißigtausend *qarawals* eingesetzt. Der Großmeister gibt Seiner Majestät Bescheid, wenn das Wild zusammengetrieben ist, und am folgenden Tag ziehen Hofstaat und Armee früh los, um rechtzeitig zur Begrüßung Seiner Majestät am verabredeten Ort zu sein. Falls keine Tiger in der Nähe sind, jagt Seine Majestät zunächst gewöhnlich allein, und die anderen müssen in einer Entfernung von ungefähr zehn *kos* warten. Nur ein paar Mitglieder der königlichen Armee dürfen den Mogul als Eskorte begleiten. Sobald Seine Majestät des Jagens müde wird, dürfen auch andere Leute von Rang den Kreis betreten. Zum Schluß wird dann der Kreis geöffnet und das verbliebene Wild zum Abschuß freigegeben. Bei Tigerjagden ist es dagegen alte Mogul-Tradition, daß nur Seine Majestät und Mitglieder der königlichen Familie den Kreis betreten dürfen. Die Jagd, zu der wir heute aufbrechen, wird nun wieder ganz anders ablaufen. Diesmal wird Seine Majestät nur Zuschauer sein.«

»Und wer erlegt dann die Tiere?«

»Da werdet Ihr staunen, Botschafter. Ich möchte dazu nur sagen, daß es kein Mann sein wird. Aber wartet ab.«

Hawksworth überlegte noch immer, was Nadir Sharif mit diesem Satz gemeint hatte. Es würde nun nicht mehr lange dauern, bis er es erfahren sollte. Sie näherten sich der Gegend, die der Erste Minister ihm als das für heute festgelegte Revier angekündigt hatte.

»Engländer!« rief Arangbar ihm über seine Schulter zu. »Geht Euer König auch auf die Jagd?«

»Selten, Eure Majestät. Auch besitzt er keine Elefanten.« »Vielleicht sollten wir ihm ein paar schicken. Allerdings wird er wohl auch keine Tiger besitzen. Was meint Ihr? Sollen wir ihm auch ein paar Tiger schicken, die er in England frei herumlaufen läßt, um sie dann jagen zu können?«

»Ich werde daran denken, Seine Majestät zu fragen.«

»Aber zuerst müßt Ihr selber unsere Tiger gesehen haben, Engländer. Heute werdet Ihr und Nadir Sharif dabei sein, wenn wir in das *qur*, das Jagdgelände, gehen. Laßt euren Elefanten den Lederschutz anlegen.«

Nadir Sharif wirkte überrascht. »Ich danke Eurer Majestät für die Ehre.«

Allaudin rührte sich in seiner *hauda*, und Hawksworth bemerkte seinen mißmutigen Gesichtsausdruck. »Majestät, warum ladet Ihr den *feringhi* in den *qur* ein?«

»Es war eine Idee Seiner Majestät. Es gefällt uns so.« Damit schien für Arangbar die Frage beantwortet zu sein. »Er wird keine Waffe tragen und nur zuschauen.«

Während die Diener herbeieilten, um den Lederschutz anzubringen, sah Hawksworth den Elefanten der Königin näherkommen. So dicht war er noch nie herangekommen. Dennoch blieb sie vor ihm verborgen, da ihre *hauda* mit Vorhängen bedeckt war, die sich in der Mittagsbrise leicht bewegten.

»Ihre Majestät, Königin Dschanahara, wird diesmal auch in den inneren Jagdkreis kommen«, sagte Nadir Sharif mit verhaltener Stimme zu Hawksworth. »Sie beteiligt sich nur selten an der *shikar*, obwohl sie eine gute Schützin ist. Die Einladung, die Ihr bekommen habt, ist eine überaus selten gewährte Ehre, Botschafter.«

Hawksworth betrachtete die geschlossene *hauda* näher und überlegte, warum die »Ehre« bei ihm das Gefühl einer starken Beunruhigung hinterließ.

Die wartenden Adligen bildeten mit ihren Elefanten nun eine Reihe, während der Mogul und sein engster Kreis weiterritt. In einiger Entfernung folgten ihnen berittene Garden zu Pferde. Den Köpfen und Flanken der Elefanten Hawksworth' und Nadir Sharifs waren Lederpolster verpaßt worden. Sie schlossen sich nun der Prozession an.

Hawksworth hielt sich am Geländer seiner *hauda* fest. Sie folgten einem gewundenen Weg, der auf beiden Seiten von hohem, braunem Gras gesäumt war. Die Halme bewegten sich sanft im Wind, und Hawksworth mußte dauernd gegen die Vorstellung ankämpfen, daß sich dort sprungbereite Tiger verborgen hielten.

»Warum haben wir eigentlich keine Gewehre?« Er drehte sich zu Nadir Sharif um, der neben ihm in seiner *hauda* schaukelte und große Gelassenheit zur Schau trug.
»Das ist nicht notwendig, Botschafter. Wie ich Ihnen bereits sagte, wird der Tiger heute nicht mit Gewehren erlegt. Natürlich haben Seine Majestät und Prinz Allaudin Gewehre, aber sie führen sie lediglich zu ihrem eigenen Schutz mit – für den Fall, daß irgendwelche kleineren Probleme auftauchen sollten.«
»Kleinere Probleme?«
»Dafür sind die Soldaten zuständig. Sie haben Hellebarden.« Er lächelte völlig gelöst. »Ihr befindet Euch nicht in Gefahr.«
Vor ihnen schien sich der Wald nun zu lichten. Das Gras war hier allenfalls noch hüfthoch: In wilder Aufregung preschte ein Rudel Rehe über das Gelände, wurde jedoch durch hohe Netze, die an den Rändern der Lichtung aufgespannt waren, am Entkommen gehindert. Als sie näherkamen, erblickte Hawksworth eine lange Reihe von mehreren Hundert Wasserbüffeln. Die großen, schwerfälligen Rinder mit dicken, nach hinten gebogenen Hörnern trugen Ledersättel, auf denen Soldaten saßen, die in der einen Hand die durch die Nasenlöcher der Tiere gezogenen Zügel und in der anderen ein breites Schwert hielten.
»Diese Männer sind wahrscheinlich die tapfersten Soldaten in der gesamten Armee.« Nadir Sharif wies auf die Reiter, die zur Begrüßung Arangbars salutierten. »Sie haben eine Aufgabe, um die ich sie nicht beneide.«
»Was müssen sie tun?«
»Ihr werdet es gleich selbst sehen, Botschafter.« Von der gegenüberliegenden Seite der Lichtung ertönte nun gleichsam wie auf ein verabredetes Zeichen hin, das Getöse der Treiber. Als die Elefanten sich der grauen Reihe der Büffel näherten, setzten diese sich, angetrieben von ihren Reitern, in Bewegung. Die Tiere wußten, was dort im Gras auf sie lauerte. Sie schnaubten, warfen unruhig die massigen Köpfe hin und her und rumpelten dann vorwärts. Nach kurzer Zeit bildete die Büffelreihe einen halbmondförmigen Bogen. Arangbar hielt sich mit seinen Elefanten direkt hinter ihr. In dem Grasland vor ihnen wimmelte es von aufgescheuchtem Wild; Rehe und Antilopen rasten gegen die Netze und wurden zurückgeschleudert, und in den Wäldern im Hintergrund verstärkte sich das Lärmen und Rufen der Treiber.

Da tauchte aus dem Gras plötzlich ein gelbbrauner Kopf mit dichten Schnurrhaaren auf, und Sekunden später sah man auch den mit goldenen und schwarzen Streifen geschmückten Körper. Das Tier sprang auf und schoß auf den Rand der Lichtung zu, sprang dort hoch, um in die Freiheit zu gelangen, wurde jedoch von dem schweren Netz zurückgeworfen.

Hawksworth beobachtete das Schauspiel gebannt. Die Größe und die Wildheit des Tieres machten ihn sprachlos, übertrafen sie doch bei weitem alle Vorstellungen, die er sich von indischen Tigern gemacht hatte.

Die Raubkatze war riesig. Sie hatte mächtige Keulen und einen langen, gestreiften Schweif. Inzwischen hatte sie sich aufgerappelt und umgedreht. Sie sah sich jetzt mit den Büffeln konfrontiert und fauchte wütend. Arangbar klatschte begeistert und rief den Reitern etwas auf Urdu zu. Es handelte sich durchweg, wie Hawksworth jetzt erkannte, um Radschputen. Die Büffel schnaubten und versuchten umzukehren, doch ihre Reiter peitschten auf sie ein und trieben sie vorwärts. Der Tiger schlich geduckt die graue, gehörnte Wand entlang und fixierte einen großen, dunklen Büffel mit einem bärtigen Reiter. Und dann schnellte er vor.

Der Büffel senkte seinen Kopf, und als er ihn wieder hob, hatte sein schweres, gebogenes Horn den Hals des Tigers durchstoßen. Schnaubend warf er nun den Kopf noch einmal nach oben, und die Hörner erfaßten den verwundeten Tiger und schleuderten ihn empor. Als er in die Höhe flog, sah Hawksworth einen tiefen Riß quer über seinem Hals. Die in der Nähe postierten Radschputen-Reiter ließen sich von ihren Tieren herabgleiten und bildeten eine Wand von Schwertern zwischen Arangbar und dem Tiger. Die Büffel zogen ihren Kreis immer enger, ihr Gebrüll rief nach dem Todesstoß. Innerhalb von wenigen Augenblicken zerstampften und zerfetzten Hufe und Hörner den Tiger zu einem leblosen Brei.

»Hervorragend!« Arangbar rief zu der verhangenen *hauda* etwas hinüber, was Hawksworth nicht verstand. »Einhundert Gold-*mohurs* für jeden Mann in dieser Reihe!«

Die Radschputen stiegen wieder auf ihre Büffel, nahmen die im blutverschmierten Gras liegenden Zügel auf, und die Büffelreihe setzte sich wieder in Bewegung.

»Dies ist eine Variation der üblichen Tigerjagd Seiner Majestät«, rief Nadir Sharif durch den Staub und den Lärm der brüllenden Büffel und trompetenden Elefanten. »Oft schießt er, aber heute zog Seine Majestät es vor, nur zuzuschauen. Tierkämpfe sind im übrigen schon lange ein sehr beliebter Zeitvertreib in Indien.«
In diesem Augenblick erschien ein Tigerpaar im Gras und starrte die herankommende Büffelphalanx an. Sie schienen nicht so erschrocken zu sein wie der erste Tiger und beobachteten die Reihe mit einem kühlen Blick, ganz als ob sie sich die günstigste Strategie überlegten. Dann verfielen sie in einen geduckten Gang und kamen direkt auf die Büffel zu.
Hawksworth sah, daß Arangbar plötzlich seinem *mahout* befahl, den Elefanten zurückzuhalten. Auch die anderen königlichen Elefanten waren stehengeblieben und warteten. Dann wandte sich Arangbar um und befahl dem Diener, der hinter ihm ritt, ein langläufiges, großkalibriges Gewehr nach vorne zu reichen, und Allaudin, dem die Angst deutlich anzumerken war, ließ sich ebenfalls eines geben.
Hawksworth' *mahout* lenkte seinen Elefanten direkt hinter den des Moguls, als suche er dort Schutz.
Die Tiger schienen es nicht eilig zu haben, die Büffel zu stellen. Sie betrachteten die näherrückende Reihe abschätzend und warteten auf den geeigneten Augenblick. Erst als die Büffel kaum mehr als vier Meter entfernt waren, sprangen sie gleichzeitig los.
Die Tigerin wurde von einem Büffelhorn aufgespießt, warf sich jedoch, noch in der Schwebe, herum und grub ihre Zähne in den Lederschutz am Nacken des Tieres. Als der Radschpute aus dem Sattel rutschte, raste das Männchen an der Tigerin vorbei und sprang ihn an. Der Mann schwang sein Schwert und hieb es dem Tiger in die Flanke, doch der schleuderte ihn mit einem furchtbaren Prankenhieb zu Boden, wo er mit gebrochenem Genick zusammensackte. Andere Radschputen stürzten sich nun mit ihren Schwertern auf den männlichen Tiger, während die Büffel das Weibchen umzingelten. Doch der Tiger konnte ihnen entkommen und begann, Arangbars Elefant zu umkreisen, der inzwischen von Soldaten mit Hellebarden abgeschirmt wurde. Den Mogul schien dies alles überhaupt nicht zu beunruhigen.
Während der männliche Tiger Arangbar umkreiste, achtete niemand mehr auf das Weibchen.

Hawksworth, der die Szene mit klopfendem Herzen beobachtete, sah plötzlich etwas Gelbes im Augenwinkel aufblitzen. Er wandte sich um und sah, wie die Tigerin aus dem Kreis, den die Büffel um sie bildeten, entwich und nun von hinten auf Arangbars Elefanten zustürzte, dort, wo der Elefant des Moguls ungedeckt war.
Hawksworth hatte seinen Mund schon zu einem Schrei geöffnet, als die Tigerin Arangbar ansprang, doch noch im gleichen Augenblick erklang ein Schuß aus der verhängten *hauda* der Königin Dschanahara. Die Tigerin krümmte sich mitten in der Luft und prallte als lebloser Ball gegen des Sitz des Moguls.
Durch den Stoß, den die aufprallende Tigerin ihm versetzte, wurde Arangbars Schuß auf den männlichen Tiger abgelenkt und streifte nur dessen Vorderlauf. Ein Dutzend Hellebarden wurden ihm in die Flanke gestoßen, als er vorwärts stolperte, dennoch schwang er sich behende herum, um mit der Tatze nach den Radschputen zu schlagen. Auch Allaudin feuerte jetzt, aber er verfehlte sein Ziel völlig und traf fast einen der Männer, die versuchten, die Raubkatze zurückzudrängen. Einen Augenblick lang wirbelte der Tiger in einem blutigen Kreis, dann hielt er unvermittelt inne.
Er starrte auf Hawksworth.
Dieser hörte, wie sein *mahout* vor Entsetzen aufschrie, als der Tiger plötzlich auf den Kopf Kumadas zusprang. Ein Wickel aus gelbem Fell schien sich um die Stirn der Elefantin zu legen, und die Krallen bohrten sich in die lederne Schutzpolsterung. Kumada warf ihren Kopf in Panik hin und her. Der *mahout* schrie erneut auf, sprang kopfüber herunter, rollte durch ein braunes Grasbüschel und rannte hinüber zu den Soldaten.
Der Tiger starrte Hawksworth mit einem hypnotischen Blick an und begann, sich über die Stirn der vor Angst fast wahnsinnigen Elefantenkuh zu ziehen, direkt auf die *hauda* zu. Kumada drehte sich nun wild im Kreise, schüttelte dabei ihren Kopf und versuchte vergeblich, sich des verwundeten, vor Wut schnaubenden Tieres zu entledigen. Der Tiger sank jedoch nur ein kurzes Stück zurück. Er krallte sich noch fester in den Lederschutz und zog sich höher.
Ohne weiter zu überlegen, griff Hawksworth nach dem *ankus*, der kurzen Hakenpike des Elefantentreibers, die der *mahout* in einer Lederhülle hinter dem Ohr des Elefanten hatte stecken lassen. Er zerrte sie heraus und begann, den Tiger damit abzuwehren.

Kumada fing nun an zu rennen, hielt, scheinbar ziellos, auf einen großen Pipalbaum am Rande der Lichtung zu. Doch der Tiger hatte sich inzwischen hochgezogen, und Hawksworth vernahm sein tiefes Knurren. Gelb und krallig blitzte es vor seinen Augen auf, und schon durchfuhr ein brennender Schmerz seine Schulter. Er spürte, daß er herabfiel. Er rutschte den Nacken des Elefanten entlang, streifte das schlagende Ohr und einen Fuß, der mit donnernder Gewalt neben ihm auf den Boden stampfte. Dann taumelte er gegen den Stammgrund des Pipalbaumes.

Als er aufblickte, sah er über sich den Tiger, verkrallt in den Kopf des Elefanten und vor Schmerzen brüllend. Dann hörte er, wie das Rückgrat der Raubkatze, die von Kumada wieder und wieder mit voller Wucht gegen den Baumstamm gerammt wurde, brach. Erst als der Tiger sich nicht mehr rührte, streifte sie den Kadaver ab und schleuderte ihn ins Gras.

Hawksworth sah durch den aufgewirbelten Staub, wie Arangbar seinen Elefanten zu ihm herüberführte. »Das war sehr glücklich gefügt, Engländer. Es ist ein sehr böses Omen für den Staat, wenn ein Tiger, auf den ich geschossen habe, entkommt. Wenn das Biest es geschafft hätte, sich zu befreien, dann hätten wir die gesamte Armee ausschwärmen lassen müssen, um es zu suchen und zu töten. Eure Kumada hat mir das alles erspart. Die Götter des Südwestens haben unserer Regierung heute ihre Gunst erwiesen. Ich glaube, Ihr habt uns Glück gebracht.«

»Ich danke Eurer Majestät.« Hawksworth rang nach Luft.

»Nein, Ihr seid es, dem *wir* Dank schulden. Ihr wart so umsichtig, den Tiger dort zu halten, wo Kumada ihn zerschmettern konnte.« Arangbar ließ seinen Elefanten niederknien und ging geschwinden Schrittes auf Kumada zu, die noch immer vor Angst zitterte. Er streichelte ihr Gesicht und man sah, wie sie sich beruhigte. Es war ganz unverkennbar, daß sie Arangbar liebte. »Sie ist wunderbar. Ich habe erst einmal zuvor einen Elefanten so etwas tun sehen. Ich versetze sie hiermit sofort in den Ersten Rang. Obwohl sie eine Frau ist.« Er wandte sich an Nadir Sharif. »Laßt das schriftlich niederlegen.«

Als Hawksworth versuchte aufzustehen, spürte er einen stechenden Schmerz in seiner Schulter. Er sah, daß sein Lederwams zerrissen war, und gab Nadir Sharif ein Zeichen. Wenige Augenblicke später beugte sich ein Arzt über Hawksworth. Einen kurzen, schmerzhaften Augen-

blick lang tastete er die Haut über der verletzten Stelle ab, rammte dann sein Knie in Hawksworth' Seite und drehte gleichzeitig den verletzten Arm schnell um.
Hawksworth hörte sich vor Schmerz laut aufschreien und dachte, er würde das Bewußtsein verlieren. Doch dann wurde sein Kopf klarer, und er fühlte, daß er seinen Arm wieder bewegen konnte. Der Schmerz ließ bereits wieder nach.
»Ich würde vorschlagen, die Schulter ein paar Tage mit Umschlägen zu behandeln, Majestät.« Nadir Sharif war von seinem Elefanten heruntergeklettert und gab sich hilfsbereit wie eh und je.
»Dann müssen wir ihn nach Agra zurückbringen lassen.«
»Natürlich, Majestät.« Nadir Sharif ging auf Arangbar zu.
»Aber vielleicht wäre es genauso ratsam, wenn man den *feringhi* hier irgendwo in der Nähe ausruhen ließe. Vielleicht in der alten Stadt.« Er wandte sich um und deutete nach Westen. »Dort in Fatehpur. Es gibt noch einige Sufi-Einsiedler dort oben, die sich um seine Schulter kümmern könnten, bis die *shikar* vorüber ist. Auf dem Rückweg könnten wir ihn dann wieder mitnehmen.«
Arangbar wandte sich um, beschattete seine Augen und starrte auf den Horizont. Über die Wipfel der Bäume hinweg sah man das Tor der Burg von Fatehpur Sikri.
»Aber meine Schulter ist wieder in Ordnung. Es ist nicht notwendig . . .«
»Ein sehr vernünftiger Vorschlag.« Arangbar schien Hawksworth zu überhören. »Begleitet Ihr den Engländer zur Festung hinauf. Bestellt eine Sänfte für ihn, laßt Euren Elefanten hier und nehmt ein Pferd.«
Während der Arzt Hawksworth' Arm verband, wurde eine Sänfte herangetragen. »Ein kleiner Trupp von Radschputen kann ihn begleiten.« Arangbar rief dem Hauptmann seiner Garde Anweisungen zu und beobachtete, wie die Männer sich wieder formierten. Dann bestieg er seinen Elefanten und gab den Büffelreitern ein Zeichen, mit der Durchkämmung des hohen Grases fortzufahren.
Als sich sein kleiner Trupp in Bewegung setzte, sah Hawksworth, wie Nadir Sharif einem Diener einen Befehl gab. Und als vier Radschputen die Sänfte vom Boden hoben, eilte der Diener herbei und steckte ihm eine Flasche zu.
Es war Brandy.

Sie beobachtete, wie die Sänfte langsam den gewundenen Pfad, der zum Burgtor führte, heraufgetragen wurde. Langsam hatte sich der Zug durch das Tor in der Nordostecke der Stadtmauer geschoben, und nun standen die Radschputen dicht um die Sänfte und um den einzelnen Reiter gedrängt. Die Nacht war still und durchflutet vom wilden Duft der Wüste, und langsam wechselte die Farbe des Mondes von Weiß zu verfeinertem Gold. Ihr Schlupfwinkel in einem Ecktürmchen der Mauer war ideal und ohne Schatten. Sie betrachtete den Reiter prüfend und lächelte, als sie sein Gesicht erkannte.
Nadir Sharif, du hast deinen Teil der Abmachung eingehalten. Bis ins letzte Detail.
Sie beobachtete ihn im Zwielicht des Mondes und fragte sich, warum sie wohl einen Tag früher gekommen waren als vorgesehen. Dann wurde die Sänfte angehalten, und die andere Person kam zum Vorschein. Sie zögerte, bevor sie genauer hinsah, mußte ihre Augen schließlich zu einem klaren Blick zwingen.
Erst nach einer längeren Pause wandte sie sich dem hochgewachsenen Mann zu, der neben ihr stand. Sein Bart und sein Gewand waren weiß, doch zeigte er kein Lächeln. Stillschweigend blickte er sie an und nickte ihr zu. Dann band er sein weißes Gewand fester zusammen und stieg die steinernen Stufen hinab in den Hof.
Hawksworth merkte, wie das Licht dieses Herbsttages rasch schwand, während sie sich dem Tor der Festungsstadt näherten. Schon war ein heller Mond erkennbar, der versprach, voll zu werden. In ihrer Höhe und Pracht erinnerten die Portale Hawksworth an den Roten Palast in Agra, nur die Mauern waren nicht annähernd so stattlich. Die Burg selbst stand auf einem bewaldeten Hügel, und die Pflastersteine an der Straße, die den Hügel hinaufführte, waren von Gras und Gestrüpp überwuchert. Am Fuße des Hügels lag ein kleines Dorf, von dem der Rauch der abendlichen Küche emporstieg. An der Burg selbst war keinerlei Lebenszeichen zu erkennen. Am Fuße der Treppe, die hinauf zum Palasttor führte, stieg er aus der Sänfte und kletterte langsam, Nadir Sharif an seiner Seite, die verfallenen Stufen empor. Die Radschputen zogen hinter ihnen her und schritten, nachdem sie oben angekommen waren, durch den tulpenförmigen Bogen, der den Eingang umrahmte. Wie ein Mantel umfing sie nun die Dunkelheit, und die Radschputen drängten vorwärts, auf die schwarze Silhouette zweier

großer Pforten zu. Sie stießen die Türe auf, und vor ihnen öffnete sich, weich in den Mondschein gebettet, der weite, menschenleere Hof.
»Ist das hier alles völlig ausgestorben? Ich verstehe immer noch nicht, was ich hier soll.«
Nadir Sharif lächelte. »Im Gegenteil, Botschafter, es ist alles andere als ausgestorben. Gewiß, es erscheint einem so . . .«
Dann sah Hawksworth eine Gestalt auf sie zukommen. Sie schien lautlos über das rote Sandsteinpflaster des Hofes zu gleiten und trug eine Öllampe in der Hand, deren Licht ein bärtiges, in einen weißen Schal gehülltes Gesicht beschien.
»Im Namen Allahs heiße ich Sie willkommen.« Der Mann grüßte mit einer Verbeugung.
»Welcher Anlaß bringt bewaffnete Männer an unsere Tür? Es ist jetzt zu spät, um zu beten. Wir haben bereits vor langem zum letzten *azan* aufgerufen.«
Nadir Sharif trat vor. »Seine Majestät schickt Euch einen *feringhi* zur Pflege. Er ist heute während der *shikar* verletzt worden und bedarf zwei Tage der Ruhe.«
»Unsere Hände sind stets geöffnet.« Der Mann wandte sich um und bewegte sich über den Platz auf ein Gebäude zu, das wie eine Moschee aussah. Als sie den Eingang erreichten, wandte er sich an die Radschputen und sprach zu ihnen in einer Sprache, die Hawksworth nicht verstand.
»Er sagt, dies sei das Haus Gottes.« Nadir Sharif übersetzte. »Er hat den Radschputen befohlen, Schuhe und Waffen abzulegen, falls sie mitkommen möchten. Aber ich glaube, sie werden sich weigern. Vielleicht können wir Euch jetzt allein lassen. Man wird sich gut um Euch kümmern, und übermorgen werde ich Euch dann ein Pferd schicken.«
»Was geht hier eigentlich vor? Soll das bedeuten, daß ich hier allein zurückbleiben soll? Was, zum Teufel, soll das heißen? Ich hätte nach Agra zurückkehren können oder sogar bei der Jagd bleiben.«
»Ihr seid ein sehr aufmerksamer Mann, Botschafter.« Nadir Sharif lächelte und schaute hinauf zum Mond. »Aber soweit ich weiß, seid Ihr ganz durch Zufall hier. Ich bin nicht dafür verantwortlich, was mit Euch geschieht oder wem Ihr begegnet. Hier waltet allein das Schicksal. Bitte habt Verständnis.«
»Was meint Ihr damit?«

»Ich werde Euch in zwei Tagen wiedersehen, Botschafter. Genießt Eure Genesung.«

Nadir Sharif verbeugte sich, und wenige Augenblicke später waren er und die Radschputen mit dem Licht des Mondes verschmolzen.

Hawksworth sah ihnen mit wachsender Unruhe nach und wandte sich dann der vermummten Gestalt zu, die auf ihn wartete. Die Moschee wirkte leer, eine Grotte voll flackernder Schatten. Er schnallte seine Schwertscheide ab, und schlüpfte aus seinen Sachen. Der Mann nahm wortlos das Schwert entgegen, betrachtete es eine Weile, als wolle er es begutachten, wandte sich dann um und ging voran.

Sie gingen schweigend über blankpolierte Steinfliesen, vorbei an gewaltigen Säulen, die hoch in die Dunkelheit des Gewölbes über ihnen ragten, und Hawksworth genoß das Gefühl der kühlen Steine, die seine bloßen Sohlen berührten.

Vor ihnen flackerte eine Lampe. Sie gingen unter ihr hinweg und blieben vor einer Tür auf der Rückseite der Moschee stehen. Sein Begleiter rief ein Wort, das Hawksworth nicht verstand. Die Tür öffnete sich von innen und ließ einen erleuchteten Gang erkennbar werden, in dem vier Männer warteten. Als Hawksworth und sein Begleiter hindurchgegangen waren, schloß sich die Tür hinter ihnen, und die Männer gesellten sich ihnen schweigend zu.

Der Gang war langgestreckt. Seine Wände waren frisch getüncht, und der Boden mit marmornem Mosaik ausgelegt. Es war kühl, als habe die Hitze des Tages diesen Ort nicht erreichen können, und der schwache Weihrauchduft mischte sich mit dem Geruch des Öls in den Hängelampen.

Am Ende des Korridors kamen sie wieder zu einer Treppe aus weißem Marmor, und während sie die Stufen hinaufstiegen, löschte der Mann, der Hawksworth begrüßt hatte, seine Lampe mit einem Messinghütchen.

Sie erreichten schließlich einen Raum, der sich, wie Hawksworth feststellte, in einem höheren Stockwerk eines hinter der Moschee gelegenen Gebäudes befand. Ein Balkon ging hinaus auf den menschenleeren Platz unter ihnen.

In der Mitte des Raumes befand sich ein erhöhtes Podium, das mit einem schweren Perserteppich bedeckt war. Hawksworth' Begleiter nahm dort Platz. Mit einer schwungvollen Bewegung entledigte er sich

seiner weißen Kapuze und des Umhangs und ließ sie zu Boden gleiten. Sein langes, weißes Haupthaar reichte bis zu den Hüften. Bis auf einen Lendenschurz war er jetzt völlig nackt. Er bedeutete Hawksworth, sich zu setzen, und zeigte auf ein Kissen.
»Ich heiße Euch willkommen, Engländer. Wir haben Euch erwartet, aber noch nicht so frühzeitig.«
»Wer sind Sie?«
»Früher war ich ein Perser.« Er lächelte. »Aber ich habe schon fast vergessen, mich entsprechend der Sitte unseres Landes zu benehmen. Bevor wir zur Sache kommen, sollte ich eine Erfrischung anbieten. Normalerweise wäre dies ein *sharbat*, doch man hat mir gesagt, daß Ihr lieber Wein trinkt?«
Hawksworth starrte ihn sprachlos an. Kein strenggläubiger Moslem würde je Wein anrühren, das wußte er.
»Seht mich nicht so fassungslos an! Wir persischen Dichter trinken oft Wein . . . der göttlichen Eingebung wegen.« Er lachte frei heraus. »Oder wenigstens ist das unsere Ausrede. Ich hoffe, Allah wird uns verzeihen. Ein Garten voller Blumen und ein Glas Wein sind eine Erholung für den freudigen Geist.«
Er gab einem der Männer einen Wink, und wie aus dem Nichts erschien vor ihnen ein Weinkelch. »Ich habe einmal einen lateinischen Ausspruch gehört, *in vino veritas*. Als Christ müßt Ihr ihn kennen. ›Im Wein liegt die Wahrheit‹. Trinkt etwas Wein, und laßt uns gemeinsam nach der Wahrheit suchen.«
»Beginnen wir mit der Wahrheit über Euch selbst. Woher wißt Ihr so gut Bescheid über mich? Und wer Ihr seid, habt Ihr mir auch noch nicht gesagt.«
»Wer ich bin? Das ist die wichtigste Frage, die Ihr jemandem stellen könnt. Ich möchte es so ausdrücken: Ich bin jemand, der auf alles verzichtet hat, was die Welt zu bieten hat . . . und der somit das eine gefunden hat, was die meisten anderen verloren haben.« Er lächelte gelöst. »Könnt Ihr erraten, was das ist?«
»Sagt es mir.«
»Meine eigene Freiheit. Die Freiheit zu dichten, Wein zu trinken, zu lieben. Ich besitze nichts mehr, was man mit fortnehmen könnte, und so lebe ich ohne Furcht. Ich bin ein Moslem, den die Mullahs verteufeln, ein Dichter, der von den Versemachern am Hofe des Moguls verleumdet

wird, ein Lehrer, den alle diejenigen, die nichts mehr lernen wollen, ablehnen. Ich lebe hier, weil es keinen anderen Ort mehr gibt für mich. Vielleicht werde ich bald nicht mehr sein, aber hier und jetzt fühle ich mich frei. Und dies, weil ich für alle diejenigen, die mir etwas antun könnten, nur Liebe empfinde.« Er blickte einen Moment lang schweigend über den Balkon hinweg nach draußen. »Zeigt mir den Mann, der mit der Furcht vor dem Tode lebt, und ich werde Euch jemanden zeigen, dessen Seele bereits tot ist. Zeigt mir den Mann, der den Haß kennt, und ich werde Euch jemanden zeigen, der niemals zur wahren Liebe fähig sein wird. Die Liebe, Engländer, die Liebe ist die Süße des Wüstenhonigs. Sie ist das Leben selbst. Aber Ihr habt, glaube ich, noch nicht erfahren, wie sie schmeckt. Weil Ihr ein Sklave Eures eigenen Ehrgeizes seid. Erst wenn Ihr, wie ich, alles andere aufgegeben habt, könnt Ihr das wahre Wesen der Liebe kennenlernen.«

»Warum glaubt Ihr, so viel über mich zu wissen? Ich weiß nichts über Euch.«

»Ich glaube indessen, daß Ihr schon von mir gehört habt.«

Hawksworth sah ihn einen Augenblick lang wortlos an, und plötzlich wurde ihm alles klar. Am liebsten hätte er seine Erkenntnis laut herausgeschrien.

»Ihr seid Samad. Der Sufi . . .« Er brach ab, sein Herz klopfte wild. »Wo ist . . .?«

»Ja, ich bin Dichter, und man nennt mich einen Sufi, weil es keine andere Bezeichnung für mich gibt.«

»Seid Ihr denn kein wirklicher Sufi?«

»Wer weiß schon, was ein Sufi ist, mein englischer Freund? Nicht einmal ein Sufi weiß das. Die Sufis lehren keinen Glauben. Wir wollen nur, daß man erfährt, wer man ist.«

»Ich dachte, sie seien Mystiker, ähnlich wie manche spanischen Katholiken.«

»Die Mystiker sehnen sich nach der Vereinigung mit Gott. Sie sind auf der Suche nach dem Teil in uns, der Gott ist. Sufis lehren Methoden, wie man das Durcheinander von Dingen beseitigt, die uns daran hindern, zu erkennen, wer wir wirklich sind. Also sind wir vielleicht doch Mystiker. Die Mullahs haben uns jedoch nicht in ihr Herz geschlossen.«

»Warum nicht? Die Sufis sind doch Moslems.«

»Weil die Sufis sie nicht beachten. Die Mullahs verlangen, daß man sein

Leben nach den Gesetzen des Propheten ausrichtet, die Sufis wissen jedoch, daß man nur über die Liebe zu Gott gelangen kann. Ein reines Leben bedeutet überhaupt nichts, wenn das Herz nicht rein ist. Gebete, die fünfmal am Tag aufgesagt werden, sind leere Worte, wenn in ihnen die Liebe fehlt.«

Samad hielt kurz inne. Dann sagte er langsam und sehr leise: »Ich versuche festzustellen, ob es in Eurem Leben die Liebe gibt, Engländer.«

»Ihr meint wohl, sehr viel über mich zu wissen. Es gibt nur einen Menschen, der will, daß ich Euch kennenlerne. Es ist eine Frau. Sie lebte zuletzt in Surat. Wo ist sie jetzt? Ist sie hier?«

»Sie ist nicht mehr in Surat, ganz sicherlich nicht. Doch Ihr seid jetzt erst einmal hier bei mir. Warum immer nach etwas suchen, was Ihr nicht besitzt? Seht, ich weiß sehr viel über Euch. Ihr seid ein Pilger.« Er hob gedankenverloren seine Hand. »Aber das sind wir alle. Alle sind wir auf der Suche nach etwas, jeder bezeichnet es irgendwie anders – Erfüllung, Wissen, Schönheit, Gott. Aber Ihr habt noch längst nicht gefunden, was Ihr sucht, nicht wahr?« Samad beobachtete Hawksworth und trank einen Schluck Wein. »Ja, es gibt viele Bezeichnungen dafür, doch in Wirklichkeit handelt es sich immer um ein und dasselbe. Wir alle, Engländer, sind auf der Suche nach unserem eigenen Ich. Doch es ist nicht leicht zu finden, weshalb wir in die Ferne ziehen, in der Hoffnung, es an einem anderen Ort zu entdecken. Die Suche in uns selbst ist eine viel schwierigere Reise.«

Hawksworth wollte etwas erwidern, doch Samad gebot ihm mit einer Geste Schweigen. »Ihr solltet wissen, daß Ihr das, was Ihr Euch am meisten wünscht, erst dann findet, wenn Ihr aufgehört habt, danach zu suchen. Erst dann seid Ihr fähig, der Stille des Herzens zu lauschen, erst dann könnt Ihr wahre Zufriedenheit finden.« Samad trank. »In der vergangenen Woche habt Ihr – so glaubt Ihr wenigstens, Euer Glück gefunden. Vom Mogul sind Euch weltliche Ehren zuteil geworden. Ihr habt von dem bevorstehenden Erfolg Eures englischen Königs erfahren. Alle diese Dinge werden Euch jedoch am Ende nur Kummer und Verzweiflung bringen.«

»Ich verstehe Euch nicht.«

Samad lachte und trank sein Glas leer. »Dann will ich Euch eine Geschichte erzählen, Engländer – *meine* Geschichte. Als ich auf die Welt kam, war ich ein persischer Jude und – aus alter Familientradition

– ein Kaufmann. Aber mein Volk hat den größten aller Propheten unbeachtet gelassen, den Propheten Mohammed. Seine Stimme ruft alle Menschen, und ich habe sie gehört. Ich wurde ein Moslem, war jedoch immer noch Kaufmann. Ein persischer Kaufmann. Und ganz ähnlich wie Ihr reiste ich nach Indien auf der Suche nach . . . nun, nicht nach dem größten Propheten, sondern nach dem größten Profit. Und hier bin ich nun, mein englischer Freund, und habe das andere gefunden, nach dem ich mich sehnte: die Liebe, die reine, verzehrende Liebe. Es war die Liebe zu einem Knaben, dessen Schönheit und Reinheit nur von Gott kommen konnte. Aber die Welt hat diese Liebe mißverstanden, man nannte sie unrein und versteckte den Knaben vor mir. So blieb mir nur noch Gott, dem ich meine Liebe zuwenden konnte. Ich habe daher meine Kleider und all meine weltlichen Güter von mir geworfen und mich ihm ganz gegeben. Und einmal mehr wurde ich mißverstanden.«
Samad hielt inne und ließ sich einen frisch gefüllten Becher bringen. »So habe ich denn der Welt meine Geschichte in Versen erzählt. Und nun gibt es viele Menschen, die mich verstehen. Nicht die Mullahs, sondern das Volk. Ich habe den Leuten Worte geschenkt, die nur aus einem reinen Herzen kommen konnten, Worte der Freude, die alle Menschen teilen können.« Er unterbrach sich kurz und lächelte. »Wißt Ihr, wir Perser sind die geborenen Dichter. Man sagt, daß wir den Sufismus aus einer mystischen Spekulation in eine mystische Kunst verwandelt haben. Ich weiß nur, daß die großen persischen Dichter im Sufismus ein Ausdrucksmittel für ihre Kunst fanden, wodurch dem Islam beinahe mehr zurückgegeben wurde, als man ihm raubte. Doch Schenken gehört ja stets zur Aufgabe des Dichters. Ich habe dem indischen Volk mein Herz geschenkt, und dafür hat es mich geliebt. Doch eine solche Liebe erzeugt Neid in den Herzen der Menschen, denen sie versagt bleibt. Die schiitischen Mullahs hätten mich schon seit langem wegen Ketzerei verurteilt, wäre da nicht ein Mann gewesen, der mich verstand und mich beschützte. Der einzige Mann in Indien, der die persischen Schiiten am Hofe nicht fürchtet. Und nun ist auch er verschwunden. Mit ihm ist auch mein Leben dahin.«
»Wer war das?«
»Könnt Ihr es nicht erraten? Ihr kennt ihn doch bereits.«
Samad lächelte. »Prinz Dschadar.«

Hawksworth hatte plötzlich das Gefühl, die Welt um ihn herum stürze in sich zusammen.
»Warum habt Ihr mich heute abend hierher bringen lassen?«
»Weil ich Euch zu sehen wünschte. Weil ich diesen Ort hier nicht verlassen darf, man hat es mir unter Androhung der Todesstrafe untersagt. Allerdings würde ich den Tod fast schon begrüßen. Der Tag ist nicht allzu fern, da ich wieder durch die Straße von Agra gehen werde – ein letztes Mal.«
»Aber *warum* wolltet Ihr mich sehen?« Hawksworth sah Samad prüfend an und entschloß sich, die Frage, die ihn bewegte, direkt zu stellen: »Um mich zu bitten, Dschadar zu helfen? Ihr könnt ihm mitteilen, daß ich nichts mit seiner Politik zu tun haben möchte. Ich bin hier, um einen Handelsvertrag durchzusetzen. Das ist meine Mission hier, deshalb hat man mich hergesandt.«
Samad stellte sein Weinglas vorsichtig auf den Teppich und seufzte. »Ihr habt nichts verstanden, von dem, was ich sagte. Ich muß nochmals betonen, daß es besser wäre, Ihr würdet Eure ›Mission‹ vergessen. Ihr seid nicht mehr der Herr über Euer eigenes Schicksal. Doch wenn Ihr Euer Herz weit öffnet, werdet Ihr sehen, daß es mit Reichtümern gefüllt ist, die Euch um ein Vielfaches entschädigen werden. Allerdings werdet Ihr nur teilhaftig werden, wenn Ihr erfahren habt, was Liebe ist, und ich fürchte, die einzige Euch bekannte Liebe ist die Eigenliebe, der Ehrgeiz. Ihr seht noch nicht, daß er so leer wie ein Spiegel ist.«
Es war jetzt dunkler geworden, doch Hawksworth erkannte, daß einige Männer das Gemach betreten hatten. Nur wenige von ihnen schienen Samads Turki zu verstehen.
»Was soll ich jetzt tun?«
»Bleibt ein Weilchen bei uns. Lernt Euch besser kennen.« Samad erhob sich und stieg von seinem Podest. »Vielleicht werdet Ihr dann endlich finden, was Ihr Euch wünscht.«
Er bat Hawksworth mit einer Handbewegung, ihn zum Balkon zu begleiten. Auf der gegenüberliegenden Ecke des Hofes flackerte in einem Erker das Licht eines einsamen Lämpchens. »Der heutige Abend sollte wie ein Traum in unserer Erinnerung bleiben, mein englischer Freund. Und gleich einem Traum sollte er beim Erwachen nur noch als Erinnerung an Licht und Schatten bestehen.« Samad

wandte sich um und begleitete Hawksworth zur Tür; die Männer dort traten zur Seite. »Und nun sage ich Euch Lebewohl. Man wird sich um Euch kümmern.«

Hawksworth trat hinaus auf den marmornen Flur.

Sie stand im Halbdunkel, ihr Gesicht erhellt vom Schein einer Lampe. Es war Shirin.

21

Übersät mit Tausenden von Juwelen rings um einen Elfenbeinmond, wölbte sich der nächtliche Himmel über dem Hof und glich einem lodernden Feuer. Sie gingen durch einen mit geschnitzten Säulen und verzierten Kragsteinen gesäumten Torweg und erreichten einen kleineren Platz. Die Moschee war nicht mehr zu sehen, und sie standen inmitten einiger mehrstöckiger, leerer Prachtbauten, die mit wundersamen Schnitzereien, Geländern und Gesimsen verziert waren. Sie waren nun allein in dem menschenleeren Palast, eingehüllt in Schweigen und umflutet vom Licht des Mondes. Jetzt endlich begann sie zu sprechen, und ihre Stimme durchbrach die Stille der Nacht.

»Ich versprach, an dich zu denken. Das tat ich, öfter als du ahnst. Heute abend möchte ich all dies hier mit dir teilen. Es ist der Palast des großen Akman, wohl der schönste in ganz Indien.« Sie hielt inne und zeigte auf einen großen, marmorgefaßten Teich, im Zentrum des Platzes. In der Mitte des Teiches erhob sich ein Podium, umrahmt von einem Geländer und mit dem Ufer verbunden durch zierliche Brücken. »Einst, so wird erzählt, als Akmans gefeierter Hofmusiker Tansen dort saß und einen *raga* für die Regenzeit sang, eilten die Wolken herbei, um ihm zu lauschen und dann die Erde mit ihren Tränen zu segnen. Früher war dies alles mit einem herrlichen Baldachin überzogen. Heute abend haben wir nur die Sterne.«

»Wie ist dir das gelungen?« Er war noch immer fast starr vor Staunen.

»Bitte mich nicht, es sofort zu erklären. Laß uns diesen Augenblick gemeinsam auskosten.«

Sie nahm seinen Arm und bedeutete ihm weiterzugehen. Vor ihnen lagen, im Mondschein glitzernd, die offenen Arkaden eines Palastgebäu-

des. »Ich habe etwas vorbereitet, nur für uns beide.« Sie führte ihn durch einen geschwungenen Bogen in einen weiten Laubengang, der nur von einer Öllampe, die auf einem steinernen Tisch stand, beleuchtet wurde. An den Wänden schillerten bunte Darstellungen von Elefanten, Pferden und Vögeln. Sie griff nach der Lampe und führte ihn an den Gemälden vorbei in den nächsten Raum, ein weitläufiges rotes Gemach, dessen Boden bedeckt war von duftenden, stillen Gewässern. Durch das flackernde Licht hindurch erblickte er eine Marmortreppe, die zu einer Terrasse aus rotem Sandstein hinaufführte. Getragen von viereckigen Steinsäulen mit verzierten Kapitellen, erhob sie sich über das Wasser.
»Dort oben pflegte Akman die heißen Sommernächte zu verbringen auf der Terrasse über dem kühlen Rosenwasserteich. Von dort ließ er die Frauen aus der *zenana* zu sich rufen.«
Hawksworth tauchte die Fingerspitzen in das Wasser und führte sie an die Lippen. Es schmeckte wie Parfüm. Er sah sie an, und sie lächelte.
»Ja, die Sufis füllen den Teich heute noch mit Rosenwasser, zum Gedenken an Akman.« Sie drängte ihn vorwärts, die Treppe empor. »Komm, laßt uns erkunden, wie man sich als Großmogul von Indien fühlt.«
Als sie auf die Terrasse traten, erglühte im Licht der Lampe eine rubinrote Decke über ihnen. Zu ihren Füßen breitete sich ein dicker Teppich aus, übersät mit kleinen Samtkissen. In der hintersten Ecke stand ein großer Diwan aus rotem Marmor, dessen dunkler Samtbaldachin von vier wundervoll ziselierten Steinsäulen gehalten wurde. Die Diwandecke aus blau-gemustertem Samt, war mit goldener Spitzenbordüre eingefaßt.
»Nur für heute abend habe ich diesen Raum eingerichtet wie zu Akmans Zeiten, als er hier mit seinen Auserwählten aus der *zenana* schlief.« Sie ließ den Tüllumhang von ihren Schultern gleiten. Er betrachtete ihr dunkles Haar, das von einem hauchdünnen Schal und einem Perlenstrang zusammengehalten wurde, und ihm fiel auf, mit welcher Vollendung es sich gegen die grüne Smaragdbrosche abhob, die sich an ihre Stirn schmiegte. Um den Hals trug sie eine mehrreihige Perlenkette, und ihre Arme umwanden mit Perlentropfen besetzte Bänder. Ihre mit *kohl* gefärbten Augen und Brauen schimmerten, und ihre Lippen glühten in feurigem Rot.
Wortlos nahm sie einen gelben Blumenkranz vom Bett und legte ihn um

seinen Hals. Neben dem Diwan standen auf einem Rosenholztischchen mehrere Messinggefäße, die Parfüm und Weihrauch enthielten. »Heute nacht ist das Zimmer wie ein Hochzeitsgemach. Für uns beide.«
Auf dem Diwan lag an der gleichen Stelle, wo sie den ersten Kranz aufgenommen hatte, noch ein zweiter. Ohne nachzudenken, nahm er ihn und legte ihn um ihren Hals. Dann ließ er seine Fingerspitzen langsam ihren Arm hinabgleiten, und beide erschauerten leise. Während er sie im Lampenlicht betrachtete, wurde ihm klar, wie sehr er sich nach ihr gesehnt hatte.
»Eine Hochzeit? Für uns beide?«
»Nein, keine Hochzeit. Könnten wir es einfach einen neuen Anfang nennen? Das Ende einer Reise und den Anfang einer neuen?«
Hawksworth hörte plötzlich Rascheln hinter sich, dann ein zweites Geräusch. Er drehte sich um und spähte in die Dunkelheit; ein Paar Augen, in denen sich das Licht der Lampe spiegelte, lugten ihn an. Als er nach seiner Pistole griff, hielt sie seinen Arm fest.
»Das ist einer der kleinen, grünen Papageien, die hier hausen. Man hat ihnen noch nie ein Leid getan und sie nie in einen Käfig gesperrt. Sie kennen keine Angst.« Sie wandte sich um und rief den Vogel. »Werden sie gefangen und eingesperrt, so stirbt ihre Seele, und ihre Schönheit verkümmert.«
Der Vogel schüttelte erneut sein Gefieder und flog auf das Kissen neben Shirin. Hawksworth betrachtete sie einen Augenblick lang, erfüllt von ungläubigem Staunen, dann ließ er sich auf den Teppich neben einen bereitstehenden Weinkelch sinken. Sie streckte ihre Hand nach ihm aus und berührte seinen Arm. »Ich habe dich nie gefragt, wie deine Geliebten dich nennen. Du bist so bedeutend, daß keiner in Indien deinen Vornamen kennt, nur deine Titel.«
»Ich habe nur einen Namen. Brian.« Er spürte, wie ihre Berührung ihn zu erregen begann.
»Brian. Wirst du mir alles über dich erzählen? Alles, was dir gefällt und was dir nicht gefällt?« Sie schenkte Wein für sie beide ein. »Habe ich dir je gesagt, was ich am meisten an dir mag?«
»In Surat sagtest du, es sei die Tatsache, daß ich Europäer bin; einer, der alle weltlichen Dinge meistert.«
»Seitdem habe ich viel über dich nachgedacht.« Versonnen blickte sie vor sich hin. »Jetzt finde ich, daß es nicht so einfach ist. Du bist von

einer Offenheit, Aufrichtigkeit und Ehrlichkeit, die ich äußerst anziehend finde.«

»Das ist die europäische Art. Für Intrigen sind wir nicht besonders begabt. Uns kann man immer vom Gesicht ablesen, was wir denken.«

Sie lachte. »Und ich glaube, ich weiß, was du gerade denkst! Aber laß mich weiter sprechen. Ich habe das Gefühl, dir alles sagen zu müssen. Du hast noch etwas an dir; vielleicht ist es ebenfalls das Europäische an dir, doch ich glaube eher, daß es deinem besonderen Wesen entspricht. Ich meine deine Bereitschaft, stets aufmerksam zu beobachten und etwas daraus zu lernen. Du suchst nach neuen Erfahrungen und neuen Ideen. Ist das auch europäisch?«

»Wahrscheinlich ist es das.«

»Hier ist dergleichen eine Seltenheit. Die meisten Inder meinen, alles, was sie besitzen und tun, sei perfekt, alles so, wie es sein sollte. Wohl übernehmen sie hie und da fremdländische Dinge, benutzen sie oder ahmen sie nach, doch für alles, was nicht indisch ist, müssen sie Verachtung bekunden.«

»Du hast recht. Man sagt mir immer wieder, hier sei alles besser.« Er streckte seine Hand nach ihr aus. »In mancher Hinsicht stimmt es sogar.«

»Darf ich weitersprechen?« Sie nahm seine Hand und hielt sie fest. »Ich finde, daß du auch für die Menschen deiner Umgebung mehr Mitgefühl zeigst als die meisten Inder. Du respektierst die Würde anderer Menschen, ungeachtet ihres Standes. Das findet man hier sehr selten, vor allem in den oberen Kasten. Außerdem hast du etwas sehr Liebevolles an dir. Das spüre ich, wenn du bei mir bist.« Sie lachte wieder. »Weißt du, es ist traurig bestellt um die mohammedanischen Männer. Sie behaupten, die Frauen zu ehren, und sie schreiben Gedichte über ihre Schönheit. Doch ich bin der Meinung, sie können eine Frau niemals wirklich *lieben*. Sie behandeln sie wie ein eigensinniges Geschöpf, das man in seine Schranken verweisen muß.« Sie hielt einen Moment lang inne. »Aber du bist ganz anders. Manchmal finde ich es schwer, dich zu verstehen. Du liebst deine europäische Musik, doch jetzt, glaube ich, beginnst du auch die indische Musik zu verstehen und zu lieben. Ich habe sogar gehört, daß du das Sitarspiel erlernst. Du bist, ähnlich wie Samad, für alles Schöne aufgeschlossen. Dadurch fühle ich mich dir sehr nahe. Gleichzeitig hast du jedoch auch viele Eigenschaften, die Prinz

Dschadar besitzt. Du fürchtest dich nicht, ein Risiko einzugehen. Du nimmst dein Schicksal selbst in die Hand, statt, wie die Inder, alles ergeben hinzunehmen.« Sie lächelte und ließ ihre Fingerspitzen langsam über seine Brust gleiten. »Diese Eigenschaft finde ich sehr aufregend.« Sie zögerte erneut. »Und weißt du, was ich am wenigsten an dir mag? Die *feringhi*-Kleider, die du trägst.«
Er mußte laut lachen. »Sag mir, warum.«
»Sie sind so . . . würdelos. An dem Abend, als ich dich zum ersten Mal sah, wie du zum Palast von Mukarrab Khan kamst, konnte ich mir nicht vorstellen, du seist ein Mann von Bedeutung. Dann, tags darauf, im Observatorium, sahst du aus wie ein Edelmann. Und heute abend bist du wieder wie ein *feringhi* gekleidet.«
»Ich fühle mich wohl in Stiefeln und Lederwams. Wenn ich ein modisches Wams und Kniehosen tragen muß, kommt es mir vor, als müsse auch ich falsch sein, so falsch wie die Kleider. Und kleide ich mich wie ein Mogul, meine ich stets, die Leute könnten denken, daß ich mich für jemanden anderen ausgeben will.«
»Schon gut.« Sie lächelte ergeben. »Aber hoffentlich wirst du im Laufe dieser Nacht wenigstens dein Lederwams ausziehen. Ich würde dich sehr gerne sehen.«
Er sah sie verwirrt an. »Ich verstehe dich nicht, ganz und gar nicht. Einmal sagtest du zu mir, ich sei mächtig. Aber selbst scheinst du ebenfalls recht mächtig zu sein. Ich kenne keinen Menschen, der Mukarrab Khan oder Nadir Sharif zu irgend etwas zwingen könnte. Dennoch hast du nicht nur den Gouverneur dazu gebracht, in die Scheidung von dir einzuwilligen, sondern sogar den Ersten Minister veranlaßt, halb Agra hinters Licht zu führen, um dies in die Wege zu leiten. Du hast so viele Gesichter.«
»Vergiß nicht, daß ich manchmal auch eine Frau bin.«
Sie stand auf und entfernte langsam die große Spange, die ihr Gewand in der Taille zusammenhielt. Der Gürtel schien ihr Schwierigkeiten zu bereiten, als sie ihn lockern wollte. Sie lachte über ihre Ungeschicklichkeit, dann fiel er endlich herab und sie stand da, nur mit ihren Juwelen bekleidet und dem langen Schal, der ihr Haar bedeckte. Dann drehte sie sich zu ihm um.
»Erinnerst du dich noch an unsere letzte Nacht in Surat?«
»Und du?« Er betrachtete sie im dämmrigen Licht der Lampe. Ihr

Körper war vollkommen: zart gerundete Brüste, herrliche Schenkel, geschmeidige, doch kräftige Beine.

»Ich entsinne mich genau, was ich empfand, als ich dich küßte.«

Er lachte und beugte sich zu ihr, um sie in seine Arme zu nehmen. »Und ich dachte, *ich* hätte dich geküßt!«

»Vielleicht sollten wir es noch einmal versuchen und dann entscheiden, wer wen geküßt hat.« Sie sah ihn schelmisch an, warf sich in seine Arme und umschlang ihn. Als er ihre Lippen berührte, drehte sie sich unversehens um; die ganze Welt schien nur noch aus einem einzigen Wirbel zu bestehen, und in seinem Kopf drehte sich alles. Vor Schreck öffnete er den Mund, um zu sprechen, und er füllte sich mit Rosenwasser.

Das Becken unterhalb der Terrasse hatte ihren Fall gedämpft. Keuchend tauchte er an die Oberfläche und fand ihre Lippen.

Sie schmeckte nach einer völlig anderen Welt, süß und duftend. Langsam schloß er sie in die Arme und umklammerte ihren schlanken Körper, zunächst sehr behutsam; doch dann, als er ihre warme Ausstrahlung deutlich fühlte, drückte er sie fest an sich, wobei sie immer noch um Luft rangen. Sie schienen in der Dunkelheit zu schweben, schwerelos und glückselig. Ungelenk begann er sich von seiner nassen Joppe zu befreien.

»Du bist genau, wie ich es mir vorgestellt hatte.« Ihre Hände glitten über seine Brust und streichelten sie sanft, während das Licht der Lampe auf den Wandmalereien flimmerte. »Du bist so kraftvoll, so heftig.« Sie schmiegte ihr Gesicht an seine Brust.

Er drückte sie fest an sich, dann hob er sie hoch. Ihr Körper war mit Rosenblättern bedeckt, und langsam trug er sie die Marmortreppe empor zu Akmans Diwan. Er spürte, daß sie sich an ihn klammerte wie nie eine Frau zuvor, und als er sie auf das Lager bettete, nahm sie sein Gesicht in ihre Hände und küßte ihn lang und innig. Dann hörte er sie flüstern.

»Heute nacht gibt es nur uns beide. Und sonst nichts auf der Welt.«

Und sie schenkten sich einander, bis es nichts mehr zu verschenken gab, weil sie beide eins waren, vollständig und vereint.

Er stand auf dem Achterdeck, der Kolderstock schmerzte in seiner Hand, das Großsegel war festgemacht, und der Sturm peitschte eine mächtige Woge um die andere gegen die Schiffsmitte. Das Schiff war die *Queen's*

Hope, die er für die Levante-Kompanie gesegelt hatte, und die Felsen, die auf Steuerbord hervorragten, waren Gibraltar. Er rief ins Dunkle nach dem Steuermannsmaat, daß er die Marssegel reffe, und lehnte sich hart gegen die Ruderpinne, um das Schiff zu wenden, doch weder der eine noch der andere reagierte. Er hatte keine Mannschaft mehr. Hilflos trieb er in die dunkle Leere, die sich vor ihm erstreckte. Eine neuerliche Welle klatschte ihm ins Gesicht, und in der Dunkelheit vernahm er ein Kreischen, das von irgendwoher kam und klang, als hätte die See ein sterbendes Ungeheuer losgelassen. Seine Seemannsstiefel verloren den Halt auf dem Achterdeck, und der Kolderstock hatte plötzlich scharfe Krallen, die sich in seine Handflächen bohrten. Dann rief ihn die Stimme einer Frau, wie die einer fernen Sirene. Wieder das Kreischen, und wiederum schwappte eine Welle über sein Gesicht.

Das Wasser schmeckte nach Rosen.

Er erwachte mit einem heftigen Ruck. Auf seiner Hand hockte ein kleiner grüner Papagei, putzte sich und plusterte sich auf. Unter ihm im Becken stand Shirin und schleuderte Wasser mit den Händen über den Terrassenrand. Sie lachte und versuchte, ihm ins Gesicht zu spritzen.

Nackt schwamm sie durch das Wasser, und ihr Haar breitete sich aus und vermengte sich mit den treibenden Rosenblättern. Er sah sich um und erblickte seine nassen Kleider in buntem Durcheinander mit ihren Seiden und Juwelen. Sekundenlang spürte er wieder die panische Angst aus seinem Traum, das steuerlose Schiff, getrieben von einer namenlosen Macht, doch umfaßte er auch schon den Rand der Terrasse und ließ sich darübergleiten.

Kühl umgab das Wasser seine Haut, und unwillkürlich hielt er den Atem an. Dann streckte er die Hände nach ihr aus, nahm sie in die Arme und zog sie fest an sich. Sie wandte ihm ihr Gesicht zu, schlang ihre Haare um seinen Kopf und preßte ihre Lippen wild auf die seinen. Dann warf sie ebenso unvermittelt den Kopf zurück und lachte vor Freude. Er stimmte in ihr Lachen ein.

»Warum bleiben wir nicht einfach hier? Ich muß erst zur Hochzeit wieder in Agra sein. Dann hätten wir eine Woche für uns.« Er betrachtete ihre vollendeten Züge, die dunklen Augen, die gleichzeitig abweisend und verlangend blickten, und er verspürte den Wunsch, sie auf ewig festhalten zu können. Verdammt sei die Ehrenwerte Ostindische Kompanie!

»Aber wir haben beide etwas zu tun.« Sie drehte sich um und schob ihr Gesicht über seines. Wieder küßte sie ihn voll Verlangen. Dann stieg sie aus dem Wasser und schlang einen Umhang um Schultern und Brüste. »Sowohl du als auch ich.«

»Und was mußt *du* tun?«

Ihre Augen verdunkelten sich. »Ich muß versuchen, Samad zu überzeugen, daß er nicht länger hierbleiben kann. Er muß in den Süden. Dort kann ihm Prinz Dschadar Schutz gewähren. Aber er will nicht auf mich hören. Und allmählich drängt die Zeit. Ich mache mir große Sorgen darüber, was ihm nach der Hochzeit zustoßen könnte. Die schiitischen Mullahs besitzen dann gewiß genug Macht, um zu verlangen, daß er wegen Ketzerei verurteilt und hingerichtet wird. Angeblich hat er irgendeine obskure Vorschrift des islamischen Gesetzes mißachtet. Das bedeutet das Ende für ihn.« Sie zögerte. »Und für jeden, der ihm beistand.«

»Wenn er aber doch nicht geht, so solltest zumindest du es tun.« Er stieg aus dem Wasser und ließ sich neben ihr auf dem gekachelten Beckenrand nieder. »Geh doch mit mir nach England. Wenn die Flotte aus Bantam in Surat anlegt, wird Arangbar doch sicherlich den Mut haben, den *firman* zu unterzeichnen, und dann ist meine Mission erfüllt. Es dürfte sich höchstens noch um ein paar Wochen handeln, ganz gleich, was die Portugiesen unternehmen.«

Traurig betrachtete sie das Wasser und schwieg ein Weilchen.

»Wir sind beide nicht mehr Herr über das, was auf uns zukommt. Bald wird alles völlig durcheinander geraten. Für uns beide. Dinge werden geschehen, die du nicht verstehst.«

Hawksworth blinzelte in die Dämmerung. »Was soll denn geschehen?«

»Wer kann das wissen? Mich würde es jedoch nicht wundern, wenn der Prinz verraten würde, und zwar so endgültig, daß es ihn zu Fall bringt. Er ist zu isoliert, zu schwach. Und sobald er stürzt, ist unser aller Schicksal besiegelt. Auch deines, selbst wenn du es jetzt noch nicht glaubst.«

»Warum sollte ich? Ich setze nicht auf den Prinzen Dschadar. Ich stimme mit dir überein. Ich glaube nicht, daß er eine Chance hat. Ich habe auf einen *firman* von Arangbar gesetzt, und zwar sehr bald.«

»Nie wirst du einen *firman* vom Mogul unterzeichnet bekommen! Und in einem halben Jahr wird Arangbar nicht mehr da sein. Schon seit

geraumer Zeit erscheint die Königin zu den morgendlichen *darshans*, und beim *durbar* am Nachmittag bestimmt sie bereits seine Entscheidungen. Sobald sie die Macht über Allaudin hat, ist Arangbar erledigt. Du wirst sehen. Er wird sterben, an einer Überdosis Opium, an einem mysteriösen Gift oder an einem Unfall. Er wird weder am Leben noch von Belang sein.«
»Das glaube ich nicht. Er scheint die Zügel fest in der Hand zu haben.«
»Wenn du das wirklich glaubst, so hat man dich getäuscht. Er kann nicht mehr lange zu leben haben. Das wissen alle. Vielleicht weiß es sogar er, im Innersten seines Herzens. Bald wird er nicht einmal den Schein der Herrschaft mehr aufrechterhalten können. Dann übernimmt die Königin das absolute Kommando über die königliche Armee, und Prinz Dschadar wird gnadenlos gejagt wie ein wilder Eber.«
Er forschte in ihren Zügen und fragte sich, womit er ihr wohl noch widersprechen könnte. Er spürte, wie sein Magen sich verkrampfte. »Was wird aus dir, wenn die Königin an die Macht kommt?«
»Das weiß ich nicht. Ich weiß nur eines, daß ich dich liebe. Wahrhaftig liebe. Es stimmt mich unsagbar traurig, daß ich dir nicht alles sagen kann.« Ein dunkler Schleier legte sich über ihre Augen und sie griff nach seiner Hand. »Bitte glaube mir, daß ich nicht wußte, daß der Prinz dich auf diese Weise ausnutzen würde. Aber es stimmt. Glaub mir.«
»Wie meinst du das?«
Sie zögerte und wandte den Blick ab. »Laß mich mit einer Frage antworten. Was glaubst *du*, was der Prinz nach seiner Hochzeit zu tun gedenkt?«
»Das weiß ich nicht, aber ich glaube, er täte gut daran, sich von Agra fernzuhalten. Am Hof traut sich niemand mehr, über ihn zu sprechen, wenigstens nicht frei heraus. Trotzdem meine ich, er könnte am Leben bleiben, wenn er acht gibt. Wenn er den Feldzug im Dekkan überlebt, kann er vielleicht bei der Königin etwas für sich erwirken. Aber über eines bin ich mit dir einer Meinung. Sie kann ihn vernichten, wann immer sie will. Wie ich höre, hat sie schon de facto die Herrschaft über die königliche Armee, selbstverständlich im Namen Arangbars. Was kann Dschadar daher ausrichten? Er ist vollkommen im Hintertreffen. Allenfalls ernennt sie ihn zum Gouverneur im Süden, doch das nur, wenn er sie nicht herausfordert.«
»Glaubst du tatsächlich, das würde er hinnehmen? Siehst du nicht ein,

daß das unmöglich wäre? Du hast Prinz Dschadar kennengelernt. Denkst du, er wird so einfach aufgeben? Das ist das einzige, was er nie tun würde. Er hat jetzt einen Sohn. Das Volk wird ihn unterstützen.« Sie schob sich näher an ihn heran. »Ich fühle mich so allein, so hoffnungslos, wenn ich nur daran denke. Ich bin so froh, daß Nadir Sharif dich hergebracht hat.«

Er legte seinen Arm um sie. »Ich auch. Erzählst du mir jetzt, wie du ihn dazu gebracht hast?«

»Ich habe immer noch Freunde in Agra.« Sie lächelte. »Und Nadir Sharif hat noch immer einiges zu verbergen. Manchmal läßt er sich überreden . . .«

»Wußte er, daß Samad hier ist?«

»Sollte er es bislang nicht gewußt haben, so weiß er es jetzt. Doch er wird nichts verraten. Allerdings spielt es kaum noch eine Rolle. Die Königin weiß es bestimmt schon.« Sie seufzte. »Das schlimmste steht uns noch bevor, sowohl ihm als auch uns beiden.«

Er nahm eine Handvoll Wasser und benetzte ihre Schenkel. »Dann laß uns nicht mehr darüber reden. Bis morgen.«

Ihr sorgenvoller Ausdruck wich und sie lachte. »Weißt du überhaupt, wie sehr du dich verändert hast, seit ich dich zum erstenmal sah? Damals warst du steif wie ein portugiesischer Jesuit, bis Kali und Kamala dich mit ihren bemalten Fingernägeln bearbeiteten. Kali, die das Fleisch liebte, und Kamala, die den Geist liebte.« Ihr Antlitz glühte kurz auf. »Nun muß ich mich vorsehen, damit du nicht anfängst, mich mit ihnen zu vergleichen. Vergiß nicht, daß ich anders bin. Ich finde, zur Liebe gehört beides.«

Er schob sie von sich und sah ihr ins Gesicht. »Ich staune, wie anders du bist. Ich habe immer noch keine Vorstellung davon, wie du wirklich bist, was du wirklich denkst.«

»Worüber?«

»Ganz gleich, worüber. Alles.« Er hob die Achseln. »Auch über dies hier.«

»Meinst du, unser Zusammensein? Dich zu lieben?«

»Das wäre ein sehr guter Anfang.«

Sie lächelte, beugte sich ins Wasser und spielte stumm mit den Rosenblättern um sie her. »Ich glaube, daß wir in den Zärtlichkeiten der Liebe unsere innigsten Gefühle mit dem anderen teilen. Dinge, die wir auf

andere Weise nicht ausdrücken können. So erfährst du von mir, welche Liebe ich für dich empfinde.« Sie hielt inne. »Es ist wie in der Musik oder der Dichtkunst – sie geben die Seele ihres Schöpfers preis.«
»Willst du damit sagen, die Liebe sei ähnlich wie das Musizieren?« Nachdenklich und leicht verwirrt sah er in ihre Augen.
»Beides drückt unsere tiefsten Gefühle aus.«
Er hob eine Handvoll Wasser aus dem Becken und ließ es, spielerisch, in Gedanken verloren, wieder zurückrinnen. »So habe ich es noch nie gesehen.«
»Warum nicht? Es ist wahr. Wenn du ein Musikstück schaffen willst, müssen Körper und Herz etwas gelernt haben. Dasselbe gilt für die Liebe.«
»Wie meinst du das?«
Ihre Hand streichelte seinen Schenkel. »Solange wir sehr jung sind, ist die Liebe meist nur ein Verlangen. Wir glauben, sie sei mehr, aber in Wirklichkeit ist das alles. Erst mit der Zeit lernen wir wie man gibt und empfängt. Aber noch immer verstehen wir ihren tieferen Sinn nicht vollkommen. Wir sind Anfänger auf dem Sitar – zwar beherrschen wir die Technik und können Ton in Ton verschmelzen lassen, doch damit verstehen wir noch lange nicht die Seele des *raga.* Mit welcher Macht er uns ergreift. Wir verstehen nicht, daß das, was er uns sagt und empfinden läßt, aus unserem Innersten kommt. Auch die Liebe drückt, wie der *raga,* Ehrfurcht und Staunen aus. Wir bestaunen, was wir sind und sein können. Daher müssen wir, auch wenn wir die Technik vollkommen beherrschen, erst lernen, dieses Wunder zu begreifen, dieses Gefühl des Verschmelzens zweier Seelen zu erleben. Solange wir das nicht können, bleibt stets ein Gefühl der Leere zurück. Ebenso wie bei einem perfekten Musikstück, dem es an Seele und Leben fehlt.«
Er schwieg eine Weile und versuchte ihre Worte zu verstehen. »Wenn man es so betrachtet, könntest du recht haben.«
»Zunächst müssen wir die Sprache der Musik lernen. Erst dann können wir lernen, ihre Seele zu erfassen. Genauso ist es in der Liebe.«
Sie schmiegte ihren Kopf an seine Brust und übertrug ihre Wärme auf ihn. Während er sie festhielt, fiel sein Blick auf die Blumengirlande am Beckenrand, die sie am Abend zuvor getragen hatte. Er hob sie auf und legte sie ihr um den Hals. Dann küßte er sie sanft, und allmählich

wurde ihm klar, daß er tatsächlich voller Staunen über die Tiefe seiner Gefühle für sie war.

Eine Zeitlang hielt er sie schweigend in den Armen und ließ seinen Blick über die Wandmalereien des Palastes schweifen. Plötzlich fiel ihm ein großer geflochtener Korb am Eingang auf.

»Was ist das dort?« Er deutete auf den Korb.

Sie erhob sich, und ihr Blick folgte seiner Geste. »Ich glaube, das hat Samad für uns dort hingestellt.« Sie zog sich aus dem Wasser, schlang sich ihren Schal um die Schultern und holte den Korb herbei. Er enthielt Obst und Melonen.

»Das kommt nicht aus Samarkand oder Kabul, wie im Palast in Agra. Aber es wird dir trotzdem schmecken.« Sie warf einen kurzen Blick über den Platz zur Moschee. »Ich habe Samad sehr lieb. Er hat so viel für mich getan. Doch er will einfach nicht auf mich hören.« Sie gab ihm einen Apfel und nahm sich ein paar Weintrauben. »Weißt du, ich glaube, insgeheim sehnt er sich danach, ein Märtyrer zu werden. So wie ein Liebender, der sich danach verzehrt, für seine Geliebte zu sterben. Er will für seine wilde Freiheit sterben, für das Schönste, was es seiner Meinung nach gibt. Vielleicht, um uns als Mensch in Erinnerung zu bleiben, der sich nie dem Willen anderer gebeugt hat. Ich wünschte, ich hätte seine Stärke.«

»Wo ist er jetzt?«

»Du wirst ihn nicht mehr zu Gesicht bekommen, aber er ist noch hier. Er wird uns etwas zu essen bringen lassen. Er liebt mich wie eine Tochter, und er ist glücklich, wenn ich es bin. Zumal er nun weiß, daß du mich glücklich machst. Aber du darfst ihn hier nicht sehen, ja, du darfst nicht einmal wissen, daß er sich hier aufhält. Es wäre viel zu gefährlich für dich. Vielleicht eines Tages einmal – wenn wir dann überhaupt noch am Leben sind.«

Er nahm ihr Gesicht in die Hände und hob ihr Kinn. »Du bist ebenso stark wir jeder andere auch, Samad eingeschlossen. Und ich möchte dich von hier wegholen, bevor deine Stärke dich dazu verleitet, irgend etwas Unbedachtes zu tun. Ich liebe dich mehr als mein Leben.«

»Und ich liebe dich, wie ich nie zuvor in meinem Leben geliebt habe.«

»Nicht einmal den Großmogul? Als du zu seiner *zenana* gehörtest?«

Sie lachte. »Du weißt doch, daß das etwas ganz anderes war. Damals war ich fast noch ein Kind. Ich wußte gar nichts.«

»Einiges mußt du jedenfalls irgendwo gelernt haben.« Er dachte an die vergangene Nacht, noch immer staunend. Die Art, wie sie . . .

»In der *zenana* lernt man alles über die Technik der Liebe. Aber nichts über die Liebe selbst.« Sie stand auf und nahm ihn bei der Hand. Zusammen gingen sie zum offenen Säulengang. Um sie herum erstrahlten die verlassenen Pavillons im Licht der frühen Morgensonne. Die Stille, die sie umgab, wurde nur von den spitzen Schreien der grünen Papageien durchbrochen, die über die Dachrinnen huschten und von den verwitterten roten Gittern und Geländern herabspähten. Sein Blick schweifte über die weitgeschwungenen Bögen und blieb schließlich auf ihrem dunkelglänzenden Haar haften. Er streckte die Hand aus, um es zu liebkosen.

»Erzähle mir mehr von dir. Wo hast du Turki gelernt?«

»In der *zenana.* Wir mußten es lernen, obwohl Arangbar perfekt Persisch spricht.« Sie sah ihn an. »Und wo hast du gelernt, es zu verstehen?«

»In einem türkischen Gefängnis.« Er lachte. »Es kommt mir vor, als sei es uns ganz ähnlich ergangen. Auch ich wurde gezwungen, es zu lernen.«

»Warum warst du im Gefängnis?«

»Mir blieb, ähnlich wie dir, keine andere Wahl. Im Mittelmeer kaperten die Türken das Schiff, auf dem ich das Kommando hatte.«

»Wie ist das passiert?«

Er verhielt den Schritt und sah sie an. »Also gut, schließen wir ein Abkommen. Du erzählst mir alles von dir, ich berichte dir alles von mir. Wir lassen nichts aus. Einverstanden?«

Sie berührte sein Gesicht und küßte ihn.

»Machst du den Anfang?«

22

Die bevorstehende Vermählung des Prinzen Allaudin mit der Prinzessin Layla war ein bedeutendes Ereignis in der Geschichte des Mogulreiches. Es bedeutete die endgültige Verschmelzung zweier Dynastien. Die eine, die des Moguls Akman und seines ersten Sohnes Arangbar, stammte direkt von den Mongolen der

Steppe ab, die vor weniger als hundert Jahren Indien mit dem Schwert erobert und eine Vielzahl kleinerer und kleinster moslemischer und hinduistischer Staaten unter einer einzigen Herrschaft zusammengeschlossen hatten. Die andere Dynastie war die der Königin Dschanahara, ihres persischen Vaters Zainul Beg, ihres Bruders Nadir Sharif und nun auch die ihrer Tochter Layla. Es war eine ganz andere Art der Eroberung; am Hof sprach man, wenn auch nur im Flüsterton, von der »persischen Junta«. Während keine einheimische Allianz – nicht einmal die rebellischen Kriegerhäuptlinge der Radschputen – je in der Lage gewesen war, den Moguln einen Teil ihrer Macht wieder abzunehmen, hatte es diese außergewöhnliche persische Familie innerhalb einer Generation geschafft, eine Machtstellung zu erlangen, die sich mit der Akman-Dynastie durchaus messen konnte. Sie war erfolgreich, weil sie sich der Macht versicherte, die dem dekadenten Arangbar im Lauf der Jahre entglitten war. Durch die Vermählung der Tochter Königin Dschanaharas mit dem schwächlichen Sohn Arangbars, den sie wohlbedacht zum Thronerben aufbaute, hatte die letzte Etappe auf dem persischen Weg zur Herrschaft begonnen. Sobald Arangbar tot oder entthront war, würde die mächtige Linie des Akman, der Indien durch eine Kombination aus Gewalt und diplomatischen Eheschließungen vereinigt hatte, ausgeschaltet sein, und zwar durch nichts anderes als einen palastinternen Staatsstreich. Prinz Allaudin würde sich vielleicht noch eine Weile mit einer Scheinregentschaft schmücken dürfen, würde letztlich aber nie mehr sein als eine Galionsfigur. Die wahre Herrscherin über Indien wäre, zusammen mit ihrem Vater und ihrem Bruder, Königin Dschanahara.

Die Königin hätte sich natürlich noch etwas länger damit zufriedengeben können, Arangbar von ihrer Position an seiner Seite aus zu dirigieren. Wirklich zufriedenstellend konnte dies jedoch für sie nie sein. Arangbar konnte, wenn er nur wollte, schon noch Macht ausüben, und seine Machtvollkommenheit war nach wie vor gewaltig.

Indien besaß kein unabhängiges Rechtswesen, kein Parlament und keine Verfassung. Verbrecher wurden dem Mogul zur Verhandlung und Verurteilung vorgeführt. Staatsämter wurden je nach seiner persönlichen Laune besetzt oder freigegeben. Die Armee setzte sich auf seinen Befehl hin in Marsch. Außerdem gehörten ihm weite Teile des indischen Bodens, da große Besitztümer nach dem Tode der Besitzer nicht an deren Nachkommen vererbt wurden, sondern an den Mogul zurückfielen. Er vergab Ländereien und Gehälter als Belohnung für treue Dienste. Und nur er verlieh Adels- und Amtstitel. Nur selten in der Geschichte ist ein Land von solcher Größe und mit einer so unterschiedlichen Bevölkerung dermaßen absolut und unangefochten von einer einzigen Hand regiert worden. Königin Dschanahara wartete nun zuversichtlich auf den Tag, an dem es ihre Hand sein würde.

In den Augen vieler war es Arangbars starke Machtposition, die für seinen Niedergang verantwortlich war. Der einst als besinnlich, wenn auch manchmal als etwas absonderlich geltende Herrscher, dessen Schriften wissenschaftliche Abhandlungen über Indiens Tier- und Pflanzenwelt sowie staatsmännischen Grübeleien über die Philosophie des Regierens enthielten, hatte in zunehmendem Maße seinem Hang zur Ausschweifung nachgegeben. Der Mann, der Alkohol und Drogen bis über sein dreißigstes Lebensjahr hinaus völlig entsagt hatte, war nun hoffnungslos von beidem abhängig. Die Folge war, daß sein Urteilsvermögen und sein Gespür immer unzuverlässiger wurden. Da sämtliche Posten und Gehälter nur von seinem Wort abhingen, waren keine Karriere und keine Güter mehr sicher, und in dem dadurch entstehenden Vakuum hatte sich die »persische Junta« der Familie Dschanaharas eingenistet.

Die persische Junta wurde von all denjenigen am Hofe unterstützt, die Arangbars zunehmende Unberechenbarkeit fürchteten. Hinzu kamen andere einflußreiche Perser wie die mächtigen Mullahs der Schiitensekte, Hindus, die noch immer den alten Groll gegenüber der Mogulherrschaft hegten, und schließlich auch die Portugiesen. Die persische Junta war unbeliebt. Aber ihre Mitglieder fragten nicht danach, ob man sie liebte, besaßen doch sie eine noch zwingendere, noch erfolgversprechendere Eigenschaft: Man fürchtete sie. Selbst diejenigen, die lieber Prinz Dschadar als Thronfolger gesehen hätten, verhielten sich still. Die Richtung, die der Gezeitenstrom der Geschichte genommen hatte, war unverkennbar.

Selbst Brian Hawksworth nahm sie wahr.

Der Privatpalast Zainul Begs, des Vaters von Dschanahara und Nadir Sharif und Großvaters von Prinzessin Layla, war bescheidener als der des Ersten Ministers, und seine Architektur war persischer, fast wie eine bewußte Erinnerung an das Land, aus dem er stammte. Er lag am Ufer des Jamuna, eine kurze Strecke flußabwärts vom Palast Nadir Sharifs, und an diesem Abend strahlte er im hellen Licht der Freudenfeuer entlang des Ufers. Selbst der Fluß war erleuchtet. Eine Anzahl kleiner Schiffe, in die man Lampen gestellt hatte, war von der Roten Festung flußabwärts gezogen worden, und die Kampferöl-Flammen warfen einen weißen Schimmer über die rosaroten Türmchen des Palastes. Auf der gegenüberliegenden Seite des Jamuna wurden Kerzen angezündet und in hohle Tontöpfe gesetzt, die man ins Wasser gleiten ließ. Sie trieben langsam flußabwärts auf die Rote Festung zu und bildeten schließlich eine meilenlange Lichterkette.

Obwohl Hawksworth' Finanzreserven bereits knapp wurden, hatte er viel Geld in den Erwerb eines neuen Paares indischer Hosen investiert, in einen kostbaren Turban aus Brokat und reichverzierte Samtpantoffeln. Als er vor dem Portal des Palastes aus seiner Sänfte stieg, glich er einem Mogul-Edelmann. Er wurde sogleich von Zainul Begs Eunuchen begrüßt und in die große Halle geführt. Sie geleiteten ihn zu einem großen silbernen Tisch, der mit blauen Lapislazuli verziert war und aus sieben Fontänen dünne Strahlen Rosenwassers in ein großes Becken spie. Hawksworth war inzwischen mit diesem Ritual des Hofes vertraut. Er zog geschwind seine neuen Pantoffeln aus und spülte seine Füße im Becken mit dem erforderlichen Mindestmaß an Sorgfalt ab, wandte sich dann um und bahnte sich seinen Weg durch die Reihe der Adligen, die ehrfürchtig die Ankunft Arangbars erwarteten. Man hatte sich an sein Erscheinen bei höfischen Veranstaltungen bereits so gewöhnt, daß sein Anblick keinerlei Verwunderung mehr auslöste.

Die Marmorwände der Empfangshalle waren mit neuen persischen Wandteppichen geschmückt, und den Boden bedeckten mit Silber und Gold bestickte Seidenteppiche. In den Nischen befanden sich riesige Vasen aus purem Gold, die mit funkelnden Edelsteinen besetzt waren. An den Wänden hingen aus Silber geschmiedete Weihrauchgefäße. Diener drängten sich mit Tabletts durch die Menschenmenge, auf denen sie gerollte Betelblätter, Zitronen-*sharbat* und Tassen mit milchiggrünem *bhang* anboten. Wein sollte mit Rücksicht auf die zeremonielle Bedeutung dieser heiligen Feier erst dann serviert werden, wenn die schiitischen Mullahs wieder gegangen waren.

Einen Vorgeschmack auf die bizarren Rituale einer Mogul-Hochzeit hatte Hawksworth bereits am Abend zuvor erhalten, als er im Roten Palast zu Gast war, um der *henna-bandi*-Zeremonie beizuwohnen. Der Hof unter dem *Diwan-i-Khas*, auf dem erst vor zwei Wochen Arangbars Geburtstagswiegen stattgefunden hatte, war geräumt und Hawksworth ein Platz in der Nähe von Nadir Sharif und Arangbar angewiesen worden. Die Menge wurde bereits durch Musik und Tänze unterhalten, und Allaudin stand bereit und erwartete aufgeregt die ihm bevorstehende Prüfung.

Sodann erschienen in einer Prozession blumengeschmückter Sänften verschleierte Frauen aus der *zenana*. Sie trugen Henna bei sich – eine rote Paste, die aus der gleichnamigen Pflanze gewonnen wurde – sowie Geschenke, die von der Prinzessin Layla für Allaudin bestimmt worden waren. Die Braut war nicht anwesend; weder Allaudin noch sonst irgend jemand aus seiner Familie, Arangbar eingeschlossen, hatte sie bislang zu Gesicht bekommen. Eunuchen trugen Tabletts, die mit hochgewölbten Deckeln aus geflochtenen Binsen zugedeckt waren, über die man goldene Tücher und buntschillernden Brokat gebreitet hatte. Sie stellten sie vor Allaudin und Arangbar auf und entfernten dann die Deckel, einen nach dem anderen. Das erste Tablett war aus gehämmertem Silber und enthielt einen neuen Anzug für den Bräutigam: einen leichten Mantel und aus Goldsträngen gewirkte Hosen. Auf dem anderen befanden sich Gold- und Silbergefäße, die mit kosmetischen Artikeln wie Augenbalsam, *kohl* und herben Parfüms gefüllt waren. Wieder andere trugen Süßigkeiten, mit Goldfäden umwickelte Betelblätter sowie Konfektschalen voller getrockneter Früchte. Die Eunuchen brachten darüber hinaus Blütenzweige, in denen Feuerwerkskörper versteckt waren, die als sie gezündet wurden, die ganze Umgebung in ein prächtiges Farbenmeer tauchten.

Allaudin wurde nun von den Frauen in Gemächer hinter dem *Diwan-i-Khas* geleitet, wo man ihm die neuen Kleider anlegte. Während seiner Abwesenheit wurde eine Öffnung in den Wandschirm, der die *zenana* vom Hof trennte, geschnitten und direkt davor ein niedriger Hocker aufgestellt. Der Schirm war so konstruiert, daß man die Hände und Füße des auf dem Hocker Sitzenden von hinten erreichen konnte.

Als Allaudin zurückkehrte, nahm er wieder neben Arangbar Platz und bewegte sich unbehaglich in seinen neuen, steifen Kleidern. Hawks-

worth bemerkte deutlich, wie der Prinz versuchte, sich den Anschein abgeklärter Langeweile zu geben; in seinem Blick lag jedoch Furcht.
Inzwischen war ein Eunuch erschienen und verkündete den anwesenden Männern – Arangbar, Allaudin, Nadir Sharif, Zainul Beg und einer Anzahl anderer Männer mit lockeren Blutsbanden zur königlichen Familie –, daß »der Bräutigam nun erwünscht« sei.
»Nun geh!« Arangbar gab Allaudin einen Stoß in Richtung des Hockers, der vor dem Wandschirm am Eingang der *zenana* auf ihn wartete. »Es ist das Schicksal eines jeden Mannes, daß seine Frauen ihn narren.«
Allaudin schritt so würdevoll, wie seine steifen Kleider es ihm erlaubten, über den Hof und nahm mit einer saloppen Gebärde auf dem Hocker Platz. Die Luft war weihrauchgeschwängert, und auf höhergelegenen Balkonen erklang Musik. Die Frauen hinter dem Wandschirm hießen Allaudin nun, seine Hände und Füße durch die Löcher zu stecken. Dann wurde er geneckt und mit Zucker und Bonbons gefüttert, während die Frauen hinter der Abtrennung damit begannen, ihm dunkelrote Tücher, die mit der Paste aus feuchten Hennablättern getränkt waren, um Hände und Füße zu wickeln.
»Diese Zeremonie ist sehr wichtig, Engländer.« Arangbar beobachtete den Vorgang mit strahlender Miene. »Henna ist ein Zaubermittel, das ihrer Vereinigung dienlich ist. Die Frauen werden in ihren Privatgemächern auch die Braut damit salben. Es macht ihn zeugungskräftig und sie fruchtbar.«
Musikanten und Sänger spielten nun zu Allaudins Unterhaltung auf. Einige der Lieder, die alle improvisiert waren, huldigten ihm als einem Fürsten unter den Männern, andere priesen die Schönheit der Braut. Hawksworth mußte daran denken, daß keiner der Sänger die Braut, deren Schönheit sie in den höchsten Tönen lobten, je persönlich zu Gesicht bekommen hatte. Sie sangen auch vom bevorstehenden Glück, das den beiden so sicher sei wie dem Gläubigen nach Vollendung seines Erdenlebens das Paradies.
Nachdem die Frauen ihre Arbeit beendet hatten, wandte sich Allaudin mit einem etwas einfältigen Gesichtsausdruck den Männern zu, und Hawksworth mußte lauthals auflachen über den grotesken Anblick des Prinzen, von dessen Händen und Füßen rotes Henna tropfte. Hinter der Absperrung trat eine Gruppe verschleierter Frauen hervor, die eine mit roter Hennapaste gefüllte Silberschale trugen. Die Frauen blieben vor

Arangbar stehen, fielen in den *teslim* und begannen damit, auch die Finger des Moguls zu salben. Als sie damit fertig waren, banden sie um jeden rotgefärbten Finger ein kleines goldbesticktes Tuch. Arangbar zeigte ein breites, zufriedenes Lächeln und bedeutete einem Eunuchen, ihm eine Opiumkugel zu bringen. Die Frauen färbten nun auch die Finger Zainul Begs, Nadir Sharifs und der übrigen Familienmitglieder rot und kamen schließlich auch zu Hawksworth.

Eine kräftige Frau ergriff seine Finger und begann, sie mit Hennabrei einzureiben. Er war dickflüssig und roch nach Safran. Hilflos mußte Hawksworth mit ansehen, wie seine Finger in der roten Masse verschwanden und am Ende auch mit kleinen, seidenen Goldtüchern umschlungen wurden.

»Das wird auch Euch Manneskraft verleihen, Engländer«, bemerkte Arangbar trocken. Die Frauen verschwanden wieder in der *zenana,* und von neuem erklang Musik, zu deren Klängen Tänzerinnen auftraten. Hawksworth erkannte unter ihnen die junge Sangeeta, die für Arangbar am ersten Abend im *Diwan-i-Khas* den *kathak* getanzt hatte. Sie war strahlend schön, und ihr Antlitz verriet Stolz darüber, daß man sie ausgewählt hatte, am ersten Abend der Hochzeitsfeierlichkeiten teilzunehmen. Erst als sie ihren Tanz beendet hatte, erschienen die Frauen mit einem großen Silbergefäß, die Allaudin zur Mitte des Platzes geleiteten, um dort seine Hände und Füße von den roten Bandagen zu befreien und in Rosenwasser zu baden. Danach führten die Frauen den Prinz zurück in den *Diwan-i-Khas,* wo ihm ein neuer Anzug angelegt wurde. Schließlich kehrte er, begleitet von Beifallsrufen, zu den Gästen zurück, deren Hände inzwischen gleichfalls gereinigt worden waren.

Während sich die offiziellen Feierlichkeiten ihrem Ende näherten, holte Arangbar für alle männlichen Gäste schwere Brokatschärpen hervor. Hawksworth war der letzte, und als er die seine aus Arangbars Händen empfing, verneigte er sich dankend und bedachte sie mit einem fragenden Blick.

»Es ist ein *kamar-band,* Engländer, welches Ihr morgen abend bei der Hochzeit tragen sollt.« Arangbar nahm Hawksworths Hand und betrachtete die rotgefärbten Finger. »Vorausgesetzt, Ihr könnt den Rest der Henna bis dahin von Euren Fingern entfernen.« Der Mogul brüllte vor Vergnügen und gab den Musikern das Zeichen zum Weiterspielen. Allaudin wurde von ein paar jungen Männern in geckenhaften Mänteln

– Hawksworth vermutete, daß es sich um seine Freunde handelte – vom Platz geleitet. Es ging auf Mitternacht zu, und die Diener brachten das Abendessen.
Die Männer speisten und tranken, und Sangeeta unterhielt sie mit neuen Kostproben ihres *kathak*-Tanzes. Als ihre Kräfte nachließen, wurden weitere Tänzerinnen herbeigeholt, und Musik und der Tanz gingen weiter, bis der Tag anbrach.
Erst als die Morgenröte den östlichen Himmel erhellte, erhob sich Arangbar, um seine Gäste zu verabschieden. In Minutenschnelle leerte sich der Hof. Hawksworth bekam gerade noch mit, wie der Mogul eine weitere Opiumkugel vertilgte und rief, Sangeeta möge ihn in den Palast begleiten. Eunuchen führten die Tänzerin herbei, und ihr Lächeln strahlte heller als die aufgehende Sonne.

Dies also war gestern geschehen, und heute stand die eigentliche Vermählung an. Hawksworth schreckte aus seinen Gedanken, als plötzlich Fanfaren die Ankunft Arangbars verkündeten. Inmitten der Empfangshalle wurde ein Platz freigemacht und vom Eingang bis hin zu einem niedrigen Podest, auf dem zwei große, goldene Kissen lagen, eine Bahn freigeräumt. Auf ein unsichtbares Zeichen hin begann in einem Nebenraum Musik zu erklingen, und alsbald öffneten sich die Eingangstore.
Als erste traten die Frauen aus Arangbars *zenana* ein. Majestätisch rauschten sie an den Gästen vorbei, eine einzige glitzernde Pracht aus Seide und Juwelen. Ihre Arme waren kaum sichtbar unter den breiten Goldreifen, die sie umgaben. Außerdem trugen sie alle einen aus Silberfäden gewebten Kopfputz und waren verschleiert.
Wieder ertönten Fanfaren, und Arangbar selbst betrat die Halle, gefolgt von der majestätisch einherschreitenden Königin. Hawksworth studierte einen Augenblick lang ihre harten Züge, bevor ihm die tiefere Bedeutung der Szene bewußt wurde: Dschanahara trug keinen Schleier. Keinem der Gäste war es entgangen.
Nadir Sharif folgte dem königlichen Paar, und nach ihm kamen einige hohe Beamte einschließlich des *qazi*, dessen Aufgabe es war, die Hochzeitszeremonie abzuhalten und die Heirat amtlich zu bekräftigen. Als Arangbar und Dschanahara sich auf dem für sie bereiteten Podest niederließen, verrichteten die Gäste ihren *teslim*. Tabletts mit Betelblättern und *sharbat* wurden gereicht, und ein lebhafter *raga* begann.

Es ging bereits auf acht Uhr zu, als die Musiker ihren Vortrag zu einem erregenden Finale brachten. Kaum waren die letzten Klänge der Raga dahingeschmolzen, als von außen an die geschlossenen Tore geklopft wurde. Man hörte die rauhen, wenngleich nicht bösen Worte einer Auseinandersetzung. In der Halle wurde es still. Wieder hörte man einen Wortwechsel, und Hawksworth verstand nur, daß die Familie der Braut ein Eintrittsgeld verlangte. Es handelte sich anscheinend um ein Scheinritual. Dann hörte er das Klingen von Münzen, die in einen Becher fielen. Das Geld schien den Streit geschlichtet zu haben, denn plötzlich sprangen die Türen auf, und erneut erklangen Fanfaren.

Hawksworth spähte durch die Türöffnung und erblickte einen Reiter, der von einer Menschenansammlung umgeben war. Das Pferd war mit einem kostbaren Brokatgobelin bedeckt, in den man frische Blumen eingewebt hatte. Die Läufe, der Schweif und die Mähne waren mit Henna rot gefärbt, und der Rest des Leibes mit schimmernden Pailletten geschmückt. Mantel und Turban des Reiters hingen schwer von purem Goldbrokat, und sein Antlitz wurde von einem aus Silberfäden gewirkten Schleier bedeckt, der an der Spitze seines Turbans befestigt war und bis auf die Hüfte fiel. Zwei junge Männer standen neben dem Pferd, der eine links, der andere rechts. Beide hielten sie große Papierschirme über den Kopf des Reiters. Hinter ihnen drängten sich Sänger, Tänzer, Musikanten und eine ganze Schar angetrunkener junger Männer in prunkvollem Putz.

Der Reiter, in dem Hawksworth den Prinzen Allaudin vermutete, wurde nun auf den Rücken eines der jungen Burschen gehoben. Man brachte ihn zu dem Podest, auf dem Arangbar und Dschanahara saßen, und ließ ihn dort behutsam zu Boden gleiten. Der silberne Schleier wurde ihm abgenommen, und er machte einen *teslim*. Deutlich war ihm anzusehen, daß er sehr müde war.

Arangbar bedeutete ihm, sich zu erheben, und zwei Eunuchen traten vor und stellten neben ihn auf das Podest zwei große Silberkästen. Arangbar öffnete den ersten und entnahm ihm eine Kette mit großen Perlen. Er betrachtete sie einen Augenblick lang, zeigte sie Dschanahara und legte sie um Allaudins Hals. Dann öffnete er den zweiten Kasten, holte eine silberne Krone heraus, die mit Gold verziert war, erhob sich und hielt sie hoch.

»Vor zwei Monaten habe ich der Braut einen *sachaq* überreicht, ein

Hochzeitsgeschenk, das aus zwei *lakhs* Silberrupien bestand, um ihr Ehre zu erweisen. Und heute abend werde ich meinem Sohn die *sehra* überreichen, die am Abend meiner Hochzeit mit Ihrer Majestät, der Königin Dschanahara, auf *mein* Haupt gesetzt worden war.«

Ohne jede Feierlichkeit wandte sich Arangbar nun an Zainul Beg und sprach mit ihm. Der alte Wesir winkte zwei Eunuchen heran und erteilte ihnen einen Befehl. Auf dem oberen Balkon der Halle wurden Fackeln entzündet. Wandteppiche wurden zur Seite geschoben und öffneten den Blick auf den Fluß.

Arangbar und Dschanahara drehten sich auf ihren Kissen um und sahen auf das Wasser hinaus, das inzwischen zu einem Meer aus schwimmenden Lämpchen und Kerzen geworden war. Die Gäste strömten an die Balustrade. Als Hawksworth am königlichen Podest vorbeieilen wollte, hörte er durch den Lärm die Stimme Arangbars.

»Engländer, kommt und leistet uns Gesellschaft. Heute abend schmiert Euch niemand Henna auf die Hände!« Er machte eine einladende Geste und wies auf den Teppich zu seinen Füßen. »Setzt Euch zu uns. Ich möchte Eure Meinung hören.«

»Danke, Majestät.« Hawksworth spürte, daß Arangbar schon wieder leicht angetrunken war. »Was wird nun passieren?«

»Traditionen, Traditionen, Engländer, aber als nächstes folgt diejenige, die mir am besten gefällt.« Er deutete auf den Fluß, an dessen Ufer Diener mit Fackeln auf drei festlich geschmückte Räder von jeweils einigen Fuß Durchmesser zugingen. Sie waren auf Gestelle montiert, die wie kleinkalibrige Kanonen aussahen.

»Sagt mir, ob Euer König irgend etwas Vergleichbares besitzt!«

Die Diener befestigten inzwischen die Fackeln in der Mitte der Räder. In Streifen brannte der Schwefel an den Speichen entlang und zündete die an der Peripherie angebrachten Feuerwerkskörper. Im gleichen Augenblick hielten die Diener brennende Kerzen an die Zündlöcher der Kanonen. Diese spuckten Feuer und katapultierten die Räder hoch über den Fluß hinweg. Sie begannen, sich in der Luft zu drehen und zogen einen wirbelnden Kreis aus farbigen Flammenzungen über den nächtlichen Himmel. Just als sie den Höhepunkt ihrer Flugbahn erreichten, explodierten sie, eines nach dem anderen, und sandten einen Feuer- und Funkenregen über die Oberfläche des Jamuna.

Die Menge hatte kaum Gelegenheit, ihrer Begeisterung Ausdruck zu verleihen, als hinter den Kanonen, die die Räder abgefeuert hatten, eine blaue Flamme sichtbar wurde, die die Palastmauern in ein gespenstisch gleißendes Licht tauchte. Sie wurde größer und größer und wuchs zu einem künstlichen Baum heran, dessen Äste mit Schießpulver und Schwefel durchtränkt waren. Schon aber wurden neue Flammen emporgeschleudert, dieses Mal ausgespien aus den Spitzen von fünf Türmen, die unweit des Ufers errichtet worden waren. Ein mehrfach nachhallender Knall wie von Musketenschüssen ertönte, und dichte Wolken roten Rauchs waberten in den Himmel. Ringsumher explodierten Pulvertöpfe und jagten grellweiße, zuckende Blitze und sich windende Feuerschlangen in den rauchschwarzen Nachthimmel.

»Nun, Engländer, was sagt Ihr hierzu?« Arangbar strahlte Hawksworth voller Begeisterung an. »Habt Ihr je etwas Vergleichbares gesehen?«

»Auch in England haben wir Feuerwerke, Majestät. Am Abend des St.-John-Tages werden sie zum Beispiel auf der Themse von Barkassen aus gezündet. Und bei der Hochzeit der Tochter Seiner Majestät gaben Kanoniere des Königs eine Vorstellung, bei der sie ein Schloß, einen Drachen, ein junges Fräulein und den heiligen Georg in Bildern aus Feuer zeigten. In einigen europäischen Ländern wurden Feuerwerke sogar auf dem Schlachtfeld verwandt, Majestät – feuerspeiende Helme, Schwerter und Lanzen mit Feuerspitzen und Schilde, die beim Aufprall des Schwertes Flammen werfen.«

Arangbar sah ihn verwundert an. »Aber wozu sollen letztere dienen, Engländer? Was sollen funkensprühende Schwerter ausrichten? Seht zu, was jetzt geschieht, und Ihr werdet verstehen, was ich meine.«

Arangbar wies auf eine in Reih und Glied ausgerichtete Gruppe von Radschputen-Scharfschützen, die mit Hornbögen und schweren Speeren ausgerüstet waren. Ihnen gegenüber in etwa sechzig Meter Entfernung stellten Diener Tontöpfe auf kleine Ständer. Ungerührt sahen die Radschputen zu, wie die Pfeile in ihren Bögen entzündet wurden, und auf das Kommando ihres Anführers hin erhoben sie die Waffen und schossen alle zur gleichen Zeit.

Da flogen zehn flammende Strahlen über das Ufer, und in der Menge wurde es erwartungsvoll still. Die Pfeile schienen alle im selben Augenblick ihr Ziel zu erreichen. Jeder war auf einen anderen Topf gerichtet, und als sie aufschlugen, wurde die Stille wie von einer einzigen großen Explosion zerrissen. Alle Töpfe waren mit Pulver gefüllt gewesen.

Der Rauch schwelte immer noch über dem Boden, als Fackelträger auf die Mitte des Platzes gingen, um dort ein in Eile errichtetes Gerüst zu beleuchten. An langen Seilen baumelten weißgestrichene Tontöpfe. Die Diener stießen die Töpfe jetzt an und ließen sie hin und her schwingen, während die Radschputen die Spitzen ihrer Speere anzündeten. Wieder schossen Flammenstreifen über das Gelände, und wieder erfolgte eine einzige große Explosion, als die Speere gleichzeitig die schwingenden Töpfe trafen.

Arangbar stimmte in den Applaus ein, wandte sich dann aber Hawksworth zu und klatschte ihm auf die Schultern. »So benutzt man Feuer im Kampf, Engländer! Es muß dorthin befördert werden, wo man es zu haben wünscht. Kein indischer Soldat würde sich von Trickschwertern und feuerspeienden Schildern einschüchtern lassen.«

»Mein König ist da ganz Eurer Meinung, Majestät. Er überläßt derartige Spielzeuge den Deutschen.«

Die Vorstellung dauerte noch fast eine Stunde an, mit immer neuen Geräten. Brennendes und verbranntes Papier trieb über das Wasser, und die Luft war schließlich so voller Rauch, daß Königin Dschanahara zu husten begann. Augenblicklich befahl Arangbar, das Feuerwerk zu beenden, und als die Gäste sich in der Halle verteilt hatten, wurden die Wandteppiche wieder vorgezogen, um den Anblick des rauchgeschwängerten Flußufers zu verdecken. Musik und Tanz setzten ein, Diener reichten wieder Betelblätter und *sharbat* herum, und Arangbar genoß seine erste Opiumkugel.

Hawksworth sah vorsichtig zur Königin hinüber. Ihr Gebaren war königlich, gebieterisch; jeder Zoll eine Herrscherin. Sie hat all das, was Allaudin und vielleicht auch sehr viel von dem, was Arangbar fehlt, dachte Hawksworth. Bald wird ganz Indien nach ihrer Pfeife tanzen, und dann ist Dschadar am Ende und vielleicht auch Arangbar. Ob ich wohl einen *firman* unterschrieben bekomme, bevor es zu spät ist?

Kurz vor Mitternacht wurden plötzlich Musik und Tanz von Trompeten, einem Trommelwirbel und dem Ruf »Die Braut kommt« unterbrochen. Die Vorhänge, die den breiten Gang, der zum Palast führte, verdeckten, wurden aufgezogen, und herein kam, von vier Eunuchen getragen, eine geschlossene Sänfte. Sie wurde von vier verschleierten, singenden Frauen begleitet. Man trug sie zur Mitte der Halle, wo inzwischen ein niedriger, mit Goldbrokat bedeckter Podest errichtet worden war. Die

Eunuchen stellten die Sänfte vorsichtig auf den Fußboden, die Vorhänge wurden zurückgezogen, und heraus trat eine verschleierte Frau, deren kleiner Körper von ihrem Kleid, das aus mehreren Schichten gehämmerten Goldes zu bestehen schien, fast erdrückt wurde. Man geleitete sie zur Mitte des Podestes. Ihr Gesicht war immer noch vom Schleier bedeckt. Von allen Seiten ertönte ein vielfaches »Hoch lebe die Braut!«

Nun wurde Allaudin herangeführt und nahm seinen Platz neben der Braut ein. Erst warf er dem verschleierten Wesen einen kurzen, angewiderten Blick zu, dann jedoch erhellte sich sein Gesicht zu einem offiziellen Lächeln, und er wartete geduldig auf den *qazi.* Der bärtige Beamte, der eine ernste Miene und ein anmaßendes Gebaren zur Schau trug, stellte sich vor die verschleierte Braut und forderte die Menge mit einem Wink zum Schweigen auf.

»Geschieht es mit deinem persönlichen Einverständnis, daß diese Heirat mit Prinz Allaudin, Sohn Seiner königlichen Majestät, vollzogen wird?«

Durch die zahlreichen Lagen des Schleiers drang ein kaum hörbares, zögerndes Stimmchen: »Es geschieht mit meinem Einverständnis.«

Der *qazi* schien es zufrieden und begann mit der Lesung einer Stelle aus dem Koran, die besagte, daß eine Eheschließung von drei Dingen abhängig sei: dem Einverständnis des Brautpaares, der Aussage zweier Zeugen und dem Ehevertrag. An Allaudin gewandt, fragte er, welche Summe er mitgebracht habe.

Der Prinz murmelte eine Zahl, die Hawksworth nicht verstand, aber dann wiederholte sie der *qazi* für die Gäste. Hawksworth holte tief Luft, als er hörte, daß es sich bei der genannten Summe um fünfzig *lakhs* Rupien handelte.

Der *qazi* segnete das königliche Brautpaar und betete für seine Glückseligkeit hier auf Erden und in der Ewigkeit. Dann trug er schnell etwas in ein Buch ein, das er bei sich trug. Schließlich erschienen die Eunuchen und halfen der Braut wieder in die Sänfte. Die Hochzeitszeremonie schien beendet zu sein.

»Jetzt werden wir auf den Bräutigam trinken, Engländer«, sagte Arangbar. »Setzt Euch zu uns und helft mir dabei!«

»Es war wahrhaftig eine königliche Hochzeit, Eure Majestät.«

»Noch ist sie nicht vorüber, Engländer.« Arangbar lachte schallend.

»Der schwerste Teil kommt noch. Hat mein Sohn die Kraft, die Arbeit zu vollenden, die zu leisten er versprach? Keiner darf fortgehen, bevor wir es genau wissen.«
Hawksworth hatte bereits sein drittes Glas Wein vor sich stehen, als Prinzessin Layla wieder im Saal erschien. Diesmal trug sie ein etwas leichteres Kleid. Hinter ihr folgten Eunuchen, die mehrere Sänften trugen, auf denen sich Berge von Silbergefäßen und Silbertabletts türmten. Dahinter kamen Dienerinnen, die Bündel auf ihren Köpfen trugen.
»Das sind alles Dinge, die sie mit in die Ehe bringt, Engländer. Ebenso wie die Dienerinnen. Ich glaube, daß sie ihm eine gute Frau sein wird.«
Das königliche Paar stellte sich nebeneinander auf. Layla war immer noch verschleiert. Königin Dschanahara stieg von ihrem Podest und nahm einen großen Spiegel zur Hand, der ihr von einem turbantragenden Eunuchen gereicht wurde. Als sie den beiden gegenüberstand, hielt sie den Spiegel Allaudin vor Augen und hob den Schleier von Laylas Antlitz. Zum ersten Mal erblickte der Prinz seine Braut. Hawksworth betrachtete sie neugierig. Die Prinzessin war ein unscheinbares Mädchen und wirkte sehr verängstigt.
»Es verheißt Glück, Engländer, wenn er seinen ersten Eindruck von der Braut durch den Spiegel empfängt. Ich habe sie selbst auch noch nie gesehen.« Arangbar musterte seine neue Schwiegertochter einen Augenblick lang und wandte sich dann an Nadir Sharif. »Was meint Ihr, soll ich ihm noch eine für sein Bett kaufen?«
»Sie ist eine Schönheitsgöttin, Majestät. Eine Inspiration für jeden Dichter.«
»So? Meint Ihr das?« Arangbar nippte gedankenverloren an seinem Becher. »Nun, vielleicht habt Ihr recht. Es wird sich bald genug herausstellen, ob sie auch ihren Bräutigam inspiriert.«
Die Gäste sahen zu, wie Allaudin und Layla in eine große Sänfte gehoben wurden. Schon bald verließ die Prozession den Palast, gefolgt von Laylas Silber und begleitet von Trommelwirbeln und Trompetenfanfaren sowie von den Rufen der Dienerschar.
»Friede dem Propheten!«
»Die einzige Würde, die es gibt, ist die Würde Mohammeds!«
»Allah sei mit Ihm, der Edelste, der Reinste, der Höchste!«

Hawksworth lehnte sich, bereits etwas taumelig, zurück in sein Kissen und stellte fest, daß es bereits nach zwei Uhr morgens war.
»Das Leben kann manchmal wunderschön sein, Engländer.« Arangbar kniff Dschanahara in die Hand. »Ich finde, er sollte noch mehr Frauen haben. Kennt Ihr das folgende indische Sprichwort? ›Ein Mann benötigt vier Frauen: eine Perserin, mit der er reden kann; eine vollbusige Hindufrau aus dem Süden, die seine Kinder großzieht; eine Khurasani, die sein Haus instandhält, und eine Bengalin, die er auspeitschen kann, um die anderen drei zu warnen‹. Bis jetzt hat er nur die Perserin.«
Hawksworth fiel auf, daß Dschanahara sich nicht an dem allgemeinen Gelächter beteiligte.
»Aber wißt Ihr, Engländer«, fuhr Arangbar fort, »ich stimme mit dieser Spruchweisheit nicht ganz überein. Der heilige Prophet – Friede sei mit ihm! – hat wunderbar erkannt, daß ein Mann mehr als eine Frau benötigt. Er hat außerdem von uns verlangt, daß wir ihnen alle die gleiche Aufmerksamkeit schenken und uns nicht von einer einzigen abwenden. Welchem Mann gelingt das schon, selbst mit Allahs Hilfe?« Arangbar machte eine Pause, schluckte eine Kugel *affion* und sah zu, wie Tabletts mit Lammfleisch vor ihnen aufgebaut wurden. »Sagt mir, Engländer, habt Ihr denn für Euch bereits eine Frau gefunden?«
»Noch nicht, Majestät. Die Auswahl ist so groß.«
»Dann nehmt Euch mehr als eine.«
»Das ist bei den Christen nicht erlaubt, Eure Majestät.«
»Dann werdet doch Moslem.« Arangbar lächelte und nahm einen Schluck aus seinem Glas. »Seid Ihr beschnitten?«
»Majestät . . . ?«
»Schon gut.« Arangbar lachte herzhaft. »Ich bin es auch nicht. Akman, mein Vater, hatte eigentlich die Absicht, seine eigene Religion zu gründen, in der die Weisheiten Indiens, Persiens und des Westens vereint werden sollten. Er hielt die Beschneidung für einen widersinnigen Brauch. Wißt Ihr, es gab hier einmal einen *feringhi* – ich glaube, er war Portugiese –, der beschloß, ein Moslem zu werden, ein wahrer Gläubiger. Er hatte offenbar eine Mohammedanerin gefunden, die er heiraten wollte. Doch ihr Vater entschied, daß sie niemals einen Christen heiraten dürfe. Also ließ er sich beschneiden.« Arangbar machte eine rhetorische Pause. »Und dabei ist er verblutet! Aber bevor er das Paradies erblickte, war er sicher schon wieder geheilt. Vielleicht hat er

dort oben nachgeholt, was ihm hier versagt geblieben ist.« Arangbar kicherte und trank. Hawksworth entging es nicht, daß Königin Dschanahara nur mit größter Anstrengung ihren gefälligen Ausdruck beibehielt.
»Glaubt Ihr, daß es nach dem Tode ein Paradies gibt, Engländer?«
»Wer kann das sagen, Majestät? Es ist bis jetzt noch keiner zurückgekehrt, der erzählen könnte, was er nach dem Tode erlebt hat. Ich bin der Meinung, man lebt am besten hier und heute in der Gegenwart.«
»Das war auch immer meine Ansicht, Engländer. Und ich habe gelebt wie nur sehr wenige sonst auf Allahs Erde.« Arangbar lehnte sich tief in sein Kissen zurück und griff nach einem frischen Glas. Er war jetzt sichtlich angetrunken. »Ich habe nun alles, was ein Mann sich von Allah wünschen kann. Es gibt auf dieser Erde nichts, das ich nicht besitzen könnte. Und trotzdem, wißt Ihr, habe ich großen Kummer. Zeigt mir den Mann, dessen Herz ohne Kummer ist.« Arangbar nahm sich ein Stück Lammfleisch von einer Platte, kaute und schluckte es hinunter. »Also suche ich meine größte Glückseligkeit im Wein. Wie ein Kamelführer der niedrigen Kaste. Warum muß ich mich noch immer quälen, Engländer?«
»Kein Mensch ist unsterblich, Majestät.«
»Das ist wahr. Ich werde dieses Paradies, falls es existiert, sehr bald zu sehen bekommen. Ich werde die Wahrheit schneller erfahren, als mir lieb ist. Und wenn ich endlich klug geworden bin, wer wird dann nach mir kommen? Meine Söhne bekriegen sich jetzt schon. Eines Tages, fürchte ich, werden sie vielleicht sogar gegen mich Krieg führen. Und was ist mit all den Leuten um mich herum? Glaubt man wirklich, ich würde ihre Hinterlist nicht erkennen?« Nadir Sharif saß neben ihnen, hörte aufmerksam zu und rollte ein Stück Lammfleisch zwischen seinen Fingern. »Manchmal glaub ich, Ihr seid der einzige, der es je gewagt hat, mir den *teslim* zu verweigern. Euch nicht aufhängen zu lassen, Engländer, erfordert meine allergrößte Nachsicht.«
»Meinen aufrichtigsten Dank, Eure Majestät!« Hawksworth nahm eine Karaffe und schenkte Arangbar Wein nach, bevor er sein eigenes Glas wieder füllte.
»Nein, Engländer, Ihr solltet statt dessen Eurem christlichen Gott danken. Falls er Euch überhaupt hört. Aber ich weiß es manchmal nicht so recht. Ich habe schon mehr als einmal gehört, daß man Euch einen Ketzer hieß.«

»Und ich könnte Euch ein paar Bezeichnungen für die Jesuiten nennen, Majestät. Möchtet Ihr einige hören?«
»Nein, Engländer. Offen gesagt, ich habe auch ein paar wenig schmeichelhafte Namen für sie. Aber sagt mir, was ich tun kann, um endlich Frieden zu finden?« Arangbar senkte seine Stimme. »Ich sehe um mich herum eine Armee von Speichelleckern, als Männer verkleidete *natsch*-Mädchen. Wem darf ich überhaupt noch vertrauen? Ihr wißt, mein eigenes Volk bestand einstmals aus Kriegern, Mongolen aus der Steppe. Sie wußten, die einzigen dauerhaften Bande sind die Blutbande.« Arangbar wandte sich Dschanahara zu und berührte wieder ihre Hand. »Der einzige Mensch in ganz Indien, dem ich voll und ganz vertraue, ist meine eigene Königin. Sie ist die einzige, die mich nicht hintergehen kann und niemals hintergehen wird. Niemals.«
Dschanaharas Gesicht blieb maskenhaft, und Arangbar trank wieder. Nadir Sharif blickt wortlos in die Runde; seine Miene hatte sich verdüstert. Der Erste Minister war nicht erwähnt worden.
»Ich liebe sie seit meiner Jugend, Engländer«, fuhr Arangbar fort, und seine Stimme klang fast weinerlich. »Und sie hat niemals mein Vertrauen mißbraucht. Deshalb könnte sie alles von mir haben, worum sie mich bittet. Jederzeit, alles. Ich weiß, daß es immer richtig wäre.«
Hawksworth konnte über Dschanaharas unverhohlen berechnenden Blick nur staunen.
Ich würde ihr keine zwei Penny anvertrauen. Er muß ein völliger Narr sein.
Arangbar saß einen Augenblick gedankenverloren da und genoß die Wirkung seiner Worte. Dann wandte er sich an Dschanahara und sagte lallend zu ihr: »Bittet mich um etwas. Laßt mich dem Engländer beweisen, daß ich Euch nie einen Wunsch verwehren kann.«
Dschanahara wandte sich ihm abrupt zu.
»Worum sollte ich Eure Majestät bitten? Ihr habt mir alles gegeben, was man sich je wünschen könnte. Und heute abend habt Ihr mir sogar einen Gatten für meine Tochter geschenkt. Jetzt kann ich in Allahs Namen und in Frieden sterben.«
»Aber ich muß Euch auf jeden Fall etwas schenken.« Er stellte seinen Weinbecher mit unsicherer Hand auf den Teppich; rote Spritzer befleckten das persische Muster. »Ihr müßt mir sagen, was Ihr gerne haben möchtet.«

»Aber ich wüßte nicht, um was ich Euch bitten sollte. Ich besitze ja bereits alles.«

»Manchmal verärgert Ihr mich mit Eurer Bescheidenheit. Der Engländer wird jetzt den indischen Mogul für einen eingebildeten Prahler halten.« Er fummelte an seinem Turban herum und versuchte, den großen, blauen Saphir auf der Vorderseite abzunehmen. »Ich werde Euch einen Juwel schenken, obwohl Ihr mich nicht darum gebeten habt.«

Dschanahara gab sich lächelnd geschlagen. »Wenn Ihr schon etwas verschenken müßt, warum beschenkt Ihr dann nicht das Brautpaar? Es ist seine Hochzeit, nicht die meine.«

»Dann müßt Ihr wenigstens bestimmen, was es sein soll.« Er wandte sich wieder an Hawksworth. »Tut, was immer Ihr wollt, Engländer, aber heiratet nie eine Perserin. Sie wird Euer Leben lang versuchen, Eure Geduld auf die Probe zu stellen.« Hawksworth sah, wie der Ausdruck in Nadir Sharifs Augen sich verhärtete. Er griff an die Bordüre seines Kissens und zog gedankenverloren an einer Goldfranse.

»Schenkt ihnen irgendeine Kleinigkeit als Zeichen Eures Vertrauens in Allaudin«, sagte die Königin.

»Ich hatte Euch gebeten, mir zu sagen, was es sein soll.«

»Nun gut. Ihr könntet ihnen vielleicht die königlichen *dschagirs* in Dholpur unweit von Agra vermachen.«

Arangbars trunkene Augen weiteten sich ein wenig. »Aber das sind doch die *dschagirs*, die in der Regel der Thronfolger erhält. Ich habe sie erst im vorigen Jahr dem Prinzen Dschadar überschrieben, und zwar als Teilentschädigung für den Feldzug, den er im Dekkan führt.«

»Aber Prinz Allaudin kann sie leichter verwalten. Er ist hier an Ort und Stelle. Und Dschadar könntet Ihr irgendwelche anderen geben, vielleicht einige im Norden, in der Nähe der Festung Kandahar? Ihr müßt ihn doch sowieso dort hinaufschicken, sobald die Schlacht im Dekkan vorüber ist.« Dschanaharas Stimme klang nun seidenweich, und Hawksworth sah, daß Nadir Sharif aschfahl im Gesicht wurde.

»Doch was würde Prinz Dschadar sagen zu solch einem Tausch?« Arangbar trank von seinem Wein und wechselte ein wenig unbehaglich seine Position.

»Warum sollte er dagegen sein? Er ist doch sowieso nie hier. Und er wird wohl, sobald er den Feldzug im Süden beendet hat, dem Wunsch

Eurer Majestät entsprechen und nach Kandahar gehen. Die Bedrohung durch die persischen Safawiden im Norden nimmt zu.«

»Ich zweifle ernsthaft daran, daß er so kurzfristig wieder bereit sein wird, nach Norden zu ziehen. Jetzt noch nicht. Dennoch, ich wünschte bei Allah, es wäre so.«

»Dann hätte er aber doch hiermit einen triftigen Grund.«

»Er wird es aber nicht als triftigen Grund ansehen, sondern als Verrat. Ihr wißt doch, daß er sehr aufbrausend ist.«

Hawksworth fragte sich, ob Allaudin in den Handel eingeweiht war. Unverkennbar war allerdings, daß Nadir Sharif von allem nichts gewußt hatte.

»Reden wir nicht mehr darüber.« Dschanahara wandte sich ab. »Und vergeßt, daß ich Euch jemals darum gebeten habe.«

Arangbar wirkte niedergeschlagen. »Vielleicht, wenn ich den Prinzen Dschadar zuvor nach seiner Meinung frage . . .« Er betrachtete sein leeres Glas. »Die *dschagirs* wurden ihm zugesprochen . . .«

»Vielleicht glaubt Ihr, daß Prinz Allaudin überhaupt noch keine Güter erhalten sollte? Vielleicht haltet Ihr ihn noch nicht für tauglich?«

»Er ist tauglich. Bei Allah, er ist mein Sohn!« Arangbar griff nach einer neuen Opiumkugel und begann nachdenklich darauf zu kauen. »Ich werde eine Möglichkeit finden, Dschadar anderweitig zu entschädigen. Er wird sicherlich Verständnis zeigen. Immerhin geht es um ein Hochzeitsgeschenk.«

»Dann werdet Ihr also zustimmen?« Dschanaharas Stimme war ruhig.

»Majestät . . .« Nadir Sharifs Tonfall klang ungewöhnlich forsch, »Prinz Dschadar . . .«

Arangbar tat, als hörte er ihn nicht. »Ich gewähre es. Morgen werde ich nach dem *qazi* schicken und die *dschagirs* als Schenkung an meinen jüngsten Sohn und seine junge Braut eintragen lassen. Aber nur unter der Bedingung, daß er heute nacht seine Pflicht erfüllt. Soll er erst einmal den Acker pflügen, der ihm bereits gehört, bevor er noch weitere zugestanden bekommt.« Der Mogul beugte sich zu Hawksworth hinüber. »Wißt Ihr, was geschieht, wenn er in der ersten Nacht versagt?«

»Nein, Majestät.«

»Einige ihrer Frauen werden ihm einen Spinnrocken schicken. Zusammen mit der Botschaft, daß er sich, da er unfähig ist, die Arbeit eines Mannes zu verrichten, nun lieber mit Frauenarbeit beschäftigen möge.

Ich denke jedoch, daß er es schaffen wird. Er hat monatelang geübt bei den *natsch*-Mädchen im Palast.«
Die Königin verzog keine Miene und nahm sich ein Betelblatt vom Tablett.
Ein Bote erschien und machte den *teslim*. Seine Stimme zitterte. »Möge Eure Majestät bitte zur Kenntnis nehmen: Das Bettlaken wurde noch nicht herausgehängt.«
Arangbar lachte. »Dann ist vielleicht die Furche zu eng, um seinen Pflug zu empfangen. Laß ein bißchen Wasser von einem Mullah segnen und bringe es ihm. Und bestelle ihm, daß ich hier warte und wissen möchte, ob er endlich ein Mann ist.«
»Von einem Schiiten- oder von einem Sunniten-Mullah, Majestät?«
»Ab heute nacht werden alle seine Haushaltspflichten von schiitischen Mullahs wahrgenommen«, fuhr Dschanahara dazwischen.
Der Bote machte einen *teslim* und zog sich zurück.
»Was macht das schon?« Arangbar sah die Königin an. »Laßt ihn doch haben, was ihm gefällt.«
»Ich meine, die heutige Nacht hat ominöse Bedeutung. Allah wird ungehalten sein, wenn Ihr zulaßt, daß Ketzerei offen gedeiht.«
Arangbar sah einer Tänzerin zu, die sich dem Podest genähert hatte, um einen *natsch*-Tanz vorzuführen. Hawksworth hatte das Gefühl, daß die beiden sich bereits gut kannten, denn die Tänzerin schenkte dem Mogul ein vielsagendes Lächeln und wich dem Blick der Königin aus.
»Mich interessieren Ketzereien überhaupt nicht. Nur die Ehre meiner Herrschaft liegt mir am Herzen.«
»Ein gespaltener Glaube gereicht Euch jedoch nicht zur Ehre.«
»Dann vereint ihn, wenn Euch so viel daran liegt. Mich erwarten andere Pflichten.« Arangbar sah wieder der Tänzerin zu. Sie trug in der Nase einen großen Ring, und ihre Augenlider klimperten im Rhythmus ihrer Füße. »Ich habe nie gewußt, daß sie so viel kann.« Er wandte sich dann an Nadir Sharif. »Laßt ihr morgen einen kleinen Rubin zukommen und stellt fest, was sie verdient. Ganz gleich, wieviel es ist, meine ich, daß sie mehr bekommen sollte.«
»Ihr Wunsch sei mir ein Befehl, Majestät.« Nadir Sharif verbeugte sich leicht. Hawksworth betrachtete das Gesicht des Ersten Ministers prüfend. Es war zu einer Grimasse verzogen und leichenblaß.
Es ist alles so gekommen, wie Shirin es vorausgesagt hat. Prinz Dscha-

dar hat man bereits aller seiner Besitztümer beraubt, und die Königin hat freie Hand erhalten, um eine Inquisition einzuleiten.
Sieh zu, daß du schnellstens den *firman* unterzeichnet bekommst, bevor das Reich auseinanderzufallen beginnt.
Die Türen der Halle wurden aufgerissen, und eine Gruppe von Frauen trat ein. Sie brachten ein Silbertablett, auf dem ein zusammengefaltetes, seidenes Laken lag. Die Königin nahm das Laken und untersuchte es. Hawksworth fiel wieder ein, daß in der moslemischen Gesellschaft ein blutbeflecktes Hochzeitslaken als Beweis für die Jungfräulichkeit der Braut und die Manneskraft des Bräutigams gilt. Dschanahara nickte mit triumphierendem Lächeln und zeigte das Laken Arangbar. Auf der weißen Seide waren hellrosa Flecken zu erkennen.
»Er ist also doch ein Mann.« Arangbar reichte das Laken dem vor Freude strahlenden Zainul Beg, der es an Nadir Sharif weitergab. Der Erste Minister lächelte anerkennend.
»Er hat sich seine *dschagirs* verdient.« Arangbar wandte sich an Dschanahara. »Man lasse es eintragen. Und nun wird gefeiert!«

Musik und Tanz dauerten bis in die frühen Morgenstunden hinein. Die betrunkenen Gäste warteten, bis der inzwischen eingeschlummerte Arangbar auf einer Sänfte aus der Halle getragen worden war, dann gingen auch sie auseinander.
Am Ausgang traf Hawksworth Nadir Sharif.
»Was ist eigentlich wirklich heute abend geschehen?«
»Was wollen Sie damit sagen, Botschafter?«
»Nun, die Übertragung der *dschagirs*. Wie wird Dschadar darauf reagieren?«
»Das, Herr Botschafter, ist eine Sache, die die Herrscher Indiens unter sich regeln müssen. Es ist nicht Eure Angelegenheit.« Nadir Sharif sah ihn nicht an. »Statt dessen möchte ich Euch etwas fragen. Wann rechnet Ihr mit dem Anlegen der englischen Flotte? Die Schiffe sind überfällig, doch keiner hat sie wieder gesichtet. Manchmal frage ich mich, ob diese Flotte überhaupt existiert.«
»Ich vermute, daß sie in schlechtes Wetter geraten sind.« Hawksworth versuchte, gerade zu stehen. »Immerhin haben Dschadars Leute sie bereits gesehen.«
»Aber ob das nun überhaupt der Wahrheit entsprach? Oder habt Ihr und

Dschadar uns allesamt irregeführt? Sollte es, mein lieber Botschafter, diese Flotte nicht geben, werdet Ihr ernsthafte Schwierigkeiten bekommen. Ihr werdet dann wohl kaum mit einem *firman* rechnen können, denn Seine Majestät läßt sich nicht gern zum Narren halten.«

»Er hat lange bevor die Flotte gesichtet wurde versprochen, den *firman* zu unterzeichnen.«

»Ihr kennt ihn wohl kaum so gut, wie ich ihn kenne. Euch bleibt noch eine Woche, bleiben höchstens zwei, und dann . . . Was ich damit sagen möchte, ist eigentlich nur, daß Ihr durch Euer Trinken die Flotte nicht herbeizaubern könnt. Es wird uns beiden kaum gelingen, Seiner Majestät eine Erklärung für diese Hinterlist abzugeben. Ihr habt Euch mit dem Prinzen schon getroffen, und ich überlege manchmal wirklich, ob Ihr dies nicht gemeinsam geplant habt. Es wäre im höchsten Maße unklug von Euch gewesen.«

»Wartet noch zwei Wochen ab und macht Euch dann Euer eigenes Bild.« Hawksworth fühlte, wie seine Handflächen feucht wurden. »Zwei Wochen sind keine solch lange Zeit.«

»Das ist sogar sehr lange, Herr Botschafter, und es geschieht sehr viel in unseren Tagen. Ihr habt viele Freundschaften geschlossen. In einigen Fällen möglicherweise nicht die richtigen. Ich wünsche einen guten Abend, Botschafter. Ich muß mit Seiner Majestät sprechen.« Nadir Sharif drehte sich um und verschwand in der Menge.

Als Hawksworth auf die Straße hinaustrat, lag die Front des Palastes bereits im vollen Licht der Morgensonne, und die Stadt Agra erwachte zu neuem Leben. Noch lange schlenderte er am Ufer des Jamuna entlang, auf dem verloschene Kerzen dahinschwammen, und betrachtete versunken die Umrisse des Roten Palastes, die sich hell vor dem morgendlichen Himmel abhoben.

Was wird geschehen, dachte er, wenn die Flotte wirklich nicht auftaucht? Wenn alles tatsächlich ein Trick von Dschadar war – aus irgendeinem Grund, den nur er selber kennt?

Die Hälfte des Vormittags war bereits vergangen, als er endlich zu seinem Häuschen kam, das am äußersten Ende von Nadir Sharifs Besitztum lag. Als er durch den mit einem Vorhang verhängten Eingang trat, sah er Kamala, die auf ihn wartete. Ihre Augen glänzten dunkel.

»Hast du schon gehört?« Sie nahm ihm den Turban ab und kniete nieder, um sein *kamar-band* zu entfernen.

»Was soll ich gehört haben?«
»Kennst du den Sufi Samad? Und die persische Frau, die er bei sich hatte?«
Hawksworth sah sie an und überlegte, wer außer ihr noch etwas über seinen Besuch in Fatehpur Sikri wußte.
»Warum fragst du?«
»Falls du sie wirklich kennst, so würde ich das an deiner Stelle niemandem gegenüber mehr erwähnen.«
»Warum?« Hawksworth fühlte, wie sein Magen sich zusammenzog.
»Die Nachricht verbreitet sich bereits in ganz Agra. Man hat sie gestern abend, nach Beginn der Hochzeitsfeierlichkeiten, gefangengenommen. Heute morgen erzählte man sich, daß Samad wegen Ketzerei zum Tode verurteilt werden soll – und sie als seine Komplizin. Es heißt, sie werden noch in dieser Woche hingerichtet.«

23

Pater Manoel Pinheiros glattrasiertes Gesicht wirkte ernst, ja fast grimmig, seine Lippen waren fest zusammengepreßt. Er bahnte sich einen Weg durch die dichtbevölkerte Gasse, die zu dem am Flußufer gelegenen Palast Nadir Sharifs führte. Am Straßenrand standen große schwarze Kessel mit röstenden Brot und reicherten die Morgenluft mit ihrem Duft nach Ölen und Gewürzen an. Schon beim ersten Tageslicht hatte er leise das Missionshaus verlassen, um unbemerkt in dem Gewühl von ratternden Ochsenkarren und lärmenden Marktschreiern unterzutauchen. Er blieb kurz stehen, um Atem zu holen, und sah zu, wie eine große weiße Kuh die wenigen Reiskörner aus dem Bettelnapf eines vor sich hin dösenden Leprakranken schleckte. In dieser Szene schien das ganze Elend Indiens eingefangen zu sein, und er empfand die Last, die die Kirche zu tragen hatte, als überwältigend. Noch ehe er seinen Weg fortsetzen konnte, wurde er von einer Gruppe singender Hindus angerempelt, die in einen über und über mit grellbunten Götzen verzierten kleinen Tempel strömten. Zu beiden Seiten des Eingangs saßen Hindu-Fakire und sahen teilnahmslos vor sich hin; ihre langen weißen Haare fielen über zermürbte Gesichter, und ihren leeren Blicken gebrach es an jeglichem Gottesverständnis. Traurig schüttelte er den Kopf und machte das Zeichen des Kreuzes über sie. Sein Herz war nahezu am Zerspringen.

Zu beiden Seiten, dachte er, stehen die erntereifen Felder und überall weiden Schafherden, die eines Hirten bedürfen. Für jede Seele, die wir in diesem vergessenen Land Gott und der Kirche zuführen, werden hunderte oder gar tausende geboren, um in ewiger Dunkelheit und Verdammnis zu bleiben. Unsere Aufgabe geht über unsere Kräfte, selbst wenn Gott uns hilft.

Er dachte über die Heilige Kirche und die Gesellschaft Jesu nach, sowie über die vielen langen Jahre der Enttäuschung, die sie hier in Indien erlebt hatten. Doch nun hatte es den Anschein, als sollten all ihre Hoffnungen und Gebete endlich in Erfüllung gehen. Nach all den Jahren der Schmach und der Demütigung sah es nun so aus, als wolle Arangbar, der Großmogul persönlich, endlich seine Einwilligung geben, getauft und somit in die Heilige Kirche aufgenommen zu werden. Danach würde es ihm wohl ganz Indien gleichtun.

Pater Pinheiro bekreuzigte sich und betete still, Gott möge ihm die Kraft geben, seinen Willen in die Tat umzusetzen. Die schwere Bürde, die das Land Indien für sie bedeutete, war für die Jesuiten inzwischen schon legendär geworden. Zum ersten Mal hatten sie sich vor drei Jahrzehnten dieser Aufgabe gegenübergesehen, als die ersten Missionare den Hof Akmans betraten, und noch heute gehörte das indische Heidentum zu den schwierigsten Aufgaben der Gemeinschaft Jesu und der Heiligen Kirche.

Indien hatte eigentlich schon viele Jahre, bevor die ersten Missionare in Agra ankamen, unter der Herrschaft der portugiesischen Seemacht gestanden. Doch hatten weder die Waffen noch der Handel der Kirche ihre Aufgabe erleichtert. Sie befriedigten lediglich die Habsucht portugiesischer Kaufleute und füllten die Kassen des Königshauses. Den verlorenen Seelen Indiens war die göttliche Gnade der Heiligen Kirche versagt geblieben.

Dann, im Jahre 1540, gründete ein Priester namens Ignatius von Loyola, vormals ein Adliger und Soldat, die Gesellschaft Jesu, deren Ziel es war, die Heilige Kirche gegen die protestantische Reformation zu verteidigen und in den heidnischen Gebieten Asiens und Amerikas den christlichen Glauben zu predigen. Im Jahre 1542 erreichte die Gesellschaft Jesu das an indischen Gestaden gelegene portugiesische Goa, und zwar in Gestalt

eines gewissen Franz Xaver, eines guten Freundes des Ignatius aus seiner Pariser Studentenzeit.
Von Goa, der Ausgangsbasis für ihre Missionsarbeit, war die Gesellschaft weiter nach Osten vorgedrungen und erreichte wenige Jahre später Japan und Macao. Widersinnig schien es, daß Indien selbst sich ihrem Einfluß zu Anfang völlig entzogen hatte. Erst im Jahre 1573 traf der Große Akman, als er nach Süden reiste, auf Angehörige der Gesellschaft Jesu. Ihr weitreichendes Wissen und ihre moralische Integrität beeindruckten ihn so stark, daß er kurz darauf einen Abgesandten nach Goa schickte, der den Auftrag hatte, um die Entsendung einer Jesuitenmission an seinen Hof nachzusuchen. Drei Jesuitenpatres machten sich auf den Weg nach Fatehpur Sikri.
Die Hoffnungen der Jesuiten wuchsen, als man sie gleich nach ihrer Ankunft bat, sich mit den islamischen Mullahs am Hofe in einer öffentlichen Debatte zu präsentieren. Der Leiter der Mission, ein ruhiger und gütiger italienischer Pater mit enzyklopädischem Wissen, kannte den Koran, und es war ihm ein leichtes, den Absolutheitsanspruch der Mullahs zu widerlegen. Akman war darüber ganz offensichtlich entzückt. Monate später erst merkten die drei Geistlichen in Fatehpur Sikri, daß Akmans eigentlicher Grund, sie an den Hof zu zitieren, der war, daß er geschickte Disputanten um sich wünschte, die zu seiner Unterhaltung beitrugen. Akmans Interesse für den Islam mochte zwar nachgelassen haben, doch bald wurde deutlich, daß er kaum die Absicht hatte, nun statt dessen zum Christentum überzutreten. Er war ein Intellektueller, dem es Freude bereitete, die Ideen und Lehren aller Religionen anzuzweifeln. Dies hatte unvermeidlich zur Folge, daß er an jeder etwas entdeckte, was seine Vernunft ablehnte. Tatsächlich wuchs in ihm die Überzeugung, er sei ein nicht minder starker Führer wie all jene geistigen Lehrmeister, von denen er gehört hatte, und könne sich daher selbst zum Gegenstand der Anbetung ernennen. Nach zehn Jahren mußten die drei Jesuiten sich endlich eingestehen, daß ihre Mission fehlgeschlagen war, und kehrten niedergeschlagen nach Goa zurück.
Im Jahre 1590, also beinahe ein Jahrzehnt später, verlangte Akman wieder nach Jesuitenpatres für seinen Hof. Wiederum wurde eine Mission entsandt, und erneut mußten die Missionare feststellen, daß Akman keine ernsthafte Absicht hatte, die Ausbreitung des Christen-

tums in Indien zu fördern, so daß auch diese zweite Mission als gescheitert betrachtet werden mußte.
Allerdings glaubten sowohl in Goa als auch in Rom noch immer einige Leute, der Großmogul könne bekehrt werden. Da ferner die protestantischen Nationen anfingen, ihre Unternehmungen auf den indischen Subkontinent auszudehnen, wurde immer deutlicher, welche politischen Vorteile sich ergeben könnten, wenn sich ständig portugiesische Priester in der Nähe des indischen Herrschers aufhielten. So wurde im Jahre 1595 eine dritte Mission an Akmans Hof entsandt. Pater Pinheiro erinnerte sich noch gut an die Anweisungen, die man ihnen zum Geleit mitgab, als sie Goa verließen. Sie sollten Akman bekehren, und es sei ja schön, wenn es ihnen gelänge. Von gleicher Bedeutung sei aber nun, daß sie sich um den Schutz der portugiesischen Handelsinteressen kümmerten. So standen also die Jesuitenpatres in engster Verbindung mit Akman; sie wurden zu seinen wertvollsten Beratern und fanden sich in einer Rolle, in der sie über alles Auskunft geben mußten, von der Frage, ob Jesus der Sohn Gottes oder lediglich ein Prophet sei, bis hin zu den Vor- und Nachteilen des Tabakrauchens. Doch der einzige Erfolg der Mission war bislang, von Akman einen *firman* erhalten zu haben, der den Jesuiten das Recht auf freie Ausübung ihres katholischen Glaubens erteilte. Seine Seele war es, die sie zu erobern strebten, und durch sie die Seele Indiens, doch alles, was sie je erreicht hatten, war Akmans Schutz. Er starb als königlicher Skeptiker – und als Herrscher, dessen religiöse Toleranz die gesamte dogmatische Welt des sechzehnten Jahrhunderts schockierte.
Pater Pinheiro hielt inne, betrachtete die Silhouette des Roten Palastes vor dem Morgenhimmel und lauschte dem *azan*, dem Aufruf zum Gebet, der von einer nahegelegenen Moschee herüberklang. Er lächelte bei dem Gedanken, daß die Spaltung zwischen der Herrschaft Arangbars und der Herrschaft des Islams bald vollzogen sein würde. Arangbar hatte ebenso wie Akman niemals sein Unbehagen gegenüber den Mullahs verbergen können, die sich um seinen Hof scharten. Er sammelte in seinem Palast italienische Gemälde der Heiligen Jungfrau und brüskierte die Mullahs sogar damit, daß er eines im *Diwan-i-Am* aufhängen ließ. Und jeder Jesuitenpater, der nach Goa reiste, erhielt den Auftrag, ihm noch weitere christliche Kunstgegenstände zu beschaffen. Gewiß, der Mogul hatte kürzlich erst bewiesen, wie unberechenbar er sein konnte.

Betrunken und lauthals lachend hatte er mit den Jesuiten darüber gewettet, wie lange er mit ausgebreiteten Armen in der Form eines Kreuzes stehenbleiben könne. Doch andererseits hatte er ihnen eine Missionskirche errichten lassen und ihnen ein Haus zur Verfügung gestellt, das er nun immer häufiger besuchte, da er dort seiner heimlichen Liebe zu verbotenem Schweinefleisch frönen konnte.
Vor knapp zwei Monaten hatte Arangbar etwas unternommen, das die Herzen der Missionare hatte höherschlagen lassen. Er hatte Jesuitenpatres zu sich beordert, um zwei seiner jungen Neffen taufen zu lassen, und damit den Knaben befohlen, das Christentum anzunehmen. Die Mullahs waren außer sich vor Zorn gewesen und hatten augenblicklich das Gerücht verbreitet, Arangbar habe dies lediglich in der Absicht getan, die beiden von der Erbfolge auszuschließen. Doch in Goa beglückwünschte man die Missionare allenthalben und nahm den Vorfall als Zeichen, daß sie ihren Zielen einen großen Schritt nähergekommen seien. Falls Arangbar zum Christentum übertrat, würden ihm viele an seinem Hof – und eines Tages vielleicht sogar ganz Indien – Folge leisten.
Dies war die Situation gewesen, als plötzlich dieser englische Häretiker Hawksworth in Indien auftauchte. Just in dem Moment, da man glaubte, Arangbar überzeugt zu haben, erschien wie ein Schreckgespenst der Gedanke, ihr gesamtes Werk könne zunichte gemacht werden. Arangbar hatte den Engländer behandelt, als sei dieser befugt, über theologische Dinge zu sprechen, und stellte ihm sogar Fragen über das heiligste der Sakramente, obwohl ihm die Doktrin der Kirche über dieses Mysterium schon längst von Pater Sarmento erklärt worden war. Arangbar hatte aufmerksam zugehört, als der Engländer ihm eine Vielzahl von Dingen erzählte, die im Gegensatz zur Wahrheit und zu den Lehren der Heiligen Kirche standen. Auf die direkte Frage hin hatte der Engländer sogar die Notwendigkeit bestritten, Seine Heiligkeit, den Papst, als universales Oberhaupt der Kirche anzuerkennen, und hatte sich sodann zu einer mit obszönen Ausdrücken gespickten Beschreibung der päpstlichen politischen Interessen verstiegen. Pater Sarmento, der sonst eher zu den sanftmütigen Priestern zählte, war nahezu am Verzweifeln.
Am meisten beunruhigte die Jesuiten, daß Arangbar den Engländer in der vergangenen Woche darüber konsultiert hatte, auf welche Weise die

portugiesische Festung in der Hafenstadt Diu zurückerobert werden könne. Woraufhin ihm der Ketzer anvertraut hatte, daß seiner Meinung nach eine Blockade durch ein Dutzend englischer Fregatten, unterstützt von einer nur zwanzigtausend Mann starken indischen Armee, genüge, um die portugiesische Garnison auszuhungern und zur Kapitulation zu zwingen!

Arangbars Ideen wurden immer sonderbarer. Der englische Ketzer hielt ihn in seinem Bann und war im Begriff, die portugiesischen Interessen ernsthaft zu gefährden. Und die am Abend zuvor aus Goa eingetroffene Meldung verschlimmerte noch alles. Pater Pinheiro hatte bis spät in die Nacht darüber nachgedacht und endlich beschlossen, daß es an der Zeit sei, dem Engländer das Handwerk zu legen. Auch Nadir Sharif, so hatte er entschieden, müsse dies nun unmißverständlich klargemacht werden. Angesichts der sich ständig verschlechternden Lage war nur der Erste Minister noch imstande, den Einfluß des Engländers zu neutralisieren.

Pater Pinheiro schob sich weiter durch das Gewühl auf der Straße, betupfte von Zeit zu Zeit seine Brauen und begann den Tag herbeizusehnen, da es ein christliches Indien geben würde. Dies würde der größte Triumph der Gesellschaft Jesu sein. Aber wie ließ sich das bewerkstelligen? Was würde Arangbar unternehmen, um die ketzerischen Mullahs zum Schweigen zu bringen? Würde auch Indien eine Zeit der Inquisition benötigen, wie es in Europa geschah, um die Herrschaft der Kirche rein zu halten?

Eines war jedenfalls sicher: Sobald Indien einen katholischen Monarchen besaß, würde jeglicher Handel mit England, den Niederlanden und allen andern protestantischen Ländern aufhören. Sowohl mit der Gefährdung der portugiesischen Geschäfte in Goa als auch mit der protestantischen Herausforderung der portugiesischen Souveränität in Indien insgesamt wäre es mit einem Schlag zu Ende.

»Ich freue mich immer, Euch zu sehen, Pater.« Nadir Sharif machte eine leichte Verbeugung und bat ihn, auf einem Kissen Platz zu nehmen. Gegen seine Gewohnheit ließ er keine Erfrischungen anbieten. »Ganz gleich, zu welcher Stunde.«

»Ich weiß, es ist noch sehr früh, doch ich wollte sichergehen, Euch zu Hause anzutreffen.« Pinheiro zögerte und nahm Platz. Er war verschwitzt von seinem langen Marsch.

Nadir Sharif empfand das gestelzte Persisch des Jesuiten als befremdend und betrachtete den frühen Gast mit unverhohlener Geringschätzung. Zweifelsohne war die Kunde von seinem Besuch schon bis zur Königin vorgedrungen.

»Dürfte ich dann den Anlaß erfahren, der mir dieses unerwartete Vergnügen bereitet?« Nadir Sharif nahm Platz und musterte unauffällig das schmutzige schwarze Gewand des Paters.

»Die englische Handelsflotte, Exzellenz. Die Nachricht ist äußerst beunruhigend. Gestern abend erreichte mich die Botschaft von seiner Exzellenz, Miguel Vaijantes. Die Armada, die er die Küste entlang gesandt hat, um die englische Flotte auszumachen, ist vor drei Tagen ohne Ergebnis zurückgekehrt. Es ist möglich, daß uns die Engländer entkommen sind. Er hat nun die Armada nach Norden beordert, doch inzwischen ist es gut möglich, daß sich die englische Flotte Surat genähert hat oder auf den Hafen von Cambay zusteuert. Seine Exzellenz befürchtet, daß sie unseren Patrouillen gänzlich entkommen und tatsächlich die Häfen erreichen könnte. Er bat mich, Euch privat darüber zu informieren, daß der *firman* für die Engländer unter allen Umständen hinausgezögert werden muß, bis die englische Flotte gesichtet und angegriffen werden kann.«

»Ich habe in dieser Hinsicht alles unternommen, das ist dem Vizekönig bekannt.« Nadir Sharif rückte mit einer eleganten Bewegung das Juwel an seinem Turban zurecht. »Und bislang wurde es verhindert.«

»Was geschieht jedoch, wenn die Flotte landet? Und falls der ketzerische englische König wieder Geschenke für Seine Majestät sendet?« Pinheiro versuchte, seine Fassung zu wahren, und wischte sich nervös mit seinem schwarzen Ärmelaufschlag übers Gesicht.

»Sollten die Engländer tatsächlich landen und Seiner Majestät weitere Geschenke machen, so fürchte ich, daß keine Macht in Agra ihn von der Unterzeichnung des *firman* abhalten kann.«

Nadir Sharifs Gesicht nahm einen Ausdruck versöhnlicher Resignation an. »Die Engländer werden den *firman* sicherlich zur Bedingung für weitere Geschenke machen.«

»Ihr wißt, daß so etwas nicht annehmbar wäre, Exzellenz.« Pinheiros Augen verengten sich. »Die Mission kann das nicht zulassen. Das wißt Ihr ebenso gut wie ich.«

»Aber verzeiht! Ich habe Eure Mission hier bisher immer als eine solche angesehen, die sich nicht mit Fragen des Handels befaßt.«

»Die Heilige Kirche betreibt keinen Handel, Exzellenz. Jedoch ist unsere Position hierzulande vom Wohlergehen Goas abhängig. Die beiden Dinge sind genauso miteinander verknüpft wie alle anderen weltlichen und spirituellen Fragen im Leben. Alles, was das eine beeinträchtigt, ist auch dem anderen abträglich.«

»Anscheinend.« Nadir Sharif strich sich über seine Schnurrbartspitzen. »Was soll ich also Eurer Ansicht nach tun? Dem englischen *feringhi* darf nichts geschehen. Er sitzt jeden Abend mit Seiner Majestät zusammen und trinkt mit ihm.«

»Es gibt auch andere Wege, um den Einfluß des Ketzers zu brechen. Vielleicht könnte man die . . . die Position, die der Engländer bei Seiner Majestät einnimmt, weniger intim gestalten. Er könnte möglicherweise in Ungnade fallen . . . Und sei es nur vorübergehend.«

»Ihr seid also gekommen, um mich zu bitten, Wunder für Euch zu wirken, während Ihr selber gar nichts tut?« Nadir Sharif erhob sich, schlenderte zum Fenster, blickte ein Weilchen in den Garten hinaus und sprach dann, ohne sich umzuwenden, weiter. »Habt Ihr Seine Majestät auch ganz unmißverständlich über den Verdruß des Vizekönigs wegen des Eindringens der Engländer in unsere . . . in portugiesische Gewässer aufgeklärt?«

»Er ist davon in Kenntnis gesetzt worden. Viele Male.«

»Aber habt Ihr ihn auf die Folgen hingewiesen?« Nadir Sharif wandte sich um.

»Die Folgen zeichnen sich ganz deutlich ab. Die Kriegsschiffe, die in Goa vor Anker liegen, sind in der Lage, den gesamten Handelsverkehr im Indischen Ozean zum Stillstand zu bringen, falls Seine Exzellenz es so wünscht.«

»Dann wäre es doch das einfachste für Euch, die Engländer anzugreifen.« Nadir Sharif war darauf bedacht, sich seine Ironie nicht anmerken zu lassen.

»Das ist ein völlig anderes Problem. Die englischen Fregatten sind von einer neuen Bauart. Sie sind sehr flink. Es ist möglich, daß sie uns bereits seit einiger Zeit entwischen.« Pinheiros Stimme wurde hart. »Doch kann ich Euch versichern, daß unsere Galeonen schneller sind als irgendein Handelsschiff aus der Flotte Seiner Majestät. Selbst Indiens Handel im Roten Meer kann nur weiterbestehen, wenn es dem Vizekönig so beliebt.«

»Das ist sicherlich wahr. Ich frage mich jedoch, ob Ihr bereit wäret, Euren Unmut . . . zu demonstrieren.« Nadir Sharif drehte sich wieder zum Fenster um. »Ich bin der Ansicht, daß Seine Majestät nicht daran glaubt, der Vizekönig werde jemals Kriegshandlungen einleiten.«
»Was wollt Ihr damit sagen?«
»Es könnte sein, daß Seine Majestät an Eurer Überzeugung oder Kraft zweifelt, mit Nachdruck gegen die Engländer vorzugehen. Der englische *feringhi* brüstet sich vor Seiner Majestät beständig mit der englischen Überlegenheit zur See und macht Andeutungen, daß sein König Portugal in Kürze aus dem Indischen Ozean vertreiben wird. Auch ich habe es schon so oft gehört, daß ich nahe daran bin, ihm Glauben zu schenken.«
»Ich kann Euch versichern, daß die Kontrolle und der Schutz der indischen Häfen immer in portugiesischen Händen bleiben werden.«
»Dann soll ich Euch also nach wie vor glauben, daß Ihr die Macht habt, indische Schiffe – und seien sie der persönliche Besitz Seiner Majestät – zu beschlagnahmen, nur um damit zu beweisen, daß die Engländer derartige Übergriffe nicht verhindern können?« Nadir Sharif bot ein Bild völliger Gelassenheit. Er hatte die Hände auf dem Rücken verschränkt und schien tief in die Betrachtung des Gartens versunken.
Pinheiro war vollkommen verwirrt und schwieg einen Augenblick lang, um die Worte Nadir Sharifs zu verdauen. »Wollt Ihr damit etwa andeuten, daß der Vizekönig gegen eines der Handelsschiffe Seiner Majestät eine kriegerische Handlung unternehmen könnte?«
»Ihr seid gegen den Engländer mit Worten angetreten, und er scheint zu gewinnen.« Nadir Sharif drehte sich um und blickte Pinheiro prüfend an. »Eurem Vizekönig ist es sicherlich nicht entgangen, daß auch Königin Dschanahara wegen des Engländers beunruhigt ist.«
»Wäre sie bereit, mit Seiner Majestät zu sprechen?«
»Ihr sprecht schon wieder nur von Worten. Was haben sie Euch bisher eingebracht?«
»Pater Sarmento würde niemals in eine offene Kampfhandlung einwilligen. Er fürchtet zu sehr um die möglichen Folgen für unsere Mission.«
»Kühne Maßnahmen werden von kühnen Männern getroffen. Ich bin gewiß, daß Seine Exzellenz Miguel Vaijantes weiß, was Kühnheit bedeutet.« Nadir Sharif hielt inne. »Es dürfte Seine Exzellenz interessieren, daß zur Zeit ein Schiff Seiner Majestät vom Roten Meer her unterwegs ist, daß eine Ladung für die Mutter des Moguls an Bord

führt, die Witwe Maryam Zamani. Falls alles nach Plan verläuft, müßte es noch in dieser Woche anlegen. Die Sicherheit des Schiffes liegt Seiner Majestät selbstverständlich ganz besonders am Herzen . . .«
»Ich glaube, ich verstehe, worauf Ihr hinauswollt.« Pater Pinheiro tupfte sich wieder den Schweiß von der Stirn. »Aber Pater Sarmento . . .«
»Was, um alles in der Welt, gehen Pater Sarmento die Entscheidungen an, die Seine Exzellenz Miguel Vaijantes trifft? *Er* ist der Vizekönig.« Nadir Sharif winkte einem feisten Eunuchen, der sofort mit einem Tablett voller Betelblätter erschien und damit das Ende der Unterredung andeutete.
»Seine Exzellenz wird Eure Überlegungen ganz gewiß zu schätzen wissen.« Pinheiro zögerte. »Aber glaubt Ihr nicht, es wäre ratsam, Ihre Majestät zu informieren, damit sie die Absichten unseres Vizekönigs nicht mißversteht?«
»Ich werde dafür sorgen.« Nadir Sharif lächelte freundlich. »Doch solltet Ihr Euch darüber im klaren sein, daß ich, falls Seine Majestät unverantwortlich reagieren sollte, für nichts garantieren kann. Der Vizekönig muß die Wellen, die er aufwühlt, selber glätten.«
»Natürlich.« Pinheiro verbeugte sich. »Ihr wart immer ein Freund. Ich danke Euch und gebe Euch Gottes Segen.«
»Euer Dank genügt mir.« Nadir Sharif lächelte ihn freundlich an und sah zu, wie der Jesuit von einem bereitstehenden Eunuchen zur Tür geführt wurde.
Erst als er sich wieder dem Fenster zuwandte, fiel dem Ersten Minister auf, daß seine Handflächen feucht waren.

Arangbar kam taumelnden Schrittes durch den Bogengang, in der Hand einen frisch mit Wein gefüllten Silberbecher, und summte das Motiv seines Lieblings*raga* vor sich hin. Während der Mittagsruhe in der *zenana* war er ungewöhnlich launenhaft gewesen, und als er sich endlich eingestand, warum, da hatte er die beiden jungen Frauen, die darauf warteten, ihn zu beglücken, bereits entlassen, seinen juwelenbesetzten Turban ergriffen und die ihn bewirtenden Eunuchen fortgeschickt. Er hatte verkündet, eine Zeitlang im Obstgarten des Anguri Bagh lustwandeln zu wollen, doch als er bei den Bäumen ankam, war er dann schnell umgekehrt und durch seinen Privateingang geschlüpft, der zu den im unteren Teil der Festung gelegenen Frauengemächern führte.

In der *zenana* war alles still – sogar die Eunuchen waren eingenickt –, und keiner bemerkte ihn, als er den in nachmittäglichen Schatten getauchten Korridor entlangging, der zu den unteren Gemächern führte. Auf der Treppe spürte er, wie seine Beine leicht nachgaben. Er lehnte sich einen Augenblick lang gegen die harte, glatte Wand, zog den Gürtel um seinen leichten Brokatumhang enger, um sich gegen die kühler werdende Luft zu schützen, und trank einen kräftigen Schluck Wein, der ihn aufwärmte. Dann setzte er seinen Weg fort, vorsichtig nach jeder einzelnen Stufe tastend, die im Dämmerlicht der von der Decke herabhängenden Öllampen nur schwer zu erkennen waren. Im nächsttieferen Stockwerk verweilte er, um Luft zu holen, kurz auf einem Balkon, der sich zum Jamuna hin öffnete. Es war das Stockwerk, in dem er die privaten Gemächer seiner Lieblingsfrauen hatte errichten lassen, und hinter ihm befand sich nun der große Raum mit bemalter Kuppeldecke und einem großen, rosenförmigen Marmorbrunnen, den er einst einer seiner Hindufrauen verehrt hatte. (Er wußte nicht mehr genau, wer sie war; sie hatte schon vor etlicher Zeit die Dreißig überschritten, und er hatte sie schon seit vielen Jahren nicht mehr an seine Lagerstatt gerufen.) Da sie eine strenggläubige Hindu war, hatte er das Gemach mit leuchtend bunten Darstellungen aus dem Ramayana schmücken lassen. Der Raum wurde durch einen hohen, an der gegenüberliegenden Wand angebrachten Wasserfall gekühlt, der über eine schräge, geriffelte Marmorplatte herabplätscherte. Zu beiden Seiten des Gemachs schwangen sich Treppen zu einem Balkon empor.

Der Balkon, auf dem Arangbar gerade stand, befand sich direkt unter dem anderen. Er wurde von dicken Sandsteinsäulen getragen und ragte soweit hinaus, daß man von hier aus bis hin zum Jasminturm der Königin Dschanahara sehen konnte. Der Mogul dachte jedoch rechtzeitig daran, daß auch er hier gesehen werden konnte, und zog sich schnell wieder in den Korridor zurück.

Die Frauen weilten alle in ihren Gemächern, und der Gang war menschenleer, als er die Wendeltreppe weiter hinabging. Ein Stockwerk tiefer befanden sich die Quartiere der Eunuchen und der Dienerinnen. Als er um die letzte Biegung der Treppe kam und hinaus ins Licht trat, traf er auf drei Eunuchen, die erschrocken zu ihm aufsahen. Sie spielten Karten, und Arangbar kam flüchtig der Gedanke, daß er sie wahrscheinlich beim Glücksspiel ertappt hatte, das innerhalb der *zenana* streng

verboten war, entschloß sich dann jedoch, an diesem Nachmittag über den Verstoß hinwegzusehen.
Die überrraschten Eunuchen sprangen auf und verneigten sich zum *teslim;* die kreisrunden Pappkarten flogen hoch und fielen verstreut auf den Boden. Arangbar blieb stehen, nippte gedankenverloren an seinem Becher und betrachtete die gemalten Bildseiten der Karten, die der Eunuch, welcher ihm am nächsten gesessen, hatte fallen lassen. Es war kein schlechtes Blatt. Vor ihm lagen vier hohe Karten aus dem *bishbar* – der Herr der Pferde, der König der Elefanten, der König der Infanterie und der thronende Wesir der Festung – sowie drei schwächere aus dem *kambar* – der König der Schlangen, der König der Gottheiten und die thronende Königin. Er starrte einen Moment lang auf den König der Elefanten, die Farbe, die er selbst am liebsten spielte, und überlegte, wie es gekommen sein mochte, daß diese Karte unter der Königin zu liegen kam, deren Gesicht die goldene Krone bedeckte. Schulterzuckend tat er es als reinen Zufall ab und wandte sich der Treppe zu, die in das darunterliegende Stockwerk führte.
Die Luft wurde jetzt immer stickiger vom Rauch der Lampen. Er beschleunigte seinen Schritt und erreichte den nächsten Treppenabsatz ohne Unterbrechung. Auf dieser Etage waren die Fenster nur noch ein paar Handbreit hoch und mit schweren steinernen Gittern nach außen gesichert. Am Ende des Ganges stand eine Gruppe von streitenden Eunuchen, die ihn nicht einmal kommen sahen. Er nahm sich vor, sie bei Gelegenheit dafür bestrafen zu lassen, trank und stieg dann leise die letzte Treppe hinab.
Jetzt befand er sich im untersten Geschoß. Als er auf den Gang hinaustrat, sprangen zwei wachhabende Eunuchen, die dort eingenickt waren, auf die Füße und zogen ihre Schwerter. Dann erkannten sie ihn und ließen sich im *teslim* zu Boden fallen; ihre Turbane rollten über den Steinboden.
Arangbar sprach kein Wort, sondern zeigte nur auf eine Tür am Ende des Korridors. Die aufgeschreckten Eunuchen ächzten in ihrem Fett, als sie die Fackeln von der Wand nahmen, wandten sich ihm dann jedoch beflissen zu und gaben ihm das Geleit. Mitten im Gang blieb Arangbar plötzlich stehen und starrte in einen großen Seitenraum mit gewölbter Decke, in dem eine Anzahl Eunuchen tätig war. Mehrere hielten Fackeln empor, andere waren damit beschäftigt, einen weißen Baumwollstrick

durch einen hölzernen Flaschenzug zu spannen, welcher an einem massiven Holzbalken befestigt war, der sich in fast vier Meter Höhe über dem Boden quer durch den Raum erstreckte.
Auch die Eunuchen, die ihn begleiteten, waren stehengeblieben; sie nahmen an, Seine Majestät sei gekommen, um die Hinrichtung zweier Frauen aus der *zenana* zu überwachen, die am Vormittag im *Shish Mahal,* dem Spiegelbad der *zenana,* in flagranti bei amourösen Handlungen erwischt worden waren.
Arangbar musterte den Hinrichtungsraum mit verschwommenem Blick. Er erinnerte sich nicht mehr daran, daß er selbst die beiden Frauen am Vormittag verurteilt hatte. Dann gab er den Eunuchen zu verstehen, daß er den Weg fortsetzen wolle, vorbei an Türen, hinter denen sich dunkle Zellen verbargen. Hier lagen die Kerker, in die man die Frauen verbannte, die gegen die Regeln der *zenana* verstoßen hatten.
Am Ende des Ganges befand sich eine Tür, die breiter war als die anderen. Sie führte in eine besondere Zelle mit einem Fenster zum Jamuna hin. Arangbar befahl, die Tür zu öffnen. Unverzüglich waren Wachtposten zur Stelle und rasselten mit ihrem Schlüsselbund. Die schwere Holztür quietschte laut in den Angeln und schwang nach innen auf.
Aus der Dunkelheit strömte der unverkennbare Duft von Sandelholz und Moschus, und Erinnerungen an längst vergessene Glückseligkeiten wurden in ihm wach. Er hielt sich an der Tür fest, um nicht zur torkeln, und betrat dann, vorbei an den ehrfuchtsvoll dienernden Wachposten, die Zelle. Dort, vor dem kleinen vergitterten Fenster, das Gesicht erhellt von einem Strahl der Nachmittagssonne, stand Shirin.
Sie hatte die Augen sorgfältig schwarz umrandet, und ihr Mund glänzte in frischem Rot. Sie trug einen hauchdünnen, mit feinsten Goldfäden durchwirkten Schal und einen fast durchsichtigen Rock, der die Konturen ihrer Hüften ahnen ließ. Die moderige Luft der Zelle war getränkt von ihrem Duft, als könne sie allein durch ihr Wesen den Mauern ihres Kerkers trotzen. Sie sah noch genauso aus, wie er sie in Erinnerung hatte.
Sie wandte sich ihm zu und starrte ihn an, als wolle sie ihren Augen nicht trauen. Dann verhärtete sich ihr Blick.
»Soll ich noch einen *teslim* machen, bevor man mich verurteilt?«
Arangbar sprach kein Wort, betrachtete sie nur prüfend und trank in

kleinen Schlucken aus seinem fast leeren Becher. Deutlicher denn je war ihm bewußt, weshalb sie einst seine Lieblingsfrau gewesen war. Sie konnte ihn in Ekstase versetzen und dann stundenlang persische Gedichte für ihn rezitieren. Sie war herrlich gewesen.
»Du bist so wunderschön wie eh und je. *Zu* schön. Was denkst du, was ich mit dir tun werde?«
»Ich erwarte zu sterben, Eure Majestät. So, denke ich, lautet gewöhnlich das Urteil über Frauen, die sich Euch widersetzen.«
»Du hättest in Surat bleiben können. Oder an der Seite des Mannes, den ich dir gab, nach Goa ziehen. Statt dessen bist du wieder hierher zurückgekommen. Warum?« Arangbar ließ sich auf der steinernen Bank nahe der Tür nieder.
»Ich glaube, das würdet Ihr nicht verstehen, Majestät.«
»Bist du wegen des englischen *feringhi* hier? Ich habe gestern erfahren, daß du dich heimlich mit ihm getroffen hast. Das hat mir sehr mißfallen.«
»Er konnte nichts dafür, Majestät. Ich habe ihn getroffen, weil ich es so wollte. Aber nach Agra bin ich gekommen, um wieder bei Samad sein zu können.« Ihre Stimme begann leicht zu zittern. »Samad hat sich nichts weiter zuschulden kommen lassen, als den schiitischen Mullahs zu trotzen. Ihr wißt das so gut wie ich. Falls Ihr mich gerne für ihn bitten hören wollt, so werde ich es tun.«
Arangbar schien die Träne nicht zu bemerken, die das Schwarz um eines ihrer Augen verwischte. »Daß du meinen Anweisungen nicht Folge geleistet hast und zurückgekommen bist, bedeutet für dich den Tod. Aber vielleicht möchtest du sogar sterben?«
»Gibt es nichts, wofür auch Ihr gerne sterben würdet, Majestät?«
Arangbar starrte einen Augenblick lang auf das Fenster, dessen sechseckiges Gitter ein Schattenmuster auf seine verschwommenen Augen warf. Er schien nach passenden Worten zu suchen.
»Doch. Für Indien würde ich vielleicht sterben. Es kann sein, daß der Tag nicht einmal so fern ist. Aber nie würde ich mein Leben für den Islam lassen. Und ganz gewiß nicht für irgendeinen halbnackten Sufi-Mullah.«
»Samad ist kein Mullah.« Sie bezwang sich, damit ihre Stimme nicht schrill klang. »Er ist ein persischer Dichter. Einer der bedeutendsten, die es je gab, Ihr wißt das. Er widersetzt sich den Schiiten, um sich nicht ihrem Dogma beugen zu müssen.«
»Die Schiiten wollen seinen Kopf.« Arangbar sah in seinen leeren Becher,

schleuderte ihn zu Boden und lauschte dem verhallenden Klang des auf den Steinboden prallenden Silbers. »Es scheint nur ein kleiner Preis für die Ruhe.«

»Wessen Ruhe? Die der Mullahs?« Ihre Tränen waren versiegt.

»Meine eigene. Täglich werde ich mit Gesuchen überhäuft, gegen diese oder jene Ketzerei einzuschreiten. Es ermüdet und verbraucht mich. Samad hat die Gesetze des Islams mißachtet, und er hat Anhänger.«

»Auch Ihr mißachtet die islamischen Gesetze!«

Arangbar lachte. »Das ist wahr. Ganz unter uns, ich verachte die Mullahs! Weißt du, daß ich ihnen einmal sagte, ich würde zum christlichen Glauben übertreten, weil ich gerne Schweinefleisch esse und weil der Prophet dies allen Menschen untersagt hat. Am nächsten Tag kamen sie zu mir, mit dem Koran in der Hand, und erklärten, daß der Prophet den Genuß von Schweinefleisch zwar den *Menschen* verboten, sich jedoch nicht genauer darüber geäußert habe, was ein *König* essen dürfe. Es sei daher nicht notwendig für mich, ein Christ zu werden.« Arangbar hielt inne und wurde wieder ernst. »Doch Samad ist kein König, sondern ein allenthalben bekannter Sufi. Die Mullahs behaupten, daß mit seinem Tode auch die Ketzerei verschwinden wird. Nach ihrer Meinung wird sein Tod anderen eine Mahnung sein. Und das sagen hier viele, auch Ihre Majestät.«

»Ihre Majestät?« Shirin suchte seinen Blick, doch seine Augen lagen im Schatten. »Ist sie es jetzt, die für Euch die Gesetze macht?«

»Sie stört mir meine Ruhe mit all ihrem Gerede über den Islam und über die Schiiten. Vielleicht ist es das Alter, früher hat sie nie über die Schiiten gesprochen. Nun will sie jedoch den persischen Islam nach Indien holen. Den sunnitischen Mullahs hat sie sogar verboten, an der Hochzeit teilzunehmen. Wenn es ihr Freude bereitet, meinetwegen . . . Mir ist es einerlei. Ich verachte sie allesamt.«

»Aber warum Samad? Warum wird er zum Tode verurteilt?«

»Offen gesagt, mir ist dieser Dichter ziemlich gleichgültig. Aber er hat nichts unternommen, um sich selbst in ein besseres Licht zu rücken. Als ich ihm die Möglichkeit gab, sich bei einer Gegenüberstellung mit den Mullahs, die ihn beschuldigten, zu verteidigen, lehnte er es ab, das Kalima zu zitieren. »Es gibt keinen Gott außer Allah.«

»Was sagte er?«

»Er sagte, nur um sie zu ärgern, lediglich den ersten Teil des Satzes auf.

›Es gibt keinen Gott‹, also die Verneinung. Er lehnte es ab, den Rest zu zitieren, die Bejahung. Er sagte, er sei noch immer auf der Suche nach der Wahrheit und würde erst dann den Rest aufsagen, wenn er Gott endlich gesehen hätte. Die Bestätigung der Existenz Gottes sei bis dahin eine falsche Aussage. Ich dachte, die Mullahs würden ihn auf der Stelle erwürgen.« Arangbar lachte leise vor sich hin und sah, wie Shirin sich wieder dem Fenster zuwandte. »Du wirst doch zugeben müssen, daß so etwas, wie immer man es auch betrachtet, als Gotteslästerung angesehen werden muß. Wenn die Mullahs ihn also unbedingt zur Strecke bringen wollen, warum soll man ihnen dann nicht ihren Willen lassen?«
»Aber Samad ist ein Mystiker, ein Pantheist.« Shirin sah Arangbar nun wieder an. »Für ihn existiert Gott überall, nicht nur dort, wo die Mullahs ihn sich wünschen. Erinnert Ihr Euch an diese Vierzeiler aus seinem *Rubaijat:*

Hier im Garten in der Sonnenglut
Bewegt ein Stein alles Wachsende.
Er ist der Liebende und der Geliebte
Er ist Dornenbusch und auch die Rose.
Wir erkennen Ihn, wenn unsere Herzen bewegt sind;
Ihn, unseren Liebenden und unseren Geliebten.
Öffne die Augen vor Glück und sieh
Die Offenbarung seiner Liebe, hundertfach.«

»Ich kenne seine Gedichte. Er spricht von der Liebe irgendeines Gottes. Für Allah klingt mir sein Gott etwas zu milde. Sein *Rubaijat* wird ihn im übrigen nicht retten. Er kann ihn vielleicht eines Tages unsterblich machen – zu einem Zeitpunkt, wenn er längst tot ist.«
Arangbar erhob sich unsicher, ging zu ihr und blickte stumm hinaus auf das glitzernde Wasser des Jamuna. Mehrere Boote, die mit Indigo beladen waren, fuhren unter ihnen vorbei. »Ich nehme an, daß auch ich demnächst sterben werde. Ich kann es beinahe spüren, wie meine Kräfte mich verlassen. Aber ich hoffe, daß man mich, ebenso wie meinen Vater Akman, als einen Herrscher in Erinnerung behalten wird, der alle Religionen duldete. Ich habe die Hindus vor den fanatischen Anhängern Mohammeds geschützt, die gerne versucht hätten, sie mit Gewalt zum Islam zu bekehren, und ich habe allen Konfessionen gestattet, Gotteshäuser zu errichten. Wußtest du, daß ich sogar eine Kirche für die portugiesischen Jesuiten gebaut habe, die sich die meisten ihrer Konver-

titen mit Bestechungsgeldern erkaufen müssen? Ja, ich habe ihnen sogar Gehälter zukommen lassen, weil sie sonst verhungern würden. Sie sagten, die religiöse Freiheit in diesem Land hätte sie sehr überrascht, da es in Europa so etwas nicht gebe. All das kann ich jedoch nur erreichen, wenn ich offiziell ein Verteidiger des Islams bleibe. Der Islam besitzt in Indien die größte Macht, und ich, als Indiens Herrscher, muß mich zu dieser Tatsache bekennen. Wohl darf ich selber mich hin und wieder den Mullahs widersetzen, doch kann ich dies auf keinen Fall auch deinem Sufi-Mystiker gestatten. Es gibt einfach Grenzen.«

»Ihr könnt tun, was Euch beliebt. Die schiitischen Mullahs haben die Mystiker schon immer gehaßt. Sie sind Leute, deren Leben nur aus Haß besteht, er flammt in ihren Augen. Sie hassen sogar ihre eigenen Frauen, seht Ihr das nicht? Sie halten sie gefangen unter dem Vorwand, dies sei ihre Art sie zu ehren und zu respektieren. Die Mullahs regen sich sogar darüber auf, daß Samad mir gestattet, unverschleiert in seiner Gegenwart zu erscheinen.«

»Es wird behauptet, Samad vergifte den Islam.«

»Ja, sein Beispiel ist wie ein Gift. Seine Dichtung ist voller Liebe. Das ertragen die Mullahs nicht, da ihr eigenes Leben vom Haß erfüllt ist. Gott möge Indien beistehen, wenn es jemals zu einem islamischen Staat werden sollte. In den Straßen wird sich der Mob zusammenrotten, über die Hindus herfallen und sie ermorden. Und das alles im Namen Gottes. Ist das die Ruhe, die Ihr Euch wünscht?«

»Ich möchte nur in Frieden sterben, genau wie dein Dichter. Und ich möchte, daß das Volk sich an mich und an das, was ich für Indien getan habe, erinnert.« Arangbar hielt inne, und es schien, als suchte er auf dem steinernen Sims nach seinem Becher. »Ich glaube, daß auch Samad von der Nachwelt nicht vergessen wird. Morgen werde ich ihn berühmt machen. Er soll durch seine Worte weiterleben. Er weiß genau wie ich, daß er sterben muß, in diesem Punkte verstehen wir einander genau. Ich kann ihn jetzt nicht mehr enttäuschen.«

Arangbar fiel plötzlich ein, daß ihn ein hochrangiger Radschputen-Radscha, um eine frühe Audienz im *Diwan-i-Khas* gebeten hatte. Er wandte sich ab und ging mit unsicheren Schritten zur Tür. Dort drehte er sich noch einmal um und sah Shirin traurig an.

»Ich habe heute nachmittag von dir geträumt. Ich weiß nicht, warum. Daher beschloß ich, dich aufzusuchen, allein. Ich kam nicht, um mit dir

über Samad zu sprechen. *Du* bist diejenige, über deren Schicksal ich mir nicht im klaren bin. Ihre Majestät verlangt deine Hinrichtung durch den Strang. Aber noch bringe ich nicht den Mut auf, dich zu verurteilen.« Arangbar wandte sich erneut zum Gehen. Matt flüsterte er: »Wo wird das alles enden?« Noch einmal zögerte er, dann drehte er sich wieder zu ihr um. »Dschadar führt etwas gegen mich im Schilde, ich fühle es. Aber ich weiß nicht, was. Vor kurzem hörte ich Gerüchte, du seiest mit ihm im Bunde. Hast du dich gegen mich verschworen?«
»Solltet Ihr Samad töten, werde ich mich Euch mit allen Mitteln widersetzen, die mir zur Verfügung stehen.«
»Wenn dem so ist, dann sollte ich dich wohl besser hinrichten lassen.« Um einen klaren Blick bemüht, sah er sie starr an. »Aber du hast ja keine Macht. Es sei denn, du hättest mit dem Engländer zusammen etwas ausgeheckt. In diesem Falle werde ich euch beide töten lassen.« Er zog den Gürtel um seinen Umhang enger. Die Wachposten sahen ihn die Zelle verlassen und eilten hurtig vom anderen Ende des Ganges herbei. Arangbar wandte sich ein letztes Mal um und sagte: »Samad wird morgen sterben. Du wirst noch warten müssen.«

Brian Hawksworths schlanke Gestalt, besonders auffallend durch das Lederwams und die Seemannsstiefel, ragte aus der Menschenmenge heraus. Das Gerücht war auch zu ihm vorgedrungen, und so hatte er sich unter die Zuschauer gemischt, eine bunte Ansammlung von Adligen, Krämern, Mullahs und anderen Neugierigen. Seine Anwesenheit wurde allenthalben sofort bemerkt, besonders bei den Krüppeln und Bettlern, die sich in ihren schmutzigen braunen *dhotis* durch die Menge schleppten und ihn mit leprawelken Händen im Namen Allahs anbettelten – um eine Kupfermünze. Sie wußten aus Erfahrung, daß sich ein *feringhi,* ganz gleich, wie schäbig er aussehen mochte, stets eher von ihrem bösen Los rühren ließ als ein wohlhabender indischer Kaufmann.
Der Platz lag eingepfercht zwischen der steilen Ostseite des Roten Palastes und der äußeren Festungsmauer. Jenseits der Mauer floß der breite Jamuna, und hoch über allem saß Arangbar auf dem schwarzen Marmorthron des *Diwan-i-Khas* und ließ seinen Blick gebieterisch über die Menge schweifen. Neben ihm saßen Königin Dschanahara und Prinz Allaudin. Es war ein Dienstag, und die Sonne näherte sich

dem Zenit. Als Hawksworth sich in die vorderste Reihe der Zuschauer drängte, hatte der letzte Elefantenkampf des Vormittags gerade begonnen.
Zwei Elefantenbullen aus dem Ersten Rang standen Kopf an Kopf ineinander verkeilt in der staubbedeckten Arena. Um ihre abgestumpften Stoßzähne waren Kupferringe geschlungen und ihre Rücken waren mit brokatdurchwirkten Leinenplanen bedeckt, auf denen je zwei Reiter saßen – vorn auf dem Hals der *mahout,* der das Tier dirigierte, und weiter hinten hockte sein Stellvertreter, dem die Aufgabe oblag, das Tier anzustacheln.
Die staubige Luft hallte wider vom feierlichen Läuten der großen Glocken, die die Elefanten an ihrem Geschirr trugen. Hawksworth sah, wie man am rechten Vorderbein der Tiere eine lange Kette, die *lor langar,* befestigte, dieselbe dann über ihre Rücken schwenkte und an einem schweren Stück Holz festmachte, das der hintere Reiter in den Händen hielt. Andere Elefantenwärter liefen mit langen Stangen in der Hand nebenher an deren Ende ein papierumwickeltes Stück Bambus steckte. Ein weiterer Wärter, der eine brennende Kerze in der Hand hielt, befand sich in der Nähe.
Plötzlich lösten sich die beiden Elefanten voneinander, nahmen Anlauf und stürzten aufeinander los. Stoßzahn knirschte an Stoßzahn, sie bäumten sich auf und ein jeder versuchte, sich einen Vorteil zu erkämpfen.
»Habt Ihr einen Favoriten, *feringhi*-Sahib?« Ein braunhäutiger Mann mit schmuddeligem Turban zupfte Hawksworth am Ärmel. »Für eine Wette ist noch Zeit.«
»Nein, danke.« Hawksworth machte eine abwehrende Bewegung.
»Aber bei uns in Indien ist es üblich, auf Elefanten zu wetten, Sahib. Vielleicht kennt der Sahib die indischen Bräuche noch nicht?« Der Mann schob sich näher heran. Die wenigen Zähne, die er noch besaß, waren rotgefärbt vom Betelkauen. »Ich selbst kenne mich mit den Elefanten nicht gut aus. Nie kann ich voraussagen, welcher siegen wird. Und trotzdem wette ich für mein Leben gern. Möge Allah mir verzeihen.«
»Ich bin nicht gekommen, um zu wetten.«
»Nur dieses eine Mal, Sahib. Für mich und meine Schwäche.« Er deutete in die Arena. »Obwohl der dunkle Elefant dort kleiner ist und schon anfängt zu ermüden, wäre ich bereit, auf ihn zu setzen, um Euch

als Gast unseres Landes die Möglichkeit zum Gewinn zu verschaffen. Wenn Ihr dann eines Tages in Euer *Feringhistan* zurückkehrt, könnt Ihr den Leuten dort erzählen, daß Ihr in Indien einen ehrlichen Mann getroffen habt. Ich wette zehn Rupien, daß der dunkle Elefant zum Sieger erklärt wird.« Der Mann trat geschwind einen Schritt zurück, um einen abschätzenden Blick auf Hawksworth' abgetragenes Lederwams zu werfen. »Wenn Euch zehn Rupien zu viel sind, wette ich nur um fünf.«

Hawksworth musterte die beiden Elefanten. Der dunkle war tatsächlich etwas kleiner und möglicherweise ließen seine Kräfte wirklich nach. Der andere, etwas größere Elefant, wurde zwar von einem weniger gewandten *mahout* geführt, gewann jedoch ganz offensichtlich die Oberhand.

»Also gut, ich nehme den braunen.« Hawksworth faßte nach seiner Börse und stellte erleichtert fest, daß sie noch an Ort und Stelle war. »Und ich setze zwanzig Rupien.«

»Wie Sahib wünschen.« Der Mann grinste breit über das ganze Gesicht. »Sahib müssen ein sehr reicher Mann sein in seinem *Feringhistan.*«

Er hatte noch nicht ausgesprochen, als der große braune Elefant sich schnell drehte und seinem Gegner die Stoßzähne in die Flanken rammte, wobei er fast das Bein des *mahout* traf. Der schwarze Elefant wurde zurückgedrängt und taumelte gegen die Mauer.

»*Charkhi! Charkhi!*« schrie nun die Menge. Der Mann mit der brennenden Kerze sah zu Arangbar empor, der eine leichte Handbewegung machte. Die Männer, die die Stangen hielten, senkten sie daraufhin auf die Kerze, worauf sich die papierumhüllten Bambusscheite entzündeten und begannen, sich wie ein Rad zu drehen. Das in ihnen verborgene Schießpulver sprühte Funken. Nun wandten sich die Männer dem braunen Elefanten zu und stießen ihm die brennenden Stäbe ins Gesicht, worauf er sich vor Angst aufbäumte und zurückwich. Der plötzliche Tumult hinderte ihn daran, seinen Vorteil zu nutzen. Statt dessen wich er vor dem feuerspeienden Bambus zurück und stürmte dann wie wild auf die vorderste Reihe der Zuschauer los. Die Menge wich zurück, und Hawksworth wurde mehrfach von fliehenden Zuschauern angerempelt. Angstvolle Rufe nach dem *lor langar* ertönten. Mit unendlich enttäuschter Miene warf da der zweite Reiter den Holzklotz herab. Die Kette schlug hart gegen die Beine des Tieres, und Sekunden später geriet es ins Straucheln.

Der schwarze Elefant war unterdessen wieder auf die Beine gekommen und galoppierte in jagendem Tempo heran. Schon bearbeitete er seinen größer gewachsenen Gegner mit den Stoßzähnen. Der braune Elefant verfing sich nun vollends in der Kette, stolperte und krachte in den Staub. Der *mahout* des schwarzen Elefanten stieß einen Siegesschrei aus, zog an einer Schnur, und ein Leinentuch glitt über die Augen des keuchenden Tieres. Es beruhigte sich sofort, und seine jubelnden Wärter eilten herbei und führten es weg.

»Euer Elefant hat verloren, Sahib. Mein Bedauern. Darf ich um die zwanzig Rupien bitten?«

»Das war doch ein abgekartetes Spiel!« Hawksworth umklammerte seine Geldtasche mit festem Griff. »Der Braune war klar am Gewinnen, bis dieses vermaledeite Feuerwerk ihn durcheinandergebracht hat.«

»Habe ich versäumt, dem Sahib mitzuteilen, daß der schwarze Elefant aus dem privaten Gestüt Seiner Majestät stammt? Seine Majestät sieht es nicht gerne, wenn Seine Elefanten verlieren.«

»Ihr seid ein hinterhältiger Kerl!«

»Seine Majestät bestimmt die Regeln, Sahib. Die *charkhi*-Feuerwerkskörper dürfen nur einmal während eines Kampfes benutzt werden, und zwar dann, wenn Seine Majestät befindet, daß ein Elefant gezüchtigt werden muß. Möge Allah Euch in der nächsten Woche mehr Glück gewähren.« Der Mann stand vor ihm und streckte ihm die offene Hand entgegen.

»Ihr seid ein verdammter Dieb!«

»Das ist ein hartes Wort, Sahib. Ich bin nur ein armer Mann, der irgendwie leben muß. Wenn Ihr noch ein wenig hier verweilt, könnt Ihr erleben, wie man bei uns mit Verbrechern umgeht.«

Mit einem Seufzer begann Hawksworth die zwanzig Silberrupien abzuzählen und versuchte, gute Miene zum bösen Spiel zu machen. Heimlich bewunderte er die Unverfrorenheit des Betrügers. Doch dann wurde ihm plötzlich klar, was die letzten Worte des Mannes zu bedeuten hatten.

Die Gerüchte mußten stimmen.

»Wollt Ihr damit sagen, daß hier eine Hinrichtung stattfinden wird?«

»Ja, heute ist der Tag. Seine Majestät hält die Hinrichtungen immer dienstags ab, gleich nach den Elefantenkämpfen.«

Hawksworth blickte auf und sah, daß ein anderer Elefantenbulle auf den

Platz geritten wurde. Er hatte spitze Stoßzähne, von denen jeder mit einem schweren Messingring geschmückt war, und er wurde von einem einzigen, finster dreinblickenden, unrasierten *mahout* geführt. Vom anderen Ende der Arena her wurde nun ein kahlköpfiger Mann mit kurzem schwarzem Bart hereingeschleppt, der einen zerlumpten grünen Umhang trug. Seine Arme waren oberhalb der Ellenbogen mit einem festen Strick auf dem Rücken zusammengebunden. In seinen Augen stand das nackte Entsetzen.

Der Mann sträubte sich, und die Wachen zerrten ihn in die Mitte der Arena. Dort angekommen, stieß ihn der Offizier der Garde mit dem stumpfen Ende seiner Lanze auf die Knie. Der vor Angst fast ohnmächtige Häftling drehte sich um und sah, wie der erwartungsvoll mit den Ohren schlackernde Elefant langsam auf ihn zutrottete.

»Er wurde gestern verurteilt, Sahib.«

»Was hat er verbrochen? Einem Edelmann ein Schaf gestohlen? In England wird man dafür gehängt.«

»O nein, Sahib, das islamische Gesetz sieht die Todestrafe für Diebstahl nicht vor, es sei denn bei unverbesserlichen Wiederholungstätern. Und selbst diese müssen auf frischer Tat ertappt worden sein. Wenn jemand nachweislich etwas gestohlen hat, das einen ganz bestimmten Wert überschreitet, dann wird ihm zur Strafe die rechte Hand abgehackt. Dazu bedarf es entweder zweier Tatzeugen oder eines Geständnisses. Das islamische Recht ist nicht grausam; es ist gerecht.«

»Welches Verbrechens hat dieser Mann sich schuldig gemacht?«

»Er wurde des vorsätzlichen Mordes angeklagt und nach dem islamischen Gesetz für schuldig befunden. Er heißt Kaliyan, ist ein Hindu und der Sohn des Bijai Ganga Ram. Er hielt sich eine einfache Moslemfrau als Konkubine, und als ihr Vater es herausfand und bei ihm erschien, um seine Tochter zur Wiederherstellung der Familienehre zurückzuholen, da hat dieser Mann ihn ermordet und die Leiche hinter seinem Haus vergraben. Gestern morgen hat er die Tat vor Seiner Majestät gestanden.«

Angeführt von seinem *mahout*, hatte der Elefant den auf dem Boden knienden, zitternden Gefangenen inzwischen erreicht und stand nun in seiner ganzen gewaltigen Größe direkt vor ihm. Dann schlang er plötzlich seinen Rüssel um den Körper des Mannes, hob ihn in die Luft und preßte ihn gegen seine beringten Stoßzähne. Mit sichtlichem

Vergnügen schwenkte er den schreienden und sich windenden Mann ein Weilchen hin und her, bis er ihn schließlich hart zu Boden schleuderte. Der Häftling schlug mit dem Rücken auf, rang nach Luft und versuchte mit letzter Kraft wieder auf die Beine zu kommen. Doch bevor seine Füße Halt finden konnten, war der Elefant bereits wieder über ihm, ergriff ihn von neuem und schmetterte ihn ein zweites Mal auf den Boden.

»Der Elefant wird ihn eine Weile quälen, Sahib, bevor er stirbt.« Die Augen des kleinen, braunen Mannes leuchteten in freudiger Erwartung.

Zum dritten Mal wurde der Gefangene auf den Boden geschmettert. Er wehrte sich nicht mehr, sondern wimmerte nur noch mit gebrochener Stimme vor sich hin.

Da rief der *mahout* dem Elefanten etwas zu, worauf das Tier sich sofort über dem Mann aufbäumte und beide Vorderläufe mit voller Wucht auf ihn niedersausen ließ. Ein letzter, markerschütternder Schrei zerschnitt die Luft, dann wurde es still, und Blut spritzte über den staubigen Boden. Wieder und wieder bäumte der Elefant sich auf und trampelte auf dem leblosen Körper herum. Schließlich wuchtete er einen seiner Vorderläufe auf den Unterkörper des Toten, ergriff dessen zermalmten Brustkorb und riß den Körper entzwei. Rasend vom Blutgeruch schleuderte er den abgerissenen Oberkörper empor und schmetterte ihn auf die harte Erde. Dann gab der *mahout* dem blutverschmierten Riesen einen leichten Hieb mit dem *ankus* und führte ihn aus der Arena. Die Menge, die bis dahin in völligem Schweigen verharrt hatte, brach nun in tosenden Beifall aus.

»Das ist der grausamste Tod, den ich je gesehen habe«, sagte Hawksworth, als der Schock über das grauenvolle Spiel langsam nachließ und er seine Sprache wiederfand.

»Aus diesem Grund begehen so wenige Menschen einen Mord, Sahib. Aber Seine Majestät ist sehr gerecht. Alle Verbrecher erhalten ein vollständiges islamisches Gerichtsverfahren, bevor man sie hinrichtet.«

Hawksworth hob den Kopf und sah, wie ein weiterer Mann in die Arena geführt wurde. Augenblicklich erstarb der Jubel der Zuschauer. Der Mann trug nichts als einen reinweißen Lendenschurz, und seine Hände waren nicht auf dem Rücken, sondern vor seinem Leib mit einer großen hölzernen Zwinge gefesselt. Schon beim ersten Anblick des Mannes war Hawksworth bis ins Mark erschrocken.

»Gepriesen sei Allah, der Gnadenreiche, und Friede sei mit dem heiligen Propheten!« rief ein weißbärtiger Mullah in die Stille. Er trug einen grauen Turban und unter einem langen schwarzen Umhang ein schmutziges, bis zu den Knien reichendes Hemd ohne Kragen. In der Hand hielt er einen Stab, und seine Füße waren nackt. Andere Mullahs drängten sich jetzt um ihn und stimmten in die Anrufung ein.
»Mord! Mord!« schrie da ein junger Mann, der ganz in Hawksworth' Nähe stand. Auch er war umringt von anderen Männern, die in seinen Ruf einstimmten und plötzlich vorstürmten. Sie waren alle noch sehr jung und trugen saubere weiße Hemden und Hosen. Etwas unbeholfen fuchtelten sie mit ihren kurzen Schwertern durch die Luft, und schon eilten königliche Garden herbei und drängten sie mit ihren Piken zurück. Der Gefangene ging inzwischen ohne Geleit ins Zentrum der Arena. Hawksworth sah die tiefliegenden, traurigen Augen über dem langen weißen Bart, und jeder Rest von Zweifel war beseitigt.
»Wißt Ihr, wer das ist?«
»Natürlich, Sahib. Das ist der ketzerische Dichter Samad. Wußtet Ihr, daß er vor einem islamischen Gericht die Existenz Allahs leugnete? Man hat ihn zum Tode verurteilt.«
»Wer sind die Männer mit den Schwertern dort?«
»Das sind seine Anhänger. Wahrscheinlich wollten sie versuchen, ihn zu retten.«
Der Elefant schritt auf den Verurteilten zu.
»Was ist mit . . . mit der persischen Frau, von der man sagt, sie sei gemeinsam mit ihm gefangengenommen worden?«
»Ich glaube nicht, daß man sie schon hingerichtet hat, Sahib. Es heißt, sie soll im Palast unter Ausschluß der Öffentlichkeit gehängt werden. Frauen werden nicht durch Elefanten hingerichtet.«
»Wann . . .« Hawksworth versuchte, seine Stimme unter Kontrolle zu bringen. »Wann, sagen die Leute, soll das geschehen?«
»Vielleicht in ein oder zwei Wochen. Vielleicht ist sie aber auch schon tot.« Der Mann trat ein paar Schritte vor, um den Ereignissen besser folgen zu können. »Was wissen wir armen Gläubigen schon über den Vollzug der Gerechtigkeit im Palast? Der Ketzer Samad indes wird für jedermann sichtbar sterben, so daß niemand behaupten kann, er sei noch am Leben. Es gibt ja jetzt schon Gerüchte in Agra, er sei nach Persien entkommen.«

Samad hatte inzwischen die Mitte der Arena erreicht, und der Elefant kam ihm entgegen. Der Dichter wandte sich den jungen Männern zu und gab ihnen mit seinen gefesselten Händen zu verstehen, daß er sie erkannt hatte.'

»Beklagt nicht dieses vergängliche Fleisch!« Seine Stimme klang sonor und beschwörend, und die Menge schwieg neugierig. »Beklagt euch selbst voller Pein, ihr, die ihr noch eine Strecke Wegs zu wandern habt!« Die Zuschauer tobten. Die Mullahs und viele andere forderten seinen Tod, seine jungen Gefolgsleute protestierten.

Wieder hob der Dichter die Hände und heischte Stille. »Ich sage euch, ihr sollt mich nicht beklagen! Bald werdet ihr alle ein weit größeres Unglück erfahren. Bald wird der Tod seine dunkle Hand auf die Stadt Agra legen, auf Moslem wie auf Hindu, auf Frauen und Kinder. Viele werden grundlos sterben. Und deshalb klagt nicht um meinetwillen, sondern beklagt euer eigenes Los, wenn der Tod an eure Tür klopft, um die Unschuldigen hinwegzuraffen. Beweint euch selber!«

Bis hierher hatte die Menge zugehört. Als jetzt jedoch einer der bärtigen Mullahs »Tod dem Ketzer«! schrie, stimmten die anderen ein.

Samad sah den Elefanten an, der ihn inzwischen erreicht hatte, und verbeugte sich vor ihm mit einem ironischen Lächeln. Der *mahout* schaute zum schwarzen Thron des *Diwan-i-Khas* empor, wo Arangbar und Dschanahara saßen. Der Mogul schien die Königin etwas zu fragen, und sie antwortete, ohne ihren starren Blick von der Arena zu wenden. Arangbar zögerte noch einen Moment, dann gab er dem *mahout* das Zeichen fortzufahren. Der Elefantentreiber salutierte und gab seinem Tier einen aufmunternden Hieb mit dem scharfen *ankus*.

Der Elefant schlackerte mit seinen blutverschmierten Ohren, aber er rührte sich nicht.

Der *mahout* trieb ihn erneut an und rief ihm etwas ins Ohr. Der Elefant schlenkerte jedoch nur den Rüssel hin und her und trompetete.

»Gütiger Allah! Der Elefant kann das Verbrechen nicht riechen!« Der kleine Inder bemerkte Hawksworth' fragenden Blick. »Der große Akman war der Meinung, Elefanten könnten keinen Unschuldigen töten, da sie jederzeit imstande seien, die Schuld eines Mannes zu riechen. Selber habe ich noch nie erlebt, daß ein Elefant sich weigert, eine Hinrichtung durchzuführen. Ich glaube, Samad ist ein Zauberer und hat ihn verhext.«

»Er ist unschuldig!« schrie einer der jungen Männer in die gebannte Stille.
Der *mahout* versuchte es noch einmal, doch der Elefant rührte sich nicht von der Stelle.
»Er ist unschuldig! Unschuldig!« Die Rufe der Jünger Samads wurden immer lauter. Dann stürmten sie plötzlich mit erhobenen Schwertern vor, und in Sekundenschnelle verwandelte sich die Arena in ein Schlachtfeld. Die königliche Garde ging mit ihren Piken gegen die jungen Männer vor, und die Erde färbte sich rot von Blut. Angeführt von den Mullahs, stürmten nun auch einige Zuschauer auf den Platz, um sich am Kampf zu beteiligen. Schwerter prallten auf Schwerter, und beschwörende Anrufungen Allahs erfüllten die Luft.
Samad beobachtete regungslos, wie die Kämpfenden immer näher kamen. Plötzlich löste sich eine Gruppe bärtiger Mullahs aus der Menge und stürmte mit gezückten Schwertern auf ihn zu. Hawksworth griff instinktiv nach seiner eigenen Waffe, doch der Mann neben ihm hielt ihn am Arm zurück. Als er sich umsah, erblickte er einen kleinen *katar* mit rostigem Griff, der auf seine Brust gerichtet war.
»Dies ist der Wille Allahs. Ein Ungläubiger darf sich da nicht einmischen.«
Die Mullahs hatten einen Kreis um Samad gebildet. Der Dichter stand ruhig vor ihnen. Da trat der Anführer der Mullahs vor und stieß ihm ein langes Schwert in den Unterleib. Samad zuckte zusammen, fiel jedoch nicht, sondern blieb hochaufgerichtet stehen. Ein anderer Mullah hieb die scharfe Klinge in seinen unbedeckten Hals. Samads Kopf fiel zur Seite, und er sank nach vorne, während zwei weitere Männer ihre Schwerter in seinen Bauch stießen. Kurz darauf war er hinter einem Vorhang aus schwarzen Gewändern verschwunden.

Von einem vergitterten Fenster auf der Ostseite der Festung aus war die Arena eben noch bis zur Mitte hin zu überblicken. Dort stand eine Frau und sah, wie die Menge sich auf die jungen Männer stürzte und einen nach dem anderen erschlug. Dann sah sie den blutüberströmten Körper, den schwarzbekittelte Männer triumphierend in die Höhe hoben und zum Flußtor trugen.
Shirin hatte geweint. Doch als sie jetzt wieder in der Dunkelheit ihrer Zelle verschwand, waren ihre Augen trocken und ihr Blick hart.

24

Hawksworth wartete unruhig am Hintereingang zum *Diwan-i-Khas* und beobachtete die drei Jesuiten, die schweigend durch den gobelingeschmückten Bogengang schritten. Pater Alvarez Sarmento, gebieterisch anzusehen in seiner frisch gereinigten schwarzen Soutane, ging direkt auf das silberne Geländer zu, das den Thron umgab. Die Augen des alten Priesters schienen triumphierend zu leuchten. Pater Pinheiro und der feiste Pater Francisco da Silva folgten ihm auf dem Fuße. Beide bemühten sie sich um ein gewichtiges Auftreten, was ihnen jedoch mißlang, da ihre unruhig hin und her schweifenden Blicke Unsicherheit verrieten. Hawksworth musterte sie aufmerksam und zerbrach sich den Kopf darüber, was sie wohl im Schilde führen mochten.

Seit Samads Tod war bereits über eine Woche vergangen, und seit jenem Tag war er nicht mehr zu Arangbars Abendempfängen im *Diwan-i-Khas* geladen worden. Selbst seine Gesuche um eine Audienz hatte man abgelehnt. Hatte er bis zum Tode des Dichters noch geglaubt, der Irrwitz der Verhaftung Samads und Shirins würde sich über kurz oder lang als das erweisen, was er war, und der ganze Alptraum mit der Entlassung der Verhafteten enden, so hatte die Hinrichtung all seine Illusionen zunichtegemacht. Von jenem Augenblick an hatte er seine Nächte einsam und schlaflos verbracht, hatte, halb wahnsinnig vor Angst, die Stunden gezählt und jeden Moment mit der Nachricht von Shirins Tod gerechnet. Er hatte ununterbrochen Rettungspläne geschmiedet, hatte Drohungen und mögliche Gegengeschäfte ersonnen, doch solange man ihm noch nicht einmal eine Audienz beim Mogul gewährte, war alles umsonst.

Sollten sie sich nur gefunden haben, um einander wieder zu verlieren? Zum ersten Mal im Leben wurde ihm klar, wie sehr er sich eine Frau wie Shirin an seiner Seite wünschte, wie sehr er sie brauchte. Durch sie schien ihm das Leben neu geschenkt. Nie zuvor hatte er eine Frau wie sie gekannt, stark, wunderschön und eigenwillig. Und am bewundernswertesten fand er ihre Eigenwilligkeit, wenngleich sie ihn damit immer wieder in Erstaunen versetzte. Doch jetzt ließ die Liebe, die er in ihren Armen erfahren hatte, seine Verzweiflung noch wachsen. Nichts war ihm geblieben – nur der tiefsitzende Schmerz über den Verlust. Sie hatte ihm etwas gegeben, was er nie zuvor gekannt hatte und ohne das er – wie ihm erst jetzt klar wurde – nicht mehr weiterleben wollte. Er

wünschte hundertmal, an ihrer Stelle zu sein, doch selbst das schien unmöglich.
Dann, wie ein Wunder, hatte ihm dieser Morgen neue Hoffnung gebracht. Plötzlich hatte er eine dringende Botschaft des Inhalts erhalten, noch einmal im *Diwan-i-Khas* zu erscheinen. Das schien fast sicher zu bedeuten, daß Arangbar Kunde von der englischen Flotte hatte. Sollte Shirin noch am Leben sein – und er hatte bislang nichts Gegenteiliges gehört –, so hieß das, der Mogul war nicht von ihrer Schuld überzeugt. Und wenn sie wirklich noch am Leben war, dann war wieder alles möglich . . .
Immer wieder hatte er sich in der vergangenen Woche gefragt, warum Arangbar ihn so plötzlich vergessen haben sollte. Schließlich hatte er sich eingeredet, es läge an der Unruhe, die seit Samads Tod in Agra und am Hofe herrschte.
Die ganze Stadt hatte mittlerweile Kenntnis von den letzten Worten des Sufis, und erste Gerüchte über bevorstehendes Unheil tauchten auf: In den Basaren munkelte man über eine Invasion persischer Safawiden im Nordwesten, über einen Aufstand der kaiserlichen Garden, eine bevorstehende Feuersbrunst, die ganz Agra in Schutt und Asche legen würde, und über eine weltweite Seuche. In den Straßen herrschte eine apokalyptische Stimmung, und in allen Tempeln hörte man ominöse Prophezeiungen.
Ein weiterer Grund für Arangbars Vergeßlichkeit mochten die Gerüchte aus dem Süden sein. In ganz Agra wurde verbreitet, daß Prinz Dschadar und seine Armee von den Dekkanis vernichtend geschlagen worden seien und sich auf dem Rückzug nach Norden befänden, verfolgt von Malik Ambar. Falls diese Geschichte stimmte, so mußte der Sieg der Abessinier geradezu überwältigend gewesen sein, denn im allgemeinen verfolgten Rebellen keine Mogultruppen. Alles waren jedoch bislang nur Gerüchte. Authentische Berichte über Kämpfe im Süden gab es noch keine.
Dschadars vermutete Niederlage, so erzählte man sich in Agra, mache Arangbar sehr zu schaffen und sei für seine zunehmende Abhängigkeit von Opium und Wein verantwortlich. Wer ihn gesehen hatte, wußte zu berichten, daß der Mogul täglich an Kraft verlor. Und im gleichen Maße, wie seine Kräfte schwanden, verlor er auch an Autorität. Seit der Hochzeit war es Königin Dschanahara gelungen, immer mehr Macht an

sich zu reißen. Arangbar schien auf dem besten Wege, zu einer bloßen Repräsentationsfigur zu werden. Das einzige Sanktuarium, das bislang vor ihrem Zugriff verschont geblieben war, war der *Diwan-i-Khas.*

Arangbar herrschte, einem Gott gleich, nach wie vor über die abendlichen Versammlungen, und die ungewöhnliche Botschaft, die er Hawksworth gesandt hatte, glich eher einem Befehl als einer Einladung. Nur allzu deutlich bestätigte sie die Berichte über die täglich wachsende Launenhaftigkeit des Moguls.

Arangbar war wie üblich umringt von seinen engsten Beratern, deren unverändert lächelnde Mienen Hawksworth in den vergangenen Wochen nur allzu vertraut geworden waren. Wie immer ragte die Gestalt Nadir Sharifs heraus, doch Hawksworth' Blick schien er auszuweichen. Außerdem war eine Radschputengarde anwesend, die kaiserliche Turbane und Waffenröcke trug. Hawksworth konnte sich nicht entsinnen, diese Sondereinheit je zuvor im *Diwan-i-Khas* gesehen zu haben.

Nachdem der letzte Beamte den Raum betreten hatte, bezogen die Radschputen vor dem Eingang Stellung, und die Kesselpauken wurden geschlagen. Sekunden später schoben zwei Eunuchen den Gobelin hinter dem Thron zur Seite, und hervor trat Arangbar. Er stolperte über den Rand eines Teppichs, fing sich jedoch gleich wieder und nahm seinen Platz auf dem weißen Thron ein. Seine Augen blickten stumpf und schimmerten feucht im Widerschein des Lampenlichtes, als die Männer sich zum *teslim* niederfallen ließen. Zum ersten Mal schien Arangbar eher verärgert als belustigt darüber, daß Hawksworth es unterließ, sich vor ihm zu verbeugen. Er starrte ihn eine Weile an und flüsterte dann Nadir Sharif, der neben ihm stand, etwas zu. Der Erste Minister drehte sich um.

»Botschafter Hawksworth, Seine Majestät befiehlt Euch, vorzutreten.« Das waren harte Worte, wie man sie im *Diwan-i-Khas* nur selten vernahm, und augenblicklich wurde es totenstill. Hawksworth erhob sich und zog seinen Gürtel enger; er fühlte Angst in sich aufsteigen. Als er auf den Thron zuschritt, sah er statt Arangbars ausdrucksloser Miene plötzlich das Antlitz Shirins vor seinem geistigen Auge. Sie wartete auf Hilfe.

»Engländer, stellt Euch hierher.« Der Mogul deutete neben den

Thron, den Jesuiten gegenüber. »Sagt mir, ob Ihr irgend etwas Neues über die Flotte Eures Königs gehört habt.«

Hawksworth glaubte, sein Herz müsse zerspringen, als ihm klar wurde, daß die Flotte noch nicht eingetroffen war und damit die Möglichkeit entfiel, Shirin mit Geschenken des Königs auszulösen. »Ich rechne jetzt täglich mit ihrer Ankunft, Majestät. Es kann sein, daß der Wind gegen sie stand.«

»Der Wind!« Arangbar wandte sich an Pater Sarmento, und seine Stimme klang sarkastisch. »Glaubt Ihr, daß der Wind gegen die Flotte stand, Pater?«

»Ohne Zweifel, Majestät.« Sarmento konnte sich eines schadenfrohen Lächelns nicht erwehren. »Der Wind der Wahrheit! Ein Sturm aus Täuschungen hat sie aufgehalten.«

»Ich protestiere gegen die Unterstellungen dieses Papisten.« Hawksworth spürte Zorn in sich aufwallen. »Ein Engländer läßt sich von einem Portugiesen nicht beleidigen.«

»Ihr werdet jetzt ruhig zuhören, was man Euch zu sagen hat, Engländer, oder meine Wachen werden Euch von hier entfernen. Und Ihr, Pater, wiederholt dem englischen Verschwörer, was Ihr mir heute nachmittag erzählt habt.«

»Mit Verlaub, Eure Majestät, der Engländer ist nicht nur ein Ketzer vor Gott und der Heiligen Kirche, sondern auch ein Lügner.« Sarmento machte die kleine Kunstpause des geübten Redners. »*Es gibt keine englische Flotte.*«

Hawksworth starrte den Jesuiten an. Sarmento fuhr fort. »Durch die kluge Voraussicht Seiner Exzellenz Miguel Vaijantes, des Vizekönigs von Goa, haben wir nun die Wahrheit entdeckt, Eure Majestät. Nachdem seine Patrouillen weder im Norden noch im Süden englische Handelsschiffe antrafen, begann er mißtrauisch zu werden. Er befahl seinen persönlichen Garden, den Mann, der behauptet hatte, die Geheimbotschaft an Prinz Dschadar abgefangen zu haben, zu suchen und festzunehmen. Der Verräter wurde, was gar nicht überrascht, in einem Bordell aufgegriffen, wo er sich bereits seit einigen Tagen aufhielt und mehr Geld ausgab, als ein Mann wie er normalerweise in seinem ganzen Leben verdient. Man brachte ihn zum Palast und verhörte ihn auf dem Strappado, wo er bereitwillig zugab, gegen Bezahlung einen gefälschten Bericht übermittelt zu haben.«

»Und wer, glaubt Ihr, hat ihn dafür bezahlt?«

»Darüber ist sich Seine Exzellenz noch nicht ganz schlüssig. Mit Sicherheit waren es Agenten aus dem Süden.«

»Hat Seine Exzellenz einen *Verdacht,* wer dahinterstecken könnte?«

»Die Silberrupien, die man bei ihm fand, wurden durch eine Metallprobe auf die Münze in Surat zurückverfolgt, Eure Majestät. Sie stammen aus einer Sonderprägung, die, kurz bevor der Engländer Hawksworth die Stadt verließ, erschien. Die Probe ergab weiterhin, daß es sich um eine Legierung von geringer Qualität handelte. Der Silbergehalt ist niedriger als üblich, allerdings nicht um sehr viel, so daß es nicht sofort auffällt. Münzen dieser Art finden schon seit einiger Zeit im gesamten Dekkan Verwendung, und aus Berichten weiß man, daß Prinz Dschadar die Truppen gewisser *mansabdars* kürzlich damit besoldete.«

»Für wen wurden die Münzen geprägt?«

»Der *schahbandar* in Surat, Mirza Nuruddin, behauptet, die Unterlagen über diese besondere Prägung seien nicht auffindbar. Er ist jedoch der festen Überzeugung, daß der niedrigere Silbergehalt auf ein Versehen seitens des Münzers zurückzuführen ist. Der frühere Gouverneur von Surat, Mukarrab Khan, ist gerade auf dem Weg dorthin, um über die Sache Untersuchungen anzustellen. Die Auflage der Prägung scheint sich auf ungefähr fünfzig *lakhs* Rupien belaufen zu haben, der tatsächliche Silbergehalt dürfte dann bei neunundvierzig *lakhs* liegen. Der *schahbandar* sagt, es sei ihm ein Rätsel, was mit dem fehlenden *lakh* geschehen ist.«

»Das ist nicht so schwierig zu erklären, wenn man Mirza Nuruddin kennt.« Arangbar schien mit sich selber zu sprechen. »Natürlich wäre die fehlende Menge nie jemandem aufgefallen, wenn man die Münzen, die der Verräter genommen hatte, nicht eingeschmolzen und auf ihren Gehalt geprüft hätte. Die Frage bleibt, wer den Auftrag erteilte, ihn zu bezahlen.« Arangbar wandte sich an Hawksworth. »Kann uns vielleicht der englische Botschafter dabei helfen, die Sache aufzuklären?«

»Ich habe keine Ahnung, Majestät, warum hier eine Falschmeldung ersonnen wurde. Ich hielt sie ja selber für echt.«

»Tatet Ihr das wirklich, Engländer?« Arangbar glotzte betrunken von seinem Thron herab. »Oder habt Ihr das alles zusammen mit Prinz Dschadar ausgeheckt, als Ihr damals in Burhanpur wart? Habt Ihr Euch gemeinsam gegen mich verschworen? Habt Ihr dem Prinzen diese minderwertigen Münzen, die er als Bestechungsgeld brauchte, zugeführt, um dafür von ihm bei einem Schwindel unterstützt zu werden, mit dem ich dazu veranlaßt werden sollte, Euch den *firman* zu gewähren?«

»Ich habe dem Prinzen nichts gegeben, Majestät, und ich habe mir nichts von ihm erbeten. Das ist die Wahrheit.«

»Von Euch die Wahrheit zu erfahren, Engländer, ist nicht immer ganz so einfach. Eure Schwindeleien haben mich sehr betrübt und kurioserweise Ihre Majestät die Königin noch mehr. Es kommt keine Flotte, Engländer. Statt dessen gibt es da eine Reihe von Unwahrheiten, die teils auf Euch und teils, wie ich nun annehmen muß, auf meinen Sohn zurückgehen. Mittlerweile habe ich keine Ahnung mehr, was er da unten im Süden eigentlich treibt. Ich fürchte jedoch, daß er mit seinem anmaßenden Wesen seine Armee ins Verderben geführt hat. Ich werde ihn auf der Stelle nach Agra zurückbeordern, um ihn zu verhören. Und Euch befehle ich hiermit, Indien zu verlassen.«

Hawksworth fiel auf, daß Nadir Sharif einen beunruhigenden Blick auf den Jesuiten warf.

»Gestatten, Eure Majestät, aber weder ich noch mein König haben irgend etwas mit der Ankündigung der Flotte, ob sie nun zutrifft oder nicht, zu tun gehabt. Es werden allerdings noch weitere Reisen folgen, und zwar bald. Mein König hat dies versprochen, und er ist ein Herrscher, der zu seinem Wort steht.«

»Euer englischer König schickt einen Verschwörer und Verräter an meinen Hof. Er wird nie einen *firman* aus meiner Hand erhalten, ganz gleich, wie viele Reisen er noch unternehmen mag.«

»Sollte jetzt tatsächlich keine Flotte kommen, so bin ich mit Eurer Majestät der Meinung, daß man Euch hintergangen hat. Doch auch ich bin dann betrogen worden. Wir sind beide von Leuten aus unserer Umgebung ausgenützt worden, und dies aus Gründen, die bislang unbekannt sind. Mein König würde niemals mit Eurer Majestät bewußt ein falsches Spiel treiben. Und auch ich würde das nicht tun. Diejenigen, die Euch täuschen, stehen Eurem Thron bedeutend näher.«

»Es steht Euch nicht zu, Engländer, mir zu sagen, daß ich einen Hofstaat voller Lügner habe. Eure betrügerischen Machenschaften in Indien haben jedenfalls nun ein Ende. Der Titel eines *khan* ist Euch von sofort an entzogen, und Ihr selbst werdet innerhalb einer Woche aus Agra verschwunden sein. Seid Ihr es nicht, so kann ich für Euer Leben nicht mehr garantieren. Nach Ablauf dieser Woche wird es Euch untersagt sein, Euch weiterhin als Botschafter zu bezeichnen, und Ihr werdet als der Verschwörer, der Ihr seid, behandelt werden.« Arangbar winkte einem Radschputen aus seiner Garde. »Führt ihn fort!«

Hawksworth wandte sich um und sah, daß Pater Sarmento über sein ganzes Gesicht strahlte.

»Ich beklage es, daß wir nun bald scheiden müssen, Herr Botschafter. Möge Gott in Seiner Gnade Euch eine angenehme und zügige Reise bescheren. Solltet Ihr durch Goa zu reisen wünschen, so kann ich Euch einen Brief an Seine Exzellenz Miguel Vaijantes mitgeben und ihn darum bitten, Euch auf einer nach Westen segelnden Galeone eine sichere Rückkehr zu verschaffen.«

»Zur Hölle mit Eurem Vizekönig!« Derbe Hände packten Hawksworths Arme. Bevor er ein weiteres Wort sagen konnte, wurde er durch den Hinterausgang gezerrt.

»Majestät . . .« Nadir Sharif sah, wie sich der Vorhang hinter Hawksworth schloß, erhob sich dann und ging auf den Thron zu. »Mit Verlaub, Majestät, der Engländer ist leider immer noch mein Gast. Zumindest noch ein paar Tage lang. Als sein Gastgeber fühle ich mich in gewissem Maße noch immer verpflichtet, dafür Sorge zu tragen, daß er sicher nach Hause gelangt. Ich bitte darum, mich einige Augenblicke zu entschuldigen, damit ich mich um eine Sänfte für ihn kümmern kann.«

»Wie Ihr wünscht.« Arangbars Blick war auf einen Eunuchen gerichtet, der eine Schachtel mit Opium hereinbrachte. Als Nadir Sharif den Raum verließ, erhob sich auch Pater Pinheiro unauffällig und schlüpfte hinter ihm zur Tür hinaus. Auf halber Länge des Korridors holte der Jesuit den Ersten Minister ein.

»Habt Ihr es Ihrer Majestät mitgeteilt, wie vereinbart?«

»Was mitgeteilt?« Nadir Sharif behielt seinen Schritt bei und ließ Hawksworth, der einige Schritte vor ihnen von den Wachen vorangetrieben wurde, nicht aus den Augen.

»Über das Schiff, das gekapert werden soll.«

Nadir Sharif blieb wie vom Blitz getroffen stehen. »Aber Ihr werdet doch jetzt das Schiff nicht mehr aufbringen wollen! Habt Ihr nicht gesehen, daß der Engländer soeben aus Agra verbannt worden ist? Sein

Spiel ist aus. Und er wird nie einen *firman* bekommen, weder jetzt noch später.«

»Aber die Kriegsschiffe sind bereits vorgestern von Surat aus in See gestochen, kurz vor dem Eintreffen der Brieftauben aus Goa, die die Meldung über den Schwindel brachten. Die Depesche, in der Seine Exzellenz Miguel Vaijantes seinen Befehl zum Auslaufen widerrief, traf einen Tag zu spät ein. Die Galeonen befanden sich bereits auf See. Es ist möglich, daß das indische Schiff bereits aufgebracht worden ist.«

Nadir Sharif sah Pinheiro empört an. »Euer Vizekönig muß von Sinnen sein. Er hat nicht mehr die geringste Veranlassung, das Schiff aufzubringen. Seine Majestät wird sehr verärgert sein.«

»Aber Ihr wart doch derjenige, von dem der Vorschlag kam!« Der Jesuit hob die Stimme, sie zitterte vor Erregung. »Ihr sagtet, kühne Maßnahmen seien etwas für kühne Männer. Dies waren Eure Worte. Auch Seine Exzellenz war der Meinung, er könne damit ein deutliches Zeichen für seine Entschlossenheit setzen.«

»Und wie denkt Pater Sarmento darüber?«

»Pater Sarmento weiß bislang noch nichts davon. Ich hielt es für besser, ihn nicht davon in Kenntnis zu setzen.«

Pinheiros Ausdruck war voller Verzweiflung. »Was sagte Ihre Majestät Königin Dschanahara zu dem Plan?«

»Was meint Ihr damit?«

»Wir hatten vereinbart, daß Ihr sie informiert.«

»Ich habe unsere Übereinkunft nicht vergessen. Ich warte seit einiger Zeit auf den geeigneten Moment.«

»Soll das heißen, daß sie es noch nicht einmal weiß?«

Pinheiro packte Nadir Sharif am Arm und starrte ihn ungläubig an. »Aber ich habe Seiner Exzellenz gesagt, Ihr würdet . . .«

»Ich hatte vor, es ihr dieser Tage zu sagen. Die Zeit schien gekommen. Doch nun . . . angesichts dessen, was geschehen ist . . .« Er lächelte und berührte den Jesuiten sanft am Arm. »Ich nehme aber an, daß sie Seine Majestät noch zur Vernunft bringen kann. Es läßt sich gewiß alles als Mißverständnis erklären.«

»Aber Ihr müßt es ihr sofort mitteilen.« Pinheiros Bestürzung wuchs. »Falls sie davon erfährt, *bevor* Ihr ihr eine Erklärung gegeben habt, wird sie denken . . .«

»Selbstverständlich . . . Aber noch besteht kein Grund zur Sorge.«

Wieder lächelte Nadir Sharif. »Ich versichere Euch, es kann wie ein Routinefall behandelt werden. Aber sagt bitte Seiner Exzellenz Miguel Vaijantes, er soll wenigstens eine Woche lang auf weitere derart unbesonnene Handlungen verzichten.«
Als Nadir Sharif weitergehen wollte, ergriff Pinheiro noch einmal seinen Arm. »Ihr müßt unbedingt noch etwas anderes tun. Sorgt dafür, daß der Engländer sofort aus Agra verschwindet! Wir beide wissen, daß Seine Majestät bereits morgen wieder vergessen haben kann, was sie heute befohlen hat.«
»Ich glaube nicht, daß Seine Majestät es vergessen wird. Es ist in jedem Fall nur noch eine Frage von wenigen Tagen. Und denkt daran, was ich Euch gesagt habe: Was Seine Majestät anbetrifft, so weiß ich von dem ungestümen Vorgehen Eures Vizekönigs nichts. Euch rate ich jedoch, Pater Sarmento darüber in Kenntnis zu setzen, bevor er im offenen *durbar* davon erfährt.«
»Er wird außer sich sein vor Zorn und mich wahrscheinlich nach Goa zurückbeordern.«
»Das bezweifle ich. Ganz sicher weiß er Euren Wert hier zu schätzen.«
Ohne ein weiteres Wort zu verlieren, wandte sich Nadir Sharif zum Gehen und eilte den Korridor hinunter. Hawksworth und die Wachen, die ihn begleiteten, hatten inzwischen einen kleinen Vorsprung, doch am Ende des marmornen Bogenganges, gegenüber der Tür, die zu den Hoftreppen führte, gelang es dem Ersten Minister, sie einzuholen.
Hawksworth drehte sich um. »Was möchtet Ihr jetzt noch von mir? Mein Geld oder mein Leben? Oder beides?«
»Ich bin nur gekommen, um dafür zu sorgen, daß Ihr sicher nach Hause gelangt, Botschafter.« Nadir Sharif bedeutete den Wachen, zum *Diwan-i-Khas* zurückzukehren. »Und um Euch mein Mitgefühl zu bekunden.«
»Ich habe die Absicht, herauszufinden, wer hier mit mir ein falsches Spiel getrieben hat. Und wenn es Dschadar sein sollte. Irgend jemand wird mir dafür bezahlen müssen, das garantiere ich Euch.«
»Es wäre im höchsten Maße unklug, Botschafter. Ich fürchte, wir sind alle ein wenig zu gutgläubig gewesen. Ich gebe gerne zu, daß sogar ich angefangen hatte, an Ihre Geschichte zu glauben.«
»Das war nicht ›meine Geschichte‹! Ich hatte keine Ahnung . . .«
»Aber Ihr habt es auch niemals bestritten, Botschafter. Gewiß war

auch die Wahrheit die ganze Zeit über bekannt. Mit der Wahrheit fährt man immer am klügsten. Das ist eine meiner wichtigsten Lebensregeln.«

»Aber es hätte ja wahr sein *können*. Es war durchaus möglich. Warum habt Ihr Arangbar das nicht erklärt? Ihr seid doch nach wie vor mein Agent.«

»Seiner Majestät würde es nach Lage der Dinge wahrscheinlich sehr schwer fallen, es zu glauben. Aber ich denke, es gibt noch eine Möglichkeit . . .«

Nadir Sharif klopfte Hawksworth auf die Schulter. »Ich werde sehen, ob sich noch etwas ausrichten läßt. Doch inzwischen rate ich Euch, mit den Abreisevorbereitungen zu beginnen. Seine Majestät war heute abend sehr aufgeregt.«

»Die meisten Dinge, über die er sich aufregt, haben mit mir nichts zu tun.«

»Wenn Ihr die Angelegenheit mit dem Prinzen meint, so versichere ich Euch, daß wir da alle sehr beunruhigt sind. Kein Mensch kann mit Sicherheit sagen, was sich im Süden zugetragen hat. Ihr wart einer der letzten Menschen, die Prinz Dschadar zu Gesicht bekommen haben. Fast scheint es, als sei er verschollen. Es kursieren die unterschiedlichsten Gerüchte. Niemand weiß, worauf das alles hinausläuft.« Nadir Sharif folgte Hawksworth auf den offenen Platz des *Diwan-i-Am* hinaus. »Übrigens, Botschafter, wußtet Ihr denn auch etwas von den fünfzig *lakhs* Silbermünzen, von denen heute abend die Rede war?«

Hawksworth sah ihn einen Moment lang prüfend an. »Vielleicht hat der *schahbandar* das ganze Geld gestohlen.«

»Das ist wohl kaum eine Antwort, Botschafter. Könnte es nicht zufällig zusammen mit Euch von Surat nach Burhanpur gereist sein? Wie Ihr wißt, hat Seine Majestät eine eingehende Untersuchung angeordnet. Es ist durchaus denkbar, daß er Mirza Nuruddin nach Agra beordert, um ihm eine Erklärung abzuverlangen.«

»Dann soll er Mirza Nuruddin fragen, was geschehen ist. Ich bin sicher, er wird die Wahrheit herausfinden.« Hawksworth hielt auf das große Tor auf der anderen Seite des Platzes zu. »Nun gut, Botschafter.« Nadir Sharif lächelte gewinnend. »Übrigens hat Mirza Nuruddin, soviel ich weiß, angedeutet, Ihr seied derjenige gewesen, der das

Geld aus Surat herausgeschmuggelt hat und einen wertlosen Kreditbrief hinterließ, um Eure eigenen Händler zu betrügen.«
»Dieser Schuft.«
»Die Wahrheit wird bald ans Licht kommen, Botschafter, Ihr sagtet es bereits. Ich wünsche Euch eine gute Nacht und eine angenehme Ruhe.«
Nadir Sharif wandte sich um und war kurz darauf in der Dunkelheit verschwunden.
Hawksworth ging langsam den gepflasterten Weg hinab, passierte die Wachposten am Amar-Singh-Tor und betrat die nächtliche Stadt. Es zog ihn zum Ufer des Jamuna. Er hoffte, die Geräusche und der Geruch des Wassers könnten ihn beruhigen. Am Flußufer angekommen, fiel sein Blick auf die trotzigen Mauern der Roten Festung, und wieder fragte er sich, wo man Shirin wohl gefangenhalten mochte. Der Wunsch, bei ihr zu sein, war überwältigend. Er wollte sie ein letztes Mal in seinen Armen halten. Doch die hohen Mauern blieben dunkel und stumm wie seine eigene Verzweiflung.

»Willkommen zu Hause, Sahib.« Die Diener erwarteten ihn in frischen Musselin-*dhotis*, als er die Pforte zu seinem Quartier aufschob. Es ging auf Mitternacht zu. »Euer Haus erfährt heute abend die Ehre einer besonderen Festlichkeit.«
»Was bereitet Ihr vor, meinen Abschied?«
Die Diener sahen ihn verständnislos an. Hawksworth schob den schweren Vorhang am Eingang beiseite und ging ins Haus.
Der Raum war erfüllt von schwerem Sandelholz-Weihrauch. Im Lampenlicht erkannte er Kamalas Musikanten: den grauhaarigen Flötenspieler und den Trommler. Obwohl er sie einige Tage lang nicht gesehen hatte, unterbrachen sie ihre Tätigkeit nur kurz. Der Trommler war in das Stimmen seines Instruments vertieft; mit einem kleinen Hammer schlug er leicht gegen die Holzklötzchen, die unterhalb der Lederriemen steckten, mit denen der Trommelkopf befestigt war.
Kamala war nirgends zu sehen. Hawksworth blickte sich im Raum um und fragte dann die Musiker. Diese antworteten mit einem verwirrten Achselzucken und verwiesen ihn auf die Hintertür.
»Sie hat die Musiker für heute abend herbestellt, Sahib, aber sie hat ihnen nicht gesagt, warum. Während des ganzen Tages hat sie niemand zu Gesicht bekommen. Wir sind sehr beunruhigt.« Der Diener scharrte

unbehaglich mit den Füßen. »Hat der Sahib die Geschichten gehört, die man sich auf dem Basar erzählt?«
»Welche Geschichten?«
Hinter dem Vorhang ertönte plötzlich der helle Klang winziger Glöckchen. Die Musikanten lächelten, sie kannten das Geräusch.
Hawksworth klaubte eine halbvolle Flasche Brandy aus seiner Truhe und ließ sich in die Kissen sinken.
Was geht hier vor? Warum kann ich nicht einmal alleine sein? Ausgerechnet heute fällt ihr das ein. Seine Gedanken wanderten zurück zum *Diwan-i-Khas* und zu Shirin. Er konnte die Hoffnung nicht aufgeben. Niemals.
Wieder erklangen Glöckchen, und der Vorhang am Eingang wurde mit einer schwungvollen Bewegung zur Seite gerafft. Bedeckt mit ihren Juwelen, die im Licht der Lampe erglühten, stand Kamala vor ihm.
Hawksworth fiel auf, daß die beiden Musikanten sie einen Moment lang anstarrten und sich dann kurze, unruhige Blicke zuwarfen.
Sie war heute aufregender als je zuvor. Die Augen hatte sie verführerisch dunkel umrandet, und ihre Lippen zeigten ein einladendes Rot, das zu dem großen Punkt auf ihrer Stirn paßte. In einem Nasenflügel trug sie einen kleinen, mit Diamanten besetzten Ring. Ihr zurückgekämmtes Haar wurde von Rubinreifen gehalten, und um ihren Hals und ihre Arme hingen Goldreifen, die mit kleinen Smaragden übersät waren. Sie trug einen seidenen Umhang, der die Linie ihrer Hüften vorteilhaft betonte, um ihre Taille schmiegte sich ein Gürtel aus gehämmertem Gold, und ihre Handflächen und Fußsohlen waren mit Hennasaft rot gefärbt worden. Als sie auf ihn zuging, ertönte das helle Läuten kleiner Glöckchen, die in mehreren Reihen ihre Fußknöchel schmückten, und akzentuierte die sinnlichen Schwingungen ihrer Brüste, die ein seidener Halter bedeckte.
»Du bist früh zurückgekommen. Ich freue mich.« Er glaubte, eine tiefe Melancholie in ihren Augen zu entdecken, und es fiel ihm auf, daß ihre Stimme seltsam zerbrechlich klang.
»Soll hier heute abend irgendeine Feier stattfinden, von der ich nichts weiß?«
»Ja, heute ist ein besonderer Abend. Ich habe mich entschlossen, ein letztes Mal den *Bharata Natyam* für den Herrn Shiva zu tanzen.«
»Was meinst du mit ›ein letztes Mal‹?«

Sie schien einen Moment lang an ihm vorbeizusehen. »Ich bin ja so froh, daß du gekommen bist, um heute nacht hier zu sein. Ich hätte auf dich gewartet, aber es blieb keine Zeit. Und ich war auch nicht sicher, ob du auch wirklich Verständnis haben würdest. *Bharata Natyam* dient niemals nur dem Tänzer allein. Deshalb ist es gut, daß du hier bist. Vielleicht kannst du etwas von dem, was ich heute abend empfinde, verstehen.«

»Bis jetzt hab ich fast gar nichts von dem, was sich heute abend zugetragen hat, verstanden.« Hawksworth stellte seine Brandyflasche schwerfällig auf den Teppich.

»Du bist heute so anders, mein *feringhi*-Sahib.« Sie sah ihn prüfend an. »Hast du traurige Nachrichten über deine persische Frau erhalten?«

»Nichts. Aber ich fürchte, ich habe gerade meine beste Chance verspielt, sie zu retten.«

»Ich verstehe nicht.«

»Das sind auch nicht deine Sorgen.« Er betrachtete sie wehmütig. »Es sieht so aus, als würde ich Agra früher als geplant verlassen. Also tanze, wenn du möchtest, und dann werde ich dir Lebewohl sagen.«

»Deine Sorgen sind immer *meine* Sorgen.« Sie runzelte ihre Stirn. »Aber du reist ab? So bald schon?« Sie schien keine Antwort zu erwarten und fuhr fort. »Laß es gut sein, ich habe die Geschäfte von Botschaftern und Königen nie verstanden. Aber unser Auseinandergehen darf nicht traurig sein. Nimm meinen Tanz für Shiva als Abschiedsgruß.«

Sie wandte sich um und winkte dem Flötenspieler zu, der daraufhin mit einer leisen, einfühlsamen Melodie begann. »Hast du jemals den *Bharata Natyam* gesehen?«

»Nein, noch nie.« Hawksworth trank einen Schluck Brandy aus der Flasche und hätte sie am liebsten fortgeschickt, seine Laute hervorgeholt und jenes Lied gespielt, das er damals im Observatorium für Shirin gespielt hatte.

»Dann wird es dir nicht schwerfallen, ihn zu verstehen. Ich werde mit meinem Körper und durch mein Lied Shiva von meiner Sehnsucht nach ihm erzählen. Glaubst du, daß du es verstehen kannst?«

»Ich werde es versuchen.« Hawksworth sah zu ihr empor, und er glaubte erneut in ihrem Blick tiefe Traurigkeit wahrnehmen zu können. Sie sah ihn einen Augenblick still an. »Es wäre mir sehr daran gelegen.

Es geht nicht so sehr um die Worte, die ich auf Sanskrit singen werde. Aber wenn du meinen Händen zusiehst, sprechen auch sie. Mein Lied ist zwar an Shiva gerichtet, aber ich erfülle es durch meine Augen, meine Hände und meinen Körper mit Leben. Durch meinen Tanz werde ich das Gedicht neu erschaffen. Die Sehnsucht meines Herzens wird von meinen Augen abzulesen sein. Von meiner Sehnsucht nach Shiva wird die Sprache meiner Hände erzählen, und meine Füße werden den Rhythmus zeigen, mit dem er Ordnung in die Welt bringt. Wenn du versuchst, meine Gefühle nachzuempfinden, dann wird Shiva dich vielleicht berühren und dir die Last, die du trägst, erleichtern.«

»Und das alles heißt *Bharata Natyam?* Was bedeutet das?« Hawksworth schlüpfte aus seinen lehmverschmierten Stiefeln und warf sie müde neben sich auf den Teppich.

»Der *Bharata Natyam* ist der uralte Tempeltanz Indiens: *bhava* bedeutet Stimmung, *raga* heißt Lied, und *tala* heißt Rhythmus. All dies ist in dem Tanz vereint. *Natyam* bedeutet die Verschmelzung von Tanz und Erzählung. Der echte *Bharata Natyam* besitzt sieben Sätze: Einige sind reiner Tanz und bestehen nur aus Rhythmus, andere erzählen aber auch Geschichten. Wenn ich sie alle tanzen würde, so wie wir das im Tempel getan haben, müßte ich die ganze Nacht tanzen.« Sie rang sich ein Lächeln ab. »Heute abend habe ich jedoch nicht die Kraft dazu. Heute tanze ich nur die wichtigste aller Figuren. Ich erzähle darin von der Sehnsucht der Göttin Parvati nach ihrem Gemahl Shiva. Wenn ich gut tanze, werde ich selbst zu Parvati und mit der Geschichte ihrer Liebe zu Shiva meine eigene Geschichte erzählen.«

»Es handelt sich in Wirklichkeit also um ein einfaches Liebeslied?«

»Es beschreibt Parvatis Sehnsucht nach Shiva. Die Worte sind sehr einfach:

Groß von der Liebe für dich heut nacht
Bin ich, o Herr.
Wende dich nicht von mir.
Quäle mich nicht, zürne mir nicht,
Oh, großer, wunderbarer Gott
Des Brihadishwari Tempels.
Großer Gott, er, der Erlösung schenkt
Von den Leiden dieser Welt.«

Kamala hielt inne und schnürte die Bänder fester, mit denen die

Glöckchen um ihre Fesseln befestigt waren. »Das Lied erzählt dann, wie sie nicht einmal mehr die Stimme der Nachtigall ertragen kann, nun, da sie von Shiva getrennt ist, und wie sie das Dunkel der Nacht nicht erträgt, nun, da er sich von ihr entfernt hat.«

»Es ist ein sehr bewegendes Liebeslied.« Hawksworth dachte an Shirin und die dunklen Nächte, die hinter ihnen lagen.

»Es ist in Wirklichkeit sehr viel mehr. Der Herr Shiva ist nicht nur ihr Geliebter, sondern auch ihr Gott. Daher ist ihr Lied auch ein Lobgesang auf die Schönheit des großen Shiva in all seinen Erscheinungen: auf Shiva, ihren Gemahl, auf Shiva, der das Dritte Auge des Wissens besitzt, auf Shiva Nataraj, den großen Gott des Tanzes. In meinem Tanz bring ich die zahlreichen Gesichter Shivas zum Ausdruck – das des Schöpfers, des Zerstörers und des Herrn der kosmischen Lebensrhythmen.«

Erschöpft und doch fasziniert beobachtete Hawksworth, wie Kamala sich erhob und sich mit über dem Kopf gefalteten Händen vor einer kleinen Bronzefigur des Tanzenden Shiva verbeugte, die sie auf einen Ecktisch gestellt hatte. Als dann der Trommler in einen gleichmäßigen Rhythmus verfiel und der Flötenspieler eine suchende, klagende Melodie anstimmte, nahm auch sie eine statuenhafte Pose an, die Füße überkreuz, die Arme über dem Kopf erhoben. Erst langsam, dann aber schneller und schneller werdend, bewegten sich ihre Augäpfel lockend von links nach rechts und von rechts nach links und verrieten eine ungeheure Kraft, als wolle ihr ganzer Körper explodieren. Unvermittelt wechselte sie dann die Stellung und nahm eine zweite, an die Haltung der Bronzefigur erinnernde Pose ein. Die Trommelrhythmen beschleunigten sich, und Kamala folgte ihnen zunächst mit ihrem Körper und dann mit ihren Füßen, wobei abwechselnd Ferse und Ballen in heftigem Stakkato auf den Teppich hämmerten. Der Trommler rief die *bols* aus, die Bezeichnungen seiner Schläge, und Kamala ergänzte sie, indem sie die winzigen Glöckchen an ihren Fesseln im gleichen Rhythmus erklingen ließ.

Hawksworth spürte, wie er in ihren Tanz mit einbezogen wurde. Ihre Rhythmen waren nicht so ausgefallen wie im *kathak*, sondern schienen durch die beständige Rückkehr zur Figur des Tanzenden Shiva eher eine sehr ursprüngliche, natürliche Kadenz wiederzugeben.

Es war purer, unverfälschter Tanz, und allmählich fühlte er die Kraft ihrer beherrschten Sinnlichkeit.

Ohne Vorankündigung begann Kamala plötzlich, für Shiva mit hoher Stimme ein kurzes Lied mit ständig wiederkehrendem Refrain zu singen. Ihre Hände begleiteten den Gesang mit den Figuren, die »Frau«, »Schönheit«, »Verlangen« und vieles andere ausdrückten, was Hawksworth nicht deuten konnte.

Das Lied und die Mimik erreichten einen dramatischen Höhepunkt, und unvermittelt nahm Kamala den reinen Tanz wieder auf, der Trommler zitierte von neuem *bols,* und wieder folgte sie seinem Rhythmus in perfektem Übereinklang. Als sie nach einer Weile eine weitere Strophe ihres Liedes vortrug, konnte Hawksworth aus ihrer Mimik schließen, daß sie eine Erscheinungsform Shivas beschrieb. Darstellung und Tanz wechselten sich ab. Die Aspekte Shivas, die Kamala schuf und wiedergab, waren sehr unterschiedlich – manchmal weise und besonnen, manchmal grimmig und wild und zuweilen von einer Schönheit, die sich nicht mit Worten beschreiben ließ. Hawksworth spürte um sich herum die Entstehung einer fremden Kraft, die ihn und seine Verzweiflung umhüllte, ganz wie Kamala es angekündigt hatte. Kamala selbst wurde allmählich eins mit einer Energie, die, wie von einer pulsierenden Urkraft ausgesandt, von weit her zu kommen schien, und Hawksworth überkam eine tiefe Ahnung von Furcht, ein erhabenes Wissen um Leben und Tod. Er sah sich gegen eine böse Macht kämpfen, die sich im Raum ausbreitete und alles, was sich darin befand, in Besitz zu nehmen begann. Er spürte zu seinem großen Entsetzen, wie diese Kraft anfing, das Leben aus ihm herauszusaugen, hungrig und unnachgiebig. Und Kamala tanzte immer weiter, jetzt nur noch Rhythmus; ihr Körper beugte und hob sich und wirbelte im Kreis, ihre Arme waren überall zugleich, ihr Lächeln gebannt in ekstatischer Verzückung.

Als er sich endlich dazu zwang, die Augen von ihr zu wenden, fiel sein Blick auf die Musikanten. Auch sie schienen in einen Trancezustand versetzt zu sein, gefesselt von den Delirien ihres Tanzes. Es gelang ihm, den Blick des Trommlers aufzufangen und ihm mit einem schwachen Zeichen zu bedeuten, er möge das Spiel beenden. Doch des Mannes starrer Blick zeigte keinerlei Erkennen. Kamalas Tanz hatte sich zur Raserei gesteigert, die die Grenzen des Menschlichen überstieg.

Unter Aufbietung seiner letzten Kräfte versuchte sich Hawksworth von

seinem Kissen emporzuziehen, doch fühlte er, daß seine Beine ihm nicht mehr gehorchten. Der Raum war ein wirbelndes Tollhaus aus Farbe und Klang geworden und jeder Kontrolle entzogen.
Unsicher wandte er sich um und begann, den Teppich nach seinen Stiefeln abzutasten. Er bekam eine weiche Lederröhre zu fassen und fingerte in ihr herum. Dort steckte, festgeschnallt und geladen, die ihm verbliebene Taschenpistole. Zitternd nahm er sie an sich, prüfte die Ladung und versuchte, auf die lange Trommel zwischen den beiden Musikern zu zielen, doch das Instrument schwankte vor seinen Augen hin und her, und die Spieler lächelten ihn mit glasigen Augen an.
Er hörte ein pfeifendes Zischen und spürte, wie seine Hand hochflog, als hätte sie sich von seinem Körper gelöst, und dann zerbarst die Welt um ihn herum in Rauch und fliegenden Holzsplittern.
Der Schuß fiel exakt mit dem Ende eines rhythmischen Zyklus zusammen, als die Trommel im *sum* explodierte.
Plötzliche Stille ergriff den raucherfüllten Raum. Die Musikanten blickten einen Augenblick wild um sich, warfen sich dann mit dem Gesicht nach unten auf den Teppich und flehten in unbekannten Worten, die keiner Übersetzung bedurften. Hawksworth schaute verwirrt und verständnislos auf die rauchende Pistole in seiner Hand, warf sie zu Boden und sah sich nach Kamala um.
Sie starrte ihn aus weitgeöffneten, leeren Augen an, als habe man sie aus dem Bann eines Traumes gerissen. Ihr Atem ging stoßartig, und ihre Haut glühte. Sie verharrte einen Augenblick lang ohne Bewegung und versuchte dann, mit ausgebreiteten Armen auf ihn zuzugehen. Nach zwei zögernden Schritten brach sie auf dem Teppich zusammen.
Als er aufsprang, um ihr zu helfen, waren die Diener schon bei ihm und hielten ihn zurück.
»Ihr dürft sie nicht berühren, Sahib.«
»Aber sie ist . . .«
»Nein, Sahib.« Sie packten seine Arme fester. »Seht Ihr nicht? Sie hat die Krankheit.«
»Was redet Ihr da?«
»Es begann heute abend im Basar. In der Festung weiß man vielleicht noch gar nichts davon. Zuerst wußte niemand, was es war. Aber während sie tanzte, kam einer der Sklaven aus Sharif Sahibs Küche und sagte es uns. Zwei Eunuchen und fünf seiner Diener sind schwer

erkrankt.« Der Mann betrachtete Kamala. »Ich glaube, daß sie es gewußt hat. Deshalb wollte sie heute abend tanzen.«
»Gewußt hat, was? Was soll sie gewußt haben?«
»Die Pest, Sahib. Der Sklave sagte, in Agra sei die Pest ausgebrochen.« Der Diener schwieg einen Augenblick. »Es ist der Wille Allahs. Der Prophet Samad hat es vorausgesagt. Seine Prophezeiung hat sich erfüllt.«
Kamala sah Hawksworth noch immer aus leeren, ausdruckslosen Augen an. Er blickte auf sie herab, nahm dann ein Kissen und schob es unter ihren Kopf. Ihre Lippen bewegten sich, wollten Wörter bilden, doch zunächst blieb es ihnen versagt. Dann schien es, als schöpfe sie Kraft aus einer Quelle außerhalb ihres Ichs, und sie flüsterte: »Hast du gesehen?«
»Was . . .?«
»Hast du ihn gesehen? Den großen Gott Shiva. Er kam heute abend und tanzte neben mir. Hast du gesehen, wie schön er war?« Sie machte eine Atempause, und als sie wieder zu sprechen begann, hatte ihre Stimme einen vollen, warmen Klang. »Er war so, wie ich wußte, daß er sein würde. Von unbeschreiblicher Schönheit. Er tanzte inmitten eines Feuerkreises, und seine Haare waren wie Flammen. Er kam als Shiva der Zerstörer. Aber sein Tanz war so schön. So wunderschön.«

25

Aus *Tuzuki-i-Arangbari*, der Hof-Chronik Seiner Kaiserlichen Majestät:

Am Mubarak-shamba-Tag, dem Achtundzwangzigsten des Monats Dai, erschienen die ersten Berichte über die Pest in der Stadt Agra. An jenem Tag wurden über fünfhundert Menschen von der Krankheit befallen.
Die ersten Anzeichen sind Kopfschmerzen, Fieber und ein starkes Bluten aus der Nase. Danach bilden sich unter den Achseln, an den Leisten oder unter dem Hals die danas *der Pest, die Beulen. Die Erkrankten nehmen eine von Gelblich bis ins Schwarze reichende Hautfarbe an. Sie leiden unter Erbrechen, hohem Fieber und großen Schmerzen. Danach sterben sie.*
Wenn in einem Haushalt einer an der Pest erkrankt und stirbt, folgen

unweigerlich andere aus demselben Haus und gehen den gleichen Weg der Vernichtung. Wenn diejenigen, die von den Beulen befallen sind, sich von einer anderen Person Wasser zum Trinken oder Waschen bringen lassen, wird diese unweigerlich von der sirayat, der Infektion, angesteckt. So ist es dazu gekommen, daß wegen übermäßiger Vorsicht niemand den Erkrankten mehr aufwarten möchte.

Von Männern hohen Alters und aus geschichtlichen Überlieferungen wissen wir, daß diese Krankheit noch nie zuvor in Indien aufgetaucht ist. Man hat viele Ärzte und Gelehrte über ihre Ursache befragt. Einige behaupten, sie sei aufgetreten, weil zwei Jahre hintereinander eine große Trockenheit herrschte; andere sagen, es sei wegen der Fäulnis der Luft. Manche sehen dafür andere Gründe.

Die Krankheit breitet sich nun auf alle Städte und Dörfer im Umkreis von Agra aus, bis auf eine, die noble Stadt des großen Akman, Fatehpur.

Die Weisheit ist Allahs, und alle Menschen müssen sich beugen. So geschrieben an diesem letzten Tage des Muharram im Hijri-Jahr nach dem Propheten 1028 A. H., von Mu'tamad Khan, dem zweiten Wesir Seiner Kaiserlichen Majestät Arangbar.

Brian Hawksworth stieg langsam die verwitterten Steintreppen empor, die von der Bestattungsstelle am Flußufer heraufführten. Der Pfad war eng, gedrängt voller Menschen, und gesäumt mit Statuen von Hindu-Göttern: ein pummeliger Gott mit Menschenkörper und Elefantenkopf, ein Gott mit Löwenkörper und einem grotesk grinsenden menschlichen Gesicht, eine strenge Gottheit mit zugespitztem Kopf und einem Dreizack in der Hand. Sie waren alle uralt und verwittert. Zahme Affen, klein, braun und boshaft, jagten zwischen ihnen umher und kreischten. Der Rauch, der von der Bestattungsstelle hinter ihm aufstieg, brannte noch in seiner Lunge, und erst, als er den oberen Treppenabsatz erreicht hatte, konnte er es über sich bringen, zurückzublicken. Aasgeier kreisten am Himmel, und kleine Barken mit einzelnen Ruderern pflügten durch das schlammige Wasser des Jamuna. Am Ufer standen arbeitende Wäscher, Unberührbare, die nur mit einem braunen Lendenschurz und einem Tuch um den Kopf bekleidet waren. Sie standen in einer langen Reihe, bis zu den Knien im Wasser, und klatschten gefaltete Leintücher gegen Haufen flacher Steine. Die Nähe der Bestattungsstellen – Steinterrassen am Flußufer, die von den zum Fluß herabführenden Treppen aus erreicht werden konnten – schien ihnen nichts auszumachen. Schweigend ließ er seinen Blick über die Menge schweifen. Da ertönte plötzlich auf der Straße über ihm der Singsang eines Totengebetes: *Ram Nam Sach Hai*, der Name Rams ist die Wahrheit selber.

Es hatte vier Tage gedauert, bis Kamala starb. Am Morgen nach ihrem Tanz entwickelten sich die äußeren Anzeichen der Pest. Sie hatte nach Brahmanen-Priestern schicken lassen und sich auf eine Holzplanke in deren Mitte gesetzt. Sie hatte ihr *todus* abgenommen, das Ohrgehänge, das ihre *devadasi*-Kaste bezeichnete, und es zusammen mit zwölf Goldmünzen vor sich auf das Brett gelegt. Es war ihre Entweihung. Dann hatte sie mit einem Ausdruck unendlichen Friedens verkündet, daß sie bereit war, zu sterben. An die Priester gewandt, sagte sie daraufhin, daß sie, da sie keine Söhne, ja überhaupt keine Familienangehörigen in Agra besäße, Brian Hawksworth auserwählt habe, um bei ihrem Begräbnis zu amtieren. Er hatte nicht verstanden, was sie wollte, bis es ihm die Diener ins Ohr flüsterten. Die Brahmanen waren außer sich gewesen vor Empörung und hatten sich anfangs geweigert einzuwilligen. Er gehöre schließlich keiner Kaste an und sei daher ein verabscheuungswürdiger Unberührbarer. Erst nach weiterer Bezahlung hatten sie zögernd ihr Einverständnis gegeben.

Als Hawksworth eigene Einwände vorbrachte, hatte Kamala ihn im Namen Shivas angefleht.

»Ich bitte dich nur um diesen einen letzten Gefallen«, hatte sie gesagt und betont, daß seine Pflichten nicht schwer zu erfüllen sein würden. »Im Palast sind Hindu-Diener. Obwohl sie einer niedrigen Kaste angehören, beherrschen sie genügend Turki, um dir behilflich sein zu können.«

Nachdem die Brahmanen fortgegangen waren, rief sie die Diener zu sich und wies sie an, alle ihre Juwelen aus dem Rosenholzkästchen herauszunehmen, in dem sie sie aufzubewahren pflegte. Dann bat sie ihn, sie zu begleiten, und sie trugen die Juwelen durch das Hindu-Viertel Agras zu einem Tempel der Göttin Mari, die über die epidemischen Krankheiten gebietet. Alle ihre Kleinode sollten der Göttin dargebracht werden. Kamala lächelte über Hawksworth' ungläubiges Staunen und erklärte ihm, Hindus glaubten daran, daß ihre Wiedergeburt unmittelbar davon beeinflußt werde, wie viele Almosen man in seinem Leben gespendet

hat. Diese letzte mildtätige Handlung könnte sie sogar als Brahmanin auf die Erde zurückbringen.
Zwei Tage später sank sie in ein Fieberdelirium. Als der Tod bevorstand, riefen die Diener wieder nach den Priestern. Die Pest breitete sich inzwischen sehr rasch aus, und mit ihr wuchs die Angst, so daß zuerst keiner dem Ruf zum Palast folgen wollte. Erst nachdem ihnen für die Zeremonie das dreifache Honorar zugesagt worden war, erschienen die Brahmanen. Sie hatten Kamalas fiebrigen Körper unter freiem Himmel auf ein Lager aus Kusagras gebettet, ihren Kopf mit Wasser bespritzt, das vom heiligen Fluß Ganges kam, und ihre Braue mit Lehm vom Ganges eingerieben. Kamala hatte kaum noch mitbekommen, was mit ihr geschah.
Nachdem sie schließlich gestorben war, wurde ihr Körper sofort gewaschen, parfümiert und mit Blumen bestreut. Die Hindu-Diener wickelten sie in Leintücher, legten sie auf eine Bahre aus Bambus und brachten sie zur Begräbnisstätte am Fluß. Auf ihrem Weg durch die winkligen Straßen trugen sie ihren Körper über ihren Köpfen und sangen ein Totenlied. Hawksworth hatte die Prozession angeführt, in der Hand einen Topf mit heiligem Feuer, das ihm Nadir Sharifs Hindu-Diener besorgt hatten.
Das Ufer war dicht gedrängt von Trauernden, denn viele Menschen waren bereits gestorben, und die Luft war beißend scharf vom Rauch. Auf den Stufen oberhalb der Bestattungsstellen befand sich eine Reihe von Strohschirmen, unter denen auf Schilfmatten jeweils ein brahmanischer Priester saß. Alle hatten sie bloße Oberkörper und dicke Bäuche, und ihre Stirnen wurden von drei Streifen aus weißem Ton geschmückt, dem Dreizack Vishnus zu Ehren. Die Diener wandten sich an einen der Priester und fingen an, mit ihm zu handeln. Nach einer Weile stand der Mann auf deutete an, daß man sich geeinigt habe. Ein Diener erklärte Hawksworth flüsternd, die Priester seien da, um gegen Entgelt die Begräbnisriten zu zelebrieren, und er fügte mit einiger Genugtuung hinzu, daß Brahmanen, die an den Bestattungsstellen dienten, von ihrer Kaste verachtet und als Söldner betrachtet wurden.
Nachdem der Handel abgeschlossen war, zog sich der Priester unter seinen Schirm zurück und beobachtete, wie sie Brennholz erstanden und mit dem Aufbau eines Scheiterhaufens begannen. Er war klein

geraten, nicht mehr als einen Meter hoch und unregelmäßig; doch dies schien keinen zu bekümmern.
Zufrieden mit ihrem Werk, begossen sie den Haufen mit Öl. Dann wurde der Priester herbeigerufen. Er erhob sich, stieg die Treppenstufen und verneigte sich im Vorübergehen vor einem steinernen Shiva-*lingam*. Er zelebrierte mit Gesängen aus den Veden eine kurze Andacht, dann schnitt man das Leichentuch von Kamalas Körper und legte sie auf die Holzscheite.
Abgrundtiefe Trauer ergriff Hawksworth, als er mit der Fackel in der Hand dem Brahmanengesang lauschte und mit den Augen dem Lauf des Flusses folgte. Er dachte an Kamala, die Stunden, da sie geduldig bei ihm gesessen und ihm erklärt hatte, auf welche Weise er seinem Sitar langgezogene, sinnliche Klänge entlocken konnte, die Stunden, da er sie in seinen Armen gehalten hatte. Und er dachte an ihren letzten Abend, als sie mit der Kraft eines Gottes getanzt hatte.
Als er sich endlich an ihre Totenbahre begab, berührte ein Diener ihn am Arm, verwies auf ihre Füße und erklärte ihm, daß der Scheiterhaufen nur dann am Kopfende angezündet werden dürfe, wenn die verstorbene Person ein Mann sei.
Die ölgetränkten Scheite hatten schnell zu brennen begonnen und strömten den süßen Geruch des Nimbabaumes aus. Schon bald bestand der Scheiterhaufen nur mehr aus gelben, flammenden Zungen, und ihm war es, als erblickte er sie inmitten der Flammen noch einmal, als tanzende Göttin Parvati und geliebte Gemahlin Shivas.
Als er sich zum Gehen wandte, zupfte ein Diener ihn am Ärmel und bedeutete ihm, er müsse noch bleiben. Als ihr »Sohn« war es seine Pflicht, dafür zu sorgen, daß ihr Schädel zerbarst und ihre Seele somit freigelassen wurde. Falls es in der Hitze nicht von allein geschah, so würde er es selber tun müssen.
Er blieb stehen, wartete und der Rauch wehte über ihn hinweg. Wie konnte eine Religion, die solch etwas Herrliches wie ihren Tanz hervorgebracht hatte, gleichzeitig ein derartig barbarisches Totenritual ersinnen? Endlich zeigten ihm die Diener zu seiner grenzenlosen Erleichterung an, daß man aufbrechen könne. Sie hoben den Topf mit dem heiligen Feuer auf und nahmen Hawksworth am Arm, um ihn fortzugeleiten. Das war der Augenblick gewesen, als er sich von ihnen trennte, um ein letztes Mal mit ihr allein sein zu können. Schließlich konnte er

sich seiner Gefühle nicht mehr erwehren, hatte sich abgewandt und war, die Augen tränenblind, die Treppe hinaufgestiegen.
Noch einmal blickte er jetzt wie betäubt zurück, als würde er soeben aus einem bösen Traum erwachen. Fast ohne nachzudenken, griff er in die Tasche seines Wamses. Seine Finger schlossen sich um die Brandyflasche. Er nahm zwei kräftige Schlucke und setzte dann seinen Weg durch die Straßen Agras fort.

»Ihr seid ein erstaunliches Risiko eingegangen, um die schrulligen Riten Eurer Hindu-Tänzerin zu ehren, Botschafter.« Nadir Sharif hatte Hawksworth bei Sonnenuntergang in seinen Empfangsraum zitiert. »Nur wenige Männer hier hätten das getan.«
»Ich habe schon zwei Pestepidemien überlebt. Im Jahre 1592 starben in London mehr als zehntausend Menschen, und im Jahre 1603, im Sommer nach der Krönung von König James, mehr als dreißigtausend, also jeder fünfte Einwohner der Stadt. Wenn ich an dieser Krankheit hätte sterben sollen, dann wäre es längst geschehen.« Hawksworth hörte sich prahlen und überlegte, ob seine Worte so leer klangen, wie sie waren. Er erinnerte sich an seine eigene quälende Angst während der letzten Pestepidemie, als rowdyhafte, fluchende Sargträger, Schurken, von denen manch einer meinte, sie seien schlimmer als Henker, mit geborgten Schubkarren in der Stadt aufkreuzten und ihr Ruf: »Werft eure Toten heraus!« durch die verlassenen Straßen hallte. Für einen Sixpence pro Leiche karrten sie die Toten zu offenen Gruben am Stadtrand, und bereiteten ihnen ein weiheloses, anonymes Begräbnis, und der Beutelschneider lag Seite an Seite mit dem Ratsherrn. Plötzlich kamen Hawksworth die Hindu-Bräuche nicht mehr so barbarisch vor.
»Nichtsdestoweniger seid Ihr ein mutiger Mann. Oder auch ein törichter.« Nadir Sharif hieß ihn, auf einem Kissen Platz zu nehmen. »Sagt mir, haben Eure englischen Ärzte bereits die Ursache dieser Krankheit herausgefunden?«
»Da gibt es viele Theorien. Die Puritaner meinen, es sei Gottes Rache, und Astrologen weisen darauf hin, daß es beim letzten Ausbruch der Pest eine Verbindung zwischen den Planeten Jupiter und Saturn gab. Unsere Ärzte haben im wesentlichen zwei Theorien. Einige von ihnen behaupten, die Krankheit würde durch einen Überschuß an faulen Körpersäften verursacht, wohingegen andere meinen, sie würde durch

vergiftete Luft verbreitet, die widernatürliche Dünste in sich aufgenommen habe.«
Nadir Sharif saß ein Weilchen nachdenklich da, als grüble er über die Erklärungen nach.
»Was Ihr mir soeben mitteiltet«, begann er dann, »heißt, daß Eure Ärzte nicht die geringste Ahnung haben. Also haben sie klugerweise Namen für die wichtigsten Aspekte ihres Unwissens erfunden.« Er lächelte milde. »Es gibt auch indische Ärzte, die so etwas getan haben. Aber sagt mir, was ist denn *Eurer* Meinung nach die Ursache?«
»Auch ich kenne sie nicht. Aber in Jahren nach einer schlechten Ernte, wenn hungrige Hunde und Ratten im Unrat der Straßen nach Nahrung suchen, scheint es besonders schlimm zu sein. Während der letzten Pest in London hat man sämtliche Hunde getötet oder aus der Stadt geschafft, aber das hat anscheinend nicht viel geholfen.«
»Und die Ratten?«
»In England hat es schon immer Leute gegeben, die sich als Rattenfänger verdingten. Aber als während der Pest die Hunde fehlten, haben die Ratten sich natürlich vermehrt.«
Nadir Sharif lächelte nachdenklich. »Die Hindus, müßt Ihr wissen, haben ein Buch, das *Bhagavata Parana,* das die Menschen davor warnt, ihr Haus zu verlassen, wenn sie eine kränkliche Ratte in der Nähe erblicken. Die Inder nehmen bereits seit langem an, daß Ungeziefer Krankheiten überträgt. Habt Ihr je die Möglichkeit in Betracht gezogen, die Ratten könnten die Ursache der Pest sein und nicht die Hunde? Vielleicht habt Ihr mit den Hunden gerade den ärgsten Feind der pestverbreitenden Ratten vernichtet?«
»Daran hat noch niemand gedacht.«
»Nun, fest steht, daß die europäische Pest endlich Indien erreicht hat, ganz gleich, was sie verursacht.« Nadir Sharifs Miene war düster. »Fast einhundert Menschen sind in der vergangenen Woche in Agra gestorben. Unsere Ärzte suchen noch immer nach einem Heilmittel. Welche Arzneien verwendet man in England? Ich bin sicher, daß Seine Majestät sehr daran interessiert wäre, dies zu erfahren.«
»Die Maßnahmen sind wohl eher allgemeiner als gezielter Natur. Die Engländer versuchen die verpestete Luft um sich herum zu säubern. Sie verbrennen in ihren Wohnungen Rosmarin, Wacholder und Lorbeerblätter. Während der letzten Pestwelle stieg der Preis für Rosmarin von

zwölf Pence für einen Armvoll auf sechs Schillinge für eine Handvoll. Die einzigen Leute, denen damit geholfen wurde, waren offenbar die Kräuterweiblein und die Gärtner. Ein Arzt behauptete, man könne die Pest von sich fernhalten, wenn man eine Tüte Arsen auf der Haut trägt. Auch existiert der Glaube, daß ein halbes Dutzend geschälter Zwiebeln, das man in der Nähe seines Hauses vergräbt, sämtliche Krankheitskeime der näheren Umgebung in sich versammelt. Andere wiederum räuchern die ansteckenden Dünste aus, indem sie rotglühende Ziegelsteine in ein Becken voller Essig werfen.«

»Helfen denn diese seltsamen Quacksalbereien?« Nadir Sharif versuchte sich seine Zweifel nicht anmerken zu lassen.

»Vielleicht. Aber wer kann es wissen? Immerhin läßt die Pest stets nach einer gewissen Zeit nach, meistens bei Einbruch des Winters.«

»Unternimmt Euer König etwas?«

»Im allgemeinen verläßt er London, sobald die Seuche sich auszubreiten beginnt. Im Jahre 1603, seinem Krönungsjahr, fuhr er zuerst nach Richmond, dann nach Southampton und zuletzt nach Wilton. Er war den ganzen Sommer über unterwegs und kehrte erst im Herbst zurück.«

»Ist das das einzige, was er tat? Reisen?«

»In allen Städten, die von der Krankheit heimgesucht wurden, gab es Pestverordnungen. Und an jedem Haus, das eine erkrankte Person beherbergte, mußte ein rotes Kreuz auf die Tür gemalt und daneben das Pest-Gesetz angebracht werden. Keiner durfte das Haus verlassen, und wer sich nicht daran hielt, wurde ausgepeitscht.«

»Und haben all diese Maßnahmen etwas genützt?«

»Die Engländer mögen nicht, daß man ihnen verbietet, das Haus zu verlassen. Sie pflegten die Pest-Gesetze von ihren Türen zu reißen und ihren Geschäften nachzugehen. In einigen Städten heuerte man bezahlte Wachen an, die die Häuser beobachteten. Aber je mehr Menschen erkranken, desto schwerer ist es, alle zu bewachen. Daher gab es auch einen Erlaß, der öffentliche Versammlungen verbot. König James untersagte in einem Umkreis von fünfzig Meilen von London das Abhalten von Jahrmärkten. Außerdem waren durch ein städtisches Gesetz sämtliche Versammlungen in London verboten – in Theaterhäusern und Spielhäusern ebenso wie bei Hahnenkämpfen, Bärenhatzen, Bowling, Fußball. Sogar Balladensängern verbot man die Straße.«

»Seine Majestät wird das vielleicht interessieren.« Nadir Sharif wandte

sich an einen Diener und bestellte *sharbat.* »Vielleicht sollte auch er Gesetze erlassen, die öffentliche Versammlungen verbieten, bevor er aus Agra abreist.«
»Wieso? Reist er denn ab?« Hawksworth erschrak.
»Ja, übermorgen.« Ein Tablett mit Bechern voller *sharbat* wurde hereingebracht und auf Nadir Sharifs Wink zunächst Hawksworth angeboten.
»Ich muß ihn ein letztes Mal sprechen, bevor er abreist. Und bevor *ich* abreise.«
»Ich glaube wirklich nicht, daß das jetzt noch möglich ist. Er hat den täglichen *durbar* aufgehoben. Keiner kann ihn sprechen. Sogar ich habe Schwierigkeiten, zu ihm vorgelassen zu werden.« Nadir Sharif ließ sich einen Becher reichen und trank in kleinen Schlucken. »Jedenfalls fürchte ich, daß eine Audienz nicht viel helfen würde, Botschafter. Der Mogul ist damit beschäftigt, die Abreise des gesamten Hofes vorzubereiten, einschließlich der *zenana.* Es gilt, Tausende von Menschen in Marsch zu setzen, und das in kürzester Zeit. Ich versuche im übrigen bereits seit Tagen, mit Ihrer Majestät der Königin zu sprechen, doch auch sie hat niemanden empfangen, nicht einmal ihren eigenen Bruder.«
»Wohin plant Seine Majestät zu reisen?«
»Nicht sehr weit. Normalerweise würde er nach Norden ziehen, auf Kaschmir zu. Doch da der Winter bevorsteht, hat er beschlossen, nach Fatehpur Sikri zu reiten. Die Gegend um den alten Palast ist bislang von der Pest verschont geblieben.«
»Aber ich *muß* ihn einfach sprechen.« Hawksworth zögerte. »Wißt Ihr, was man mit Shirin gemacht hat?«
»Nichts, soweit ich höre. Ich glaube, man hält sie nach wie vor in der Festung gefangen.« Nadir Sharif sah Hawksworth prüfend an. »Ich würde Euch im übrigen dringend raten, Euch auf keinen Fall in die Angelegenheiten dieser persischen Abenteurerin und ihres dahingegangenen Sufi-Ketzers zu mischen.«
»Was ich tue, ist meine Sache!« Hawksworth setzte seinen Becher lauter ab als beabsichtigt. »Ich bestehe auf einer Audienz mit Seiner Majestät, und ich möchte, daß Ihr sie vermittelt.«
Nadir Sharif versuchte, Haltung zu bewahren. »Vielleicht ist es möglich, daß Ihr ihn bei seiner Abreise sprecht. Ich muß jedoch betonen, daß ein Treffen zum gegenwärtigen Zeitpunkt in Anbetracht der Verfassung Seiner Majestät sinnlos und möglicherweise sogar gefährlich wäre.«

»Ich werde ihn vor seiner Abreise sprechen. Ich werde einen Weg finden.«
»Dann wünsche ich Euch Erfolg, Botschafter.« Nadir Sharif stellte seinen *sharbat*-Becher ab. »Es reist übrigens übermorgen eine große Karawane nach Surat ab. Soll ich dafür sorgen, daß Ihr sie begleitet?«
»Ich reise nirgendwohin, solange ich nicht den Mogul gesehen habe.«
»Ihr seid ein eigensinniger Mann, Botschafter. Bitte glaubt mir, daß ich Euch nur Gutes wünsche. Ungeachtet der augenblicklichen Meinung Seiner Majestät über Euch, habe ich Euch immer sehr hoch geschätzt.« Er winkte nach einem Tablett mit Betelblättern und erhob sich, ein offizielles Lächeln auf den Lippen. »Wer weiß? Vielleicht ändert sich auch Euer Glück einmal.«

Königin Dschanahara las die Botschaft zweimal, und die Falten um ihren Mund zogen sich jedesmal enger zusammen. Dann reichte sie sie an Arangbar zurück, und der Mogul überflog sie noch einmal. Er schien ihren Inhalt nicht gänzlich zu erfassen und gab sie mit bebender Hand an Nadir Sharif weiter. Im Hof vor Arangbars Privatbibliothek herrschte Grabesstille. Sämtliche Diener und Eunuchen waren fortgeschickt worden. Die Gobelins, die den Raum sonst in Schatten hüllten, waren zurückgezogen worden, so daß das klare Licht des Morgens hereinflutete und die blumenreichen Wandgemälde auf den roten Sandsteinmauern der Bibliothek beleuchtete. Arangbar trank Wein aus einem vergoldeten Becher und betrachtete prüfend das Gesicht Nadir Sharifs, der jetzt die Depesche las.
»Er hat es rundweg abgelehnt, Majestät.« Nadir Sharifs Stimme klang seltsam gedämpft. »Wann kam die Nachricht?«
»Heute morgen. Es ist seine Antwort auf die Taube, die ich am Tag nach der Hochzeit nach Burhanpur entsandte, um ihm zu befehlen, das Kommando im Süden an Ghulam Adl zurückzugeben und zur Entlastung der Festung in Kandahar nach Nordwesten zu marschieren.« Arangbars Augen waren blutunterlaufen, sein Blick war voller Zorn. »Wenigstens wissen wir nun, wo er sich aufhält.«
»Wir wissen überhaupt nichts.« Dschanahara griff nach der Botschaft und sah sie sich genau an. »Diese Depesche ist vor vier Tagen abgesandt worden. Er kann inzwischen schon bei Mandu sein oder sich sogar schon Agra nähern.«

»Ich möchte sehr bezweifeln, daß er überhaupt irgendwohin marschiert«, fuhr Nadir Sharif ihr ins Wort, »bevor er nicht eine Antwort auf die von ihm gestellten Bedingungen erhalten hat.«

»Wiederholt sie mir.« Arangbar fiel es schwer, seinen Blick geradezuhalten.

»Sie sind ganz eindeutig, Majestät.« Nadir Sharif rollte die Botschaft zusammen und steckte sie wieder in die Bambushülle. »Dschadar hat es abgelehnt, mit seinen Truppen nach Kandahar zu marschieren, es sei denn, die Anzahl seiner Kavalleristen wird auf dreißigtausend erhöht und die *dschagirs* in Dholpur, die Prinz Allaudin vermacht wurden, werden an ihn zurückgegeben. Was werdet Ihr tun?«

»Bei einem Befehl des Moguls darf es kein Feilschen geben«, warf Königin Dschanahara dazwischen. »Wie oft werdet Ihr Euch noch einschüchtern lassen? Denkt daran, daß er sich anfangs auch weigerte, den gegenwärtigen Feldzug in Angriff zu nehmen, bevor nicht sein *suwar*-Rang erhöht und sein ältester Bruder Khusrav aus Agra fortgeschickt worden war. Wann werden seine Forderungen aufhören?« Ihre Stimme hob sich. »Nicht einmal jetzt wissen wir, was geschehen ist. Das einzige, was wir mit Sicherheit sagen können, ist, daß er vor zwei Monaten von Burhanpur nach Süden aufbrach. Und vor vier Tagen befand er sich wiederum dort. Hat man ihn etwa nach dem Versuch, Ahmadnagar zurückzuerobern, wieder dorthin zurückgetrieben? Gehört der Dekkan noch immer dem Abessinier? Prinz Dschadar ist uns auf viele Fragen eine Antwort schuldig.«

»Die Depesche kommt in der Tat aus Burhanpur. Jedenfalls hat er die Stadt nicht völlig aufgegeben, wie eine Anzahl von Gerüchten einen glauben machen.« Nadir Sharif fuhr mit großer Gelassenheit fort. »Und ich glaube auch nicht, daß er den Süden aufgegeben hat und in die Hände von Rebellen fallen ließ. Was immer er sonst sein mag, in erster Linie ist er Soldat.«

»Nach den Gerüchten zu urteilen, ist er augenblicklich in Burhanpur eingekreist.« Dschanahara betrachtete den leeren Innenhof. »Falls er die Stadt nicht längst verloren hat.«

»Welche Maßnahmen würdet Ihr also vorschlagen?« brabbelte Arangbar und trank.

»Es bleibt nur noch eine Möglichkeit, falls Ihr Dschadar jemals in Eure Kontrolle bekommen möchtet.« Dschanahara sprach direkt zu Arangbar gewandt. »Gebt Inayat Latif den Befehl, die kaiserliche Armee mobil zu machen und nach Süden zu marschieren, und zwar sofort. Wir müssen erfahren, was dort geschieht. Inayat Latif ist ein weitaus fähigerer General als Dschadar. Er kann zumindest dafür sorgen, daß der Dekkan ruhig bleibt. Wenn das geschehen ist, können wir uns mit den Forderungen Dschadars befassen.«

»Dadurch könnte allerdings der Anschein erweckt werden, die kaiserliche Armee marschiere gegen Dschadar.« Nadir Sharif räusperte sich. »Er wird es als Ultimatum betrachten. Glaubt Ihr wirklich, daß er auf Drohungen eingehen wird? Eigentlich solltet Ihr ihn besser kennen.«

»Ich kenne ihn nur zur Genüge.« Dschanaharas Stimme klang hart.

»Eure Majestät« – Nadir Sharif wandte sich nun direkt an die Königin – »möglicherweise würde er, wenn man ihm mehr Zeit gewährt, seine . . . Situation besser erkennen. Ich schlage vor, wir verlangen zuerst eine deutliche Klarstellung darüber, wie die militärische Lage im Dekkan aussieht. Danach können wir immer noch die kaiserliche Armee entsenden, falls es noch erforderlich sein sollte.«

»Ich werde es müde, Dschadar fortwährend eine Länge voraus sein zu müssen.« Arangbar stellte mürrisch fest, daß sein Becher leer war. »Zuerst die Pest und jetzt die Mobilmachung. Ich bin erschöpft. Wann ziehen wir ab?«

»Man sagte mir, daß der letzte Elefant innerhalb von einem *pahar* bereitstehen wird, Majestät.«

»Wenn Ihr schon darauf besteht, nichts zu unternehmen, so sollte die kaiserliche Armee doch wenigstens mobilisiert werden.« Dschanaharas Augen funkelten. »Dann wird Dschadar verstehen, daß wir schnell zu handeln bereit sind, falls er weiterhin Widerstand leisten sollte.«

»Wie viele Männer und Pferde hat Inayat Latif jetzt unter seinem Kommando?« Arangbar blickte forschend in die dunklen Winkel hinter ihnen, um einen Diener zu entdecken, den er nach mehr Wein schicken konnte.

»Es sind hier über einhunderttausend Männer, Majestät, und wohl fünfzigtausend Kavalleristen. Mehr als dreimal soviel Truppen wie Dschadar mit in den Süden genommen hat. Innerhalb von zwei bis drei Wochen sind sie abmarschbereit.«

»Ich bestehe darauf, daß die Truppen zumindest mobil gemacht werden und mit dem Hof zusammen nach Fatehpur ziehen . . . Sonst wird auch noch die Armee von der Pest angesteckt!« Dschanahara zögerte einen Augenblick und fuhr dann gelassen fort. »Ich bin bereit, noch heute in Eurem Namen eine solche Anordnung zu treffen. Sie würde die Armee vor Ansteckungen bewahren, Ihr hättet sie bei Euch, falls Ihr sie benötigen solltet, und außerdem würde es für Dschadar eine Warnung sein.«

»Dann bereitet den Befehl vor für meinen Siegel, wenn Ihr es so wünscht.« Arangbar seufzte und griff nach seinem Turban. »Ihr habt meistens recht.«

»Ihr wißt, daß ich recht habe.« Dschanahara lächelte. »Und ganz gleich, was geschieht: Schaden kann es nichts.«

»Dann ist es erledigt.« Arangbar versuchte aufzustehen, und Nadir Sharif sprang herbei und half ihm, auf die Beine zu kommen. »Ich muß ein letztes Mal heute den *durbar* abhalten, ganz geschwind, noch bevor wir aufbrechen. Der Botschafter der persischen Safawiden erwähnte gegenüber dem Wesir, er habe Geschenke und ein Gesuch, das mir noch vor der Abreise vorgebracht werden soll.« Er grinste breit. »Die Safawiden fürchten so sehr, ich könnte mich mit den Usbeken im Nordwesten verbünden, daß mir ihr Kaiser-Schah Abbas jeden Monat Geschenke überbringen läßt.«

»Ihr habt Euch in der Tat entschlossen, heute den *durbar* abzuhalten?« Nadir Sharif blickte auf. »In diesem Fall wird auch ein portugiesischer Beamter aus Surat erscheinen, der Geschenke vom Vizekönig überreichen möchte und Euch wegen einer, wie er sagt, sehr heiklen Angelegenheit sprechen möchte.«

»Welche ›heikle‹ Angelegenheit betrübt Seine Exzellenz?« Dschanahara blieb auf ihrem Weg zum Ausgang abrupt stehen und drehte sich um. »Ich habe nichts davon gehört.«

»Ich nehme doch an, wir werden das alle im *durbar* erfahren, Majestät.« Nadir Sharif verbeugte sich und verschwand.

Brian Hawksworth wartete auf dem überfüllten Platz des *Diwan-i-Am* mit einem großen Paket im Arm. Er hoffte, daß das Gerücht über Arangbars Erscheinen der Wahrheit entsprach. Erst vor einer Stunde hatte man auf dem Platz die Botschaft verbreitet, daß Arangbar einen kurzen Empfang abhalten würde, bevor er sich auf Reisen begab. Vorgesehen sei dafür ein Zelt-Pavillon, der in der Mitte des Platzes errichtet worden war.

Hawksworth blickte um sich und fühlte seine Handflächen feucht werden.

Wird es das letzte Mal sein, daß ich den indischen Mogul zu sehen bekomme? Und Shirin? Werde ich sie nie wiedersehen? Wird alles so zu Ende gehen?

Die vergangenen Tage waren für ihn die reine Hölle gewesen. Er hatte an Shirin gedacht und auf das erste Fieber gewartet, auf die ersten Schwellungen. Bislang hatten sich jedoch noch keine Krankheitssymptome bei ihm gezeigt. Und auf dem Basar war man der Ansicht, die Seuche würde noch innerhalb des laufenden Monats abklingen. Ganz sicher war, daß sie nicht die Ausmaße der Londoner Pest von 1603 erreichen würde.

Gerüchten aus dem Palast zufolge lebte Shirin noch. Nach dem Beginn der Pest waren sämtliche Hinrichtungen aufgeschoben worden. Da ferner verlautete, daß man den Mogul nur noch selten nüchtern antraf, hoffte Hawksworth, Arangbar wäre fortwährend so stark betrunken, daß er Shirin völlig vergessen hatte.

Er hatte sich schließlich einen letzten Plan zu ihrer Rettung zurechtgelegt, seine Truhe gepackt, die Rechnungen beglichen und die Diener entlassen. Sollte die Begegnung heute erfolglos verlaufen – falls sie überhaupt zustande kam – so würde er in jedem Fall abreisen müssen.

Er drängte sich näher an den königlichen Pavillon heran. Die Elefanten für die *zenana* waren auf den Platz geführt worden und wurden nun reisefertig gemacht. Nach Hawksworths grober Zählung waren rund einhundert Elefanten versammelt, um Arangbars Frauen zu befördern. Die *haudas* der Lieblingsfrauen waren aus Gold geschmiedet, mit Gittern aus dünnen Golddrähten umgeben, die ihnen das Herausschauen ermöglichten, und von einem schattenspendenden, silbernen Stoffbaldachin überdacht. Ein besonderer Elefant war für Königin Dschanahara und Prinzessin Layla bereitgestellt worden, geschmückt mit einer Decke aus Goldbrokat und einer edelsteinbesetzten *hauda*.

Dann kam erneut ein Elefant auf den Platz getrottet, der größte, den Hawksworth je gesehen hatte, majestätisch schwer und glänzend schwarz bemalt, geritten von einem *mahout*, der einen aus Goldfäden gewirkten Turban trug. Seine Decke war noch prunkvoller als die des Tieres der Königin, und seine *hauda* war kunstvoll mit Arangbars kaiserlichem Wappen verziert, dem langschwänzigen Löwen, der vor einem goldenen Sonnenantlitz eine drohende Duckstellung einnimmt. Unter den Veranden standen mehrere Reihen gesattelter Pferde, die auf Mitglieder des Hofstaates mit niedrigeren Rängen warteten. Neben jedem Pferd stand ein Sklave, der einen Schirm aus Goldstoff emporhielt. Davor befanden sich eine größere Anzahl karmesinroter Sänften aus perlenbesticktem, in der Sonne leuchtendem Samt, die für die hohen Beamten bereitstanden.

Der Weg, der vom Platz des *Diwan-i-Am* fortführte, war von dreihundert Kriegselefanten gesäumt, die alle ein Kanonengeschütz auf dem Rücken trugen. Hinter ihnen in der Sonne standen träge dreihundert Elefantenkühe, deren Rücken mit Golddecken belegt waren, die das Wappen des Moguls trugen. Sie warteten darauf, mit den Haushaltsgegenständen der *zenana* beladen zu werden. Direkt hinter dem Tor befanden sich eine Anzahl Wasserträger mit ledernen Eimern, die nun bereit waren, dem Zug des Moguls vorauszueilen, um den Staub auf den trockenen Wegen zu bändigen.

Im Innenhof erschallte plötzlich das Getöse von Trompeten und Kesselpauken, und als Hawksworth sich umblickte, entdeckte er Arangbar, der von vier uniformierten Eunuchen in einer offenen Sänfte hereingetragen wurde. Neben ihm ging ein Sklave, der einen schattenspendenden Seidenschirm über sein Haupt hielt, während ihm von der anderen Seite zwei pausbackige Eunuchen mit an langen Stangen befestigten Pfauenfedern kühle Luft zuwedelten.

Arangbar war für einen zeremoniellen Anlaß gekleidet, er trug einen Samt-Turban mit weißen Federn, die fast einen halben Meter lang waren. Ein Rubin von der Größe einer Walnuß hing von der einen Seite des Turbans herab, und an der anderen ein massiver Diamant zusammen mit einem herzförmigen Smaragd. Ringe mit leuchtenden Edelsteinen zierten jeden seiner Finger, und sein Umhang war aus Goldbrokat und mit juwelenbesetzten Armbändern geschmückt.

Als er am Eingang zum Pavillon seiner Sänfte entstieg, riefen ihm die Edelleute in seiner Nähe »*Padshah Salamat!*« – »Lang lebe der Kaiser!« – zu und machten den *teslim*. Am Thron empfingen ihn zwei Eunuchen, von denen der eine vortrat und ihm ein Silbertablett mit einem riesigen, rosafarbenen Karpfen überreichte, während der andere ihm ein Gefäß präsentierte, das mit einer dicken, weißen Flüssigkeit gefüllt war. Arangbar tauchte seine Fingerspitzen in die Flüssigkeit, berührte damit

den Fisch und rieb dann seine eigene Stirn damit ein – eine Mogulzeremonie, die dem bevorstehenden Marsch Glück bringen sollte.
Wieder trat ein Eunuch vor und überreichte Arangbar ein Schwert. Der Mogul starrte es einen Augenblick verwundert an und ließ zitternd seine Finger über die mit Diamanten besetzte Scheide und den geflochtenen Goldgürtel gleiten. Dann nickte er und gestattete, daß man ihm das Schwert um die Taille legte. Ein Eunuch übergab ihm sodann einen goldenen Köcher mit dünnen Bambuspfeilen und einen glänzenden Lackbogen, zwei weitere eilten ihm zur Seite, um mit weißen Yakhaar-Quasten, die goldene Griffe hatten, die Fliegen von seinem Gesicht fernzuhalten. Nun durchschnitt eine neuerliche Fanfare die Stille, und die Eunuchen halfen dem Mogul auf den Thron.
Erst als Arangbar Platz genommen hatte, bemerkte Hawksworth, daß Nadir Sharif und Zainul Beg bereits am Fuße des Podestes Stellung bezogen hatten, und daß Königin Dschanahara nicht anwesend war. Die Diener hatten es versäumt, ihren Wandschirm aufzustellen, hinter dem sie gemeinhin zu sitzen pflegte, um ihm seine Entscheidungen zu diktieren. Da man den Schein der Alleinherrschaft Arangbars noch aufrechterhalten mußte, durfte Dschanahara nicht in aller Öffentlichkeit beim Erteilen von Befehlen gesehen werden. Wenigstens jetzt noch nicht.
Hawksworth mußte lächeln und überlegte, wessen Kopf wegen dieses Versehens wohl rollen würde. Dann beobachtete er, wie Nadir Sharif damit begann, Arangbar die Gesuche zu erklären, und es war ihm, als könne er in den Augen des Ersten Ministers einen Ausdruck des Triumphes erkennen. War es etwa Absicht, daß der Wandschirm fehlte?
Der Botschafter der persischen Safawiden kam näher und brachte das obligatorische Geschenk – diesmal eine prunkvolle Schatulle, die einen Rubin an einer Goldkette enthielt. Dann hielt er ein Papier hoch. Arangbar hörte zu, wie Nadir Sharif das Dokument erklärte und schien es dann ein Weilchen zu bedenken. Schließlich fuchtelte er ein wenig mit den Armen und schien sich zu etwas bereit zu erklären, das Hawksworth nicht verstehen konnte. Der Botschafter verneigte sich dankbar, drehte sich mit großer Erhabenheit um und trat wieder ins helle Sonnenlicht.
Arangbar wurde bereits unruhig und war sichtlich von dem Wunsch erfüllt, alle Anwesenden zu entlassen. Er wandte sich an Nadir Sharif

und sagte ihm etwas, worauf dieser einem portugiesischen Gesandten, der in steifem Wams neben Pater Sarmento stand und wartete, ein Zeichen gab. Hawksworth bemerkte die beiden nun zum ersten Mal und spürte, wie sich sein Magen vor Haß verkrampfte.
Arangbar hörte mit verschwommenem Augenausdruck zu und nickte hin und wieder. Der portugiesische Gesandte hielt eine weitschweifige Rede, die Sarmento übersetzte, und begann, den Inhalt einer Truhe vor sich auszubreiten. Mit theatralischer Gebärde zog er mehrere große Silberleuchter hervor, eine Halterung voller Messer mit Goldgriffen in juwelenbesetzten Scheiden, ein Dutzend Weingläser aus venezianischem Kristall. Zum Schluß brachte er einen Lederumschlag mit einem roten Wachssiegel zum Vorschein, sagte noch ein paar Worte und überreichte das Dokument dann Nadir Sharif.
Der Erste Minister sah es sich an, brach das Siegel, zog ein Pergament heraus, und bedeutete dann Sarmento es zu übersetzen. Der Jesuit wirkte plötzlich sehr alt. Ihm schien nicht wohl zu sein in seiner Haut. Er rückte seinen Hut zurecht und nahm das Dokument entgegen.
Hawksworth drängte sich näher heran, und jetzt schien Arangbar ihn zum ersten Mal zu bemerken. Der Blick des Moguls verdüsterte sich, und er schien etwas in Hawksworth' Richtung sagen zu wollen, doch Sarmento hatte bereits mit seiner Übersetzung begonnen.
»Seine Exzellenz Miguel Vaijantes sendet Seiner Majestät, dem Großmogul von Indien, diesen Ausdruck seiner Hochachtung und immerwährenden Freundschaft. Er verbeugt sich vor Euch und hofft, daß Ihr ihm die Ehre erweisen werdet, dieses kleine Zeichen seiner Bewunderung anzunehmen.«
Sarmento bewegte sich etwas auf der Stelle und räusperte sich. Arangbars Augenlider zuckten müde und waren fast geschlossen, während sein Kopf die üblichen Schmeicheleien mit einem schwachen Nicken zu beantworten schien.
»Seine Exzellenz bittet Eure Majestät um Nachsicht wegen der bösen Übergriffe des Kapitäns eines unserer Patrouillenschiffe in der vergangenen Woche. Er versichert Eurer Majestät, daß man den Kapitän degradieren und noch innerhalb dieses Monats in Ketten nach Goa zurückbringen wird.«
Arangbar hatte seine Augen wieder geöffnet und seine Stellung auf dem Thron etwas verändert. »Von welchem Übergriff ist die Rede?«

Sarmento sah den Gesandten an, der schnell auf portugiesisch etwas antwortete, und wandte sich wieder Arangbar zu.

»Eure Majestät werden zweifellos in Kürze eine Botschaft aus Surat erhalten, worin der unglückliche Zwischenfall beschrieben wird. Seine Exzellenz möchte Euch schon im voraus erklären, daß es sich um einen mißverstandenen Befehl handelt, der gänzlich ohne sein Wissen oder Einverständnis ausgeführt wurde.«

Arangbar war nun wieder vollkommen wach und starrte auf die beiden Portugiesen hinab.

»Welcher Befehl? Hat der Vizekönig etwas angeordnet, das er nun ungeschehen machen möchte? Worum handelt es sich?«

»Es handelt sich um den unglücklichen Zwischenfall mit der *Fatima,* Eure Majestät.« Sarmento sah den portugiesischen Gesandten hilflos an, als suche er nach einer Erklärung.

»Was ist mit der *Fatima?* Sie ist mein größtes Frachtschiff. Sie wird in zwei Tagen mit Waren aus Persien in Surat erwartet.« Arangbar wirkte vollkommen nüchtern. »Ihre Hoheit Maryam Zamani hatte achtzig *lakhs* Rupien . . .«

»Die *Fatima* ist in Sicherheit, Eure Majestät. Man hat sie lediglich aufgrund einer falschen Auslegung eines Befehls Seiner Exzellenz auf hoher See festgehalten. Doch er bittet, Euch versichern zu dürfen . . .«

»Unmöglich!« Arangbar brüllte. »Er würde es nicht wagen! Er weiß, daß sich die Fracht unter meinem Siegel befand. Ich werde eine Kopie des *cartaz* nach Goa schicken lassen.«

»Es handelt sich um ein arges Versehen, Majestät. Seine Exzellenz bittet Euch aufrichtigst um Verzeihung. Er bietet an . . .«

»Es ist auf einen *Befehl* hin geschehen! Wer außer ihm kann diesen Befehl erteilt haben? Wie kann es sich da um ein ›Versehen‹ handeln?« Arangbars Gesicht war dunkelrot angelaufen. »Warum ist überhaupt solch ein Befehl ergangen?«

Der Gesandte flüsterte Sarmento hastig etwas ins Ohr, und der Pater wandte sich wieder an Arangbar. »Ein Versehen ist immer möglich, Majestät. Seine Exzellenz möchte Euch versichern, daß das Schiff mit der gesamten Fracht innerhalb von zwei Wochen freigelassen wird.«

»Ich verlange, daß man es auf der Stelle freiläßt! Und daß eine Wiedergutmachung in Höhe des Frachtwertes an mich persönlich ausgezahlt wird. Wenn das nicht geschieht, wird Euer Vizekönig nie wieder in einem indischen Hafen Handel treiben.«

Sarmento wandte sich zur Seite und übersetzte für den Gesandten. Der Portugiese zog ein langes Gesicht und antwortete zögernd.

»Wir bedauern, Majestät, aber wir haben keine Vollmacht, um zu diesem Zeitpunkt der Zahlung einer Wiedergutmachung zuzustimmen. Jedoch versichern wir Euch, daß Seine Exzellenz . . .«

»Dann wird ›Seine Exzellenz‹ eben keinen weiteren Handel mehr in Indien betreiben.« Arangbar wandte sich ab. Er schäumte vor Wut und schrie den Wachen, die hinter seinem Rücken standen, etwas zu. Während sie ihm zur Seite eilten, zog er sein Schwert und fuchtelte trunken in Richtung des Gesandten, dessen Gesicht weiß geworden war. »Führt ihn hinweg!«

Als die Wachen den zu Tode erschrockenen Portugiesen an den Armen ergriffen, rollte sein Hut auf den Teppich. Flehend sah der Mann zu Nadir Sharif auf, doch die Miene des Ersten Ministers war eine unbewegliche Maske.

Arangbar richtete das Wort an Pater Sarmento: »Falls Seine Exzellenz mir noch etwas mitzuteilen hat, wird er es mir persönlich sagen, oder er wird jemanden schicken, der die Vollmacht besitzt, mir zu antworten. Ich empfange keinen seiner *peons.*«

Sarmento zuckte zusammen, als er den beleidigenden Ausdruck hörte, mit dem man in Goa abschätzig die Dockarbeiter bezeichnete. »Eure Majestät, ich kann Euch wirklich versichern . . .«

»Ihr werdet mir niemals wieder etwas versichern. Ich höre nun Eure Beteuerungen seit vielen Jahren, und sie betreffen größtenteils Dinge, die Ihr lediglich glaubt, niemals jedoch beweisen könnt. Ihr habt mir immer wieder versichert, wie mächtig der christliche Gott ist, doch kein einziges Mal wart Ihr bereit, die Herausforderung der islamischen Mullahs zu akzeptieren und Eure Bibel zusammen mit dem Koran ins Feuer zu werfen, um ein für allemal zu beweisen, welches der beiden Bücher die Heilige Wahrheit enthält. Doch diese Prüfung ist nun überflüssig. Eure christlichen Lügen haben jetzt ein Ende.« Anrangbar erhob sich unsicheren Fußes von seinem Thron, die Stirne von Zornesfalten gefurcht. »Ich ordne hiermit die Aufhebung Eurer Besoldung und die Schließung Eurer Kirche in Agra an. Desgleichen die Eurer Mission in Lahore. Es wird nie wieder eine christliche Kirche in Indien geben. Niemals.«

»Eure Majestät, es gibt sehr viele Christen in Indien.« Sarmentos Stimme klang flehend. »Sie benötigen einen Priester, der ihnen die heiligen Sakramente darreicht.«

»So tut dieses in Eurer Behausung. Ihr besitzt keine Kirche mehr.« Arangbar nahm wieder Platz, vom Zorn überwältigt. »Kommt mir nie wieder unter die Augen, es sei denn, Ihr bringt mir die Nachricht, daß mein Schiff freigelassen und meinen Forderungen entsprochen wurde.«

Entsetzt sah Sarmento, wie Arangbar ihn mit einer Armbewegung entließ. Der alte Jesuit wandte sich ab und ging zitternd durch die Menge, die sich immer näher an den Pavillon herandrängte. Als er an Hawksworth vorbeikam, blieb er stehen.

»All das geschah Euretwegen.« Seine Stimme bebte. »Ich habe das alles erst heute von diesem Dummkopf Pinheiro erfahren. Möge Gott Euch beistehen, Ihr Ketzer. Ihr und Euresgleichen habt alle Seine Arbeit in Indien zunichte gemacht.«

Hawksworth suchte nach einer Antwort, als er Arangbars trunkene Stimme hörte.

»Engländer! Was habt Ihr hier zu schaffen? Tretet vor und erklärt, was Ihr wünscht.«

Hawksworth blickte sich um und sah, wie Arangbar ihm bedeutete, näher zu treten.

»Seid Ihr taub? Tretet vor!« Arangbars Augen funkelten boshaft. »Warum seid Ihr noch in Agra? Man sagt uns, daß wir Euch vor bald einer Woche fortgeschickt haben. Ich glaube, ich werde mich entschließen, sowohl Euch wie jeden anderen Christen hier in Indien aufhängen zu lassen.«

»Mit Verlaub, Eure Majestät, ich bin hier, um Euch um eine Audienz zu bitten.« Hawksworth ging schnell an den überraschten Wachposten vorbei. In der Hand hielt er das Päckchen, das er mitgebracht hatte.

»Nun, was habt *Ihr* uns gestohlen, Engländer? Seid Ihr nun hier, um uns mitzuteilen, es sei alles ein Versehen gewesen, bevor ich befehle, daß man Euch die Hand abhackt?«

»Engländer sind keine Portugiesen, Majestät. Wir nehmen nicht das, was uns nicht gehört. Was habe ich je genommen, das Eure Majestät mir nicht freiwillig geschenkt hätte?«

»Es ist wahr, was Ihr sagt, Engländer, Ihr seid kein Portugiese.«

Arangbar strahlte plötzlich, als sei ihm ein guter Einfall gekommen. »Sagt mir, Engländer, wird Euer König nun die portugiesische Flotte für mich zerstören?«

»Warum sollte er das tun, Eure Majestät? Ihr habt ihm das Recht, Handel zu betreiben, versagt. Ihr habt es abgelehnt, ihm den *firman* zu bewilligen, um den er Euch bat.«

»Nicht, wenn es ihm gelingt, die portugiesischen Ungläubigen aus unseren Gewässern zu vertreiben. Sie sind eine Pest, eine Plage, die alles verdirbt, was mit ihr in Berührung kommt.« Arangbar winkte einem Eunuchen und bestellte Wein. »Ihr habt mich einmal hintergangen, Engländer, doch Ihr habt mich nicht beraubt. Vielleicht werden wir Euch noch einige Tage länger hierbleiben lassen.«

»Ich habe bereits Vorkehrungen für meine Abreise getroffen, Majestät, auf Euren Befehl hin.«

»Ihr könnt ohne unsere Erlaubnis nicht abreisen, Engländer. Noch herrschen *wir* über Indien, ganz gleich, was der portugiesische Vizekönig denken mag.« Arangbar hielt inne und trank hastig aus seinem Weinglas. »Warum wünscht Ihr dann eine Audienz, Engländer, wenn Ihr doch abzureisen gedenkt?«

»Ich bin gekommen, um Eure Majestät um eine winzige Kleinigkeit zu bitten.« Er trat vor, verbeugte sich und überreichte sein Paket, das obligatorische Geschenk.

»Was habt Ihr uns hier mitgebracht, Engländer?«

»Mit Verlaub, Eure Majestät, nachdem ich all meinen Verpflichtungen in Agra nachgekommen bin, habe ich kein Geld mehr übrig, um Geschenke zu besorgen, die Eurer Majestät würdig wären. Nun bleibt mir nur noch dieses. Ich überreiche es Eurer Majestät in der Hoffnung, Ihr möget verstehen, daß die Unwürdigkeit, die es in *Euren* Augen besitzt, nur an dem unschätzbaren Wert, den es für *mich* hat, gemessen werden kann. Es ist mein Schatz. Ich trage es an meiner Seite seit mehr als zwanzig Jahren, zu Wasser und zu Land.«

Arangbar nahm das Päckchen neugierig an sich und schlug die samtene Umhüllung auseinander. Eine englische Laute kam zum Vorschein.

»Was ist das, Engländer?« Arangbar drehte die Laute in seiner Hand hin und her.

»Ein Instrument aus England, Eure Majestät, das bei uns dieselbe Achtung genießt, wie bei Euch der indische Sitar.«

»Ein seltsames Spielzeug, Engländer. Es hat so wenige Saiten. Spielt Ihr selber dieses Instrument?«

»Ja, ich spiele es, Eure Majestät.«

»Dann werden wir es hören.« Arangbar reichte Hawksworth die Laute zurück. Durch die Reihen der anwesenden Edelleute ging ein Raunen. Hawksworth nahm das Instrument zärtlich in seine Arme. Wehmut durchflutete ihn bei dem Gedanken, daß er sie nie wieder spielen würde. Erinnerungen an London, Tunis, Gibraltar, an unzählige Kajüten und andere Unterkünfte übermannten ihn. Er atmete tief ein und begann dann, eine kurze Suite von Dowland zu spielen. Es war dieselbe, der er vor langer Zeit im Observatorium in Surat für Shirin gespielt hatte. Die klaren Töne erfüllten den mit einem Baldachin überdeckten Pavillon mit ihrem reichen, vollen Klang. Die Suite war eine melancholische Wehklage über verlorene Liebe und Schönheit, und Hawksworth spürte, wie Tränen in seine Augen schossen. Als er zum Ende kam, erstarb der letzte klare Ton in einer endlosen Leere, die seinem Herzen glich. Er hielt die Laute noch einen Augenblick an sich geschmiegt und reichte sie dann an Arangbar zurück.

Auch in den Augen des Moguls schienen Tränen zu schimmern.

»Ich habe noch nie zuvor etwas Ähnliches gehört. Es besitzt eine Wehmut, wie sie uns aus keinem *raga* bekannt ist. Warum habt Ihr nicht früher schon für uns gespielt?«

»Eure Majestät haben eigene Musikanten.«

»Aber kein Instrument wie dieses hier, Engländer. Werdet Ihr Euren König veranlassen, uns eines zu schicken?«

»Aber ich habe Euch meines geschenkt, Majestät.«

Arangbar betrachtete die Laute aufs neue und sah dann Hawksworth lächelnd an. »Wenn ich das Instrument jetzt behalte, Engländer, werde ich sehr wahrscheinlich bis morgen vergessen haben, wo ich es gelassen habe.« Er zwinkerte Hawksworth zu und gab ihm die Laute zurück. »Sagt Eurem König, er soll uns eine schicken, Engländer, und dazu einen Lehrer, der unsere Musikanten unterrichtet.«

Hawksworth traute seinen Ohren nicht. »Ich danke Eurer Majestät untertänigst. Ich . . .«

»Nun, was war es, um das Ihr uns bitten wolltet, Engländer?« Arangbars Blick verharrte auf der Laute. »Stellt Eure Bitte schnell.«

Hawksworth räusperte sich und versuchte, seinen Pulsschlag zu beruhi-

gen »Daß Eure Majestät die persische Frau Shirin freilassen mögen, die sich keines Verbrechens gegen Eure Majestät schuldig gemacht hat.«
Arangbars Lächeln erlosch.
»Wir haben über ihr Schicksal bislang noch nicht entschieden, Engländer. Sie geht Euch nichts an.«
»Mit Verlaub, Majestät, sie geht mich sehr wohl etwas an. Ich bin gekommen, um Eure Majestät um die Erlaubnis zu bitten, sie zur Frau und mit nach England nehmen zu dürfen. Sie wird Indien sehr bald verlassen haben und Eurer Majestät keine weiteren Unannehmlichkeiten mehr bereiten.«
»Aber wir haben Euch bereits gesagt, daß Ihr nicht zurückfahrt, Engländer. Nicht so lange, bis wir es gestatten.« Der Mogul grinste. »Ihr bleibt erst einmal hier und spielt ein Weilchen Euer Instrument für uns.«
»So erflehe ich ihr Leben bis zum Zeitpunkt, da ich tatsächlich abreisen darf.«
Arangbar sah Hawksworth prüfend an, und ein verdrießliches Lächeln umspielte seine Lippen. »Ihr seid ein ganz hervorragender Frauenkenner, Engländer. Vielleicht sogar ein zu großer. Ich dachte mir das schon damals, als ich Euch zum ersten Mal sah.«
»Sie hat nichts Böses im Sinn gegen Eure Majestät. Es gibt keinen Grund, ihr das Leben zu nehmen.«
»Wie könnt Ihr, Engländer, wissen, was sie sich für uns wünscht? Wir glauben, sie besser zu kennen als Ihr.« Arangbar hielt inne und trank. »Doch wir werden ihr Euretwegen vorübergehend das Leben lassen, aber *nur* wenn Euer König sich bereit erklärt, Kriegsschiffe zu schikken, um die ungläubigen Portugiesen von unseren Küsten zu vertreiben. Und falls Ihr Euch bereit erklärt, noch öfter für mich zu spielen.«
»Werden Eure Majestät ihre Freilassung befehlen?«
»Ich werde sie fürs erste in meine *zenana* bringen lassen, Engländer. Bis die Dinge erledigt sind. Ich werde anordnen, daß sie mit uns nach Fatehpur kommt. Das wäre mein Teil der Abmachung. Was werdet Ihr tun, um den Euren zu erfüllen?«
»Ich werde meinen König von den Wünschen Eurer Majestät in Kenntnis setzen.«
»Und er wird ihnen entsprechen, falls er in Indien Handel zu treiben wünscht.« Arangbar wandte sich an Nadir Sharif. »Laßt ein Pferd für

den Engländer bereitstellen. Er wird heute mit uns reiten. Und laßt die Frau Shirin in die *zenana* bringen.«

Nadir Sharif verbeugte sich, kam näher und sprach zu ihm in vertraulichem Ton. »Mit Verlaub, Majestät, es darf Euch bekannt sein, daß Ihre Majestät Königin Dschanahara die Frau Shirin nicht ohne weiteres in der *zenana* willkommen heißen wird.«

»Ihre Majestät ist nicht der Mogul von Indien.« Die Abwesenheit der Königin schien Arangbar mit einem Male zu beleben. »Ich habe es befohlen.«

»Euer Wort ist mir Befehl.« Nadir Sharif verbeugte sich tief und warf Hawksworth einen besorgten Blick zu. »Vielleicht wäre es Eurer Majestät jedoch genauso angenehm . . . und Ihrer Majestät gleichermaßen . . . wenn Ihr es zuließet, daß die Frau unter der Obhut des englischen Botschafters nach Fatehpur reist.«

Arangbar blickte zum Palast hinüber, und seine fröhliche Stimmung schien genauso plötzlich wieder zu verfliegen, wie sie gekommen war. »Bis Fatehpur, gut. Danach werden wir entscheiden, wo sie abbleibt, bis der Engländer seinen Teil der Vereinbarung erfüllt hat.« Arangbar wandte sich an Hawksworth. »Seid Ihr einverstanden, Engländer?«

»Ich beuge mich dem Willen Eurer Majestät.«

»*Durbar* ist beendet.« Arangbar erhob sich ohne fremde Hilfe und ging auf den Ausgang des Zeltpavillons zu. Der Erste Minister kam leise an Hawksworth' Seite.

»Anscheinend hat sich Euer Schicksal tatsächlich zum Guten gewendet, Botschafter. Für den Augenblick jedenfalls. Ich fürchte indes, es wird vielleicht nicht von Dauer sein. Als Freund kann ich Euch nur raten, das Beste daraus zu machen.«

26

Der dunkle Himmel wies am östlichen Horizont eine zarte Blässe auf, die das erste Licht des anbrechenden Tages ankündigte. Hawksworth stand im Schatten seines Zeltes am Rande des weitläufigen kaiserlichen Lagers und zog fröstelnd sein abgenutztes Lederwams um sich. Er beobachtete die vorbeiziehenden Elefanten, deren ausladende Silhouetten sich gegen die Morgendämmerung abzeichneten. Sie wurden aus den vorübergehend errichteten Ställen auf dem Hügel hinter ihm ins Tal getrieben, wo Stallknechte dabei waren, große Kessel für das morgendliche Elefantenbad zu erhitzen. Wasser für die Elefantenbäder zu erhitzen, war seit der Herrschaft Akmans zur Gewohnheit geworden. Akman hatte gesehen, daß seine Elefanten an kühlen Morgen nach ihrem Bad zitterten, und daraufhin befohlen, ihr Badewasser fürderhin zu erwärmen.

Während er dem langen Zug der riesigen Tiere nachsah, die sich ihren Weg durch das Lager bahnten und ihre Rüssel in der Morgenluft hin und her schwangen, wurde ihm mit einem Mal bewußt, daß es sich nicht um zahme *zenana*-Elefanten, sondern um männliche Kriegselefanten des Ersten und Zweiten Ranges handelte.

Kriegselefanten des Ersten Ranges, »Vollblüter« genannt, wurden unter den jungen männlichen Tieren ausgewählt, die in der Schlacht notwendige Ausdauer und das erforderliche ausgeglichene Temperament bewiesen hatten; der Zweite Rang, »Tiger-Greifer« genannt, wurde jenen zuerkannt, die zwar ein wenig kleiner von Statur, doch von gleichem Temperament und gleicher Stärke waren. Jeder Elefant hatte fünf Wärter und stand unter der Zucht eines besonderen Militärausbilders, dem es oblag, das Tier Unerschrockenheit im Artilleriegefecht zu lehren. Die Wärter wurden allmonatlich von kaiserlichen Inspektoren kontrolliert, die ihren Lohn für einen ganzen Monat einbehielten, wenn der Elefant merklich an Gewicht verloren hatte. Verlor ein Elefant durch die Unachtsamkeit seiner Wärter infolge einer Infektion einen Stoßzahn, so betrug die Geldstrafe ein Achtel dessen, was das Tier wert war, und wenn ein Elefant unter ihrer Obhut starb, so erhöhte sich die Geldstrafe auf drei Monatslöhne und sie wurden ein Jahr lang ihres Amtes enthoben. Aber der Posten eines Elefantenwärters war verantwortungsvoll und vielbegehrt. Ein ausgebildeter Kriegselefant war gut und gerne seine hunderttausend Rupien wert, ein volles *lakh*, und erfahrene Kommandeure maßen in der Schlacht einem guten Elefanten den Wert von fünfhundert Pferden bei.

Hawksworth betrachtete die Elefanten, bewunderte ihren disziplinierten Gang und leichten Tritt und überlegte erneut, warum die Armee die Ställe so nahe beim kaiserlichen Lager aufgebaut hatte. Glaubte Arangbar womöglich, Schutz zu brauchen?

»Sie sind herrlich, findest du nicht?« Shirin trat aus ihrem Zelt hervor und gesellte sich zu ihm, ließ zerstreut ihre Hand über seinen Rücken gleiten. Es war nun sechs Tage her, seit sie Agra verlassen hatten, und Hawksworth schien es, als sei sie mit jedem Tag schöner, mit jeder Nacht zärtlicher geworden. Der Alptraum der vergangenen Wochen war nur noch eine blasse Erinnerung. Sie war nun in vollem Staat, trug einen durchsichtigen Schal, der mit einem Perlenband in ihrem Haar befestigt war, dicke Goldarmbänder, geblümte Beinkleider, unter einem durchsichtigen Rock, und ihre Augen und Brauen waren mit *kohl* geschwärzt. Entzückt sah er zu, wie sie sich einen leichten Umhang um die Schultern zog. »Besonders am Morgen. Man sagt, Akman pflegte einst seine königlichen Elefanten dazu abzurichten, zur Musik zu tanzen und mit Pfeil und Bogen zu schießen.«

»Ich glaube nicht, daß ich mich jemals an Elefanten gewöhnen werde.« Hawksworth betrachtete sie noch einen Augenblick, wie sie im zarten Licht der Morgendämmerung vor ihm stand, dann wandte er die Augen wieder den riesigen Gestalten zu, die an ihnen vorbeitrotteten, und versuchte, das ungute Gefühl abzuschütteln, das ihr Anblick in ihm weckte.

»Es wird dich belustigen zu hören, was man sich in London über sie erzählt. Niemand hat dort jemals einen Elefanten zu Gesicht bekommen, doch es sind viele Fabeln über sie im Umlauf. Es wird behauptet, daß sie bei Tage niemals einen klaren Fluß durchwaten, aus Furcht, vor ihrem Spiegelbild. Nur des nachts könne man sie dazu bewegen.«

Shirin lachte laut heraus und küßte ihn rasch auf die Wange. »Ich weiß nie, ob ich deine Geschichten über England glauben soll.«

»Ich schwöre, sie sind wahr.«

»Und die von Pferden gezogenen Kutschen, von denen du erzählt hast! Beschreibe sie mir noch einmal.«

»Sie hat vier Räder statt nur zwei, wie eure Wagen, und sie wird tatsächlich von Pferde gezogen, meist von zweien, manchmal auch von vieren. Sie ist ein geschlossener Raum, und im Inneren gibt es Sitze und Kissen . . . fast wie in einer Sänfte.«

»Soll das heißen, daß die *zenana*-Frauen eures Königs alle in diesen seltsamen Kutschen fahren, statt auf Elefanten zu reiten?«

»Erstens besitzt König James keine *zenana*. Ich glaube, er wüßte gar nicht, was er mit so vielen Frauen anfangen sollte. Und außerdem *gibt* es keine Elefanten in England. Keinen einzigen.«

»Kannst du eigentlich verstehen, wie schwer es mir fällt, mir einen Ort ohne Elefanten und ohne *zenana* vorzustellen?« Shirin sah ihn an und lächelte. »Und Kamele gibt es auch nicht?«
»Nein. Aber auch über die gibt es viele Geschichten bei uns. Sag mir, ist es wahr, daß man im Falle einer Vergiftung in ein frisch geschlachtetes Kamel gelegt wird, das das Gift aus einem herauszieht?«
Shirin lachte wieder und sah den Hügel hinauf zu den Ställen, wo die Lastkamele gefüttert und mit Sesamöl eingerieben wurden. Als die Wärter sie in Fünferreihen anschirrten, ertönten leise die Glocken an ihren Brustriemen. Hawksworth sah zu, wie die Wärter begannen, zwei der Kamele für den Transport der *mihaffa,* eines hölzernen Türmchens, auszurüsten, das an schweren Holzstangen zwischen sie gehängt wurde. Die Kamele stöhnten nun alle mitleiderregend und schnappten nach ihren Wärtern; es war ihre übliche Reaktion, wenn sie merkten, daß Arbeit auf sie zukam.
»Das klingt wie eines der Märchen, die man auf dem Basar zu hören bekommt. Warum sollte ein totes Kamel Gift aus einem Körper ziehen?« Sie sah Hawksworth an. »Manchmal stellst du die Engländer dar, als seien sie schrecklich naiv. Erzähl mir bitte, wie es in deinem Land *wirklich* aussieht!«
»In Wirklichkeit ist es ein wunderschönes Land, vor allem im Spätfrühling und im Frühsommer, wenn alles frisch und grün ist.« Hawksworth beobachtete, wie die Sonne hinter einem fernen Hügel auftauchte. Schon bald würde sie mit ihren unbarmherzigen Strahlen auf die ausgedörrte Winterlandschaft herniederbrennen. Seine Erinnerungen an England riefen mit einem Mal den Wunsch nach Schatten in ihm wach, und er nahm Shirin beim Arm und führte sie auf die andere Seite der Anhöhe, die noch in der Morgenkühle lag. Vor ihnen dehnte sich ein weiteres ödes Tal, steinig und dürr. »Manchmal frage ich mich, wie du es fertigbringst, den Sommer hier zu überleben. Als ich eintraf, war es bereits Herbst und die Hitze noch immer unerträglich.«
»Der Spätfrühling ist noch schlimmer als der Sommer. Im Sommer regnet es wenigstens. Aber wir sind an die Hitze gewöhnt. Einem *feringhi,* sagt man, wird das nie gelingen. Ich glaube, niemand aus deinem England könnte Indien jemals lieben oder verstehen.«
»Gib die Hoffnung nicht auf. Ich beginne es zu mögen.«
Er hob ihr Kinn und musterte mit gerunzelter Stirn ihr Gesicht, ließ

seinen Blick von ihren Augen zu ihrem Mund und über ihre leicht gebogene persische Nase wandern. »Was liebe ich wohl am meisten daran?« Er lachte und küßte sie auf die Nasenspitze. »Wahrscheinlich den Diamanten in deinem linken Nasenflügel.«

»Alle Frauen tragen einen! Daher muß ich es auch tun. Aber ich habe diesen Brauch nie gemocht. Du solltest dir etwas anderes aussuchen.«

Er legte den Arm um sie und hielt sie fest an seiner Seite. Er überlegte, ob er ihr von seiner Vereinbarung mit Arangbar erzählen sollte. Einen Moment lang war die Versuchung übermächtig, doch er widerstand ihr. Noch nicht.

»Weißt du, ich glaube, England würde dir gefallen, wenn du es einmal gesehen hättest. Auch ohne Elefanten und ohne Sklaven, die die Fliegen verscheuchen. Wir sind gar nicht so primitiv, wie du zu glauben scheinst. Bei uns gibt es Musik, und wenn du die Sprache erlerntest, würdest du entdecken, daß England viele großartige Dichter besitzt.«

»Solche wie der, den du einmal zitiert hast?« Sie sah ihn an. »Wie war doch sein Name?«

»Das war John Donne. Ich habe gehört, daß er Geistlicher geworden ist. Er wird also kaum noch so wie früher leidenschaftliche Gedichte und Lieder schreiben. Aber es gibt noch andere. Sir Walter Raleigh zum Beispiel, ein unverbesserlicher Abenteurer, der ganz passable Verse macht, und dann noch Ben Jonson, der Gedichte und Schauspiele schreibt. Ja, zahllose englische Schauspiele sind in Versform geschrieben.«

»Was meinst du mit Schauspielen?«

»Englische Schauspiele. Es gibt nichts Vergleichbares auf der Welt.« Hawksworth sah nachdenklich in das ausgedörrte Tal, das sich vor ihnen erstreckte. »Oftmals meine ich, sie sind das, was ich am schmerzlichsten vermisse, wenn ich nicht in London bin.«

»Also, was sind sie?«

»Es sind Geschichten, die von Schauspielern dargestellt werden. In Schauspielhäusern.«

Sie lachte. »Dann solltest du vielleicht damit anfangen, mir zu erklären, was ein Schauspielhaus ist.«

»Das beste ist das *Globe;* es liegt gleich jenseits der Themse bei London, nahe der Brücke von Southwark. Es wurde von einigen Kaufleuten und von einem Schauspieler aus Stratford-on-Avon gebaut, der auch die

Stücke schreibt. Es ist drei Stockwerke hoch und kreisrund, mit erhöhten Balkonen. Und auf der einen Seite ist eine geschlossene Bühne, wo die Schauspieler auftreten.«

»Tanzen die Frauen in diesen Stücken auch wie unsere *devadasis?*«

»Im Grunde sind die Schauspieler alle Männer. Manchmal treten sie auch als Frauen auf, doch ich habe sie nie sonderlich viel tanzen sehen. Es gibt Stücke über berühmte englische Könige, und manchmal auch Geschichten über unerfüllte Liebe – der Schauplatz ist dann meistens Italien.«

Shirin setzte sich an einen Felsen, lehnte sich bequem zurück, und betrachtete die langen Schatten, die die aufgehende Sonne über das Tal warf. Sie saß still und hing ihren Gedanken nach, und plötzlich lachte sie. »Was würdest du sagen, wenn ich dir erzählte, daß Indien bereits vor über tausend Jahren Dramen über Könige und unerfüllte Liebe besaß? Sie waren in Sanskrit geschrieben von Männern namens Bhavabhuti und Bhasa und Kalisada, deren Leben heute Legenden sind. Ein *pandit*, so nennen die Hindus ihre Gelehrten, erzählte mir einmal von einem Schauspiel, das von einem armen König handelte, der sich in eine reiche Kurtisane verliebte. Doch heutzutage gibt es hier keine Schauspiele mehr, es sei denn, man zählt die Tanzdramen dazu, die sie im Süden aufführen. Sanskrit ist eine tote Sprache, und die Moslems mögen keine Schauspiele.«

»Ich möchte wetten, daß dir die Stücke in London gefallen würden. Sie sind sehr aufregend, und manchmal von ergreifender Poesie.«

»Was tut man, wenn man zuschauen will?«

»Zunächst einmal wird am Aufführungstag eine große weiße Seidenfahne an einem Mast über dem *Globe* aufgezogen, die in ganz London zu sehen ist. Der Eintritt beträgt nur einen Penny für alte Stücke und zwei für neue, vorausgesetzt man hat nichts dagegen, im Parterre zu stehen.«

»Was für Leute besuchen diese Schauspielhäuser?«

»Alle Leute, ausgenommen wohl die Puritaner. Jedermann kann es sich leisten, einen Penny zu zahlen. Und das *Globe* liegt nicht weit von den Bärengärten Southwarks, also kommen eine Menge Leute nach der Bärenhatze. Das Parterre ist gewöhnlich voll von groben Handwerkern, die um die Bühne herumstehen und die Luft mit Tabak verqualmen.«

»Dann gehen also keine Frauen aus hohen Kasten und guten Familien dorthin?«

»Natürlich gehen auch solche Frauen hin.« Hawksworth versuchte erfolglos, ein Lächeln zu unterdrücken. »Es gibt in London gewisse Frauenhelden, die behaupten, das *Globe* sei der ideale Ort, um eine schöne Maid zu entdecken oder gar eine vornehme Dame, die auf ein Amüsement aus ist, während ihr Gatte in einem Spielsalon sitzt und sich betrinkt.«

»Ich kann nicht glauben, daß solche Dinge geschehen.«

»Nun, in England ist es so.« Hawksworth lehnte sich gegen den Felsen. »Du mußt wissen, daß die Frauen sich dort nicht einsperren und hinter Schleiern verstecken lassen. Wenn also im *Globe* ein Kavalier eine schöne Frau erspäht, so wird er nach einer Möglichkeit suchen, ihr Komplimente über ihr Kleid oder ihr Gesicht zu machen und sie dann bitten, neben ihr sitzen zu dürfen, verstehst du, damit ihr nicht irgendein ungehobelter Kerl mit seinen schmutzigen Stiefeln auf die Unterröcke tritt. Wenn dann das Stück begonnen hat, wird er ihr eine Tüte mit gerösteten Maronen kaufen oder vielleicht ein paar Orangen. Und wenn sie freundlich zu ihm ist, so wird er ihr anbieten, sie heimzugeleiten.«

»Ich vermute, das ist genau das, was auch du getan hast?« Sie sah ihn mißbilligend an.

Hawksworth wand sich unbehaglich und mied ihren Blick. »Ich habe hauptsächlich davon gehört.«

»Nun, ich mag nichts davon hören. Wo bleibt die Familienehre solcher Frauen? Sie scheinen mir höchst verwerflich zu sein und noch weniger Würde als ein *natsch*-Mädchen zu besitzen.«

»O nein, sie sind ganz anders.« Mit einem Augenzwinkern wandte Hawksworth sich ihr zu und kniff sie leicht ins Ohr. »Sie tanzen nicht.«

»Das macht es noch schlimmer. Die *natsch*-Mädchen haben wenigstens eine Ausbildung.«

»Jetzt glaubst du schon, die englischen Frauen seien schlecht, obwohl du noch keine einzige kennengelernt hast. Du tust ihnen unrecht. Aber ich glaube, du würdest England sehr liebgewinnen. Wenn wir in London wären, jetzt, in dieser Minute, dann könnten wir eine jener Kutschen mieten, von denen du glaubst, es gäbe sie nicht, und zu einem Landgasthaus hinausfahren. Gleich außerhalb Londons ist das Land so grün wie die Palastgärten von Nadir Sharif, mit Feldern und Hecken, daß es aussieht wie eine große Flickendecke, genäht von einer trunkenen

Schankwirtin. Wenn du wie eine Engländerin aussehen möchtest, könntest du deine Brust mit weißem Graphit pudern und deine Brustwarzen rot färben und vielleicht ein paar Schönheitspflaster auf deine Wangen kleben. Ich werde dir Fleisch von Gänsen, Kälbern und Kapaun auftischen lassen und schäumendes englisches Ale. Und englischen Hammelbraten, von dem mehr Fett tropft als von jedem Lamm, das du in Agra bekommst.«

Shirin betrachtete ihn ein Weilchen nachdenklich. »Du sprichst gerne von England, nicht wahr? Aber mir wäre es lieber, du würdest von Indien sprechen. Ich möchte, daß du hierbleibst. Warum solltest du jemals fortgehen wollen?«

»Ich versuche dir zu sagen, daß du England lieben könntest, wenn du es wolltest. Bald werde ich den *firman* bekommen, und wenn ich zurückkehre, wird die Ostindische Kompanie . . .«

»Arangbar wird niemals einen *firman* unterzeichnen, der dem englischen König die Handelsrechte überträgt. Ist dir nicht klar, daß Königin Dschanahara es niemals gestatten würde?«

»Im Augenblick sorge ich mich weniger um Königin Dschanahara als um Prinz Dschadar. Ich glaube, auch er möchte den *firman* verhindern. Warum, weiß ich nicht, aber bislang ist es ihm gelungen. Fast hätte er es fertiggebracht, ihn mit seinen falschen Gerüchten über die Flotte für alle Zeiten zunichte zu machen. Er hat das absichtlich getan, um in Arangbar Hoffnungen zu wecken und ihn dann zu enttäuschen, wobei die Schuld auf mich fallen mußte. Wer weiß, was er sich als nächstes ausdenken wird?«

»Du siehst ihn völlig falsch. Das hatte nichts mit dir zu tun. Verstehst du nicht, warum er das tun mußte? Du hast mich nicht einmal danach gefragt.«

Hawksworth starrte sie an. »Sag es mir.«

»Um die portugiesische Flotte abzulenken. Es ist alles so augenfällig. Irgendwie hat er herausbekommen, daß Königin Dschanahara den portugiesischen Vizekönig dafür bezahlt hat, Kanonen an Malik Ambar zu liefern. Hätten die Marathen Kanonen erhalten, so hätten sie Ahmadnagar auf ewig verteidigen können. Daher hat er die Portugiesen listig dazu gebracht, nach einer englischen Flotte zu fahnden, die gar nicht existierte. Die Portugiesen sind viel besorgter um ihr Handelsmonopol als darum, was mit Prinz Dschadar geschieht. Das wußte er.«

»Ich weiß, daß du ihn unterstützt, trotzdem bleibt er in meinen Augen ein ausgekochter Halunke.« Hawksworth sah ihr einen Augenblick prüfend ins Gesicht und überlegte, ob er ihren Worten glauben durfte. Wenn es wirklich stimmte, würde alles einen Sinn ergeben und in das bizarre Gewebe der Palastintrigen passen. Doch am Ende hatte Dschadar das Täuschungsmanöver nichts eingebracht. »Und trotz all seiner Schliche ist er im Süden besiegt worden. Auch ich höre die Gerüchte.«
Hawksworth erhob sich und nahm Shirin am Arm. Langsam gingen sie zu seinem Zelt zurück. »Also hat er alle letztlich umsonst in die Irre geführt.«
Als sie um den Hügel bogen und ins Sonnenlicht traten, sah Hawksworth, daß einige der Kriegselefanten bereits zu den Ställen zurückgebracht worden waren und angeschirrt wurden. Er blickte über das Tal zu den Zelten der kaiserlichen Armee und hatte das Gefühl, hastige Eile läge in der Luft, so als ob Männer und Pferde in aller Stille zum Gefecht mobilisiert würden.
»Aber siehst du es denn nicht? Der Prinz befindet sich nicht auf dem Rückzug!« Shirin ergriff schließlich seinen Arm und hielt ihn an. »Niemand hier ist sich bislang dessen bewußt. Malik Ambar hat . . .« Sie sah nach vorn und verstummte. Eine Gruppe von Radschputen schlenderte ziellos vor ihrem Zelt auf und ab. »Ich wollte, ich könnte dir sagen, was hier vorgeht.« Sie senkte die Stimme. »Halte dich vor allem bereit, fortzureiten.«
Hawksworth sah sie verständnislos an. »Fortreiten, wohin?« Er wollte ihre Hand berühren, doch sie sah zu den Radschputen und entzog sie ihm schnell. »Ich möchte nirgendwohin reiten, ich möchte dir noch mehr über England erzählen. Meinst du nicht, du möchtest es eines Tages kennenlernen?«
»Das weiß ich nicht. Vielleicht.« Sie wandte den Blick von den Radschputen. Eine Sekunde lang glaubte Hawksworth, gesehen zu haben, wie sie ihnen mit einer raschen Geste bedeutete, zu gehen. Oder hatte er sich geirrt? Die Radschputen schlenderten hügelabwärts, wobei ihre Schilde aus Nashornleder lose an den Schulterriemen schwangen.
»Sobald . . . sobald alles erledigt ist.«
»Sobald was? Sobald Arangbar den *firman* unterzeichnet hat?«
»Du scheinst mich noch immer nicht zu verstehen.« Sie wandte sich zu ihm und blickte ihm voll ins Gesicht. »Was Prinz Dschadar betrifft.

Selbst, wenn du einen *firman* bekommen solltest, so wäre er in Kürze wertlos.«

»So viel jedenfalls ist mir klar: Falls er daran denkt, gegen Arangbar und die Königin vorzugehen, so ist er ein völliger Narr. Hast du nicht gesehen, was für eine Armee uns begleitet? Sie ist dreimal so groß wie die Dschadars.« Er drehte sich um und ging weiter. »Seine Kaiserliche Majestät mag vielleicht ein Trunkenbold sein, doch was den jungen Prinzen Dschadar angeht, so schwebt er in keinerlei Gefahr.«

Als sie sich dem Eingang seines Zeltes näherten, blieb sie einen Augenblick stehen und sah ihn an, in ihrem Blick eine Mischung aus Sehnsucht und Besorgnis.

»Ich kann jetzt nicht bleiben. Heute nicht.« Sie küßte ihn rasch und verschwand.

Nachdenklich beobachtete Königin Dschanahara, wie Allaudin auf ihr Zelt zuschlenderte. Sein geblümter Turban saß nach der neuesten Mode schräg auf dem Kopf, und sein violetter Gaze-Umhang war zu weibisch für einen Mann, es sei denn, er wäre ein Eunuch oder ein Geck. Sie sah, wie an seinem Gürtel der juwelenbesetzte Griff seines *katar* aufblitzte – ein viel zu dekoratives Stück, um je benutzt zu werden –, und plötzlich wurde ihr bewußt, daß sie ihn noch nie mit einem Messer oder Schwert in der Hand gesehen hatte. Kein einziges Mal hatte sie erlebt, daß er auf eine Krise reagiert hätte. Und Prinzessin Layla hatte angedeutet, er sei nicht ganz der Mann, den sie sich erhofft habe, was immer das heißen mochte.

Mit einem Mal schien ihr dies alles von Belang. Erst eine Woche war vergangen, seit Dschadars Forderungen abgelehnt worden waren, und schon hatte er gehandelt. Nun würde sie ihren *nashudani*, ihren Taugenichts von einem Schwiegersohn, beschützen müssen. Er würde sich niemals selbst schützen können, jedenfalls nicht vor Dschadar.

»Eure Majestät.« Allaudin begrüßte sie in aller Form.

»Nehmt Platz.« Dschanahara betrachtete ihn kritisch mit ihren dunklen, grübelnden Augen. »Wo ist Nadir Sharif?«

»Die Eunuchen sagten, daß er sich ein paar Minuten verspäten würde.«

»Er legt es immer darauf an, mich zu reizen.« Ihre Stimme verebbte. Sie sah, wie Allaudin sich mit gezierter Gebärde auf einem Samtkissen niederließ. »Sagt mir, seid Ihr zufrieden mit Eurer Braut?«

»Ich bin sehr von ihr angetan, Majestät.«
»Erfüllt Ihr auch Eure Pflichten als Gemahl?«
»Majestät?« Allaudin sah zu ihr auf, als habe er die Frage nicht begriffen.
»Eure Pflichten gelten nicht nur ihr oder mir. Sie gelten auch Indien. Dschadar hat nun einen männlichen Erben. Solche Dinge sind von Gewicht in Agra, oder wußtet Ihr das nicht?«
Allaudin kicherte. »Ich besuche ihr Zelt jede Nacht, Majestät.«
»Aber zu welchem Nutzen? Seid Ihr dann betrunken und habt Eure Kräfte bereits bei einer *natsch*-Tänzerin verausgabt? Leugnet es nicht. Ich weiß, daß es stimmt. Vergeßt Ihr, daß sie Diener hat? Es gibt in diesem Lager keine Geheimnisse. Ich habe das Gefühl, Ihr werdet eher einen Erben mit einer Sklavin zeugen als mit meiner Tochter. Das dulde ich nicht.«
»Majestät . . .« Allaudin sah erleichtert auf, als Nadir Sharif den Vorhang am Eingang des Zeltes zur Seite schob. Als er eintrat, gab Dschanahara den Eunuchen und Dienern ein Zeichen, sich zurückzuziehen, und Sekunden später waren sie durch die verhangenen Hinterausgänge verschwunden.
»Ihr kommt zu spät.«
»Ich bitte aufrichtigst um Verzeihung, Majestät. Es gibt unendlich viele Dinge, um die ich mich kümmern muß. Ihr wißt, daß Seine Majestät noch immer die morgendlichen *darshans* in seinem Zelt abhält, und zweimal am Tage hält er *durbar*-Audienzen. Die Schwierigkeiten . . .«
»Eure Schwierigkeiten fangen erst an.« Sie zog eine Depesche aus einem vergoldeten Bambusrohr. »Lest das.«
Nadir Sharif nahm das Dokument und stellte sich ins Licht am Eingang. Zweimal las er die Mitteilung durch, bevor er sie Dschanahara zurückgab.
»Hat Seine Majestät dies schon gesehen?«
»Natürlich nicht, aber er wird es früher oder später erfahren müssen.«
»Von wem ist es?« Allaudin sah mit großen Augen auf, seine Stimme war unstet.
»Von Eurem Bruder.« Dschanahara blickte ihm ins Gesicht, Verachtung in ihren Augen. »Dschadar hat verkündet, daß er sich nicht länger der Autorität des Moguls unterwirft.« Sie schwieg, um Allaudin Zeit zu lassen, die Tragweite ihrer Mitteilung zu begreifen. »Versteht Ihr, was

das zu bedeuten hat? Dschadar rebelliert. Wahrscheinlich marschiert er schon in diesem Moment mit seiner Armee gegen Agra.«
»Das ist unmöglich. Solange Seine Majestät lebt . . .«
»Dschadar hat verkündet, Seine Majestät sei nicht länger fähig zu regieren. Er hat sich anerboten, diese ›Last‹ selber zu übernehmen. Das ist eine unglaubliche Brüskierung der gesetzmäßigen Herrschaft.«
»Dann muß man ihn nach Agra bringen und unter Anklage stellen.« Allaudins Stimme schwoll an vor Entschlossenheit.
»Ganz eindeutig.« Nadir Sharif stellte sich in die Zeltöffnung und starrte einen Augenblick lang hinaus in die Sonne. Dann wandte er sich an Dschanahara. »Jetzt haben wir keine andere Wahl, als die kaiserliche Armee loszuschicken. Eure Vermutungen über Dschadar vergangene Woche waren nur allzu korrekt.«
»Und jetzt seht Ihr es ein? Nachdem wir eine ganze Woche verloren haben!« Dschanahara war ihm mit den Augen gefolgt. »Jetzt gebt Ihr zu, daß die Armee eingesetzt werden muß?«
»Es bleibt uns nichts anderes übrig.« Nadir Sharif schien in die Betrachtung der ausgedörrten Landschaft vertieft. »Obwohl es bedeutend schwieriger sein könnte, Dschadar in Schach zu halten, als wir anfangs angenommen hatten.«
»Warum sollte das schwierig sein?« Allaudin blickte verwirrt auf Nadir Sharif. »Seine Truppen waren von Anfang an sehr begrenzt. Und nach seiner Niederlage gegen Malik Ambar? Wie viele Fußsoldaten und Kavalleristen können ihm da noch geblieben sein?«
»Vielleicht solltet Ihr die Depesche lesen.« Nadir Sharif warf Allaudin die Papierrolle in den Schoß. »Dschadar hat Malik Ambar überhaupt nicht angegriffen. Statt dessen ist er mit ihm ein Bündnis eingegangen. Man könnte meinen, daß sein ›Rückzug‹ nach Burhanpur nur eine Tücke war. Er ist nie auf die Marathen-Armeen gestoßen, also hat er auch nicht einen einzigen Infanteristen eingebüßt. Statt dessen hat er Malik Ambar nur bedroht und dann einen Waffenstillstand mit ihm vereinbart. Kein Mensch kann wissen, wie groß seine Armee jetzt ist oder wo er sich gerade befindet. Diese Depesche kommt aus Mandu, was also bedeutet, daß er bereits weit nach Norden vorgedrungen ist. Ich glaube, er wird innerhalb von zwei Wochen Agra besetzen, falls wir ihn nicht daran hindern.«
»Gütiger Allah!« Allaudins Stimme zitterte plötzlich. »Was sollen wir

unternehmen?« Flehend sah er Dschanahara an. »Ich werde die Armee selber anführen, falls Ihr es wünscht.«

Dschanahara schien ihn nicht zu hören. Sie erhob sich und ging auf den Eingang des Zeltes zu. Nadir Sharif trat zur Seite, als sie den Vorhang öffnete und über das Tal schaute.

»Heute morgen habe ich Inayat Latif den Befehl erteilt, mobil zu machen und abzumarschieren.«

»Ohne Seine Majestät davon in Kenntnis zu setzen?« Nadir Sharif starrte sie ungläubig an.

»Ich habe den Befehl in Seinem Namen erteilt. Ich habe mit so etwas Ähnlichem gerechnet, daher habe ich ihn den Befehl vor vier Tagen unterzeichnen und siegeln lassen.«

»War Seine Majestät vollkommen nüch . . .« Nadir Sharif zögerte. »War er sich ganz und gar dessen bewußt, worin er einwilligte?«

»Das spielt jetzt kaum noch eine Rolle. Doch auch Ihr müßt noch Euer Siegel auf den Befehl setzen, bevor er zur offiziellen Eintragung an den Wesir weitergereicht wird.« Sie wandte keinen Blick von dem sonnenüberfluteten Tal. »Er liegt dort hinter Euch auf dem Tisch.«

Nadir Sharif sah sich um und starrte auf das Tischchen. Dort lag der Befehl, ein einzelnes, gefaltetes Blatt Papier in einer vergoldeten Lederhülle. Die Schnur, die sie verschließen sollte, hing noch lose herab.

»Es war sehr umsichtig, Majestät, diese Vorsichtsmaßnahme zu treffen.« Nadir Sharif schaute wieder zu Dschanahara, seine Stimme voller Bewunderung. »Man kann dieser Tage nicht voraussehen, was sich im Kopfe Seiner Majestät abspielt. Erst gestern mußte ich entdecken, daß er völlig vergaß . . .«

»Habt Ihr es mit Eurem Siegel versehen?«

»Mein Siegel ist nicht hier, Majestät.« Er hielt inne. »Und ich überlege, ob es nicht angebracht wäre, unsere Strategie kurz mit Seiner Majestät zu besprechen, nur für den Fall, daß er später durcheinandergeraten und vergessen könnte, den Befehl erteilt zu haben . . .«

»Euer Siegel wird völlig ausreichen. Es befindet sich in der Tasche Eures Umhangs, wo Ihr es immer aufbewahrt. In der linken Tasche.«

»Eurer Majestät Gedächtnis ist manchmal wirklich erstaunlich.« Nadir Sharif zog rasch das Metallkästchen heraus, klappte den Deckel auf und setzte mit Schwung das schwarze Siegel des Reiches über den

Befehl, unter die Unterschrift Arangbars und den Abdruck seines königlichen Siegelringes. »Wann wird die Armee zum Aufbruch bereit sein?«
»Morgen. Die meisten Elefanten ziehen heute früh los.« Dschanahara wandte sich um und blickte zufrieden auf das Papier. »Und morgen werden wir alle nach Agra zurückkehren. Die Pest klingt ab, und ich meine, daß Seine Majestät sich nun im Palast aufhalten sollte.«
»Ich bin ganz Eurer Meinung. Ist der Befehl dazu ergangen?«
»Ich werde später den Befehl dazu geben. Dschadar kann seine Armee nicht *so* schnell bewegen.«
»Ich werde Vorbereitungen treffen, die Armee zu begleiten.« Allaudin erhob sich und rückte den juwelenbesetzten *katar* an seinem Gürtel zurecht.
»Ihr werdet mit Seiner Majestät und mir zusammen nach Agra zurückkehren.«
»Aber ich möchte Dschadar gegenübertreten. Ich bestehe darauf.« Er zog seinen Gaze-Umhang enger zusammen. »Ich werde eine Audienz bei Seiner Majestät beantragen, falls Ihr es ablehnt.«
Dschanahara sah ihn schweigend an. »Ich habe eine noch bessere Idee. Da Dschadar sich weigert, die Armee anzuführen, um die Festung Kandahar zu verteidigen, wäre es Euch vielleicht lieb, an seiner Stelle dazu ernannt zu werden?«
Allaudins Augen leuchteten auf. »Welchen Rang würde ich einnehmen?«
»Ich glaube, wir könnten Seine Majestät dazu überreden, Euren persönlichen Rang auf zwölftausend *zat* zu erhöhen und Euren Pferderang auf achttausend *suwar*, also das Doppelte dessen, was Ihr gegenwärtig innehabt.«
»Dann ziehe ich los!« Allaudin zog seinen Umhang enger und strahlte. »Ich werde die persischen Truppen des Safawidenkönigs in die Wüste zurückjagen.«
»Ihr seid ebenso klug wie tapfer. Ich werde heute abend mit Seiner Majestät sprechen.«
Allaudin grinste und verbeugte sich zum Abschieds-*salaam*, straffte die Schultern und schob sich durch die Portiere in die Sonne hinaus. Nadir Sharif sah ihm wortlos nach, bis er in seinem Zelt verschwunden war.
»War das wirklich so klug, Majestät?«
»Was hättet Ihr sonst vorgeschlagen? Das wird ihn in Agra halten.

Dafür werde ich sorgen. Ihr glaubt doch nicht im Ernst, ich würde ihn fortlassen? Es war ohnehin an der Zeit, seinen Rang zu erhöhen. Alles, was ihm jetzt noch fehlt, ist ein Sohn.«
»Ich bin überzeugt, daß er bald einen bekommen wird, Majestät. Alle Hindu-Astrologen sagen, Prinzessin Laylas Horoskop sei günstig.«
»Die Hindu-Astrologen werden ihm möglicherweise dabei helfen müssen, die Aufgaben eines Ehemannes zu erfüllen, wenn sie ihren guten Ruf wahren wollen.«
»Gebt ihm Zeit, Majestät.« Nadir Sharif lächelte. »Und er wird mehr Nachkommen zeugen als der heilige Prophet.«
»Die Kinder des Propheten waren ausnahmslos Töchter.« Sie ergriff den Befehl, schloß die Goldmappe und begann, den Bindfaden festzuschnüren. »Es gibt Zeiten, da ich Euch nicht besonders amüsant finde.«
»Ich bin stets etwas abgelenkt durch meine Sorgen.« Nadir Sharif ließ sie nicht aus den Augen. »Sogar jetzt.«
»Was beunruhigt Euch denn?« Dschanahara steckte die Hülle in ihren Ärmel.
»Ich denke an die kaiserliche Armee. An die Loyalität einiger Männer.«
»Was wollt Ihr damit zum Ausdruck bringen? Inayat Latif ist Seiner Majestät vollkommen ergeben. Er würde mit Freuden dem Mogul sein Leben opfern. Ich habe es aus seinem eigenen Munde gehört und weiß, daß es stimmt.«
»Ich hege keinen Zweifel an der Loyalität Eures Kommandeurs. Doch nun seid Ihr . . . ist Seine Majestät im Begriff, die Männer gegen Dschadar ins Feld zu schicken. Seid Ihr Euch bewußt, daß ein Drittel der Armee unter dem Kommando von Radschputen-Offizieren steht, von Offizieren aus dem Nordwesten? Einige der Radschas dort nehmen Seiner Majestät noch immer den Feldzug übel, den Inayat Larif vor zehn Jahren dort geführt hat. Diese Radschputen haben oftmals ein gutes Gedächtnis. Und wer weiß, was Dschadar ihnen alles versprechen könnte, denkt an seinen Verrat im Falle Malik Ambars.«
»Was schlagt Ihr vor? Daß die Radschputen-Kommandeure nicht für Seine Majestät kämpfen, für den rechtmäßigen Mogul? Das wäre absurd. Niemand respektiert die Autorität mehr als die Radschputen-Radschas.«
»Ich würde nicht daran denken, so etwas anheimzustellen. Doch ich glaube, daß die Radschputen trotz alledem streng überwacht werden

sollten. Auf jede Art von Unzufriedenheit sollte sofort eingegangen werden, bevor sie außer . . . Kontrolle gerät. Vielleicht sollten ihre Befehlshaber unter einem gesonderten Kommando stehen, unter jemandem, der ihnen im Namen Seiner Majestät gut zuredet, im Falle, daß Anzeichen irgendwelcher Unruhen auftauchen sollten. Inayat Latif ist ein fähiger General, aber kein Diplomat.«
Dschanahara sah ihm prüfend ins Gesicht. »Erwartet Ihr Unruhen?«
»Eure Majestät sind vielleicht nicht immer ganz auf dem laufenden, was die Aktivitäten einiger der militanteren Radschputen betrifft. Ich habe angeordnet, daß sie beobachtet werden.«
»Was schlagt Ihr also vor? Daß die Radschputen unter ein gesondertes Oberkommando gestellt werden, unter einen Radscha, an dessen Treue kein Zweifel besteht?«
»Das ist genau das, was ich vorschlage. Falls Fahnenflucht einreißen sollte, wäre das für die restliche Armee demoralisierend, um es gelinde auszudrücken.«
»Wen schlagt Ihr vor?«
»Es gibt eine ganze Reihe Radschputen-Kommandeure, denen ich vertraue. Bis zu einem gewissen Grad. Doch es ist immer schwierig herauszufinden, wem ihre Treue letztendlich gehört.« Nadir Sharif hielt gedankenverloren inne. »Eine andere Lösung wäre vielleicht, jemanden von unbestrittener Loyalität mit der Überwachung der Radschputen-Stabsoffiziere zu beauftragen. Er sollte in Radschputen-Angelegenheiten erfahren, jedoch nicht unbedingt ein General sein. Dann bliebe das Kommando eine Einheit, doch die Befehle gingen vom zweiten Mann aus, der ihre Befolgung garantiert.«
»Ich frage noch einmal: Wen schlagt Ihr dafür vor?«
»In nächster Umgebung Seiner Majestät gibt es einige Männer, die der Sache dienlich sein könnten. Es steht außer Frage, daß ihre Loyalität auch Euch gegenüber unbestritten sein muß. In gewisser Weise ist es ein Jammer, daß Prinz Allaudin nicht . . . älter ist. Blutsbande sind am zuverlässigsten.«
»Dann bleibt nur noch Ihr oder Vater, der viel zu alt ist.«
»Meine Pflichten hier gestatten es mir wirklich nicht.« Nadir Sharif drehte sich um und schlenderte wieder zum Eingang des Zeltes, wo er die Portiere beiseite schob. »Ganz gewiß könnte ich Seine Majestät nicht für die Dauer eines ausgedehnten Feldzuges allein lassen.«

»Wenn der Feldzug aber nur von kurzer Dauer wäre?«
»Vielleicht auf ein paar Wochen.«
Dschanahara beobachtete ihn schweigend, und ihre Gedanken überschlugen sich. Es gab Zeiten, da auch Nadir Sharifs Loyalität fragwürdig schien. Doch jetzt bot sich eine ideale Gelegenheit, ihn auf die Probe zu stellen.
»Ich werde Inayat Latif davon in Kenntnis setzen, daß Ihr ab sofort die Befehlsgewalt über die Radschputenoffiziere habt.«
»Eure Majestät«, Nadir Sharif deutete eine Verbeugung an, »Euer Vertrauen ehrt mich.«
»Ich bin sicher, daß es nicht unangebracht ist.« Ihre Miene blieb ernst. »Doch bevor ich meine Vorkehrungen treffe, habe ich noch einen Auftrag für Euch. Ganz und gar vertraulich.«
»Alles, was in meiner Macht steht.«
»Ich wünsche, daß Ihr heute nacht den kaiserlichen Garden den Befehl erteilt, den Engländer und die Frau Shirin hinzurichten. Und zwar auf Eure eigene Verantwortung.«
»Selbstverständlich.« Nadir Sharifs Lächeln kam ohne Zögern.

Gegen Mitternacht kehrte Hawksworth in sein Lager zurück, eine leere Brandyflasche in der Hand. Auf der Suche nach Shirin hatte er die gesamte chaotische Zeltstadt durchwandert, fünf Stunden lang die weitläufigen Basarstraßen durchkämmt, die halbleeren Elefantenställe durchsucht und die hohen Kattunwände des kaiserlichen Zeltes umrundet. Am Rande des Lagers wimmelte es von Infanteristen und ihren Frauen, die die Marschverpflegung zusammentrugen, und im Basar, auf dem nach Bekanntwerden des Marschbefehls die Preise steil in die Höhe geschnellt waren, war es bereits zu zahlreichen Prügeleien gekommen. Als er sich seinem Zelt näherte, schaute er zu den Sternen auf, deren Strahlen sogar den dichten Rauch der abendlichen Kochfeuer durchdrangen, und dachte über Dschadar nach. Schon bald würde der aufständische Prinz Inayat Latif gegenüberstehen, der erst vor zwei Monaten nach Agra zurückbeordert worden war, nachdem er einen brutalen und siegreichen Feldzug gegen mehrere Hindu-Fürsten in Bengalen geführt und dabei die Grenzen des Reiches erweitert hatte. Inayat Latif war ein kriegserfahrener Kommandeur von fünfundfünfzig Jahren, der den Mogul zutiefst verehrte und zu dessen Schutz alles in seiner Macht

Stehende tun würde. Obwohl er nie einen Hehl aus seiner Abneigung gegen die »persische Junta« gemacht hatte, teilte er deren Sorge angesichts der Bedrohung, die Dschadars Aufstand für sie alle bedeutete. Er würde Arangbar verteidigen, nicht die Königin.

Die kaiserliche Armee ist zur Zeit unbezwingbar, sagte sich Hawksworth; die Kavallerie ist der Dschadars schon zahlenmäßig dreifach überlegen, und die Offiziersränge sind vollzählig. Mindestens hundertfünzigtausend Mann stehen marschbereit. Über wie viele mag Dschadar verfügen? Fünfzigtausend? Wahrscheinlich weniger. Dschadar kann nie einen Sieg erringen. Allenfalls kann er sich ein Scharmützel mit raschem Rückzug leisten.

Er schlüpfte durch den Eingang seines Zelts und tastete im Dunkeln nach der Öllampe, einem offenen Bronzegefäß mit einem Docht, der aus einer Tülle ragte. Sie stand noch am gleichen Platz, wo er sie abgestellt hatte, auf einem Gestell nahe seiner Schiffstruhe, und er rieb einen Feuerstein gegen den Docht. Im Nu erglühten die gestreiften Leinenwände um ihn im Licht. Er nahm sein Schwert vom Gürtel und ließ es auf den Teppich gleiten. Dann zog er sein Lederwams aus und ließ sich in ein Ruhekissen sinken, in Gedanken noch immer bei Shirin.

In den vergangenen Tagen war ihre Lage ungewiß. Zwar durfte sie sich als geschiedene moslemische Frau frei bewegen und gehen, wohin sie wollte. Doch war es allgemein bekannt, daß sie mit dem Mogul auf schlechtem Fuße stand. Nach ihrer Ankunft vor den westlichen Mauern der alten Stadt Fatehpur hatte Arangbar zu viel zu tun gehabt, um sich seiner Drohung, er wolle sie in der *zenana* unterbringen, zu entsinnen. Sie war frei geblieben, konnte sich unbehelligt überall im Lager aufhalten und sich unter die anderen moslemischen Frauen mischen. Und jede Nacht nach Beginn der letzten Wache hatte Hawksworth unbemerkt in ihr Zelt schlüpfen können. Er hatte gehofft, die Tage und Nächte im Lager würden sie einander näherbringen. In gewisser Weise war dies auch der Fall, wenngleich Shirin sich zuweilen noch immer hinter ihrer Trauer verschanzte. Sie würde Samads grausamen Tod nie verwinden.

Hawksworth stand auf und durchwühlte seine Schiffstruhe nach einer neuen Flasche Brandy; es war beinahe die letzte, und um seine Verzagtheit zu bekämpfen, goß er sich einen ganzen Becher voll. Der Schnaps rann brennend seine Kehle hinab und wärmte ihn innerlich wie ein Beruhigungsmittel. Er fing an, alles zusammenzusuchen, was er am

Morgen einpacken wollte. Die Pistole, die er noch besaß, hatte er frisch geladen, und nun legte er sie auf das Tischchen neben seiner Schiffstruhe. Danach zog er sein Schwert aus der Scheide, um die Schneide und die Politur zu prüfen. Im Licht der Lampe entdeckte er vereinzelte Rostflecke, die er mit einem Tuch abrieb.

Seine wenigen Kleidungsstücke befanden sich bereits in einem unordentlichen Stapel in der Truhe, die nun beinahe nichts mehr außer seiner Laute enthielt.

Er suchte den Fußboden nach liegengebliebenen Sachen ab und fand Vasant Raos *katar*, der sich in einer Teppichfalte verfangen hatte. Jahre schienen vergangen, seit der Radschputen-Getreue Dschadars ihm den Dolch auf dem Platz vor dem *Diwan-i-Am* in die Hand gedrückt hatte, und er hatte beinahe schon vergessen, daß er ihn besaß. Lächelnd und in Erinnerung versunken, zog er ihn behutsam aus der Brokatscheide, wog ihn in der Hand und fragte sich, wie eine so eigenartig konstruierte Waffe so tödlich sein konnte. Der Griff war schräg zur Klinge angebracht, so daß er nur zum Zustoßen verwendet werden konnte, ähnlich einer Pike, die man in der Faust hielt. Von den Radschputen wurde behauptet, sie töteten Tiger nur mit einem *katar* und einem ledernen Schild, doch er wußte nicht, ob er solchen Geschichten Glauben schenken sollte. Er nahm den *katar* fest beim Griff und führte versuchsweise ein paar Stöße aus, wobei die zehn Zoll lange Klinge wie ein Spiegel aufblitzte. Dann warf er ihn auf seine Truhe.

Aus dem Augenwinkel sah er eine Bewegung an der Portiere, und als er aufblickte, entdeckte er Shirin, die schweigend am Eingang stand.

»Was . . .?« Er wollte sie begrüßen, schwankte jedoch einen Moment lang, ob er sie in die Arme schließen und damit seine Erleichterung kundtun oder sie ein wenig schelten und necken sollte.

Mit einer Handbewegung schnitt sie ihm das Wort ab.

»Bist du bereit?« Ihre Stimme war kaum mehr als ein Flüstern.

»Bereit wozu? Wo, um Himmels willen, bist du gewesen? Ich habe dich . . .«

Wiederum gebot sie ihm zu schweigen und trat ein. »Bist du bereit zur Abreise?« Bestürzt nahm sie das Durcheinander im Zelt wahr. »Wir müssen sofort aufbrechen, noch vor der Dämmerung.«

»Bist du übergeschnappt?« Hawksworth starrte sie an. »Wir reisen übermorgen nach Agra zurück. Der Mogul hat . . .«

»Wir müssen jetzt fort, heute nacht noch.« Im Schein der Lampe musterte sie ihn, und die Bestürzung in ihren Augen wuchs. »Der Prinz . . .«

»Dschadar ist erledigt.« Er schnitt ihr das Wort ab. »Sei keine Närrin. Er hat es selber so gewollt. Du kannst ihm nicht helfen. Niemand kann ihm jetzt noch helfen.«

Sie standen sich gegenüber und sahen sich einen Moment lang, der ihnen wie eine Ewigkeit vorkam, fest in die Augen. Hawksworth rührte sich nicht von der Stelle. Ihre Augen trübten sich vor Besorgnis, und er dachte, sie wolle sich von ihm abwenden.

Er trat vor, ergriff sie beim Arm und zog sie an sich. »Ich erlaube nicht, daß du dich für Dschadar opferst. Wenn das Schicksal es will, daß er siegt, so kann er das auch ohne dich. Und ohne mich . . .«

Mehr unbewußt als bewußt spürte er in diesem Moment eine Bewegung an der Portiere hinter sich und sah an der gleichen Stelle, an der eben noch Shirin gestanden hatte, ein Schwert aufblitzen. Als der funkelnde Stahl durch den Vorhang gestoßen wurde, sah auch sie ihn, und Entsetzen sprach aus ihrem Gesicht. Vor ihnen stand, in Kettenhemd und rotem Turban, ein kaiserlicher Gardist.

»Hurensohn, verfluchter!« Hawksworth packte sein blankes Schwert, das hinter ihm auf dem Teppich lag, und griff nach seinem Lederwams. Das Leder als Schild benutzend, hieb er auf den Angreifer ein.

Der Gardist fing die Klinge mit der seinen ab, und als er parierte, wurde Hawksworth gegen einen Zeltpfosten geschleudert. Er kam gerade wieder auf die Füße, als er Shirins Aufschrei hörte. Er drehte sich um. Ein großes Schwert hieb durch die Zeltwand hinter ihnen und schuf einen zweiten Eingang. Eine Hand erschien, riß den gestreiften Kattun entzwei, und ein weiterer Gardist, die Waffe in der Hand, stand vor ihnen.

»Großer Gott! In Deckung, Shirin!« schrie Hawksworth auf englisch und gab ihr einen Stoß, so daß sie über seine Schiffstruhe flog, und der Reichweite des zweiten Angreifers zunächst entzogen war. Noch während sie stürzte, sah er, wie sie nach seiner Taschenpistole auf dem Tischchen griff und sie auf die zweite Wache richtete.

Hawksworth spürte, wie sich eine Klinge durch das Wams in seiner Hand bohrte und im Leder verhedderte. Mit einem Ruck riß er beides zur Seite, stieß blindlings mit seiner eigenen Klinge zu und traf wie durch ein Wunder den ungedeckten Hals seines Gegners. Der Mann schrie auf, ließ die Waffe fallen, taumelte und fiel, mit den Händen nach seinem Hals greifend, vornüber. Im gleichen Moment entdeckte Hawksworth zwei weitere Gardisten am Eingang. Während er auf sie losging, um sie mit dem Schwert in Schach zu halten, sah er, wie sich der Gardist, der bereits im Zelt stand, mit erhobener Waffe Shirin näherte. Unmittelbar darauf ertönte ein scharfer Knall, gefolgt von einem Aufstöhnen, und der Mann sackte zusammen und stürzte direkt vor die rauchende Pistole.

Sofort tauchte ein weiteres Paar Gardisten auf und drängte sich durch den Riß in der Zeltwand.

»*Shirin, the lamp!*« schrie er, bevor ihm klar wurde, daß sie ihn nicht verstehen konnte. Ohne weiteres Zögern packte er die Öllampe und schleuderte sie den Männern entgegen, deren Uniformen und Turbane sofort Feuer fingen. Sie wichen bis zur Zeltwand zurück und versuchten, die Flammen mit den Händen zu ersticken.

Eben noch rechtzeitig wandte sich Hawksworth wieder dem Eingang zu, um zu sehen, wie die beiden anderen Gardisten auf ihn losgingen. Bei seinem Versuch, ihren Angriff zu parieren, verfingen sich seine Füße in seinem Lederwams, das auf dem Teppich lag. Er stolperte rückwärts und verlor das Gleichgewicht, was dem einen seiner Angreifer die Zeit gab, weit auszuholen und ihm das Schwert aus der Hand zu schlagen, so daß es quer durchs Zelt flog und in einem dunklen Winkel landete . . .

Als er verzweifelt versuchte, sich an einem Zeltpfosten aufzurichten, sah er die Silhouetten zweier weiterer Männer am Eingang. Trotz der Dunkelheit fiel ihm auf, daß sie keine Hemden trugen, sondern nur die schmutzigen Lendenschurze und grauen Turbane der Diener. Sie waren anscheinend unbewaffnet und vermutlich durch den Tumult angelockt worden.

Hastig sah er sich um und entdeckte sein brennendes, ölgetränktes Pulverhorn zu seinen Füßen auf dem Teppich. Mit einem Fuß stieß er es dem sich nähernden Gardisten entgegen und traf ihn am Bein. Beim Aufprall sprang der Verschluß auf, und das brennende Pulver zischte durchs Zelt. Der Mann taumelte vor Schreck zurück und ließ sein Schwert sinken. Hawksworth sah, wie einer der Diener am Eingang im gleichen Moment einen blanken *katar* aus dem Lendenschurz zog und den Wachsoldaten am Hals packte. Er drehte ihn zu sich herum, und rammte ihm den *katar* lautlos in die Eingeweide. Als sich der zweite Gardist umdrehte, stieß ihm der andere Diener seinen gezückten *katar* in den Hals.

Hawksworth stand starr vor Verblüffung. Er hatte die beiden Diener noch nie zuvor gesehen, und noch immer waren ihre Gesichter durch die herabhängenden Turbanenden großenteils verdeckt und unkenntlich.

Als er sich umdrehte, sah er wie die beiden Gardisten, auf die er die Lampe geworfen hatte, versuchten, durch den Riß in der Zeltwand zu entkommen. Noch immer bemühten sie sich mit hastigen Bewegungen, die Ölflammen auf ihren Uniformen zu ersticken. Kurz bevor sie ins Freie treten wollten, sah es aus, als zögerten sie. Dann taumelten sie plötzlich zurück und stürzten mit durchgeschnittenen Kehlen direkt vor Hawksworth auf den Teppich. Als er aufsah, entdeckte er draußen zwei weitere Diener mit blutverschmierten *katars*.

Das brennende Öl erreichte die Fransen eines Teppichs, und gleich darauf liefen die Flammen kreuz und quer durch das Zelt. Die vier fremden Diener mit ihren *katars* schien das Feuer nicht zu stören. Wortlos kamen sie auf Shirin und Hawksworth zu.

Eine Sekunde lang sah er ihnen entsetzt entgegen, dann streckte er die Hand aus und tastete blindlings den Deckel seiner Schiffstruhe ab. Nichts. Jetzt erst fiel ihm Shirins Sturz ein, und er suchte auf dem Teppich hinter der Truhe weiter, und da stand sie.

Im gleichen Moment, da der erste Mann vor der Truhe stehenblieb, schloß sich Hawksworths Hand um den Griff seines *katar*.

Was, um Himmels willen, wollten sie? Hatten sie die Gardisten nur getötet, um selbst das Vergnügen zu haben, Shirin und ihn umzubringen?

Er stützte sich am Truhenrand ab und stieß den Dolch nach oben. Noch immer konnte er das Gesicht seines Gegenübers nicht erkennen.

Geschickt trat der Mann beiseite und packte Hawksworth mit eisernem Griff am Handgelenk. Er lachte schallend.

»Versucht niemals, einen Radschputen mit seinem eigenen *katar* zu töten, Kapitän Hawksworth! Er kennt ihn zu gut.«

Vasant Rao schlug das zerschlissene Ende seines Turbans zurück.

»Was, in Teufels Namen . . .?!«

»Wir haben vor Shirins Zelt auf Euch gewartet. Es sieht so aus, als wäret Ihr hier nicht länger willkommen.«

Vasant Rao warf Shirin einen spöttischen Blick zu. »So sieht also Eure berühmte moslemische Gastfreundschaft aus.«

»Ihr wißt sehr wohl, wer dafür verantwortlich ist!« Shirin bedachte ihn mit einem zornigen Blick.

»Ich kann es erraten.« Vasant Rao ließ Hawksworth Handgelenk los und sah sich in dem brennenden Zelt um. »Seid Ihr zum Aufbruch bereit?«

»Was, zum Teufel, macht Ihr hier?«

»Dies ist kaum der Ort für lange Erklärungen. Tatsache ist, daß ich heute nacht hier bin, um einige unserer Freunde zum Lager Seiner Hoheit des Prinzen zu führen. Auch Euch, wenn Ihr uns folgen wollt.« Vasant Rao gab den drei anderen Männern ein Zeichen, und sie verließen das Zelt. Der Rauch wurde immer dichter. »Ich fürchte, Euer Feuer wird uns die Abreise erschweren. Das war keine besonders gute Idee von Euch. Nun bleibt uns nichts anderes übrig, als sofort loszureiten.«

»Und was ist mit dem allem?« Hawksworth sah sich im Zelt um. »Ich muß doch . . .«

»Rollt einfach alles, was Ihr braucht, in einen Teppich. Wenn Ihr mit uns reiten wollt, müßt Ihr sofort aufbrechen. Bevor die gesamte kaiserliche Armee zu unserem Abschied erscheint.«

»Aber wer will uns denn töten?« Hawksworth starrte in den Qualm, noch immer unfähig, sich zu rühren.

»Wer auch immer – es wird ihm oder ihnen gelingen, wenn wir hier noch lange herumstehen und plaudern.«

Hawksworth machte kehrt und sah Shirin an.

»Du hast es gewußt!«

»Ich konnte es dir nicht früher sagen. Das wäre zu gefährlich gewesen.« Schnell trat sie mit den Füßen das Feuer an den Fransen eines Teppichs aus und klappte Hawksworth' Truhe auf. Sie zog die Laute heraus, zerrte eine Handvoll Kleidung hervor sowie seine Stiefel, seine Bücher und die fast leere Geldtasche. Wie betäubt sah er zu, wie sie alles in den Teppich rollte, und ließ sich das Bündel in die Hände drücken. Ein letztes Mal wanderte sein Blick durch das brennende Zelt und blieb an seinem blanken Schwert haften, das hinter einen Zeltpfosten gefallen war. Er ergriff es, nahm Pistole und Wams an sich und faßte Shirin am Arm. Sie war bereits im Begriff, durch den Rauch hindurch zum Ausgang zu laufen. Über die leblosen Körper der Gardisten hinweg traten sie in die kühle Nacht.

Neben Shirins Zelt erwarteten sie gesattelte Pferde und ein kleiner Trupp turbantragender Reiter. Sie rannten auf die Pferde zu, und Hawksworth erkannte unter den Reitern mehrere Radschputen aus Arangbars Garde.

»Wir sind längst abmarschbereit«, sagte Vasant Rao. »Shirin bestand darauf, auf Euch zu warten, und wir haben es glücklicherweise getan. Der Herr Krishna scheint nach wie vor über Euch zu wachen, Kapitän. Doch nun kommt. Es wird ein langer Ritt, mein Freund.«

Mit den letzten Zelten, die vor Hawksworth' Augen in der Dunkelheit verschwanden, schwand auch seine letzte Hoffnung auf einen *firman*. Er würde Arangbar niemals wiedersehen.

Ich habe alles für eine Frau gegeben, und weiß noch immer nicht, ob sie mir gehört.

Möge Gott mir beistehen.

Fünftes Buch

Prinz Dschadar

27 Hawksworth hörte die Rufe der Radschputen, die hinter ihm ritten, und war mit einem Schlag hellwach. Es war am Vormittag des dritten Tages, und er hatte seit dem Morgengrauen im Sattel vor sich hin gedöst. Die Müdigkeit steckte tief in seinen Knochen. Hinter den Bäumen vor ihnen wurde nun das Lager Prinz Dschadars sichtbar, das sich über die Hälfte des Tales ausbreitete.

»Ich sagte Euch ja, daß wir das Lager in einem Dreitageritt erreichen würden.« Vasant Rao lächelte müde und trieb sein schwitzendes Pferd erneut an. »Die Männer, die mit uns reiten, können es kaum abwarten, zum Prinzen zu kommen.«

Sie hatten, so schien es Hawksworth, seit ihrem Aufbruch gut über hundert Meilen zurückgelegt. Hinter ihnen ritten fünf- bis sechshundert Radschputen, allesamt schwer bewaffnet mit Schwertern, Lanzen, Keulen und Sattel-Äxten.

Er sah sich nach Shirin um, und sie lächelten einander müde zu. Sie war geritten wie ein Radschpute, doch nun zeigte sich die Erschöpfung in ihren Augen.

»Dies ist der Augenblick, auf den ich so lange gewartet habe.« Shirin brachte ihr Pferd längsseits, streckte ihre Hand aus und berührte die seine. »Auch du mußt nun dem Prinzen helfen.«

»Ich bin nicht sicher, ob ich so darauf erpicht bin, für Prinz Dschadar zu sterben.«

»Du kannst jederzeit nach Agra zurückkehren. Und darauf warten, von Dschanaharas Gardisten umgebracht zu werden. Der Prinz hat unser beider Leben bereits einmal gerettet. Glaubst du vielleicht, er würde sich ein zweites Mal um dich kümmern?«

»Um die Wahrheit zu sagen, er hat es schon: Es war vor einigen Monaten, in der Nacht, als wir in Surat anlegten und auf dem Fluß Tapti in einen von den Portugiesen vorbereiteten Hinterhalt gerieten.«

»Ich weiß.« Shirin gab ihrem Pferd die Sporen und trabte voran. »Ich erhielt die Brieftaube mit diesem Auftrag von Prinz Dschadar. Ich gab die Botschaft an den *schahbandar* Mirza Nuruddin weiter, der wiederum ihm persönlich ergebene Radschputen einsetzte, um dich zu beschützen.«

Hawksworth trieb sein Pferd an und kam wieder auf ihre Höhe. »Also hatte ich recht! *Du* warst einer der Agenten Dschadars in Surat. Wie nannte Nadir Sharif sie einmal . . . *swanih–nigars*?«

»Ich habe Informationen für den Prinzen gesammelt, ja.« Sie lächelte zustimmend. »Ich habe seine Bücher geführt und seine Geheimschriften im Observatorium verschlüsselt. Dann kamst du und wühltest alles durch. Meine Aufgabe wurde dadurch sehr erschwert.«
»Warum hast du mich nicht einfach eingeweiht? Mir wäre das egal gewesen.«
»Es stand zu viel auf dem Spiel. Der Prinz sagte einmal, man dürfe einem *topiwallah* niemals trauen.«
Hawksworth lachte. »Aber gewiß wußte doch Mukarrab Khan davon?«
»Er vermutete es wohl. Doch was konnte er machen? Er war nur der Gouverneur, nicht Allah. Er verbot mir schließlich, das Palastgebäude ohne Begleitung zu betreten. Als ich mich weigerte, seine Anordnung zu befolgen, kam ihm der Gedanke, dich zum Observatorium zu schikken. Er wollte mich damit bloß ärgern.« Sie glättete die Mähne ihres Pferdes. »Er war im übrigen auch zu sehr in seine eigenen Intrigen um Dschanahara verwickelt, um ernsthaft an dem, was ich tat, interessiert zu sein.«
»Soll das bedeuten, daß Mukarrab Khan für die Königin gearbeitet hat? Wie das?«
»Auf zweierlei Weise. Zum einen sammelte er für sie natürlich Informationen, hauptsächlich über die Portugiesen. Vor allem aber trieb er in den Häfen von Surat und Cambay ihre portugiesischen Gebühren ein.«
»Gebühren? Für sie? Ich war der Meinung, alle Zollgelder seien für die Kasse des Moguls bestimmt.«
Shirin unterdrückte ein Lächeln. »Das nimmt auch Arangbar an. Und in Surat stimmt es auch größtenteils. Dort nimmt sie sehr wenig ein. Mirza Nuruddin verabscheut sie und findet immer irgendwelche ausgeklügelten Wege, die Bilanzen zu fälschen. Wahrscheinlich streicht er einige Gelder selber ein. Aber der *schahbandar* im Hafen von Cambay nahm Bestechungsgelder von den Portugiesen an, um den Wert ihrer Waren niedriger einzustufen, und teilte diese daraufhin zwischen sich, Mukarrab Khan und Dschanahara auf.« Shirin schwieg und blickte hinter einem Vogel mit hellem Gefieder her, der an ihnen vorbeischoß. »Arangbar hat niemals begreifen können, warum seine Einnahmen aus Cambay immer so niedrig waren. Ich hörte, daß er sich mit dem Gedanken trägt, den Hafen zu schließen.« Sie lachte.
Ihre müden Augen erhellten sich, als ein buntes Gewirr von Zelten und

umherlaufendem Vieh andeutete, daß sie das Zeltlager erreicht hatten. Diener in schmutzigen *dhotis* führten Kamele mit riesigen Futterkörben auf dem Rücken über die breiten Wege zwischen den Zelten.
»Die Betrügereien werden ein Ende haben, sobald Prinz Dschadar Mogul ist. Er verabscheut die portugiesischen Händler und ihre christlichen Priester.«
Der innere Kreis des Lagers, der für Dschadar und seine *zenana* bestimmt war, rückte nun in ihr Blickfeld. Er wurde von einer hohen Wand aus wogendem, roten Kattun umspannt, deren oberer Rand weiß bebortet war. Den Vorhang trugen vergoldete Pfosten, die in kurzen Abständen nebeneinanderstanden.
»Der Prinz möchte, daß wir alle direkt zum *gulal bar* kommen«, rief Vasant Rao Hawksworth über die Schulter hinweg zu. »Ich glaube, er möchte vor allem mit Euch sprechen, Kapitän.«
Jubelrufe wurden laut. Die Menschen traten vor ihre Zelte, und die breiten Straßen, die zu Dschadars Gelände führten, wurden von Infanteristen gesäumt, die mit ihren Schwertern gegen die Lederschilde schlugen.
Vor ihnen erhob sich, im Mittelpunkt des inneren Bezirks, ein fast dreißig Meter hoher Mast, an dessen Spitze ein riesiger Kessel mit brennendem Öl befestigt war. Hawksworth betrachtete die Flamme voller Staunen und fragte Vasant Rao: »Warum brennt mitten über dem Platz dieses Licht? Man kann es meilenweit sehen!«
»Es ist das *akas–diya,* Kapitän, das ›Licht des Himmels‹. Es dient vor allem zur Orientierung. Wie sollte ein Mann sonst zu seinem Zelt finden? Es sind wahrscheinlich fünfzigtausend Soldaten hier stationiert, mit Frauen und Dienern. Wenn abends die Kuhmist-Feuer zum Kochen angezündet sind, wird es hier so rauchig, daß man sein eigenes Zelt erst erkennt, wenn man dicht davor steht.«
»Dieses Lager ist eine richtige Stadt, fast so groß wie London! Wovon leben die Menschen hier?«
»Der Zelt-Basar zieht mit uns, Kapitän. Aber Ihr habt recht: Es *ist* eine Stadt – nur eben eine, die sich bewegt.« Er machte eine ausladende Geste. »Der Prinz verfügt selbstverständlich über seine eigenen Vorräte. Alle anderen jedoch sind auf sich selber angewiesen. Seht Ihr die kleinen Zelte dort an der Straße zwischen den beiden Fahnenmasten? Das ist einer der Basare für die *banyas,* die Hindu-Kaufleute, die der Armee

folgen und Getreide, Öl, *ghee*, Reis und Linsen verkaufen, eben alles, was man auch sonst in einer Stadt zu kaufen bekommt. Sie versorgen die Menschen. Für die Pferde werden Diener ausgeschickt, um Futter zu sammeln. Sie schneiden Gras, das sie auf Kamelen oder kleinen Lastpferden zurückbringen und manchmal sogar auf ihren eigenen Köpfen. Bei langen Feldzügen nehmen viele der Männer ihre Frauen mit, die für sie kochen und Wasser tragen. Das Wasser holen sie aus nahegelegenen Brunnen oder Flüssen.« Vasant Rao lachte. »Übrigens muß ich Euch vor den Preisen dieser *banyas* warnen. Sie sind so hoch, wie der Markt es eben noch zuläßt.«

Vor dem Eingang zu Dschadars Gelände fiel Hawksworth ein hohes, offenes Zelt auf, in dem Käfige mit Jagdleoparden standen. Daneben befand sich ein breites Zeltdach, unter dem, von Gardesoldaten bewacht, leichte Geschütze untergebracht waren. Er blinzelte gegen die Sonne und entdeckte eine größere Anzahl kleinkalibriger Kanonen, die auf Wagen aufmontiert waren. Auch einige Drehbasse, deren Unterseite mit Geschirren ausgerüstet waren, fielen ihm auf. Sie waren offensichtlich zur Verwendung auf dem Rücken von Elefanten oder Kamelen bestimmt. In der Mitte lagen mehrere Stapel langläufiger indischer Musketen, die in Planen eingewickelt waren. Das letzte Zelt auf der linken Seite gleich neben dem Eingang beherbergte eine Anzahl von blankgeputzten Ochsenkarren für die Frauen aus Dschadars *zenana*.

Auf der gegenüberliegenden Seite der Straße befand sich eine lange Reihe von Elefanten-, Kamel- und Pferdeställen. Turbantragende Stallknechte waren damit beschäftigt, die Tiere zu striegeln und anzuschirren.

»Gehört dies alles Dschadar?«

»Diese sind für den Prinzen, seine Frauen und seine Garde bestimmt. Jeder Adlige besitzt seine eigenen Ställe und seine eigenen Geschütze. Das Oberkommando ist dreifach unterteilt, mit getrennten Stabsoffizieren für Radschputen, Moslems und Männer mit Mogul-Abstammung.« Vasant Rao lächelte nachdenklich. So muß jede Gruppe auf jeden Fall ihren eigenen Basar haben. Kein Radschpute würde etwas essen, das ein unberührbarer Moslem angefaßt hat.«

Ihre Pferde kamen im Schatten der Markise vor dem Eingang des *gulalbar* zum Stehen. Vasant Rao und die anderen Radschputen stiegen von ihren Pferden.

»Dies hier ist die *naqqara khana*, Kapitän Hawksworth, der Eingang zum privaten Gelände Seiner Hoheit.« Vasant Rao deutete auf die rote Markise. »Kommt, der Prinz wird Euch herzlich willkommen heißen. Ich weiß, er hat immer darauf gehofft, Ihr würdet Euch ihm anschließen.« Hawksworth schwang sich herab von der dunklen Stute, klopfte ihr ein letztes Mal liebevoll auf den Hals und wischte den Schweiß um ihren Sattel herum fort. Dann sah er sich nach Shirin um und half ihr beim Absitzen; sie beugte sich vor und ließ sich in seine Arme fallen. Dschadars Stallknechte erwarteten sie bereits und übernahmen die Pferde. Der Anführer der Radschputen rief ihnen auf Urdu, der *lingua franca* des Lagers, Befehle zu und entließ daraufhin seine Männer, die sogleich mit steifen Schritten auf Freunde und Bekannte zugingen, die in der Menge auf sie gewartet hatten und sie nun freudig in die Arme schlossen.

»Seine Hoheit erwartet Euch.« Vasant Rao lächelte und machte eine leichte Verbeugung vor dem Radschputenkommandeur, einem braunhäutigen Mann mit einem kleinen Schnurrbart, der zu einem weißen Umhang einen in einer Samtscheide steckenden *katar* trug. Der Radschpute nickte, rückte seinen Turban zurecht und zog ein fest verschnürtes Brokatbündel hinter seinem Sattel hervor. Er schickte sich an, sie durch die *naqqara khana* zu geleiten, und Vasant Rao gab Hawksworth und Shirin ein Zeichen, ihm zu folgen.

Sie gelangten nun in ein vollkommen mit Teppichen bedecktes Areal, in dessen Mitte ein offener Seidenbaldachin stand, der von vier vergoldeten Pfosten getragen wurde. Der Baldachin überdeckte einen kostbaren Perserteppich und einen aus Samtkissen errichteten Thron. In der Nähe warteten Musikanten mit schulterhohen Kesselpauken und langen Messingtrompeten. Zwei Eunuchen kamen nun durch den Eingang auf der gegenüberliegenden Seite des Platzes und hoben den Vorhang empor. Begleitet vom Trommelwirbel und Fanfarenklängen betrat Prinz Dschadar das Gelände und kam leichtfüßig auf sie zu.

Er war wie zu einem offiziellen Empfang gekleidet und trug einen kostbar geschmückten pastellblauen Seidenmantel und einen edelsteinbesetzten Turban, der Hawksworth an einen Turban des Moguls erinnerte. In der Brokatschärpe um seine Taille steckte ein schwerer *katar*, an dessen Griff zu beiden Seiten ein Rubin prangte. Sein Gesicht war glattrasiert, wodurch seine dunklen Augen betont wurden. Nichts an seiner Erscheinung ließ auf einen Mann schließen, dem in Kürze eine schwere Niederlage drohte.

»*Nimaste,* Mahdu, mein alter Freund!« Dschadar schritt geradewegs auf den Radschputenkommandeur zu, umfaßte den Turban des Mannes und drückte ihn an seine Brust. »Wie lange ist es her, seit wir zusammensaßen und Eure Udaipur-*lapsi* vom gleichen Teller aßen?«

»Es war am Neujahrsfest vor zwei Jahren, Hoheit, im Palast meines Bruders. Ich trug damals den goldenen Mantel, den Ihr mir fünf Jahre zuvor geschenkt hattet. Ihr ehrtet damit das Bündnis zwischen Eurer und seiner Armee.«

»Und heute abend werden wir wieder zusammen speisen.« Dschadar lächelte. »Wenn meine Köche genügend *gur*-Saft in den Basaren finden können, um Eure *lapsi* zu süßen.«

»Euch wiederzusehen, Hoheit, ist bereits Süße auf meiner Zunge.« Er verbeugte sich und präsentierte Dschadar das Brokatbündel. »Mein Bruder, der Maharana schickt Euch dieses unwürdige Andenken, das seine Gebete für Euren Sieg begleiten.«

Ein Eunuch trat vor und reichte das Geschenk Dschadar. Als der Prinz die Hüllen auseinanderschlug, kam ein glänzendes, mit Edelsteinen bestücktes Schwert zum Vorschein, das in einer Scheide steckte.

»Er läßt mir Ehre angedeihen! Eine Radschputen-Klinge kennt seine Freunde und seine Feinde.« Dschadar lächelte und strich über den Griff des Schwerts; dann zog er die Klinge heraus und prüfte die Schneide mit seinem Finger. Der Radschpute sah, wie Dschadar das Schwert in die Scheide zurücksteckte und nun den mit Rubinen besetzten *katar* aus seinem Gürtel zog. »Um ihn zu ehren, vermache ich Eurem Bruder meinen eigenen *katar.* Möge die Klinge bald leuchtend rot vom Blut seiner Feinde sein!«

Der Radschpute verbeugte sich und nahm das Messer in Empfang.

Prinz Dschadar bewunderte noch eine Weile sein neues Schwert und sprach dann weiter. »Ein Zelt ist für Euch hergerichtet worden. Heute abend, wenn wir wieder vom selben Teller speisen werden, könnt Ihr mir erzählen, wie viele Weißhalskraniche Ihr im letzten Winter auf dem Pichola-See erlegt habt.«

Der Radschpute faltete die Hände und verbeugte sich leicht, bevor er sich ein *pan*-Blatt nahm. »Heute abend, Hoheit.«

Mahdu schritt würdevoll auf den Ausgang zu. Dschadar wandte sich

Shirin zu und sah sie einen Augenblick lang an. Dann gab er ihr das Zeichen, näher zu treten, und bedachte Vasant Rao mit einem Lächeln. »Und wen, sehe ich, habt Ihr da noch mitgebracht? Noch eine gute alte Bekannschaft!«

Shirin machte einen leichten *salaam*. »Ich danke Eurer Hoheit, daß Hoheit sich meiner erinnern.«

»Ich erinnere mich sehr wohl an Euch. Doch das letzte, was ich hörte, war, daß Dschanahara Eure Gefangennahme befahl. Es erstaunt mich, Euch noch am Leben zu sehen.«

»Ich wurde von Arangbar freigelassen, Hoheit. Nach der Hinrichtung Samads.« Sie versucht vergebens, die Müdigkeit aus ihrer Stimme zu verbannen. »Warum weiß ich immer noch nicht . . .«

»Vielleicht war es seine Schwäche für die Schönheit.« Dschadar lächelte. »Doch im Augenblick, glaube ich, benötigt Ihr Ruhe. Mumtaz bat mich, Euch zu ihr in die *zenana* bringen zu lassen.«

»Shirin bleibt bei mir.«

Dschadar wandte den Kopf und sah Hawksworth an. Dann lachte er laut heraus. »Jetzt wird mir vieles, vieles verständlich. Mumtaz hat doch recht behalten! Wie kommt es nur, daß Frauen in solchen Dingen immer einen so klaren Blick haben.« Hawksworth' zerlumptes Wams fiel ihm auf. »Nun, Kapitän Hawksworth, wie ist Euer Befinden? Noch am Leben, wie ich sehe; gerade wie ich es voraussagte. Und noch immer der elegante englische Botschafter.«

»Es gibt keinen anderen. Unglücklicherweise war meine Mission kein voller Erfolg.«

»Zuerst muß Indien eine gerechte Regierung erhalten. Danach kann der Handel mit sicherer Hand geleitet werden.« Dschadar lehnte sich in sein Kissen zurück. »Sagt mir, Kapitän, habt Ihr genug von Agra und den Intrigen am Hof gesehen, um die Sache neu zu überdenken, über die wir einmal sprachen?«

»Ich habe wahrscheinlich alles gesehen, was ich von Agra je zu sehen bekommen werde.« Er verstummte und sah Dschadar offen ins Gesicht. »Doch andererseits werde ich ja nicht allein sein.«

Dschadar wurde ernst und sah Hawksworth schweigend an. Dann fuhr er fort: »Wie ich sehe, hat die Zeit Euch nicht gedämpft. Und auch nicht viel gelehrt. Versteht Ihr irgend etwas von Strategien zu Lande, Kapitän zur See Hawksworth?«

»Ich habe das nie behauptet. Aber ich kann Infanterie zählen.«
Dschadar lachte erneut. »Ich finde Euch nach wie vor amüsant, Kapitän. Es wird mir immer ein Rätsel bleiben, warum. Es stimmt mich traurig, daß mir in den nächsten Tagen so wenig Möglichkeiten gegeben sein werden, mit Euch die Zeit zu verbringen. Doch ich möchte Euch wenigstens durch mein Gelände führen. Ihr werdet sehen, daß der nächste Mogul von Indien seine Feldzüge nicht gerade wie ein elender Araber führt.«
»Fangen wir doch gleich mit den Fortifikationen an.«
Dschadar brüllte vor Lachen, erhob sich schnell aus seinem gepolsterten Thron und trat hinaus in die Sonne. Dort wandte er sich an Shirin. »Ihr könnt uns begleiten, wenn Ihr mögt. Wo habt Ihr übrigens beschlossen zu wohnen?«
Shirin sah Hawksworth an, und ihre Blicke trafen sich. Er sah, wie ein Lächeln über ihr Antlitz huschte. »Ich bleibe bei dem englischen Botschafter, Eure Hoheit.«
»Wie Ihr wünscht.« Dschadars Stimme klang etwas traurig. »Ich habe es längst aufgegeben, mich mit den Gedanken einer Frau auseinanderzusetzen. Aber ich möchte Euch warnen. Falls Ihr Euch hier unter die Moslems zu begeben beabsichtigt, so werden deren Frauen auf Euch spucken, wenn Ihr keinen Schleier tragt. Sie haben noch nie etwas von Persien gehört.«
»Dann werden wir bei den Radschputen wohnen.« Shirin warf ihren Kopf stolz zurück und schloß sich ihnen an. Dschadar führte sie durch einen Seitenausgang in den äußeren Bezirk seines Geländes. Die Kesselpauken begleiteten den Abgang des Prinzen mit donnerndem Getöse.
»Diese Reihe dient der Verpflegung, Kapitän.« Dschadar zeigte auf eine Anzahl schmucker Zelte entlang der inneren Umfriedung. »Das erste enthält Früchte und Melonen. Kein Mann kann ohne diese seinen Feldzug unternehmen, besonders wenn er eine hungrige *zenana* mit sich führt. Im Zelt da drüben wird *sharbat* bereitet, und in jenem werden Betelblätter aufbewahrt für die Zubereitung von *pan.*« Dschadar lächelte. »Wenn man auch nur ein einziges Mal einer Frau ihre Betelblätter verweigert, hat man nichts als Ärger.« Er führte sie weiter. »Dort, das große Zelt ist die Küche, das dahinter ist die Bäckerei, und in jenem dahinter werden Gewürze gemahlen.«
Hawksworth staunte. Wie konnte jemand inmitten von solchem Luxus

eine Armee anführen? Die Zelte waren alle aus roter Satinseide und wurden von vergoldeten Pfosten gestützt. Daß ein Krieg drohte, war in dieser Umgebung kaum vorstellbar.

»Bald werdet Ihr feststellen, daß das Reisen mit Frauen sehr beschwerlich ist, Kapitän. Zum Beispiel habe ich auf der anderen Seite des *gulal bar*, ein gesondertes Zelt für ihre Parfüms, errichten lassen müssen, dann eines für ihre Schneider und ein weiteres für ihre Garderoben. Es gibt dort spezielle Zelte für Matratzen und für Waschbecken sowie eines für Öl und Lampen. Diese Frauen regieren mein Leben. Die Dinge, die ich wirklich benötige – Werkstätten, Wachhäuschen, mein Waffenlager – habe ich alle hinter der *zenana* unterbringen müssen.« Dschadar hielt inne, seine Augen funkelten schelmisch. »Nun, wie gefällt es Euch?«

»Ich finde, ein Kriegslager sollte weniger Frauen und mehr Männer beherbergen.«

Dschadar lachte und warf einen bezeichnenden Blick auf Shirin. »Aber was wäre das Leben ohne Frauen, Kapitän?«

»Die Ehefrauen in Europa reisen nicht mit der Armee.«

»Dann könnte Europa etwas von Indien lernen.«

»Über die Kriegsführung oder über die Frauen?«

»Bevor Ihr hier fertig seid, werdet Ihr über beides etwas gelernt haben. Ein Krieg hier ist etwas völlig anderes als die Kriege auf See, Kapitän. Ihr solltet meine Männer im Kampf gesehen haben, bevor Ihr sie beurteilt. Sagt, könnt Ihr mit einem Bogen umgehen?«

»In England verwendet man keine Bogen mehr in der Armee. Ich habe jedenfalls noch nie einen benutzt. Ich glaube, das letzte Mal, daß man Langbogen zum Kampf ausgab, war damals zur Zeit der spanischen Armada. Heute geben wir Musketen den Vorzug.«

Dschadar schien über eine Antwort nachzudenken, während sie zurück zu seinem teppichbelegten Empfangsplatz schritten. Der Prinz nahm wieder unter der Markise Platz und sprach Hawksworth von neuem auf die Waffen an.

»Auch wir verwenden Musketen. Doch, offen gesagt, sie verursachen oftmals mehr Ärger als Nutzen. Sie sind schwer zu handhaben und ungenau, und bis man sie neu geladen hat und die Lunte gezündet, hat einen ein Radschputen-Bogenschütze bereits mit einem halben Dutzend Pfeilen durchbohrt. Die Infanterie besteht bei uns im allgemeinen aus einem Drittel Flintenschützen und zwei Dritteln Bogenschützen. Falls

Ihr uns in irgendeiner Weise behilflich sein wollt, Kapitän, so müßt Ihr lernen, mit Pfeil und Bogen umzugehen.«
Dschadar schwieg und sah Shirin an. Sie hatte die Augen vor Müdigkeit halb geschlossen. »Doch ich habe meine Umgangsformen vergessen. Ihr solltet ein wenig ruhen, während wir dem *feringhi* das Kämpfen beibringen. Vielleicht wäre es das beste, wir ließen ein Zelt am Ende des *gulal bar* für Euch räumen, in der Nähe der Werkstätten. Und der englische Kapitän kann dort auch Wohnung nehmen.« Dschadar lachte. »Damit ich zusehen kann, wie er mit seinem Bogen übt.« Sein Blick blieb an der Perle hängen, die Hawksworth im Ohr trug. »Wie ich sehe, seid Ihr nicht nur Botschafter, sondern auch noch ein *khan*. Wenn Arangbar aus Euch einen *khan* machen kann, dann wird es mir sicher gelingen, einen Bogenschützen aus Euch zu machen.«
Auf einen Wink kamen Eunuchen herbei, um Shirin durch den Hinterausgang zu geleiten. Hawksworth sah ihr nach und sehnte sich selber nach Schlaf, als Dschadars Stimme ihn wieder wachrüttelte.
»Ich möchte damit anfangen, Euch unseren indischen Bogen zu erklären.« Dschadar wandte sich an Vasant Rao und zeigte auf dessen Köcher, einen flachen Lederbehälter, der an einem Riemen über seiner Schulter hing. Er enthielt sowohl den Bogen wie auch die Pfeile. »Ihr kennt vielleicht unser Sprichwort: Das Schwert ist besser als der *katar;* die Lanze ist besser als das Schwert; der Pfeil ist besser als die Lanze. Ich habe Moslems behaupten hören, Bogen und Pfeil seien vom Erzengel Gabriel Adam überreicht worden.«
Vasant Rao zog seinen Bogen heraus und reichte ihn herüber.
»Nun, das erste, was Ihr lernen müßt, ist, wie man ihn spannt. Es ist schwieriger, als man annimmt, da der ungespannte Bogen in entgegengesetzter Richtung gekrümmt ist. Dies bedeutet einen Gegendruck, der dann beim Abzug wirksam wird.« Dschadar sah sich den Bogen näher an. »Man kann sogar erkennen, wie lange ein Bogen schon in Gebrauch ist, und zwar an seiner Krümmung im ungespannten Zustand. Hier ist die ursprüngliche Krümmung des Bogens fast verschwunden, und das heißt, daß er schon sehr lange verwendet wird. Haltet ihn einmal.«
Hawksworth griff den Bogen mit beiden Händen. Er war etwas über einen Meter lang. Der samtene Griff trug auf der Innenseite ein goldenes Emblem.
»Der Kern besteht aus Mangoholz. Darüber sind Büffelhornstreifen

geklebt. Um zusätzlichen Druck hervorzurufen, ist die Außenseite mit Darm bespannt und der ganze Bogen mit Leder überzogen. Wir benützen Leder oder Lack, um die geklebten Stellen vor der Feuchtigkeit des Monsuns zu schützen.«

»Wie wird er gespannt?«

Dschadar grinste breit und nahm den Bogen wieder an sich. »Es ist gar nicht so einfach. Gemeinhin biegen wir ihn über den Rücken.« Er ergriff die Sehne und brachte den Bogen um seine Hüfte herum. Dann zog er das freie Ende über seine linke Schulter, bog die Waffe durch und hakte die Sehne ein. Alles geschah in einer einzigen Bewegung.

»Seht Ihr? Aber ich habe es leichter erscheinen lassen, als es in Wirklichkeit ist. Ihr solltet es üben. Auch wäre es gut, wenn Ihr lernen würdet, vom Pferd aus zu schießen.«

»Vom Pferd aus?«

»Alle Reiter benutzen einen Bogen.«

»Wie kann man beim Reiten auch nur das geringste treffen?«

»Durch Übung. Ein guter Radschputen-Bogenschütze schießt vom Pferd aus genauso gut wie aus dem Stand. Noch besser sind die Usbeken.« Dschadar holte einen Ring aus seinem Umhang, dessen obere Hälfte aus einem flachen, grünen Diamanten bestand.

»Dieses ist ein *zihgir,* der Euren Daumen beim Abzug schützen wird. Außerdem vergrößert er die Reichweite.«

Er schob den Diamantring über seinen Daumen, klemmte einen Pfeil in die Sehne, spannte den Bogen mühelos und kontrollierte die Position des dünnen Bambuspfeils mit seinem Zeigefinger. Es hatte weniger als eine Sekunde gedauert.

»Übrigens . . .« Dschadar wandte sich an Vasant Rao. ». . . zeigt ihm, wie man unter einem Schild schießt.«

Der Radschpute nahm den Schild eines Gardesoldaten, der hinter ihm stand, und zog es über sein Handgelenk. Er war rund, etwa einen Zentimeter dick, etwas mehr als einen halben Meter breit und gewölbt wie eine große, flache Schüssel. Die Vorderseite war mit einem silbernen Emblem geschmückt. In der Mitte steckten vier Stahlnägel, mit denen die auf der Rückseite angebrachten Griffe befestigt waren.

»Der Schild ist einer der besten. Er ist aus gegerbtem Nashornleder gearbeitet und mit Lack gehärtet. Wie Ihr seht, sind die Griffe weit und locker. Wenn Ihr schießen wollt, könnt Ihr somit Eure Hand durchstek-

ken und den Schild bis zum Ellbogen hochschieben, so wie Vasant Rao es gerade zeigt. Eure Hand reicht nun über den Rand des Schildes hinaus und kann den Bogengriff umfassen. Aber denkt daran, daß Ihr während des Schießens ungeschützt seid. Entweder Ihr lernt, schnell zu schießen, oder Ihr werdet im Kampf nicht lange am Leben bleiben.«
Hawksworth nahm den Schild bei den Ledergriffen. »Er ist leicht. Wieviel Schutz bietet er?«
»Ein Schild aus Büffelhaut taugt nur gegen Pfeile. Einer aus Nashornleder wie dieser wehrt in der Regel auch Musketenfeuer ab. Wir werden irgendwo für Euch ein Nashornschild auftreiben.« Dschadar erhob sich. »Nachdem ich gesehen habe, wie Ihr mit dem Bogen umgegangen seid, glaube ich, es wäre besser, Euch der Garde, die hinten bei der *zenana* stationiert ist, zuzuteilen. Das sollte Euch einigermaßen aus der Schußlinie halten. Ich möcht meinen ersten englischen Botschafter nicht schon jetzt als Leiche sehen.« Er spielte mit seiner langen Perlenkette und sah Hawksworth an. »Es dürfte Euch interessieren, daß die kaiserliche Armee uns nach den mir zugegangenen Berichten in zwei Tagen erreichen wird. Morgen werde ich sämtliche Zisternen und Brunnen innerhalb von zwanzig *kos* östlich von hier vergiften lassen, um sie zu einem sofortigen Angriff zu zwingen. Ich hoffe, Ihr seid bereit.« Dschadar wandte sich um und ging.

Als Hawksworth am darauffolgenden Tag gegen Mittag aufwachte, stellte er fest, daß man mit der Befestigung des Lagers begonnen hatte. Er ließ Shirin weiterschlafen und begab sich zur östlichen Peripherie des Lagers, wo die schweren Kanonen in Stellung gebracht wurden. Die Kanone, die er sich näher ansah, hatte ein Kaliber von etwa sechs Zoll und ein gußeisernes Rohr, das durch Messingreifen verstärkt war. Es war mit Bolzen an einem Fahrgestell befestigt, das von vier festen Holzrädern getragen und von fünf Paaren weißer Ochsen gezogen wurde.
Während die Treiber die Tiere vorwärts peitschten, scharten sich schnurrbärtige Infanteristen in rotgrünen Waffenröcken um die Fahrgestelle der Kanonen und begannen sie anzuschieben. Ein Trommler in orangefarbenem Mantel saß rittlings auf der Kanone und schlug auf zwei großen Trommeln, die links und rechts am Rohr befestigt waren, für die anderen Männer den Rhythmus. Dahinter trottete ein gewaltiger

Elefantenbulle, der jedesmal, wenn das Fahrgestell steckenblieb, vorgeholt wurde, um mit seiner dick gepolsterten Stirn nachzuhelfen.
Als die Kanonen in Abständen von je etwa fünf Metern in Stellung gerollt worden waren, wurden sie mit schweren, aus Ochsenleder gedrehten Stricken, die so stark waren wie Metallketten, aneinandergebunden, um zu verhindern, daß Kavalleristen durchbrechen und die Kanoniere niedermachen konnten.
Hawksworth zählte an die dreihundert Kanonen entlang der Peripherie des Lagers. Feuertöpfe wurden hinter jeder Kanone aufgebaut, zusammen mit Zündstöcken und pulvergefüllten Ledersäcken. Zwischen den Kanonen waren zum Schutz für die Luntenzünder Sandsäcke aufgestapelt. Rund um die Kanonen häuften Männer Stapel von vierseitigen Eisenklauen auf, und vor ihnen waren Männer mit Spitzhacken und Körben damit beschäftigt, einen Schützengraben auszuheben. Hawksworth sah den Vorbereitungen eine Zeitlang mit gemischten Gefühlen zu. Irgend etwas, spürte er, stimmte hier nicht.
Dann erschrak er. Es fehlte Munition.
Es gab lediglich stapelweise Eisenklauen.
Er machte auf dem Absatz kehrt und eilte zurück zum Munitionslager, das aus mehreren Reihen gelbgerandeter Zelte bestand. Die Kugeln lagen noch unberührt da.
Er setzte seinen Gang fort, um die anderen Zelte zu inspizieren und entdeckte mehrere hundert zusätzliche Kanonen. Einige hatten dasselbe Kaliber wie die bereits in Stellung gebrachten, andere waren viel größer. Alle waren inzwischen mit Geschirren ausgerüstet worden und somit transportbereit. Auch ein riesiger Bestand an kleineren Kanonen fiel ihm auf – es waren Tausende, auch sie auf hölzerne Fahrgestelle montiert, aber klein genug, um von einem Ochsen oder sogar von zwei Männern bewegt zu werden.
Schließlich gelangte er zu einer Reihe von Zelten, aus denen man Musketen, Pulver, Säcke voller Kugeln und hölzerne Gabeln zum Abstützen der Gewehrläufe herausholte und an die Infanteristen verteilte. Die Männer wurden bewaffnet, doch das Lager selbst war bislang so gut wie unbefestigt.
Hawksworth grübelte über die Vorbereitungen nach, über den Radschputen-Hornbogen, den er eben erst zu benutzen gelernt hatte. Nach einiger Zeit war es ihm gelungen, aus dem Stand das Übungsziel, einen

Erdhaufen, zu treffen. Das Schießen unter dem Schild bereitete ihm dagegen unüberwindliche Schwierigkeiten. Er fühlte sich überfordert und hatte das Gefühl, Dschadars Lage verschlechtere sich von Minute zu Minute.
Schließlich beschloß er, so viele Luntengewehre wie möglich anzufordern. Vielleicht gelang es ihm, in der ihnen noch zur Verfügung stehenden Zeit auch Shirin das Schießen beizubringen. Mit Gewehren bestand vielleicht noch eine kleine Chance zur Selbstverteidigung, wenn die kaiserliche Armee das Lager stürmte.
Er ging zurück zu der Stelle, an der Flinten ausgegeben wurden. Männer, die schwere Luntengewehre mit Läufen aus gewalztem Stahl trugen, kamen ihnen entgegen.
In der Nähe des Munitionslagers stand Vasant Rao. Seine Miene zeigte ein gelöstes Lächeln, sein Schnurrbart und sein Turban waren geschniegelt wie zur Musterung. Neben ihm türmte sich ein mannshoher Stapel Musketen, die alle einzeln mit grünem Tuch umwickelt waren. Hawksworth schob sich durch die lärmende Menge, bis es ihm gelang, den Arm des Radschputen zu fassen zu kriegen.
»Warum werden die Kanonen nicht aufgestellt?«
»Aber sie sind dabei, sie aufzustellen, Kapitän.« Vasant Rao strich sich über seinen Schnurrbart.
»Aber nur die Kanonen mittleren Kalibers, und nicht einmal die haben Munition.«
»Mit mittlerem Kaliber, so nehme ich an, meint Ihr die *gau-kash*, die von Ochsen gezogen werden, wie? Das ist richtig. Alle diese Dinge benötigen eben ihre Zeit.«
»Ihr nutzt die wenige Zeit, die Euch noch verbleibt, damit, daß Ihr mittelkalibrige Kanonen ohne Kugeln in Stellung bringt! Wer, zum Teufel, ist dafür verantwortlich?«
»Prinz Dschadar natürlich. Die *gau-kash*-Kanonen sind der Schlüssel zu einer Strategie.« Vasant Rao trat vor und befahl lauthals den nächsten Stapel Musketen auszuwickeln. »Nehmt Euch eine Flinte, Kapitän, wenn Ihr eine haben möchtet. Irgendeinen kleinen Nutzen wird sie wohl haben. Wenn ich hier fertig bin, muß ich die Geschirre an den *fil-kash* überprüfen, den großen Kanonen, die von Elefanten gezogen und in Stellung gebracht werden, und dann muß ich noch die *mardum-kash* austeilen, die kleinen Kanonen, die von jeweils zwei Mann bedient werden.«

»Wo wird diese zusätzliche Artillerie stationiert?« rief Hawksworth ihm nach, aber der Radschpute schien nichts mehr zu hören. Er war stehengeblieben, um mit einem der Männer zu sprechen, die ihm assistierten. Dann wandte er sich zur Seite, wickelte eine Muskete aus und gab sie zusammen mit einem dreibeinigen Ständer Hawksworth. Ein anderer Mann reichte ihm einen breiten Samtgürtel, an dem Pulverflasche, Patronentasche, Zündhorn, Zündschnur, Feuerstein und Feuerstahl hingen.

»Der Prinz wird den Befehl zur Aufstellung der *fil-kash* und *mardum-kash* erteilen, sobald alle Geschirre angebracht sind.«

»Er täte gut daran, ihn bald zu erteilen. Es wird in spätestens drei Stunden dunkel.«

»Ich bin davon überzeugt, daß er die Zeit im Auge behält, Kapitän.« Vasant Rao drehte sich um und verschwand.

Hawksworth bückte sich schnell und ergriff zwei weitere Flinten, die er wie einen Schiffsbug vor seinen Bauch hielt, um sich den Weg durch die Menge zu bahnen. Schweißgeruch hing in der Luft, und die Menschen schienen noch planloser hin und her zu laufen als sonst. Frauen drängten sich in den Straßen und feilschten mit den Händlern um Tontöpfe voller Öl, und Stallknechte führten tänzelnde Pferde am Zügel, die alle goldgefranste, in der schrägstehenden Sonne wie antike Münzen schimmernde Satteldecken trugen.

Hawksworth suchte vergeblich nach irgendeiner Form von Organisation in all dem Durcheinander, kehrte dann um und ging zurück in sein Zelt. Shirin schlief noch. Er betrachtete sie in Bewunderung, ihren Mund, die Olivenhaut ihrer hohen Wangen, ihr glänzendes dunkles Haar. Er liebte sie mehr denn je.

Fast ohne zu wissen weshalb, fing er an, die Restbestände seiner Kleidung zu durchwühlen. Sie lagen, eingewickelt in einen Teppich, noch immer dort, wo er sie hingeworfen hatte. Sein Puls beschleunigte sich, als seine Hand plötzlich etwas Hartes, Rundes fühlte und ergriff. Es war seine allerletzte Flasche Brandy, die wie durch ein Wunder erhalten geblieben war.

Er riß den verschimmelnden Korken mit den Zähnen heraus und nahm zwei kräftige Schlucke. Dann rüttelte er Shirin wach.

Sie war sofort hellwach und starrte ihn eine Sekunde lang fassungslos an. Dann lächelte sie . . . und sah den Brandy.

»Brauchst du das jetzt wirklich?«
»Ich brauche dies und noch eine ganze Menge mehr. Wie kannst du so ruhig schlafen? Dieses von Gott verlassene Lager wird in wenigen Stunden von der kaiserlichen Armee dem Erdboden gleichgemacht werden.« Er brach ab und starrte sie an. »Hörst du das? Nur ein kleiner Teil von Dschadars Kanonen ist in Stellung gebracht worden, die meisten stehen immer noch herum. Es ist einfach nicht zu fassen!«
Shirin richtete sich auf und sah ihn an. »Warum bist du dann hier? Ich dachte, du hättest dich entschlossen, Dschadar zu helfen.«
»Wie kann ihm irgend jemand helfen, der sich selbst nicht helfen will?«
Shirin lachte. »Hast du schon gelernt, wie man mit dem Radschputen-Bogen umgeht?«
»Nein, aber was macht das schon? Du weißt, daß Dschadar einer dreifachen Überzahl gegenübersteht.« Hawksworth zeigte auf die Musketen, die er mitgebracht hatte. »Ich habe drei Luntengewehre für uns ergattert. Glaubst du du kannst damit schießen?«
»Ich kann mit einem Bogen schießen.« Sie würdigte die Musketen kaum eines Blickes. »Und ich wäre aufrichtig froh, wenn du es inzwischen auch könntest.«
Aus der Richtung in Dschadars Zelt ertönte eine Trompete, und unmittelbar danach hörte man andere Trompeten in allen Teilen des Lagers antworten.
Shirin erhob sich von ihrem Kissen und zog den Gaze-Umhang fest um ihre Taille. »Das ist das Zeichen, das Brennholz vorzubereiten. Komm, wenigstens dabei kannst du helfen.«
Hawksworth sah sie entsetzt an.
»Brennholz? Wovon redest du da um Gottes Willen? Hat Dschadar die Absicht, Feuer anzuzünden? Befürchtet er vielleicht, daß die kaiserliche Armee unser Lager sonst nicht finden wird?« Er drehte sich um und ging zum Ausgang, ungläubig seine Braue reibend. »Ich sehe diese Gefahr kaum. Die roten Zelte seiner *zenana* kann man ohnehin meilenweit sehen.«
Shirin lachte und eilte an ihm vorbei, hinaus aus dem Zelt. In der Mitte des Weges, der den gesamten *gulal bar* durchlief, hatten Diener bereits begonnen, Holzstapel aufzuschichten. Vom Zelteingang aus sah Hawksworth, wie man aus dem Küchenzelt Tontöpfe voller Öl brachte

und sie unweit des Brennholzes aufstellte. Die Sonne warf inzwischen lange Schatten über die Wände der Nachbarzelte.
Er kehrte ins Zelt zurück, steckte die Brandyflasche in sein Wams und ging zurück zu den Waffendepots. Dort waren inzwischen Elefanten paarweise an die großen Kanonen geschirrt worden und wurden nun aus dem Lager hinausgeführt, gefolgt von Kamelen, auf deren Rücken man zweipfündige Drehbasse montiert hatte, und Infanteristen, die die auf zweirädrige Wagen montierten kleineren Kanonen zogen. Schwer mit Pulver und Geschossen beladene Ochsenkarren bildeten das Ende des Zuges.
Verstreut zwischen den Zelten waren inzwischen Brennholzpyramiden aufgebaut worden, und zahlreiche Radschputen hatten sich um sie versammelt. Sie redeten viel miteinander, und manche umarmten sich. Einige hatten sich niedergesetzt und ihre Turbane abgenommen. Sie sangen Verse aus der Bhagavadgita. Sie kämmten ihr langes, schwarzes Haar und ölten es ein. Hawksworth sah auch, daß sie Teakholz-Kästchen herumreichten, ihnen kleine, braune Kugeln entnahmen und diese dann verzehrten.
Auch Vasant Rao stand bei den Männern. Der Radschpute wirkte jetzt ernst. Er umarmte einen Mann nach dem anderen, es sah aus, als nehme er Abschied von ihnen. Dann blickte er auf, entdeckte Hawksworth und lächelte.
»Kapitän Hawksworth, ich bin froh, daß Ihr hier seid. Ihr seid mittlerweise selbst schon fast ein Radschpute. Möchtet Ihr Eure Haare kämmen? Dies ist unsere Art, uns auf das, was da kommen mag, vorzubereiten. Wer weiß, wie viele von uns den morgigen Tag erblicken werden.«
»Ich kann genausogut sterben, wenn mein Haar bleibt, wie es ist.«
»Dann seid Ihr doch noch kein echter Radschpute. Trotzdem seid Ihr in unserem Kreis willkommen.«
Er offerierte ihm eines der Kästchen. Hawksworth öffnete es und nahm eine Kugel heraus. Als er sie zwischen den Fingern zerrieb und unter seine Nase hielt, wurden in ihm Erinnerungen an jenen ersten Abend in Surat und an Mukarrab Khans Festessen wach. Es war Opium.
»Großer Gott! Habt Ihr denn alle den Verstand verloren?« Er schleuderte die Kugel zu Boden und fuhr Vasant Rao an. »Dies ist das *letzte*, was Ihr braucht, wenn Ihr kämpfen wollt! Ihr freßt ja den Tod direkt in Euch hinein!«

»*Affion* bereitet einen Radschputen auf den Kampf vor, Kapitän. Je mehr wir davon essen, desto stärker werden wir. Es macht uns stark wie Löwen.«
Mein Gott, wir werden alle sterben. Kann Dschadar diesem Treiben nicht Einhalt gebieten? Kann er die Leute nicht wenigstens daran hindern, vor dem Angriff Opium zu vertilgen? Und wohin schafft man die Kanonen? Aus dem Lager hinaus? Was, in Teufels Namen, ist hier im Gange?
Er machte auf dem Absatz kehrt und ging zurück. Verwundert stellte er fest, daß die Wachposten vor dem Eingang zu Dschadars Gelände verschwunden waren. Auch die inneren Unterteilungen des *gulal bar* fehlten, und die Satin-Zelte für die Melonen und die *pan*-Blätter sowie die Küche waren samt und sonders leer.
Er schlenderte durch den wie ausgestorben daliegenden *gulal bar* und kam sich vollkommen verlassen vor. Weder Wachen noch Truppen – nichts war in der Dunkelheit zu erkennen. Vor ihm trompeteten Elefanten, und er tastete sich vorwärts. Ein einsames Zeltlicht musterte den Boden mit einem Mosaik aus beweglichen Schatten. Er fühlte sich nutzloser denn je und langte in sein Wams, um die Flasche hervorzuholen.
Plötzlich spürte er ein *katar* an seinem Hals.
»Das Ziehen einer Waffe innerhalb des *gulal bar* wird mit dem Tode bestraft, Kapitän.«
»Ich habe nur . . .«
Lautes Gelächter ertönte, und als er sich umwandte, erkannte er im Schatten das Gesicht Dschadars.
»Was . . . was machen Hoheit hier?«
»Ich denke nach, Kapitän Hawksworth. Denkt Ihr niemals nach vor einer Seeschlacht? Sicherlich doch auch.«
»Ich denke nach. Und ich sorge auch dafür, daß meine Kanoniere nüchtern bleiben.« Hawksworth kam sich ein wenig albern vor mit der Brandyflasche in seiner Hand. »Wußtet Ihr, daß Eure Männer sich geradezu mit Opium vollstopfen?«
»Ich freue mich, das zu hören. Es bedeutet, daß meine Radschputen morgen unschlagbar sein werden.« Dschadar wirbelte den *katar* mit seiner Hand herum und ließ ihn dann in die Lederscheide gleiten. »Übrigens habe ich gehört, daß es Euch nicht gelungen ist, mit dem

Bogen umzugehen. Aber laßt uns über etwas Wichtigeres sprechen. Vielleicht könnt Ihr uns doch noch helfen. Ihr werdet wissen, Kapitän, daß ein Kommandeur sich immer zwei Dinge vor Augen halten muß: Er muß sowohl seine eigene Stärke wie auch die seines Gegners kennen. Doch nur über ersteres weiß er genau Bescheid. Die Stärke des Gegners läßt sich nie genau voraussagen.« Dschadar hielt inne. »Sagt mir: Wenn Ihr Inayat Latif wäret, wie würdet Ihr morgen die kaiserliche Armee aufstellen?«

»Was meint Ihr?«

»Welche Angriffsform würdet Ihr wählen? Die Aufstellung von Infanterie, Kavallerie und Elefanten ist bei keiner Schlacht genau die gleiche. Die vorderste Linie wird zum Beispiel oft von Infanteristen gehalten. Ihre erste Reihe besteht dann aus Männern mit gepanzerter Rüstung, die viel schwerer ist als die gewöhnlichen Stahlnetze. Sie bilden eine Schutzwand mit besonders breiten Schilden und sind durchwegs hervorragende Bogenschützen. Dahinter folgt eine Reihe, in der die Männer nur Helme und Brustharnisch tragen und mit Schwert und Pike bewaffnet sind. Die dritte Reihe besteht aus Infanteristen mit Schwertern, Bogen und Streitäxten, die vierte trägt Lanzen und Schwerter. Die Reihen sind so postiert, daß den hinteren das Blickfeld nach vorne offen bleibt. Außerdem bleibt genügend Raum, um die Kavallerie durchzulassen.«

»Eine solche Aufstellung bedeutet einen langsamen Angriff und einen sehr blutigen Kampf.«

»Genau. Daher ziehen viele Kommandeure es vor, ihre Kavallerie in vorderster Linie einzusetzen. Reiter kommen schneller voran und können Abwehrsperren leichter umgehen.«

»Aber die Kavallerie kann von kleiner Artillerie zusammengeschossen werden. Lohnt es sich wirklich mit der Kavallerie zu stürmen, wenn der Gegner mit schweren Geschützen aufmarschiert?«

Dschadar lachte. »Ihr werdet doch noch einmal Kommandeur! Seht, Inayat Latif wird selbstverständlich annehmen, daß unser Lager eine starke Verteidigungsstellung besitzt. Doch jetzt etwas anderes: Gemeinhin gilt ein Angriff bei Nacht als Ausdruck schlechter Manieren. Eher wird einem verziehen, wenn man während der frühen Morgenstunden angreift, selbst wenn es dann noch dunkel ist. Mir sind Angriffe bekannt, die fast einen halben *pahar* vor der Dämmerung stattfanden.«

»Aber wie kann man, wenn es noch dunkel ist, die feindlichen Linien erkennen?«

»Sie sind zu sehen, wenn man im feindlichen Lager nachlässig war, einige Feuer brennen zu lassen.« Dschadar schwieg, um seinen Worten Nachdruck zu verleihen. »Doch laßt uns die dritte Möglichkeit ins Auge fassen, den Angriff mit Elefanten in vorderster Linie. Elefantenrüstungen sind Stahlpanzer, die, von schweren Kanonen abgesehen, allem widerstehen. Wenn man den Feind dazu bringen kann, vor dem Ansturm seine stärksten Geschütze abzufeuern, und dann seine schweren Kriegselefanten losschickt, dann schalten sie seine Kanoniere aus, bevor sich die Kanonen zum Nachladen abgekühlt haben. Da es mindestens einen halben *pahar* dauert, bis eine große Kanone kühl genug ist, kommen die großen Geschütze nur selten mehr als einmal im Kampf zum Einsatz. Andererseits birgt der Angriff mit Kriegselefanten immer die Gefahr, daß die Tiere in Panik geraten, kehrt machen und die eigene Infanterie zertrampeln.«

»Ihr denkt, daß Inayat Latif dieses Risiko eingehen wird?« Hawksworth drehte gedankenverloren seine Brandyflasche zwischen den Händen.

»Das frage ich Euch.«

»Es klingt einleuchtend. Er wird seine größten Kanonen dafür vorsehen, ins Lager zu feuern und, wenn er Euch dazu gebracht hat, ebenfalls mit schweren Geschützen zu antworten, tausend Kriegselefanten auf uns loslassen, die alles, was ihnen in den Weg kommt, zerschmettern. Einschließlich Eurer opiumberauschten Radschputen mit ihren unschlagbaren Bogen.«

»Ihr macht Euch erstaunlich gut bis jetzt, Kapitän.« Dschadar nahm Hawksworth am Arm und führte ihn an den Rand des *gulal bar.* »Und was würdet Ihr an seiner Stelle als nächstes tun?«

»Ich würde gleich hinter den Kriegselefanten eine Welle von Infanteristen herschicken, und zwar in einer so dichten Reihe, daß sie eine tödliche Wand bilden. Und hinter ihnen würde ich Kavallerie folgen lassen mit Musketen, um das Lager in Schach zu halten und gegen Eure Kavallerie vorzugehen, sobald sie durchbrechen würde – was wahrscheinlich irgendwann der Fall wäre.«

»Kavalleristen würden sich nicht mit Musketen aufhalten, sondern nur Bogen benutzen. Aber der Gang Eurer Gedanken ist nach wie vor äußerst klar. Nun verratet mir, von welcher Seite aus Ihr dieses Lager hier angreifen würdet?«

»Von Osten her, aus der Richtung, aus der wir gekommen sind.«

»Und warum gerade aus dieser Richtung?«

»Aus verschiedenen Gründen. Erstens: Wenn ich von Osten komme, wären meine Truppen am einfachsten gleich dort in Stellung zu bringen. Zweitens – und das ist wahrscheinlich noch wichtiger, ist das die einzige wirklich zugängliche Seite des Lagers. In den anderen Himmelsrichtungen ist das Gelände zu dicht bewaldet. Aber im Osten liegt eine breite Lichtung, die sich bis an die Grenze des Lagers erstreckt. Drittens würde die Sonne meine Männer bei einem Angriff von Osten nicht blenden.«

Dschadar blieb stehen und blickte ihn an. »So also würdet Ihr es anfangen? Angriff bei Tagesanbruch von Osten her, mit einer Frontlinie aus Kriegselefanten?«

»Ja, den größten und besten, die ich hätte.«

Dschadar seufzte. »Wißt Ihr, es beunruhigt mich, daß ein *feringhi* zu den gleichen Schlußfolgerungen gelangt, wie ich selbst auch. Aber ich meine, daß es sich hier um einen klassischen Fall handelt. Und dieser wird im Kopfe von Inayat Latif eine klassische Lösung fordern. Seinem angeblichen Scharfsinn fehlt ein Gefühl für originelle Ideen. Er wird auf ganz konventionelle Weise angreifen müssen. Hinzu kommt, daß er aufgrund des begrenzten Geländes nicht genügend Platz haben wird, um seine Armee in einen rechten und einen linken Flügel aufzuteilen, sondern nur eine einzige Phalanx bilden kann. Das ist vor allem dann gefährlich, wenn man in irgendeiner Phase des Kampfes zurückweichen muß. Eine solche Möglichkeit wird er jedoch überhaupt nicht in Betracht ziehen. Schließlich meint Ihr auch, daß er seine Kavallerie für die dritte Welle zurückbehalten wird.« Dschadar hielt inne. »Das ist wichtiger, als Ihr wahrscheinlich ahnt. Alles andere hängt letztlich davon ab. Die Kavallerie muß zum Schluß angreifen.«

»Es erscheint am einleuchtendsten. Seine Kavallerie besteht ja hauptsächlich aus Radschputen, und er wird es nicht riskieren wollen, seine besten Truppen in der ersten Angriffswelle, wenn Eure Artillerie sich noch in Schußposition befindet, vernichten zu lassen.«

Dschadar lachte auf und deutete auf Hawksworth' Flasche. »Was ist das, was Ihr da in der Hand haltet, Kapitän?«

»Eine Flasche Brandy. Spanischer, muß ich beschämt zugeben, das ist leider nach wie vor der beste.«
»Darf ich einmal davon kosten?«
Dschadar nahm die Flasche und nahm einen kräftigen Zug, stand einen Augenblick reglos da und mußte dann fürchterlich husten.
»Barmherziger Allah! Jetzt verstehe ich, warum der Prophet seinen Genuß verboten hat!« Er gab ihm die Flasche zurück. »Doch einmal wollte ich mit Euch trinken, Kapitän. Ich habe gehört, in Europa ist das so üblich. Jetzt ist mir wohler zumute.«
»Wohler zumute? Ich habe Euch soeben beschrieben, wie bei Sonnenaufgang Euer Lager verwüstet wird.«
»In der Tat. Es wird mir leid tun um diese Zelte.« Dschadars Tonfall klang nachdenklich. »Ihr müßt wissen, daß einige von ihnen seit meinem ersten Feldzug im Dekkan zu meiner Begleitung gehören.«
»Und was ist mit Euren Radschputen? Und mit Euren Frauen? Wird es Euch um sie nicht genauso leid tun?«
»Ich rechne nicht damit, sie zu verlieren.« Dschadar führte Hawksworth am Arm um das letzte der Zelte der Reihe herum. Beim Schein des Feuers wurden die Frauen aus der *zenana* auf Lastelefanten verbracht. Die Tiere waren mit *pakhar*-Rüstungen – Stahlpanzer an den Flanken und ein besonderer Stahlschutz für Kopf und Rüssel versehen. Die Frauen wurden über hohe Leitern in die *haudas* geführt, die mit Eisenplatten verstärkt waren.
»Wohin werden die Frauen gebracht?«
»Aber wir brechen doch auf, Kapitän.«
Hawksworth starrte Dschadar einen Moment sprachlos an und entdeckte plötzlich Shirin, die einen Bogen und zwei Köcher voller Pfeile bei sich trug.
»Ihr brecht auf?«
»Soeben habt Ihr vorausgesagt, daß dieses Lager zerstört werden würde. Ich stimme völlig mit Euch überein, ja ich habe es sogar so geplant. Warum sollte daher irgend jemand hierbleiben? Das Lager wird vor Tagesanbruch geräumt sein. Wir mußten selbstverständlich die Dunkelheit abwarten, ehe wir damit beginnen konnten. Auch mußten wir die Arbeiten an den Schützengräben bis zum letzten Augenblick fortsetzen, denn Inayat Latif hat ganz gewiß überall seine Spähtrupps stationiert. In der Morgendämmerung werden hier allerdings nur noch glimmende

Feuerstellen anzutreffen sein. Schließlich haben wir am Ostrand des Lagers noch die Kanonen aufstellen lassen, als Köder sozusagen. Ich habe die Hälfte von ihnen mit Elefantenhaken laden lassen. Der Rest wird überhaupt nicht geladen. Warum sollte man Geschosse vergeuden? Wir werden die leeren Kanonen abfeuern, um die kaiserliche Armee zum Ansturm zu bewegen. Sobald dann die Elefanten in Reichweite der Kanonen sind, schießen wir die Haken ab. Ein Widerhaken im Fuß kann einen Elefanten völlig außer Gefecht setzen. Inayat Latif wird niemals damit rechnen, da sie seit fünfzig Jahren in Indien nicht mehr benutzt worden sind.«

»Aber wo wird Eure Armee sein?«

»Botschafter, Kapitän! Ich glaubte, Ihr finget an zu begreifen, was Kriegstaktiken sind! Meine Armee wird auf beiden Seiten der Lichtung im Osten hinter einer Tarnung aus Blättern und Zweigen warten, an der wir seit zwei Wochen arbeiten. Wenn die Kriegselefanten ins leere Lager vorgestoßen sind wie in einen Trichter, werden wir mit unseren stärksten Geschützen von beiden Seiten das Feuer eröffnen. Die Kanonen mittleren und kleineren Kalibers werden in die Reihen der Infanterie feuern. Alle Geschütze dürften vor Anbruch der Dämmerung in ihren Stellungen sein, wenn ich es richtig berechnet habe.«

Als Hawksworth sich umwandte, sah er Wärter, die einen geharnischten Elefanten herantrieben, der für ihn und Shirin bestimmt war. Durch die Rüstung sah man nur noch die Ohren.

»Doch in der Infanterie seid Ihr nach wie vor drei zu eins in der Minderzahl.«

»Alles zu seiner Zeit, Kapitän.« Er wandte sich Shirin zu und umarmte sie freundschaftlich. »Dies war meine beste *swanih-nigar*. Paßt gut auf sie auf!«

Shirins dunkle Augen musterten Hawksworths Brandyflasche. Sie lachte skeptisch. »Ich habe meinen eigenen Bogen dabei.«

Hawksworth räusperte sich und steckte die Flasche zurück in sein Wams. »Ich habe mir ein paar Musketen geholt. Sie sind mir nach wie vor lieber.«

»Gratuliere, Kapitän!« Dschadars Lachen klang zynisch. »Ich bewundere Eure *feringhi*-Initiative. Doch ich möchte nicht, daß Ihr zu Schaden kommt. Wie ich Euch bereits mitteilte, werdet Ihr zusammen mit der *zenana* abziehen. Sie wird sich auf jenen Hügel dort im Westen

begeben. Von dort aus könnt Ihr der Schlacht wenigstens zusehen.« Er schickte sich an zu gehen. »Lebt wohl, Kapitän! Möge Allah mit Euch reiten!«
»Und ich wünsche Eurer Hoheit, daß Gott Euch behüten möge. Ihr seid ein zehnmal besserer Stratege, als ich dachte.«
Dschadar lachte. »Hebt bitte etwas von Eurem übelschmeckenden Brandy für unsere Siegesfeier auf. Dann werde ich vielleicht noch einmal mit Euch trinken.« Sein Blick verdüsterte sich. »Wenn nicht, so werden wir morgen Seite an Seite im Paradiese sitzen und Lammfleisch speisen.«

28

Ein Trommelwirbel erhob sich über der dunklen Ebene, schwoll an und wurde lauter. Dröhnend wie ein wütender, gefangener Donnerschall erfüllte er das Tal mit der ahnungsvollen Stimme des Todes, um dann in die Stille zurückzusinken, verschlungen von seiner eigenen Unermeßlichkeit.
»Das ist der Ruf der kaiserlichen Armee zu den Waffen. Prinz Dschadar hatte recht. Inayat Latif greift vor Anbruch der Dämmerung an.«
Shirin saß neben Hawksworth in der dunklen *hauda*. Jetzt erhob sie sich und spähte über die etwa meterhohe Stahlbrüstung in die Dunkelheit. Ringsum bewegten sich silhouettenhaft die Elefanten der *zenana*-Garde, schwangen sachte die Rüssel unter ihrer schweren Rüstung hin und her. Die *zenana* war auf weiblichen Lastelefanten versammelt und wartete etwas weiter hinten, umgeben von Hunderten von Ochsenkarren, die hoch mit Kleidungsstücken und anderen Utensilien beladen waren.
»Barmherziger Allah, er muß ja tausend Kriegstrommeln haben.«
»Du hast die Größe der kaiserlichen Armee gesehen, als sie in Fatehpur zur Musterung antrat.« Hawksworth erhob sich, stellte sich neben sie, hielt sich an der Brüstung der schwingenden *hauda* fest und sog die kühle Morgenluft in seine Lungen. Die Königin hatte die *mansabdars* und ihre Truppen aus allen Provinzen herbeibeordert.
Ein Chor von Kriegshörnern scholl durch die Dunkelheit, erneut gefolgt von Trommelschlägen, die jetzt mit der Regelmäßigkeit eines Pulsschlags ertönten und von den bewaldeten Hügeln ringsum widerhallten.

»Das ist das Signal für Infanterie und Kavallerie, die Kampfordnung einzunehmen.« Shirin wies in die Richtung, aus der die Geräusche kamen. »Die kaiserlichen Truppen sind gleich bereit.«

Unter ihnen in Dschadars Lager glommen die Feuer, tausend blinkende Pünktchen. Obwohl im Osten ein dünner heller Streifen sichtbar wurde, war das Tal, in dem sich die kaiserliche Armee befand, noch in Dunkel gehüllt.

Unvermittelt hörten die Trommelschläge auf, und das Tal versank in eine unheimliche, unheilverkündende Stille. Hawksworth tastete nach Shirins Hand.

Am Ostrand des verlassenen Lagers brach an verschiedenen Punkten Kanonenfeuer aus – Lichterzungen, die die Ausmaße und die Position der Befestigungen verrieten. Nur wenige Augenblicke später drang auch der Schall an ihre Ohren, ein dumpfes Knallen, kraftlos und hohl. Das Feuer nahm ab, kam immer sporadischer, bis die schwache Grenzverteidigung des Lagers sich erschöpfte wie der letzte melancholische Stoß eines verausgabten Liebhabers.

Die Verteidigungslinien des Lagers hatten ihre Position verraten, und Hawksworth wußte, daß in der angespannten Stille die kaiserlichen Kanonen zum Abfeuern bereitet wurden.

Plötzlich wurde das Tal unter ihnen von einer Flammenwand erleuchtet, aus der sich brennende Raketen lösten und in das leere Lager hineinjagten.

»Mein Gott, sie schießen Feuerwerkskörper mit Kanonen ab! Was ist das?«

»Ich weiß es nicht. Aber früher hat man in Indien die Kanonen einmal ›Naphta-Werfer‹ genannt.«

Eine neue Salve folgte kurz nach der ersten. Obwohl dieses Mal keine Feuerwerkskörper geschleudert wurden, war die Wirkung noch vernichtender. Vierzigpfündige kaiserliche Geschosse rissen breite Gräben in die brennende Zeltstadt. In wenigen Augenblicken war der *gulal bar* verwüstet und zu einer Hölle aus zerfetztem Leinen und prasselnden Flammen geworden.

Ein rauher, eintöniger Singsang begann vom Tal her zu ihnen hinaufzuhallen, und mehr und mehr Stimmen fielen ein.

»*Allah-o-Akbar! Allah-o-Akbar!*« Gott ist groß. Es war der Kampfruf der Infanterie Inayat Latifs.

In der Ebene unter ihnen war es nun heller geworden durch das heraufziehende Morgengrauen und die rasch um sich greifenden Feuer in Dschadars Lager. Hawksworth verfolgte das Geschehen mit gespannter Aufmerksamkeit, die Hand nervös am Griff seines Schwertes. Unten bewegte sich eine Truppe stahlgepanzerter Kriegselefanten auf den Ostrand des Lagers zu, ihr blanker Harnisch leuchtete rot im Feuer. Die Vorhut des kaiserlichen Heeres war mit stahlgepanzerten *haudas* ausgerüstet, aus denen jeweils ein schweres Kanonenrohr herausragte. Die stählernen *haudas* der nächsten Elefantenreihe waren fast einen Meter hoch und mit Löchern durchbohrt, was den Bogenschützen die Möglichkeit gab, zu schießen, ohne über die Oberkante hinauszuragen. Sporadisches Kanonen- und Luntengewehrfeuer von den wenigen hundert Soldaten, die die Verteidigungslinie bemannten, traf die Elefanten, ohne jedoch deren Vormarsch aufzuhalten. Direkt hinter den Tieren stürmte die kaiserliche Infanterie in dichten Reihen vorwärts.
Dschadar wußte genau, was er tat, als er dieses Gelände für sein Lager auserkor, sagte sich Hawksworth. Er benutzte es, um die Bedingungen für die Schlacht selbst bestimmen zu können. Es ist kein Platz zum Manövrieren da. Wenn sie entdecken, daß das Lager leer ist, können die Elefanten nicht zurückgezogen und neu gruppiert werden, ohne die eigene Infanterie zu zertrampeln.
Er legte seine Arme um Shirins Taille und zog sie an seine Seite. Sie sahen, wie die Kriegselefanten durch die äußere Begrenzung des Lagers brachen, ohne daß der Graben ihren Vormarsch nennenswert verlangsamt hätte. Aber als sie nah genug herangekommen waren, eröffneten die Kanonen mit der Spezialladung ihr Feuer und sprühten einen Hagel stählerner Widerhaken in die Reihen. Bis hinauf zum Hügel war das Klirren zu hören, als sie gegen den Harnisch der Elefanten prallten.
»Bald werden wir wissen, ob Dschadars Plan Erfolg hat . . .«
Die Elefanten in der ersten Reihe bäumten sich mit einem Mal auf, schlugen mit ihren gepanzerten Rüsseln wild um sich und warfen einige der Kanoniere ab. Sobald die Widerhaken sich in ihre Fußsohlen krallten, trompeteten sie vor Schmerz und rasten in kopfloser Wut kreuz und quer durcheinander. Einige der abgeworfenen Männer gerieten unter ihre Füße und wurden zertrampelt.
Es geschah genau das, was Dschadar vorausgesagt hatte; der tödliche Teppich von Widerhaken hatte ihren Vormarsch aufgehalten. Ihre

Reihen waren gebrochen und ihre Geschütze großenteils unbrauchbar. Hinter ihnen marschierte die Infanterie ahnungslos voran, bis endlich das Chaos in den Reihen der Elefanten ihre eigenen vordersten Linien verwirrte. Nach und nach brach die Ordnung der Infanterie völlig zusammen. Die Männer blieben stehen und starrten mit wachsender Furcht und Bestürzung auf die amoklaufenden Elefanten. Durch eine einzige Kanonensalve hatten Dschadars Männer den Angriff seiner Stoßkraft beraubt.

»Jetzt ist der Augenblick für Dschadar gekommen«, sagte Hawksworth. »Wird er ihn nutzen?«

Wie zur Antwort schmetterten plötzlich Trompetenfanfaren von den Hügeln zu beiden Seiten des Tals. Als ihr Klang verebbte, vereinten sich die Wälder zu einem einzigen gemeinsamen Schrei, der tief und kehlig und gnadenlos durch die Luft des frühen Morgens hallte.

RAM RAM, RAM RAM, RAM RAM.

Es war der uralte Schlachtruf der Radschputen.

Ein Feuersturm aus Dschadars getarnten Kanonen riß die Sichtblenden aus Blättern und Gezweig, die am Fuße der Hügel errichtet worden waren, fort, überschüttete die kaiserlichen Kriegselefanten mit einem Hagel von vierzigpfündigen Bleigeschossen und verwandelte sie in Sekundenschnelle zu einem unentwirrbaren Knäuel aus Stahl und Blut. Momente später platzte eine Salve aus Dschadars kleiner Artillerie in die Reihen der ahnungslosen Infanteristen hinter den Elefanten, und abgerissene Gliedmaßen und herrenlose Waffen flogen durch die Luft. Schließlich folgten die Feuerstreifen der Raketen. Dies waren dünne, etwa einen Fuß lange Eisenrohre, die mit Schießpulver gefüllt und mit einer brennenden Lunte geladen waren. Viele trugen eine Schwertklinge am hinteren Ende und mähten wie tödliche Sensen in den kaiserlichen Reihen.

Ein dichter Trommelwirbel erklang von den Hängen, und eine erste Welle von Radschputen-Kavalleristen, die noch immer ihren Schlachtruf brüllten, stürzte sich mit mechanischer Präzision herab auf die aufgelösten kaiserlichen Truppen und ließ Pfeilsalven auf sie hinabschnellen. Die Reiter trugen Stahlnetzmäntel, und auch ihre Pferde waren mit geflochtenem Stahlnetz-Harnisch ausgerüstet, der von einer dicken Polsterung überzogen war.

Die entsetzten Infanteristen machten jetzt kehrt und stellten sich zum

Kampf. Zwei aufeinander zujagende Pfeilschwärme verdunkelten die Luft. Von den Höhen der gegenüberliegenden Hügel ertönten Schüsse aus den Luntengewehren von Dschadars Infanterie, die den Radschputen Feuerschutz gab. Diese pflügten inzwischen mit ihren langen *nezah*-Lanzen, welche sie mit ausgestrecktem Arm hoch über ihre Köpfe hielten und aus vollem Galopp nach unten stießen, durch die erste Reihe der feindlichen Infanterie. Die Adern voller Opium, hatten die Radschputen jegliche Furcht verloren. Sie fegten die Speere und Schwerter ihrer Gegner beiseite und töteten mit unverhohlenem Vergnügen, ganz so, als verliehe jeder einzelne Tod ihrem *dharma* zusätzliche Ehre. Hawksworth krampfte sich der Magen zusammen, als vor seinen Augen in weniger als einer Minute an die tausend Männer fielen.

Während des Radschputen-Angriffs waren die gepanzerten Kriegselefanten des Prinzen unter ihrer Tarnung hervorgekommen und begannen nun über die Westseite der Ebene vorzustoßen. Sie isolierten dadurch die Restbestände der kaiserlichen Elefantenabteilung vom übrigen Schlachtfeld und hielten sie – obwohl diese ihnen zahlenmäßig nach wie vor überlegen waren – ohne Schwierigkeiten unter Kontrolle.

Hawksworth beobachtete, wie eine zweite Welle der Kavallerie Dschadars sich hinab in die Ebene stürzte. Die Reiter sprengten zwischen die in heilloser Auflösung begriffene kaiserliche Infanterie und metzelten mit langen, gebogenen Schwertern alles nieder, was die erste Welle übriggelassen hatte.

»Es ist unglaublich!« Hawksworth blinzelte durch den Staub und den Rauch, der über dem Schlachtfeld brodelte. »Dschadar hat bereits den Vorteil auf seiner Seite. Er hat die Kriegselefanten, ihren stärksten Trumpf, außer Gefecht gesetzt und ist genau zum richtigen Zeitpunkt zum Gegenangriff übergegangen.«

»Der Kampf hat gerade erst begonnen.« Shirin nahm seine Hand. »Und ihr größter Trumpf liegt nicht in den Elefanten, sondern in ihrer Überzahl. Ich fürchte um den Prinzen. Sieh mal dort!« Sie zeigte gen Osten, wo der rote Morgenhimmel ein riesiges Meer von Infanteristen überstrahlte, die dort als Verstärkung aufgestellt waren. »Die Radschputen des Prinzen können das nicht schaffen. Und dahinter steht die kaiserliche Kavallerie in Stellung, die selbst überwiegend aus Radschputen besteht. Prinz Dschadar verfügt nicht über genügend Truppen, um dieser Übermacht zu begegnen. Ich glaube, er wird heute eine böse Niederlage erleiden.«

»Und wenn er sterben sollte, sterben wir dann mit ihm?«

»Du vielleicht nicht. Mich werden sie gewiß töten. Und wahrscheinlich auch Mumtaz. Mit Sicherheit haben sie den Auftrag, seinen Sohn zu ermorden.«

Auf dem Schlachtfeld unter ihnen kämpfte die Kavallerie Dschadars wie besessen. Radschputen mit einem, zwei, ja drei Pfeilen im Rücken brüllten weiter ihren Schlachtruf und hieben einen bärtigen Kopf nach dem anderen ab, bis sie schließlich bewußtlos aus dem Sattel sanken. Herrenlose Pferde, viele mit aufgeschlitztem Bauch, rannten wild durch die kaiserlichen Reihen. In den Köchern an ihren Sätteln klapperten die unbenutzten Pfeile.

Auch die Infanterie Dschadars hatte nun begonnen, die Hügel zu verlassen und hinter der Kavallerie herzustürzen. Die Männer trugen schwere Lederhelme und Röcke aus geflochtenem Stahl. Schirme aus Stahlnetz hingen vor den Helmen und schützten Gesicht und Hals. Die Soldaten stürmten vorwärts und jagten dabei eine Pfeilsalve nach der anderen gegen die kaiserliche Infanterie. In der Ebene angelangt, zogen sie ihre langen, gebogenen Schwerter, schwangen sie über ihren Köpfen und stürzten sich auf die Truppen Inayat Latifs. Das Feld verwandelte sich schnell in eine Arena für unzählige Zweikämpfe, doch waren die Truppen Dschadars arg in der Minderzahl.

Shirin sah der Schlacht eine Weile lang schweigend zu, als zähle sie die Toten und Sterbenden auf beiden Seiten. Dann jedoch wandte sie ihr Gesicht ab.

»Möge Allah uns behüten. Prinz Dschadars Radschputen haben so viel *affion* verzehrt, daß man glauben könnte, sie kämpften noch als Tote weiter. Aber es werden immer weniger. Wie lange werden sie den Prinzen schützen können?«

»Wo ist er jetzt?«

Sie spähte lange Zeit durch den Staub, der sich über der Ebene sammelte, und deutete dann hinunter. »Er ist auf dem Schlachtfeld. Dort, in der Mitte. Siehst du ihn?« Sie hielt inne. »Es ist sehr mutig von ihm, sich so frühzeitig ins Feld zu begeben. Es wird seine Männer anspornen, ist aber ein sehr schlechtes Zeichen.«

Hawksworth blinzelte gen Osten. In der Ferne konnte er eine geschlossene Reihe von Elefanten ausmachen, die sich auf das Zentrum des Kampfgeschehens zubewegte. Einige von ihnen trugen zweipfündige Drehbasse auf dem Rücken, andere waren mit Raketenabschußvorrichtungen beladen, die meisten jedoch schleppten *haudas* mit Radschputen-Bogenschützen. In ihrer Mitte schritt ein großer, schwarzer Elefant mit schwerem Harnisch und einer gepanzerten, reich verzierten goldenen *hauda,* in der unter einem riesigen, bestickten Schirm die hochaufgerichtete Gestalt Dschadars zu erkennen war, der – umzingelt von der kaiserlichen Armee – in rhythmischer Folge Pfeile abschoß.

»Warum ist es ein schlechtes Zeichen?«

»Es ist unklug, wenn sich der oberste Befehlshaber einer Armee gleich zu Beginn einer Schlacht so großer Gefahr aussetzt.« Shirin beobachtete Dschadar mit starrem Blick. »Wenn er getötet wird, ist der Kampf vorüber. All seine Truppen werden fliehen.«

»Auch seine furchtlosen Radschputen?«

»So ist es in Indien. Wenn er verloren ist, wofür sollen sie dann noch kämpfen? Sie werden im Wald verschwinden. In Indien muß ein Kommandeur immer sichtbar sein für seine Männer, muß hoch aufgerichtet in seiner gepanzerten *hauda* stehen, damit sie die Gewißheit haben, daß er noch am Leben ist.«

Der Kreis der Elefanten, der Dschadar umgab, rückte weiter vor. Um ihn herum bezogen drei Reihen seiner Radschputen-Infanterie Stellung. Schnell wurde der Prinz zum Mittelpunkt des Kampfgeschehens, und die kaiserliche Infanterie massierte sich in seiner Nähe, um ihn zu umzingeln wie den König in einem Schachspiel. Sein Schutzwall aus Elefanten kam unter immer stärkeren Beschuß. Der Überraschungseffekt, von dem seine erste Offensive profitiert hatte, war vorüber. Er befand sich jetzt eindeutig in der Defensive.

»Ich glaube, daß Dschadar es jetzt sehr schwer haben wird, und ich weiß nicht, wie lange sein Elefantenkreis ihn noch zu schützen vermag.«

Langsam wandte Hawksworth sich Shirin zu, und ihre Blicke trafen sich. Keiner von ihnen sprach etwas, denn es bedurfte keiner Worte mehr. Sie streckte ihre Hand aus und berührte seine Lippen, und ein ganzes Menschenalter schien sie zu verbinden. Dann zog er sein Schwert und lehnte sich über den Rand der *hauda.*

»Ja.«

Mit einem Hieb zertrennte er das Seil, mit dem ihr Elefant festgebunden war. Der aufgeschreckte *mahout* drehte sich um und starrte ihn ungläubig an. Als Hawksworth ihm befahl, loszumarschieren, zögerte er einen Augenblick, warf dann seinen hakenförmigen *ankus* in ihre *hauda* und stürzte sich kopfüber ins Gras.

Hawksworth ergriff den *ankus*, doch bevor er eine weitere Bewegung machen konnte, schwang der Elefant seinen Rüssel hoch in die Luft und trompetete laut und trotzig. Dann stürzte er an den angebundenen Elefanten der *zenana* vorbei und galoppierte auf das Schlachtfeld zu.

Hawksworth taumelte rückwärts und hielt sich an der Brüstung der schwankenden *hauda* fest.

»Wie . . . wie konnte er das wissen?«

»Prinz Dschadar hat uns keinen Lastelefanten gegeben. Er gab uns einen seiner eigenen Kriegselefanten, und der weiß jetzt, wo er hingehört.«

Innerhalb weniger Minuten hatte ihr Elefant den Rand der Lichtung erreicht und begann sich nun wie ein Schlachtschiff durch die dichtgedrängten Reihen der feindlichen Infanterie direkt auf Dschadar zuzuschieben. Jeder Soldat, der das Pech hatte, ihm in den Weg zu geraten, wurde entweder mit dem Rüssel gepackt und voller Wucht zur Seite geschleudert oder aber von seinen Füßen zertrampelt.

»Aber woher konnte er wissen, daß sich Dschadar in Gefahr befindet?«

»Er weiß es. Vom Beginn seines Lebens an war es seine Aufgabe, den Prinzen zu beschützen.«

Eine stählerne Pfeilspitze prallte klirrend gegen die Seitenwehr ihrer *hauda*. Kurz darauf schlug eine zweite dumpf in eine der Holzstreben, mit denen der Harnisch befestigt war. Hawksworth packte Shirin und riß sie unter die Stahlbrüstung. Sie fiel flach auf den Boden und drehte sich, um ihre beiden Bogen zu fassen zu kriegen. Als Hawksworth sie entgegennahm, um die Sehnen festzumachen, fiel ihm zum ersten Mal auf, daß Dschadar ihnen eine seiner Kampf-*haudas* überlassen hatte, die ringsum mit Schießscharten versehen war.

Hawksworth fand seinen Bogenring und steckte ihn ungeschickt über seinen rechten Daumen. Er spannte einen Pfeil ein und zielte durch eines der Löcher in der Wand der *hauda*. Der Pfeil sirrte los und glitt, ohne Schaden zu verursachen, vom Stahlnetz-Umhang eines feindlichen Soldaten ab. Der Mann sah auf und schickte sich an, ihre *hauda* zu beschießen. Es war ein verhängnisvoller Entschluß, denn der Elefant

wandte sich ihm zu, packte ihn, während er noch zielte, schleuderte ihn dann zu Boden und zerstampfte ihn. Dies alles geschah in Sekundenschnelle und in einem einzigen Bewegungsablauf. Augenblicklich wichen die Infanteristen zurück und öffneten ihnen erneut eine Gasse.
»Allmächtiger Gott, jetzt wird mir klar, warum Elefanten auf dem Schlachtfeld so gefürchtet sind.«
»Ja, aber sie können die Schlacht nicht allein gewinnen.«
Shirins Stimme erstarb. Sie spähte durch ein Loch in der *hauda*, und auf einmal weiteten sich ihre Augen vor Furcht. »O Allah, barmherziger Allah! Sieh doch, dort!«
Eine enggeschlossene Formation kaiserlicher Reitertruppen, rund fünfzig an der Zahl, kam vom östlichen Rand der Ebene her auf sie zu. Sie trugen Rüstungen aus schwarzem Stahl, ließen die kämpfenden Fußsoldaten ringsumher völlig außer acht und stürmten geradewegs auf den Kreis der Elefanten um Dschadar zu.
»Wer ist das?«
»Ich glaube, daß ist eine Sondereinheit Inayat Latifs, die Bundella-Garde. Ich habe bisher nur von ihnen gehört. Sein Elefant muß ganz in der Nähe sein, und er hat ihnen den Befehl zum Angriff erteilt. Es muß ihm klar sein, daß der Prinz jetzt verwundbar ist. Er hofft, Prinz Dschadar durch einen schnellen Vorstoß töten zu können und somit den Kampf zu beenden.« Shirin blickte starr über den Rand der *hauda* hinweg. »Falls die Attacke fehlschlägt, wird er seine reguläre Radschputen-Kavallerie losschicken.«
»Was ist so außergewöhnlich an Bundellas?«
»Sie kommen aus der Gegend von Bundelkhand, und es heißt, daß ihre Pferde besonders für den Elefantenkampf abgerichtet werden. Die Bundellas . . .« Ein Pfeil schwirrte vorbei. Shirin duckte sich und blickte suchend in der *hauda* umher. »Wo . . . die Luntengewehre!«
Hawksworth zog eine der Musketen hervor und prüfte die Zündung. Er reichte sie Shirin und nahm sich selbst eine zweite. Als er wieder über die Brüstung der *hauda* sah, erkannte er, daß die Elefanten, die Dschadar bewachten, sich jetzt den herangaloppierenden Reitern zuwandten. Ihr eigenes Tier hatte die Verteidigungslinien inzwischen erreicht und sofort seinen gewohnten Platz im Schutzring eingenommen.
Viele der herankommenden Bundellas wurden bereits durch die Speere der Radschputen-Infanterie abgeworfen. Mehr als der Hälfte von ihnen

gelang es jedoch, diese äußere Sperre zu durchbrechen. Als sie die Elefanten fast erreicht hatten, zogen die Reiter lange Bambusrohre hervor und schossen kleine Raketen ab, um die Tiere zu erschrecken und ihre Phalanx aufzureißen.
Hawksworth sah, wie drei der Elefanten aus Dschadars Ring nervös vor den Feuerwerkskörpern zurückwichen, wodurch vorübergehend eine Lücke in der Reihe entstand. Bevor diese wieder geschlossen werden konnte, preschten zwei Reiter hindurch. Innerhalb des Ringes angelangt, trennten sie sich sofort und griffen von beiden Seiten Dschadars Elefanten an. Einer der Reiter legte an, zielte und schoß einen mit Widerhaken bestückten Pfeil, der an einem Strick befestigt war, tief in die Stahlnetz-Rüstung des *mahout,* der auf dem Hals von Dschadars Elefanten saß. Der Reiter ließ den Strick um seinen Sattelknopf schnellen und riß hart an den Zügeln. Das Pferd schien genau zu wissen, was von ihm erwartet wurde, denn es bäumte sich auf, zog dadurch Dschadars *mahout* von seinem Sitz. Als der *mahout* herabfiel, klirrte sein *ankus* gegen Dschadars *hauda* und lenkte den Prinzen vorübergehend ab. Als er sich nach seinem *mahout* umsah, gab der zweite Bundella seinem Hengst die Sporen, kam seitwärts an den Elefanten heran und schwang einen schweren Speer über seinem Kopf. Doch statt die Waffe auf Dschadar zu schleudern, drehte er bei und rammte ihn neben dem Elefanten in den Erdboden.
»Shirin, was macht der da? Wie kann . . .?«
Der Reiter schlang die langen Zügel rasch um den Schaft des Speeres und pflockte das Pferd somit an. Dann stellte er sich auf den Sattel, zog sein Schwert und sprang auf den gepanzerten Rumpf von Dschadars Elefanten. Dort brauchte er weniger als eine Sekunde, um sein Gleichgewicht wiederzuerlangen, und griff dann nach dem Rand der vergoldeten *hauda.* Starr vor Schreck sah Hawksworth, wie ein Hagel von Radschputen-Pfeilen wirkungslos an der schwarzen Stahlrüstung abprallte.
»Jetzt!« Shirins Stimme war fast ein Schrei.
Wie in Trance brachte Hawksworth den langen Lauf seines Luntengewehres auf der Brüstung der *hauda* in Anschlag und zielte. Der Kolben fühlte sich in seiner Hand fremd und klobig an, und er sah, wie Shirin ihre eigene Muskete neben die seine warf und sich bemühte, den schweren Lauf waagerecht zu halten. In dem Augenblick, da der Reiter

sein Schwert hob, um es Dschadar in den ungedeckten Rücken zu stoßen, zog Hawksworth den Abzug durch.

Der Kolben schlug ihm ins Gesicht, und eine schwarze Rauchwolke nahm ihm vorübergehend die Sicht. Shirins Flinte war im gleichen Augenblick losgegangen, und er sah, wie sie zurückgeworfen wurde und gegen die gepolsterte Wand der *hauda* flog.

Daraufhin hörte er Beifallsrufe von den Radschputen und wandte sich noch rechtzeitig nach vorn, um zu sehen, wie der Bundella einen Halbkreis beschrieb. Hawksworth erkannte, daß ihn die eine Musketenkugel direkt ins Gesicht und die zweite in die Leistengegend getroffen hatte. Vergeblich streckte er seine Arme aus, um die Brüstung der vergoldeten *hauda* zu erreichen, dann rutschte sein Fuß ab, und er fiel zurück . . . in einen Wald von Radschputen-Speeren. Ein Schwert blitzte auf und nahm ihm den Kopf. Dschadar hatte den Angreifer nicht gesehen.

Aus den Reihen der Bundella-Krieger, die sich noch außerhalb des Elefantenkreises befanden, ertönte wütendes Geschrei. Dann lösten sich zwei Reiter aus ihrer Mitte und stürmten auf Hawksworth und Shirin zu, deren Elefant die Angreifer sogleich entdeckte und sich umdrehte, um sie anzunehmen.

Hawksworth bückte sich und packte das letzte Luntengewehr, das ihnen verblieben war. Als er aufblickte, konnte er seinen Augen nicht trauen. Die beiden Bundelkhand-Pferde hatten sich aufgebäumt und kamen nun auf ihren Hinterbeinen mit großen, federnden Sprüngen auf sie zu. Starr vor Entsetzen sah er, wie einer der Bundellas neben dem Hals seines Pferdes einen Pfeil abschoß, der auf die *hauda* gerichtet war. Der Pfeil verfehlte Shirins staubbedecktes Haar nur knapp.

Hawksworth hob sein Gewehr, richtete es über die Brüstung und überlegte für den Bruchteil einer Sekunde, ob er auf den Mann oder das Pferd zielen sollte. Aber da flammte auch schon die Muskete auf, und er sah, wie der Reiter zurücktaumelte, zusammenbrach und in die Radschputen-Schwerter stürzte.

In diesem Augenblick erbebte die *hauda* heftig, und er wurde gegen ihre Wand geschleudert. Als er sich aufrichtete, sah er, daß das zweite Pferd seine Vorderhufe fest gegen die Flanke des Elefanten gestemmt hatte. Der Bundella starrte ihm direkt ins Gesicht und riß einen Pfeil aus seinem Sattelköcher.

Der Bogen des Reiters war bereits halb durchgezogen, als Hawksworth neben sich das helle Sirren einer Bogensehne hörte. Im Moment darauf sah er einen Pfeil in der rechten Wange des Bundellas stecken, tief eingegraben bis zu den Federn. Der Pfeil des Reiters prallte gegen die Wand der *hauda*, und der Mann riß seine Sattelhand hoch, um sie in sein Gesicht zu krallen. Dadurch verlor er seinen Halt und stürzte von dem noch immer aufgerichteten Pferd. Radschputen köpften ihn noch im Fall. Hawksworth sah, wie Shirin ihren Bogen auf den Boden der *hauda* fallen ließ. Sie rutschte an der Wand herab; aus ihren Augen sprach Fassungslosigkeit über das, was sie getan hatte.

Wortlos beobachtete sie, wie die äußere Linie vor Dschadars Elefanten sich wieder sammelte und schloß. Die letzten Bundellas wurden zurückgedrängt, und man schuf jetzt eine einheitliche Barrikade aus mehreren konzentrischen Verteidigungsringen um den Prinzen. Die äußere Linie bestand aus Radschputen-Infanteristen, die mit langen Speeren bewaffnet waren. Hinter ihnen befanden sich Radschputen-Schwertträger, deren Stahlnetz-Rüstungen sich nun berührten und somit eine massive Wand bildeten. Die letzte Verteidigungslinie blieb der Kreis der gepanzerten Kriegselefanten.

Als auch ihr Elefant sich wieder, seinem Instinkt folgend, der Linie um Dschadar anschloß, berührte Hawksworth Shirins Hand. Dabei merkte er, daß ihr Daumen blutete, und zum ersten Mal wurde ihm bewußt, daß sie keinen Bogenring erhalten hatte.

»Ich glaube, daß wir die Infanterie mit den Elefanten aufhalten können. Aber ich weiß nicht, für wie lange . . .« Seine Worte erstarrten, als er ihr Gesicht sah. Sie lehnte gegen die Wand der *hauda* und zeigte schweigend nach Osten. Als er sich umwandte, sah er eine riesige Reiterschar kaiserlicher Radschputen auf ihre Stellungen zugaloppieren. Sie kamen zu Tausenden.

»Allmächtiger Gott!« Hawksworth griff verzagt nach einem neuen Pfeil und versuchte, die restlichen, die sich noch im Köcher befanden, zu zählen. Er fragte sich, ob er überhaupt noch so lange leben würde, um sie aufbrauchen zu können. »Das ist das Ende.«

Der Schlachtruf gellte über die Ebene, und die ersten Kavalleristen näherten sich den sich um Dschadar scharenden feindlichen Infanteristen. Sie stürmten, ohne ihre Geschwindigkeit zu verlangsamen, geradewegs auf Dschadar zu.

Hawksworth spannte einen Pfeil ein und richtete sich in der *hauda* auf, um zu zielen. Er zog die Sehne straff und wählte den Mann an der Spitze als Ziel für seinen ersten Pfeil.

Als er am Ende seiner Pfeilspitze das bärtige Gesicht des Radschputen erblickte, erstarrte er.

Der Radschpute hatte soeben die lange Spitze seines Speeres in einen kaiserlichen Infanteristen getrieben.

Hawksworth ließ ungläubig seinen Bogen sinken und sah, wie die heranstürmende kaiserliche Kavallerie nun damit begann, ihre eigene Infanterie niederzumetzeln und sich ihren Weg zu Dschadar mit einem blutroten Teppich zu schmücken.

»Heiliger Jesus, was ist los? Sie greifen die eigenen Truppen an! Sind diese Leute denn auch vom Opium total berauscht?«

Der RAM-RAM-Ruf der Neuankömmlinge wurde nun auch von den Radschputen, die Dschadar umringten, aufgenommen, und sie warfen sich mit der Wildheit eines verwundeten Tigers auf die gegnerischen Soldaten in ihrer Nähe.

»Am heutigen Tag hat Allah eine Radschputen-Rüstung angelegt.« Shirin sank gegen die Wand der *hauda* und ließ ihren Bogen fallen. »Ich hatte darum gebetet, daß sie irgendwann zum Prinzen überwechseln würden, doch nie habe ich wirklich geglaubt, daß es eines Tages tatsächlich geschehen könnte.«

Dschadars Kriegselefanten schlossen sich nun den Radschputen-Truppen an, und innerhalb weniger Minuten verschmolz sein Begleittrupp mit der Spitze der Radschputen-Kavallerie, um sich dann, gleichsam wie eine stählerne Wand, auf die kaiserlichen Infanterie-Reserven zuzubewegen, die im Osten warteten.

Hawksworth sah, daß die kaiserlichen Linien zerschnitten und die in der Ebene kämpfenden Infanteristen von ihren Reserven getrennt wurden. Dann überrannte ein Heer von Radschputen-Reitern mit langen Speeren die Stellungen der Kanoniere und gruppierte sich von neuem, um den Kommandoposten des Gegners anzugreifen. Und als der Elefant, der das Banner Inayat Latifs trug, in höher gelegenes Gelände zurückgezogen wurde, war es um die Disziplin in den kaiserlichen Linien geschehen.

Am späten Nachmittag bestand keine Frage mehr über den Ausgang der Schlacht. Ein letzter Versuch der kaiserlichen Truppen, sich erneut in ihre Stellungen zu begeben, endete in einer wilden Flucht. Zu Tausenden fielen die Infanteristen den Schwertern und Speeren der Radschputen-Kavallerie zum Opfer. Nur der Einbruch der Dunkelheit ermöglichte es Inayat Latif und seinen höchsten Kommandeuren, den sie verfolgenden Bogenschützen und somit dem Tode zu entrinnen.

Als Hawksworth zusammen mit Dschadars Begleittrupp auf dem Rückzug zum Lager über das staubige, in Rauch gehüllte Schlachtfeld ritt, war ihm, als habe sich das Tor zur Hölle vor seinen Augen geöffnet. Das Tal war übersät mit den Leichen von fast vierzigtausend Soldaten und über zehntausend Pferdekadavern. Die stolzen Schlachtrufe waren vergessen. Im Zwielicht der Abenddämmerung hörte man das Klagen und Stöhnen der Sterbenden und das schrille Wiehern grauenhaft verwundeter Pferde. Radschputen liefen zwischen den Opfern umher, plünderten tote Feinde aus, suchten nach gefallenen Kameraden und töteten mit ihren langen Schwertern hier und dort Männer und Pferde, die nicht mehr zu retten waren.

Alles dies wegen Dschadar, dachte Hawksworth, und ihm wurde übel. Und was wird nun geschehen? Dschadar hat die Schlacht hier in diesem weltabgeschiedenen Tal gewonnen, aber der Mogul befindet sich nach wie vor in Agra, und heute abend wird Indien noch immer von ihm regiert. Und ich glaube, er wird Indien bis zu seinem Tode regieren, wenn auch vermutlich nur dem Namen nach. Dschadar kann unmöglich gegen die Rote Festung in Agra anmarschieren, wenigstens nicht mit *dieser* arg gebeutelten Armee. Ich bin mir nicht einmal so sicher, ob Gott persönlich die Rote Festung erobern könnte. Was soll also nun werden, edler Prinz Dschadar? Bisher habt Ihr lediglich erreicht, daß Indien die Hälfte seiner Soldaten verloren hat.

Die Fackelträger, die in Viererreihen an der Spitze marschierten, erreichten jetzt die Überreste des Lagers. Im flimmernden Schein der Fackeln bot sich das Bild einer ausgebrannten Ruinenstadt. Zwischen den wenigen noch stehenden Zelten zogen sich kreuz und quer verkohlte Furchen, die das erste kaiserliche Kanonenfeuer gepflügt hatte. Es gab hier und da noch kleine Gruppen Verwundeter, von denen die einen um Wasser und die anderen um den Tod bettelten. Man gab ihnen Opium und verband ihre Wunden mit den Fetzen zerrissener Zeltplanen.

Dschadar ritt durch das Lager und nahm die triumphierenden Huldigungen seiner Männer entgegen. Vorne errichteten seine Diener bereits

eine neue Kattunwand rings um den *gulal bar* und neue Zelte für die *zenana.* Hawksworth beobachtete, wie Teppiche von Ochsenkarren heruntergerollt und ins Gelände getragen wurden.
Dschadars Elefant trabte zielsicher direkt auf den Eingang zum *gulal bar* zu, wo er sich hinkniete, um den Prinzen absitzen zu lassen. Auch die anderen Elefanten knieten nieder, und Diener rannten herbei, um Hawksworth und Shirin beim Absitzen zu helfen.
»Dies war der furchtbarste Tag meines Lebens.« Sie legte ihre Arme um seinen Hals, als sie mit den Füßen den Boden berührte, und hielt ihn eine lange Weile fest umklammert, Tränen rannen über ihre Wangen herab. »Noch nie zuvor habe ich so viel Töten erlebt. Ich bete zu Allah, daß mir nie wieder so etwas geschieht.«
Hawksworth hielt sie umfangen und sah ihr betrübt in die Augen. »Es wird noch sehr viel mehr getötet werden, bevor Dschadar Agra zu sehen bekommt. Falls es je der Fall sein wird. Dies war nur eine Schlacht und nicht der ganze Krieg.«
Sie sah ihn an und lächelte wehmütig. Dann wandte sie sich um und beugte sich nieder zum *teslim* für Dschadar.
Der Prinz war kaum zu erkennen. Sein Helm war von zahllosen Pfeilen oder durch Musketenfeuer zerrissen worden, und sein hochmütiges Gesicht und der Bart waren staubverschmiert und mit Rauchpartikeln durchsetzt. Sein smaragdener Bogenring fehlte; sein rechter Daumen war dafür mit einer Blutkruste überzogen. Unter seiner Rüstung sah man das zerrissene Leder seines rechten Ärmels, der dort, wo Dschadar sich einen Pfeil herausgerissen hatte, blutverschmiert war. Als der Prinz den Arm hob, um die lauter werdenden Jubelrufe entgegenzunehmen, waren seine Augen überschattet, und tiefe Müdigkeit lag in seinem Blick. Aber er verriet keinen Schmerz.
Hawksworth betrachtete Dschadars *hauda,* die über und über mit Pfeilen und abgebrochenen Speerspitzen gespickt war. Für den Elefanten hatten Stallknechte bereits Wasser und Zuckerrohr herbeigeholt und begannen, aus den Beinen und einem Teil der rechten Schulter, wo die Rüstung fortgeschossen worden war, eiserne Pfeilspitzen herauszuziehen.
Hawksworth, der dem Treiben zusah, fiel auf, wie quer durch das Lager nach Osten zu eine Gasse freigeräumt wurde. Wieder brachen einige von Dschadars Radschputen in Jubelgeschrei aus. Dann wurden in der

hereinbrechenden Dunkelheit allmählich die Umrisse eines Elefanten erkennbar. Als das Tier in den Bereich der Fackeln kam, sah er, daß es von königlichem Wuchs war und eine vergoldete *hauda* auf dem Rücken trug. Nirgendwo waren Pfeilspitzen zu sehen, und die vergoldete Rüstung war kaum beschmutzt. Mit seinem prunkvollen Schmuck aus hin und her wogenden Yak-Schwänzen und helltönenden Glöckchen schien er eher in eine königliche Prozession als auf ein Schlachtfeld zu gehören.

Dschadar beobachtete den auf ihn zukommenden Elefanten teilnahmslos. Als die Radschputen um ihn herum strammstanden, machte der Elefant eine leichte Verbeugung und begann daraufhin, mit geübter Würde niederzuknien. Mehrere Radschputen liefen herbei, um dem Reiter beim Absteigen behilflich zu sein.

Der mit Edelsteinen besetzte Turban des Mannes und zahlreiche Ringe an seinen Fingern funkelten im Schein der Fackeln. Als der Gast auf Dschadar zuschritt, erkannte ihn Hawksworth am Gang und hielt den Atem an.

Es war Nadir Sharif.

Der Erste Minister blieb ein paar Schritte vor Dschadar stehen und machte einen leichten *salaam*. Weder verneigte er sich zum *teslim*, noch sprach er ein Wort. Da trat aus der Dunkelheit des *gulal bar* eine Frauengestalt. Sie war verschleiert und umgeben von einer Anzahl von Eunuchen, die in ihren Schärpen Krummsäbel trugen. Die Frau blieb stehen und machte, zu Dschadar gewandt, den *teslim*. Dann wandte sie sich an Nadir Sharif.

Er blickte sie eine lange Weile reglos an und sagte dann etwas auf persisch. Wortlos hob sie ihren Schleier empor und warf ihn zurück. Auf einen Wink von ihr trat ein Diener vor, der ein brokatseidenes Bündel im Arm hielt. Ohne Umschweife brachte er es Nadir Sharif.

Der Erste Minister zögerte, als könne er sich nicht entschließen, das Bündel in Empfang zu nehmen. Endlich streckte er die Hände aus, nahm es dem Diener behutsam ab und schmiegte es in seine Armbeuge. Eine Zeitlang sah er wortlos auf es herab, und seine Augen schienen sich zu verschleiern. Dann zog er einen Teil der Umhüllung auseinander, um den Inhalt eingehender zu prüfen. Mit welken Fingern langte er hinein und schien irgend etwas, das sich in der Decke befand, zu streicheln. Dann blickte er auf, lächelte und sagte etwas auf Persisch zu Dschadar.

Der Prinz lachte, eilte an seine Seite, nahm dann die Decke in seine eigenen rußigen Hände und blickte gemeinsam mit Nadir Sharif hinein. Sie wechselten wieder einige Worte, lachten erneut, und dann schritt Nadir Sharif auf die wartende Frau zu, deren dunkle Augen nun vor Freude glänzten. Vor ihr angekommen, blieb er stehen und blickte sie eine lange Weile schweigend an. Schließlich sprach er sie auf Persisch an und schloß sie in seine Arme.

Wieder ertönte Jubelgeschrei unter den Zuschauern, die sich nun immer näher herandrängten, um dem Schauspiel beizuwohnen. Hawksworth sah Shirin an.

»Ist sie es oder ist sie es nicht?«

Shirin nickte. In ihren Augen lag ein feuchter Glanz. »Es ist Mumtaz, die Lieblingsfrau Prinz Dschadars und die einzige Tochter Nadir Sharifs. Er sagte zu Prinz Dschadar, es habe ihn heute danach verlangt, seinen Enkel zu sehen und das Gesicht jenes Kindes, das eines Tages Mogul sein würde. Dann sagte er zu Mumtaz, er könne nun in Frieden sterben in dem Wissen, daß eines Tages sein Blut in den Adern des Moguls von Indien fließen würde.« Shirins Stimme erstickte in Tränen. »Ich kann dir nicht sagen, was dieser Augenblick bedeutet. Es ist der Anfang einer gerechten Herrschaft in Indien. Nadir Sharif wußte, daß Dschanahara, falls Prinz Dschadar heute geschlagen worden wäre, das Kind hätte ermorden lassen. Indem er mit seinen Radschputen überlief, rettete er Prinz Dschadar und mit ihm seinen Enkel.« Sie hielt inne. »Und er rettete auch uns.«

»Wann, glaubst du, hat er sich zu diesem Schritt entschieden?«

»Ich weiß es nicht. Ich kann noch immer nicht glauben, daß es wahr ist.«

Hawksworth sah einen Moment lang stumm vor sich hin, fuhr dann plötzlich auf und packte sie am Arm. »Dschadar wußte es! Bei Gott, ich könnte schwören, daß er gestern abend Bescheid wußte! Die Kavallerie. Er sagte, die gegnerische Kavallerie müsse bis zum Schluß aufgehoben werden. Er wußte, daß sie sich gegen die Infanteristen wenden würden, falls er in ernste Bedrängnis geriete. Er hat es die ganze Zeit gewußt.«

Shirin bedachte ihn mit einem sonderbaren Blick. »Ich frage mich, ob nicht Mumtaz selber es geplant hat. Möglicherweise hat sie Nadir Sharif überredet, seinen Enkel zu retten. Es muß das bestgehütete Geheimnis in ganz Agra gewesen sein.«

Shirins Stimme verebbte, als sie über die tiefere Bedeutung ihrer Worte nachgrübelte. »Er ist wirklich erstaunlich. Dschanahara hat ihm nie ihr volles Vertrauen geschenkt, doch irgendwie muß es ihm gelungen sein, sie dazu zu bringen, ihm das Oberkommando über die Radschputen-Kavallerie zu übertragen. Wie er das wohl geschafft hat?«

Nadir Sharif umarmte Mumtaz von neuem, verbeugte sich dann zum Abschied leicht vor Dschadar und wandte sich zum Gehen. Als sein Blick über die vom Fackelschein erleuchtete Menge schweifte, entdeckte er Hawksworth. Er blieb stehen, so als traue er seinen Augen nicht, doch dann strahlte er übers ganze Gesicht.

»Beim Barte des Propheten! Kann das möglich sein? Mein alter Gast?« Er kam auf Hawksworth zu und schien Shirin gar nicht zu bemerken. »Möge Allah Euch erhalten, Botschafter, jedermann bei Hofe nimmt an, Ihr seiet aus Indien geflohen. Um Euretwillen wünschte ich fast, Ihr hättet es getan. Was, um Gottes willen, tut Ihr hier?«

»Jemand hat in Fatehpur versucht, mich zu ermorden.« Hawksworth wandte sich um und nahm Shirin am Arm. »Und auch Shirin. Es erschien uns danach angeraten, das Lager zu wechseln.«

»Jemand hat tatsächlich versucht, Euch zu töten? Ich hoffe doch, Ihr macht nur Spaß?«

»Ganz und gar nicht. Wenn Vasant Rao und seine Leute nicht rechtzeitig erschienen wären, lebten wir beide jetzt nicht mehr.«

Nadir Sharifs Blick verdunkelte sich, und er sah einen Moment lang fort. »Ich muß Euch gestehen, das erschüttert sogar jemanden wie mich.« Dann sah er wieder auf und lächelte. »Aber ich bin froh darüber, Euch so gesund und munter zu sehen.«

»Habt Ihr irgendeine Ahnung, wer das angeordnet haben könnte?« fragte Hawksworth.

»Die Welt, in der wir leben, ist voll des Bösen, Botschafter. Manchmal wundert es mich, daß es in unseren Kreisen überhaupt jemanden gibt, der überlebt. Andererseits kenne ich Euch bisher nur als jemanden, der das Glück gepachtet zu haben scheint, Herr Botschafter. Ich glaube, daß Allah Tag und Nacht über Euch wacht. Ihr scheint von Zufällen zu leben. Ich bin nach wie vor darüber erstaunt, daß die Portugiesen in dem Augenblick, als Ihr von Seiner Majestät aus Agra verbannt wurdet, beschlossen, eines der privaten Frachtschiffe Seiner Majestät zu kapern, und Ihr durch ihr unüberlegtes Handeln wieder in die Gunst des Moguls aufgenommen wurdet. Nun höre ich, daß Ihr im Lager von Fatehpur von irgendwelchen gekauften Mordbuben angegriffen wurdet . . . im gleichen Augenblick, da die Radschputen des Prinzen sich zufällig in der Nähe befanden und Euch beschützen konnten. Ich wünschte, auch mir würde ein wenig von Eurem Glück zuteil.« Er lächelte. »Doch was werdet Ihr nun anfangen? Werdet Ihr zu uns kommen oder beim Prinzen bleiben?«

»Wie meint Ihr das?«

»Wie ich höre, wird Seine Hoheit morgen das Lager abbrechen und nach Westen marschieren, auf die Radschputen-Stadt Udaipur zu. Der neue Maharana dort, ein hochstehender, wenngleich etwas aufsässiger Radschputen-Fürst namens Karan Singh, hat dem Prinzen anscheinend seinen Seepalast als Zufluchtsstätte angeboten.«

»Ich scheine in dieser Frage keine sehr große Wahl zu haben. In Agra bin ich gegenwärtig sicherlich genauso wenig willkommen wie Ihr.«

Nadir Sharif sah ihm einen Moment lang prüfend ins Gesicht. »Ich bin mir nicht sicher, ob ich Euch richtig verstehe.« Dann lachte er schallend. »Botschafter, Ihr nehmt doch hoffentlich nicht an, ich hätte etwas mit der heutigen Tragödie zu schaffen? Um die Wahrheit zu sagen: Ich habe alle Mittel, die mir zur Verfügung standen, angewandt, um die Radschputen-Kavallerie von ihrem gemeinen Verrat abzubringen. Sie haben sich rundweg geweigert, irgendeine meiner Anweisungen zu befolgen. Ich habe sogar versucht, Ihre Majestät zu warnen, weil ich ahnte, daß so etwas Ähnliches geschehen könnte.«

»Wovon sprecht Ihr?«

»Der Verrat war erstaunlich und, das muß ich Euch ganz ehrlich sagen, völlig unerklärlich. Ich beabsichtige, für Ihre Majestät einen ausführlichen Bericht zu verfassen. Insgesamt gesehen, brachte dieser Tag allerdings nur einen vorübergehenden Rückschlag für uns, seid ohne Sorge.« Er wandte sich zur Seite und verbeugte sich leicht vor Shirin, womit er zum ersten Mal bekundete, daß er sich ihrer Anwesenheit bewußt war. »Nun muß ich aber wirklich aufbrechen. Wir haben für heute nacht einen Kriegsrat anberaumt, um unsere künftige Strategie zu planen.« Nadir Sharif lächelte. »Ich glaube, ich sollte Euch noch einmal darauf hinweisen, daß Ihr Euch in sehr unangenehmer Gesellschaft befindet. Prinz Dschadar ist eine wahre Schande für das Reich.« Ein weiteres Mal verbeugte er sich leicht, zuerst vor Hawksworth und dann vor Shirin.

Dann wandte er sich ab, um seinen Elefanten zu besteigen. »Gute Nacht, Botschafter. Vielleicht werden wir eines nicht zu fernen Tages wieder gemeinsam *sharbat* trinken, in Agra.«
Der Elefant erhob sich und begann davonzutrotten. Die letzten Worte Nadir Sharifs wurden von den jubelnden Radschputen übertönt.
»Diesmal wird er seinen Hals nicht mehr aus der Schlinge ziehen können.« Hawksworth sah ungläubig hinter ihm her.
»O doch. Du kennst Nadir Sharif nicht so gut wie ich.«
Hawksworth wandte sich um und sah, noch immer ganz verwirrt, Dschadar an. Der Prinz stand neben Mumtaz, beider Gesichter waren ausdruckslos. Während Nadir Sharifs Elefant in der Dunkelheit verschwand, sagte Mumtaz etwas auf Persisch und zeigte auf Shirin. Diese antwortete in derselben Sprache, und die beiden Frauen gingen aufeinander zu und umarmten sich.
»Euer Gesicht ist noch so frisch wie der junge Morgen, obwohl die schwarze Umrandung Eurer Augen der Staub des Krieges ist.« Mumtaz' Persisch war durchwirkt mit poetischen Anspielungen. Sie küßte Shirin und bemerkte dann ihre rechte Hand. »Was ist mit Eurem Daumen geschehen?«
»Ich besaß keinen Bogenring. Ihr wißt ja, daß wir eigentlich nicht schießen dürfen.«
»Oder sonst irgend etwas tun, außer Söhne gebären . . .« Mumtaz runzelte scherzhaft die Stirn und warf einen Seitenblick auf Dschadar. »Wenn ich es zuließe, würde Seine Hoheit mich wie eine dumme arabische Amme behandeln anstatt wie eine Perserin.« Sie umarmte und küßte Shirin erneut. »Ich weiß außerdem, daß Ihr heute gelernt habt, ein Luntengewehr abzufeuern.«
»Wie habt Ihr das erfahren?«
»Einige der Radschputen sahen, wie Ihr einen Bundella-Reiter erschoßt, der durch ihre Linien gebrochen war und den Elefanten Seiner Hoheit erklommen hatte. Einer von ihnen erzählte es meinen Eunuchen.« Ihre Stimme wurde leiser. »Er sagte, Ihr habet Seiner Hoheit das Leben gerettet. Ich möchte Euch danken.«
»Es war meine Pflicht.«
»Nein, es war Eure Liebe. Es tut mir leid, doch ich wage es nicht, Seiner Hoheit zu erzählen, was Ihr getan habt. Er darf es nie erfahren. Er ist bereits sehr in Sorge, da er so viele Verpflichtungen hat. Ihr habt soeben

gesehen, was heute abend mit Vater geschah. Ich glaube, er ist sehr beunruhigt darüber, daß er eines Tages für das, was heute geschah, einen hohen Preis bezahlen muß.«

»Ich muß Euch sagen, daß auch der englische *feringhi* auf den Bundella geschossen hat, der den Elefanten Seiner Hoheit bestiegen hatte.«

»Ist er das dort?« Mumtaz nickte vorsichtig in Hawksworth' Richtung. Er sah verständnislos zu ihnen herüber. Sein verhärmtes Antlitz und sein Wams waren rauchverschmiert.

Shirins Persisch hatte nun wieder seinen singenden Klang. »Das ist er.«

Mumtaz betrachtete Hawksworth mit einem raschen Augenaufschlag. »Er ist interessant. In der Tat so eindrucksvoll, wie man mir erzählt hat.«

»Ich liebe ihn mehr als mein Leben. Ich wünschte, Ihr könntet ihn kennenlernen.«

»Aber ist er auch ein tauglicher Liebhaber in Eurem Schlafgemach?«

Mumtaz lächelte kaum merklich. »Ich habe Vater Eure Botschaft über die Hindu-*devadasi* zugesandt.«

Shirin lächelte und antwortete nicht.

»Dann müßt Ihr ihn mit nach Udaipur bringen.«

»Wenn Seine Hoheit uns dort haben möchte.«

»*Ich* möchte Euch dort haben.« Sie lachte, und wieder sah sie Hawksworth an. »Vorausgesetzt, Ihr erzählt mir einmal, wie es ist, sein Kissen mit einem *feringhi* zu teilen.«

»Kapitän Hawksworth.« Dschadars kriegerische Stimme erhob sich über die Menge der Radschputen. »Habe ich Euch nicht heute auf dem Schlachtfeld gesehen? Ich dachte, ich hätte Euch damit beauftragt, die *zenana* zu verteidigen. Ist Euch bekannt, daß Gehorsamsverweigerung in jeder indischen Armee mit sofortiger Enthauptung bestraft wird? Falls Ihr es vorzieht, kann ich Euch aber auch mit einer Kanone erschießen lassen, wie es hin und wieder praktiziert wird. Was wäre Euch lieber?«

»Eure Kanonen sind zum größten Teil überrannt worden. Ich nehme an, Ihr werdet mich enthaupten müssen, falls es Euch gelingt, hier jemanden zu finden, dessen Schwert noch scharf genug ist.«

Dschadar brach in ein schallendes Gelächter aus und zog sein Schwert aus der Scheide. Es wies eine tiefe Kerbe in der Klinge auf.

»Bis morgen werden wir ganz gewiß eines auftreiben. Bis dahin muß ich

Euch im *gulal bar* festhalten, um Eure Flucht zu verhindern.« Er ließ sein Schwert zurück in die Scheide gleiten. »Sagt mir, habt Ihr heute mit Eurer Flinte irgend etwas getroffen?«

»Möglicherweise ja. Es gab ja so viele feindliche Infanteristen. Es ist durchaus denkbar, daß ich einen von ihnen getroffen habe.

Dschadar lachte erneut auf. »Nach dem Aussehen ihres Daumens zu urteilen, wird wohl die Frau in Eurer *hauda* das meiste Schießen besorgt haben. Ich bin erstaunt, daß Ihr ihr solche Freiheiten erlaubt.«

»Sie hatte ihren eigenen Kopf.«

»Wie alle Perserinnen.« Dschadar griff nach Mumtaz' Schleier und zog ihn ihr über das Gesicht. Sie ließ ihn einen Augenblick dort hängen, schob ihn dann jedoch wieder zurück. »Allah möge uns beschützen.« Er wandte sich um und blickte einen Augenblick starr in die Richtung, in der Nadir Sharif verschwunden war. »Ja, möge Allah uns vor allen Persern behüten und vor allem persischen Ehrgeiz.« Dann besann er sich und wandte sich wieder Hawksworth zu. »Wir werden also vielleicht doch noch gemeinsam ein Lamm essen heute abend, wenn sich hier noch eines auftreiben läßt. Jedenfalls nicht erst im Paradies. Darauf müßt Ihr noch ein paar Tage warten.«

Hawksworth fühlte sich unangenehm berührt. »Was wollen Hoheit damit sagen?«

»Udaipur meine ich, Kapitän. Morgen brechen wir hier das Lager ab und marschieren nach Udaipur. Es ist ein Radschputen-Paradies.« Er wandte sich um und winkte dem Radschputen-Hauptmann, der mit ihnen aus Fatehpur gekommen war. »Es ist an der Zeit, daß ich Euch meinen Freund, Mahdu Singh, vorstelle, den Bruder Seiner Hoheit Rana Karan Singh, Maharana von Udaipur. Der Maharana war so großzügig, uns seinen neuen Gäste-Palast auf der Insel Dschagmandir anzubieten. Die Insel liegt im Pichola-See in Udaipur, der Hauptstadt der Radschputen. Als ich das letzte Mal dort war, war der Palast noch im Bau, doch nach dem, was ich erinnere, scheint er in einem sehr interessanten neuen Stil entworfen zu sein. Radschputana ist herrlich, Kapitän, und die Berge sind dort fast unüberwindlich. Ich habe die einzige Mogul-Armee angeführt, der es gelungen ist, den dort in den Bergen lebenden Radschputen zu trotzen. Doch heute habe ich viele mir ergebene Freunde dort.« Mahdu Singh machte, zu Hawksworth gewandt, eine leichte Verbeugung, und Dschadar sah zufrieden aus. »Seine Hoheit, der

Maharana, wird vielleicht einen Radschputen aus Euch machen wollen und Euch dann dort behalten, wenn Ihr es ihm wert erscheint. Wer kann das wissen?«

Er wandte sich an Mumtaz und ihren Eunuchen, verabschiedete sie mit einer Handbewegung und blickte ihr liebevoll nach, als sie sich in den *gulal bar* zurückzog. Dann schloß er sich den Radschputen an, die auf ihn warteten, und gemeinsam schritten sie durch das Lager, einander umarmend und Trost zusprechend.

»Hast du gehört, was er gesagt hat?« Hawksworth wandte sich Shirin zu, deren Antlitz ein zartes Lächeln erhellte und etwas von seiner Müdigkeit verlor. »Er beabsichtigt, eine weitere Radschputen-Armee zu rekrutieren. Dieser Krieg fängt gerade erst an. Guter Gott, wann wird es enden?«

»Sobald er Mogul ist. Nichts kann ihn jetzt mehr zurückhalten.« Shirin wandte sich um, und gemeinsam suchten sie in dem zerstörten *gulal bar* nach den Resten ihres Zeltes.

29

Der Marsch der Armee Prinz Dschadars gen Westen auf die Radschputenfeste Udaipur zu war für Hawksworth ein einzigartiges Erlebnis. Dschadar stieß ins Herz des uralten Radschputen-Landes vor, und der Vormarsch seines Heeres verwandelte sich unvermittelt in einen Triumphzug.

Die schwere Artillerie, die von Elefanten- und Ochsengespannen gezogen wurde, bildete die erste Abteilung. Vorweg marschierten zweitausend Infanteristen, die mit Picke und Spaten Bodenunebenheiten beseitigten. Auf die Artillerie folgten der Troß der Lasttiere und Dschadars private Schatzkammer – Kamele, beladen mit Gold- und Silbermünzen – sowie seine Dokumente und sein Archiv. Die nächste Gruppe in dem langen Zug bildeten die Elefanten, die die Edelsteine der *zenana*-Frauen und eine Sammlung kostbarer Schwerter und Dolche transportierten, mit denen Dschadar mitunter seine Offiziere beschenkte. Dahinter kamen die wassertragenden Kamele und schließlich Dschadars Küche und Vorräte. Dem Gepäck folgte die gewöhnliche Kavallerie, und dahinter ritten Dschadar, sein Gefolge und die *zenana*. Den Schluß der

Prozession bildeten Frauen und Diener, und hinter ihnen trotteten noch die Elefanten, Kamele und Esel, die das restliche Gepäck und die Zelte trugen.

Einige der *zenana*-Frauen Dschadars reisten in vergoldeten *chaudols*, die auf den Schultern von jeweils vier Trägern ruhten und mit Netzen aus bunter Seide überdacht waren. Andere wurden in geschlossenen Sänften transportiert, und wieder andere zogen es vor, in schwingenden Sänften zu reiten, die zwischen zwei Elefanten oder zwei kräftige Kamele gespannt waren. Neben jeder Sänfte ging eine Sklavin einher und wischte und wedelte unablässig mit einem Pfauenschwanz Staub und Fliegen fort.

Dschadars Lieblingsfrau Mumtaz schien all diese Annehmlichkeiten zu verachten, denn sie thronte in königlicher Haltung den ganzen Tag über auf dem Rücken eines Elefanten in einer goldenen *hauda*, die ein riesiger Gobelinschirm überdachte. Ihr Elefant war mit Stickereien, Yakschwänzen und großen silbernen Glocken behängt, und direkt hinter ihr ritten auf sechs kleineren Elefanten die Frauen ihres persönlichen Haushalts. Die Elefanten wurden von berittenen Eunuchen umschwärmt. Ein jeder trug einen Amtsstab in der Hand, der seinen jeweiligen Wirkungsbereich kennzeichnete, und sie schwitzten alle furchtbar unter ihren edelsteinbesetzten Turbanen. Direkt vor Mumtaz' Elefant schritten mit Bambusstäben bewehrte Diener einher, um ihm den Weg durch die Menge zu bahnen.

Dschadar ritt zumeist auf seinem arabischen Lieblingspferd. Nur wenn sie durch Städte kamen, stieg er auf einen prunkvoll ausstaffierten Elefanten um. Die Angehörigen des höchsten Adels umgaben ihn, dahinter folgten weniger hohe *mansabdars* in voller militärischer Paradeuniform mit Schwertern, Bogen und Schilden. Majestätisch langsam schob sich die Karawane vorwärts, und Prinz Dschadar und seine Adeligen ließen des öfteren haltmachen, um sich mit der Jagd auf Tiger oder Streifenohr-Antilopen hervorzutun, wobei sie sich auch des *chitah*-Pärchens bedienten.

Eine ausreichende Anzahl von Zelten für Dschadar und seine *zenana* befand sich stets einen Tag voraus, damit für den Prinzen und seine Frauen ein fertiges Lager bereitstand, wenn die Karawane gegen drei Uhr nachmittags haltmachte, um sich für die Nacht einzurichten. Für den Transport der größeren Zelte, die jeweils in drei Teile zerlegt werden konnten, wurden allein fünfzig Lastelefanten benötigt. Fast hundert Kamele transportierten die kleineren Zelte. Die Garderoben und Küchengeräte waren auf rund fünfzig Esel geladen worden, und eine Anzahl spezieller Träger hatte die Aufgabe, Dschadars persönliches Porzellan, seine vergoldeten Betten und einige seiner seidenen Zelte auf Händen zu tragen.

Der ganze Zug war eine große Parade, auf der Dschadar allen Reichtum und alle Waffen präsentierte, die er noch besaß. Nichts deutete darauf hin, daß dies eine Armee war, die sich auf der Flucht befand . . .

Und genau das traf zu.

Hawksworth wunderte sich zunächst über all den Pomp, fand ihn untypisch für Dschadar, gelangte schließlich jedoch zu der Überzeugung, daß es sich um eine gezielte Strategie handelte.

Dschadar muß eine neue Armee aufstellen, und zwar so schnell wie möglich. Wenn er aussieht wie ein Flüchtling oder ein Verlierer, wird ihm das nie gelingen. Es ist ihm geglückt, die kaiserliche Armee für ein Weilchen fernzuhalten und sie so weit zu verwunden, daß sie ihm nicht sofort wieder eine Falle stellen kann. Aber auch er ist angeschlagen, und zwar schwer. Die kaiserliche Armee mag wohl zur Zeit zerstört sein, doch auch er hat über die Hälfte seiner Männer eingebüßt. Gewinnen wird letztlich derjenige, dem es gelingt, sich neu zu formieren und als erster anzugreifen. Sollte Dschadar nicht ganz schnell Verbündete finden und zusätzliche Soldaten erhalten, so werden ihn Inayat Latif und die Königin von einem Ende Indiens bis ans andere jagen.

Zwar hatten sich ihm unterwegs einige unabhängige Radschputenführer angeschlossen, doch waren es nicht genügend. Als Hawksworth Shirin fragte, welche Aussichten Dschadar ihrer Meinung nach habe, eine Radschputen-Armee aufzustellen, die groß genug sei, um Inayat Latif erneut gegenüberzutreten, verbarg sie nicht ihre Besorgnis.

»Die größten Radschputen-Fürsten warten ab, ob Maharana Karan Singh aus Udaipur sich dazu entschließt, ihn öffentlich zu unterstützen. Er ist der Anführer der Ranas von Mewar – so heißt das Gebiet von Radschputana rund um Udaipur – und sie nehmen den höchsten Rang unter sämtlichen Radschputen-Häuptlingen in Indien ein. Gesetzt den Fall, daß Maharana Karan Singh darauf eingeht, ihm mit seiner eigenen Armee zur Hilfe zu kommen, so könnte es durchaus

sein, daß die anderen Ranas von Mewar sich ihm anschließen. Und dann folgt vielleicht ganz Radschputana.«
»Das verstehe ich nicht. Er stellt Dschadar doch seinen Wohnsitz zur Verfügung, oder wenigstens einen Ort, an dem er seine Wunden heilen lassen und sich erholen kann. Für mich sieht das nach Unterstützung aus.«
Shirin versuchte zu lächeln. »Dem Prinzen zu gestatten, in Udaipur die Zelte aufzuschlagen, bedeutet nicht ohne weiteres eine Hilfeleistung. Es kann auch lediglich als Ausdruck traditioneller Radschputen-Gastfreundschaft angesehen werden. Dem Sohn des Moguls von Indien sein Gästehaus zu überlassen, ist eine Sache, die eigenen Truppen einzusetzen, um dessen Rebellion zu fördern, ist dagegen etwas völlig anderes.« Sie lenkte ihr Pferd näher an Hawksworth heran. »Weißt du, Maharana Karan Singh, und vor ihm sein Vater Amar Singh, hat bereits vor fast zehn Jahren, nach Jahrzehnten blutiger Kriege zwischen Mewar und den Moguln, mit Arangbar einen Friedensvertrag abgeschlossen. Es gibt eine ganze Reihe von Radschputen-Häuptlingen in Mewar, die nicht möchten, daß er diesen Vertrag bricht. Sie sind es leid, daß die Heere des Moguls Radschputana überfallen und ihre Felder und Städte zerstören und niederbrennen. Prinz Dschadar wird mit Maharana Karan Singh verhandeln müssen, wenn er ihn dazu überreden möchte, ihm zu helfen. Der Prinz muß ihm irgendeine Gegenleistung anbieten. Für das Risiko, das er eingeht, denn es kann ja sein, daß der Prinz verliert. Das ist der Grund, warum die anderen Radschputen abwarten. Jedermann hier weiß, daß der Prinz keine Aussichten auf Erfolg hat, wenn der Maharana ihm seine Hilfe verweigern sollte.«

Ein merkliches Aufatmen ging durch die langen Reihen der Kavallerie Dschadars, als einen Nachmittags der Maharana Karan Singh gesichtet wurde. Begleitet von einer Abteilung seiner Garde, war er ausgeritten, um Prinz Dschadar am hohen Steintor, das durch die Mauern der Stadt Udaipur führte, zu empfangen. In der arg mitgenommenen Armee Dschadars sah man in dieser Geste ein gutes Zeichen.
Das Heer und die kleineren *mansabdars* schlugen ihre Zelte vor der Stadtmauer auf, während die bedeutenderen Adligen in den Stadtpalast des Maharana gebeten wurden, der auf einem hohen Felsen über dem Pichola-See erbaut war. Dschadar, seine *zenana* und seine Garde wur-

den mit großem Pomp auf einer Fähre zu dem neuen Gästepalast auf der Insel Jagmandir übergesetzt, und Brian Hawksworth als ausländischer Botschafter in einer besonderen, für Würdenträger vorgesehenen Suite des Stadtpalastes untergebracht.

Daß der Maharana Prinz Dschadar noch für den gleichen Abend einlud, mit ihm im Palast zu speisen, betrachtete man allenthalben als eine noch verheißungsvollere Geste. Die uralte Radschputana-Tradition der Gastfreundschaft forderte für gewöhnlich nicht, daß man mit seinen Gästen dinierte, und die Radschputen-Häuptlinge, die mit Dschadar reisten, hatten erneut einen Grund zu hoffen. Am späten Nachmittag erhielten auch Botschafter Hawksworth und Shirin eine Einladung, sich der Abendgesellschaft anzuschließen.

»Warum, glaubst du, bittet er uns zu sich?« fragte Hawksworth Shirin. Die Diener des Maharanas waren fort, und sie standen auf dem Balkon und beobachteten einige Weißhalskraniche, die tief unter ihnen über dem Wasser des Pichola-Sees schwebten.

»Vielleicht ist der Maharana daran interessiert, einen *feringhi* kennenzulernen. Ich bin ganz sicher, daß er noch nie zuvor einen gesehen hat.« Sie zögerte. »Oder vielleicht hat Prinz Dschadar die Einladung für dich arrangiert. Um anzudeuten, daß er mit der Unterstützung der Kriegsschiffe des Königs von England rechnet.«

»Du weißt genau, daß ich in Sachen Krieg für König James nicht sprechen kann.«

»Heute abend mußt du dir den Anschein geben, als tätest du es. Ich glaube ganz gewiß, daß dein König dem Prinzen behilflich wäre, wenn er ihn kennen würde.«

»Er wird ihn unterstützen, wenn er Mogul wird.«

»Dann mußt du Prinz Dschadar heute abend unterstützen. *Damit* er es wird.«

Shirin hatte die Diener, die man ihnen geschickt hatte, beauftragt Hawksworth' Wams und Beinkleider zu reinigen und zu flicken. Dann wurde ein Bad hereingetragen, begleitet von Barbieren und Maniküren. Der Maharana ließ Shirin ein Fläschchen Moschus-Parfüm überbringen, das tief in einem Korb voller Blumen versteckt lag. Als sie schließlich gemeinsam durch den hohen, geschwungenen Bogengang schritten, der zum Bankettsaal des Palastes führte, waren sie gebadet, parfümiert und erfrischt. Hawksworth sah fast wieder wie ein Botschafter aus.

Da ihm noch der Rotsandstein von Agra vor Augen schwebte, war er im ersten Moment überrascht, als er merkte, daß der Saal ganz aus feinstem schneeweißem Marmor erbaut war. Er war lang und breit, und zwei Säulenreihen säumten ihn in seiner gesamten Länge. Der Maharana Karan Singh saß am äußersten Ende vor einem marmornen Wandschirm, sein goldenes Amtszepter neben sich, zurückgelehnt in ein riesiges Kissen aus goldenem Brokat. Er schien etwa so alt wie Dschadar zu sein, hatte listig funkelnde Augen, und einen üppigen, wachsglänzenden Radschputen-Schnauzbart mit aufgezwirbelten Enden. Er trug auf dem Kopf einen Turban aus Goldbrokat und war mit einem langen, rotweiß gestreiften Satin-Rock und einem durchsichtigen Mantel bekleidet. Seine Halskette und die Ohrringe bestanden aus zueinander passenden grünen Smaragden. Um ihn herum saßen auf rotgewebten Teppichen, deren Muster kämpfende Elefanten zeigten, seine Radschputen-Adligen, alle weiß gekleidet mit orangefarbenen Turbanen und goldgefaßten Schärpen um die Taille. Jeder Radschpute im Raum trug einen *katar* mit Goldgriff.

Dschadar sah Hawksworth und Shirin hereinkommen und erhob sich, um sie zu begrüßen. Der Prinz trug sein stattlichstes Gewand, einen Mantel aus goldgewirktem Stoff, hellgrüne Beinkleider, rote Samtpantoffeln, eine lange, doppelreihige Perlenkette um den Hals und einen rosafarbenen Seidenturban mit geblümtem Brokatmuster, der von einem großen Rubin gehalten wurde. Er führte Hawksworth zu dem Maharana, stellte ihn zunächst auf Radschastani vor und übersetzte dann seine Worte in Turki. Mit Erstaunen vernahm Hawksworth, daß man ihn zu einem hochstehenden Mitglied der *Angrezi*, der englischen Königsfamilie, zählte. Als er sich daraufhin umblickte, mußte er sich eingestehen, daß er, selbst verglichen mit den Dienern, der am ärmlichsten gekleidete Mann im Saal war.

Nach der Vorstellung nahm Hawksworth mitten unter Dschadars adligem Gefolge Platz. Shirin hatte sich auf dem Teppich direkt hinter ihm niedergelassen.

Die Gäste saßen alle in einer Reihe, einem langen, aus Goldfäden gewirkten Tuch zugewandt, das über den Boden gebreitet war. Das Essen wurde auf Silberplatten hereingebracht und auf zierlichen silbernen Hockern direkt vor den Gästen abgestellt. Hawksworth hatte kaum Platz genommen, da hielt er auch schon einen gefüllten Weinkelch in der Hand.

Es war ein äußerst üppiges Bankett, das dem, was Hawksworth aus Agra kannte, in nichts nachstand. Es ließ sich schon bald erkennen, daß die Spezialität von Udaipur Wildbret war, denn vor ihm erschien Platte um Platte mit Antilopen-, Hasen- und Wildentenbraten. Das Prunkstück der Tafel bildete ein kunstvoll glasiertes Wildschwein, das, wie man erzählte, vom Maharana persönlich mit dem Speer erlegt worden war. Obgleich der Religion nach Moslem, verzehrte Prinz Dschadar eine reichliche Portion davon und äußerte sich lobend über den Wohlgeschmack.

Zu den Fleischplatten reichte man gewürzte Quarkspeisen, Yoghurt aus der Umgebung und gebratenes Gemüse, das in *ghee* schwamm. Die Mahlzeit wurde mit getrockneten, gezuckerten und parfümierten Früchten beendet, und schließlich folgte das erfrischende *pan*, dessen Betelblätter um würziges *bhang*, Rosinen und süße, importierte Kokosnuß gewickelt waren.

Der letzte Gang, auf den alle Radschputen ungeduldig warteten, bestand aus Opium. Während sich die Adligen ganze Händevoll der braunen Bällchen in den Mund schütteten, ließ sich Hawksworth mit einem diskreten Wink mehr Wein bringen. Sobald das Geschirr fortgeräumt war, erschienen einige Frauen in roten Beinkleidern und dünnen, flatternden Blusen. Sie leerten zur Ehren des Maharanas ein paar Gläser Wein und tanzten daraufhin zwischen den Gästen zu den Klängen einer großen *sarangi*.

Nach der Verabschiedung der Tänzerinnen erhob sich Prinz Dschadar und brachte einen Trinkspruch auf den Maharana aus. Der Toast war eine sorgfältig abgewogene Zeremonie, womit, wie es schien, die Anwesenden auch durchaus gerechnet hatten.

»Auf Seine Hoheit, den Maharana von Udaipur, dessen Stamm in direkter Linie vom großen Kusa fließt, dem Sohn des Rama, König von Ajodhya und tapferer Held des Ramajana, Nachkomme des königlichen Hauses der Sonne, dessen Untertanen das Essen verweigern, wenn weder er noch sein Bruder, die Sonne, zugegen ist, ihr Gesicht über ihnen zu halten und sie zu segnen.«

Die Antwort des Maharanas fiel genauso überschwenglich aus. Er beschrieb Dschadar als den größten Mogul-Krieger aller Zeiten, gleichrangig mit seinen mongolischen Vorfahren Dschinghis Khan und Tamerlan, als werten Nachkommen der frühen Mogul-Eroberer Babur

und Humajun, und schließlich als den Mogul, dessen Kriegskünste vielleicht sogar an diejenigen der Radschputen von Mewar herankamen – eine Anspielung auf die Tatsache, daß Dschadar die Mogul-Armee angeführt hatte, die Mewar vor einem Jahrzehnt unterworfen hatte und die Radschputen endlich dazu brachte, die Vorherrschaft der Moguln im Nordwesten Indiens anzuerkennen.
Daraufhin folgten wechselseitige prahlerische Lobreden auf ihre Armeen. Dann sagte der Maharana noch etwas, und Dschadar wandte sich an Hawksworth.
»Botschafter Hawksworth. Seine Hoheit hat darum gebeten, mit Euch zu sprechen.«
Hawksworth erhob sich vom Teppich und trat nach vorne. Die Radschputen von Udaipur rings um ihn betrachteten ihn mit unverhohlener Neugier. Großartige Trinksprüche hörten sie bereits seit Jahren, doch keiner von ihnen hatte jemals zuvor einen *feringhi* in einem Wams gesehen. Schon der Gedanke an eine solche Erscheinung überstieg schier ihre Vorstellungskraft.
»Seine Hoheit bittet um Eure Erlaubnis, durch seine Hofmaler von Euch ein Porträt anfertigen zu lassen, damit er sich später an Eure Erscheinung erinnern kann. So wie Ihr heute abend gekleidet seid. Hättet Ihr etwas dagegen?«
»Bitte sagt Seiner Hoheit, es wäre mir eine Ehre.« Hawksworth war überrascht und wußte nicht genau, welche Antwort angebracht war. »Bitte erzählt ihm, daß auch mein Vater in England ein Maler war.«
Dschadar lächelte diskret. »Ihr meint wohl, ich soll ihm sagen, daß es natürlich in Eurem vortrefflichen England viele gewandte Künstler gibt. Euer eigener Vater war, wie wir beide wissen, ein großer *khan* in England und kein schlichter Handwerker.«
Hawksworth nickte verlegen, und Dschadar drehte sich um und übersetzte. Karan Singhs Augen leuchteten auf, als er Dschadar erwiderte: »Er möchte wissen, ob die Maler Eures Königs Experten in Ragamala sind?«
»Ich weiß nicht genau, was Seine Hoheit damit meint.« Hawksworth blickte verwirrt auf Dschadar.
Dschadar übersetzte, und der Radschpute war überrascht. Er wandte sich schnell an einen Diener und befahl ihm etwas, worauf dieser verschwand und sogleich wieder mit einer in Leder gebundenen Mappe erschien. Der

Maharana sprach einen Augenblick zu Dschadar gewandt und übergab ihm das Buch.

»Der Maharana meint, daß die Maler Eures englischen Königs vielleicht noch nicht jenen hohen Verfeinerungsgrad erlangt haben, der für den Ragamala notwendig ist. Er bittet mich, Euch eines seiner privaten Alben zeigen zu dürfen« Dschadar öffnete das Buch und überreichte es Hawksworth.

Es enthielt eine Fülle leuchtender Miniaturmalereien, ausgeführt auf kräftigem Papier, das mit einem weißen Pigment aus Reiswasser behandelt worden und reich mit Goldblatt verziert war. Die Malereien stellten rundäugige junge Frauen mit festen Brüsten und schlanken Taillen dar, die durch herrlich stilisierte Gärten und Höfe wandelten, vergoldete Instrumente spielten oder mit sinnlichen Gebärden ihre Liebhaber umarmten. Viele waren von Tauben, Pfauen, zahmen Rehen und gobelingeschmückten Elefanten umringt. Auf einigen Bildern war der blaugesichtige Gott Krishna zu sehen, der ein sitarähnliches Instrument für sehnsüchtig aus schmachtenden Rehaugen emporblickenden Frauen spielte, deren Brüste sich unter Gewändern aus feinster Gaze wölbten. Die Bilder gaben Hawksworth Einblick in eine seltsame Welt tiefster Gefühle, der Verherrlichung des Lebens, der Liebe und Hingabe.

»Jedes Ragamala-Bild stellt die Stimmung eines ganz bestimmten *raga* dar.« Dschadar zeigte auf eine mit Edelsteinen geschmückte Frau, die einen von einem weißen Marmordach gebeugten Pfau fütterte, während ihr Liebhaber die Arme ausstreckte, um sie zu umfangen. »Dieses ist der *raga,* der Hindol genannt wird, ein Morgen-*raga* der Liebe. Die Ragamala-Bilder von Mewar sind eine vollendete Mischung von Musik, Poesie und reiner Kunst.« Dschadar zwinkerte ihm zu. »Nachdem der Maharana Euch in Eurer einheimischen Tracht hat porträtieren lassen, wird er seine Künstler vielleicht beauftragen, Euch als den jungen Gott Krishna zu malen, der ein paar Milchmädchen zu sich an seine laubgrüne Schlafstätte winkt.«

Der Maharana sprach wieder zu Dschadar.

»Er läßt fragen, ob diese Malereien in irgendeiner Weise den Bildern gleichen, die die Künstler Eures Königs für die englischen *ragas* schaffen?«

»Sagt ihm, daß wir in England keine *ragas* haben. Unsere Musik ist anders.«

Dschadar versuchte, sein Unbehagen zu verbergen. »Ich sollte ihm vielleicht nur sagen, daß Eure englischen *ragas* einen anderen Stil haben als die indischen. Es würde ihn nicht beeindrucken, wenn er erfährt, daß die englische Musik noch nicht so weit fortgeschritten ist.«

Die Antwort Dschadars schien den Maharana zufriedenzustellen. Er wandte sich zur Seite und sagte etwas zu einem der Männer, die in seiner Nähe saßen.

»Seine Hoheit hat angeordnet, man gebe Euch ein Album der Ragamala-Bilder, das Ihr Eurem König mitbringen sollt, damit die Maler an seinem Hofe sie zu kopieren versuchen und auf diese Weise lernen, was Größe ist.«

»Seine Majestät König James wird sich zutiefst geehrt fühlen durch das Geschenk.« Hawksworth machte eine tiefe Verbeugung und beschloß, dem Maharana nichts davon zu sagen, daß König James keine Maler für sich beschäftigte und nur wenig Geschmack besaß.

Der Maharana strahlte voller Zufriedenheit und verabschiedete Hawksworth mit einem Nicken.

Nun begann der Austausch von Geschenken. Dschadar holte einen goldenen Mantel für den Maharana hervor, ein mit Edelsteinen übersätes Schwert, einen juwelenbesetzten Sattel, und er versprach, ihm einen Elefanten mit einer silbernen *hauda* zukommen zu lassen. Der Maharana seinerseits schenkte Dschadar einen Smaragd von der Größe einer Walnuß, einen vergoldeten juwelenbesetzten Schild und mehrere juwelenverzierte *katars*. Ein jeder überschüttete den anderen mit Dank und legte seine Geschenke beiseite.

Darauf erhob sich Dschadar mit einem Mal und nahm seinen Turban ab. Im Saal herrschte sofort völlige Stille angesichts dieser außergewöhnlichen Handlung.

»Heute abend biete ich Seiner Hoheit, dem Maharana, zum Dank für seine Freundschaft, für sein Anerbieten eines Ortes der Zuflucht für jemanden, der außer einem Zelt kein Dach mehr besitzt, meinen Turban an, zum immerwährenden Zeichen meines Dankes. Auf daß in den Jahren, die kommen werden, wenn, so Allah will, diese düsteren Tage vorüber sind, keiner von uns meine heutige Schuld vergessen möge.«

Während Dschadar vortrat, um den Turban zu überreichen, füllten sich die Augen des Maharanas mit Tränen der Rührung. Bevor Dschadar mehr als einen Schritt tun konnte, war Karan Singh aufgesprungen und riß sich seinen eigenen Turban vom Kopfe. Sie trafen sich in der Mitte des Saales, und ein jeder setzte dem anderen ehrerbietig seinen Turban auf, und schließlich umarmten sie sich gegenseitig.

Hawksworth blickte im Saal umher und sah Radschputen, die jeden Gegner ohne mit der Wimper zu zucken gevierteilt hätten, den Tränen nahe. Er lehnte sich zu Shirin zurück.

»Was hat das mit den Turbanen zu bedeuten?«

»Es ist das kostbarste Geschenk, das je ein Mann einem anderen überreichen kann. Ich habe nie zuvor von einem Mogul oder einem Radschputen gehört, der seinen Turban verschenkt hätte. Von dieser Begebenheit wird man sich überall in Mewar berichten. Wir waren soeben Zeugen eines historischen Augenblicks, der Entstehung einer Legende.«

Dann ertönte die Stimme des Maharanas. »Mewar, das Heim alles dessen, was herrlich ist auf dieser Welt, wird noch verschönert durch Eure Anwesenheit. In vergangenen Zeiten haben wir Schild gegen Schild miteinander gestanden; am heutigen Abend umarmen wir Euch in Freundschaft. Wir wünschen Euch den Sieg über diejenigen, die Euch Euer Erbrecht streitig machen, welches Ihr sowohl durch Euer Blut wie durch Eure Taten verdient habt. Kein anderer Mann in Indien ist besser als Ihr dazu geeignet, über dieses Land zu herrschen, kein anderer ist gerechter, keiner ehrenhafter zu seinen Freunden. Heute abend reichen wir Euch unsere Hand und unsere Gebete dar, daß der Herr Krishna immer über Euch wachen möge.«

Hawksworth sah Shirin an und flüsterte. »Was sagt er da?«

Ihr Blick war dunkel. »Er zögert seine Antwort an den Prinzen hinaus. Er verspricht, zu Krishna zu beten. Prinz Dschadar benötigt keine Gebete zu Krishna. Er braucht Radschputen. Tausende von Radschputen. Aber mit der Zeit kann der Maharana vielleicht überredet werden. Ein Bankett ist nicht der richtige Ort für Verhandlungen. Es ist der Ort für parfümierte Reden.«

Dschadar lächelte nun, als hätte man ihm ganz Radschputana angeboten. Er dankte dem Maharana mit überschwenglichen Worten.

Der Maharana strahlte, ließ sich neue *pan*-Blätter reichen und gab damit zu verstehen, daß der Abend beendet war. Der Saal leerte sich in wenigen Augenblicken.

»Ich glaube, daß Dschadar in arge Bedrängnis geraten könnte.« Hawks-

worth wandte sich an Shirin, als sie in die Vorhalle traten. »Wenn es ihm hier nicht gelingt, Unterstützung zu erhalten, was wird er dann tun?«
»Ich weiß es nicht. Ich meine, es könnte ihm vielleicht doch noch gelingen, ein Bündnis zu schließen. Aber es wird ihn sehr teuer zu stehen kommen. Andernfalls wird er wahrscheinlich nach Süden ziehen müssen und dort versuchen, Malik Ambar dazu zu überreden, sein Marathen-Heer einzusetzen. Aber Radschputen sind besser.« Sie kam näher. »Ich bin plötzlich sämtlicher Armeen, Zelte und Strategien so überdrüssig. Ich weiß nicht, wo das enden wird. Die Zeit nähert sich dem Ende. Für ihn und auch für uns.« Sie schmiegte sich leicht an ihn. »Wirst du mich heute nacht lieben, so als hätten wir noch nie etwas von Radschputen und Marathen gehört?« Sie öffnete ihre Hand und zeigte ihm die kleinen braunen Kugeln. »Ich habe mir etwas von dem *affion* des Maharana genommen. Heute nacht gibt es für uns keine Schlachten zu kämpfen.«

Hawksworth saß neben Shirin und sah den Ruderern dabei zu, wie sie sich ins Zeug legten und wie ihre orangefarbenen Ruder an der Seite des kunstvoll vergoldeten Bootes wie die Kiemen eines zeremoniellen Fisches aufblitzten. Ein beturbanter Trommler saß an einem Ende und schlug den Takt, und neben ihm stand der Steuermann.
Sie fuhren auf Einladung des Prinzen Dschadar hinüber zur Insel Dschagmandir, in einem Boot, das ihnen der Maharana Karan Singh überlassen hatte. Drei Wochen der Bankette, der Jagden und der Schwüre ewigwährender Freundschaft schienen wenig dazu beigetragen zu haben, die Frage zu klären, ob Dschadar die erwünschte Unterstützung bekommen sollte oder nicht. Die Zeit, dachte Hawksworth, arbeitet gegen den Prinzen. Die kaiserliche Armee ließ uns entkommen, da sie zu viele Verluste hatte, um erneut anzugreifen. Doch wir wissen, daß sie sich neu formiert. Dschadar muß sich bald entscheiden, für wie lange er es sich noch erlauben kann, hier zu bleiben und vagen Versprechen zuzuhören.
Hinter ihnen über dem Felsen erhoben sich die hohen Mauern und Türme des Maharana-Palastes und spiegelten das Gold der Nachmittagssonne wieder. Hawksworth blickte sich um und sah, wie sich die massiven Steinmauern der Stadt im Halbkreis an die ringsum aufstei-

genden Hügel schmiegten und schließlich steil abfielen bis zu einem Wachturm direkt am See. Der See bildete eine natürliche vierte Verteidigungslinie für die Stadt.

Vor ihnen erhob sich der weiße Sandstein-Palast von Dschagmandir. Am Ufer lag ein großer Pavillon, umringt von zierlichen, weißen Säulen, und ragte bis in den See hinein. Sein Eingang wurde von einer Reihe lebensgroßer, steinerner Elefanten bewacht, die aus dem Wasser ragten und ihre Rüssel zu einem stillen Gruß erhoben. Als ihr Boot sich dem geschwungenen Eingangstor zum Pavillon näherte, erblickte Hawksworth eine verschleierte Frau, die, von Eunuchen umstanden, auf dem mit Marmor gepflasterten Dock wartete, um sie zu begrüßen.

»Das ist Ihre Hoheit Prinzessin Mumtaz.« In Shirins Stimme lag plötzlich Überraschung und Entzücken. Sie wandte sich an Hawksworth und lachte. »Herzlich willkommen in der *zenana*, Botschafter.«

»Was macht sie hier?« Hawksworth betrachtete nachdenklich die Gestalt, deren Juwelen in der Nachmittagssonne funkelten, und unterzog unauffällig auch die Eunuchen einer Musterung.

»Sie ist hier, um uns zu empfangen.« Shirins Stimme schwang in einem freudig singenden Ton. »Ich glaube, sie langweilt sich ganz schrecklich in diesem Insel-Gefängnis.«

Sobald ihr Boot den Anlegesteg berührte, kam Mumtaz eilig auf sie zu und umarmte Shirin. Ihr Blick blieb auf Hawksworth haften, als er sich verbeugte.

»Eure Hoheit.«

Mumtaz kicherte hinter ihrem Schleier und sprach Shirin auf Persisch an. »Müssen wir seinetwegen das barbarische Turki sprechen?«

»Nur für heute nachmittag.«

»Ich heiße Euch im Namen Seiner Hoheit willkommen.« Mumtaz' Turki hatte einen Akzent, war aber sonst makellos. »Er bat mich, Euch zu empfangen und Euch durch die Gärten und den Palast zu führen.«

Der Garten entpuppte sich als ein Gebilde aus sprudelnden Brunnen und geometrisch angelegten Steinwegen, an deren Rändern, in Reihen angeordnet, leuchtend bunte Blumen blühten. Vor ihnen erhob sich der kleine, dreistöckige Palast wie ein langstieliger Lotus gen Himmel. Sein Dach war eine hohe Kuppel mit sinnlich geschwungenen Linien.

Das Erdgeschoß war eine offene Arkade mit hellen Innensäulen, an deren Seiten, abgeschirmt durch marmorne Gitter, die Räume der Frauen und Diener grenzten.
Mumtaz führte sie durch den Garten und hinein in die kühle Arkade des Palastes. Am hinteren Ende führte seitwärts eine spiralenförmige Steintreppe zum ersten Stock empor. Mumtaz schritt voran und winkte ihnen zu folgen. Im ersten Stock betraten sie ein kleines Gemach, das mit Kissen und Teppichen ausgestattet war und Dschadar als Empfangsraum zu dienen schien. Mumtaz würdigte es keines Blickes und führte sie weiter hinauf.
Der alleroberste Raum war klein, in blendendes Weiß getaucht und stand vollkommen leer. Das reichverzierte Marmorgewölbe der Kuppel erhob sich etwa zehn Meter über ihren Köpfen, und an den Seiten befanden sich Nischen, die mit bunten Steinen ausgelegt waren. Licht flutete durch den Raum von einer breiten Türöffnung her, die zum Balkon hinausführte. Dort lehnte ein kunstvoll geschnitzter Sitar an der Brüstung.
»Seine Hoheit hat diesen Raum ganz besonders lieb gewonnen und lehnt es ab, irgend etwas hineinstellen zu lassen. Er sitzt hier oft stundenlang, auch dort auf dem Balkon, und tut weiß der Himmel was. Er bat mich, Euch hierherzubringen, damit Ihr hier auf ihn wartet.« Sie seufzte. »Ich bin auch seiner Meinung, daß der Raum hier einem ein wundervolles Gefühl des Friedens verleiht. Doch was nützt einem der Friede, der nicht währen kann? Ich weiß nicht, wieviel länger wir hier noch bleiben können.« Mumtaz sah Shirin an und umarmte sie wieder. »Ich vermisse Agra so sehr. Und den Jamuna. Manchmal frage ich mich, ob wir es jemals wiedersehen werden.«
Shirin strich Mumtaz über ihr dunkles Haar und sagte etwas auf Persisch zu ihr. Mumtaz lächelte und sah Hawksworth an.
»Liebt Ihr sie wirklich?«
»Mehr als alles andere auf der Welt.« Hawksworth war überrascht über ihre Offenheit.
»Dann nehmt sie mit Euch. Fort von hier. Fort von all dem Kampf und Tod.« In ihren Augen lag ein harter Blick, als sie eine winzige Träne fortblinzelte. »Ich habe fast mein ganzes Leben mit Seiner Hoheit in Zelten verbracht und Kinder zur Welt gebracht. Ich bin es alles so leid. Und inzwischen beginne ich mich zu fragen, ob es jemals einen Ort geben wird, der nur für uns beide existiert.«

Sie hätte weitergesprochen, wenn nicht von der Steintreppe her Schritte erklungen wären. Dschadar erschien mit strahlendem Gesicht am Treppenaufgang, den Turban geckenhaft schräg auf seinem Haupt. Er schien lebhafter Stimmung zu sein. »Da seid Ihr. Ich begrüße Euch und möchte Euch etwas anbieten, um Euch für die Hitze des Nachmittags zu entschädigen.« Er umarmte Mumtaz flüchtig. Hawksworth merkte, daß dies nicht der offizielle Dschadar war, vielmehr wirkte der Prinz entspannt und gelassen. »Ich hoffe, daß Shirin mit mir gemeinsam etwas *sharbat* nimmt. Doch für Euch, Kapitän, habe ich eine Überraschung vorbereiten lassen. Ich glaube, es wird Euch noch besser munden als Euer scheußlicher Brandy.« Er sprach ein paar schnelle Worte zu einem Eunuchen, der am Treppenaufgang stand, und wandte sich dann wieder an Hawksworth und Shirin.

»Gefällt es Euch im Palast des Maharanas?«

»Der Blick von hier auf den See und die Berge ist der schönste in ganz Indien.« Shirin machte einen *teslim*. »Wir danken Eurer Hoheit von Herzen.«

Mumtaz umarmte Shirin noch einmal, sagte zu ihr etwas auf Persisch, verbeugte sich dann vor Dschadar und stieg die Treppe hinab. Er sah ihr mit zärtlichem Blick nach, bis sie verschwunden war.

»Kommt mit nach draußen.« Der Prinz ging an ihnen vorbei und hinaus durch die marmorne Tür. »Habt Ihr den See schon vom Balkon aus gesehen? An diesem Nachmittag wollen wir zusammen etwas trinken und den Sonnenuntergang betrachten. Bevor wir alle Udaipur wieder verlassen, wollte ich, daß Ihr diesen Ort gesehen habt. Er ist für mich zu etwas ganz Besonderem geworden. Wenn ich hier an kühlen Nachmittagen sitze, scheine ich alle Wunden, die der Krieg mir geschlagen hat, zu vergessen. Für ein Weilchen gibt es dann für mich nichts anderes mehr.«

»Ich finde diesen Palast fast noch herrlicher als den von Karan Singh.« Hawksworth streichelte Shirins Schenkel, während sie Dschadar auf den kühlen Balkon hinaus folgten, und wünschte sich plötzlich, sie in den Armen zu halten. Er räusperte sich. »Ich kann mich nicht entsinnen, je zuvor in Indien etwas Ähnliches gesehen zu haben.«

»Es gibt Zeiten, Kapitän, da könnt Ihr außerordentlich empfänglich sein. Allah hat vielleicht seine Weisheit bekundet, indem er Euch hierhersandte.« Dschadar lächelte. »Wißt Ihr, ich erinnere mich noch an die erste Nachricht, die ich über Eure Ankunft erhielt und an Eure mittlerweile legendäre Begegnung mit den Portugiesen. Ich glaube, daß jener Morgen die Geschichte unserer beiden Länder verändern wird – jener Morgen, an dem Indien und England sich trafen.« Er sah gedankenverloren hinab in den Garten. »Es hängt alles davon ab, was als nächstes geschieht.«

»Was, glauben Eure Hoheit, *wird* als nächstes geschehen?« Shirin trat neben Dschadar an die Balkonbrüstung.

Er blinzelte einen Augenblick in die sinkende Sonne und blickte dann fort. »Das ist schwer zu sagen. Vermutlich wird die kaiserliche Armee erneut gegen mich anrücken. Das kann jetzt jeden Tag geschehen.«

»Wird der Maharana Euch mit seiner Kavallerie unterstützen?«

Dschadar schwieg, als wolle er seine Worte sorgfältig wählen. Doch dann verzichtete er auf jegliche Umsicht. »Ich halte es für möglich, doch ich weiß es noch nicht. Wie ich höre, haben ihn sehr viele der anderen Ranas von Radschputana davor gewarnt, offen meine Partei zu ergreifen. Sie erinnern sich noch zu gut an die Verwüstung, die Inayat Latif hier vor fünfzehn Jahren angerichtet hat, als Arangbar ihn hergeschickt hatte, um ihren Aufstand niederzuschlagen. Die Radschputen kämpfen gerne, doch nicht auf ihren eigenen Feldern und in ihren eigenen Städten. Und das kann man ihnen gut nachfühlen. Rana Karan Singh befindet sich in einer schwierigen Lage. Es ist ihm bewußt, daß, wenn ich hier bleibe und kämpfe, ganz Udaipur in der Schlacht zerstört werden könnte. Ich werde sicherlich bald losmarschieren müssen und schnell weiter nach Norden in die Berge ziehen oder zurück nach Süden nach Burhanpur. Ich kann ihnen unmöglich bereits jetzt gegenübertreten, noch nicht. Das ist einer der Gründe, warum ich Euch kommen ließ.« Er wandte sich um und sah Hawksworth an. »Ich glaube, es ist an der Zeit für Euch, Indien zu verlassen. Kein Mensch in Agra außer Nadir Sharif weiß, daß Ihr noch am Leben seid. Doch offensichtlich könnt Ihr nicht dorthin zurückkehren, nicht unter den jetzigen Umständen. Es ist wohl das beste, wenn Ihr nach England zurückfahrt, wenigstens bis mein Schicksal besiegelt ist. Ihr dürft Euch nicht noch einmal an einer meiner Schlachten beteiligen. Dies ist nicht Euer Krieg.«

Hawksworth spürte einen Kälteschauer über seine Haut gleiten. Obwohl er in den vergangenen Tagen viel an England gedacht hatte, war es ihm plötzlich fremd.

»Es ... es gibt keinen Grund für eine Abreise. Außerdem habe ich gar keine Möglichkeit, jetzt nach England zurückzukehren. Die Kompanie wird wahrscheinlich im Herbst eine neue Indienreise unternehmen, aber ...«

»Es gibt für alles eine Lösung, Kapitän.« Dschadar lachte. »Nun, für fast alles. Hier in Udaipur seid Ihr nur wenige Tage von unserem Hafen Cambay entfernt. Wie Surat ist auch dieser frei von portugiesischer Kontrolle. Ich habe vielleicht in Agra nur noch wenige Menschen, die zu mir stehen, dafür habe ich Freunde in Cambay. Ich kann für Euch eine Passage auf einem indischen Frachtschiff bis zu den Molukken in die Wege leiten, von wo aus Ihr zweifelsohne mit einem Holländer weiterkommen könnt. Ihr könnt Indien heimlich und in Sicherheit verlassen. Kein Mensch in Agra braucht je zu erfahren, daß Ihr mir geholfen habt.«

»Ich bin gar nicht so sicher, daß ich jetzt abreisen möchte.« Hawksworth legte seinen Arm um Shirins Taille.

Dschadar sah ihn an und lächelte. »Aber Shirin muß mit Euch zusammen abreisen. Ihr Leben ist hier jetzt ebenso gefährdet wie das Eure.« Er hielt seinen Blick fest auf sie gerichtet. »Hiermit befehle ich ihr, Euch zu begleiten. Ihr könnt eines Tages beide nach Indien zurückkehren ... wenn Allah gütig ist und mir Erfolg beschert. Und Ihr werdet der erste unter all meinen Botschaftern sein, Kapitän, das verspreche ich Euch. Ihr werdet meinen ersten Handels-*firman* erhalten. Doch sollte ich in naher Zukunft sterben, so wird man Eurem englischen König nie vorwerfen können, er habe einem Abtrünnigen geholfen. Ich befehle Euch beiden hiermit abzureisen. Morgen.«

«Ich drücke mich nicht vor einem Kampf. Der alte Freibeuter in mir regt sich noch.«

»Das weiß ich gut, Kapitän, und es ist eines der Dinge, die mir am besten an Euch gefallen. Doch ich schicke Euch fort, befehle Euch zu gehen. Ich werde nie vergessen, daß es gegen Euren Willen geschah.« Dschadar blickte auf, als ein Eunuch ein Tablett hereintrug. »Und nun zu Eurem Getränk. Ich habe meine Küche beauftragt, *panch* für Euch zu machen – ich habe gehört, daß die *topiwallahs* in Surat meinen, es hieße ›Punsch‹«.

»Punsch? Was ist das?«

»Eine indische Delikatesse. Eine besondere Mischung aus Wein, Wasser,

Zucker, Zitronen und Gewürzen. Fünf Zutaten. Im Grunde ist *panch* nur das Hindu-Wort für ›fünf‹. Probiert einmal.«

Hawksworth kostete das duftende rote Getränk, auf dem Zitronenscheiben schwammen. Es war so köstlich, daß er seinen Becher beinahe mit einem Zug leerte. Dschadar beobachtete ihn lächelnd. Dann nahm er sich einen Becher mit *sharbat* vom Tablett und wies den Eunuchen mit einem Wink an, Shirin zu bedienen.

»Wie ich sehe, schmeckt er Euch«. Dschadar erhob seinen Becher wie zu einem Toast, und Hawksworth tat es ihm gleich. »Gemeinsam werden wir Indien für immer von der portugiesischen Plage befreien.«

»Und ich trinke darauf, daß Indien von einem *ganz bestimmten* Portugiesen befreit werden möge.«

Dschadar stutzte. »Wen meint Ihr?«

»Den Vizekönig Miguel Vaijantes. Ich habe Euch, glaube ich, nie gesagt, daß er meinen Vater umgebracht hat. In Goa, es ist viele Jahre her.«

Dschadar hörte ihm schweigend zu. »Ich hatte keine Ahnung davon.« Sein Blick verfinsterte sich. »Ich kenne ihn nur zu gut. Vielleicht wißt Ihr, daß er einmal die Absicht hatte, Malik Ambar gegen mich zu bewaffnen. Leider kann ich augenblicklich wenig gegen ihn unternehmen. Doch auch ich habe ein gutes Gedächtnis, und der Tag wird kommen, so Allah will, an dem ich seinem Handel ein Ende setze. Ist damit der Gerechtigkeit Genüge getan in unserer beider Sinne?«

»Darauf trinke ich.«

»Und ich trinke mit Euch.« Dschadar nahm einen großen Schluck *sharbat.* »Auf England und Indien! Und nun zu der anderen Sache, weswegen ich Euch beide gebeten habe, zu mir zu kommen. Ich möchte Eure Meinung hören. Es ist eigenartig, aber je länger ich in diesem kleinen Palast hier lebe, desto stärker ergreift ein Gedanke von mir Besitz . . . Ich möchte gerne wissen, ob Ihr ihn für verrückt haltet oder nicht.«

Dschadar trank noch einen Schluck und winkte dem wartenden Eunuchen, ihre Becher zu füllen. »Sollte ich eines Tages Mogul werden, dann, so habe ich beschlossen, werde ich für Mumtaz etwas ganz Besonderes bauen, ein Kunstwerk, das herrlicher ist als alles, was man je zuvor in Indien gesehen hat. Aber kommt zuerst einmal mit hinein, damit ich Euch etwas zeigen kann.«

Dschadar erhob sich und ging in den Raum zurück, über dem sich die

Kuppel erhob. »Habt Ihr das hier zufällig gesehen, als Ihr hereinkamt?« Er deutete auf eine der zwei Fuß hohen Nischen, die in die runden Wände eingelassen waren. Hawksworth fiel auf, daß jede Nische oben und an den Seiten mit in den Marmor eingelegten Halbedelsteinen verziert war, die verschiedene Blumen darstellten.

»Seht Ihr, was der Künstler hier gemacht hat?« Dschadar winkte Hawksworth und Shirin zu sich heran. »Wie Ihr seht, handelt es sich um regelrechte Gemälde aus seltenen bunten Steinen wie Onyx, Jade, Karneol, Achat . . .« Dschadar hielt inne. »Denkt einmal gut nach, ob Ihr so etwas jemals in Agra gesehen habt.«

»Ich habe nirgends etwas Vergleichbares gesehen.«

»Natürlich nicht. Es ist einmalig. Es ist wirklich erstaunlich. Hier auf der Insel Dschagmandir, in der Architektur dieses Palastes, hat Rana Karan Singh tatsächlich einen neuen Stil entwickelt. Es ist geradezu phantastisch! Und jetzt seht einmal nach oben.« Dschadar zeigte auf das Deckengewölbe. »Seht Euch die sinnliche Schwingung dieser Kuppel an. Sie ist wie eine Knospe geformt, die gerade aufzubrechen scheint. Und ganz oben seht Ihr wieder Einlegearbeiten aus Edelsteinen. Ich finde es herrlicher als alles, was ich je in meinem Leben gesehen habe. Die Form, die Farbe und die Reinheit des Stils könnten mich fast zu Tränen rühren.«

Er schwieg und sah Hawksworth schelmisch an. »Könnt Ihr also erraten, was ich eines Tages tun werde?«

»Ein Gewölbe wie dieses in Agra bauen?«

Dschadar brach in schallendes Gelächter aus. »Aber dieser Raum ist so klein! Wäre das ein Geschenk für Mumtaz? Nein, Kapitän, falls ich jemals Herrscher von Indien sein sollte, dann werde ich für Mumtaz einen ganzen Palast in dieser Art bauen, einen *mahal*, ganz aus weißem Marmor und Mosaik. Ich werde ihn mit einem Garten umgeben, der größer und schöner sein wird als alles, was es je in Indien gegeben hat. Es wird ein Ort der Liebe und des Mysteriums, von der Kraft eines Radschputenkriegers im grellen Sonnenlicht und von der Wärme einer Perserin im Mondenschein. In den Marmor der Außenwände werden Koranverse gehauen, und die Wände im Inneren werden ein Garten voller Blumen aus Edelsteinen. Auf allen Seiten werden Minaretts in den Himmel ragen, die ganz Indien zum Gebet aufrufen, und sein Dach wird eine Kuppel von der feinen, zarten Rundung einer reifen Knospe werden. Riesengroß wird er werden, der Palast, der prachtvollste *mahal* der Welt. Und er wird ein Geschenk sein – mein Geschenk für sie.«

Dschadar schwieg, und seine Augen glänzten. »Findet Ihr, das ist die Idee eines Wahnsinnigen?«

»Wo denkt Ihr hin? Sie ist herrlich.« Shirin strahlte.

»Ich meine, sie ist wundervoll.« Dschadar schien keine Ermutigung zu benötigen und trank von seinem *sharbat*. »Jetzt wißt Ihr also den anderen Grund, warum ich Euch heute nachmittag zu mir eingeladen habe. Um Euch zu erzählen, was Euch erwartet, wenn Ihr nach Agra zurückkehrt. Ich habe mich noch nicht für den genauen Ort entschieden. Aber es wird am Ufer des Jamuna sein, und Mumtaz wird den Sonnenuntergang über dem Wasser betrachten können, gerade wie wir hier heute. Ich wollte Euch beiden davon erzählen, denn ich fühle, daß Ihr zu den wenigen Menschen gehört, die für die Kühnheit dieser Idee einen Sinn haben.« Dschadar blickte Shirin scharf an. »Und Ihr dürft auf keinen Fall jemals ein Wort davon zu Mumtaz verlauten lassen, ganz gleich, was Ihr zwei Perserinnen sonst zu beschwatzen habt. Zunächst soll es einmal ein Geheimnis zwischen uns bleiben. Doch eines Tages wird dieser Bau der ganzen Welt von meiner Liebe zu ihr erzählen.« Er seufzte. »Wißt Ihr, ich fürchte manchmal, daß auch ich tief in meinem Innersten nichts weiter als ein romantischer Perser bin.«

Zögernd trat er wieder auf den Balkon hinaus.

»Der Friede, den ich hier empfinde, überwältigt mich manchmal. Er stillt alle Unruhe in meiner Seele. Vielleicht ist es dumm von mir, überhaupt an Agra zu denken. Doch Agra ist mein Schicksal. Die Hindus würden sagen, es ist mein *dharma*.«

Er schwieg und sah zu, wie Mumtaz und ihre Frauen aus ihren Gemächern kamen und sich um den Brunnen im Garten unter ihnen scharten. Die abendliche Luft war durchflutet vom Rosenöl- und Moschusduft der Frauen. Er atmete tief ein und wandte sich an Hawksworth.

»Übrigens habe ich ein kleines Abschiedsgeschenk für Euch vorbereiten lassen, Kapitän. Es steht dort neben Euch.« Er zeigte auf den Sitar, der an der Brüstung lehnte. »Ich habe gehört, daß Ihr angefangen habt, darauf zu spielen.«

Hawksworth hob das Instrument empor. Es war feinste Handarbeit mit Elfenbein-Intarsien auf beiden Seiten und einem Hals, der in der Form eines Schwanenhalses geschnitzt war.
»Ich habe aber erst vor kurzem angefangen zu üben, Hoheit. Diese ist viel zu gut für mich. Er gebührt einem *ustad.*«
»Dann wird er Euch vielleicht dazu inspirieren, selbst einmal ein Meister darauf zu werden.« Er lachte. »Und nun möchte ich Euch darauf spielen hören. Die Hindus meinen, daß der Sitar ein Fenster zur Seele ist. Daß der Klang des ersten Tones alles verrät, was man über einen Mann wissen muß. Ich möchte hören, ob Ihr tatsächlich irgend etwas verstanden habt, seit Ihr hier seid. Welchen *raga* habt Ihr geübt?«
»Malkauns.«
»Ein schwieriges Stück. Ich meine mich zu entsinnen, daß es ein Andachts-*raga* ist, für den späten Abend. Doch die Sonne geht fast unter. Wir können so tun, als sei sie der aufsteigende Mond. Laßt uns hineingehen, wo Ihr Euch setzen könnt.«
Hawksworth nahm den Sitar und folgte Dschadar in den kleinen Marmorraum. Die Hemmungen, die er noch auf dem Balkon verspürte hatte, fielen beim Anblick der Mosaik-Buketts aus Edelsteinen von ihm ab. Er schlüpfte aus seinen Schuhen und setzte sich inmitten des Raumes nieder. Dann prüfte er geschwind, ob die Saiten gestimmt waren. Er konnte bereits erkennen, daß das Instrument einen herrlichen Klang von der Resonanz einer Orgel besaß. Dschadar und Shirin setzten sich ihm gegenüber, sprachen leise auf Persisch miteinander und sahen ihm zu, als er den runden Klangkörper des Sitar gegen den Spann seines linken Fußes schmiegte. Dann schwiegen sie beide erwartungsvoll.
Er wußte, was sie von ihm zu hören hofften. Beim Malkauns-*raga* würde ein Virtuose den ersten Ton kräftig, aber doch unterschwellig sehr gefühlvoll anstimmen. Er würde seinen Finger rasch die Saite hinabgleiten lassen und den Ton exakt in dem Augenblick greifen, da er sie anschlug, dann jedoch mit fast der gleichen Bewegung die Saite über den Bund ziehen, den Ton dadurch nochmals erhöhen und doch das Gefühl vermitteln, als habe man ihn lediglich gekostet, sei nur kurz hineingetaucht und habe ihn, noch während er zu vibrierendem Leben erwachte, schon wieder verlassen. Aber die reine Technik war noch das einfachste. Hinzu kamen Gespür und Gefühl, und die kamen nicht aus der Hand, sondern aus dem Herzen. Der Ton mußte *gefühlt* werden,

nicht nur gespielt. Wenn man ihn richtig traf, schien Leben zu entstehen, ein *prahna* in der Musik, das Spieler und Zuhörer teilten, als seien sie eins. Wenn jedoch das Herz des Spielers falsch war, dann klang seine Musik hohl und leblos, ganz gleich, wie gut seine Technik auch sein mochte.

Er atmete tief durch. Dann stülpte er das metallene Plektrum über seinen Finger und fuhr einmal, zweimal über die unteren Saiten, um die Tonlage festzulegen. Blumenduft erfüllte die kühle Luft im Raum, und sanft schwebte der Klang empor zur Marmorkuppel. Er lauschte und blickte hinüber zu Dschadar und Shirin, sah ihre dunklen Augen und feingeschittenen Gesichter. Doch dann wanderte sein Blick weiter zu dem Blumengarten voller Edelsteine in den marmornen Wänden, und ihn überkam ein Gefühl, das er nie zuvor gekannt hatte. Bisher hatte er in Indien nur gewohnt und gelebt. Jetzt war er Teil davon. Mochte Dschadar ihn schicken, wohin er wollte. Aus diesem Indien gab es kein Zurück.

Er holte noch einmal tief Atem und begann zu spielen.

Der erste Ton war vollendet, allumfassend. Er fühlte es, und er wußte es. Er spürte, wie seine Hand mit der Musik verschmolz und die Musik mit seinem Leben. Shirins Augen umflorten sich, und Dschadar begann, seinen Kopf zustimmend hin und her zu wiegen. Jetzt hob er an, die *alap* zu spielen, das virtuose Eröffnungsstück dieses *raga*, das als Solo ohne Trommelbegleitung gedacht war. Er fühlte, wie seine Musik nach und nach um ihn herum anwuchs, während er den *raga* Ton um Ton ertastete und erforschte. Er fühlte den Wunsch in sich, jeden Ton bis in sein ureigenstes Wesen auszukosten und zu empfinden, und zögerte, den nächsten anzustimmen, doch ein jedes Mal zog und lockte es ihn voran, bis es schließlich nur noch auf die Musik ankam. Er spielte weiter und immer weiter, und die Tiefe und Kraft der *alap* schien wie aus sich selbst heraus organisch zu wachsen, bis sie wie eine Blume, die glorreich dem schützenden Kerker ihrer Knospe entspringt, zur Vollendung fand.

Als der letzte Ton verklungen war, erhob sich Shirin langsam, kam zu ihm und legte ihre Arme um seinen Hals. Dschadar blieb noch eine Weile reglos sitzen, hob dann die Hand und legte sie auf die Saiten des Sitar.

»Ihr habt ihn verdient, Kapitän. Ich habe gehört, was ich zu hören gehofft hatte. Eure Musik sagt mir alles über Euch, was ich wissen

wollte.« Er erhob sich und führte sie beide wieder auf den Balkon hinaus. »Nun weiß ich, daß Ihr wirklich versteht, warum auch ich beabsichtige, eines Tages etwas Herrliches zu schaffen. Einen *mahal*, der so lange leben wird wie diese Musik. Wenn wir für die Liebe und die Schönheit keinen Sinn haben, sind unsere Herzen tot.« Er lächelte Hawksworth an. »In Eurer Musik ist Liebe, Kapitän. Euer Herz ist beschaffen, wie es sein sollte. Alles andere ist gleichgültig. Alles.«
Er wandte sich ab und blickte gedankenverloren in die Abenddämmerung. »Auch der *mahal*, den ich bauen werde, wird sie in sich tragen, denn sie wohnt in meinem Herzen . . .«
Dschadar brach mit einem Mal ab und starrte auf das im Halbdunkel liegende Ufer. Im trüben Dämmerlicht war ein sich näherndes Boot zu erkennen, das von rotbemäntelten Ruderern angetrieben wurde. Die Männer legten sich hart ins Zeug. Auf einem vergoldeten Podest in der Bootsmitte saß der Maharana Karan Singh in voller Kriegsrüstung. Sein mächtiger Bogen hing lose an seinem Lederköcher, und an seiner Seite lehnte der Nashorn-Schild. Dschadar musterte das Boot einen Moment lang, und sein Blick verdüsterte sich.
»Er würde niemals unangemeldet hierherkommen. Gerechter Allah, ist die kaiserliche Armee denn schon wieder im Vormarsch auf uns? So früh? Wie ist das möglich? Meine Vorbereitungen haben kaum begonnen.«
Dschadar sah, wie der Maharana aus seinem Boot sprang, bevor es noch an der marmornen Lände angelegt hatte. Die Frauen, die Mumtaz umringten, flohen aus dem Garten, während die Eunuchen nach vorne drängten, um zu dienern und zu grüßen. Der Maharana schob sie zur Seite, durchquerte eilends den Garten und trat in den zu ebener Erde gelegenen Bogengang des Palastes. Dschadar stand still da und lauschte gespannt den sich nähernden flinken Schritten und trat dann zurück in den Raum, um den Gast zu begrüßen.
»*Nimaste*, mein Freund. Ihr habt bereits den schönsten Teil des Sonnenuntergangs verpaßt, doch ich werde nach mehr *sharbat* senden.«
Der Maharana sah einen Moment lang überrascht Hawksworth und Shirin an und wandte sich dann mit einer Verbeugung Dschadar zu.
»Die Nachrichten sind sehr schlecht, Hoheit.«
»Dann werden wir sie mit *sharbat* versüßen.«
»Es bleibt keine Zeit, Hoheit.«

»Es bleibt immer Zeit für *sharbat*. Dies war ein ganz besonderer Nachmittag für mich.«

»Hoheit, ich bin gekommen, um Euch mitzuteilen, daß Arangbar tot ist. Der Mogul von Indien ist vor zwei Tagen zu den Unsterblichen eingegangen.«

Dschadar forschte einen Moment lang in seinen Zügen, ganz so, als verstünde er nicht. Dann wandte er sich ab und starrte an Hawksworth und Shirin vorbei durch die Balkontür. »Das habe ich ihm nicht gewünscht. Das habe ich ihm ehrlich nicht gewünscht.« Er wandte sich wieder an Karan Singh. »Wie ist er gestorben? Hat Dschanahara meinen Vater getötet, wie so viele andere auch?«

»Nein, Hoheit. Es scheint fast so, als habe er es für den richtigen Zeitpunkt gehalten, zu sterben. Vor zwei Wochen auf einer Jagd erlebte er, wie ein Treiber tödlich verunglückte. Der Mann stolperte und stürzte von einem Felsriff ab. Daraufhin wurde Seine Majestät völlig verzweifelt und behauptete, er habe den Tod des Mannes verursacht. Kurz danach erklärte er den Vorfall zu einem Vorzeichen für seinen eigenen Tod. Er lehnte Speisen und Getränke ab, und schließlich verzweifelten sogar die Ärzte. Er starb in seinem Bett. Man läßt indes verlauten, er befinde sich noch auf der Jagd, um die Nachricht so lange wie möglich von Agra fernzuhalten.«

»Wie habt Ihr es erfahren?«

»Nadir Sharif hat Laufboten losgesandt. Er wagte es nicht, eine Brieftaube zu schicken.«

Dschadar schritt hinaus auf den Balkon und spähte in den im Dunkeln liegenden Garten hinab. Nach einer langen Weile ergriff er wieder das Wort.

»Allah! Dann ist alles zu Ende.« Er wandte sich dem Radschputen zu. »Hat Dschanahara Allaudin bereits zum Mogul ausrufen lassen?«

»Sie hat bekanntgegeben, daß sie das zu tun beabsichtigt, Hoheit.« Karan Singh trat an Dschadars Seite und zögerte, offenbar unsicher, ob er ihn in seinen Gedanken stören sollte oder nicht. Die Schreie der Wasservögel erfüllten die abendliche Luft, die sie umgab. Dschadar blickte traumverloren in den Garten. Als er endlich sprach, schien seine Stimme wie aus einer endlosen Tiefe aufzutauchen.

»Allaudin wird sich in der Roten Festung aufhalten. Sie kann niemals bezwungen werden, nicht einmal mit hunderttausend Radschputen. Er

wird sich mir niemals stellen, denn er hat es nicht nötig.« Zu Karan Singh gewandt, sagte er dann: »Ich habe alles verloren, mein Freund. Und Eure Länder habe ich durch meinen Aufenthalt bei Euch als Gast nur mit Schande überladen. Es tut mir wahrhaftig leid.«
Karan Singh blickte Dschadar fest in die Augen. »Aber Hoheit, Allaudin ist womöglich noch nicht *in* Agra. Ihr wißt, daß es sein Wunsch war, von Dschanahara zum Oberbefehlshaber der Armee, die man gegen Euch sandte, ernannt zu werden. Sie lehnte das selbstverständlich ab und überredete statt dessen Arangbar, ihm das Kommando über die Truppen zu erteilen, die gegen die persischen Safawiden ziehen sollten, welche die Festung Kandahar im Nordwesten bedrohten. Es war allen außer Allaudin vollkommen klar, daß sie diese Ernennung nur der Form halber veranlaßt hatte, als Vorwand, seinen *mansab*-Titel auf den gleichen Rang wie den Euren erhöhen zu können. Sie hatte alles sorgfältig so eingerichtet, daß er gehindert wurde, Agra zu verlassen. Doch er beschloß von sich aus, nach Norden zu ziehen, um zu beweisen, daß er in der Lage sei, eine Armee zu führen. Unmittelbar vor dem Jagdunfall überredete er Arangbar, ihn loszuschicken. Dieser war anscheinend trunken vom Wein und genehmigte den Feldzug, bevor Dschanahara dahinterkam. Allaudin verließ Agra vor einer Woche mit einem Heer von zwanzigtausend Mann und einem langen Zug von Höflingen, von dem man annehmen muß, daß er sich nur sehr langsam vorwärtsbewegt. Jedenfalls teilte uns Nadir Sharif mit, daß er bis vorgestern noch nicht nach Agra zurückgekehrt war. Niemand weiß mit Sicherheit, wie weit von Agra er sich tatsächlich befindet.«
»Und wo halten sich Inayat Latif und die kaiserliche Armee auf?« Dschadar sprach nun schneller.
»Darüber haben wir noch keine Gewißheit, Hoheit. Sie könnten inzwischen Agra erreicht haben und die Rote Festung für Allaudin halten, doch wir haben keine Möglichkeit, das mit Bestimmtheit zu sagen.«
Dschadar drehte sich abrupt zu ihm herum und ergriff seinen Arm. »Dann werde ich jetzt losreiten. Noch heute abend. Habt Ihr meinen Männern Bescheid gesagt?«
»Zweitausend *meiner* Männer sitzen bereits in ihren Sätteln und sind bereit, Hoheit. Bis zum Sonnenaufgang werden weitere zwanzigtausend abmarschbereit sein.«
Dschadar starrte ihn einen Augenblick lang an, dann streckte er die

Hand aus und berührte den Turban, den der Radschpute trug. Hawksworth erkannte, daß es derjenige war, den Dschadar ihm geschenkt hatte.

»So gebt mir dann drei Eurer besten Pferde. Sofort. Ich werde sie abwechselnd reiten.« Dschadar wandte sich um und befahl einem aufwartenden Eunuchen, ihm Reitgewand, Schwert und *katar* zu bringen.

»Auch ich werde mit Euch reiten, Hoheit.«

Karan Singh trat auf ihn zu. Dschadar umarmte ihn spontan, wich dann aber einen Schritt zurück.

»Nein. Das kann ich nicht zulassen. Sollte ich zu spät kommen – und die Chancen stehen in der Tat schlecht für mich –, so wird niemand, der mich begleitet, Agra lebend verlassen.« Dschadar wies Karan Singhs Protest zurück. »Euer Anerbieten genügt mir. Ich möchte, daß meine Freunde am Leben bleiben.«

Dschadar schritt auf die Treppe zu, machte dann jedoch nochmals Halt und wandte sich ein letztes Mal Hawksworth und Shirin zu.

»So war unser Abschied also angemessener, als wir dachten. Ich bedaure sehr, daß wir nicht mehr Zeit hatten.« Er schwieg und nahm dem Eunuchen den bereitgehaltenen Reitmantel ab. Darauf ergriff er Hawksworth' Hand. »Vergeßt mich nicht, mein Freund. Und denkt an den *mahal*. Ich habe niemandem außer Euch davon erzählt. Sollte ich, wenn Ihr nach Agra zurückkehrt, noch am Leben sein, so werde ich Euch hinführen. Sollte ich tot sein, so gedenkt meines Traumes.«

Er machte kehrt und verschwand im Treppenhaus.

Eine Träne lief über Shirins Wange, als sie ihm nachblickte. Sie sahen, wie er den Hof überquerte. Als er Mumtaz erreichte, die ihn mit banger Miene am Anlegesteg erwartete, blieb er stehen, sagte etwas zu ihr und nahm sie dann fest in seine Arme. Als er sich von ihr löste und sich zum Gehen wandte, streckte sie die Hände aus, um ihn zurückzuhalten. Doch Dschadar stieg bereits in das Boot, in dem ihn der Maharana erwartete. In wenigen Augenblicken hatte die Dämmerung sie verschlungen.

»Wir werden ihn nie wiedersehen. Du weißt es.« Shirins Stimme klang seltsam ruhig. »Was macht es schon aus, wo Allaudin sich aufhält. Prinz Dschadar kann niemals die Truppen besiegen, die Dschanahara zur Verteidigung des Roten Palastes aufbieten wird. Nicht mit zweitausend Radschputen und auch nicht mit zweihunderttausend. Die Festung ist uneinnehmbar. Er wird den Roten Palast niemals wieder von innen

sehen.« Sie trat an seine Seite und legte ihren Kopf an seine Brust. »Hilfst du mir, ihn so in Erinnerung zu behalten, wie er heute abend war? Und den *mahal*, den er niemals errichten wird?«
»Ich werde mich an alles erinnern.« Hawksworth hielt sie fest an sich gedrückt und sehnte sich nach ihrer Wärme. Gemeinsam sahen sie zu, wie in den dunklen Wassern tief unter ihnen die letzten Strahlen der sinkenden Sonne erloschen.

London

Sir Randolph Spencer unterzog das in Leder gehüllte Päckchen einer eingehenden Prüfung. Er betrachtete es aufmerksam von allen Seiten, entfernte dann vorsichtig die Verpackung und glättete das mürbe Pergament auf der Schreibtischplatte. In dem holzgetäfelten Raum der Kompanie standen, angetan mit Wams und steifer Perücke, die Sekretäre und sahen zu, wie er rasch den Inhalt überflog. Dann blickte er auf, strahlte und begann mit lauter Stimme zu lesen.

JAVA, Hafen von Bantam
am 3. Mai

George Elkington, Chefkaufmann,
des sehr Ehrenwerten Sir Randolph Spencer, Direktor der Hochverehrten Kompanie der Ostindien-Kaufleute in London

Ehrenwerter Herr, meine Ehrerbietung vorausgeschickt et cetera, und in der Erwartung Eurer Ehrwürden gewogener Durchsicht dieses Briefes. So Gott will, wird die Discovery *noch diesen Monat voll beladen werden und in See stechen. Inzwischen übersende ich diesen Brief durch Kapitän Otterinck von der* Spiegel, *die heute nach Amsterdam segelt, um Euch über gewisse Umstände, betreffend den Handel der Kompanie, zu unterrichten. In einem früheren Brief habe ich Euch bereits über das Gefecht berichtet, das wir den Portugiesen im Golf von Cambay lieferten, durch das ihre beiden Schiffe in Brand gesetzt wurden und versanken und vierhundert bis fünfhundert ihrer Männer fielen, verbrannten oder ertranken, und von den unseren (Gott sei's gelobt!) nur zwei, und ein paar wurden verletzt, wobei die Handelsware nicht zu Schaden kam. Ich habe auch bereits über den durch bedauernswerte Umstände erlittenen Verlust der* Resolve *vor Surat Bericht erstattet. Dennoch bin ich voller Zuversicht, daß wir einträgliche Handelsbeziehungen mit dem Lande Indien anknüpfen können.*
Ich schreibe Euch heute, um Euch Mitteilung zu machen, daß die Holländer vor kurzem Nachricht über einen neuen König in jenem Lande überbracht haben. Berichte haben die Molukken erreicht, daß der

Mogul *Arangbar vor etwa zwei Monaten plötzlich verschieden ist und seine Nachfolge von einem seiner Söhne angetreten wurde, dessen Neigungen England gegenüber ungewiß sind. Die vollen Einzelheiten der Ereignisse sind hier nicht näher bekannt, doch die Umstände werden zweifelsohne einen neuen Antrag auf eine Handelslizenz erforderlich machen.*

Wie so oft in heidnischen Landen, ist auch die Sache der Thronfolge des Sohnes eine wundersame und verwickelte Geschichte. Man erzählt sich, daß es zwei Söhne waren, die die Erbfolge beanspruchten, beide gleichermaßen durchtrieben, und die Holländer kamen zu dem Schluß, daß die Königin des verstorbenen Arangbar, genannt Dschanahara, den einen Sohn dem anderen vorzog, aus Gründen, die nur ihr selber bekannt sind, und daß sie bei seiner Thronfolge durch Intrigen die Hand im Spiele hatte. Sie nahmen dieses an, da der neue Mogul *sie sogleich mit einem weit ausgedehnten Besitz außerhalb Agras belohnt und ihr seine private Garde zum Schutze überlassen haben soll, eine Ehre, die nach Meinung der Holländer noch nie zuvor einer maurischen Königin in Indien zuteil wurde. Die Holländer nehmen weiter an, daß diese Königin die Thronfolge ihres bevorzugten Sohnes mittels ihres Ersten Ministers bewirkte, eines gerissenen Schurken namens Sharif, der den anderen Sohn, nachdem Arangbar starb, heimlich ermorden ließ, bevor dieser Agra erreichen konnte, um seinen Anspruch auf den Thron anzumelden. Dieser besagte Sharif wurde auch vom neuen* Mogul *wieder zum Ersten Minister ernannt, zweifelsohne als Belohnung für seine klugen Dienste.*

Daher wird Seine Majestät König James nun sicherlich einen neuen Botschafter nach Agra zu entsenden wünschen, um bei diesem neuen Mogul *um die Bewilligung englischen Handels dort zu ersuchen. Falls eine Bittschrift entsandt werden sollte, nehmt bitte zur Kenntnis, daß dieser Sohn, bevor er den Thron bestieg, unter dem Namen Prinz Dschadar bekannt war, obgleich er offiziell ohne Zweifel nun als* Der Mogul *angesprochen wird.*

Es ist mir bislang noch nicht gelungen zu erfahren, ob die Mission von Kapitän Hawksworth in Agra, wohlweislich von Euer Ehrwürden in die Wege geleitet, Erfolg gehabt hat. (Obwohl seine Mission der Kompanie in keiner Weise mehr dienlich wäre, da er diesem neuen Mogul, Dschadar, nicht bekannt sein dürfte.) Doch haben die Holländer mitge-

teilt, daß ein englischer Seemann namens Hawksworth in Begleitung einer maurischen Frau vor einem Monat von einem indischen Schiff vor der Malabarküste auf eine ihrer Fregatten wechselte, die später vor derselben Küste von Malabar in einen Sturm geriet. Ihr Hauptmast zerbarst in jenem Sturm, und kurz darauf verlor man das Schiff aus der Sicht, was die Holländer zu der traurigen Annahme zwingt, daß es an jener Küste, mit einer Ladung von über fünfhundert Tonnen ihres Malabar-Pfeffers, gesunken oder gestrandet ist. Falls es sich hierbei um unseren Kapitän-General handelt, so ist er entweder zu Gott eingegangen oder befindet sich erneut in Indien (falls das Schiff doch noch glücklich an Land kam und den Pfeffer der Holländer rettete).

Abschließend (denn die Holländer lassen mich wissen, daß sie die Segel hissen wollen) ist es mir eine Genugtuung, mitteilen zu können, daß indische Waren im Hafen von Bantam sehr gut verkäuflich sind, insbesondere feinster Kattun und Indigo, und ich halte es für ratsam, wenn die Kompanie nach Erhalt dieses Schreibens eine neue Seereise nach Surat unternimmt. Das Monopol der Portugiesen ist gebrochen, vor allem nach ihrer schmählichen Niederlage in der kürzlichen Seeschlacht bei Surat. Unter der Voraussetzung, daß die Kompanie einen gentleman *von Rang nach Agra entsendet (einen, der weniger empfänglich ist für maurische Lebensart als Kapitän Hawksworth und daher meiner Meinung nach von dem neuen* Mogul *besser respektiert werden dürfte), werden sich unsere Anteilszeichner hoher Profite am indischen Handel der Kompanie erfreuen können.*

Hiermit, und in dem Wunsche, Gott möge Seinen Segen zu allen Unternehmungen in diesen unseren Geschäften geben sowie all denen, die nach uns folgen mögen, Gott zur Ehre und der Kompanie zum segensreichen Nutzen.

Euer Ehrwürden treuer Diener
Geo. Elkington

Nachwort

Für diejenigen, die wissen wollen, wieviel an der vorangegangenen Geschichte »wahr« ist, ist es vielleicht hilfreich, wenn ich die Identität einiger historischer Persönlichkeiten enthülle, die mir als Anregung dienten.

Der Großmogul Akman, sein Sohn Arangbar und dessen erste Gemahlin, Königin Dschanahara, finden ihre historischen Pendants in dem Großmogul Akbar, seinem Nachfolger Dschahangir und in Dschahangirs findiger persischer Königin Nur Dschahan. Nadir Sharif kann trotz all seiner Doppelzüngigkeit dem verschlagenen Ersten Minister Dschahangirs, Asaf Khan, dem Bruder der Königin Nur Dschahan, nicht das Wasser reichen. Prinz Dschadar wurde gleichfalls nicht klüger und nicht weniger ungerecht behandelt als Asaf Khans Schwiegersohn, der spätere Mogul und Erbauer des Tadsch Mahal, Schah Dschahan. Prinz Dschadars Strategien und Intrigen, zuerst gemeinsam mit Königin Dschanahara ausgeführt und später gegen sie gerichtet, entsprachen in vielem denen von Schah Dschahan, der sich bemühte, den ehrgeizigen Machenschaften Nur Dschahans zu begegnen. Der *schahbandar* und der stets opiumberauschte Gouverneur von Surat waren gleichermaßen in der Geschichte vertreten wie Dschadars geliebte Mumtaz, sein jüngerer Bruder, Prinz Allaudin, Prinzessin Layla, Malik Ambar und Inayat Latif. Der Sufi-Mystiker Samad ist dem wahren Dichter Sarmad nachempfunden, den Schah Dschahan sehr bewunderte und der von einem späteren Mogul aus genau den hier angegebenen Gründen hingerichtet wurde. Von den Portugiesen ist es Pater Alvarez Sarmento, dessen Darstellung zum Teil auf dem gelehrten Pater Jérôme Xavier beruht. Dabei muß erwähnt werden, daß uns die inoffiziellen Tätigkeiten der ersten Jesuiten in Indien hauptsächlich durch die Überlieferungen englischer Reisender bekannt sind, die allesamt unerschütterliche Gegner des Katholizismus waren. Die Rolle der portugiesischen Jesuiten in der vorangegangenen Geschichte ist eine getreue Wiedergabe im Sinne der damaligen englischen Berichterstatter, obwohl sie uns mit all ihren Ängsten und ihrem Mißtrauen heute leicht paranoid vorkommen mögen.

Von den Engländern im Roman entsprechen nur Huygen und Roger

Symmes einzelnen erkennbaren Persönlichkeiten: Jan van Linschoten respektive Ralph Fitch. Brian Hawksworth ist größtenteils eine fiktive Figur, deren Erlebnisse zum Teil die des William Hawkins (in Indien von 1608 bis 1613) widerspiegeln, zum Teil die anderer europäischer Abenteurer des siebzehnten Jahrhunderts. Sein Sieg über die vier portugiesischen Galeonen ist eine nur leicht dramatisierte Darstellung historischer Siege englischer Fregatten vor Surat, die die Kapitäne Thomas Best und Nicholas Downtown in den Jahren 1612 und 1614 trotz zahlenmäßig starker Unterlegenheit errangen. Beide segelten sie unter der Flagge der Ostindischen Kompanie. Hawksworth' schillernde Beziehungen zum Mogul und seine Erlebnisse an dessen Hof sind zum Teil nach William Hawkins' Tagebüchern und zum Teil nach denen seines Nachfolgers, Sir Thomas Roe, entstanden. Wie Brian Hawksworth hatte auch William Hawkins, sehr zur Verwunderung seiner europäischen Zeitgenossen, sich den indischen Lebensstil in Kleidung und Nahrung zu eigen gemacht. Brian Hawksworth' Liebesbeziehung zu Shirin basiert auf William Hawkins' Heirat mit einer indischen Frau von adliger Herkunft, die möglicherweise zum kaiserlichen Hofstaat gehörte. Die Heirat kam durch Fürsprache Dschahangirs zustande, der die Jesuiten in Verdacht hatte, ihn vergiften zu wollen, und jemanden benötigte, der sein Essen überwachte. Hawkins' Frau reiste später nach London, wo sie in der Ostindischen Kompanie für beträchtlichen Wirbel sorgte, da sie deren Verpflichtungen ihr gegenüber einforderte. Sie kehrte schließlich nach Indien zurück.

Die ersten Engländer in Indien glichen in den meisten Fällen weit eher unserem George Elkington als Brian Hawksworth. Einer von ihnen jedoch, Thomas Coryat, bewies eine Kultiviertheit und menschliche Sensibilität, die durchaus mit den entsprechenden Eigenschaften Brian Hawksworth' am Ende des Buches verglichen werden kann.

Der plötzliche Ausbruch der Beulenpest in Indien ist den Aufzeichnungen der Hofgeschichtsschreiber des Moguls Dschahangir entnommen. Im wesentlichen auf Tatsachen beruht auch die Aufbringung des kaiserlichen Handelsschiffes. Die Portugiesen wollten dadurch den Mogul einschüchtern und ein Handelsabkommen mit England vereiteln. Der Mogul reagierte darauf mit der Schließung jesuitischer Missionsstationen. Obwohl einige Jahre später eine Wiedereröffnung der Stationen genehmigt wurde, war der Schaden nicht wiedergutzumachen. Auch scheint bewiesen, daß die Portugiesen sich tatsächlich gegen eine Thronfolge Schah Dschahans verschworen und die ihm feindlich gesinnten Parteien unterstützten, denn sie hatten berechtige Gründe, ihn zu fürchten. Der Aufstand Schah Dschahans dehnte sich über mehrere Jahre hin aus, während derer er sich tatsächlich für einige Zeit auf der Insel Dschagmandir bei Udaipur aufhielt, wo er nach Ansicht einiger Historiker zum ersten Mal jene Art von Einlegearbeiten sah, die später zu den Hauptmerkmalen des *Tadsch Mahal* zählen sollten.

Zu den farbigsten Beschreibungen der Epoche gehören – um nur zwei meiner Lieblingsbücher zu erwähnen – Waldemar Hansens klassisches Panorama *The Peacock Throne* und Gavin Hamblys noch etwas neuere Darstellung *Cities of Mughul India.* Dem Leser, dessen Neugier dadurch noch nicht befriedigt ist, können die Originalschriften aus dem siebzehnten Jahrhundert empfohlen werden. Man muß sie suchen, doch entschädigen sie einen vollauf für die Mühe, die es kostet, sie aufzutreiben. In größeren Bibliotheken gibt es gelegentlich auch Nachdrucke von Tagebüchern und Reiseberichten zeitgenössischer europäischer Indienreisender. Es handelt sich dabei um unmittelbare, scharfkonturierte Eindrücke aus erster Hand, die für jeden, der sich mit der Epoche intensiver befassen will, unentbehrlich sind. Am leichtesten erhältlich ist wahrscheinlich eine von William Forster herausgegebene Schriftensammlung mit dem Titel *Early Travels in India,* die u. a. die überarbeiteten Tagebücher William Hawkins' enthält. Die ausführlichste Darstellung der ersten diplomatischen Kontakte enthält demnach das Tagebuch von Sir Thomas Roe, der der erste echte britische Botschafter in Indien war *(The Embassy of Sir Thomas Roe, 1615–1619).* Zahlreiche später entstandene Tagebücher und Briefe europäischer Indien-Reisender des siebzehnten Jahrhunderts wurden von der Hakluyt Society wiederaufgelegt, deren Publikationslisten geradezu eine Bibliographie für diese Epoche bilden.

Die wichtigsten indischen Schriften, die in einer guten Bibliothek auch in englischer Übersetzung erhältlich sind, wären die Memoiren des Großmoguls Dschahangir mit dem Titel *Tuzuk-i-Jahangiri* sowie eine detaillierte Beschreibung des Hoflebens im Indien des späten sechzehnten Jahrhunderts mit dem Titel *Ain-i-Akbari,* verfaßt von Akbars engstem Berater und Freund Abul Fazl.

Beim Schreiben einer Geschichte wie der vorliegenden ist man als Autor notwendigerweise auf viele Hilfen angewiesen, daß er seinen Dank kaum angemessen ausdrücken kann. Der Gelehrte, der mir die größte Unterstützung gewährte, war Professor John Richards von der historischen Fakultät der Duke University, eine weithin anerkannte Kapazität in Mogulfragen. Professor Richards, der vielleicht die Schreibweise *Mughal* vorgezogen hätte, erklärte sich freundlicherweise bereit, die erste Niederschrift des Manuskripts zu redigieren, und schlug eine große Anzahl von Korrekturen vor, sowohl bei den geschilderten Fakten als auch bei den Interpretationen. Selbstverständlich ist er nicht für die Freiheiten verantwortlich, die der Autor sich vorbehalten hat. Gleichermaßen Dank schulde ich Professor Gerald Berreman von der University of California in Berkeley, einer kenntnisreichen Kapazität auf dem Gebiet des indischen Kastensystems. Er sah die entsprechenden Passagen durch. Außerdem bin ich Waldemar Hansen verpflichtet, der mich großzügig mit umfangreichen Aufzeichnungen versorgte, die er für sein eigenes Werk *The Peacock Throne* zusammengetragen hatte. Zu den indischen Historikern, die weder mit Zeit noch mit Rat sparten, gehören Dr. Romila Thapar, Professor P. M. Joshi sowie Pater John Correia-Alfonso, *die* Kapazität der Jesuiten auf dem Gebiet der frühen Mogulzeit und ein Gelehrter, dessen Integrität und Großzügigkeit das Bild seines Ordens in meiner Geschichte vollständig revidiert.

Mein Dank gilt außerdem Frau Devila Mitra, Generaldirektorin des Archaeological Survey of India, für die von ihr erteilte Sondergenehmigung, die *zenana*-Gemächer unterhalb des Roten Palastes in Agra besichtigen zu dürfen. Darüber hinaus danke ich Nwab Mir Sultan Alam, Khan von Surat, für seine Hilfe bei der Suche nach einigen schwer auffindbaren historischen Stätten in seiner Gemeinde; Indrani Rehman, der *grande dame* des klassischen indischen Tanzes, für ihre Auskünfte über die mittlerweile abgeschaffte *devadasi*-Kaste; *ustad* Vilayat Khan, einem der größten Sitar-Spieler Indiens, für die Bereitschaft zu Diskussionen über seine Kunst; sowie meinen vielen indischen Freunden in New York, New Delhi und Bombay.

Ich bin außerdem Miss Betty Tyres an der Indischen Abteilung des Victoria and Albert Museum in London zu Dank verpflichtet, die mir freundlicherweise Zugang zu den ausgedehnten Sammlungen indischer Miniaturmalereien ermöglichte, sowie dem National Maritime Museum in Greenwich für seine Auskünfte über alte englische Segelschiffe.

Schließlich richte ich meinen Dank an eine Anzahl unermüdlicher Mitarbeiter, die das Manuskript in seinen verschiedenen Stadien durchgesehen haben und viele äußerst sinnvolle und nützliche Vorschläge machten; dazu gehören meine Lektorin Lisa Drew, meine Agentin Virginia Barber und meine geduldigen Freunde Joyce Akin, Susan Fainstein, Norman Fainstein, Ronald Miller und Gary Prideaux. Allen voran gebührt mein Dank Julie Hoover für langjährige Unterstützung und Ermutigung.

Glossar

affion	–	Opium
aga	–	konzentriertes Rosenöl
akas-diya	–	zentrales Zeltlager-Licht
alap	–	Eröffnungsstück des *raga*
ankus	–	Haken zum Führen von Elefanten
arak	–	alkoholisches Getränk
areca	–	Betel-Nuß, aus der *pan* hergestellt wird
artha	–	praktische, weltliche »Pflicht« im Hinduismus
Asvina	–	Mond-Monat September/Oktober
atman	–	Seele, Weltseele in der indischen Philosophie
azan	–	moslemischer Ruf zum Gebet
banya	–	Hindu-Kaufmann
bhang	–	aus Hanf gewonnenes Getränk (Marihuana)
bishbar	–	Spielkartenserie (»Farbe«)
biryani	–	Reis mit Fleisch und Gewürzen
bols	–	Trommelschläge mit spezifischer Bedeutung
cartaz	–	portugiesische Handelslizenz
chans	–	Kuhställe
chapattis	–	ungesäuertes gebratene Weizenkuchen
chapp	–	Siegel und Stempel
charkhi	–	Feuerwerkskörper mit denen Elefanten angestachelt oder gezüchtigt werden
chaturanga	–	Schach
chaudol	–	sänftenähnliche Trage
chaugan	–	indisches »Polo«
chauki	–	wöchentlicher Wachdienst im Roten Palast
chaupar	–	indisches Würfelspiel
chelas	–	auf einen einzigen Kommandanten eingeschworene Söldnertruppen, »Sklave«
chillum	–	Tabakschälchen aus Ton an einer *huka*
chitah	–	indischer Leopard
dana	–	Pestbeule
darshan	–	offizielle Frühaudienz des Moguls
devadasi	–	Tempeltänzer, eine gesonderte Kaste

dharma – Lebensziel oder Pflicht eines Hindu
dhoti – Lendentuch
diwali – indisches Neujahr
Diwan-i-Am – Halle öffentlicher Audienzen
Diwan-i-Khas – Halle privater Audienzen
dschagir – an Adlige ausgeteilte Lehen, die besteuert werden können
durbar – öffentliche Audienz
feringhi – Ausländer
fil-kash – von Elefanten gezogene Kanone
firman – königliches Dekret
frigatta – portugiesische Fregatte
gau-kash – von Ochsen gezogene Kanone
ghee – abgeklärte, flüssige Butter
ghola – Mischung aus Opium und Gewürzen
gopi – Milchmädchen
gulal bar – königlicher Bezirk im Lager
gur – unverfeinerter Rohrzucker
guru – Lehrer
gurz – dreiköpfige Keule
hal – Tor beim *chaugan*-Spiel
harkara – geheime Berichterstatter des Hofes
hauda – Sitzvorrichtung oder Transportkabine auf dem Rücken der Elefanten
huka – Wasserpfeife
kama – Liebe, sinnliche Freuden, Trieb
kamar-band – bei Zeremonien getragene Schärpe
kambar – Spielkartenserie (»Farbe«)
karwa – indischer Seemann
katar – Dolch
kathak – indischer Tanz
khabardar – »gib acht!«
khaftan – gesteppte Jacke, die unter der Rüstung getragen wird
khan – Adelstitel
kohl – schwarzes Kosmetikpulver (Antimonsulfid)
kos – Längenmaß (ca. 3,2 km)

lakh – einhunderttausend
lapsi – Zubereitung von *gur*, *ghee* und Weizen
lila – Spiel oder Sport
lingam – Phallus
lor langar – am Bein des Elefanten befestigte Kette
lungi – langer Wickelrock für Männer
mahal – Palast
mahout – Elefantentreiber
maidan – öffentlicher Platz
mansab – Rang eines Edelmannes
mansabdar – mit Land belehnter Adliger, der das Recht hat, Steuern einzutreiben
mardum-kash – kleine Kanone
masala – Gewürzmischung
mewra – Läufer, Sendbote
mihaffa – hölzernes Türmchen, das zwischen zwei Lasttiere gehängt wird
mina basar – Scheinbasar zum persischen Neujahr
mirdanga – südindische Trommel
mohur – Goldmünze
mudra – Handzeichen im klassischen indischen Tanz
mussalim – Steuermann auf indischem Schiff
mutasaddi – oberster Hafenbeamter
nakuda – Eigentümer und Kapitän eines indischen Handelsschiffes
naqqara-khana – Eingang zum königlichen Gelände
nashudani – »Taugenichts«
natsch – erotischer Tanz
nezah – Lanze
nilgai – indische Antilopenart
nim – Pflanze, dessen Wurzel zum Zähnereinigen verwendet wird
Nimaste – Hindi-Gruß, »Hallo«
pahar – drei Stunden
pakhar – stahlgepanzerte Elefantenrüstung
pan – Betel-Blatt, um Betel-Nuß und Gewürze gewikkelt

panch — Punsch
pandit — Hindu-Gelehrter
postibangh — Mischung aus Opium und Hanf
prahna — Geist, Hauch, Lebenskraft
Puranas — heilige Hindu-Schriften
qamargha — Treibjagd
qarawals — Treiber bei der Jagd
qazi — Richter
qur — Jagdgehege
raga — Improvisations- und Kompositionsrahmen in der indischen Musik
rasa — ästhetische Stimmung
rasida — »angekommen« – ein Spielstein erreicht das Ziel beim *chaupar*
sachaq — Hochzeitsgeschenk
salaam — Form der Begrüßung
sandali — besonderer Eunuchen-Typ
sari — Umhang
sati — Witwenverbrennung zusammen mit der Leiche des Ehemanns
schahbandar — oberster Hafenbeamter und Zollinspektor
sehra — Krone des Bräutigams
sharbat — gezuckertes Zitronengetränk
shikar — Jagd
sirayat — Infektion, Krankheit
sitkrita — tiefer Atemzug, der den weiblichen Orgasmus andeutet
sum — Höhepunkt eines rhythmischen Zyklus in der indischen Musik
sutra — alte Hindu-Schrift
suwar — Kavallerierang eines Adligen
swanih-nigar — Spion mit besonderem Auftrag
tavaif — moslemische Kurtisane
teslim — bis zum Boden reichende tiefe Verneigung vor dem Mogul
tithi — Tag im Mondkalender
topiwallah — »Mann, der einen Hut trägt«, d. h. Ausländer

tundhi	–	Getränk aus Samen und Säften
ustad	–	»Großer Meister«, Lehrer, Virtuose
wakianavis	–	offizielle Berichterstatter des Hofes
wallah	–	Mann
yogi	–	indischer Weiser
yoni	–	weibliches Geschlechtsorgan
zat	–	persönlicher Rang eines Adligen
zenana	–	Harem
zihgir	–	Daumenring zum Schutz beim Bogenschießen